第四届《安徽古籍叢書》編審委員會

主任委員

黄德寬

副主任委員

諸偉奇

丁　放

彭君華

委員（按姓氏筆畫順序）

卞　利　方錫球　牛繼清　王啓才

吴先伍　施立業　胡傳志　紀健生

陳　林　張玉才　曹小雲　曹天生

程德和　楊　軍　楊應芹　趙國華

鮑　恒　樊嘉禄

安徽古籍叢書萃編

田間文集

錢澄之全集之六

清·錢澄之 撰
彭君華 校點

黃山書社

图书在版编目(CIP)数据

田间文集 / (清) 钱澄之撰；彭君华校点. —合肥：黄山书社, 2014.1
(安徽古籍丛书萃编)
ISBN 978-7-5461-4324-8

Ⅰ.①田… Ⅱ.①钱… ②彭… Ⅲ.①中国文学-古典文学-作品综合集-清代 Ⅳ.①I214.92

中国版本图书馆 CIP 数据核字(2014)第 005582 号

田间文集

出 版 人　任耕耘
策　　划　任耕耘 赵国华 汤吟菲
执行策划　汤吟菲 徐娟娟
责任编辑　赵国华 徐娟娟 范丽娜

装帧设计　未　氓
责任印制　戚　帅

出版发行　时代出版传媒股份有限公司(http://www.pressmart.com)
黄山书社(http://www.hspress.cn)
官方直营书店(http://hsssbook.taobao.com)
营销部电话:0551-63533762 63533768
(合肥市政务文化新区翡翠路 1118 号出版传媒广场 7 层　邮编:230071)
经　　销　新华书店
印　　制　安徽联众印刷有限公司

开本 880×1230 1/32　　印张 19　　字数 350 千字
版次 2014 年 9 月第 1 版　　2014 年 9 月第 1 次印刷
书号 978-7-5461-4324-8　　定价 200.00 元

序

黄德寬

值此《安徽古籍叢書萃編》編輯出版之際，欣逢新時期安徽古籍整理出版工作步入而立之年！三十年來安徽的古籍整理出版工作，很值得認真地進行一番回顧總結。

一九八一年，中共中央發布《關於整理我國古籍的指示》，成立了以李一氓同志爲組長的國家古籍整理出版規劃領導小組，正式拉開了新時期古籍整理出版工作的序幕。一九八四年，中共安徽省委決定建立安徽省古籍整理出版領導小組，由時任省人大常委會副主任魏心一同志挂帥，聯合了省新聞出版局等政府部門和安徽大學等高等院校、研究單位，正式啓動安徽省古籍整理出版工作。同年，安徽專業古籍出版單位黄山書社也宣告成立。安徽古籍整理出版工作由此翻開了嶄新的一頁。

三十年間，安徽省古籍整理出版工作堅持初衷，克服困難，在政府部門的支持和社會賢達的關心下，經過學者們的艱辛努力，取得了豐碩成果，其最有代表性的成果就是《安徽古籍叢書》的編纂出版。

《安徽古籍叢書》凝結了當代安徽傳統文化研究領域衆多學者與專家的心血和汗水。以吴孟復先生爲代表，組成《安徽古籍叢書》第一届編審委員會，賡續安徽先哲編刊地方叢書盛業，梳理文獻綫索，擬訂叢書子目，擘劃編纂體例。遵循嚴格的學術規範，《安徽古籍叢書》自一九八九年三月刊出第一種——《舊聞隨筆》，截至二〇一三年底，連同修訂再版，出版已突破百種，成爲我國當代古籍整理一個有影響力的品牌。

收入《安徽古籍叢書》的各類古籍，既有朱熹、戴震、俞正燮、凌廷堪、程瑶田、黄生、包世臣、楊仁山、吴汝綸等學術巨擘的著作，也有張孝祥、錢澄之、方苞、方文、施愚山、姚鼐、吴敬梓等文學名家的作品；此外，包拯、朱升、朱元璋、阮大鋮、姚瑩、方孝標、劉銘傳等皖籍著名歷史人物的著述也盡在其中。正是因爲歷代賢哲創造的精神財富，使得《安徽古籍叢書》一經出版即蜚聲海内外，産生了廣泛的社會影響。李一氓同志曾經撰文，欣喜地表示：

『現在有一個好現象，安徽要編印新的《安徽叢書》。』當代著名學者金克木、胡道静、張岱年、程千帆等先生稱道『這是安徽文化事業的一項盛舉』。法國漢學家戴廷傑也對《安徽古籍叢書》堅持嚴格的學術規範稱賞不已。

《安徽古籍叢書》的順利編輯出版，還因爲改革開放帶來的時代機遇。改革開放三十多年來，我國經濟文化繁榮昌盛，使得《安徽古籍叢書》能够得到有關方面的財力支持。上個世紀八十年代，《安徽古籍叢書》編纂在發軔之時，就不斷有項目入選國家古籍整理出版規劃，得到國家各方面的有力支持。最新公布的《二〇一一—二〇二〇年國家古籍整理出版規劃》中，包括《方以智全書》在内的新列《安徽古籍叢書》項目品種就多達四十八種。安徽古籍的整理編纂工作，正是在改革開放的大背景下，在全國古籍整理出版工作的大格局中，取得了突出的成就并展現着美好的未來。

《安徽古籍叢書》的編纂出版，安徽大學『省古籍整理出版辦公室』發揮了重要作用。古籍辦的同志們長期堅守在古籍整理出版崗位，甘於清苦，默默奉獻，辛勤耕耘，爲《安徽古籍叢書》的編纂和安徽古籍整理出版工作做出了突出的貢獻。二〇一〇年，在『全國專業古籍出版社社長年會暨全國優秀古籍圖書評獎會』上，時任國家新聞出版總署副署長鄔書林同志作題爲《無愧歷史 珍惜時代 出好精品》的講話，指出：『安徽是堅持地方古籍整理工作最好的省份。不少地方古籍辦幾乎都撤了，或名存實亡，安徽則堅持不輟，并做了大量工作。』

黨的『十八大』從戰略層面提出扎實推進社會主義文化强國建設，豐富人民精神文化生活，『建設優秀傳統文化傳承體系，弘揚中華優秀傳統文化』。《安徽古籍叢書》立足鄉邦文獻的整理編纂，因應了國家文化建設的宏偉規劃，是文化强省乃至文化强國建設事業的題中應有之義。這項事業遠非一兩代人所能完成，正如一九八一年中央三十七號文件所指出的，『整理古籍是一件大事，得搞上百年』。

《安徽古籍叢書》煌煌巨制，結構開放，歷時久遠。回顧過去，出版較早的圖書有些已經絶版；叢書版式、裝幀也屢經變更。爲適應集中展示、收藏和研究的需要，對已經出版的《安徽古籍叢書》進行階段性的集中梳理，適當遴選，統一版式，影印出版本套叢書是十分必要的。

作爲首套《安徽古籍叢書》選編本，我們希望通過這套書的出版發行，能使更多的讀者瞭解、認識和利用好《安徽古籍叢書》，有更多的皖籍、非皖籍專家學者參與到安徽地方歷史文獻的研究整理工作中來，讓《安徽古籍叢書》在未來不斷發展壯大。這是我們在新時期安徽古籍整理出版事業三十年之際的殷殷屬望！

二〇一四年六月

凡例

一、本編從二〇一〇年（包括二〇一〇年）以前出版的《安徽古籍叢書》中選取文獻資料價值大、校點整理質量上乘、學界仍有需求的圖書進行重印。

二、二〇一〇年以後出版者因市場上新書尚多，此次不復列入。早期所版《文學研究法》《舊聞隨筆》《桐城文學淵源考·撰述考》《桐城耆舊傳》《爾雅翼》等雖均爲叢書的中堅，因已有修訂新版，此次亦不復列入。《安徽古籍叢書附輯》整體不予列入。

三、所選圖書按初版時間先後順序編排。

四、采用原版掃描影印，不重新録排，儘量保存原書面貌。原書頁眉中的明顯編輯錯誤，逕改不出校；《竇山公家議校注》《康輶紀行 東槎紀略》兩種原書無頁眉，現統一補加。

五、重新設計製作封面，統一規格、工藝。一律采用大三十二開本，精裝。《説文假借義證》一書原版爲十六開，一個頁面放兩個中國頁，此次按統一開本重新排版，一個頁面放半個中國頁。

并新附《説文假借義證索引》於該書書末，以方便讀者檢索。《毛詩後箋》《吴汝綸全集》《田間詩學》《説文假借義證》等原書規模較大，爲方便讀者閱讀，現重新分册。另，《竇山公家議校注》保留原書西式裝訂方式。

六、收録叢書文獻由於各種原因，還存在這樣那樣的不足，請讀者批評指正。

第四届《安徽古籍叢書》編審委員會

二〇一四年六月

安徽古籍叢書

錢澄之全集之六

田間文集

彭君華 校點

黄山書社

田間文集目次

卷十四　序

卷十五　序

卷十八　壽序

卷十九　壽序

卷二十八　雜文

卷二十九　行略

卷三十　行略

附

整理説明

田間文集三十卷，按文體類分編次。大抵前八卷以論説文居多，九卷之後則以紀事文爲主。前八卷包括史論、書信、擬上崇禎皇帝奏議及雜説。后二十二卷包括記叙散文、碑記、贈序、壽序、傳狀表志、哀祭文以及部分雜文。

澄之少負奇氣，有用世之志，故所言均有感而發，内容充實，不爲空洞浮泛之論。其崇禎年間擬上興學取士書謂：

以文取人，本屬無用，又失其所以爲文，朝廷亦安取若輩而顯榮之哉？爲若輩顯榮故使天下之士皆薄行誼而重文藝，益捨實學而尚浮辭，人才之弊，由此其極也。

擬上保舉用人書：

臣謂，州縣之職不宜以爲初任之官，彼其官小，而於民最親，民之安危所係，即國家之治亂由之，厥任非輕，奈何輕任之也？

舉吏議：

今天下政事之弊，民生之困，其壞於有司者十之三，壞於吏書者十之七。有司非有吏書爲之腹心者，亦不能壞。京師根本之地，四方津要之司，皆此輩盤據其中，執其要領，當事拱手，惟所提弄。其有營謀干求者，必先之吏而後之官，吏不先則不能遂所求，而上亦不能獲所欲。

或言科舉之失，或論地方官的重要，或揭時政之弊，都可謂指陳利害，深切事理。澄之自陳：「當衰亂之秋，不欲爲一切苟且之計。」由對現實問題的剖析入手，進而對證下藥，提出具體切實的解決途徑，從其擬上崇禎皇帝奏議若干篇中，尤能見其苦心。

澄之立論，往往一反故常，不爲人云亦云。如論藺相如澠池會之於趙的危害（藺相如論），論正統之駁歐陽修、蘇軾之説（正統論）。其三國論謂：

> 世之論三國者，皆喜備而惡操，而惡權次之，此甚非平論也。操之天下，皆取諸强梁之手，非取諸漢也。設使操當日不迎乘輿，委天子於羣凶之手，漢之亡久矣。以垂亡之孱主，衣租食税數十年，得保首領以殁，操之罪，固未可與後之篡逆者同日語也。大抵世之喜備者，徒以備漢室之裔；而惡操者，則以天子在操之所。使操不擁天子，世即惡之，不過與孫權等耳，何至罪浮於權哉！

大抵都能言之成理，並非標新立異，故作驚人。

澄之論説文議論風發，縱横捭闔，頗具戰國説士風。如光武論：

> 史稱高祖微時即豁達有大度，光武初起春陵，人皆目以謹厚，後遂以此定論二帝。馬援謂光武「恢廓大度，同符高祖」。自吾論之，高祖之豁達，霸者之略也；光武之恢廓，王者之器也。高祖外寬内忌，故其御下也皆以術；光武内外如一，故其御下也一以誠。

論漢光武，以漢高祖作陪，加以類比，一氣貫注，簡潔整飭，平允通達，頗具説服力量。

其李綱論謂：

綱在建炎初定巡幸之議，即遷都之計也。蓋綱之論，於國家之大計則是，而於高宗之私衷則相左也。初，高宗爲質，中道脱歸，其志唯知逃死而已，父母妻子皆所不顧，而尚肯顧祖宗之遺土、中原之人心哉！

指斥苟安一隅的宋高，一針見血，淋漓痛快，略無忌諱。其凜然之義、浩然之氣，直令壯士髮指，奸佞膽寒。澄之也曾力説南明離閩駐贛，經營江西以圖恢復中原。與藏山閣集中之南渡論、上皇帝疏合看，李綱論當也賦予了特定的現實意義。

澄之紀事文中應用文居多。其内容較爲龐雜，時間跨度大，於以反映出澄之的家世歷履、交游應酬。這裏有他崇尚的先輩左光斗、楊漣、黄尊素，有他親密的同志和朋友夏允彝、陳子龍、徐孚遠、方以智兄弟，有錢謙益，有黄得功，有瞿式耜，有阮大鋮，有胡皇親家們哀祭故國的「冬青會」，有剃髮令下急於爲子行冠禮的楊翁案山。有酒狂陳朗生，有前明處士、前明文學們，有大清官僚徐乾學們，有潦倒以終的陳同人們。有骨肉至親的生離死別，有忠臣義士的慷慨捐軀；有失國之痛，有亡家之悲；有高官的危懍，有寒士的酸凄。總之，雖不比所知錄記述的直捷，但此所涵蓋的範圍之大、表現的意義之深，卻絶不遜色於彼。

澄之文既是學人之文，又是哲人之文、古文家之文，是這三者的有機結合，這正是澄之文的重要特色。

首先，澄之文爲學人之文。澄之文來自讀書窮理，績學有得，而非依傍經史、追摹大家或迎合時俗，以徒言其空言。這尤其是澄之文的過人之處。其論曰：

理也者，氣之源也，理明而氣足，氣足而法生。窮理御氣以軌於法，文之瀾所由成也。是宜治其源也：本之六經，以研其精；稽之傳注，以晰其微；博之諸史，以廣其識；輔之百家，以盡其義。如是，而理得焉，而氣至焉，而法亦備焉。然後爲文，行乎其所不得不行，止乎其所不得不止。（江渼持瀾序）

夫讀書窮理，非以爲文也，而文至焉。於六經之奧義無有不探，史籍所載無有不窺，於古今是非邪正之辨、時勢之推遷、物理之變易、人事之得失，一切無有不究，洞洞矚矚，無所疑滯於其中。於是，放之爲文，直述己見，發前人之未發而不以爲僭，言前人之已言而不以爲襲。（問山堂文集序）

非沉潛至深，亦不易爲此言。澄之晚年自云：其「四十年心血，盡於詩易兩書，頗發先儒所未發。」（田間尺牘 與余佺廬書）四庫總目謂澄之「經學篤實」，其治經深於易詩，而尤其以說詩爲精。澄之自言其治詩：

特宗小序，以小序去古未遠，其世次本末雖難盡據，然大要不甚謬也。至於注疏傳注，諸儒之說，未嘗專徇一家：朱子集傳凡從鄭夾漈說者，概不敢遵；若毛氏之傳會，鄭氏之穿鑿，皆力闢其謬，亦各從其是者而已。詩與尚書、春秋相表裏，然必考之「三禮」以詳其制作，徵諸「三傳」以審其本末，稽之「五雅」以核其名物，博之竹書紀年及皇王大紀，以辨其時代之異同與情事之疑信。而且列國之封域、山川之形勢變遷不一，即今之輿誌以考古之圖經，而參以平生之所親歷，則鄭譜言之不詳，而圖經所載亦未確也。若夫義理文句之奧，諸儒多以臆解，朱子置爲未詳，細繹經旨，本自分明，循理據實，絶無牽强，於是或發先儒之所未發，或先儒見及之而説未能暢者，則極言以暢之。自乙卯冬以來迄今，凡七易稿矣。二雅異音，三頌各體，周之典禮、殷之宗祀、魯之郊禘，其源流度數具載於詩，莫不爲之考詳辨正。（與張敦復學士書）

由此可見其用力之精勤，搜采之廣博。謹嚴扎實的學風自不能不使其文每能言而有物，多所創獲。作爲一個學人，其治詩尊信小序，與朱鶴齡詩經通義同出一轍，在當時實有開風氣之先的重要作用。

實際上，澄之孜孜矻矻者遠不止於經學，其易學、詩學之外，又有莊子内七詁和楚辭屈詁，所謂莊屈合詁者，尺牘卷一屢言「頗覺發前人所未發」，則其自負可知。田間文集且不説其中書序就占四卷之多，其專門論學的篇什也頗爲可觀。論杜甫，有：與方爾止論虞山説杜詩、與雲間張寄亭論李杜詩説、陳二如杜意序等，澄之詩尊杜甫，尚苦吟，其於杜詩不啻寢饋於中，但又入而能出，既服其爐錘之工、格律之細，「窮幽造險」、「氣力絶人」，而又不諱言其失。相較於杜，澄之於並代大詩人錢謙益卻頗有微辭，謂其「所知者典故與音調而已」，（與方爾止論虞山説杜詩）「要不失爲溫李之遺響，以語於少陵，未也」。（書有學集後）其他如與方素伯論周正、與佷亭禪師論莊子、與徐公肅論顧炎武、與人書論修方志、野史等，均可表現出一個非凡學人的卓識。至於三卷史論，縱論先秦至於宋代幾十位歷史名人，娓娓道來，如指諸掌，其於史學致力之深亦由此可見。統言之，學術文在文集中所占份量舉足輕重。

澄之正因爲博稽詳考，極深研幾，故其爲文出經入史，左右逢源。「而馳騁歸宿，亦得之易爲多」，「即其小文單辭，罔弗有旁通發揮之趣」。（韓菼序）文中言易者俯拾即是，若余不遠字說，以易坤、復、剝諸卦義說明所以字余「不遠」之義，係遯說據易遯卦九三一爻爲龔鼎孳決去留。諸如稱觴祝壽、臨別贈言，也無不援易爲說。通部文集，引據最多的就是易，其次是莊子、詩經。澄之以其所得深者無往而不施，亦無施而不可。其崇禎間擬上皇帝二書，所謂：「由選舉，歷學校，教而後試之，試而後用之。」提出一整套切實可行的人材教育體制。其所撰策議，涉及到文化教育、社會治安、工商稅務、財政金融等多方面的社會問題，都能「指陳利害，深切事理」，（姚永概重印文集序言）表現出澄之的濟世之志，更可明白地看出澄之能不負所學，據以體察社會，研究現實，真正具有經世之略，絶不等同於紙上談兵，大而無當。

其次，我們說，澄之文是哲人之文。因爲澄之是哲學家，深於易、莊子，故而每能觸類旁通，掐迹進而言理言道。舉幾個例子看看。

答池州喻太守書，據易「窮則變，變則通」爲喻論治，所謂：「遵成法而稍加損益焉，因民情而導之有漸焉，明其賞罰，需之歲時，使之潛移默化而不自覺，斯變而通之之義也，化裁推行之道於是乎在矣。」易通於治，詩亦通於治。送江在湄擢守巠昌序：

政以人情爲本，達乎情，斯可以達於政耳。詩也者，情之至也，吾達吾情，亦因以達人之情，而政不外是矣。以無欲爲本，而一因人之情以爲政，凡民情所樂爲者，皆因而利導之，猶禹之治水，行其所無事也。吾謂詩通於治，推其本而言之，豈不然哉？

寄情於園亭之泉石草卉，而借莊子「乘物以游心，託不得已以養中」爲解，謂：「苟善是心，則其於事之所不得已者，應焉而不藏也，勝焉而不傷焉，則又何必捨所不得已者以爲事也？」（得已齋記）同樣是祝壽，或言造物「不報其人，而報其人之天」。或歎君子儉德之不可及，或説易大過、小過，或又謂「稱物平施」。而皆如韓葰序中所論：「要皆理之自然而不可易，非碎義巧説、鶩蕩漫羡者比。」

最後，我們來説説作爲古文家的錢澄之。其論文曰：

夫天下未有離情以爲道者。非道之情，妄情也。非情之道，僞道也。文也者，載道之器也，即達情之言也。彼蓋於君親倫物之際，至誠愷惻，不能以自已，於是發之而有言。言之直捷痛快，一如人意中之所欲出，斯爲文。言之不能直陳，引物連類，反復頓挫，使人自得諸言外，斯爲詩。蓋未有非道而可言情，無情而可爲詩文者也。（重刻青箱堂集序）

在澄之看來，情與道是一而二，二而一的東西，正如水乳之交融，不能截然分開，言情即言道，言道也即言情，作爲情與道的載體，詩與文的不同只是在於表現形式方面。

與黎博庵先生書論道：

韓子謂古於文必己出，而以務去陳言爲難。今之爲文者，非不知陳言之宜去，而洛誦既熟，而役復久，纔一屬思，輻輳奔赴，雖欲自己出一語而有所不能，陳言錮之也。至於稱觴諛墓之詞，往往誇而失實，按其題，不必閲文，其所應有陳言皆可縣揣而得也。僕於韓子之言，未之逮也，而有志焉。其爲詩文過於真率，其意亦欲其自己出也。

揭出自己爲文服膺韓愈「陳言務去」之論。毛會侯文序進而論證如何纔能做到捨棄陳言，文自己出，提出「本諸理，依乎氣」。謂：

理明而氣自足，故養氣莫如窮理，窮理莫如讀書。於是而有文焉，無所疑於中，無所牽於外，行乎不得不行，止乎不得不止，所謂言之短長、音之高下皆宜，豈不然乎？昌黎曰：「唯古於文必己出」，「文從字順乃其職」，非從乎文也，而文從焉；非順乎字也，而字順焉：斯謂自己出之文，而後爲陳言之盡去也。

統觀澄之所論，諸如「文道合一」、「氣盛言宜」、「陳言務去」、「文從字順」等，無不源于古文家韓愈。還有所謂戲雅俗之辨（追雅堂記）、「詞達」之説（瓠野集序），也還是「陳言務去」、「文從字順」的又一種説法。澄之論文之要歸於「本色」：

予嘗謂，古今之人品詩文不定一格，大抵以本色爲佳。夫本色，固不妨於純駁互見。駁者，其人之病也，凡古今人品詩文之稱絶者，未有無病者也。以龍門氏之爲史，而不免於疏；以少陵氏之爲詩，而不免於拙：兩公之本色在此，後之所以傳兩公者即在此。若必求盡去其病，因以喪失其本色，

則亦鄉愿而已。孔子曰：「鄉愿，德之賊也。」以爲詩文，是亦詩文之賊也。（容齋集序）

澄之稱許他人之文，亦喜用諸如「一路孤行，無所依附」、（齊蓉川先生集序）「不名一家，因勢立體」，（求是堂集序）「獨持所是，無所瞻顧」，（陳椒峰文集序）一句話，是説反依傍，重獨創，表現作家特有的個性。這是至關重要的，也是頗有意義的。

澄之所持文論既如上述。今持其所論以律其所自爲之文，亦誠所謂無所依附，自闢蹊徑，真知灼見，創獲頗豐。由其熔經鑄史，綜貫百家，學養深醇，氣積勢盛，故爾才氣駿發，不可控抑，不期工而自能工。張舜徽先生謂：「非特一掃明季之陋，即清初諸大家，亦鮮有能與抗衡者。」「當時有此雄厚之氣者，惟大興王源庶幾近之。澄之不以文名，而文章之事，莫之或先。」（見清人文集别録卷一田間文集）評價可謂高矣。澄之持其深醇雄厚之氣發而爲文，表證出簡潔質實，不事藻繢，明白如話，氣順語暢，真璞自然的藝術風貌。其文無難解之句，無晦澀之辭，幾至篇篇可誦。在其筆下，如孫武公、方次公、劉臣向、錢因之等人物，形象鮮明，生氣撲面，令人難忘。

田間文集　康熙二十九年刊成於蘇州，分六册，斟雉堂藏版。當時澄之意在將其著作除所知録外全部刊出，由於經費不濟，易學、詩學、莊屈合詁及文集次第梓成，詩集又次之，而藏山閣集終未能開雕。五種著作始事於夏，告竣於來秋，時年澄之已七十有九。澄之身後，其詩文集遭禁，藏版隨之散失。至宣統二年仲秋，錢品三據其藏康熙本文集，由錢氏振風學社重印，衹於極個别地方文字略加改動，其版式一依康熙原本，四周單邊，白口單尾，天頭闊大，半頁十行，行二十一字，祇是不如康熙本精工。茲以宣統本作爲工作底本，將北京圖書館藏康熙本上的不同文字過錄到宣統本。宣統本於韓序前冠以姚永概重印序，唐序後又增入唐撰田間先生八十壽序、方苞田間先生墓表，及田間公家傳（不著撰人），整理後，只保留錢品三重印跋文，其餘連同澄之幼子撝禄所撰田間年譜一卷，一並作爲附録，移置全集之後。整理者究屬初學，其疏漏訛謬之處，幸方家不吝賜正。

彭君華

一九九五年清明

序

韓 英

古之學者，三年而通一藝，三十而五經立。蓋文未有不貴乎博者，而要必有所尤好者以名其家，以孔子之聖，晚而尤好易也；漢時經說繁盛，各有專師，故有深於易者，有深於詩者，有深於書、禮、樂、春秋者。其於他經豈有所不窺？而必專一經以貫其餘，措諸行事而寓諸文辭，終不易其所得力者，則精之至也。龍眠錢田間先生，當吾世，學之博者鮮及焉，自少負盛名，為諸生祭酒，遭明季根株黨人，以最著名字，幾不免，跳身遠遊，崎嶇喪亂之餘，卷懷孱王之世，與時消息，全生遠害，其用至妙，弗易窺也。余晚而獲奉教，蓋先生之學，於易精矣，泛濫出入於京邵以來諸家，旁及於象緯、曆律、奇門、太乙之書，後乃歸諸程、朱子，著易學一編，開闢發明，得經本趣，亹亹乎其能尊聞行知者。於是知先生遁之肥也，節之弗苦也，由其平日之講習切究而然也。

既，先生出其所著古文視余，屬之作序。抑余何敢序先生？然幸甚，得受而讀之，廣大渾涵，靡體不具，而馳騁歸宿，亦得之易為多，要皆理之自然而不可易，非碎義巧說、蕃蕩漫羡者比。於是又知先生之於易，不獨以之持身，以之立教，即其小文單辭，罔弗有旁通發揮之趣也。抑又嘗論之：古文之廢久矣，惟剽竊擬似之是患。朱子嘗歎退之答李翊、子厚答韋中立書，言讀書用功之法，而但求文字言語聲響之工爲可惜。夫古人言語聲響必己出，抑猶末也，况襲古人之言語聲響以求工，不尤末乎？先生之文，明理而止爾，辭達而止爾，意雅不欲附一家，絶去塗飾，單行孤詣。余得仍舉易之一言以蔽之曰：「賁，无色也。」无色，故无所不受，其先生之文乎！

先生又著有詩學，余尚未卒讀。嘗讀先生之詩，冲澹深粹，出於自然，度王孟而及陶矣，余又將以「无色」者蔽先生之詩也。

田間文集序

唐 甄

出於險，終於窮，不喪所守，而能成其學，吾罕見其人，飲光先生有焉。在昔，南京嗣位，閹孽緣作，猛獸出檻，將肆噬人，先生亡匿吳中，旦夕不保，清側之兵突興，鈎黨之捕乃緩。已而南京潰，避之福州，又之桂林，周旋五載，天之所廢，不可復支，於是髡緇間行，歸老江村，其志良苦矣。嗟乎！以先生之才，顯名數十年，交遊遍京省，公卿折節，士林景從，孰不樂爲之先後者？惟時徵召之命遍於巖穴，而先生晦迹遠引，能令當世薦賢者齒不之及，可謂善藏其用者矣。先生通六藝，尤長於易與詩；進退百家，尤好屈莊之書。自甲申以來，遭大變，蒙大難，竄瘴鄉，能善其用，不瑕不害，以至於老。蓋以易制行，貞而不至於固；以詩用情，和而不至於流；又能以濠上之懷濟澤畔之志。與之處者，無貴賤方圓，莫不敬而愛之，以是善全其身而免於難，其得於學者然也。

先生註二經二子成，負書至吳郡，并手次其文曰田間文集，凡三十卷，詩別編焉，諸公助之，雕版畢成。余讀其文而論之曰：文不可以僞爲。不學而強爲之者，僞也。優偶衣冠，雖似非真；駢拇枝指，雖真不正。言不己出，而塗飾之者，譬則優偶也；言出於己，而雜亂無章者，譬則駢枝也。若是者，皆不學之過也。我之所謂學者，法乎自然，色象天成，非如雕刻丹青，模而可就。今世之所謂學者，誤矣：多誦廣記，博證肆辨，附綴多端，自謂雄文蓋世，而不知其犯吾二譬也。

先生遭變革，行患難，立身之善，處世之宜，自少至老，所歷多矣。易言精潔，詩言典雅，屈言愷惻，莊言高蕩，所陶習者深矣。其為人如彼，其所學如此，皆本性達情，無所庸其支飾，故其為文，如泉之流，清瑩可鑒，甘潔可飲，縈紆不滯以達於江海，使讀之者目明而心開，吾甚樂觀而亟有取焉。蓋有是人，乃有是學；有是學，乃有是文，文豈可以強作乎？

田間文集卷一

論

伯夷論

太史公爲伯夷列傳，於首陽餓死一事反復致慨，若深悲其遇者，而以孔子求仁無怨之語爲疑，遷殆以夷齊深於怨者也。

夫遷亦知仁爲何物乎！不知仁，安知夷！孔子曰：「伯夷、叔齊不念舊惡，怨是用希。」又曰：「求仁而得仁，又何怨？」夫夷齊以讓國而逃，以恥食周粟而死，孔子之仁夷齊，正以其逃而至於死也，而遷即以一死疑其怨。夫遷以夷齊之怨，爲殷耶？周耶？夷齊本世受國恩，既已避紂而歸西伯，其不足於殷紂久矣。至於首陽之死，則知有殷而不知有周，知有君而不知爲紂。使知爲紂而死之，則猶有不得已而死之心，謂之怨可也。孔子曰「不念舊惡」，蓋已忘乎紂之爲紂矣。

嗚呼！方夷齊之逃也，誰爲迫之？其餓而死也，又誰爲驅之？而若有不得不逃、不得不死者，其中必有迫之切而驅之至者，此即仁之爲也。今夫怨之生也，由有求而不得遂，則怨；夷齊之死，夷齊自求之也。豈惟求死於首陽之日，當扣馬而諫之時，其所以求之極矣。方左右欲兵之，而太公以爲義士，扶而去之。甚矣！太公之知夷齊不如左右也。迨至求左右之兵而不得，始轉求於首陽之餓，則事亦愈難，而節亦愈苦矣。西山之詩猶之扣馬之語，凡以自明其不得不死之心，且以存天下萬世不得不死之心也，而遷以爲怨，謬矣！

遷以夷齊之餓死爲天道之無憑，而因以顔回之屢空夭死、盜跖之肝人壽終，皆致疑於天之報施善人爲不足信。如遷所見，則將以孔光之生，賢於龔勝之死；華歆之達，賢於管寧之窮；宋留、李之靦顔，賢於文謝之殉節矣。此數君子者，其幽囚死辱皆百計以求，久而後得之也，亦可以爲有怨而歸過於天耶？

遷重身名而不知節義，故史記極稱季布而不爲鄭君立傳。季布爲楚將，數窘高帝，帝購之急，布俠士，何難一死以報楚？至髡鉗爲奴，卒用朱家謀，因滕公謝上，受漢官，顯名於漢，是不可以已乎？鄭君亦嘗一爲籍將，籍死，高帝令諸故項氏臣悉名籍，惟鄭君不奉詔，詔盡拜名籍者爲大夫，而逐鄭君。如遷所論，則季布之顯名，賢於鄭君之放逐矣。

遷求夷齊之死而不得其故，乃引賈生之言曰：「貪夫殉財，烈士殉名。」則似以夷齊之死爲求名者，而曰伯夷、叔齊「得夫子而名益彰」。遷所知者名而已，彼烏知有仁，而可與論夷齊之士哉！

管仲論一

管仲，王佐才也，而其時不得不出於霸。孔子於春秋二百四十年間，獨心折仲，其贊仲功至矣，而忽有「器小」之論，議者遂謂聖人以霸佐小之。

夫聖人而欲仲輔其君以成王業也，將誰輔乎？若輔齊桓以王，是遂無周矣；若輔周，周是時其勢尚不能比於列國，而欲因之興禮樂教化，以息諸侯之侵並，戢其强梁之志，而上奉一王之尊，仲能之乎？亡論仲，即孔子能之乎？仲知山東之國齊爲大，列國之君桓公爲賢，桓公可霸也。欲匡周室，計惟有霸齊；霸齊而後周之統以尊；周統尊，而後周之王業或可以漸興乎。易曰：「變通者，趨時者也。」仲可謂知時達變，乃心王室者矣。

當桓公未稱霸之先，天王至於求車、求金，貧弱已極，繻葛之戰，鄭伯射王中肩，此周何等時也！自仲贊桓公，以禮尊王，毋敢隕越，而天下君臣之義以明。迨至晉文公，有大勳於周，一請隧，而襄王能引先王之典禮以拒之，君臣之分凜然。終五霸之世，天下共戴周爲共主，誰之功耶？吾故曰：使仲在周初，畢、散之列也；於宣王中興，亦方召之亞也；使畢、散、方、召當仲之世，其功亦不過與仲等也。而曰仲非王佐之才，豈信論乎！

夫仲之事，豈惟孔子所不譏；使孔子得志，亦將爲仲之所爲，能霸而不能王也。何以知之？觀聖人周游列國，皇皇求仕，而未嘗求仕於周，知天下之勢在列國而不在周也，其意亦欲得列國之政，行管子之事，以中興周室，故不覺發歎於佛肸之召，而曰：「如有用我者，吾其爲東周乎？」蓋未嘗一忘周也。史記稱，孔子相魯，齊人聞而懼，曰：「孔子爲政，魯必霸。」此見當時諸侯之從服，固在霸矣。然使孔子遭管仲之時，得管仲之君，其所就必有大過於仲者：以桓公之威令、諸侯之秉承，聖人因時乘勢，使禮樂征伐自天子出；而爲之霸主者，一切奉行天子之賞罰，如周公、召公分陝而治，庶乎文武方策之政不難再舉，決不以周之不足有爲，但一尊之而已也。仲蓋以周本不足有爲，陵夷如此，而吾能尊之，吾事止矣。子曰：「管仲之器小哉！」蓋深惜其止也。

至於孟子之世，周益微，諸侯益大，宗周之事又不可行矣。齊威王一朝周，周人責以禮，遂勃然怒叱之曰：「汝母婢也！」以爲天下笑。當斯時，而欲如桓公率諸侯以朝天子，亦猶當管仲之時，而欲輔周室以興王業，其不可一也，是故霸之事不可行於戰國也。戰國之圖霸者，徒思廣土地以殺人民耳，孟子以救民爲心，必先黜霸；黜霸，則不得不首黜管仲，而曰：「仲尼之徒，無道桓文之事者。」然至於稱：「五霸，桓公爲盛。」葵丘之會，載書歷然，則管子之功亦正不可誣矣。說者謂孟子不知有周，歷説齊梁以王，然觀孟子之陳王政，皆以文王爲師，曾不以改命之事望諸齊梁，則猶未忍絶周也。使在孔子之世，目擊周事，必以孔子之心爲心，豈真以管仲爲不足道哉？

管仲論二

自管仲相桓公，合諸侯，尊周室，訖春秋之世，霸主迭興，諸侯朝王，王亦能引先王故事以責諸侯之禮。當是時，天下始知有周，羣奉爲共主，皆自桓公倡之，管仲之功也。而子貢輩區區以不死子糾之節責之，何其固哉！聖人亟稱其功而略其節，以死節事關一身，而不死所係者在天下也。他日，又曰：「管仲之器小哉！」蓋以聖人視之，而仲器爲小，蓋深惜之也。

夫仲之功雖大，而其治純任智術，其得諸侯也，一以術籠之，而未嘗以道也。是故其心甚勞，事甚繁，經營十數年，而後能得志於天下。若聖人，相魯三月，而魯大治，略不見其施爲之迹，至於男女異路，道不拾遺，而三家拱手以聽其所爲。此其潛移默化之妙，神明不測，非大聖以下之所可窺，豈仲之所及哉！

吾觀周之盛時，太史采風，諸侯述職，皆陳詩於王，以觀其政之得失，而行賞罰焉。自王迹熄，而采風廢，而春秋時，列國聲詩猶籍於王府而傳諸四國，士大夫皆能賦之，豈非自仲尊王以後，共修侯職，而陳詩之典猶不廢乎？而不能使賞罰之權操之天子，是有其尊之之名，而無其尊之之實也。

子曰：「天下有道，禮樂征伐自天子出。」則賞罰其大端也。設使聖人相魯，有仲之得君之專、任事之久，諸侯懷德畏威，因而佐魯君以諸侯朝王，禮樂征伐之出自天子也，必矣。於何知之？於相魯知之。魯之有三家，不亞于王室之有諸侯，其不聽命也久矣。一旦欲强公室，弱三家，而墮三都，三家皆聽墮焉，其不墮者天也。以服三家者服諸侯，何難舉先王巡狩述職之典，使天子得行其賞罰乎？而仲不能，亦仲之器不足以辦此，謂之「器小」，惟聖人爲能小之也。仲之器，衹能借尊周以霸齊，而聖人則實能用魯以興周也。

議者謂：桓公多内寵，仲不能諫；有豎刁諸倖，仲不能除；身死之後，公殁，齊國大亂，以爲仲過。嗚呼！此仲之任智術之過也。仲之志在得齊以有爲，則必得君之專，而後能爲其所欲爲，故一切聽之，而謂皆不足以害霸，亦欲及其身以成其志耳。至於身後之成敗，古豪傑之士固不計也。武侯死，黄皓用，而後主降魏；王猛死，慕容垂聽，而苻堅亡國。豈足以是病亮與猛哉？嗟呼！武侯之興漢，管仲之興周，皆爲之於無可爲之日，雖用不同，而其志則一也。

申包胥論

春秋時，齊桓公存三亡國，邢遷如歸，衛國忘亡，天下稱義焉，衛人「木桃」之詩所以誦也。至於吳之入楚，楚且亡矣，秦哀公以兵車五百乘救之，破吳復楚，楚後益昌，與存亡者何異？而楚未聞有以報秦，秦亦不聞責報於楚。後世未嘗以哀公與桓公並稱，何也？

余嘗考而論之：桓公之遷邢、封衛，桓公之義也，彼蓋以義舉而服諸侯也。秦之救楚，非秦義也，秦固感於包胥之義而起者也。楚昭王母，秦女也；王于哀公，甥也。昭王奔隨，吳師從之，命在旦夕，乃使胥乞師于秦，其亦恃秦楚有舅甥之誼乎？迨包胥致命，秦伯使人辭焉，曰：「寡人聞命矣。子姑就館，將圖而告。」楚請何急！秦應何緩！秦之不念其所出也可知矣。包胥知秦伯之無意于楚也，楚之勢必亡也，立依於庭牆而哭之，日夜不絕聲，勺飲不入口，當是時，胥志在必死而已。七日，哀公爲之賦無衣，九頓首而坐，秦師乃出。然則秦師之出，非爲楚也，爲胥也。吳師新勝，其氣方鋭，秦子蒲、子虎一戰而挫之，豈秦師勇哉？胥義以鼓之勇也；五百乘兵之用命，胥義以激之用命也：皆爲胥也。秦庭一哭，而使秦之君臣將士毅然與之同仇，不自知其憤而憤，義之感人如此哉！豈惟秦師，即楚之敗軍之將，如子西、子期者，收合餘燼，以致死於吳，而士卒之氣，亦以再振，皆胥有以振之也。是故楚之復，直胥一人復之而已。

雖然，秦之義何可蔑也？夫以義感人與爲義所感而興於義者，其義一也。且包胥之初請於秦也，曰：「逮吳之未定，君其取分焉。若楚之遂亡，君之土也。若以君靈撫之，世以事君。」即昭王之命胥應如是矣。當其時，楚國已亡，其地皆吳土也；吳師既去，秦據楚而有之，以號召於南國，曰「告取之於吳，非取之於楚也」，豈曰無辭？而況包胥之前言猶在耳乎？而秦不爲也。楚王復國，秦師遂歸，割地輸幣之説曾不與講。然則非獨包胥義也，秦亦義焉。後世若南霽雲之乞師於賀蘭進明，其義豈減包胥哉？而卒不能激之以救睢陽。至於劉璋迎劉備以擊張魯，未與魯戰，而先滅成都。古今之不義，未有甚於備者。若秦之不利人國，不望人報，以義興師，何必遜於齊桓哉？嗚呼！世之請兵報仇，而能復其國者蓋亦鮮矣。後代惟唐肅宗借兵於回紇，克復兩都，用以中興，由今論之，回紇亦可謂義矣。

藺相如論

藺相如，勇士也，其氣可奪三軍之衆而凌萬乘之主，以死殉節，不辱君命者也。若謂有功於國家，吾不信矣。王弇州氏謂相如完璧事甚危，足以禍趙，而極稱其澠池之勁，謬矣！

夫趙以璧予秦，秦弗予趙城，曲在秦。相如完璧歸趙，即相如危，趙弗危也。使秦更遣使責璧於趙，而趙有詞矣，曰：「趙之璧，天下所共寳也。秦以十五城易趙璧，天下所共聞也。趙畏秦之威，不敢愛璧，敬獻之。秦謂秦之必不欺趙也，今璧已入秦，秦城不出，是秦自失其信。使臣寧死不辱君命，故以璧歸。若秦必欲璧，則願先得十五城，而後奉璧。」秦王雄主，其不以璧故負不直之聲，激諸侯之怒，而堅其合從之約，明矣。

至於澠池之會，何爲者耶？秦連歲攻趙，其於趙非有兄弟之好，而仇讎也，苟可以得志於趙，何所不至？一旦欲與趙王會於西河之外，當是時，秦趙不相及，非如項羽之力足以破殺沛公，不得不至鴻門自解於羽也；又非若郭子儀之素有恩信於回紇，一旦出其不意，免冑造藥葛羅營[二]，而與之定盟而返也：彼皆於不得已之時，而出此急計耳。今秦王欲會，趙王不欲行，趙何難辭諸秦，秦亦無以加於趙，而頗、相如計曰：不行，示之以弱且怯也。語云：「千金之子，坐不垂堂。」虎欲噬人，而人避之，亦可嫌人弱耶？夫不肯示弱與怯，此頗與相如臣子之所當自盟者也，而欲以是效諸君，使之輕於一擲乎？頗送王至境，與王決，請立後以絶秦望，是頗與相如亦共知此行之至危矣。夫使其君無故而履至危，守者以之建功，從者以之顯節，謀國者固如是耶？頗爲此語，亦欲以壯相如之氣，使不見奪於秦之要劫。而相如亦恃頗語，以毋所顧惜而氣益壯。於是，秦王請趙王鼓瑟，相如亦請秦王擊缶；不肯，則欲以頸血爭之。夫相如則壯矣，彼視其君，不猶之腐鼠哉！

晉平公與齊景公投壺，穆子曰：「寡君中此，爲諸侯師。」景公曰：「寡人中此，與君代興。」齊未嘗敢與晉抗也，而晉臣猶曰齊弱晉矣，不可不示之以威，而况虎狼之秦哉？夫秦趙之不敵久矣，即使爲敵，晉楚之盟，趙武且讓楚再先於晉，春秋不以晉爲弱；秦趙之會，趙即不讓秦，天下亦豈以趙爲强於秦？秦亦豈遂不加兵於趙哉？以秦爲可信也，相如之從趙王，則當如孔子相魯侯，夾谷之會，以禮折齊之非禮可也，固不必用壯矣；以秦爲不可信也，則澠池之會，是亦不可以已乎？相如之用壯，其志在捐軀耳，獨不爲君計哉？使秦左右果刃相如，豈真一叱之所能止？吾不知其置趙王於何所也。是故秦昭王之能容相如，與齊桓公之容曹沬，其度量皆足以霸，其難在兩君，不在相如與沬也。

且壯豈可以數用哉？方相如於秦庭持璧睨柱，頭且與璧俱碎，彼知秦王之深愛璧也，愛璧則不得急相如。今秦王豈有愛於趙王哉？而復蹈擊柱之故智，誤矣！且相如之以死爭璧也，必使人先歸璧於趙而後請死；今趙王猶在坐也，而以一死激秦怒，是相如重趙王不如其重璧也。秦臣曰：「請以趙十五城爲秦王壽。」相如亦「請以秦之咸陽爲趙王壽」。此猶市井小兒之爭口語，必求勝一語爲能耳，何所取哉！何所取哉！

田光侯嬴論

古人以身許人，未嘗輕用其死，必以死濟其人之事；事不濟，則死之。未有如侯生、田光之謀甫定而身先死者，既非以死濟事，又非因事不濟而死。吾嘗論之：蓋有不得不死者。光之死，史稱其自殺以激荆軻。光亦自謂以死明不言。夫軻已許太子矣，惡用激之？太子之謀，賓客皆知之，不泄，光豈不足自信，而必以死明之乎？或曰：「太子遣刺客入秦，客未有能往而復返者。光舉軻自代，是舉之代其死也，故先以一死償軻，以明己之非愛其死於太子耳。」侯嬴爲信陵君畫計：竊虎符，奪晉鄙軍以救趙。計定，度公子至軍，即自刎以死。或曰：「嬴竊符殺鄙之謀，即公子行後，事且發，公子且不忍鄙之死，而忍嬴之死乎？故嬴先死以絶公子之顧念。」或曰：「晉鄙嚄唶宿將，魏國賴之，嬴以朱亥隨公子往擊鄙也，公子爲之泣下，蓋傷鄙之死矣。嬴曰：『臣度公子至鄙軍之日，北向自剄，以送公子。』是鄙死之日，即嬴死之期也。嬴豈償鄙死哉？蓋以死償公子之泣耳。」二者之説，皆近似之而非也。

夫光與嬴皆所謂義士也。義士與策士不同：策士期於成人之事，義士期於成人之志。成人之事者，必圖其有利而無害；成人之志者，雖害百而利一，猶將圖之，蓋不如是不足以成其志也。至於志已成而害隨之，則爲其計者，固非一死不足以謝之矣。若太子丹之刺秦、魏公子之救趙，此皆天下之至危，而光與嬴爲之計，皆一往而無復後圖者也。

夫丹以不忍秦王之小忿，而欲遣刺客以快其私怨，豈爲國家計哉？然其志決矣。光豈不知軻之入秦，適以速禍，然所欲成者太子之志而已。魏公子不顧其國而欲救趙，以取信於趙勝，既不能得諸魏王，而欲與賓客赴秦軍，與趙俱死，此其志不救不已。嬴以爲，非竊兵符、殺晉鄙而奪其軍，必不能救趙。然使公子以救趙之故，而至於竊王之符、奪王之軍、殺王之宿將，以樹怨於强秦，則不謂之負魏不可。公子卻秦存趙之後，其不能自歸於魏也明矣。嬴固知之，而欲成公子之志，計無有出於此者。

夫以光之計，遣軻入秦，而速燕之滅、王之擄、太子之誅；以嬴之計，竊符奪軍，而使公子冒負國之名、蹈出亡之禍，於兩君之志得矣，於其國家何？於其父兄何？此二人者所爲以計成其志，而即以死謝其父兄國家也。光死於荆軻入宫之初，嬴死於晉鄙隕命之日，蓋以軻一喏、鄙一死，而兩君之志成矣；志以成，則所以謝其父兄國家者固不容緩。吾故曰：兩人有不得不死者也。

陳涉論

太史公列陳涉爲「世家」，在漢功臣之前，徒以其首發難耳，而不立論，但云：「陳涉雖已死，其所置遣侯王將相竟亡秦，由涉首事也。」涉之爲涉，盡此數語耳。至其計畫署置，無一足取者；獨是起事之功，皆由吳廣。事既成，而廣乃推勝爲主，豈勝亦有過人者耶？抑如陳嬰母，懼爲世所指名，故以讓勝耶？夫勝自起蘄至陳，相去不數百里，遂自立爲王，此豈有大志者哉？勝蓋鄉里小人也，纔得一城，人爭奉之爲主，生平「鴻鵠之志」，於此足矣。且起兵以來，未嘗見强秦一將，即稱王，亦草澤旦夕竊號耳。而乃以宮殿幄帳誇其故人傭耕者，其與傭耕者叩宮遮道之見相去幾何哉？

雖然，勝之王不足異，彼其時不王，不足以監諸將，三老、豪傑之言是矣。所可異者，既王之後，曾不出陳郭門一步，但遣將四出而已，儼然深居，享王者之奉，此以知其決無成耳。

古今創業中興之主，皆身經百戰，冒矢石，蹈死亡，未有不躬履行間而能坐議廟堂以成功者也。高帝不已王漢乎？其與項羽決戰，瀕於死者數矣。及至羽滅，天下已定，帝貴爲天子，而且擊臧荼、利幾、韓王信及陳豨、黥布，猶必親自將兵，不以委之諸將。卒爲布兵流矢所中，病以死。彼豈好戰而樂危哉？誠不如是不足以定天下也。天下草創之初，其帝王名位皆一時權相推奉，凡欲爲其所爲者甚衆，乃拱手而假人以兵，保其無異志哉？即無異志，而己泰然而享其成，其何以責人之爲我效死也？而況於勝，其才智遠出諸將下，又相奉未久，乃欲居中御外，出號令，行賞罰，使一時之豪傑爭爲己用，豈不愚哉！是故勝所遣出之將，不自立爲王，即互相誅滅，未聞有始終遵勝令者，其勢然也。

設使勝能聽張耳、陳餘計，遣人立六國後，自樹黨援，六國必德勝，推勝爲盟主。使六國自戰，其地爲秦敵者衆，勝雖據陳不出，猶可假名號數年，以待真主，不至於王六月而遂滅也。然勝猜忌，其不肯立六國後，張耳見之早矣。周市既定魏，請立魏咎爲王，使者五反，始遣之國，吾不知勝何心也？勝豈惟不欲立六國後？武臣王趙，輒捕繫其家室；葛嬰立襄彊爲楚王，既殺之，猶不免於誅；秦嘉之立景駒，必俟勝敗死之後；以吳廣爲假王，廣守滎陽，未有敗衄，田臧矯涉令殺之，獻其首於涉，涉即時拜臧爲上將，則謂勝實令臧殺廣可也。

以勝妄庸如彼，猜忍如此，天下豪傑有肯爲勝用者乎？而太史公謂其所遣侯王將相竟亡秦，以爲涉功。夫涉所遣亡秦者，非涉能擇而遣之也。當是時，涉初發難，爲天下先，天下侯王將相之才爭聚於涉，涉所遣者無不足以亡秦。若如涉者，烏能亡秦哉！

范增論

漢高帝言：「項羽有一范增而不能用，卒爲吾禽。」論者以不用增爲羽罪。自吾觀之，羽何嘗不用增哉？其不用者，惟於鴻門不聽增殺沛公耳。

吾不知增之欲殺沛公以何名也？沛公之言諸項伯曰：「吾入關，秋毫無所犯，籍吏民，封府庫，還軍霸上，而待將軍，守關者備他盜耳。」此非妄詞也。項伯謂羽：「人有功而擊之，不義。不如因善遇之。」此非不忠於羽也。夫沛公何罪？於羽何仇？既無夫差、句踐之讐，又無纖毫疑似之罪，以致諸侯之討。羽初入關，而即勸其誅首功之人，其誅無名，將何以服諸侯而爲之盟主？羽不聽，是也。

懷王爲增所勸立，增非羽將，而懷王將也。懷王之約曰：「先入關者王之。」今欲負約而殺沛公，是背懷王者自增始矣。羽之佯尊懷王爲義帝而實不用其命者，增啓之也。且增亦知奪沛公之關中，而猶恐諸侯以負約而叛之，不知何以欲殺沛公於鴻門，而不慮諸侯叛也？夫奪關中而以巴、蜀、漢中王沛公者，增陰謀也，羽聽之。滎陽之囲，勸項王急擊勿釋者，增策也，羽亦聽之。凡增之所以囲漢而出之有名者，羽未嘗不用也。即增去羽後，漢王亦自以計遁出耳，羽未嘗棄增策而縱之也，而奈何謂羽有增而不能用哉？

羽之不用增，自漢間之也。夫增之所以事羽，猶待漢間而羽始稍奪其權，則羽亦可謂能容增之至矣。增初從項梁起，又與羽同爲楚將救趙，彼於羽蓋以僚友自待，而未嘗有君臣之分也。史序項王與沛公飲於鴻門：項王東向坐，亞父西向坐[二]。亞父者，范增也。噫嘻，亢矣！沛公北向坐，張良西向侍。是時，良猶韓將也。而以臣禮待沛公，吾不知增目之何以自安於項氏耶？迨沛公既去，而使良獻璧於項王，獻玉斗於增。增置之地，拔劍撞而破之曰：「唉！豎子不足與謀！」增所唉之「豎子」，非羽乎？而羽絕不聞有怒也。羽聞「沐猴而冠」之說，即時烹殺之，至於增之聲色，獨能忍之，羽所以尊事增可知。衆稱羽仁愛恭敬，良不誣也。

觀增之所以待羽，即知其所以待羽之左右矣，其左右能堪之乎？陳平之間何難於行？其更持惡草具以待羽使者，不過借使者之歸報，以信左右之語耳。史謂羽疑增與漢有私，是大不然。夫勸羽圖漢者增也，豈有私之而反圖之？羽必不以此疑增，漢亦必不以此間楚。漢之間楚，必曰：「漢所畏者增耳，不畏羽也；其能操縱乎漢者，非羽也，增也。」故分別進具於使者，所以顯示其重增而輕羽也。增既以圖漢爲己計，漢又間之，則欲羽不疑增之市權於漢也得乎？故奪增之權而聽其去，卒不解滎陽之圍。羽疑增之故，蓋在此矣。

以增之大怒去羽，行未至彭城，即疽發背死，此其生平任氣性、少度量。羽始終能堪之，以迨其去，則羽之於增猶有始終哉！

留侯論

方陳勝發難之初，張耳、陳餘勸勝立六國後，自爲樹黨，爲秦益敵，勝不能用，不旋踵而亡。迨項梁起兵，范增亟勸立楚後以從民望，子房亦請立韓公子成爲王，益多樹黨，雖志在報韓，然其策亦未嘗有異於耳餘也。及漢滎陽之困，酈食其謀立六國後以撓楚權，子房借前箸爲籌，亟言其不可，其事遂寢。何子房爲計前後自相牴牾乎？嗚呼！若子房，乃深達時變者也。

夫秦爲無道，滅六國後，天下恨之入骨髓。方舉事之初，以立六國爲名，則人心嚮附，海內之豪傑義士，莫不瞋目攘臂以爭起，從之惟恐後。項羽所云：「天下初發難時，假立諸侯後以伐秦。」即此指也。迨秦既破滅，天下之大勢已歸於漢，與漢爭者獨一羽耳。而酈生乃欲立六國以撓楚權。夫六國之後，能爲羽敵足以抗羽者誰乎？如田氏兄弟，已自爲王，不待漢立之矣。若猶是趙歇、魏豹等輩，彼亦視楚漢之勝敗爲去就耳。漢王彭城之敗，諸侯皆與楚而叛漢，其情可見矣。且楚常勝，漢常敗，則立六國者，是爲楚樹黨，爲漢樹敵也，何撓楚權之有哉？

彼撓楚之計，子房決之早矣。當是時，能與楚抗者，獨有信、布、越三人耳。帝與子房謀，欲捐關以東地予人，子房以爲：必捐之此三人，此三人真足以撓楚者也。而酈生猶持始事之故説以進，何其謬哉！且帝捐關以東地予三人者，非真能捐之也，子房固知此三人者之終爲漢有也；若立六國之後，其土地既皆其故物，而其人士爭歸，臣其舊主，事定之後，漢寧能復廢之哉？廢之，是仍冒項羽倍約之名，貽諸侯以口實，而開兵端矣。

或曰：「子房始志爲韓報仇，復六國，即所以復韓也。今爲漢計若此，獨不爲韓計乎？」夫子房之爲韓亦已至矣，既已求成立爲王，方去漢歸成，而羽竟殺成，子房復何望哉？子房知六國之不可以再興，而韓仇不可以不報也。初，韓滅於秦，則志在報韓之仇，故從諸侯以亡秦；及成誅於羽，又志在報成之仇，故欲從漢以滅羽。爲漢計不忠，則羽不滅；羽不滅，則成之仇不報。即謂子房始終爲韓報仇，可也。

淮陰侯論

傷哉！淮陰侯信之見誅於呂后也。高帝實無誅信意，蓋帝知信之必不反也：非其不反，不能反也。信之爲人，自治兵以外，至於治生涉世，無一所能，惟得兵而用之，遂如蛟龍之得雲雨，騰驤變化，不可復制。故信之感恩死心於帝，惟帝能假之兵柄，以任其所爲，使得畢展其能也。其謝羽曰：「漢王授我上將印，予我數萬衆。」以信生平之大願，漢王一朝而滿之，此其所以始終不肯倍漢也。惟帝知之，又能駕馭之，故既予之兵，而時輒奪其兵，不欲其多也，尤不欲其用之久也，久則兵精，兵精而多，雖帝亦無以制之矣。方信甫下魏破代，帝輒使人收其精兵詣滎陽。迨與張耳破趙之後，信兵益振。乃自稱使者，晨馳入趙壁，即其卧内奪兩人軍，而使信另收兵擊齊。信既已王齊，會兵破楚，天下已定，帝即乘其時，襲奪信軍，而徙封於楚。帝之所以防信者至矣，防其有兵也。信之語帝曰：「臣多多益善。」即帝亦自知其不如信也。

夫信去齊，而楚不過一分封之國耳，非如齊之實爲信之所自有也，其士大夫皆信素所撫循，而將卒吏民受其節制久矣，齊知有信，不知有漢也。帝以楚易齊，固已制信於股掌之上矣，而陳平猶曰天下精兵莫如楚。楚兵雖精，非信素有，固不能用之如齊兵之臂指使也。然鍾離昧實在信所，昧將吏部曲存者尚多，楚之豪傑，皆昧所習知。信急與昧發兵以反，亦其勢也。故昧曰：「漢不擊取楚，以昧在公所耳。」而信實無反心，聞帝爲雲夢之游，遂斬昧謁帝，以自明其不反。帝械信至洛陽，赦爲淮陰侯。當是時，帝真赦之矣，知其無能爲也。信去國去兵，不過匹夫耳，其在長安，猶之向之淮陰市一餓夫也。蓋帝至是無復防信之心矣，故與信從容論諸將能否，信直自伐其長，無所避忌，惟信亦知帝之諒其無能爲也。而云與陳豨謀反，冤矣！

夫豨與信非有平生之交，又其才豈能出諸將上？信視諸將如奴隸，而乃獨倚豨成事乎？且云：「第舉兵，吾從中起。」乃謀夜詐詔赦諸官徒奴爲兵。此其道至危，而事涉於兒戲，愚者不爲，而謂信爲之乎？夫信雖好用奇兵，而計必出於萬全，觀其出井陘時，必使人間視趙，知趙不用廣武君計，乃引兵遂下，此豈肯僥幸於萬一者？而以此蜚語坐信反狀，冤哉！帝見信已死，且喜且憐之，蓋深憐其冤也。

或曰：「帝在，則信不反；帝百歲後，后與太子能制其不反乎？」夫帝即百歲後，信亦不能反也。人臣之謀反者，非外有重兵，即内有黨援，信恃功傲忽，舉朝中無一與信者，即以滕公之救其死，未聞如張蒼之報德王陵也；以蕭相國之薦賢，未聞如陳平之歸功魏無知也。又何論絳、灌、樊噲輩哉？信一孤豚耳，使后不殺信，高帝既殁，信有悒悒失志以死耳，惡能爲哉！惡能爲哉！

校記

［一］藥葛羅　中華書局校點本（下簡稱中華本）舊唐書迴紇傳作「藥羅葛」。

［二］西　中華本史記項羽本紀作「南」。當從之。

田間文集卷二

論

平勃論

吾嘗怪陳平、周勃：其始阿呂后意以王諸呂，後雖有定亂之功，而漢幾危。使當其時能與王陵合詞，面折庭爭，則產祿不王，呂氏禍亦未如此其烈也。已，讀呂后紀，乃知產祿之禍不在王，而在使居南北軍入宮用事耳。

當惠帝崩，太后哭，泣不下，張辟彊謂丞相，請拜呂產、呂祿爲將，將兵居南北軍。丞相然其計。呂氏權由此起。丞相者誰？陵也。陵既以兵柄授產祿，而乃欲禁其不王，甚矣陵之愚也！夫產祿之所喜者，喜於得王；而漢大臣之所畏者，畏其爲將。彼既居吾所畏，吾復禁其所喜，禍必自此始矣。平勃知其勢不能禁，不如因而從之。平爲相，與勃交驩，呂嬃讒不能入，后之所以德平者可知。且平勃知將兵之禍大於封王，當平勃聽產祿爲王，陵爭之；

陵請產祿主兵，平勃獨不能爭乎？平勃知產祿皆庸才，雖主兵，固無能爲，所憚者后也。

觀后之臨歿所誡產祿數語，固知后之權略足以制諸大臣，亦未嘗一日不防諸大臣也。后知產祿非諸大臣敵也，王呂氏非諸大臣意也，計必誅諸大臣以安呂氏，而平勃事事迎合，欲將則將，欲王則王，雖后内疑之，亦無由以發難，及至永訣之時，乃授產祿方略曰：「必據兵衛宮，毋爲人所制。」后至是情亦迫矣，而詎意產祿之不能聽也？

當齊兵西向時，彼產祿者，一爲相國，主重兵於内，一佩上將印，悉天下之兵東迎擊齊，雖不能勝齊，猶足以自固，而乃以兵屬潁陰侯將之，使留屯滎陽，與齊連和，呂氏之大勢，於此去矣。且呂祿本不知兵，志在王而不在將，酈寄知之久矣。寄計雖爲諸呂所阻，乃紿之出與游獵，祿爲大將而輕去其軍，祿豈知軍事哉！無怪呂嬃之遇之而怒也。祿一去軍，太尉即已矯詔入矣。然是時，印猶在祿所也。太尉入軍，即行令曰：「爲呂氏右袒，爲劉氏左袒。」袒之尚右也舊矣。王孫賈於市中曰：「欲與我誅淖齒者袒右。」陳涉起大澤亦袒右，稱大楚。乃勃故謬其旨，右呂而左劉，示諸軍以不可測，而軍皆從左，則知軍心之向漢也必矣。軍心即將印也，祿雖不解印，勃固已得而將之也。知北軍之心，即以知南軍之心，不必入南軍，而產祿之命已制於太尉之手矣。而產乃思呂后衛宮之語，求入未央宮爲亂，不已晚乎！夫產既失軍，即入宮亦不能爲亂，不過劫少主以令諸大臣，圖旦夕活計耳。而賈壽之謀，朱虛侯業已先之。吾固知產祿雖主兵，實無能爲漢患也。

設使平勃不順呂后之旨，使后内懷猜怒，陰以計誅大臣，後有用事者皆呂氏黨；以產祿之權而信用其黨，漢之爲漢，尚忍言哉？唐武氏事，其左證也。吾故曰：平勃之安劉，其機固在於聽呂后之王產祿也。

灌夫論

太史公序魏其、灌夫兩人相爲引重，相得甚歡，而夫使酒用氣，卒以陷禍，其始皆由於兩人之失勢相倚。嗚呼！勢之不可以已也。莊子曰：「錢財不積，則貪者憂；權勢不尤，則夸者悲。」况失勢乎！

夫魏其、武安所好者交游，喜賓客也，而賓客皆以勢交，見失勢而去，此兩人所以極不甘耳。然魏其失勢，倚夫引繩批根生平慕之後棄之者，因藉夫謾駡，以發攄其不平之氣。而灌夫亦倚魏其而通列侯宗室爲名高。何居哉？彼魏其默默不得志，屏居謝客，獨與夫游，魏其僅夫，夫亦僅魏其，兩人者亦足以豪矣，而乃欲博名於列侯宗室間。甚矣夫！胸中之不能忘勢也。

追籍福爲武安請田於魏其，魏其望曰：「老僕雖廢，將軍雖貴，寧可以勢奪乎！」此失勢傷心之語，夫豈能聞？宜其艴然發憤而罵籍福也。夫以魏其之失勢，武安至欲奪其田，魏其怨之，已又罵之，則武安者亦可以謝絶矣，豈可因籍福不言，幸武安之未知，而重與之作合乎？迨聞武安欲過魏其，則驚喜若出意外，而惟恐其不至，以爲魏其之辱，其視武安之一過一何寵也？

田蚡，貪人也，蚡自以有功於魏其，故欲得城南田，而未知其不肯，則蚡之過魏其，與魏其交驩，焉知其不猶欲得田也？而夫以爲寵，謬矣！以蚡之驕倨，至不欲與兄相向坐，豈有夫哉！而夫乃責之禮，以語侵之，則何初之重視武安之一過，而後乃易之也？而况蚡乃更聞前日之口語哉？蚡欲案夫罪，而夫亦持武安陰事，用賓客居間，俱解，夫於是益危矣！以田蚡之勢請田，而夫罵止之；案夫罪，而爲夫所持：是夫再勝而蚡再負也。蚡受淮南王金，許立太子，此何等事！而爲人所持，豈賓客居間者之可以解而已乎？蚡之必欲殺夫，不待智者而知之也。而魏其猶强夫同過武安，何其疏哉！

當灌夫被酒罵坐時，無所顧忌，豈亦以淮南之事足以始終持蚡，雖罵，固無如我何，且以欲見氣於諸賓客也？縱夫無此心，蚡疑夫之意必出於此矣，故曰「吾驕灌夫」。謂以前事驕之也。即時繫夫而捕其宗黨，又多爲耳目，使不得言武安陰事。蚡蓋計之早矣。

魏其與武安辨於東朝廷，即韓安國、鄭當時，皆持兩端，不敢堅對，餘皆莫敢對：其理在魏其，其勢在武安也。舉朝中不畏勢者，獨有汲黯一人耳。而魏其竟爲夫死。

嗚呼！兩人之禍，由於既失勢而復不肯忘。勢之爲害至此，豈不悲哉！

袁盎鼂錯論

盎與錯，皆忠於謀國者也。削諸侯以尊漢室，賈生所謂久安長治之計也，其議始之於盎，而成之於錯。使兩人者和衷協謀以共成大計，則皆漢社稷臣，而奈何以私怨相陷至於死也？太史公言：錯擅權變更，「諸侯發難，不急匡救，欲報私讎，反以亡軀」。其云「報私讎」者，言吴楚反時，錯欲借吴事以害盎也。盎因請間言事，卒誅錯以自免。是其難端自錯發之也，故罪錯而不罪盎。

以吾觀盎錯相陷之事：錯，一疏愚無術者耳，豈盎敵哉？

夫削地之説自盎論淮南王發之，議發自盎，盎安得與錯爲異同也？而盎又爲吴相，素知其欲反，用兄子種計得免，豈待削地時始有反謀哉？當吴楚反時，舉朝無有與錯者，其意見稍同，計獨有一盎耳，錯於此時宜急引盎爲助，盡蠲私忿，共濟國事可也。上言：「袁盎昔爲吴相，數勸王毋反，且深習吴事，盎與臣素不相能，臣不敢以私廢公，請得自謝於盎，以共謀吴。」盎固俠士，豈不釋然於錯，而必欲撓錯之計者哉？不知出此，而乃謂長史曰：「袁盎多受吴金錢，知吴計謀，宜請治盎。」當是時，錯方用事，以此殺盎不難。盎怖死，焉得不急因竇嬰請召見以謀錯也？

夫錯業有謀盎之心，獨不防盎之謀己乎？既不能用盎，使其鬭盎之對，謂吴不足憂，明知其迎合上意，固將有進計也，即面攻盎曰：「臣本知吴不足憂，但盎受吴金，爲吴間沮，其言不足信。」上即不誅盎，亦足以制盎之間錯之口矣，而奈何贊於上曰「盎策之善」？蓋自七國舉兵以來，言者爭張吴楚之勢，帝心已内怵，錯恐見疑，故欲借盎之一言以堅帝之信，已而忘己之初欲殺盎也。夫帝所恃者錯耳，錯既爲衆口指謫，帝不能無疑，闘有更能謀吴者，即傾心向之矣，而錯復善盎之對，使取信於帝，即帝亦以盎之計必有過於錯者也，焉得不信盎乎？夫盎與錯敵也，兩敵相持，鋒刃之際，非彼即己，間不容髮；如錯者，是自舍其兵以授人，而使戕之也，寧待趨避東廂時，錯始宜知恨耶？

夫吴楚之反，當削諸侯時，錯言之早矣，曰：削亦反，不削亦反。削之反急，其禍小；不削反遲，其禍大。帝豈忘之乎？即盎豈不知反者借錯爲名，斬錯必不足以解兵？盎此時計，且斬錯以紓目前之死耳；至於策之不效，上異日悔錯之誅，而治盎之罪，皆非所暇計也。迨吴楚破後，上不以誅錯爲盎罪，漢之失刑，盎之倖矣。設使錯初無謀盎之心，盎何以至此？既已謀之，而又不爲之備，宜其死也。

魏相論

史稱魏相明易經，有師法。而相在當時，不以善易名。吾觀其佐宣帝中興，未嘗緣飾經術，謂古今異制，獨好觀漢家故事，凡便宜章奏，皆奏請施行之，而漢以大治。此其審時達變，似非通於易者不能。

然吾迹相所爲，殆善趨時以就功名者耳，不可謂知易也。觀其始攻霍氏，因許伯上封事，去副封而霍氏之謀以聞，相由是得柄政。夫許氏不亦一外戚哉？相由許以進，依然假權於外戚，忠國者固如是乎？相特因之以集吾事耳，易所謂「遇主於巷」是也。其弊遂流爲張禹。夫禹以易名家，而其用惟精於趨避。易教人趨吉避凶，若禹者，不論吉凶，惟知禍福：苟可以趨福者無不爲也，苟可以避禍者無不至也。以至成帝災異之問，禹徒以門户之計，陰右王氏，遂使成篡國之禍。在禹，自以爲趨避精矣，以是爲易，則吉莫吉於徇私之小人，而凶莫凶於守道之君子。夫易，固有福爲吉、禍亦吉者，貞故也；有禍爲凶、福亦凶者，不貞故也。德之合於吉者，明哲保身爲吉，殺身成仁亦吉也，其吉也以貞。德之合於凶者，亡國覆宗爲凶，全軀保妻子亦凶也，其凶也以不貞。而亦有貞而凶者：功名而有震主之嫌，諫爭而有僨事之害，其心則是，其術則非。聖人有憂之，亦非以得禍爲凶也。若張禹之爲，吾見其凶，未見其吉也。

相之請去副封，使霍氏陰謀漸泄，此自臣子忠愛，而必因許伯以請，以爲伯請，而後吾謀適用。及至爲丞相，上疏猶云：「願陛下與平恩侯及諸臣詳議乃可。」相意引伯自濟，使其說得行耳。然漢家尊用外戚，遂爲厲階，幸許氏謹厚，而相必使之與聞國事，則后黨顓政之禍，自相基之矣。相本無他心，不過徒濟己一時之謀，而陰貽國家後日之禍，以易道論之，皆不得謂之貞吉也。

吾嘗謂漢之明易者，莫如朱雲。雲從白子友受易，連拄五鹿充宗，及至上殿，請尚方斬馬劍斷佞臣張禹頭，若雲者，可謂貞矣。當是時，毋論帝悟，留折檻以旌直臣，爲吉，即使下從比干、龍逢游，庸非吉乎？善易者因乎時，時有潛有亢，惟明者不失其貞，人徒知時潛而行亢之事爲凶也，而不知時亢而行潛之事之亦凶也。雲固貞於亢者也。雲一經廢黜，遂不復仕進，而猶贊蕭太傅不屈以死，惟時雲處其潛，蕭處其亢耳。

京房既以攻石顯斥外，而猶欲行考課法，請乘傳奏事，此亢而失其貞者也。故其弟子姚平曰：「房可爲知道，未可爲信道也」，宜終凶矣。然而，寧爲房，不爲禹：房凶乎身，禹凶乎國也。魏相善通時務，其學雜霸。惟朱雲，其庶幾爲知易乎！

光武論

史稱漢高祖微時即豁達有大度。光武初起舂陵，人皆目以謹厚。後遂以此定論二帝。馬援謂光武「恢廓大度，同符高祖」。自吾論之，高祖之豁達，霸者之略也；光武之恢廓，王者之器也。高祖外寬内忌，故其御下也皆以術；光武内外如一，故其御下也一以誠。

高祖自謂取天下在能用三傑耳。三傑中惟張子房不將兵，常從上軍中，又多病，講道引辟穀之術，不爲帝忌。至于韓信，始以豁達用之，求將則將，求王則王；卒以猜忌制之，命以將而奪其軍，封以王而徙其地，及信死而後高祖喜可知也。蕭何留守關中，轉輸佐軍不竭，而帝疑之，何非從鮑生言，使子弟悉詣軍所，危矣！天下已定，誅淮陰，擊陳豨，而疑猶不釋，幸一用邵平計，以家財佐軍，而上悦；再從客言多用田宅以自污，而上悦。史兩紀上悦，則上之初意不測可知，而卒用請上林地爲民田，以爲何收民心，下廷尉械繫之，是其忌何之心，未嘗一日忘也。何爲帝故人，功第一，且忌之如是，又安論其他哉！

若光武任人則不然。夫寇恂之守河南，猶之蕭何之守關中也，當時亦有以鮑生言勸恂循何故事，自請從軍。帝以河内重地，不可無恂，固請，終不聽。馮異在關中，人有言異專制，關中百姓歸心，有「咸陽王者」之號。帝以章示異，且詔曰：「將軍於國家，義爲君臣，恩猶父子，何嫌何疑，而有懼意？」如帝之開誠布信，豈不足以駕馭英雄，而必須高祖之術御耶？

然高祖任術，光武任誠，在當時已有不能欺者。高祖之招田橫曰：「橫來，大者王，小者侯。」橫義士，有死不辱耳。使橫來，寧免一死而侯王耶？赤眉使劉恭乞降，且請曰：「盆子一旦將百萬衆來歸，將何以待之？」光武曰：「待之以不死耳。」而赤眉遂降。夫高帝詔人以王侯而不至，光武許人以不死而爭降，則誠與術之效亦可睹矣。夫光武之豁達過於高帝，惟其出之以誠，故以謹厚得名。世未有豁達而不誠者也，若高帝之豁達，吾固疑之。

馬援稱光武開心見誠，無所隱伏，又動如節度，不如高帝無可無不可，此可謂巧於優劣高光者矣。彼石勒，梟雄耳，乃謂當北面事高帝，與光武並驅中原。嗚呼！以勒之才性，自應俯首高帝，彼烏能知光武之所爲哉！

三國論

世之論三國者，皆喜備而惡操，而惡權次之，此甚非平論也。

夫世之惡操者，指操爲奸雄、爲漢賊。其指爲漢賊者，謂其挾天子而令諸侯也。當董卓亂後，天下尺寸皆非漢有，操之天下，皆取諸强梁之手，非取諸漢也。操迎天子都許昌，奉爲共主，存炎灰於既燼，本以爲義也，而曰操挾天子。操百戰以取天下，未嘗以天子令號召天下而有之也；即號召之，當時誰奉天子令者？操使天子擁虛位，不猶愈於天下之棄天子如弁髦乎？

夫輔天子與漢室之説，毋論權所不欲，即備亦豈真有心耶？是三人者，亦各自欲王耳。設使操當日不迎乘輿，委天子於羣凶之手，漢之亡久矣。以垂亡之孱主，衣租食税數十年，得保首領以殁，操之罪，固未可與後世篡逆者同日語也。使操不迎而歸諸孫劉，此兩雄者能一一請天子命而奉行惟謹乎？一不謹，天下必以今之所以罪操者罪兩雄矣，即操亦豈不能指兩雄爲漢賊而興問罪之師耶？吾嘗謂，操之迎天子，是荀彧諸臣之乃心於漢，而實非有利於操也。至於殺僇妃后、屠滅大臣，操罪無可逭，要亦相逼使然，彼所謂騎虎之勢，不得復下，蓋實語耳。吾恐欲問操罪者，當此之際，爲人所圖，亦未肯束手以就死也。

孫權奸狡，操且畏之。若夫備，世所稱爲寬仁忠信者也，備之言曰：「今與吾爲水火者操也。操以急，吾以寬；操以暴，吾以仁；操以譎，吾以忠：每與操反，事乃可成。」然則備之寬仁忠信，特以圖反操而濟事耳，豈其本志哉？備不忍負信而取劉琮之荆州，何以負義而取劉璋之益州耶？且孫權嘗欲取蜀，備以大義責之云：「當被髮入山，不失信於天下！」吾不知備此日之信安在？權謂其猾鹵狹詐，非虛辭矣。

操之用詐，變詭百出，至其取人之國，皆師出有名，未有因媾爲寇，如備之取璋之負心也。即以兩人始終迹之：操之遇備，可謂厚矣，備屢負操，操未嘗負備也。吾不知備何以謂操爲譎，而謂己爲忠？

大抵世之喜備者，徒以備漢室之裔；而惡操者，則以天子在操之所。使操不擁天子，世即惡之，不過與孫權等耳，何至罪浮於權哉！

武侯論

史稱先主一見孔明於隆中，即定三分鼎足之勢，所謂跨有荆益，保其巖阻，撫戎越而結孫吴，即霸業可成。隆中之策，盡此數語而已。然先主甫已得蜀，而荆州失守，卒僻處一隅，不能自振，以至於亡，武侯所策亦竟未能副也。

或者謂：「劉表新喪，曹操卒至新野，表子琮迎降，武侯勸先主攻琮，取荆州，不聽，以此失計。」夫操以百戰之師受降而來，先主即攻琮有之，度能爲操敵乎？不能敵操，徒負不義之名以取破敗，爲天下笑，固不如去之以爲義也。

又有謂：「既定蜀後，宜增置重兵於荆州，爲羽援，不宜獨任羽，致爲吴所圖。」按史，孫權聞先主已得益州，即遣吕蒙襲奪江南三郡，先主引兵下公安爭之，乃聞曹操入漢中，因與權連和而反。蜀國初建，兵力無幾，焉能備魏復備吴耶？

吾以武侯之失策，在聽先主取成都而不速取漢中也。建安十六年，曹操欲來爭漢中，劉璋遣法正迎先主進討張魯，供其貲糧，益以兵衆。以先主之雄略，舉漢中如振槁葉耳。既舉漢中，軍威益振，璋素恇怯，可折柬而下也。彼張松、法正之徒，急欲賣國以自爲功，其言烏足信哉？得蜀之後，殿兵漢中，使無北顧之憂，然後並兵出荆州，與漢中遥爲聲援，因北向以爭中原，詎憂吳襲其後哉？奈何聽張松之言，頓兵葭萌，不即討魯，且厚樹恩德以收璋軍士之心，淹三年久而反棄漢中，圖取成都，與向時不負劉荆州之言何大相左哉？吾不知此時武侯何以無一言爭之？豈惟不爭，必且贊之，觀其深德法正，不復禁止以法，謂其獻計取蜀，有大功於先主也。武侯於此時深喜得蜀，且置荆州於度外矣。

考先主以十六年入蜀，十九年始取成都，二十年出公安與權爭江南，而曹操已破降張魯。當漢中破時，蜀一日數驚，設使操聽劉瞱之計，乘勝而下，寧有蜀哉？先主之自公安回，其貲以自救也，而荆州從此日蹙，關羽從此失援矣。及二十四年，攻漢中，與魏百戰，僅乃得之，而羽即以是年被殺，荆州以是年亡。非先主之亡荆州與羽，其力有所不及也。其力之所以不及者，用兵之先後失宜，故首尾不相救耳。使其早定漢中，徐圖成都，東向一面以制荆州，雖權計百出，應之有餘矣。

然吾觀武侯入蜀之後，不惟不急荆州，並不急漢中，彼豈狃於天象，知三分之勢已定，即無漢中，蜀亦足以自成一國？故先主與張郃相持久，急發益州兵，武侯猶遲疑未決，非因從事楊洪之言，則且欲先主退保蜀疆以自守。夫無漢中，則無蜀，人所盡知，而武侯必俟洪言而始信者何哉？

李泌陸贄論

唐中興以來，稱賢相如李泌、陸贄，皆有社稷功：泌歷事三君，參贊帷幄，收復京邑，爲謀居多；贄扈蹕奉天，崎嶇山南，裁答詔令，區畫機宜，乘輿卒以反正，與泌功略等。二人者，同有定亂之才、謀國之忠，而其用各不同。

泌道家者流，有陰謀，多奇計，其進言於人主也有術：或迎機而利導，或微引其端以聽人主之自察，終不抗顔力爭，重拂上意而僨事機也，以故人主樂而親之，故德宗云：「使朕中懷已盡而屈服，不能不從，朕所以私喜於得卿也。」泌以是能大行其志，而以功名善終。

若贄則儒學之醇者，其致主必稱仁義，其出言必本經傳，其於强梁也一服以禮，於吏民也一動以情。衮職有闕，雖事之細微者未嘗不爭也，雖主之隱諱者未嘗不言也。當流離播遷之餘，使天下人心攸繫，四方藩鎮用命，皆贄之力也。遭猜忌之主，雖一時信用，而其中實有甚不堪者。當其在奉天，朝夕相見，解衣衣之；山南相失，驚而涕泣，詔得贄者予千金，呼爲陸九而不名，何其重也！彼蓋以時事之顧問、詔書之旁午，不可一日無贄，故不得不隱忍以共濟時艱。迨京師甫克，車駕言旋，即召李泌於杭州，而置贄不問，上之情於是大可見矣。史稱贄孤立，左右沮短，失上意，非也。禍亂既平，忘功記過，向者隱忍以受盡言之情，至是轉增其恨耳，贄固已知之矣。舅犯辭重耳曰：「臣從君周旋天下，過亦多焉，臣猶知之，況於君乎？」計贄此時，君側既不敢日親，而又無名以去國，一旦召泌至，處己之右，任己之責，身釋重負，如魚脱之於鈎，其慶幸至矣，寧有懟哉？是以自泌用事，而贄始終不發一言，雖以泌之措置無可言者，其亦有自懲於言之好盡乎？

獨怪泌在上前，未嘗一語及於贄也。泌以贄之賢勞，上所深習，上之猜忌，性不可移，功臣如李晟，尚慮不能保全，至泣而目腫，何況贄言語犯上諱者多乎？故泌初入相，見上曰願陛下勿忌功臣。所以全李晟、馬燧，即所以全贄也。後人謂德宗擇相，泌舉竇參、董晉以對，而不及贄，似於贄有不足。不知此泌之知贄之深而待贄之重者也。古之命相，一人而已；後雖益以數人，名爲副相，實不分相權也，相不專，則不足決大計而定大難。以是，上欲張延賞主吏禮，柳渾主刑獄，而泌皆以爲不可，謂宰相天下之事咸共平章，誠欲專之也。久之，乃請更除一人以弭猜主之忌，而舉無學術之竇參、寡言之董晉，徒取充位而已，豈可以是施之贄哉？贄才不在泌下，而學問過之，可以繼泌而不可以副泌者也，與其一時並相，使賢者有不得盡用之才，何如相繼而相，爲朝廷多致數十年之治安？泌不舉贄，其意計必出此，而豈有不足於贄哉？謂之兩賢相阨，是以小人度君子也。

泌死後，贄爲相，卒以極言裴延齡罪惡，犯上忌，竄逐忠州，而猶賴泌所薦之陽城奮身抗議以救贄之死。泌早見先幾，亦可以爲有道之士矣。

李綱論

嘗讀宋史，於靖康初年，金兵逼城，欽宗内禪，諸宰執請幸襄鄧，以避敵鋒，而李綱不可，力請堅守，以死邀之，而金兵亦退，城得以全。至於建炎初，召綱入見，諸將爭請帝還汴，綱首議巡幸，論天下之形勢，亦以襄鄧爲勝。是襄鄧之足據，汴城之不可守，不惟當時宰執知之，即綱亦知之熟矣。

在靖康初，實有不能棄汴而去者。綱言於帝曰：「六軍父母妻子皆在都城，願以死守，萬一中道歸散，孰與爲衛？且鹵騎已迫，知乘輿未遠，以健馬疾追，何以禦之？」帝乃悟而止，帝蓋知去之不及去也。綱死守之計誠出於不得已，然亦危矣！而在當日，實猶有可以守者。是時，都城富安，人無去路，六軍之士皆思保全其父母妻子。金雖蔑宋，尚未深知宋之虛實，且勤王之師四集，故不俟金帛數足而即去也。

自此以後，宋之虛實見矣。居民久困圍中，既解嚴，而先幾出者衆矣。六軍睹敵鋒鋭，有戒心矣。設使敵去而綱仍用，吾知綱亦必如向者宰執所請，幸襄鄧而去汴也。何則？古今立國，未有不據天下之形勝者。易曰：「王公設險，以守其國。」蓋必有山河之險，可據以守也。若汴之形勝，何所據乎？張方平曰：今之京師，古所謂陳留，四通八達之地也，恃重兵以立國耳，其地形反居河下。秦嘗決而灌之，以滅魏矣。朱溫直由宣武簒唐，就其便安。五代相襲，以爲都邑。彼盜賊苟且爲計，豈能有志爲子孫建不拔之基者哉？自五代以來，兵至輒破，其不足守可知。以不足守之城，恃積弱之兵，抗方新之寇，而謀之以貪庸無識之小人，宜其以二帝予金也。

易曰：「告公，從，利用爲依遷國。」三代之君，未有不經數遷而興者，後奈何以遷爲諱也？狄去之後，汴之當遷，固不待再計而決。綱在建炎初定巡幸之議，即遷都之計也。其議以長安、建康、襄、鄧並言，而意主於襄鄧，故云：「南陽，光武之所興，有高山峻嶺可以控扼，有寬城平野可以屯兵，西鄰關陝，可以招集士馬[一]，東達江淮，可以運穀粟；南通荊湖、巴蜀，可以取財貨；北距三都，可以遣救援。」據天下形勝建都，未有過於此者。綱指陳瞭然，不惟廷臣當信，即昏如高宗亦宜知之，而終不足以回南渡之駕。

蓋綱之論，於國家之大計則是，而於高宗之私衷則相左也。初，高宗爲質，中道脱歸，其志惟知逃死而已，父母妻子皆所不顧，而尚肯顧祖宗之疆土、中原之人心哉？汪黄效忠於其主者，不過勸之遠避狄氛，惟東南一隅有大江爲之限也。而綱舉建康與襄鄧並言，亦未嘗不將順其意，但當陰謀之汪黄，以「避狄」，誠莫善於建康。由揚州泝流而上，與由襄陽順流而下，同是一水。襄陽外臨漢江，龍舟水殿鱗集，以待移蹕，發櫂即可東巡，與在建康無以異。今以襄鄧並建行都，而洛陽、汴梁皆設重鎮，控制關陜，以犂外藩。黄河限其北，江漢在其南。無事駐宛，有警幸襄，車駕往來不時，此萬全無虞之地也。」彼高宗與汪黄輩小人，直畏死耳，以此説之，彼知遠有藩鎮之翬護，近有江漢之通舟，建康舉楫可達，君臣得以安枕無驚，未必不聽從也。既予之以安，而後布置經畫，惟吾之所爲，以講戰守，圖報雪，則宋事其猶有望乎！奈何以「祖宗之疆土」、「中原之人心」迂緩不足聽之言，而欲易其畏死之心耶？譬如中流遇風之人，幸而獲免，祇求得岸而止，不復願行。柁師徐引其舟，使見岸之不遠也，釋其恐怖，然後可以漸進；不然，雖有御風破浪之才，謂吾舟可以萬全，彼固不信也。

嗚呼！論宋當日之形勢，汴之當棄，襄鄧之當都，固不待智者而知。南渡而後百餘年，陳亮建議中興之策，必由襄鄧以經略中原；而後，有事北伐者皆自襄鄧始。天下根本之所在，而使昏主邪臣望之若罟擭陷阱，智量若此，綱且奈之何哉？彼後世迂儒，惟祖綱堅守汴都之説，而不省其建炎初以巡幸爲遷都之計，亦可謂不寀勢達變者矣。

校記

［一］招集士馬　李綱傳作「招將士」。

田間文集卷三

論

戰勝廟堂論

天下無常勝之兵，而有必勝之算，算定而用兵，所謂先勝而後戰者也。夫制勝之算不一：有不戰而勝者矣，有因敗以爲勝者矣，有可以勝而不必勝而因以大勝者矣。此皆臨敵制變，因勢乘利，轉勝敗於呼吸之頃。故曰：將在軍，君命有所不受。未有方略一定，至於事變已更，機會可乘，而猶稟廟堂之成算以取勝者也。

史稱光武戰勝廟堂，請得而論之。光武策赤眉之必就穀東來，但折箠以應之，赤眉果遂歸附。策彭寵之必内自相斬，赦朱浮但需受降，而子密果斬寵以降。策郅隆、朱浮爲營相去百里，其勢不得相及之必敗，使者未反而軍已敗。策吳漢進逼成都，與劉尚阻江爲營，分屯南北岸之必敗，詔書甫到，而漢已敗。賜竇融璽書，言河西情事，一一指諸其掌：河西大驚，以爲天子明見萬里之外。諸如此類，皆見幾於事勢之先，決策於廟堂之上，尺一指揮，無有毫髮或爽。史謂「戰勝廟堂」者，豈不然乎？然帝自起兵舂陵，迄踐大號，無日不在行間，故其於地勢、軍形、物情、事變習之既久，故算之輒得也。

若夫後世人主，身不御鞍馬，目不識戎行，既不知有兵凶戰危之事，而所與謀者又皆白面書生，可聽不可用之言，以其籌畫據爲勝算，而欲使遥庭百戰之將稟之以成功於外者，難矣！隋煬帝之征高麗也，下敕諸將：舉事進止皆須奏聞待報，故每有事機可乘，諸將不敢擅赴，卒至於敗。此「戰勝廟堂」之説誤之也。趙充國曰：「百聞不如一見。兵難遥度，臣願馳至金城，圖上方略。」則廟堂之上，不足以定方略，審矣。

是故光武之有算輒勝者，不過一將之智，一算之中；而其所以取天下，不存乎是也。光武之取天下，在於審天下之大勢，而知用兵之先後也。其始專意河北，取河内以爲根本，以待更始之自敗。既都洛陽，則委長安於赤眉，以俟其饑困之自降。長安已定，先服河西之心，而置子陽於度外，專事天水。觀其自將征隴，雖以郭憲之拔刀斷靷，而有不可止，得隴望蜀，子陽固已坐成禽矣。此所謂制勝之全算也。

漢高祖屢挫於項籍，當是時，天下非漢有也，而曰：誰爲我間英布使反楚，吾取天下可以萬全。卒用布與彭越往來撓楚以定天下。唐高祖推戴李密，使爲遏東方之師，而乘虚以取關中。宋太祖不取太原，使爲備西北二邊，迨削平四方，而太原拱手以授。此數君者，不惟能用人，並能用敵；不惟能用敵之仇，並能用我之仇。廟堂之勝算，其在斯與！其在斯與！

抑更有進焉：禹征有苗不服，退而舞干羽於兩階，而苗民格命；文王伐崇，三旬不降，退而增修文德，因壘而降。則制勝之道，又在德不在算也。

大吏論

天下大矣！昔者，聖人不能獨理也，於是列之萬國而立之君，分之九州而統以方伯，使各治其職，以聽命於一人，於是一人端拱於上而天下以治。古之國君，即今之郡縣有司也；古之方伯，即今之督撫大臣，所謂大吏者也。大吏者，所以爲天子督帥郡縣之有司，而不治郡縣之事。

莊子曰：「上無爲而下有爲，「無爲則用天下而有餘，有爲則爲天下用而不足。」「上必無爲而用天下，下必有爲爲天下用。」大吏之於郡縣，其道亦由是也。故曰：下職詳，上職要。上下非專爲君與臣言也，位益下，則其事益煩；位益上，則其事益簡，非簡也，所轄者衆，其勢不得不然也。天子執要以課大吏，大吏執要以課羣有司，天下雖大，惟其意指之所在，而趨赴恐後，則亦得其要而已矣。

夫大吏之要，豈不在於察吏哉？察吏而當，謂之稱職；不當，謂之不職。天子所以責大吏者，惟此一事也。今夫吏弊極矣，然非甚難察也：直道在人，其有善者，人未嘗不稱之；有不善，未嘗不詬厲之。不脛而走，無翼而飛[一]，道路之口，蓋有不知其然而然者。而又加察焉，則其善惡情僞可以得十之八九矣。是故，於其始至也，舉一二人而格外優之，以示勸；劾一二人而盡法治之，以示懲。刃發於硎，使其知吾鋒之不可犯也，而後濟之以寬和，慎用其耳目，使復有不可測之慮，以持其後，非甚不肖，未有不思改圖者矣。

夫吏所以懼大吏者，以其能察而有舉劾之大權也。舉劾不行，則察何懼焉？然劾尤急於舉：察而不舉，賢者未遽改操；察而不劾，不肖者益無所忌憚矣。漢世有刺史之職，猶後之直指也。以「刺」名官，其義可見，故多劾少舉。今其權一歸諸大吏矣。故凡大吏始至，郡縣望之若鬼神，畏之如雷霆，委巷市井間，處處疑有爲之刺察者。在其側也，郡戒其縣，縣戒其吏，互相約束，奉法惟謹者月餘，莫不惴惴然側耳以聽大吏之動靜。一月之後，舉劾杳然；間一行之，不過卑冗老疾不足爲民大蠹者，或先已有處分者，借以塞責。而後，向之惴惴者始逌然其自得也，頑者仍其故，狡者且思有以用之也。而且曉之以誡諭，申之以禍福，要之以鬼神，凡所以教廉而禁貪者，亦既深切而詳至矣。夫廉可獎也，而不可教也；貪可懲也，而不可禁也。今之革私派，滅火耗，省詞訟，罷罰鍰，有取於民者無不禁也；廢交際，絕問遺，損騶從，止宴會，身服浣濯之衣，口厭藜藿之味，苟可以教廉者，無不身以先之也。而郡縣果遂悉遵行乎？亦名遵之而實悖之乎？

夫事之已甚者，聖人不爲也：不近人情者，不可以行久也；銳於始者，必怠於終也；上之所禁過嚴，則下之所取愈巧。民懼其巧取之無窮，則固不如不禁之爲愈矣。上帥以儉，誰不欲儉？然祇儉於出也，而未儉於入；祇儉於至親故舊也，而未嘗儉於妻子。皆藉口曰上之教也，則是上之教儉，適以濟其貪而已，廉云乎哉？吾謂：頑者不之遵，而狡者遵之以爲利，非虛語也。

而且煦煦以爲恩，察察以爲智，好親有司之細務，煩瑣多端，至於罷敝叢脞，不克勝任，爲其下所竊笑，則益不足以治吏矣。此無他，皆務其詳而不務其要也。荀卿子曰：上好要則百事詳，上好詳則百事荒。豈不然哉？吾所欲爲者，不必自己爲之，吾舉不逾時，而爲之者衆矣；吾所不欲爲者，不必禁彼之不爲，吾劾不失實，而爲之者沮矣。

振衣者，惟挈其領；張網者，必舉其綱，綱舉而目自張，固不必一一盡心於其目也。大雅之頌文王也，曰「綱紀四方」；其誦成王也，曰「四方維綱」：明王之治天下，未有一切從事而不攬其綱者也。賞罰者朝廷之綱也，舉劾者大府之綱也。舉劾當而賞罰不行，則朝廷之綱紊矣。察吏嚴而舉劾不用，則大府之綱弛矣。綱之不振，而徒恃其精神才智之足以有爲，名曰治之，實亂之而已。吾所謂上之職要者，此之謂也。

正統論上

歐陽子謂：居天下之正，合天下於一，斯正統矣，堯、舜、夏、商、周、秦、漢、唐是也。始雖不得其正，卒能合天下於一，晉隋是也。皆可予以正統。天下大亂，其上無君，僭竊並興，正統無屬，南北分立，東晉、後魏是也。其或終始不得其正，又不能合天下於一，曹魏及五代是也。是故正統有時而絶：上自堯舜，歷夏、商、周、秦、漢而絶，晉得之而又絶，隋唐得之而又絶，凡三絶而後續。惟有絶而有續，然後是非公，予奪當，而正統明。歐陽子之説是也。獨怪其以東晉不得比於東周，謂平王以子繼父，自西而東，不出王畿之内；愍帝殁而琅琊興，位非嗣君，正非繼世，不可以言正統，與後魏並黜，過矣。

後魏繼劉、石、慕容、苻、姚之後，並一中原，所繼者誰之統與？若晉既予以正統矣，琅琊爲晉帝之子，懷愍繼殞，江表代興，兄終弟及，而謂非嗣非繼，不得與平王比，何也？設使幽王之世，宜臼死譏，驪山禍作，諸侯以王無嫡嗣，遂坐視其亡乎？抑將更求周室之子孫而立之耶？則謂所立者非平王，遂不足以繼周統乎？使無平王，即奸命之攜王亦正統也。

且平王舍豐鎬而都王城，與琅琊舍洛陽而都建業何以異？

歐陽子又以蜀漢與劉崇相擬，謂備與崇不得爲正統，則琅琊亦宜在所黜也。且崇豈可與備並論？夫崇所繼之漢，可以與備所繼之漢同日語乎？崇之先，當五代之季，因時竊位，本無正統相承。若蜀，則猶是漢高、光以來正統之所存也，山陽公崩，漢中王稱帝，一姓繼興，不得謂之統絶。若以備爲漢之庶支，光武獨非庶支乎？皆景帝後也。若以蜀地褊小，東周三十六縣，不大於巴蜀漢中。歐陽子幸而生於宋全盛時也，不幸而生於徽欽之世，其何以處夫爲南宋者耶？然則豈惟東晉爲正統無疑，即蜀漢，亦斷宜予以正統也。東晉雖僻在江外，海内人心屬焉，即北朝人士如王猛輩，亦以爲江東正朔所在，歐陽子烏得而絶之？

文中子曰：陳亡而後五國亡。五國相承者，晉之統也，自陳亡而統絶，而後隋始得以繼之，非繼晉統，繼中國之正統也。歐陽子謂統凡三絶：漢得之而絶，是既不予蜀也；謂晉得之而又絶，是以東晉與五戎並黜，而不顧中國一線之在江表者未嘗絶也；謂隋唐得之而又絶，若後五代南北分據，天下無君者四十餘年，此爲真絶矣，於此不謂之絶，則羿、浞、王莽皆可以稱繼統也。

吾嘗謂：正統者，天命之所歸也，人心之所係也，然而人心爲本。天有治命，有亂命：人心之所不屬者，天之亂命也，雖合天下爲一統，而不得謂之正統；天命既去，人心猶存，雖竄伏於偏方一隅，人心隱隱係焉，即萬世人心隱隱係焉，則統雖至微如線，而未嘗絶也。寧都魏禧曰：「東周君一日未遷惡狐聚，則正統猶一日屬周。蜀後主一日未出成都城，則正統猶一日屬漢。禪宋之詔一日未書，則正統猶一日屬晉。崖山之舟一日未覆，則正統猶一日屬宋〔三〕。」此非有强之，人心實然也。人心一日未忘，即天命一日未去，正統一日未絶也。彼後世正統之説者，各持一義，其義皆有難通，其一以人心斷之可乎。

正統論下

蘇子瞻之論曰：正統之爲言，猶曰有天下云爾，名耳不以實也。吾視天下之所同君而加之，又焉知其他？蘇子蓋進魏與梁並後五代而皆予以正統也。其説曰：今有言鄉人耻與盜者偶，聖人豈得與篡君同名哉？不知鄉人與是爲盜者，民則皆民也，士則皆士也，大夫則皆大夫也，則亦與之皆坐乎？苟其勢不得不與之皆坐，則鄉人何耻耶？聖人得天下，篡君亦得天下，顧其勢不得不與之同名，聖人何耻耶？蘇子之論於是爲大謬矣。

夫爲盜者與士大夫皆坐，在士大夫，或有不得不與皆坐之勢；若旁觀之人，肯遂指此坐者同爲士大夫耶？後之人肯令此坐者與共俎豆於一堂耶？即令共之，後之人必且釐而黜之；不黜，則王荆公至今以配孔子可矣。而欲躋朱溫於堯、舜、禹、湯之後，與並稱爲帝，何不倫之甚耶！

歐陽子雖不予梁以正統，然猶不肯僞梁，謂：「彼有梁之土地、臣梁之吏民、立梁之宗廟社稷，而能殺生賞罰，以制命於梁人，則是梁之君矣，安得曰僞哉？」夫古之篡逆者誰無土地？誰無臣民？誰不立宗廟社稷，以生殺賞罰制其人命？以此謂不宜僞，則夏之羿浞、漢之王莽、唐之安史，皆不得爲僞矣。

彼溫土地不廣於此數逆，傳世歷年不久於此數逆也，而蘇子以魏梁並論。夫溫安得與操比哉？當獻帝時，中原尺寸非漢所有，操百戰以取諸羣雄之手，而奉山陽公衣租食稅者四十年，卒以令終。溫之中原，皆一一敓諸唐而有之也，弒昭宗，殲其子孫，滅唐社稷，古今來篡逆之臣，窮凶極惡未有若溫之甚者也。蘇子蓋惡宋之統無所承，不得不以五代爲正統，相承以及於宋，而以梁繼唐焉。因並進魏者，所以爲梁説也。苟如是，則應以後唐繼唐矣。夫梁，亡唐者也；後唐，爲唐報仇者也。以爲唐報仇者繼統，則亡唐者爲賊矣，非僞而何？

吾嘗謂：天下如大第宅，其更姓易主者常也。一旦爲盜賊竊據，或居人去盡，禽獸窟宅其中。久之，驅除整頓，復爲大力者所有。後之人歷數宅主，屈指從上以來，未有並盜賊、禽獸而數者也。由蘇氏之論，凡宅其中者，即盜賊、禽獸，與從上以來宅主無以異矣。由歐陽子之論，苟居是宅，則不得目之爲盜賊、禽獸矣。有是理乎？

歐陽子又曰：「朱氏以梁，李氏以晉，共起而窥唐，而梁先得之，李氏因之借名討賊，以與梁爭中國而卒得之，勢不得不僞梁。而繼其後者遂因之，使梁獨被此名也。」歐陽子何其庇溫之甚耶！溫滅唐，蜀王建致書克用，請各帝一方，克用答曰：「誓於此生，靡敢失節。」其後又以勸存勖，存勖泣言：「家世忠孝，立功帝室，誓死不爲！」彼其平生志報梁仇，一旦改圖稱帝，張承業始痛哭謂「誤老奴」。則其父子平時未嘗有窥唐之志，亦可知矣。

今夫大盜入人室，殺其主，殲其子孫，盡據其所有，人人痛憤。有壯士奮起剿滅之，凡盜所據有者，皆悉爲壯士有，舉世莫不稱快。而議者猶謂：「壯士與盜向皆利主人所有，使不爲盜據，彼且據之矣，今特借報仇爲名，原其心，與盜同律。」可乎？歐陽子何其於溫過厚，而於李氏過刻耶？原歐陽子不肯僞梁之意，蓋不難予梁以正統，特無奈於人心之公義不容耳。蘇氏宗其意而遂昌其說。吾不知兩公皆宋賢者，其是非好惡何以與人異如此？

形勢論

今爲形勢之說者，謂：「自西北下兵東南，猶據高屋之上而建瓴水也，其勢順，故其事易；由東南進取西北，猶仰面而攻也，其勢逆，故其事難。」以愚觀之，直視其人、視其時而已，形勢豈足論哉？

項羽、漢高皆起自下邳、沛上，直取咸陽；劉裕以江左之衆，一戰而破廣固，再戰而復長安，非自東南而西北者乎？桓溫北伐，破藍田，進軍灞上；柳景元破魏師，克據潼關，直自抽兵回耳，未聞有與交鋒挫鋭而退者，安見其難也？北來之師，曹操不敗於赤壁，苻堅不殲於淝水乎？六朝以來，鍾離、壽陽之間，互有勝負，未聞北少有加於南，而何以爲易也？漢唐之正位長安，遣師南徇，與明初之定鼎金陵，命將北伐，皆所向無前，其易無以異也。

至於建都，則爭以關中爲形勝之地。婁敬曰：「秦地被山帶河，四塞以爲固。卒然有急，百萬之衆可具，此亦扼天下之吭而拊其背也。」留侯曰：「關中左殽函，右隴蜀，阻三面而固守，獨以一面東制諸侯。」嗚呼！此本六國策士之見也。

秦自穆公以來，不與諸夏爭長，閉關修政，以撫馭諸戎，使爲之用，終秦之世無戎患焉。至孝惠之世，西並巴蜀，南取漢中，北收要害之郡，義渠諸戎爲之扞蔽。是其關以内亦既金湯鞏固，無有後虞，而又加以富足兵强，於是開關延敵，天下不能與之爭。彼六國自相殘滅，左右受敵，秦坐乘其弊，譬如猛虎負嵎，以聽羣羊之鬭，待其自斃而攫而有之也。秦豈能制六國哉？六國自折而受制於秦，此所謂能一面以制天下也。

漢以來，時勢變更，東方無事，關險不足重矣。婁敬亦云：關中民少，北近匈奴，東有强族，一日有變，未得高枕而卧。願徙六國後及郡縣豪傑以實關中，爲强本弱末之謀。則敬之所謀，亦依然任人事而不全恃地利也。當漢之初，北邊有警，烽火通乎甘泉。唐太宗時，突厥直至便橋。及乎代宗，吐蕃突便橋，入京城，燒宮室，天子出走。是關以內，敵人所以窺秦者非一路，秦受敵之處固非一方，而謂阻三面而制一面，留侯之言，至此不足據矣。其曰「左殽函，右隴蜀」，當其盛也，隴蜀皆以固圉；及其衰也，隴蜀即爲敵國。諸葛亮不由蜀出祁山而與秦民雜耕於渭濱乎？唐時，吐蕃之寇皆由隴道，關中之形勝安在？毋怪劉裕既定三秦，委而去之，雖誠意在急歸受禪，亦或以關中不足守，而其所爲形勝無以過於江南也。

夫以晉之取吳，謀之數十年，竭中國之財力，值孫皓之暴亂，僅乃克之。裕孤軍獨進，直指長安，覆其國，繫其君，則函關之丸泥固不敵長江之天塹矣。是以曹丕、佛狸皆臨江不濟，歎爲天之所限，謂其險也。惟是國無其人，則江不可守。然無其人，關亦豈可守哉？漢之赤眉，唐之安、史、黃巢之輩，入其關如踐無人之境，關不足恃明矣。故曰恃德不恃險。

雖然，國亦何可無險也？易曰：「王公設險，以守其國。」山川丘陵，地之險也；設之以爲險者，王公也。而天下之無險可設者，莫如汴梁。吾觀五代之君互相篡滅，以及宋祖受命，皆兵到輒降，未曾有拒守之事，誠知其不可守也。張方平曰：「國家無險可守，特恃强兵立國。」初，太祖欲遷洛陽，晉王力阻而止，歎曰：「不出百年，民力竭矣！」蓋知民力之竭於養兵也。迨其後，民困兵弱，粘罕長驅城下，遂以二帝與之，毋怪其然矣。

周武王與公旦曰：「我南望三塗，北望岳鄙，顧瞻有河，粤詹伊洛，毋遠天室。」意在營洛也。成王承武王之志，使召公相宅，周公復卜，卒營洛以奠九鼎。及其後，宣王復古，會諸侯，講武成周，以奏中興之功，誠以是爲風雨和會之鄉，朝貢道里適均，天下所共便也。且其地東有成臯，西有澠池，倍河向洛，其固足恃。而子房以爲四面受敵，非用武之國。夫秦、漢、唐之末，關中四分五裂，終日尋於戰爭，豈必洛陽之爲四面受敵乎？若論山川之回環、地氣之龐厚，宅中以建極，未有逾於洛者也。晉都洛陽，其滅，自滅之也。東漢、北魏興文致治，幾於太平。其後奸臣内亂，召寇興戎，互相爭奪，以至於亡，非以無險足據，一旦有敵國之師攻而取之也。然則論形勢，退洛陽而進長安，亦考之不得其詳者矣。

成敗論

成敗不足以論英雄，自古記之。軍旅之事，有垂勝而忽敗者，有將敗而轉勝者，皆天爲之也。後之人，於敗必吹索其所以敗，於勝更推原其所以勝者，妄也。

晉桓溫伐蜀，蜀禦之，晉師敗，督將戰死，衆懼，溫遽下令收師，鼓吏誤鳴鼓，師遂進擊，大破之。隋王辨與王世充討李密，阻洛水，相持經年。辨已攻敗密營，毁其栅，將乘以入，世充不知，鳴角收兵，反爲所乘，遂大潰，辨走水上，溺死。鳴鼓、鳴角，皆誤也，而或以勝，或以敗，豈人之所能誤哉？

晉謝玄與秦苻融阻淝水而陣，晉師不得渡，玄語融，令少退，師得濟而戰，融麾陣且卻，欲因其濟以鐵騎蹙而取之，軍退，遂不可止，融親馳略陣，馬倒被殺，師遂大敗。後周尉遲迥遣將安惇與隋韋孝寬隔水相持，亦用此法以致孝寬之濟，而孝寬鼓行徑渡，大破周師。夫玄與孝寬渡水索戰，兵家所忌，犯之而成功；苻融、安惇俟其半濟而擊，古有成效，行之而以敗死：則必謂此應勝而彼應敗，豈信論乎？兩軍之勝敗，千古以爲口實，要非所謂必勝必敗之道也。

若夫未戰而知其必勝，未敗而知其必敗者，有之矣。項羽之救趙，沉船破釜，持三日糧，示士卒必死。劉裕伐南燕，度大峴，舉手指天，喜曰：吾兵已度險，士有必死之志。已，取長安，舟師乘勝至渭，王鎮惡悉令放舟，順流急去，謂其衆曰：去家萬里，不死戰立功，無以歸矣。若此者，其勝寧待戰而知乎？泓之戰，宋襄公俟楚師既濟成列而後戰。泌之戰，中行桓子鼓於軍中，曰：「先濟者有賞。」夫待楚既濟而戰，是堅敵人以致死之心；下令先濟有賞，是教我軍以求生之計：若此者，其敗又豈待敗而知乎？

今夫將一國之衆，裹糧坐甲而驅之戰者，驅之死也，人孰肯死？即平時有感恩效死之志，及臨死，而志變矣。則惟法以制之，利以誘之，勢以劫之。法之制，制其死也，故犯者必殺，使萬有一免焉，則法不足以制之矣。古人行法，雖親愛必斬以徇，所以信法也。利之誘，誘其死也。民貧則命輕，命輕則舍生以趨利；富則命重，命重則利不足以誘之矣。古人知兵富不可戰，嘗潛令熸其所有，貧之，而後可鼓之趨利以就死也。勢之劫，劫以死也。兵法曰：置之死地而後生，陷之亡地而後存。苟生路不絕，則勢不足以劫之矣。韓信出背水陣，使人知必死，然後肯致死以求生也。由是論之：兵有死志者必勝，有生心者必敗，此一定之理矣。

閩粵之民好亂，吾嘗謂其必不能亂。近山者，倚山之巖穴，近海者，恃海之帆檣；先辦退步，後事搶攘，故其民易以亂，亦易以敗：惟其有生路，無死心也。若今之爲亂者，其將吏富樂已久，其士卒室家可戀，當發難之初，倘能焚其巢穴，棄其室家，悉衆以前，無復後顧，成敗猶未可知。爾乃倚故土爲之根本，頓兵險固之地，算出萬全；爲之將者，有進可以戰，退可以守之計；爲之兵者，有進則受賞，退則寧家之思：退步在後，豈尚有進心乎？以此而守，守必潰；以此而戰，戰必敗。吾故曰：有必敗之兵，不待敗而知者，此之謂也。

校記

［一一］「不脛」二句　原作「不脛而飛，無翼而走」，今依宣統本。

［二］「東周」云云　易堂本寧都三魏全集魏叔子文集外篇卷一正統論作：「故三十六邑一日未獻，不可不書周，禪宋之筆一日未操，不可不書晉，崖山之舟一日未覆，不可不書宋。」

田間文集卷四

書

與方素伯論周正書

問釋疑一書已爲姑孰郡伯授梓，計日可成，當得全覽。所示「春王正月」一册，似專主蔡説，力闢鄭孔改時改月之謬，博稽詳考，詞達義暢，足以折諸儒之辨。而僕疑終不能釋也。凡足下所説，僕向者亦有此見，但未能如此考核耳。觀近日諸儒闢九峰而並訾晦庵、康侯者，皆以左名爲據，愚謂因經而立傳，以傳證經者是也。

足下引詩書以駁左氏之謬，此亦本蔡氏之説。蔡氏謂伊訓「元祀十有二月乙丑」，元祀爲太甲即位之元年，商正建丑，故以十二月爲正朔也。三代雖正朔不同，皆以寅月起數，惟朝覲會同班曆授時則以正朔行事。其後三祀奉嗣王歸亳亦在十二月，則所重正朔可知矣。

泰誓「惟十三年春」[二]，春者，建寅之月也。武成「惟一月」亦寅月，不曰「正」而曰「一」者，商以十二月爲正朔，故以寅月爲一月也。蔡説如此。

夫商法固不可以證周，周初之法，亦豈可以證周治定後之法乎？而今有説者，謂商正建丑，其十有二月乃夏正之十一月也。孔傳言：湯崩逾年，太甲即位，奠殯而告也。於子月即位者，所以便丑月新君見諸侯朝正旦也。若云必逾年而即位改元，此春秋之義，周制未可以律商也。三祀之奉王歸亳，亦以是月，其義亦猶是也。泰誓「十有三年春」，此即「春王正月」之「春」，謂十一月也。武成「惟一月壬辰」，「越翼日癸巳，王朝步自周，於征伐商。」「戊午，師渡孟津。癸亥，陳於商郊」牧野。其謂一月者，孔氏以爲建子月也。自癸巳至戊午，凡二十六日，皆在一月内。癸亥，則十二月之四日也。班固以三統曆推周之興師在殷十一月戊子，夏十月也。伶州鳩曰：武王伐商，歲在鶉火，日在析木。析木，亥之辰也。後三日得周正月辛卯朔。越二日癸巳，武王始發。戊午，渡孟津。明日己未，冬至。則武成一月之爲夏十一月而周正審矣。蔡氏以一月爲寅月，果足據乎？

然吾猶怪周未受命，遂不用商正也。朱子以詩經皆用夏正，觀豳風七月之詩，夏正歷歷可考，蓋以后稷先公皆夏諸侯也。解者謂：「篇中有就后稷先公時言者，則以夏時，如凡言月者是也；有就當時言者，則以周時，如凡言日者是也。」蓋日月錯舉，未嘗没周時也。

小雅出車之詩，小序謂文王奉王命以出師[二]。猶是商正，則春日爲卯月，草木亦已榮矣，不得以爲季冬寅月也。

周頌臣工「維暮之春」，若辰月，則戒農功不已太晚乎？「來牟」「將受」，將者，預計之詞。於寅月之麥色已卜巳月之麥秋矣。

宣王六月之詩，朱子引司馬法：「冬夏不興師。」六月正夏，出兵，言其急也。周六月當夏四月，猶是夏也。

小明之「二月」以爲丑月，則「日月方除」、「日月方奥」義有難通。然以二月爲卯月，「除」字亦豈可通乎？解者謂：「除，舍舊而從新也，子月中，日南至矣，此月則去南陸而北陸，有更新之象焉。奥，與堯典『厥民隩』同義，詩未嘗作『燠』也，謂日月正在季冬，氣極寒，民方隩處之時也。」且采蕭、獲菽，夏正九月、十月之事，而詩言歲暮，非周正乎？

四月之詩，序以爲大夫刺幽王而憂禍亂之作，今誦其詩，愁慘可見，若就夏時言，則夏、秋、冬三時如常，無所可譏，意必時令乖錯，寒暑反常，故足憂也。此詩之作，疑即其時。所謂正月者，正陽之月，在夏爲四月，在周爲六月。「徂暑」者，言自卯月立夏，至此月爲季夏，暑氣宜日盛一日矣，蓋必因不暑，而始述其霜，故有正月繁霜之詩。外紀載幽王九年六月，隕常也。於何知之？於次章「秋日淒淒，百卉具腓」知之。周之秋，則午、未、申月也，正當極暑，以長養萬物，而淒冷如此，百草皆病，蓋自六月徂暑，而至於秋猶不知暑，則繁霜之爲災也。過此爲冬，宜漸寒矣，而暑反甚，曰「冬日烈烈」，以見陰陽之乖其序、寒暑之失其常，皆亂亡之象也。

諸如此說，雖未必於經義悉合，然言之有據，足下固未有以折其喙也。

若足下引金縢「秋，大熟未穫」，以爲必酉、戌之月，然後可稱大熟。周六、七月皆秋也，今六月江楚食新穀，吾鄉七月稻已登場，豈有不知其大熟者乎？而猶未穫，似與今無以異也。引君牙「若涉春冰」之喻，以爲必東風解凍，然後冰不可涉。夫周雖建子，而寅月猶是春也，月令寅月立春，即言「東風解凍」，北方立春一日即不敢涉冰，不俟凍真解也。

足下又以啓郊啓蟄，於正月卜郊爲疑。按啓有兩郊：正月卜郊，冬至也；四月卜郊，啓蟄也。啓蟄，周所賜也；冬至，僭也。夫子曰啓無冬至之郊，原其始以譏之也。

田獵雖有四時之名，古人之稱謂亦不盡據。宣王車攻之詩，既曰「駕言行狩」，又曰「之子于苗」，豈兩時兩事乎？孔氏云：田之禮，惟狩最備，故以爲「獵之總名」。若春之獵爲蒐，然比年簡徒亦名爲蒐，三年大簡車徒名爲大蒐，而凡有事於征伐者皆先蒐乘，亦不盡拘時月也，此皆不足深辨。總之，以左傳按之，周正之改時改月，斷然無可疑者。足下以鄭漁仲、郝仲輿之言，謂左氏爲後人之書，多所傅會，此猶王介甫之以春秋爲斷爛朝報，歐陽永叔之不信繫辭爲孔子作也，豈其然乎？

左氏浮夸，其言鬼神、占卜、夢兆之事，多涉荒唐，當亦本諸列國紀載，非以臆撰。至於本朝正朔，爲七百年遵行之鉅典，寧可以妄言邪？其最著者，則僖五年「正月辛亥，朔，日南至」也。足下謂春秋之法，書異不書常，若十一月爲正月，日至，其常也，何必書？考諸經，實未書也，傳獨載之以「公既視朔，遂登觀臺以望，而書，禮也。凡分、至、啓、閉，必書雲物，爲備故也。」經何嘗書以紀異乎？

又謂昭二十年，日南至。若以二月爲丑月，丑月安得日南至乎？杜注有之，史失閏也。考春秋，時之失閏者屢矣。自文公閏三月，傳曰：「非禮也。」杜注曰：「閏在僖公末年也。」襄公二十七年，「十一月乙亥，朔，日有食之。」傳曰：「辰在申，司曆過也。再失閏矣。」蓋周十一月，今九月也，當建戌而在申，故知再失閏也。其後，哀公十二年冬十二月，螽。仲尼曰：「火伏而後蟄者畢。今火猶西流，司曆過也。」杜注：「火伏在十月，今西流，是九月矣，失閏故也。」由是觀之，自襄公二十七年至昭公二十年，凡二十四年，其閏法錯亂不知凡幾，故杜注以爲此日南至當在正月己丑朔也。惟司曆不足信，故經每於閏月不書。魯閏月不告朔，亦以是乎？以日南至爲據，則經書「正月無冰」、「二月無冰」、「十月隕霜殺菽」之類，皆紀異也。彼梓慎日食之對，火始昏見之對，彰明較著，又何疑乎？

是故改時改月，周家一代之王制如此。然在當時，已有不盡遵者矣。所謂三正迭用者，非謂天下通用也，周封杞宋，使得用先世之禮樂，故杞用夏正，宋用商正，亦祇於其本國用之，至於朝覲、會同、有事於王國，皆遵周朔也。

自東遷以後，王室陵夷，天子不頒正朔，諸侯弁髦王制因私用夏正者有之，晉是也。考之春秋，經書僖五年春，晉侯殺其太子申生；傳稱四年冬十二月，太子申生縊於新城。僖十年，里克弑其君卓子，經書正月，而傳在上年之十一月。僖十五年，晉侯及秦伯戰于韓，獲晉侯，經書十有一月壬戌，而傳爲九月壬戌。經傳之文錯迕如此，蓋經據魯曆，而傳依晉史也。僖五年，晉侯圍上陽，卜偃引童謠云：「丙之晨，龍尾伏晨。」「鶉之賁賁，天策焞焞。火中成軍，虢公其奔。」「其九月十月之交乎？丙子旦，日在尾，月在策，鶉火中，必是時也」，至「冬十二月丙子，朔，晉滅虢」。此在魯史爲十二月，而晉固稱十月也。至於襄三十年，絳縣老人言：「臣生之歲，正月甲子，朔。」以長曆推之，乃魯文十一年三月甲子朔也，則晉之用夏正可知。

秦亦用夏正也。韓原之戰，傳叙秦伯及穆姬語，當采諸秦之紀載，則獲晉侯之月，據晉史，亦證以秦史也。故太史公秦本紀與晉世家所載獲晉侯、歸晉侯時月皆同。戰國時，呂不韋爲秦相，書懸國門，月令紀夏正也，使非夏正久行於國中，不韋敢自創始哉？即始皇改歲首，不聞有行夏時之令，其所由來者舊也。至三十一年十二月，改臘爲嘉平，則知其以丑月爲臘月久矣。秦用夏正，豈待有天下後哉？若其以正朔建亥，稱元年冬十月，不過因三代改正，遞先一日[三]，以秦代周，故以亥先子；知亥純陰不可爲春，即以冬爲歲首。彼秦之壞井田、廢封建、滅禮樂，至於始皇焚書坑儒，何所忌憚？亦何難逆四時之序，以冬先於春哉？漢因其陋不變，故賈生於文帝時汲汲欲改正朔。至武帝中年，始用夏正。漢時君臣何怠視若此？則亦以其時序無乖，特以歲首爲異，遵行既久，無所不便，故因循也。而蔡氏引之以爲周不改時月之證，疏矣。

吾意春秋時，因有夏商二正不廢，於是列國就其所便，凡於王事遵周正，於本國用二正者，不獨杞宋，亦不惟秦晉然也，惟魯則斷然周正矣。齊仲孫湫謂魯猶秉周禮，則齊之不盡秉也可知。晉韓起見易象與魯春秋，歎曰：「周禮盡在魯矣！」則晉之不知有周禮也可知。夫正朔則周禮之大者也，昭公十七年夏六月，日食，祝史請所用幣，季平子以正月爲辭，太史曰：「在此月也。」平子不知六月即四月，亦習於周正者久也。故梓慎於十八年火昏見，詳言之曰：「火出，於夏爲三月，於商爲四月，於周爲五月[四]。」則亦因魯人不知五月之即三月也，魯君臣可謂尊周者矣。聖人蓋見當時有不純遵周朔者，故於魯史「春正月」而加以「王正月」，若曰：「此一王之正朔也，而敢不遵哉？」「春正月」，魯史也；「春王正月」者，聖人之特筆也。

然而遵周朔則實有甚不便者。蓋用周正，則二至不在冬夏，二分不在春秋，故易曰：「至日閉關。」左傳曰：土功「日至而畢」，又曰「日南至」。孟獻子曰：「正月日至，可以有事於上帝；七月日至，可以有事於祖。」其不言冬至、夏至者，言不順也：言冬至，則立春已半月；言夏至，則立秋已半月矣。二分亦然：在夏正則當春秋，在周正則當冬夏。故左傳但謂之分，所謂「日過分」是也；又謂之日中，所謂「馬，日中而出，日中而入」是也，蓋亦不便言春分、秋分也。且夏時分至與啓閉前後相距皆四十五日，周正啓閉之後，即遇至分，至分之距啓閉，前十五日，後七十五日，多寡相懸。民家不準以夏時，亦何以順天時、利民用哉？聖人秉周正，所以尊王以一諸侯也。至於民間出處話言，因其所便，自不能禁。即聖門弟子，欲以暮春浴沂風雩，其爲暮春，必辰月，非寅月也。張敷言謂筆之史册者，用時王正月之數；至民俗，歲時相與話言，則仍以寅月起數。此說是也。

而足下復引周禮云云。僕平生不信周禮爲周公之書。「周禮」二字，見於仲孫湫及韓宣子，即所爲易象與魯春秋及左氏稱諸典故者是也。周公制禮作樂，其禮樂具見於雅頌及禮書，所載甚詳。太史公謂周之官政未次序，於是周公作周官別其宜，作立政以便民，即今尚書周官、立政二篇也，豈別有書哉？若如今所稱周禮，則官不勝其冗，政不勝其煩，其病國以擾民也甚矣。大雅之頌成王也，曰：「不愆不忘，率由舊章。」何有更張若是？王安石黜春秋而信周禮，所以亂宋之天下而至於亡也。今足下不以左傳證經，而以此書爲證，得毋好古而有所蔽乎？

吾人凡有著書，後人無不駁之理，但須引據甚正，原委甚清，確然自信。雖難端四起，皆有以應之，則彼即持其一端之見，終不足勝我也。足下以爲然乎否耶？餘卷刻成，幸更一一示我，如何？

與方爾止論虞山說杜書

昨在雲從席間可謂縱談，然弟意猶未盡也。弟力斥虞山之說杜詩，兄不以爲然，今請更悉陳之。

據其言，「中興」「中」字當作去聲，因子美至行在詩云：「今朝漢社稷，新數中興年。」送鄭虔詩云：「百年垂死中興時。」二「中」字若作平聲，則不叶律，因欲叶子美之律，遂改從古「中」字之音。弟向在長干時，曾與力辨。繫傳曰：「易之興也，其於中古乎？」謂易作於上古，聖人故稱文王以中古以興也。殷有中宗，鄭氏云：「殷王大戊爲湯之玄孫，商道寖衰，大戊修德，商以復興，故表顯之，號爲中宗。」唐亦有中宗，以其承武后之後再興唐室。皆因先業中衰，而後有中興之號，今作去聲，是何義乎？二宗亦可以去聲稱耶？且子美「中興」二字屢見於詩。秋日夔府詠懷百韻有云：「側聽中興主，長吟不世賢。」贈韋大夫詩云：「漢業中興盛，韋經亞相傳。」送靈州李判官詩：「近賀中興主，神兵動朔方。」諸將詩云：「神靈漢代中興主，勳業汾陽異姓王。」此四「中」字亦宜作去聲耶？

又謂「中酒」「中」字宜作平聲，亦因唐人「氣味如中酒，情懷似別人」之句，「中」字作去聲不叶，乃摭「中聖人」之説改爲平聲，此尤不通：中酒者爲酒所病，如中風、中寒、中暑之類，皆偶中其筋絡穴道而成病也，故云「近來中酒起常遲」，謂病酒不能起也。「中聖」之「中」，言酒清也，非醉也，何事起遲乎？

若云近體無不叶律之法，唐人多有不叶者。即以子美言之，官定後戲贈云：「老夫怕趨走，率府且逍遥。」白水明府舅宅喜雨詩：「精禱既不昧，歡娱將謂何？」重游何氏詩：「蹉蛇暮容色〔五〕，悵望好林泉。」游修覺寺詩：「詩應有神助，吾得及春游。」逢唐興劉主簿詩：「江山且相見，戎馬未安居。」王閬州筵惜别詩：「良會不復久，此生何太勞？」送李卿曄詩：「露衣問行在，走馬向承明。」宴胡侍御書堂詩：「闇闇書籍滿，輕輕花絮飛。」獨坐詩：「江斂洲渚出，天虚風物清。」銅官渚守風詩：「早泊雲物晦，逆行波浪慳。」此類不一，不可枚舉，皆中聯也。至於起、結全拗，又無論矣。則「中酒」「中」字固不必作平聲，「中興」「中」字又何必作去聲耶？或謂開句不妨，則去蜀詩：「如何關塞阻，轉作瀟湘游？」非對句耶？五言有之，七言宜亦有之，故是聲病，寧以病而妄改音義乎？如夔州覆舟詩：「徒聞斬蛟劍，無復爨犀船。」本用牛渚然犀事，改「然」字爲「爨」字以叶律，豈非尤病耶？

而今謂子美詩必無不穩、無不叶，不據正經而引陸德明釋文作「張仲反」，以曲徇子美一字之失，因言子美於音訓甚核，則試舉子美音訓之不核者言之。凡詩中「判」字多作平聲，與「拼」字同義；另有「判斷」之「判」乃去聲也。子美重游何氏詩：「到此應常宿，相留可判年。」本是平聲，作去聲以叶律可乎？至曲江對酒詩：「縱飲久判人共棄。」將赴成都草堂詩：「先判一飲醉如泥。」又何以爲平也？詩中「應」字作平聲，與「宜」字同義，作去聲乃「感應」之「應」也。子美峽州四十韻有云：「刺史諸侯貴，郎官列星應。」用郎官上應列宿事，本爲去聲而作平聲，因欲叶韻，遂繆其義可乎？寄高彭州詩：「爲問彭州牧，何時救急難？」「難」字本諸「脊令」章作去聲，以爲平聲押「寒」字可乎？此皆病之大者，虞山又何以回護焉？至於「玉碗」避上文「玉」字，改爲「金碗」；「飯煮青泥坊底芹」，「芹」字出韻；「寺下春江深不流」複用「春」字：皆小疵矣。

虞山尊杜詩，謂不敢注，至謂：昔人言不行萬里路，不讀萬卷書，不能讀杜詩，此語猶不足盡。何其尊之已甚耶？謂杜詩字字皆有根據，則今人詩用慣陳語，苟逐字求之，豈有無所根據者耶？若謂其每飲不忘君國，身羈荒徼，心戀闕庭，纏綿悱惻，此亦臣子之大義、騷人之本旨，非絕無而僅有者也。杜詩之佳，在於格力氣韻迥絶諸家，至其體物盡變，造險入神，幽奇屈曲之境，瑣屑酸楚之情，一字匠心，生面逼出，千載而下，讀之如當其時，如見其事，故其詩千載猶新。區區典故之詳核、音調之悲壯，豈足爲公稱？即聲病又豈足爲公諱哉？公皆從苦吟而得者。若虞山，生長華貴，沉溺於柔曼靡麗之場，又學豐才裕，每一屬思，應手敏給，不知有苦吟一路，至於子美之時地情事，生平所未嘗歷，胸中無此種境界，自無此種情思，決不能作此等語，亦豈能知此等詩之妙哉？其所知者，典故與音調而已。

近日腹笥之富、討論之精，莫如虞山。其説杜詩多所考證，少事解釋，然吾謂其考證亦有傳會者。如言秋興「蓬萊」一章是公獻賦蓬萊宮時事是也。若「瑤池」、「紫氣」二句，自是國家全盛，天下無事，人主惟求長生、好神仙，緊接「承露金莖」一語耳。必以王母指貴妃，謂曾爲女道士；以「函關」句謂指老子降形，田同秀獻靈寶符事，以譏玄宗之荒淫失政，毋乃鑿乎？吾謂此皆稱承平盛事，追思宮闕之壯、威儀之肅，而自慶於肅宗時以拾遺扈蹕，曾沾青瑣之班。於其上也，恐無譏刺之意。

「昆吾御宿」章謂記與岑參游渼陂之事，「仙侶同舟」指參兄弟，亦似未然。按渼陂行，其游值風浪雷雨，僅得泛舟而天暝月出，與此詩情景迥異。公游渼陂非一度，與鄠縣源少府宴渼陂詩云：「應爲西陂好」，則渼陂即西陂也。其西陂泛舟詩云：「青蛾皓齒在樓船，橫笛短簫悲遠天。春風自信牙檣動，遲日徐看錦纜牽。」豈非「佳人拾翠」、「仙侶同舟」之左證乎？不指此而指彼，何也？

其所自矜創獲，則「勃律天西采玉河，堅昆碧碗最來多。舊隨漢使千堆寶，少答胡王萬匹羅」二章也。按勃律、堅昆皆西方絕遠之國，國初以來，朝貢不絕，自吐蕃之亂，貢使不通，因蕃賊總退，追憶昔時二國貢物之盛、朝廷賚賜之隆，庶可再見之今日，所以志喜也，詩意似止如此。今因一「寶」字起論，而引西域記四主之説爲證，不過自夸其博耳，詩果有是意乎？異國之書，作者容有未見，何取窮搜爲添蛇足？

諸說亦據兄所稱，聊以相難，弟實未見其書，聞箋注已行，必當確而有據者，終不以一瑕疑其全瑜也。惟兄更有以教之，如何？

己酉秋，困厄皖上，爾止自白門來，曰：「與辨難，聊以解憂。」因作此書。書甫成，而爾止病，未幾返棹，遂死，此書亦竟未見。悲夫！惠子既死，莊生無其質矣。見之，益增老友之慟。

與徐公肅司成書

別後，因人爲汴梁之游，涉滹沱，過漳河，一路懷古，多有吟詠，無由錄呈座右，一悉旅情。弟老矣，念與諸君子尊酒論文，不知後會更在何日也。

向與閣下聚首於令母舅寧人寓齋，寧人極詆陽明之學，又出吳江一老生所寄駡陽明書，比之毒藥猛獸，遍示坐客。弟見其方寸敗紙耳，字畫怪誕，文理惡劣，皆陳羹餿飯語，不惟未嘗見陽明書，並未嘗讀程朱書者，不知寧人何以欣然誇示人也？弟見寧人駡興甚勇，如此固陋，尚欲引之爲助，其所以惡陽明者至矣，故默不與辨。酒間，問曰：「顧涇陽何如？」曰：「正學也。」弟曰：「余觀其解學庸，亦頗采陽明語，何也？」寧人大哈，以爲妄，問弟見諸何書，弟偶失記，無以應，益大噱，久之，曰：「君元來於此事甚淺。」閣下爾時亦主寧人之說，以涇陽深闢陽明者也，猶記之乎？弟比大慚，非慚其學之淺，慚其以爲妄也。

既抵家，搜諸敝簏，得之，蓋顧先生小心齋劄記也，即命兒子鈔稿奉寄，托爲轉致寧人，以謝此慚。頃再至汴梁，則孫徵君重刻聖學宗傳，所謂小心齋劄記，儼然載於其後。書行，想閣下與寧人皆得見，故不更寄所錄也。徵君學陽明之學，弟不敢知；但涇陽先生采陽明語，一一可按，弟固非妄言也。

寧人學問淹博，弟不能窺其萬一，但似詳於事而疏於理，精於史而忽於經。經如春秋說，不謂不精，要亦史類也。弟嘗與論易，闢象數而主義理，謂程傳、朱義外不宜更有見解，不省程傳但言義理，朱子兼通象數，本義之外，復有啓蒙，故曰程演周經，邵傳羲畫，則寧人於程朱之異尚未深悉，弟故以爲於經忽也。至於稽古之勤，考證之核，近世罕有其匹，意其目力所到，應無遺編，而顧先生小心齋劄記獨未之見，又可怪也。

抑弟更有請焉：陽明宗象山，象山與考亭異者，吳幼清以爲一主尊德性，一主道問學也，聖人之學具是二者。今謂主其一，豈即廢其一耶？亦其所從入不同耳。讀書而有悟，與悟後之讀書何以異哉？若寧人，不喜人言性與天道，專以多聞多見、好古敏求爲聖人之爲學，則自不信有悟之一路也，豈其然乎？幸轉致鄙私，期更有以教我。

與俍亭禪師論莊子書

承示漆園指通，屬序於弟。伏讀之，竊有請焉：師以莊子開宗門之先，應踞祖位，尊其書，爲之拈提偈頌，等之宗門語錄，弟未敢以爲然。

夫莊子，固老子之徒也。天界浪杖人以莊子爲孔子之孤而托諸老子，作「托孤說」甚奇，此巧於發明孔子，而借莊子爲孤，以傳孔子之真者也。而師以此說宜就祖道未入中國時言；自教外別傳以後，莊子明爲宗門之一枝旁出，其肯承嗣柱下哉？

夫莊子言道德而訾仁義，毀禮樂，其言必稱老子，莊子之爲老子嗣久矣。然其意中所尊服者，則惟一孔子。其言之涉於侮慢者，此訶佛罵祖之智也。嘗以己說托爲孔子而稱之者，以爲孔子必當有是說也；而又假托老子教孔子之說，以爲孔老相見時，應作如是說也。一正一反，抑之揚之，以逼出孔子設教之所以然，若認作實語，便是癡人前說夢矣。

大傳曰：「形而上者謂之道，形而下者謂之器。」論語曰：「中人以上可以語上也，中人以下不可以語上也。」是故仁義禮樂，皆道之可見者，所爲器也。孔子之言不遺器以爲道，不離下以爲上；然聽者不察，或得其下而昧其上。莊子以爲不盡埽其下，則上不可得而見也，蓋以救夫受教者趨而愈下之弊，所以爲孔子救也。其稱孔子之語老聃，惟是治詩、書、禮、樂、易、春秋六經，而老子曰：「夫六經，先王之陳迹也，豈其所以迹哉？今子之所言猶迹也。夫迹，履之所出，而迹豈履哉？」莊子於仁義禮樂詩書之術，極力排擊，其大旨要不出此數語，亦豈有甚戾於孔子之教哉？

孔子於子夏「禮後」一語而深賞之，特不欲盡言之耳。莊子之源流實自子夏。子夏知其後而篤信謹守，不敢略其後焉，蓋以非是後者無以治世也，此儒者之學也。莊子欲盡捐之，蓋知當世之必不可以仁義禮樂治也；世不可治，而習其說者，徒以繁文長僞，而聖人之道不復見矣，固不如托諸老子，爲天下無所可用之人，而徒存其大言，使萬世而下庶幾猶見聖人之道。杖人以爲托孤於老子，豈不然乎？

弟以釋自釋，儒自儒，莊子指無不通，而師以爲獨通宗門，謂之爲釋家教外別傳，固不如杖人謂之爲儒家教外別傳爲較近耳。何則？釋氏所言，皆出世法也。若莊子，固有用世之志，有用世之學，惟世不可用，而始托爲無用之言以藏其身者也。觀其内七篇，語語精於涉世，亦妙能用世者。至於外篇，有曰：「物者莫足爲也，而不可不爲。」又曰：「上必無爲而用天下，下必有爲爲天下用。」諸如此說，莊子豈不能用世者乎？莊子之用，以自然爲宗，感而後應，迫而後動，不得已而後起，其學一本諸易。司馬談曰：「不爲物先，不爲物後，因時爲業，因物與合。」因，固易之道也。故吾著易學之後，繼之以莊詁，誠以莊子深有得於吾易之學，與師以爲宗門之一枝固有間矣。

所見各異，故不敢爲序：見異而序其書，是違心之論也；任己見而反師説，又失師見委之旨。敬述鄙説，質諸侍者，以各成其是而已。

校記

[一]十三年　十三經注疏本（以下簡稱注疏本）作「十有三年」。

[二]「小序」云云　注疏本小序謂：「出車，勞還率也。」鄭箋云：「西伯以天子之命出我戎車於所牧之地，將使我出征伐。」

[三]一日　「日」當作「月」。夏正建子，商正建丑，周正建寅，時間上依次遞先一月。

[四]梓慎言　據注疏本左傳，爲昭公十七年傳文。

[五]蹉蛇　中華書局版杜詩詳注重過何氏作「蹉跎」。

田間文集卷五

書

建寧修誌與姚經三司李書

久留芝城，荷諸當事以郡誌見委，固知出於足下之謬推也。足下見推，徒以弟爲能文耶？抑以其平生戇直之性，語言文字之間不肯假借以曲徇人耶？如有取其直也，則諸當事宜一聽弟自率其直，不宜復有以撓之也。足下謂弟毋太認真，將欲弟委曲以從當事之意指，而聽諸紛紛者之陳乞耶？則與足下相推之本念大矛盾矣。

夫郡誌猶國史也，異時朝廷纂修，往往取各郡誌以爲張本。史不可以不信，則誌不信可乎？今世之好僞也，凡一切行狀、碑誌皆飾詞諛説，大抵出於其門生故人之手，不則其子弟力能得之於當時士大夫之名能文者，或以賄取之。若是，則必有無力無賄而其人其事遂湮没無傳者，多矣。而作史者遂欲據之以紀實，毋怪今之史爭以爲僞史也。惟是郡邑誌非一家之私言，鄉評難淆，庶幾猶存公論之萬一於此，而更不信焉，則史寧有一足據者乎？

夫史，善惡畢書，誌則紀善而已，不直則紀不足信，真者與僞者並列，後且以真者亦不足信矣。即如名宦、鄉賢傳，前此真僞已難悉釐，今之人誌者寧可不核？且如司理一官，有季彭山本、郭青螺子章二公，可爲當世矯矯者矣，凡司理入名宦者十數人，而兩公不與，則他司理之爲名宦者可知，而諸名宦之爲名宦又可知矣。今欲爲兩公補傳，是以兩公爲諸公續也，封李廣侯，賜劉蕡第，辱之甚矣！弟意另爲兩公合傳，以見名宦有傳者之不足信，而當時不爲立傳者未必非兩公知己也。弟所謂真僞不容並列，此之謂矣。

節義傳，風教所關，而當事於丙戌死事諸君子頗有忌諱，禁勿書。漢世祖與隗囂書云：「足下與吾相去絶遠，本非吾亂臣賊子，當時欲爲君所爲者甚衆，但事定，宜自奪去取耳。」夫囂與世祖同時舉事，尚不目以亂賊，豈有本其故物，一姓繼起，而謂之僞朝？忠於故主，守死不屈，而比之叛逆？古帝王於天下初附，未嘗不錄降者之功，而聽不降者之死；天下既定之後，則必以死事者爲忠臣，降者爲失節：所以教忠也。不當國家鼎革之秋，則忠臣義士之節不見，今禁丙戌死事者不得名節義，則節義將以何事見，當於何時成乎？當事既諱，各縣亦不肯采訪以聞，無從紀載。

據合郡所稱，如建陽黄大鵬，癸未進士，在閩授兵垣，同鄭御史爲虹守浦城，兵至，冠服登陴，射之，屹不爲動；城破，大駡死之。爲虹亦死。其次，如甌寧諸生謝宫錦，名士也，兵至，避入山。學使者耳其名，諭謝族人趣回，許破格待之。宫錦誓死不出，情詞哀切，聲淚俱下。值大雪，山中火絶，遂不食以死。又次，如松溪陳有祚，天啓甲子科舉人，聞建寧失，一夕棄家去。久之，有友人遇之浙中，握手道故，歡洽如平生，曰：「來日於此訪我。」如期往，則設酒饌，與促膝談宴。詰旦再往謝之，已不知所之矣。其家至今消息杳然。雖未死，豈非節義士耶？

至若臨川之揭萬年諱重熙者，丁丑進士，任福寧州知州，旋擢吏部郎。閩亡，起義兵，屢挫不回，間道入粤，以大司馬節鉞，出嶺聯絡，粤敗，匿建陽山中。縣令詗得之，解入郡，公甚喜曰：「從此畢吾事矣！」縶建郡獄，人有往見者，談笑自若。臨刑，巾服如舊，慷慨就死，觀者數千人，莫不垂涕。初，公入獄時，有一江右男子，自稱公黨，願同死，於時，亦縛至，公不識，問曰：「爾爲誰？」其人曰：「公固不識我。我慕公義，特來隨公死，爲公作伴耳。」遂同死，卒不知姓名，今郡人皆傳揭公爲郡城隍，有死去再甦云親見之者。人情之感慕，亦可睹矣。如此事，附諸節義傳末，雙行細字，以爲别紀，寧足諱乎？

一大郡誌書，不載一代奇偉之人、烈烈可傳之事，徒取其小廉細績、循資遷擢者以爲名宦，取曲謹自好、致身顯位者以爲鄉賢，而且皆不足信，今當事之諭令人誌者，皆此輩也，亦何取夫誌哉？足下謂弟太認真者，此是也。

而弟又有不得不認真者：建寧最重儒户，歷代所以報先儒之盛典也，優免大徭，有司禮待異於他户，要不過十餘家，皆先儒嫡裔爲之。今復有冒稱儒裔者，彼寧知重先儒哉？惟利儒户優免而已。又有如延平四賢之裔，在彼郡已自立户優免，今遷建寧而欲爲建寧儒户，將以先儒亦冒建寧之籍，可乎？如陳白沙先生，廣東新會人，新會應有從祀、守祠諸典，而子孫流寓建郡者，亦求以儒户著建寧籍，以圖優免，此何理也？又有留姓者，系泉州留夢炎後。夢炎不過一降元狀元宰相耳，本非先儒，未立儒户於泉州，而欲冒儒户於建寧乎？此數項屢來煩聒，屢峻拒之；乃復求諸道鎮，而道鎮再三爲之轉請。自足下視之，謂弟宜從乎？不宜從乎？

今天下修郡邑誌者，類取於學宫之諸生領其事，往往一二無藉者夤緣竄入其中，惟上是奉，惟勢是趨，惟賄是求，黑白倒置，致令真正節婦義士皆以與名其書爲耻。足下視之，以此足爲誌耶否耶？今既有鑒如此輩之不可用，乃聘四方名士爲之，復取戇直如弟者司其筆削，是欲成一郡之傳書也，弟敢不認真以仰副盛心？而復令曲從上意，去若輩幾何？弟寧受過於一時，不肯受過於萬世；寧得罪於當事，不敢得罪於先賢。當受委之日，即已自誓如此。至於書成，或存或毁，惟當事是聽，今則惟有認真而已。足下其鑒念之。

與董松溪書

僕以甲辰冬入閩，閩之人稱廉令，自執事外，指不再屈。已，晤諸當事，則言執事谿刻已甚，不近人情。去歲，滯此一年，未聞有置可否者。冬盡，抵芝城，與諸君往還，則皆翕然稱執事之善也。

今之不能廉者，非真欲飽其橐、歸爲妻子計也，其勢有不得廉者。然而，爲不廉之心甚苦、事甚勞，究其計則甚拙也。今執事毅然不爲不得已之勢所轉，上之人既以廉而置之，親友、過客復以廉而恕之，執事乃得以超然無所責望之身，竊閑暇，弄文史，飲水啖蔬，嘯歌不輟，則執事之所得不既多乎？毋怪諸公之翕然稱善而羨樂之也。

聞執事近修邑誌，而僕謬承當事以郡誌見委，倘大稿既定，望以鈔本速示之，司李檄所云「合八邑之全書，成一郡之信史」也。但諸邑視此爲漫無關係之事，檄下，絶無應者，正不知何時始得合編告成書也。

别有欲聞者：敝宗錢孚千諱嘉徵，嘉興人，以崇禎末年任松溪，甚有惠政。此公風節凜然，曾以諸生上書參魏璫，不報。今嗣諱泮，中丙子賢書。皆與僕交好，而僕又曾與孚于共事，頗有知己之誼，計其宦績，久應入名宦祠，若尚未舉行，則似有待於執事也。試詢之父老、諸生，定知僕言爲不妄耳。邑誌中亦望載其大概。僕舊籍越西，執事亦屬同鄉，幸俱有纂修之任，表章是賴，正此老幽光將闡之一日也。惟留意，萬萬。

與黎博庵先生書

江門惜別，奄忽兩年。在閩，爲建寧當事留修郡誌，不知明春得竣事否？若以明春回，便逾三年矣。歲月飄瞥，可勝慨然！

別時，晉江何子忠寅欲爲其先人乞銘於某公，僕謂曰：「子之銘親，專以文重耶？抑兼以人重耶？即以文，南昌黎先生，僕見其文不多，友人趙國子曾一示我，其氣灝灝噩噩，其言質實。其爲詞也，寧生毋熟，寧拙毋巧。非今之文，而古之文也。與夫世之掇漢魏之菁英而襲大家之膚革者，固有間矣。」何子然之，遂謁執事而請。今既獲所請，信僕言之不謬也。郵其文以見示，僕讀之，辭氣斷落，絶去蹊徑，略似莊子，而實有得於昌黎韓子之學也。

韓子謂古於文必己出，而以務去陳言爲難。今之爲文者，非不知陳言宜去，而洛誦既熟，需役復久，纔一屬思，輻輳奔赴，雖欲自己出一語而有所不能，陳言錮之也。至於稱觴諛墓之詞，往往誇而失實，按其題，不必閲文，其所應有陳言皆可懸揣而得也。以是嚮於人，而人益喜之，斯所謂今之文耳。僕嘗語人曰：「使余爲文以諛子親，一如子之所欲諛，譬如寫生者，爲寫其親端嚴妙麗，而諱其所不足，美則美矣，然非其親也。」夫寫生者，亦得其似而已；若文之於人，則必傳其真也。僕於韓子之言，未之逮也，而有志焉，其爲詩文過於真率，其意亦欲其自己出也。今觀執事所爲何公之文，一用我法，無枝詞，無溢語，僕未嘗見何公，而其人之性情、器宇，宛然於紙上見之，無怪何子之歡欣悲泣，以爲其親爲不死矣。

僕因之亦願竊有請也。僕先子少有名稱，亦好爲古文詞，坐是，久困場屋。至僕，復蹈前轍，未能於少壯時博一第以榮親。然在於今，即先子猶存，亦不願僕之求榮矣。所榮者，惟得大君子一言足以不朽耳。獨記卯辰之間，僕在塾讀執事制墨，先子見而嗟異之。後有人自江右來，言：「此是吾邑舊令君黎公子也。」先子歎曰：「吾嘗受知於令君，余不善書，公酷愛余書，令小吏賫紙筆屬余爲諸公子仿本。以時計之，此君亦曾寫仿本者已。」問執事，時尚未生。言之要知與執事稍有通家誼也。晚年講學里門，從游者頗衆，皆載在狀中。

僕爲先子狀，不事飾詞，豈有禁他人過諛其親，而已反自爲之乎？執事閱，當知之。已令家人錄其稿寄來，俟僕回時，舟過章門，抱叩階前，百拜以請，惟執事毋拒。便訊附候，預致鄙私，不一。

與潘蜀藻書

汗漫入都，遂已改歲，每與夢敦樂數晨夕，未嘗不念石經齋銜杯朗詠時也。頻接郵函，深荷遠憶。

家訊至，言邑中近修誌書，主其事者某，於節烈傳削去亡妻，而以胡令意指爲辭，合邑多爲不平，弟以爲極可幸也。

弟嘗謂：誌書爲國史張本，必須正人有文筆者據實直書，而其文又足以傳，將來史官采之以成信史。故其事至重，以得與名於其中爲榮也。弟在建寧修誌，與姚司李一書言之詳矣。今之充斯選者，類皆無藉老生、夤緣廣文，竄名局中，惟賄是求，惟勢是媚，其所爲鄉賢果鄉賢耶？所爲節義果節義耶？而真鄉賢、節義者，無以要之必不載；即載，而使老子與韓非同傳，其甘之乎？名者鬼神所吝，僞以取之，久而必敗。而使真者與之並載，後有黜僞者，並真亦致疑焉，固不如聽其湮没，存爲幽光，以俟後之闡幽者之表揚也。

傷哉！亡妻之死於震澤也，其辦死也久矣。尸也，裙褥皆密紉不可開，因以入斂，通市嗟歎之，迄移櫬至家，啓視，紉如故也。比三吳人士哀輓成帙，梓布越閩間，至今尚有傳者。

向時足下編入邑乘，未嘗與弟相聞，故雖紀有未詳，誠以足下鄉邦名宿，得一字褒稱，足以不朽。今之爲此者何如人耶？其所去取不問亦可知矣。表章之事，得之賢者則榮，若出於不肖，乃大恥也。今誌之鄉賢、節義，豈盡可議？而不無議者，以此人爲之政而議之也。則如亡妻者，以此人之削爲幸耶？以不削爲幸耶？則又何必爲不平也？

至於胡令仇弟，誠有之；而云此舉受指於令，此妄語耳。令，小人也，弟過孝感，知其起家甚微，故視其一第甚尊，一官甚重，恐盜案有礙其官，堅欲諱之，故聽奸蠹計，坐亡兒以惡名，而與弟爲難。因爲臬司所持，至行賄七千金，卒未能有以加於弟也，令有悔心矣。吾友有紀綱爲其父執，比在署，悉知其事。頃於都門，孫豹人數過弟，云：「有楚中給諫彭君諱之鳳者渴求一晤，意甚殷勤。」余悟曰：「非吾邑令胡某之本房師乎？」曰：「然也。知君有憾於令，令托爲解紛耳。」弟歎曰：「吾黨自廢於時，爲俗吏所陷害，固吾分也。即力能報之，所連甚衆，泥首對簿，吾不再辱矣。令以諱盜而庇盜，盜益衆，其事必敗。吾老矣，有傷心詩二十章，備述始末，傳之於世，以祈冥報耳。若假手報復之事，吾不爲也，幸謝彭君。」由此觀之，令既有虞於弟，其無過求於弟審矣，豈有遠托所親以求成，而近屬此輩以結怨者哉？此輩媢官，希揣意旨，無所不至，而以是爲出於令意，誣也。

吾邑誌書不數年一修，無關重輕；獨怪鄉稱節義，邑有搢紳，而以宗族鄉黨素所不齒、至俗無文之人，居然司筆削之任，豈不羞龍眠而貽四方之笑乎？是可歎也已！里門清議，尚賴足下努力主持，毋徒畏避口語，而一切委之不問也，如何？

復陸翼王書

同里江柳州自吳門還，得足下手書，具悉近狀。

承以尊作爭光集序文見委，僕未得睹其書，焉敢屬筆？第集名義，當是表章從前死難諸君子也。其自啓禎以來合死閹、死寇者並紀耶？抑專紀甲申國變以後事耶？甲申以後，國凡數變，死者徧東南，人不能盡知；即有知之者，足下亦未必盡知人所知；有不知，則足下書已成，後將以之爲據，其所遺者即終不爲世知矣。雖後此有人能補其遺，而於足下闡幽之志終未慊也。故僕願足下博訪四方親經喪亡之士，而參以故老之見聞，庶幾其言足信，而所收益廣。

僕昔流離閩中，以吟詠紀事，凡所傳聞，即爲詩誌之，有哀江南、續哀、廣哀及悲贛州諸雜詩，俱錄入生還集。已，在嶺外，復值亂亡，親見死事諸君子，皆係以詩，亦散見兩粤集中。然且所聞有限，漏者甚多，不知爭光集於僕所知者業已盡知之否？若僕所知猶未盡知，則足下之所不知者衆矣。

近丙丁間再游閩，爲建寧當事屬修郡誌，各縣以節義上者寥寥；問之，則當事不欲以丙戌秋死難者入誌。僕力爭之，僅存數人，猶是僕所熟知數人而已。壬子入都，過江陰，江陰令苦留修誌。僕問曰：「誌肯載乙酉秋守城事乎？」曰：「不可。」僕曰：「他吾不知，如戚中翰勛，城破之日，一門七命自盡，血書在壁，今屋毁壁立，每陰雨，字血逾鮮，如此忠赤，能使其終於湮没不彰乎？名教攸關，鬼神可畏，僕未敢聞命也。」遂辭去。由是觀之，吾人耳目既隘，地方居官者復以此事爲忌，人傳者益少，則吾人之所得知者蓋亦寡矣。

嗚呼！死甚難，死而傳亦不易，蓋有幸有不幸焉。而幸而傳者，又未可一概論也：有期死而死者，有不期死而死者，往流寇起時，吾里中婦死者無慮數千百人，皆倉卒遇寇，無所逃匿，相率赴水以死，其實畏殺者十之七，畏辱者十之三。其中，有預辦一死，死後，出其尸，衣履皆密紉者；有爲賊所獲，慷慨罵賊，屠割極慘而死者：等死耳，而所以死不等如此，寧無辨乎？夫罵賊死與預辦死者，皆期死而死者也；若夫倉卒無所逃避而死，是不期死而死者也。然而世之期死死者未必傳，而不期死死者之請恤建坊者比比，而爲之紀載者，復增飾其事，氣節凜然可觀；至於期死死者，雖或傳之，其激烈或反未能及也。今吾鄉修誌，專削此而存彼，人以削者爲不幸，僕以爲其大幸也。何則？所載者不足信，後將與並載者俱不信矣。

婦死烈者既已如是，臣死忠者亦寧有異乎？僕所見者，昔贛州城破，被屠人民死者數萬，惟士大夫得以死事聞。其中，期死而死者固多，不期死而死者亦不乏。死後表章褒恤各有差等，質諸輿論，皆以爲未甚確也。大抵子弟門生有氣力、能文章者在世，其死也必傳，傳亦甚烈；不則僅紀其死耳，未知其所以死也；又甚，則死亦未有紀之者矣。然後知從來史傳紀事大抵如此，曷足據哉？

今足下勤搜博采，以「爭光」名集，義至慎重，亦嘗於僕之所謂幸而傳者覈其實乎？夫人既已死，而吾猶欲於死後求其所以死而分別之，非有苛於死者也，惟悲夫烈烈而死與碌碌而死者之死無以異也。松柏摧矣，而與衆芳之蕪没同嗟，則松柏不足嗟矣。干將亡矣，而與牛刀之缺折並惜，則干將不受惜矣。是故幽光不闡，非徒與草木同腐之爲幽也，以烈烈與碌碌者一例，其光猶之幽也。有光同闡而幽，則於足下「爭光」之義舛矣。故僕願足下之廣搜詳考，不厭過慎，然後敢爲之序言，附以不朽也。

足下稱僕所知録文直事核，僕何敢當？然此二字，固僕平生自矢。以「所知録」爲名，明其不知者多，然猶恐知之未悉也。此事甚大，何時與足下抵掌深論，各出其所知以互相質證乎？僕年過七十，一日尚存，未敢一日忘此志，如何如何？

與張敦復學士書

比在邑，出所著詩學奉覽，執事許爲之序，值有龍山之游，遂留蜀藻架上。弟且趣歸，知閣下未盡寓目，輒略陳其大概，惟賜省覽，以便屬筆。

弟於詩特宗小序，以小序去古未遠，其世次本末雖難盡據，然大要不甚謬也。至於注疏傳注，諸儒之説，未嘗專徇一家：朱子集傳凡從鄭夾漈説者，概不敢遵；若毛氏之傳會，鄭氏之穿鑿，皆力闢其謬，亦各從其是者而已。詩與尚書、春秋相表裏，然必考之「三禮」以詳其制作，徵諸「三傳」以帝其本末，稽之「五雅」以核其名物，博之竹書紀年及皇王大紀，以辨其時代之異同與情事之疑信。而且列國之封域、山川之形勢變遷不一，即今之輿誌以考古之圖經，而參以平生之所親歷，則鄭譜言之不詳，而圖經所載亦未確也。若夫義理文句之奥，諸儒多以臆解，朱子置爲未詳，細繹經旨，本自分明，循理據實，絶無牽强，於是或發先儒之所未發，或先儒見及之而説未能暢者，則極言以暢之。自乙卯冬以來迄今，凡七易稿矣。二雅異音，三頌各體，周之典禮、殷之宗祀、魯之郊禘，其源流度數具載於詩，莫不爲之考詳辨正。自謂於經學有微功焉。

而更欲與世共明者，則「變風」、「變雅」是也。淮南王安曰：「國風好色而不淫；小雅怨誹而不亂；若離騷，可謂兼之矣。」安云國風者，變風也；若二南，無所爲好色之事也。其云小雅者，變雅也；若菁莪以上，無所爲怨誹之言也。屈原處亂國，事昏主，而憂讒畏譏，情辭哀楚，蓋其所遭者變風、變雅之世也，故安以爲兼有其音。而世動謂詩以溫厚和平爲教，往往摭安語爲口實，謬矣。

夫國風於衛宣、齊襄、陳靈之事，醜言無忌，寧諱其淫乎？采風者因其言之醜而錄之，以爲淫者誡，故曰「不淫」。以是謂之溫厚，而詩人未嘗溫厚也。小雅當幽厲之世，宮闈左右肆其指斥，不謂之亂，得乎？原其心，惟冀悶之者之知所畏懼，雖得罪而無悔，故曰「不亂」。以是謂之和平，而詩未嘗和平也。是以論詩者，必論其世也：生當明備之世，自有安和豈樂之音；處多難之時，自多哀怨愁苦之調。未有不疾而呻、無憂而歎，亦未有當呻而飾笑、臨歎而强歡者也。世變則風雅不得不變；不變者，其人必無性情；人無性情，可與言詩乎？

今之爲詩者，大抵緣飾漢事，規摹唐音，不顧其所當之時，所處之地，務襲陳言，全失本色，雖格調儼然，而真意盡矣，而猶斤斤號於人，以爲不如此則不可名風雅。嗚呼！是亦未有以國風、小雅之義告之者矣。

弟於諸什，字字詁釋，尋繹發揮，益盡其妙。雖曰研經，亦思有以曉夫世之侈口風雅者，使自得諸其性情也。倘吳中當事果付剞劂，得閣下一序，爲暢其立言之旨，豈惟經學式賴，即有造於詩教不尠也，惟閣下留意焉。

答池州喻太守書

明公爲政期年，於郡國利必興，害必除，求之於古，可謂良二千石矣，而猶過自抑損，疇咨博訪，務求其至當無弊而後已。僕，江北野老，本無知識，仰承虛懷下問，不敢不竭其愚悃，以效一得，敢以所學易義對。

僕見古先王因革損益之道，未有外乎易者也。易曰：「窮則變，變則通。」又曰：「通則變，使民不倦；神而化之，使民宜之。」是變者，天時、人事之所必趨，非能强之使然也；通也者，因天時、人事之所趨而利導之，以聽其自趨，而不知其變也。易又曰：「化而裁之謂之變，推而行之謂之通。」化也者，裁之無迹可尋者也，如寒暑之有節，使不至於太過。此裁之説也。然寒不遽受之以暑也，至春而温焉，使寒氣漸盡以交於暑，而後暑不爲虐；暑不遽受之以寒也，得秋而涼焉，使暑氣漸盡以交於寒，而後寒不爲苦。此化之事也。聖人爲治，知其勢之所必至，而行之有其漸，推而行之，亦本時宜、物情，漸次及之而已。如禹之治水，行其所無事也。如庖丁之解牛，以無厚入有間，批郤導窾，恢恢乎游刃有餘地也。是故變者，理之自然；而通，則因其自然也。然必待其窮而變，變而通。蓋暑不極則人不知涼之可樂，而反以寒爲苦；寒不極則人不知溫之可喜，而轉以暑爲虐。是故二至者，天地化裁之事；二分者，天地推行之機也。聖人因革損益之道，亦若是而已：視天下之所共苦而急欲去者，因而去之；視天下之所共便而急望於舉行者，因而行之，初非有所强也。至於治化之效，則徐以聽其自致，未嘗求之於旦暮也。

今明公崇學校，開書院，簡鄉約，重保甲，凡所有爲，皆教化之本務也。而又諭令葬枯喪，懲淫俗，弭盜賊，郡且大治。以明公之教如彼，而治如此，而僕所獻於左右者，務其實，毋務其文；求其成，勿求其速也。

明公創興學宫，尊師重士，士習亦既丕變矣。學校之外，另有書院，此宜求通經熟史之士，使爲之師，宋世謂之山長，與有司不相統屬。凡各屬諸生有志於經史者，皆召集書院受業，明公亦時以公餘捐分聽講，務求經學明，史事貫，出而爲有用之儒；彼制義烏足道哉！若仍領之以廣文修飭故事，而所談皆博士家之陳言，是亦不可以已乎？

明公慎鄉約之選，擇其人，隆其禮，而善良之人終不肯應者，蓋習見吏胥虐害之甚也，上雖禮之，下之虐之如故也。今諸生豈無告老有德行著於鄉里者？禮請至官，使任其事，而益隆重之，職在講約，他不與聞，因而興社學，以訓一鄉之子弟，而籲之於官。數年之後，任職者請於上，給以虛銜冠帶，雖久不更。由是以廣擇鄉里之善人，則人爭樂爲之矣。

保甲之法：一家可疑，九家不與其結，此法至善。然須保長之得人也；不得其人，則懦者不敢遵行也，狡者因以行其私也。而今鄉民之役，莫苦於保長，其願受役者必非善良也。今宜先釐吏胥作弊之端、保長受害之故，而盡革之，於是並數保爲一保，使甲户衆多，而求殷實有才力者爲之，量行優免：許承役一年無過者，其家免異時雜役一次；兩年者推擇爲吏；滿三年，與吏久在官者一體考職。如是，則胥役少存忌憚，有才力者不避役而亦樂於久役矣。以上數項，僕所謂宜務其實者也。

至若民間信堪輿之妄説，久停親喪，不得歸土，今促令速葬，澤及枯骨，善矣。然恐令行太嚴，限期太迫，奉行者過當，或倉卒阡葬，不暇避水蟻者有之；子孫袝葬先隴，不肖者遂至騎頭截脈而破家者有之。禍福不足信，然於仁人孝子之心，固有所不忍也。今未必有此，明公亦須慮其萬一有此也。

賃婦之俗，郡人相沿已久，嚴禁而痛懲之，亦禁其自此以往，前此不宜問矣。

盜賊嘯聚，自有弭之之法，用盜弭盜，亦非計之全得者也。夫盜竊取其小者，而養其大者以爲之用，此捕役之故智也。今招盜魁養諸官，使舉盜以自贖，其所舉必狗竊之輩，而真盜與其真夥未必報也。既縻之在官，保無與捕役通乎？立重法，設嚴防，籍其所報者密志之，而亟令捕役多方緝盜，其所獲與所報適符，則以爲功；若既深實是盜，而不在所報中，則加之罪，庶幾猶可以得盜十之二三也。

總而論之，但使約保得其人，而行之有其序，則此數事者固不勞明公之心力也。於四鄉中，有一如上所禁者，約保始諭之，繼促之，繼驅之出境，寬與之期；不聽，斯可以行吾法矣。僕所謂宜圖其成，勿圖其速者，此也。

夫以此郡風俗之弊壞如此，明公毅然欲與之更始，斯亦窮而變之一時也。而僕之所望於明公者：遵成法而稍加損益焉，因民情而導之有漸焉；明其賞罰，需之歲時，使之潛移默化而不自覺。斯變而通之之義也，化裁推行之道，於是乎在矣。僕所學於易者如此，輒敢爲芻蕘之獻，惟明公鑒之。

與澹歸禪師書

澹歸即金給事堡道隱也。昔在端州與同官時，宴集劉客生寓中，自不宴客。余嘲之曰：「毋張天師命黑虎請客，中途，虎飢，食其客。反命，天師問客所在，虎對以：『飢，食之矣。』天師大怒訶叱，虎曰：『過在天師。我從來祇知吃人，幾時會請人來？』」哄堂一笑。此語喧傳，致諸君後有「五虎」之目，道隱以是被杖垂死。今出世爲僧，與余相值吳門，話舊悲慨，見贈以詩，詩後作數百十字，皆謔言也，云：「有人遇虎於道，將食之，人泣告曰：『家有一豬，願以代。』虎許諾。隨至其家，商諸妻，妻曰：『一家生計在此豬，安可取代？園有菜，足供一飽，以易豬可乎？』人以妻言告虎，虎曰：『汝妻言亦有理。但汝看我臉嘴，可是肯吃菜否？』飲光不能茹素，因不果爲僧，爲此嘲之，以報三年前天師請客之謔。」其侍者促余速下轉語。余答曰：「此人後復遇此虎，直前不顧，虎呼問之曰：『汝何不畏我？』人曰：『知汝出家吃齋矣。』虎曰：『汝何知之？』人曰：『我看汝臉嘴，是久慣吃菜者耳。』」既答其嘲，旋作此詩。

此番聚首，如隔生再見。來詩捧之，益令愴感。詩後云云，聊以報三十年前一字之謔。君謂虎不吃菜，謔不出家者爲虎也。弟答以虎久慣吃菜，則謔虎之已出家者也。不懲前害，更復相謔，誠如來諭所云：「老年相見無幾，且可諧笑爲樂耳。」

弟生平好謔，每不自禁，所至人往往目之，而其得禍亦不盡由此也。淇澳之詩曰：「善戲謔兮，不爲虐兮。」記曰：「張而不弛，文武不能[二]。」則知古人未嘗廢謔。孔子猶不免於前言之戲，況吾人乎？若淳于髡、東方朔之徒，直以恢諧事主，比之滑稽之流，不爲當時所重。至宋世蘇軾、劉攽諸子，皆以好謔取罪於人。本其天性俊邁，而又有其口，情事相觸，誠有瘩不能忍者，明知其足以爲害，而不暇顧也。子瞻曰：「吐則逆人，忍則逆己。與其逆己也，寧以逆人。」要皆未學道而任性之過也。

夫謔，一時事也，謔之足以博人一笑者，必當乘間抵巇，掩人所不及備，一語中之，使人無以自解，而後人以爲笑也。此習既熟，則凡作爲文章，得其窾綮，必將求有以愉快其一時之説，盡態極情。以是論事，則善矣；以之論人，則刻畫已甚，人將有所不堪。弟之詩文，亦頗坐此，嘗有詩稱人，而人不悦，惟其言之太似也，況於譏乎？

足下之文，毋乃近是？以足下透徹之見，出以犀利之筆：於事引繩批根，無所逃隱；論人或不留餘地。人之恨之，不恨其醜詆也，恨其一經指摘，將無以自容耳。單襄公謂國武子好盡言以招人過。夫言之盡者，非極其所言之爲盡也；惟是單詞半語，而其人之生平以盡之爲盡也。當命筆之時，且惟恐其不盡，盡之以爲快，豈顧其恨哉？而揆之於道，則過矣。弟憶往時，亦曾數相規諫，此猶醉人而勸人戒酒，宜其不見信耳。

今足下已得法，稱大師，其聞道也久矣。若弟，則仍故我也。而區區往事以爲言者，誠追悔往昔之愆莫可自逭，思於老年爲一訥訥不能言之人，以贖前失，以少進於道。而足下諭以且諧笑爲樂，是又談虎而誘獵師之技癢也，豈可乎？一笑。

校　記

［一］不能　注疏本禮記雜記下作「弗能也」。

田間文集卷六

書 崇禎年間舊作附錄二首

擬上興學取士書

臣觀古今之治天下，未有不言遵祖制者也。《詩》曰：「率由舊章。」孔子曰：「憲章文武。」孟子曰：「遵先王之法而過者，未之有也。」所謂先王，即文武也；其法，即祖制也。祖宗時，革故鼎新，一切與天下更始，以天縱之聖人，聚一時賢智老謀之士，相與考訂古今之得失，而損益因革，以創爲一代之令典，使後世子孫無以復加，亦豈有過焉者乎？

然而時移事變，則法有難盡行者，故有望於後世子孫之賢者能神明吾意而已。夫祖宗之法非有弊也，由奉法者初以己意有所高下其間，相襲爲例，遂成極重莫返之弊；數傳而後，反以其弊者爲祖制，而不復知有始立之法。是以陛下欲行一政、用一人，廷臣謂之破格，輒引祖制以力爭之，祖制果盡如所爭乎？且祖宗之法初立，奉行惟謹，法久而玩，巧僞滋甚，即祖宗在今日，亦難仍守其舊矣。故臣望於陛下者，在除今日奉法之弊，循祖宗立法之始，益思有以神明之也。

即以取士一端言之。祖宗時，立賢無方，尚已。其後，定爲三途並用：則辟舉也，歲貢也，進士也。今惟存進士、歲貢兩途，而特重進士；非進士，雖賢而才者，終不得大用，資格限之也。夫進士中豈曰無人，而謂人才盡於進士者，過矣。且舉進士之法，臣以爲亦未善也。虞書曰：「明試以功，敷奏以言〔二〕。」非言無由進，則今日舍文何所據以取士乎？而今日科舉之文，非古之文，亦並非祖宗時所取之文也。祖宗時，初場經義，務取根極理要，以帖括之體暢經傳之説。今則浮辭而已，問以經義，茫如也。二場試詔、誥、論、表、判，取其鴻辭博學，足爲國華，不知何以永廢詔誥不試，而但存題紙，論表惟勦襲陳言，五判則互換而已。三場試策，本取通達古今，曉暢時務，爲國家有用之士，往往有經義不錄而以五策見收，誠重之也。而今之爲策者，即其所對，以問其事之原委，皆相顧愕然，莫能舉似。以文取人，本屬無用，又失其所爲文，朝廷亦安取若輩而顯榮之哉？爲若輩顯榮故使天下之士皆薄行誼而重文藝，益舍實學而尚浮辭，人才之弊，由此其極也。

國初特重國子監，設爲六堂積分之法。詔勛戚公卿大臣子弟讀書其中，舉人下第者入監，郡邑生員每歲選其俊彦者貢入國子監，充太學生。則是歲貢者，每歲一貢，蓋選士也。

故國初由監生起家者多致大官，蓋舉人與歲貢皆稱監生也。自朝廷不重太學積分法，廢舉人，貢生罕入其中；而所爲歲貢，又皆郡邑諸生之久於學宫，需次待年而貢者，非俊秀之選也，於是，歲貢資格益下，又皆暮齒衰頹，其足爲國家用者少矣。

至於辟舉，已成曠典。若保舉之法，歷代以來至祖宗朝，皆行之而有效者。今陛下偶一行之，而羣臣皆咍愕以爲創舉，何也？陛下又嘗以召對特用矣，或因上書言事而擢以不次之任矣，然而卒不獲一人之用，非久輒罷。彼持資格者，初噤不一語，以俟陛下之自厭，使其不得不仍出於此。由是，資格益嚴，科目益重，而人才益少矣。夫以陛下之多方求人，破格用人，而不能得人者，惟其求之一時而用之太驟：其先未嘗有以造之，其後未嘗有以試之也。

臣以爲進士亦可得人，則科舉之法宜遵祖宗取士初制，而神明其意，少變易以行之。祖制三場並重。今則特重初場，經義既錄，後場策論，點閲而已。然則何取於試三場哉？臣謂三場不必限定先後，惟陛下臨時所命：或以策論居前，而經義居後；或經仍居前，而策論次之，使顛倒莫測。主司取定初場，其後場以次調閲，則士子知經義不足恃，而皆思究心於策論之學矣。宋臣蘇軾有言：取策論，則士人篡類經史，綴輯時務，臨時剽竊以眩有司。臣謂：今日士子之空疏，即使篡類、綴輯，亦足以誘起其博物讀書之志，而士之通今學古者，必從此出焉。經義惟取明理，不重詞章。詔誥論表，惟取爾雅通達。五判據律折獄，安事駢儷？五策每問一事，必雜舉周、漢、唐、宋已事之得失，微引其端，使詳爲敷陳，以驗其該博，從而論斷，以觀其識見；非是者不入格。此非徒事纂類、綴輯者之所能辦也。科舉之法如是，是亦黜浮崇實之一道矣。

而臣所謂取士之法不在是。臣所謂先有以造之，而後有以試之，則在於興太學也。夫今之學校布列郡縣，其士子未嘗一日教於學也。臣謂宜裁教官之員，減諸生之額，但存之以待夫應進士科舉者，而不必廢也。若真實教士，則必以太學爲本，在陛下因祖制兼古法而神明之，而分設少學於各郡，郡設博士一人，與太學博士皆極一時之選：須行爲人表，經任人師。不限已任、現任以及山林隱逸之士，詔内外各官悉舉所知以應。而久其任，俾盡心於講習，優其禮，不領諸有司。教成之後，擢置侍從、講讀之班，而舉者亦蒙上賞。如是，則賢者樂出，而博士得人矣。又令博士自舉其所知以爲教授，優其陞遷，使任課讀之事。

於是鄉設小學，擇諸生有行誼者爲之師，里老族長歲舉子弟十五以下、儀狀端方、資質秀敏、居家孝謹者，令入小學，教以儀禮、孝經，考正音訓點畫，益通律算諸書。俟其精熟，始授之以經。經義粗通，試諸少學。試之者，於其所誦習經書摘取數段，令當堂默錄，一字不遺，一畫不謬，音韻反切旁注分明，兼以步趨、應對悉有禮法，然後使教授受而教之。不及者以需再試。教授每年令習一經、一史。五經不能盡通也，然不可不盡讀也；諸史不能盡讀也，然不可不悉覽也。

教之三年，能通一經、熟一史以上者，博士上其籍於大司成，充少學生，而後博士教之以立身行己之道，與夫致主澤民之術，窮六經之要奥，辨史學之是非，考古今之異同，策時務之得失。略仿胡安定湖學之教，經史之餘，於兵刑錢穀之類各治一事或數事，察其才力之所近者，使專精焉。要令適於世用，非徒以資空談也。然後教之以經義、策論之體，以漢之賈董，唐之陸贄、韓愈，宋之歐陽修、曾鞏、蘇軾之文爲法，務在疏明經義，論斷古今，斟酌時宜，實可見諸行事者，而一切枝詞浮藻概黜不用。

或曰：「若此，則猶是科舉之業也。」夫問德者以行，問才者以言，自古記之矣。特兹之爲言，言其所學，爲有本之言，言之有用者也；彼未嘗學而爲其言，皆剿襲以取世資，言之無用者也：相去遠矣。學有余暇，則教之以禮樂騎射之事，釋菜以祀先師，鄉飲酒以禮大賓，所以行禮也，即所以習射也。先王之典：凡有事於祭祀，賓客先一日校射澤宮以擇士，中者與於事，不中者不得與。士以有事爲榮，故射必期工也。且每試文鈞，則以射定其次第。若夫書算、律令，於小學業已習之矣。如此教之六年，所成者不啻十之五。漸取其成者貢於太學，未成者需之歲時。彼士知力學六年之即可以游太學而得出身，其不奮勉以從事於學者，非情也。

既入太學，則大司成亦以少學所試之法試之，而加嚴焉；博士亦以所教之法教之，而加增焉，益令通本朝之故事，覽時代之奏章。如宋世分爲「三舍」之法：凡始至者皆爲外舍生，由外舍升内舍，由内舍升上舍。朔望則令上舍生隨朝，郊祭大典令之執事，亦以射擇之。天子幸學，大司成講畢，任召一生，問以疑難，稱旨者獎賜之。邊庭督撫有事，則令上舍生賫敕以往，益令察知山川之形勝，邊塞之險要，兵衆之强弱，人情之苦樂。使回陛見，一一奏對詳明，大司成紀其勞績。是皆陛下所以親教之之法也。通計在學三年，得入上舍者，大司成彙名奏聞，召入秘閣，命學士試之，量取數十人。其曾經獎賜、紀勞者，雖被放，大司成爲特奏名，天子臨軒親試焉。

臣考漢廷射策故事：設爲問難疑義，書之於策，量其大小，置爲甲乙之科，列而置之，不使彰露，射者隨所取得而對之，以知優劣。猶後世糊名之法也，所以防假手夙構之弊也。今宜仿行其法，題須陛下臨時命意，學士撰文，分置兩函，别以甲乙，另設甲乙之籤，隨所掣籤，共發其函，悉意以對。閲取既定，再行召對，以驗其言之果與文符也，然後，賜以及第出身有差，號爲制科。此固唐宋間行之，而今直宜歲一舉行也，蓋所取不多，合三年所取，不及進士一榜之數。而太學生徒漸繁，歷年漸久，一停舉則必有壅滯之歎矣。凡及第，不必限以三人，皆備侍從之選，出身者吏部量才授職，優於進士一等。其上舍累舉不第者，照國初例，以太學生同科目一體選用。臣所謂教之而後試之，試之而後用之者，此也。若然，則制科與進士科並舉。而上之待制科也少優，則進士之資格不期輕而自輕矣。又進士舉以文辭也，制科舉以實學也，彼進士有志者，寧肯以空疏自甘見誚於制科？制科亦恐以積學無用見譏於進士，彼此勉勵，陛下不惟收學校之用，亦並收進士之用矣。

或曰：「祖宗初設監規，分舉、貢、官三例。」今所謂官，則廕生是也。舉人循例入監，不過數月，授官以去耳。貢即郡邑諸生之食餼滿歲者，一赴廷試，即乞恩就教，未嘗到監也。臣考古國學有國子生，有太學生。凡廕生、舉人，宜皆充國子生，以俟入官；而太學專以待少學之選士，不相妨也。

或曰：「祖宗有六堂積分之法，需之遲久，兹毋乃速乎？」夫少學之博士，猶是太學之博士，特散置於各郡也。少學之講習、課試，猶是六堂積分之法，特分於各郡而行之也。少學六年而入太學，且歷三舍，漸次以升，天子乃始召試，不爲久矣。

或曰：「以太學生用可矣，不必另開制科。」夫世所尚者虚名也，不榮以制科之名，則士不樂赴。而爲進士者，祗以太學生待之，久而仍以資格繩之矣。

或曰：「國家三年一大比，制科歲一舉行，不亦煩乎？」夫大比，例有經費。兹所取數十人，試諸秘閣，與試者再倍，而止不過費大官一日之供也。人數既少，召對亦易。陛下今於進士殿試之後，召對改官，何難召對此數十人於榜前以定等第乎？臣謂不但宜歲一舉，凡有需才，即便舉行，直以此爲陛下儲才之館。隋唐以來，明經與進士兩科並盛；宋元祐間，詞賦與經義並行：二者豈相礙乎？

或曰：「各郡建少學，置博士教授，其費甚鉅；諸生在學者，應有以餼之，皆安從出乎？」臣謂，少學設，則郡學可廢，移其生徒，仍其舊額，散還各縣，而以郡學改爲少學，所增費不多，但增餼耳。裁郡縣訓導之員，以資博士教授之俸；減郡縣廩生之額，以充少學諸生之糧，不患不給也。舊例：郡學食餼者四十人，州學三十人，縣學二十人，皆不論郡邑大小。臣嘗與江北小邑生同試，見其言詞鄙陋，文不成篇，在臣邑不當下劣，在彼邑居然優等廩餼矣。額廣而才乏，不得不以備數。合無分爲上中下三則，除大郡州縣照舊外，中者例減五人，下者例減十人，取其減之餼以給少學，不爲過也。至於太學師生之祿廩，益須加厚：外舍倍於少學，内舍增半焉，上舍又增半焉。不如是，不足以久羈京師而得盡心於所學也。今京衛之兵，大抵老弱雇倩及勢家廝養，冒名占籍，歲糜國餉數百萬尚不之惜，而惜此區區以養國士哉？

或曰：「今之需才也急矣，學校之興，非十年不可用，於時事何賴焉？」孟子不云乎：「猶以七年之病，求三年之艾，苟爲不畜，終身不得。」今亦且畜之而已，固無礙於進士科舉之及時應用也。

或曰：「是其所係全在於博士矣。合内外博士，須以百數，舉者安保其果能稱職？且安得若而人而舉之乎？」臣謂若舉不足數，請於每年殿試後，罷庶常之選，以選博士，年四十以上，擇其品行端方、經學淵深者爲之。彼知其且致身講讀也，則校庶常選更優矣。十年以後，由太學出身者，取之固有餘也。

夫國學造士，古先王之制也；取鄉學之秀彦者充太學生，祖宗之法也。今欲使郡邑有志學問之士，棄父母，捐妻子，遠游太學，而十餘年不歸，所必不能。臣請設少學於列郡者，蓋以國子博士就郡邑之士而教之也。鄉舉里選，已行於人小學之日；六堂積分，早課於在少學之時。滿歲拔萃，既經六年；更歷三舍，寧僅三載？比之古人九年大成而出學殆將過之。試之秘閣，以慎其簡；榮之制科，以勸其學。是一法而學校、選舉、賢良、文學皆備是焉。如是而人才猶不足用者，臣不信也。惟陛下内斷於心，即祖宗之法，上準前代，下酌時宜，通其變而神明其意，毅然行之無疑，不爲廷議所撓，則積弊可除，賢材可致，而及今之天下猶可爲也。

擬上保舉用人書

臣頃者不揣愚妄，謬陳取士之策：由選舉，歷學校，教而後試之，試而後用之，庶幾人才造就。十年以後，朝廷可大獲實學有用之士。有爲之言者曰：「方今邊廷不寧，寇賊滿野，吏弊日甚，民不聊生。皇上宵衣旰食，聞鼙鼓而思禦侮之臣，睹哀鴻而思恤民之吏，所側席以求者，惟此爲至急也。今需之十年而後得士，其能待之乎？」臣固言之矣，臣謂宜及今教養，儲其才以待異時之用，原不礙於目前用人之途也。若目前用人之法，則莫善於行保舉矣。

臣歷考唐宋以來，國家致治皆以保舉得人。唐太宗令在京三品以上官舉郡守、縣令，用致太平。宋太宗察朝臣有德望者，悉令舉官。真宗令翰林學士以下常參官並令舉內外官各二人。御史臺計會催促，如年終無舉官狀奏聞，行罰。內差出，亦須舉官後方得入辭；出使回，須有所舉察，先於閤門投遞，方得入見：蓋以舉官爲朝臣考課之實績也。英宗朝，秘書郎陳彭年請復舉官自代之制。詔令兩省及御史臺六品以上、諸司四品以上授訖，表讓一人自代，於閤門投下，方得入謝；在外者授訖三日，具表附驛以聞。國初洪武十五年，令天下朝覲官各舉所知一人。正統二年，大學士楊士奇言：宣德七年以前薦臬守令，惟聽吏部舉用，罔見不廣，未盡得人。宣宗敕令大臣保舉，自此得人遂盛。今合遵行，但所舉之人籍記舉主，後有犯贓，必明正舉主之罪，則人知謹慎，不敢徇私。

是自唐宋及本朝，用人之法，多由保舉，較之銓司之循資遷轉，固萬相懸矣。但舉主與所舉同罪，未免已甚，故人以舉官爲畏途；即有所舉，不過曲謹庸陋苟幸無罪而已，誰能判己身名，冒不可知之罪，爲朝廷舉一非常之士哉？宋臣蘇軾謂知人之難，堯舜病之。今日爲善而明日爲惡，猶不可保，况於數十年之後，而猶執其一時之言，使同被其罪，不已過乎？仕而未得志者，莫不勉强爲善以求，舉主既見其廉謹勤幹之績，其勢不可以不舉，又烏知其終身之所爲哉？景德間，詔内外羣臣，所保舉人亦有中道變遷，但或不令言上，必恐負累滋多，宜令此類並許陳首，懲責其人，特免連坐。由是，保人始有自豁之路，而不以保舉爲苦。此法之善者也。

今國家保舉之法久廢不行，陛下嘗一試行之，其所得之人亦可見矣：彼其所舉，惟是曲謹庸陋苟幸無罪之人，毋論非常之士，即其知交中有一敢言任事者，皆匿不以聞，惟恐其將見累也。陛下所求者在此，而所舉者在彼，毋怪乎不稱上意，而仍資格之是循也。今内外銓除之任盡歸吏部，惟三品以上始用會推，亦故事也。彼蓋當事所欲用之人，借會推以示公；而會推者，亦無舉主之名、任連坐之罪，固樂得奉行其意指耳。臣謂三品以上，宜仿宋世舉官自代之制，每受命，必表讓一人，後有員缺，先視其讓之多者而授之，即其讓表以爲保狀矣。此下品官，須内外兼任：庶僚不由州縣，不得授臺省與吏兵二部；臺省與吏兵二部，不歷道府，不得陞京堂；京堂不歷兩司，不得陞卿貳；卿貳不出督撫，不得陞正卿。由内而出，由外而入，皆非保舉不得遷。保舉者，亦只保其所舉之一任；既遷以後，又聽後舉者之保，不必保其終身也。

夫今日所最急者莫如吏治與邊才，則保舉亦惟此兩途最重矣。夫吏必試之治而後見，兵必習之久而後知。今之將爲州縣者，皆初筮仕者也，士大夫未嘗習韜鈐之略，踐戎馬之場，責令廷臣保舉，將何由識其能而保之乎？臣謂，州縣之職不宜以爲初任之官，彼其官小，而於民最親，民之安危所係，即國家之治亂由之，厥任非輕，奈何輕任之也？臣觀今之爲州縣者，大抵舉、貢、進士：舉人累試不第，志氣已頽；貢士日暮途窮，情趣可見；若進士，用其一往新鋭之氣，似可有爲，然民情不諳，吏弊未習，其始也聰明自恃，久之爲猾吏所窺，玩弄之於掌上矣。臣考宋縣有令，有知縣；令則猶今職也，知縣則以京朝官出知縣事，視令秩有增，職司遇之亦異。今宜分州縣爲上中下三等，上者依宋法，於京官七品正員内，保舉廉能著效者出知州縣；中下則於京外幕職佐貳散員之内，長官保舉爲令。

保舉者，保其廉也，舉其能也。廉而不能，亦不足以爲治。歐陽修曰：贓吏與不材之人爲害等耳。贓吏而强黠者，政事必由己出，故雖誅剥豪民，尚或不及貧户。至於不材之人，不能主事，胥吏共爲姦欺民，無貧富盡被其毒，其害有甚於贓吏焉。故今日百姓之苦官者，有曰：「寧貪而明，毋廉而昏。」昏則滿堂皆官，廉一而貪百矣。此歐陽修所謂不材之人，臣所謂曲謹庸陋者，皆是輩也。今詔保舉者以廉爲本；至所爲能者，必明舉其所能何事，曾奏何效，不許朦朧但加虚譽。異時貪者犯贓，昏庸者蠹民，舉主皆與之同罪。或能有不如所稱，或騁能而至於僨事，則舉主祇從失察之罰。如是，庶有瑰異之才爲國家效實用，不徒以曲謹庸陋、苟幸無罪者上塞明詔而已。大計之歲，地方有司各舉其所屬，上其名於吏部。吏部校其多寡，以第考成，而存其保狀，以資選録，異日之功罪憑焉。知府、知州、縣陞遷，必舉其屬中堪任守令者一人，後得離任。限之以必舉之法，誘之以多舉之利，而薄其過舉之罰，則所舉益衆，而人才不勝其用矣。

自國家承平日久，重文賤武，士大夫目不識孫吳之書，身未御鞍馬，而輕論疆場之事；一有挫折，則羣起攻擊之不遺餘力。爲陛下任邊事者，數年以來，其得以保全要領幾人哉？由是，邊方節鉞，曾不推津要之人，而把持門户者，藉是以陷害異己之類；擇其必不能勝任者，公推舉之，未數月，不死於敵，必死於法。彼其意寧知有封疆？唯知置若人於死地以自愉快也。而亦有久在廢籍者，明知其才足有爲，而爲門户所持，雖屢入薦章，終格不用。蓋度其不足以置之死，恐遂因是以復進也。如是，則邊方節鉞之能堪其職者，蓋亦鮮矣。

臣謂，此後邊方督撫有缺，不用會推，詔廷臣各舉所知，悉破資格，毋論曾經察處及名掛丹書，但真知其才力足任，概許保舉。夫魏尚赦其罪罰，韓安國出於死灰，張敞起於亡命，用人之際，往事豈顧問哉？但保任之法，較舉他官者宜少有異。惟是治軍無狀，臨敵規避，掩敗報功，及他贓私不法者，坐舉主罪；至於勝敗，關其福命，非盡由人才，舉主豈能任之乎？敗而能死，猶當賞其知人之明也。又請於兵部添設一侍郎，以曾任邊職、曉習邊事者爲之，日夕講求戎務，職在進賢。詔各督撫鎮將諸臣，悉舉其幕中門下之客通知兵略、久在行伍者赴闕召對，有而不舉者罪之。令侍郎審其虛實，第其優劣，量其才能，授以府州縣之職，還赴彼處。遇邊方員缺，照職題補；願留監紀者聽，而悉罷題授、贊畫、監紀之例。有韜略優長、機務諳練者，直授主事，專令佐侍郎訪求邊才，得人多者加以不次之任，不效者責有所歸。凡内外薦舉者，俱須經其勘驗，始謁侍郎以出，則空談之士難以輕進，而夤緣借徑之思亦可以漸杜矣。

夫騎射本儒者之事，六藝之文也。春秋大夫嫻辭令之美者，未有不兼弓矢之長，而今學子耻而不爲。陛下屢詔學宫習射矣，諸生優等，必驗騎射，始與食餼。令非不遵也，具文而已，其實未嘗習也。陛下必行此令，則須有以誘進之：凡諸生應食餼者，除首名外，十名之内，以射序其前後；童生入學，於正額内扣額數名，取文理相等者，較射以補之。而又時下破格之詔：凡文生，鄉試罷，能入武場中式者，准同舉人會試一次；不中者，准以恩貢生廷試。會試舉人，能於武會場中式者，准與次科進士一體殿試，賜進士出身。此固不必以爲例也，而亦不妨間一行也。則人爭趨之恐後，不教射而自習矣。臣觀宋世有鎖換之法：凡太學生久不第，去從武舉，已，乃鎖廳應進士第，凡秉義、忠翊郎皆換京秩。林穎秀上言：「舍棄弓矢，更習程文，褒衣大袖，專效舉子，夫科以武名，不得雄健喜功之士，徒啓徼幸名爵之心。」疏入，遂罷鎖換。宋法使武士皆趨文事，今反其法而用之，使文士盡習武備，不亦可乎？

臣既以州縣非可初任之官，則是進士、舉人、貢生應授州縣者，於何置之？臣觀京外幕僚有經歷司、照磨所，國初各有職掌，而今皆冗員也，今宜依進士甲次與舉貢分司補授，爲之長官者時行委用，使之熟習於錢穀刑名之事。歷任三年，長官察覈其能堪以京職任大州大縣或僅堪中小者，分别具狀到部，吏部憑以選授。此在應得官者惟遲三年，因以練達吏事，庶不致有未操刀而割之虞矣。

臣又以爲，掾吏之輩皆可舉而用也。漢代公卿大臣往往多出其中，以公孫弘之儒雅，丙吉之賢厚，龔勝之節操，尹翁歸之介潔，皆以吏起家。東京如胡廣之賢，而爲郡散吏；袁安世傳易學，而爲縣功曹；應奉讀書五行俱下，而爲郡決曹吏；徐稚初筮太守，請補功曹：當時入仕者未嘗以吏爲辱，儒與吏亦未甚分别。以故，博士弟子明經者，補太守卒吏而不愧。按其出身，本由推擇爲之，猶是選舉之遺法也。後世流品大分，鄙吏爲至賤，而爲吏者不知其所從來，苟得夤緣在官，以舞文玩法爲能，官民並受其蠧；久之，照資參轉，循例授雜職以去。上既以雜流限其所至，而彼先亦自限，無復進取之望，惟曆其谿壑，歸求田舍，於事畢矣，則其中寧復有如古人可用之才哉？

臣前學校議中，欲先設小學，歲舉子弟十五以上、端方秀敏、孝弟謹慎者入小學，教以儀禮、孝經，兼通六書、律算，能熟一經者試諸少學。少學别其優劣以去取之，其不及格者即可推擇爲吏。而又復古試吏之法，問以古今之疑獄，使之據律引例，文理條暢，字畫精楷，乃咨送各衙門，分隸各曹。其已在官者，皆歲一試之，不法者懲革之；察其善者，歲舉一人，謂之貢吏，視他吏資格異等，而後不限其所至。此一吏也，其始由鄉舉之，其既也教於小學，又其既也試於有司，而有司復爲之舉主，其進身亦甚難矣，寧可復以雜流遇之乎？倘不限其所至，使有兩漢公卿之望，有不敬慎奮勉，圖爲國家報效者，非情也。

臣因時方多事，陛下求人甚殷，吏職、遐才，非廣開保舉之門，不足以濟一時之用，誠恐資格之中搜羅猶有未盡，故又以舉吏之説進焉。

校記

〔一〕「明試」二句 注疏本作：「敷奏以言，明試以功。」

田間文集卷七

議

目睹時弊，既擬上二書，略言取士、任人之道，其諸管見所及，不能悉載之書者，復爲策議十道，以盡吾心之所欲言。當衰亂之秋，不欲爲一切苟且之計，雖語多迂闊，要期平實可行，故質言之，不敢文也。

鄉約議

古先王之設教立政，皆由鄉始。其在成周，比、閭、族、黨之長，皆以命官主之。比長秩下士，閭胥秩中士，其職即今保長之事也；族師秩上士，黨正秩下大夫，正歲屬民讀邦法，書其德行道藝，教其禮事，掌其戒禁，其職即今鄉約之事也。漢時舉民年五十以上、有修行、能帥衆爲善，置以爲三老，掌導鄉里，助成風俗，與縣令丞尉以事相教，復勿繇戍。職綦重矣。是故壺關三老可以爲太子言冤，東郡三老可以爲郡守奏治狀。其時上之重之如此。自唐宋以來，比、閭、族、黨俱失其職，統謂之鄉役，與里長、保正同爲執役於官之人。

至國朝，乃設立鄉約所，擇有身家德行者爲之，令以大誥及六諭教民，始未嘗不慎重，而後漸陵夷也。至於今，有司之誅求，胥吏之需索，訟獄之干連，笞箠比較，鄉約一切與保長共之，而講約徒以爲名也。於是稍有身家者，百計避免。其應役者，惟是奸詐之徒，慣熟衙前事體，逢迎貪猾，魚肉鄉愚，毋怪乎官吏之困賤之也。夫以其應役之人如彼，而上之人復賤之如此，而猶能司教導之事以助興治理乎？

今欲行鄉約之法，宜如古，重其任而慎選其人，以爲職也，不以爲役也。雖周漢之秩祿不可遽復，要當廁之士人之列，於有司前得以悉意指陳，使爲鄉里所敬畏，然後可以施教而約束之也。員不宜多，凡十保中設一鄉約所，所有正，十保長皆屬焉。其約正，則令郡縣教官於諸生中察其真正德行端方、公平正直、爲通鄉素所推服、年五十以上、志罷科舉者，申詳督學，給以劄付，開列應行事務，爲之職掌。有司相見，待以屬禮。量給官田若干畝爲其俸糧；各保月派二人爲之役使。歲時聚民講約，而兼舉善察惡之任。至於約副、約贊、約監、約史，各保中舉堪任者以充，專司教誡之事，他不與聞。而監、史之選尤重。其能勝任無過者，約正推舉爲吏。

各保中有善足紀者，惡當懲者，體訪得實，史即爲之登記。每遇講約畢，令十保長各行糾舉，互相質證，有失實者罰，不聽者歲終並以聞官。其舉者：孝弟也，力田也，子弟端方俊秀堪入社學也，民人之篤行狷介者可以爲掾吏也。其糾者：不孝不弟也，邪術也，賭博也，健訟也，游手也。每歲終，以糾舉之得失多寡爲約正之考成：若其視爲故事，混俗隨流，漫無糾舉，即行申上革退；其有不公不法、要索鄉里，褫革追糧，並保舉教官一體坐罪。責任既重，賞罰兼行，如是，約正既得其人，復得克盡其職，則成周鄉黨教民之法，其猶有萬一存乎。

保甲議

今之言弭盜者，莫如行保甲之法。然而其法難行。何也？以保長難得其人，又其役至困賤，少有身家者皆避不肯爲也。

周制，五家爲比，使之相保，比有長；五比爲閭，使之相受，閭有胥。皆有祿秩，以士爲之職也，非役也。漢時有亭長、嗇夫掌聽訟獄、收賦税，游徼掌巡禁求盜，亦有祿秩，進身至於卿相。若張敞、鮑宣之徒，皆不耻爲之。凡皆後世所爲保長之任也。至唐，有里坊正、村正之名。宋有耆長、保正、副，乃執役於官，催徵錢糧，勾攝公事，往往破家蕩産，號爲鄉之重役，無復成周比閭保受之遺義矣。

國朝略仿宋制，而徵催勾攝之事不與。然而，有司無名之苛派，胥吏無厭之需索；盜發則保長受責，盜獲則保長候齎，俟盜斃而後已。鄉鄰有訟，干連質證，月朔唱名點集，蓋有終歲守候城邑，而未一日寧家者。此人方救刑僇之不暇，而暇爲比閭聯屬守望，以盡弭盜之職哉？

今欲行保甲，則必有司優待保長，不許胥吏陵虐，而擇有身家者、才力者充之。夫蕞爾小邑，所轄不止百餘保，且每年一更，安得有如許才力者而爲之長乎？愚按周制：五家爲比，五比爲閭。宋王安石變法：十家一保，保有長，猶周之比長也，今所爲甲長是也；五十家一大保，大保長猶周之閭胥，今所爲保長是也；又以十大保爲都，擇爲衆保所推服者爲都保正。安石固不足法，而於保長之上更設保正，使保長有所統屬，則其事易以集，而困亦可以少紓；且鄉域既寬，保長之員無幾，即求有身家才力之人，亦易得也。今宜略仿其義，以十甲統於一保長，十保長統於一保正。爲保正者，自須才力勝任，亦須稍有名器，爲有司所不得刑辱，胥吏所不敢陵虐者，然後可以克盡其職。宜於武生中，令教官擇其習部伍、饒藝勇、素號公直、年四十以上者，上於督學，免其歲考，給劄付，開列職掌。有司優以禮貌，給官田一如約正例。鄉里公事，與約正相輔而行。凡有司有所徵調，符下保正，保正遍行各保，如期而集；失期，則申請發差，差役不得無故下保也。胥吏之虐保也，或取一而徵百，或此免而彼徵，輸而不收，奸弊百出，惟賄是視，保正固可以面陳其弊也。如是，則保長之害稍輕，有身家者始肯就役，而得以其暇從保正講察奸弭盜之術矣。管子之作内政[二]，而寄軍令也，曰：輔之以什，司之以伍。伍無非其里，什無非其家。故弃亡者無所匿，遷徙者無所容。什即甲也，伍即保也。今令十家互結，重連坐之法，其有爲九家不肯共結者，保正即時驅出保外。有自别保遷來佃耕或遠來傭食者，查其本係何保，牒問彼處保正，果有來歷，以何事出保，素無過犯，方許容留。所行十家牌詳載丁口；或有出門者，幾日得回；或有遠戚到家，來人大小若干，一一報閗。保長轉閗保正。保正時出不意，到門照牌查點，或多或少，保長不行覺察，皆以違法申究。於是，相險隘以設防守，置更樓以司眺望，勤教閲以練鄉勇，習射獵以明部伍。既有成緒，有司親驗試而行賞罰焉。保正三歲考績，能者請於軍門，量授職銜，使益竟其功；不能者免；不法者督學褫革治罪。而保長有能勝任無過者，亦許推舉爲吏，久其役，與在官者一體參考。如約所監史例，既假之以事權，復隨之以利害，法在必行，人知自衛，則奸盜無所容，即有竊發者，亦易獲矣。

抑愚又有議焉：編十家爲一甲，寧有餘于十，無不足于十也。今寬鄉僅足十家，而狹鄉人户稀少，不及數家，其徵調與寬鄉等，甲長循環充役，不得耕種，民益逃，户益少，而甲長益困。且一保中，大姓子弟與勢家奴僕借口家門優免，皆超然免於户役之外，其爲甲户、當甲長者，皆單門佃人而已。合無查子弟非在優免例者，悉應輪充，不則輪助役錢，以貼保長。

而奴僕則品官士庶宜限有定數，籍其名於官，聽服私役，餘悉編入甲户，一體差徭，亦得以少息窮民之肩也。且凡投身勢家爲僕奴者，類皆不軌之徒，掛名藏身，陰行不法，盜賊竊發，皆此輩爲之窽窾，保甲長悉不敢問。倘先清此輩，根株以窮，亦弭盜之第一務也。如是，則户口衆，户役均，保甲法亦易以行，而盜賊稀少矣。

社學議

古之教者：家有塾，黨有庠，術有序，國有學。大夫七十而致仕，老其鄉里，爲之師。春令民畢出在野，冬畢入於邑。春將出，里胥平旦坐右塾，鄰長坐左塾，以教之耕。其入也，上老坐右塾，庶老坐左塾，以教之學。故曰：出而負耒，入而横經。《大田》之詩曰[二]：「攸介攸止，烝我髦士。」言耕者無非士也。所謂塾者，施教之地，即學也。謂之家塾，合一鄉以爲言，所以别於官也。八歲入小學，學六甲、五方、書計之事，使知長幼之節。十五入大學，學先王禮樂，使知朝廷君臣之禮。其有秀異者，移鄉學於庠序。然則所謂小學、大學者，皆鄉學，而鄉學即家塾也。及至後世，以庠序爲鄉學。其家塾，則私家各自設館，以課其子弟。貧家不能延師，子弟雖有俊異者，往往廢學。而家塾所課，不過章句帖括，毋論禮樂無聞，即所謂書算律令，亦罕有解習者矣。原其父兄本意，衹是苟且於時俗之學，希僥倖以取功名，未嘗思有用於國家也。國初設有社學以教民者，猶存鄉學之遺義，而後遂陵夷焉。今亦頗有行之者：一兔園老生，聚七八童子，朝夕訓詁，所習仍是章句帖括之學；問以小學、大學之事，其師茫如也。

愚謂，欲興社學，必復古鄉學之教，必求明習古學者以爲師；斥罷章句帖括，使學者判童稚之歲月從容博習，俟學成，而後使爲世俗之學。宜於十保之中近約所之地設爲社學，可容十數人，量給官田，以爲社師廩餼。而督學特場考取社師，教官擇諸生德行端方、素通古學、年四十以上願試社師者，列名另試。任於孝經、小學、儀禮試以一論，並問律令、書算大義。能者給社師劄，餼以官田，免其歲考，許其鄉試。諸生貧而自好，未有不思爲此者，則必勉力習古學以求得當矣。

約正察其鄉子弟十二以上十八以下、儀狀端正、資質秀敏、居家孝謹、語言誠實、曾讀過四書者，舉於官，送入社學。教以孝經、小學、儀禮、律令、書算，暇則習射。既熟，乃命通經行文。通計在學六年，方許就試有司。先試以所習學業，次及經藝。其不能通經行文者，約正推舉爲吏。若學業未成或不及期而試，父兄與社師同以違令罪之。督學祇取社師保結，不用廩生。凡勢家子弟不由社學教習、非社師保結者，概不許入試。社學既設，或勢家子弟膏粱宴安，有未能與貧人同起處者，即貧人相去甚遠[三]，有未易往還供饋者，許其授書自習於家，朔望到學，憑師掣籤挑誦，再令默錄數段，誦則考其音韵不誤，錄則察其點畫不訛。貧甚者約正量請給米膳之。社師六年考成，視其教成之多寡而行賞罰焉。

夫然則諸生皆以社師爲美職而爭學其事，子弟必由社學進取而別無他途，功令畫一，趨向同風，則士爭爲有用之學，即古者鄉舉里選之法，亦陰寓於其中矣。

舉孝弟力田議

古之取士者，先德行而後材藝。德行莫大於孝弟，故卷阿之詩曰：「有孝有德。」則以孝爲德之本也。至漢時，有孝弟力田之舉，文帝詔曰：「孝弟，天下之大順也。力田，爲生之本也。廉吏，民之表也。今萬家之縣，云亡應令，豈實人情？是吏舉賢之道未備也。」元朔元年詔曰：「朕深詔執事，興廉舉孝，今或至闔郡不薦一人，是化不下究，而積行之君子壅於上聞也。」終漢之世，郡國薦舉人才，皆以孝廉與賢良方正並稱二科，而無力田之名。蓋以力田者椎魯無文，不可以入仕，故惟以孝廉應詔。然而，賢良方正至則令對策，以驗其所學，而孝廉無對策之事，蓋取其德行，而非資其論議。且真能孝廉者，方歉然自愧於此舉，寧肯敷陳其說，以表著其行誼乎？至東漢，左雄請令舉至者，諸生試家法，文吏課箋奏，而坐謬舉者罪。於是牧守畏法，莫敢輕舉，亦因當時濫竽特甚，往往不考實行，惟事干求，故假試法以裁革之。然而失設科本指矣。東晉初，凡孝秀皆令試經，至者莫敢應命，多辭以疾，唐太宗於諸州所舉孝廉，賜坐，問以政事，太子問以曾參説孝經，並不能答。宋太祖於禮部貢院閲諸道所解孝弟力田，多至數百人，詔問不稱，悉令隸兵，號告求免，詔劾官司濫舉之罪。由是觀之，豈惟力田者不勝仕宦，所謂孝弟者，大抵皆固陋下士，不能以文藝進身者，故夤緣州郡，以應詔舉，本欲求拔萃之士，而反得下劣之流，毋怪乎行之輒廢罷也。

然則孝弟之舉遂不可復乎？愚以爲，必宜兼力田，而後所舉者足信也。夫敦風俗莫如尊孝弟，重務本莫如崇力田，二者皆治理之大要。然以此名設科取士，則力田者皆紈袴之子，而孝弟皆奸詐之徒矣。名之所在，舉世奔趨，或賄賂以得之，或詐僞以圖之，大抵然也。今誠詔：鄉舉孝弟，不由力田者不得舉；雖單門素族，目不識丁，終歲勤動，但有實行可紀，爲鄉里所共知者，即行舉聞；至於士族賢者，自有薦舉之典，不必由此科出身，使人知孝弟之美，凡力田者皆可官；又使人知力田之勤，必孝弟乃得舉，則風俗益以惇，本務益以重矣。

往成周時，士農不分，所謂力田者，皆髦士也，舉力田孝弟，即舉孝弟之士也。後時士農判然，士之不能耕，猶農之不能仕也。吾欲任之，必度其事之所習，性之所近，而後足以副吾舉之之意，則莫如先授以司農幕職之銜，使治農田、水利、倉場之事，俟有成績，即授正員，以至於列卿，又何靳焉？彼更歷既久，智慧日增，左右親交必多文學之人，朝夕講究。如今之行伍起家而致身大將者，何嘗識字，往往通達事體，卒爲名臣。季路所云「何必讀書，然後爲學」哉？

舉吏議

今天下政事之弊，民生之困，其壞於有司者十之三，壞於吏書者十之七。有司非有吏書爲之腹心，亦不能壞。京師根本之地，四方津要之司，皆此輩盤據其中，執其要領；當事拱手，惟所提弄。其有營謀干求者，必先之吏而後之官，吏不先則下不能遂所求，而上亦不能獲所欲。有賢者痛懲其弊，思有以汰之，則百務叢脞，眩惑多端，遂至一切頽仆不行，不得已而復用之；用之，其弊益甚。雖以朝廷之清明，百執事之勤敏，而此輩弊不能除，天下何由而治也？

夫此輩豈盡不肖哉？蓋由上之資格有以限之，使爭出於不肖也。今之所謂吏，古之所爲掾也；今之所爲書，古之所爲史也：皆以刀筆進身，故統謂吏。西漢之時，以文學與吏術兩途，取人未嘗偏有輕重，一時吏治赫然，稱爲極盛。而賢者往往亦出其中，如丙吉、龔勝、尹翁歸之流，皆以吏起家。吏豈必遜於儒也？故當時博士弟子之明經者，補太守卒吏而不以爲恧，則吏與儒未有大分。至東漢，始別流品，然亦未嘗廢試吏之途。士人未遇，無所知名，雖郡吏亦屑爲之，以致身通顯。自是之後，雖有品秩，漸爲卑冗。而唐劉晏爲度支使，凡勾檢出納，雖至纖細，必委之士類，吏但書符牒，不得輕出一言，謂士陷贓賄，則終身淪棄。於時名重於利，故士多清修；吏雖廉潔，終無顯榮。利重於名，故吏多貪污。蓋晏此語，固知吏之非生而貪污者，由上之資格有以致之使然也。

今欲去吏之弊，則莫如重吏，清其途，而不限其所進。夫漢吏之所以得人者，鄉里有推舉之科，朝廷有試吏之典。今之爲吏者，皆不知其所自來，但以賄得之。至於要途膻缺，占以爲窩，有同金穴，上下承接，其直多至數千金。有數人共一窩者，非買窩，不能進身。其所以謀進者，謀作弊也。其號爲老吏，能奔走海內士大夫，爲世俗所艷羨者，善作弊也。一善作弊之吏，大則薄視卿尹，小則鄙斥守令，權之所在故也。權者非他，弊而已。朝廷雖限之以位，而此輩竊有其權，不爭位而爭權，亡怪其專以作弊爲職也。

愚以爲，宜盡革從前賄進買窩之例，而悉由鄉舉 其德行才藝，亦既推擇於鄉里矣，乃郡設一官，專司課試、察舉之任，而統之以臬司。其試於律法、算術、文移外，能文者試以孝經、小學、儀禮大義一條。有勇藝者試騎射。合式然後補吏，視其等第，分充郡邑各曹。又每歲一試，優者籍其名上諸臬司，凡地方各衙門吏缺，須移文臬司，轉行各郡。取用三歲，則各衙門察舉其在官優者，於臬司合試之，而取其最者咨送都察院，以憑分補在京大小各職司吏，謂之貢吏。有戀窩不就貢者懲革。在京專設御史一員，以司檢察，察廉爲首，能次之，而重懲其貪。廉能者，滿三載，以貢吏名色同士流一體選用遷陞，餘授雜職。而罷三考之例，凡不由鄉舉吏者，雖卑秩不得冒濫。如是，則郡國之吏爭黽勉以期貢，而吏於京府者，亦爭濯磨以望人清流也。

或曰：「舊吏一日不革，則其弊一日不除；一人猶存，則其黨綫索不絕。曹務棼劇，新補者無由授受，安所從理乎？」愚謂，除現在舞文積蠹不赦外，餘者分別懲革；其稍能守法無大過者，悉與雜職一官，盡剗其窩。俟新舊交代，凡當代典例前後原委，須爲新補者細與講明，視其既習，足以治事，然後有官者給憑到任，有罪者量減一等。若一事欺誤，追而治之。夫彼所委曲難盡者，弊端也；若夫吏事，則貢自郡國者已久習之，亦豈難速達乎？

國初，擢吏有至九卿、祭酒、御史者，猶漢法也。今遵行祖制，而略仿漢代舉吏試吏之法，既以除吏之弊，而復足以收吏之用，則亦何惡而不爲乎？

練鄉勇議

保甲之法既行，所以緝奸慝，防盜賊，以衛地方，則鄉勇不可不練也。管子作内政而寄軍令，用鄉軌連里之法，以治其民　而陰行部署，以整其軍旅。大略即依周制而稍變之，以從民便，使以相安，而使鄰國不覺。不數年，教令既成，一出而爲霸於天下。即今保甲之法，猶其遺義也。

宋時，王安石行保甲法，有保長、大保長、都保長之相攝，有十家、五十家、十大保之相維，農隙則令肄習武備，有司期日於要便村坊比試，分等免役。亦未嘗不仿管子内政而變通以行之也。民人嗟怨，海内騷然，此非其法實然，行之者使然也。且其意本欲練習鄉民，以備征戰。民以上之將盡籍我爲兵也，毋怪其不樂從矣。司馬公條其爲民害者非一，謂其不俟農隙，每時五日一教，每一丁教閲，一丁供送，雖云五日，保長以泥棚、除草爲名，日聚於教場，得賂則縱去，不則留之，使收獲、耕種之時盡廢。且其所籍之兵太多，教練之法太繁，若使之備盜賊，衛鄉里，何用如此之多？若以之當大敵，猶驅羊而戰狼也。則當時法之行之不善，既可見矣。夫以立法之意既爲民所懼，行法之弊又重爲民害，毋怪乎後之指爲虐政，而論治者以保甲爲戒也。

若如愚議，則官不勞，民不擾：民自爲民，而即民是兵；官不教練，而民自願練。則惟各保正之得其人也。夫鄉民之欲習拳勇技藝以防身者，不獨狡儈者好之，即椎魯者亦好之矣；不獨子弟願爲之，即父兄亦不禁其爲之矣。吾所設之保正，既足以爲教師，又與保丁時時親習，無有勢分之太殊。每農隙無事，聚壯有力者而教以己藝，不費一錢，未有不樂從者也。相距甚近，演習自便，無所爲煩擾也。其初概教以藥弩、火器，爲防守之具，再教以雜藝。以冬月收獲已畢、春正月東作未興，此兩時，合十保行田獵之禮，每田三日爲期。先一日比試，擇其能者以從。次日聚衆操演，分爲隊伍，各立之長，辨以旗幟，節以金鼓，教以進退坐作之方，一切以軍法部署之，違者有罰。演習既熟，次日始田，田所以爲名也。管子内政，其軍令使鄰國不覺。今之保甲，其軍法亦使民不覺而已。田畢，各取所獲，合酒爲樂，人未有樂之而不習者也。習成，請有司下保而試，量行賞罰，能者給以鄉勇名目，免其雜役；尤能者給以民壯名目，籍其名於保正。然後合試現在隸卒，一以其法，不能者盡革，而取新籍者充補。

保正時時教習，則鄉勇益衆。有司每歲校試，則民壯日增。而又益加練焉，如種世衡教習青澗之法，多方以鼓勵之。無事輪班入直，有警召集守城，給以工食，又何取客兵防守縻餉哉？先朝王文成破宸濠，未嘗調募，只用各縣機兵，而帥以郡縣有司，遂以成功。夫機兵非即民壯乎？固在善用之，亦在久練之耳。然則鄉勇之練，不惟足以衛鄉，亦足以守城。練之既久，使人有利無患，將人自習戰，家自習守，鄉城所在皆精兵矣，又何必以兵名也？

官田議

古者，公卿、大夫、士以至庶人，在官者皆分田賦祿，未有用其身而不給其食者也。後世田不屬官，而税盡輸國，故一切俸祿皆取給於國。遇國家有故，所入不足以供所出，於是減俸以給國用，而有省扣之例。至於今，省扣盡矣，而官吏貪益甚。

説者謂：「上無以養廉，毋怪其虐取於下，賄賂成風，雖嚴刑懲之不能禁也。」夫欲施嚴刑，必先制厚祿。國課不足以供祿，其必廣置祿田乎。夫祿田猶之乎爲官田也。官田自宋賈似道行之，虐遍東南。然其説始於太宗時何承矩營田之議。承矩既有成效矣，至道間，陳靖復上募民墾田之法。廟議舉行，公私便益，卒爲庸人所沮而止。賈似道括買官田以給國用，以致東南失國者，非官田之弊，買官田之弊也。承矩所言，不過順安軍一帶，因曠土，興水利，以開稻田，漢魏故事可遵也。陳靖所言近畿之地，民逃田荒，寬租税，募游惰，以誘之耕墾，略仿古井田制也，非有買民田以爲官田者。買之自官，其與奪之於民者，無以異矣。其害載諸宋史，固非一端。若今之堪爲官田者，所在而有，正不必買，但在上之人虚心以詳究之，用之得人，而行之得法，弊亦何自而生乎？大約中原田多而農寡，其法在於集耕衆；東南農多而田寡，其法在於清閑田。

中原經賊亂以來，逃亡死喪，不知凡幾，膏腴沃壤，盡化榛蕪。官誠召號之，使復其業而免其税，而終不至者盡收其田，入官不知幾千萬頃矣。於是，分爲營田、禄田二項：營田給諸將，以兵耕而供軍餉；禄田專設官吏理之，募民墾耕，以賦官禄。若應募者少，則如古法，徙罪人以往，而益嚴游手賭博之禁，犯者必徙毋赦。夫賭博者，盜賊之根源，而頑民之首惡也，究其所至，罪在必誅，徙而之農，固屬寬政。今者，此輩十室而九，倘法在必行，則耕者不勝其衆矣。至於處置得宜，約束有方，則在官吏之得人。給牛種，營屋室，授田器，又在當事之善爲區畫耳。

東南土狹人衆，田有主而耕有佃，而勤農受田，往往不足於耕，則田之荒者少矣。然而逋税積久，計所有不足以償逋而逃亡者有之。或田多賦重，頻遭荒歉，追比莫償，久困刑獄，累及家族，甘心送人而無人受者比比而是。倘官收其田，而悉蠲其逋，猶更生之也。

若夫江淮海澨，常有沙渚突生，廣袤數里，居然沃野。豪家賄通有司，占爲良田，久不起科。欺隱之罪，縱不追論，倘盡行清理，以充官田，豈爲虐乎？

國初，凡腹内衛所有閑地，分軍立屯，歲久軍惰，有屯田之名，而實無其事，管屯者未嘗一巡阡陌，往往平疇沃壤盡歸勢要之家，屯田軍餘有經歲賠糧而不知屯田之所在者。今按籍清查，爲屯軍所棄，而爲朝廷所收，不亦可乎？

至於閩越之間，僧田不應差徭者，亡慮數十萬畝，號爲常住田，所以供十方參學之衆也。僧衆既散，常住久毁，香火僧據其田以爲子孫之資，或爲豪民計奪，或輕鬻與鄰右，其歷來簿籍皆可按比，里册皆可稽也。夫參學之徒，分衛托鉢，本是佛制，常住何取有田？而况不爲常住乎？收爲官田，誰曰不宜？

由是推之，則東南官田亦自不乏，特在清理之人公平寬静，毋刻核，毋煩擾。不半年，愚知所入之田，足以供所賦之禄必有餘矣。

諸如此類，田不必定在一區，亦不限以多寡，隨其田之所在，別爲禄田，以本處約正、保正司之，俾召民佃，或即見耕者留之，照舊額減十之二，而耕者爭赴矣。有司一勿預，惟設一勸農吏，擇鄉舉勤干、忠實、習農事者爲之，專司檢察。其勤者，雖厚獲，必量蠲之，以示勸；惰者，雖折收，必盡征之，以示懲：而耕者益力矣。近田鄉保置倉廩以儲之。收畢，吏與會計登簿，上諸縣；縣總計之，以上諸郡；郡又總計之，以上諸藩司，而聽藩司賦禄焉。有贏餘者，存爲常平倉本，嚴敕有司，不許那移別用。自勸農吏以外，不許胥吏一人干涉，違者重罪之。如此通行，似亦無害於民，而有利於國。而凡有職役者皆有禄，然後可以責其廉，而禁其貪也。

常平倉議

愚嘗讀甫田之詩，曰：「倬彼甫田，歲取十千。我取其陳，食我農人。自古有年。」鄭康成云：「倉廩有餘，民得賒貸取食之，所以紓官之蓄滯，亦使民愛存新穀。自古豐年之法如此。」宋謝枋得曰：「從古以來，豈無水旱霜蝗？吾民常如有年者，上之人斂散得其道者耳。」言歲有荒而民無荒也。觀其末章云：「乃求千斯倉，乃求萬斯箱。黍稷稻粱，農夫之慶。」夫公卿、大夫、士，以及庶人在官者，業已分田賦禄，則此倉、箱者，皆爲農夫以備春秋補助之用，雖無年猶有年也，寧不足慶乎？然在當時，謂之補助，明是有出而無入，未嘗責其償也。鄭氏賒貸取息之説疏矣。

左傳稱：齊陳氏施舍已責，家量貸而公量收之，以收人心。則春秋時，業有賒貸而取贏之事。後世言利之臣，遂專以此法取息於民，以資國用，而民乃大困。青苗錢之害所由來也。

漢唐以來，間有發倉廩以賑荒者矣，未聞有春補而秋助者。周時兵民不分，未有無事坐食之兵。後世兵民既分，兵餉於官，凡此倉廩大半皆軍儲也，而有出無入，補助寧可繼乎？至若賑恤之政，所及無幾，每遇凶饑，有司不肖者不以上聞；既聞之矣，比及報可，文移往復動需時月，民之轉死溝壑久矣。而且，監臨胥吏相與侵漁。少有沾惠者，大抵近郭力能自達之人耳，鄉村老弱，豈能匍伏數百里，以就乞龠合之米哉？

三代之後，莫善於耿壽昌常平倉法也，無損於上，而有益於下，饑年百姓陰受其濟，而不必有賑恤之名。其法祖於魏之李悝。李悝之言曰：糴甚貴傷人〔四〕，甚賤傷農。善爲國者，使人無傷而農益勸。謹視歲有上中下三熟，大熟則糴三而舍一〔五〕，中熟則糴二，下熟則糴一，使人適足，價平而止。小饑則發小熟之所斂，中饑發中熟之所斂，大饑發大熟之所斂而糶之。故雖遇饑饉水旱，糴不貴而人不散〔六〕，取有餘以補不足也。漢宣帝時，歲屢豐，穀大賤，壽昌乃本其義，奏諸邊郡皆築倉，以穀賤時增其價而糴，以利農，穀貴時減價而糶，常平倉所由名也。

然至東漢明帝時，纔百餘年，劉般極言常平之弊，由豪右因緣爲姦，而小民不得其平。隋文帝時，長孫平請令諸州百姓，當社共立義倉，隨其所得貯之，委社司檢校收積，饑歲出此穀賑給。唐目爲社倉。畝稅二升，商賈無田者分爲九等，户出粟自五石至五斗爲差。隋唐之制，官無糴本，使民自輸積。隋猶勸民爲之，唐則以爲功令，而猶假給以他貲，是於常稅外，又增一稅矣，便民云乎哉？宋神宗嘗發諸路封樁，以爲常平倉本。王安石變常平倉本爲青苗錢，制給斂出息之法。司馬光力言其害，言：常平之法，公私兩利，此三代之良法也。而後至於弊者，因州縣缺常平糴本，遇豐歲無錢收糴。亦有官吏厭糶糴之煩，雖遇豐歲，不肯收糴。又有官吏不能察知實價，信憑牙人與蓄積之家通同作弊，收成之時，農人情需速糶，故意小估價例，令官中收糴不得，盡入蓄積之家，比糴既盈，方始添價中糴入官，是以農糶祇得賤價，官糴常用貴價。又有官吏欲趁時收糴，縣申州，州申各司，取候指揮，比至回報，動涉累月，已至失時。此乃法由人壞，非法之不善也。司馬公之說，較劉般詳矣。而金華社倉記云：王氏青苗立法之意，未嘗不善也，但其給之也以金而不以穀，其處之也以縣而不以鄉，其職之也以官吏，而不以鄉人士君子，是以終不能行。故朱子於其鄉建立社倉，請本鄉土居朝奉郎某共任收放，其法簡易，大便於民，可遵行也。

愚觀，今日欲救百姓之困，莫急於復常平。而復常平之法使無弊者，有三議焉。其一，察本地富實鄉紳，素爲鄉民信服者，有司以名申於上，敦請委任。召集約保，隨其鄉田地之廣狹、人户之多寡，公同量給糴本若干，登記在册，增糴減糶，一依時價爲準，糴足糶盡，皆以報紳。其中委曲收放，紳任其事，官不與聞。歲終，會計出入贏詘之數，籍諸官，胥吏不得關預，經費不得那移。如是，則糴本可常存也。其一，仿隋當社立倉之法，於鄉而不於城，約保酌其糴糶之近便而人煙輳集者爲之，不但一倉，亦不必在一處也。其一，則因以行補助之政，穀價既平，人不乏食，當春耕時不許假貸。蓋倉粟必須久儲，以防夏季之踊貴也。至於禾苗盈野，青黄未接，時有空乏之憂，則又如朱子法：夏受粟於倉，冬則加二計息以償；遇少歉即蠲其息之半，大饑即盡蠲之。不數年，倉粟五倍於前，以後不復收息，止每石收耗米三升，粟倍之。夫貴糴賤糶，減增不過一二分之間，即有損折，此亦足以補之矣。此在約保能信其人之不負，察其田之足償，斯不至虧糴也。

而愚又謂，義倉亦可相輔以行。愚所謂義倉，非若隋之勸民立社，而爲官賑饑也，非若唐之計畝輸倉，而後假他費也。當豐稔之年，勸諭富户，各自置倉，鄉保驗實，一如常平之法，貴糴賤糶，聽自出納，官吏不問，亦不借以賑饑，但取其能平穀價而已。其貸農取息，亦憑約保，如常平例，計各倉出入多寡，報聞有司，有司分別旌獎。在彼人無所損，而有義名，亦足勸也。

說者以：「國用空虛，糴本不貲，何從取辦？」愚觀漢世有入粟授爵、以貲爲郎之令，國初亦有納粟入監之例。暫一行之，事罷即已，官取章服以榮其身，士惟優免以異於民，不混清流仕進之途，未爲不可。又觀：唐宋每有興作，經費不足，有司每請度牒告身，以濟工費。夫告身，名器而賤用之，有以高品告身易一醉而不得者，誠可笑也。本朝士大夫誥命須考滿甫給，或有現任守令，期屆考滿，而父母老病，恐有不逮，先期請給，樂輸常平，以速榮其親，一以助國施，一以慰孝思也，不亦可乎？

自佛入中國，游惰奸宄盡逃於僧，合天下僧尼幾百餘萬，户口爲之稀少，誠宜一切禁止。唐宋及國制，皆須給牒，方許剃頭，故度牒可以利用。今則人自剃頭，千僧未有一牒也。倘嚴敕僧綱司，遍行查勘，凡無牒者，除五十以上年老有道者量免，此外概令納價給牒，不納者悉令爲民當差。至於婦女出家爲尼，尤傷風俗，不諭老少，皆須有牒，輸價倍增以困之，使自速歸反俗。此後，凡僧尼有不請牒而私自剃度者，本人及師皆以重罪罪之。此固國家政化之所關，非欲借此搜括以濟國用。然國用之濟，莫有大於此者矣。夫以此輩不耕而食，逃避差徭，爲四民之蠹久矣。以絶無修行，坐受吾民之供養，出其纖毫，爲救濟吾民之良法，準以因果之説，亦兩利也。

榷酤議

愚按，征榷之政，三代未嘗有也。至漢世，欲崇本抑末，惡商賈之不事作苦，而擅天下之厚利，於是關市之征以重困之，而取所入以助國計，而後以征榷遂爲歷代之經制矣。宋太祖建隆元年，詔所在關使不得苛留行旅賫裝，非有貨幣當算者，無得發篋搜索。又詔榜商税則例於關門，毋得擅改更有增損及創收者。累朝因之，守爲家法。高宗南渡，猶慮津會税網太密，減併一百三十餘處。然其間貪吏並緣，苛取百出，或私立税場，擅用稽察措置，添置專欄收檢，虚市、空舟一切有税；遇士大夫行李，搜囊發篋，目以興販小民；墟集之場，專易瑣細器物，指爲漏税，輒加以罪：榷務所在，爭指爲大小法場。則是朝廷設關本有常額，苛暴之政皆由關使；亦非關使自爲之也，爲之吏卒者導官爲之。其計日狹，其法日密，其貪日甚，其虐日深，以官爲名，而大半肥己，故其弊遂至此極也。

然則今日之弊可勝舉乎？國初止有商税，未有船鈔。宣德間始設鈔關，凡七所，今增者幾矣。以宋高之庸，猶慮税網太密，輒行減併，今反日求其增，豈上意哉？且增者徒有利於官，而無益於國，總而計之，或反虧國課也。夫商賈操奇贏以取利四方，心計豈在官吏之下？關太密，則必有逃税之地與逃税之法。豈無重貲？然必有倍減於過關者而後爲之，此胥吏與商賈通同所爲，而官不知也。於是關愈密、税愈重，而船愈少、課愈虧，課虧則官所獲薄，而益肆其貪，而吏胥益飽，亦何苦爲之哉？

往時征船者不征商，而船之鈔皆出於商，增船鈔即以增商税也，設關既密，商寧堪此數增哉？且如征船之法，亡論船有載無載，朝下夕上，見船即輸滿料，人雖至愚，寧肯駕空船而輸滿載之税？所以過關輒經歲不返，關上之商又以無船久滯，下候載而上候船，約計兩年纔得一年之税，名爲增而實減也。夫船取其上下之速，商取其往來之多，使日日過船通商，雖日計爲減，而歲計之則增也。倘遵依祖制，量裁新設，而統計近年以來所收船鈔、商税，亦依宋祖，灑派各關，開載商税則例，榜示關前，曉諭商人，務足舊課。關雖廢而課不虧。彼商人税雖稍增，而少幾處關門之守候需索，費正相等，則樂輸恐後矣。

至於吏胥之積弊，非得至廉之關使，以身率先，則陋規必不能革，弊端必不能清也。而今循資出使者，視爲金穴，方百計圖之，而望其處脂膏而不潤，寧有人哉？合無取現在行取之知縣候考選在京者，且與差遣，滿一年，弊政清而國課足，免其考試，即授臺省。彼清華在望，寧肯以有限之貨賂，而易其無窮之功名哉？

至於鹽鐵，始於管子之治齊，榷酤始於漢，榷茶始於唐，雖非王政，而歷代行之，國計以賴。今鹽茶税如故，而酒酤獨免。愚以爲，酒之有害於天下大矣：上之荒淫失國，下之喪身破産，風俗之敗壞，盜賊之羣聚，皆由於酒。故周官有萍氏掌幾酒、謹酒。幾者，掌其酤賣。謹者，節其所用。除祭祀、賓客、養老三者外，不得用酒。酒誥曰：「羣飲，汝勿佚。盡執拘以歸於周，予其殺。」漢律：三人以上無故羣飲酒，罰金四兩。猶周法也。漢文帝即位，賜民酺五日。則五日外有禁可知。古帝王所以禁酒者，深知酒之害也。若賈誼所云酒醪以糜米穀，有害於農民，此猶其大略也。然則酒之有禁，自古有然。

至於後世無禁而榷之，榷之則必禁私釀，而飲之者少矣。寓禁於榷，而國家因以收利，是征科中之有益於國，而無損於民者也。至唐宋立法，酤利多與鹽等，德宗、憲宗皆官自置店，酤酒收利，以助軍需，並置榷麯。宋制：三京官造麯，聽民納直，諸州城内皆置酒務以釀，縣鎮鄉閭許民釀而定其歲課，民犯私麯至十五斤、以私酒入城至三斗者，處以極刑，以下論罪有差。法綦嚴矣。故宋時酒課之厚，殆過於鹽。初猶藏之州縣，已而入爲上供，而歲有增添，至爲七色酒錢。然官自釀酒酤，事至猥瑣，至於糟䴵之細，皆以使者提舉，殊傷國體。固不如依行鹽之法，召商給引，使之分地置賣，而官坐收其利也。

夫民之私釀無從禁也，惟有禁麯，而民私自造麯，其爲法也到處不同，而皆可以釀。今惟先嚴私造麯藥之禁，官頒麯式，每郡置一麯務，計麯若干得酒若干，酒分上中下三色，分别定課。每一引以麯計酒，計酒輸課。商人納錢，藩司給引，赴所分州郡，麯務照引發麯，聽其分散鄉鎮，置店轉酤。專設巡捕緝察，如捕私鹽之法。麯禁嚴則酤利專，而國課日增，行之既久，可以收唐宋榷酤之利，而不貽官店賣酒之譏也。今當事不言興利則已，如欲興之，則榷酤之法，亦濟國用之一端乎。

錢鈔議

自太公立九府圜法錢，鑄錢爲幣，以利民用，萬世遵之。後世或廢而用穀與帛，奸僞百出，民情不便，復議用錢。然歷朝每更鑄錢，行之未久輒廢，則由輕重之不得其宜也。夫錢重則難用，錢輕則盗鑄者衆而私錢多，私錢多則官錢滯而不行。齊高帝時孔覬上書，言人所以盗鑄，嚴法不能禁者，由上鑄錢惜銅愛工也。惜銅愛工者，務欲令輕而數多，不詳慮其患也。自漢鑄五銖錢，至宋文帝四百餘年，制度有廢興，而不變五銖者，其輕重可得貨之宜也。是故國家鑄錢，惟令錢重費工，則盗鑄者息矣。何則？盗鑄之罪大，而所獲之利微也。是則錢法之壞，非盗鑄者能壞之也，由司鑄者以錢重則少而利薄，乃輕之以取多，蓋先自壞之，而盗者因而壞之也。夫其輕以取多，由銅之難得也，則莫如禁銅。

禁銅之説，賈誼言之早矣。唐劉秩尤詳焉，秩謂：「錢鑄而用不贍者，在乎銅貴。銅之貴，由采用者衆矣。夫銅，以爲兵則不如鐵，以爲器則不如漆，禁之無害。禁之，銅無所用而銅益賤，銅賤則錢之用給矣。且銅不布下，盗亦無因而鑄也。」今誠詔各路州郡，悉收銅器入官，而如其直酬之，凡民間器用，以錫代銅。而設銅捕之令，以私鑄之罪罪藏銅，以首私鑄之賞賞首藏銅，不半年而銅盡歸於上矣。銅既廣收，則照萬曆錢，每文重一錢，輪郭肉好，磨鑢盡工，定以一緡重若干，用錢者數而稱之。又如隋文帝，付錢樣於四路關口，勘樣相似然後許行，不合者壞以爲銅，州縣奪俸。如是，則錢法一，私錢不禁而自止矣。

愚又聞，廟議方講求行鈔之法，四方惶惑，然知其必不能行也。夫鈔本諸唐宋以來之錢引，所以收錢者，錢猶母也，鈔猶子也。馬端臨曰：古者俗樸而用簡，故錢有餘；後世俗侈而用糜，故錢不足。於是錢之直日輕，錢之數日多，數多而直輕，則其致遠也難。自唐始制爲飛券、鈔引之屬，以通商賈之厚賫貿易者。其法蓋執券引取錢，而非以券引爲錢也。宋慶曆以來，蜀始有交子。建炎以來，東南始有會子，交、會既行，而始直以楮爲錢矣。然吾觀交子、會子，猶今之會票：彼此俱有現錢，遠難賫致，以交、會互通之，納錢於此，而取錢於彼耳。若後之鈔，則不必有錢以交、會，而直用交、會以爲錢。

夫鈔止方寸腐敗之楮，加以工墨，命百則百，命千則千，而欲愚民以爲之寶，衣食皆取資焉，惟其能上行者也。蓋必官喜於收受，民心不疑，自可轉易通流，增長價例。然楮久則敗，於是限年爲界，界滿則易，謂之稱提。迨後，稱提益急，舊界未滿，新鈔已頒，商賈所藏，一旦廢棄無用，謂之老鈔，至以萬貫易一餅，民力大困。而有司又以出鈔爲利，入鈔爲諱，鈔不上行，徒以愚民而已。此鈔法之所由壞也。然吾觀宋元以及國初，鈔雖屢滯，而猶能設法以行；至於今，雖嚴刑峻法，萬萬不能行者，亡他，則以往代不用白金，而今專以爲幣也。夫之。如此通行，似亦無害於民，而有利於國。而凡有職役者皆有禄，然後可以責其廉，而禁其貪也。

常平倉議

愚嘗讀甫田之詩，曰：「倬彼甫田，歲取十千。我取其陳，食我農人。自古有年。」鄭康成云：「倉廩有餘，民得賒貸取食之，所以紓官之蓄滯，亦使民愛存新穀。自古豐年之法如此。」宋謝枋得曰：「從古以來，豈無水旱霜蝗？吾民常如有年者，上之人斂散得其道者耳。」言歲有荒而民無荒也。觀其末章云：「乃求千斯倉，乃求萬斯箱。黍稷稻粱，農夫之慶。」夫公卿、大夫、士，以及庶人在官者，業已分田賦禄，則此倉、箱者，皆爲農夫以備春秋補助之用，雖無年猶有年也，寧不足慶乎？然在當時，謂之補助，明是有出而無入，未嘗責其償也。鄭氏賒貸取息之説疏矣。

左傳稱：齊陳氏施舍已責，家量貸而公量收之，以收人心。則春秋時，業有賒貸而取贏之事。後世言利之臣，遂專以此法取息於民，以資國用，而民乃大困。青苗錢之害所由來也。

校記

［一］內政　管子各本有「立政第四」，「內政」未見。下練鄉勇議亦作「內政」，校同。

［二］大田　據注疏本詩，爲小雅甫田篇。

［三］即　疑應作「及」。

［四］［六］糴　中華本漢書食貨志作「糴」。

［五］舍　康熙本無，宣統本有，漢書食貨志有。

田間文集卷八

説

義士説

士君子不幸丁改革之際，君亡與亡，其大義也。則有爲之説曰：「君爲社稷死，則死之。」若君既死社稷矣，而死者寥寥，則又曰：「立於朝者死可也，在野之臣不仕而已，誰非臣子，而盡責之死乎？」夫不能死，而且臣於異姓者，固當別論矣。至於不死亦不仕，苟全性命，此一庸儒人耳，無足道者。而有一介之士，身未膺一命之榮，驚聞國變，有慷慨赴水以死者矣，有從容絶粒以死者矣，有棄其妻子，枯槁巖穴，或逃諸方外，饑困流離以死者矣，是亦不可以已矣乎？嗚呼！是皆聞伯夷之風而興者也，所謂義士也。

伯夷本孤竹世子，既已讓國，居然匹夫矣。且避紂北海之濱，以待天下之清，其不善紂也甚矣。迨武王伐紂，伯夷於師前叩馬而諫，其志本以求死也。左右欲兵之，固夷志也，太公曰義士也，扶而去之，於是不得死，乃餓於首陽之下而死焉。其與死於兵何以異哉？太公特不欲周有殺義士之名耳。

夫伯夷既已千古矣，後之守義者，如漢之薛方、蔣詡，東漢之管寧，晉之陶潛之類，亦惟心伯夷之心，固不必爲伯夷之所爲也。即以孔子論之，亦不爲伯夷之所爲也。於何知之？於孔子之稱微箕知之。孔子稱伯夷「求仁」，而曰「殷有三仁」。夫伯夷與比干皆以死成仁，同稱可也；若微子，白馬賓王，固已爲周之臣矣；即箕子釋囚而授洪範，來朝而歌麥秀，豈伯夷之所忍聞哉？而皆以爲仁，不惟無異於比干，並無慚於伯夷也。則孔子之所謂仁者本其心，後人之所謂義者論其迹也。薛方居家教授，郭欽、蔣詡歸鄉里，卧不出户，管寧終身稱「漢處士」，陶潛紀年惟書甲子，豈務名哉？蓋於心有不得不然者。夫不得不然之心，即仁也；以之著於倫紀，則義也。後之希伯夷者，亦惟寧與潛等庶幾近之乎。

而世有慕子房之義者。夫子房以絶人之智勇，竭五世相韓之貲，力僅啻博浪之一椎，誤中副車，幾且不免，況其他乎？古今來於宗國覆亡之後，而以義兵重復者，惟夏遺臣靡而已。若劉裕，雖滅桓玄，復晉室，而卒以自爲，不足術也。其舉事敗者比比而是，宋文丞相百折不回，其最著者也。至於漢翟義之討王莽，唐徐敬業之討武曌，皆世受國恩，義不容已，雖覆宗湛族，固所不惜。然皆公卿世家、勢位富厚之士，自度其氣力足以一戰，非草莽一介之士所能爲也。

今以烏合爲衆，以盜賊爲魁，平無現貲，皆仰諸富室之輸助，不給則掠敚之事起矣。以義始，以不義終，見敵則鳥獸散，株連宗戚，遺毒鄉里，至使村市爲墟，身死，妻子爲僇，固其所矣。無一分之益，而有萬分之害，徒足以絶故國之思，而堅從新之志。以是爲義，不如其已也。

夫士固有士之義也。士之義，閩伯夷之風而死者，吾猶以爲過之；若子房之事，何其不自審也？雖然，吾亦爲爲士者論也。

義帝説

孟子曰：「五霸，假之也。」假之云者，猶言借也。蓋指齊桓之尊周室、晉文之納天子，皆借是以令諸侯而服天下也。自三代以後，取天下者皆竊用其術，未有初無所假，而天下一旦心服而從之者也。

若夫湯未伐桀，會諸侯於景山，爰有景亳之命；武王觀兵孟津，諸侯不期而會者八百國：蓋湯武功德，於未舉事之先，諸侯推戴久矣，天命人心方且辭之而不可得，而又何假焉？自非湯武，其能然乎？而陳勝者因亡秦之暴虐，人心之思亂，揭竿而起，不能求立六國後以號召天下，纔得數郡，遽自稱王。以是，勝遣諸將略地，所至亦各自稱王，由其無共主於上，彼此等夷，不相臣服，故各爲所欲爲耳。勝王不數月而敗，其勢然也。

項梁立懷王孫心爲義帝，以係人望，可謂審於大勢者矣。而義帝能收梁軍，拔宋義爲上將，位籍上，其人亦非凡才。遣諸將入關，約先入關者王之。秦既破亡，項籍使請命於帝，曰「如約」，居然渙汗不反。籍雖終負約，然當時不能不請命者，誠以諸將之心隱然凜一共主，不請命則無以服諸將之心。使籍能始終翼戴，假之以約束諸將，即漢高誰能爭者？而籍不知此無用之爲有用也，乃以私憤廢而殺之，反使漢高因之以爲羽罪，使三軍縞素爲之發喪，凡項氏所假之虛名，轉爲漢有，而天下諸侯之心，轉爲漢收。是此虛名者，漢高於其死後，猶得假之以濟事也。雖楚漢成敗不盡由此，然其取天下之勢之順逆，固有然矣。

春陵兵起，奉聖公以爲名，光武因之以收河北。劉福通奉韓林兒爲宋主，明太祖因之以定江東。雖終不奉，而始事之初，則固必假之，以號召天下之人心也。

至於篡逆之臣，假其王之爵賞刑威，牢籠士大夫，以潛移其國祚，如王莽、楊堅之流，則又齊桓、晉文之罪人矣。且如唐河北藩鎮，子孫相傳數十年，其土地不歸版圖，其百姓不知有天子久矣，然且旌節必請諸天子，而後足以服其下，不則即有殺奪之禍。何則？上下相制者名耳：上出令而輕假人以名者，亂之媒也；下舉事而不假諸上以爲名者，亡之道也。名之不假，一切可以自爲，效尤而起，又何忌焉？是故，古今之亂臣，未有如李希烈之愚妄者也。其地去畿輔不遠，希烈受命於朝廷，乃自擬諸河北合從諸藩，遽自稱帝，此不待智者而知其必亡矣。夫藩鎮本皆好亂之人，初，希烈與之約結，未有不欣然聽從者；迨既稱帝，而諸鎮心變矣：向者皆與國也，希烈稱帝，而向爲與國者，應自稱臣，彼固以爲同是叛臣，豈有舍累葉天子不臣，而臣叛臣者哉？其不心服而敗乃成者勢必然矣。而希烈者，方自以爲得諸侯之助，王室孤弱，帝自我稱，誰能禁之？是不惟不講於桓文之道，亦未知所以爲篡逆之謀也，愚已甚矣！然則後有欲爲希烈之所爲者，踵是覆轍，其愚不更甚乎？

余不遠字説

聖人讀易，至坤復之交，歎曰：「復其見天地之心乎？」蓋深喜陽之復也。然復之繫辭曰：「七日來復。」至繫初九之爻詞，則曰：「不遠復。」此復初之九，即剥上之九也。歷坤之六陰至於此，而一陽始見，以數數之得七，謂其爲陽也，故稱日焉，曰「七日來復」，幸之也。

今夫一日無陽，則天地幾乎息矣，而需之七日乎？夫七日無陽，猶世界之七日無君，人之七日不汗，而尚有世界與人哉？初九之「不遠」，何以稱焉？且夫剥之上惟九也，故曰：「碩果不食。」至於坤，而純六無九，則所爲碩果者食矣，乃於復而再生乎？夫人之死而復生，必有未嘗死者也，死則不生矣；木之枯而復榮，必有未嘗枯者也，枯則不榮矣。吾嘗默察坤復之理，而知剝之陽未嘗絶於坤也。蓋一陽不勝其摧折，造物者惜之深而護之密，於是乎腹於坤焉，使之深根固藏，以至於復而始見。故坤者，十月之卦也，而十月爲陽月，義可識矣。

鉶城余生，名復，字子遠，余爲改字「不遠」。生之言曰：「復之『不遠』，吾既已知之矣，而吾以爲猶遠也。」蓋欲剛之反者切也，是生衹知陽之見於復，而不知陽之腹於坤也。邵子曰：「冬至子之半，天心無改移。一陽初動處，萬物未生時。」言一陽之「初動」，未嘗言「初生」也。若必至子半而陽始生，則子半以前，陽氣既盡，生機之絶久矣，復於何有？由是言之，則坤之後有復，即求其不遠者尚不得，而遠云乎哉？

以人事論之，當祖龍肆虐之秋，芒碭已有真人矣；於煬帝窮奢之日，太原已有王氣矣。夫沛公與州將之晦迹於秦隋，坤之事也；及至受命爲漢唐之高祖，復之事也。不特此也，呂氏擅漢，平勃韜光；武曌改唐，梁公屈節：當是時，豈知平、勃、梁公之爲碩果哉？然所以安劉、反唐者，即在於不知其爲碩果之頃。惟其藏身深密，故不爲陰邪所害，亦天之有以默默保全之，雖欲害之，亦不可得也。猶之陽之危於剝，而決不絶於坤也，迨至復，而始幸其來，見已晚矣。夫以復之陽，自剝而來，洵可爲遠；若知夫坤猶陽也，而果遠乎哉？吾以「不遠」字生，又何疑焉？

與雲間張寄亭論李杜詩説

韓退之云：「李杜文章在，光焰萬丈長。」終唐之世，李與杜並尊，至元白，少加軒輊。自宋以來，學者亡慮皆以杜爲法，而言李者寡矣。在當時，杜之氣往往爲李所奪，其贈李諸詩，或至不能成語，則以李才非杜所可及，而杜惟以學力勝之，千載而下，李遂不能與杜爭。若夫文章之光焰，李得諸天生，搖筆即出，正如明月之珠，出海遂已照乘。杜則經百煉而得者也，干將之劍，精光愈久愈新，任其沉埋，其氣直上燭牛斗之間。此其淺深遠近，蓋有不可同日而論者，然而兩公各有其長也。

李譏杜作詩「太苦」，杜亦諷李曰：「何時一尊酒，重與細論文。」李之不細，由其不能苦耳。然吾觀杜之好苦吟而欲與李細論者，皆在律詩。其曰：「賦詩新句穩，不覺自長吟。」蓋窮幽造險，其必有極不易穩之句而忽得穩，非今之但協律叶韵之爲穩也。又曰「晚節漸於詩律細」，蓋一句而有數折，一字足當數轉，中無不盡之義，而外無可見之痕，故律之細，古今惟子美獨也。

太白之詩，特妙於古風、絶句諸體，律體非其所長。其律有通篇不對似古詩者，本是古詩，而與律協，人乃入之律詩中耳，既非俳偶，寧可以律名哉？至於歌行之妙，自可獨步千古：起不知所以起，結不知所以結，轉不知所以轉，意思不知所自來，章法不知所自本，一聽其才之所爲，而己不與。故其詩皆不經思索而得，賀監謂之「謫仙人」，是矣。今試誦太白所作，其人豈能苦於吟而肯細於律者哉？宋以來言詩者，皆尚律體，故宜其以杜爲宗師也。

雲間張伯子爲律詩，每一題輒數十首立就，藻思奔赴，愈出愈奇。觀其縱筆直抒，自然合律，直覺太白無法，子美無才。而吾終欲進之以苦吟也。夫子美亦有一題而數首，以至數十首者，其所爲吟之苦、律之細者，固不在於是，而在於其一首之中者也。子能以數十首之才思，屈而就一首之律，使數十首意無不盡，吾知其吟不期苦而自苦矣。

雲間前輩詩亦多苦吟，然琢鍊太過，鋒鋭俱盡，有光無焰。自謂至矣，然子美曰「語不驚人死不休」，太白亦欲以驚人句搔首問天，大抵驚人處即光焰所在。然則苦吟之功，固有在此不在彼者，吟久當自知之。

詩説贈魏丹石

詩也者，文事中之最精者也。凡文字中數百十言所不能盡者，詩以一句盡之，一句中常有數轉；凡文字須數百十言轉者，詩惟以一字轉：故其事至難，而其法甚巧。自古昔所傳墳、典、丘、索，大抵皆詩體也。

爲詩者，有天事焉，有人事焉。若夫性情、氣韻、聲調之間，皆天之爲也，不可强也。至於謀篇、造句，則人事之所由盡矣。夫篇有長短大小之不同，而起結開合，變化無端，頓挫抑揚，自然節奏，行乎不得不行，止乎不得不止，皆不可以有意爲也。惟造句，則心欲細而功欲苦，是以詩貴於苦吟也。

苦吟無他，情事必求其真，詞義必期其確，而所爭衹在一字之間。此一字確矣而不典，典矣而不顯，顯矣而不響，皆非吾意之所許也。於是慘澹經營，索之久而不得，而置之，而此一字忽然現前，乃真不可易矣。然非讀書研理、體物盡變者，求此一字，終不可得。何則？無其本也。賈閬仙有云：「吟安一個字，撚斷數莖鬚。」杜少陵亦云：「賦詩新句穩，不覺自長吟。」所謂「安」與「穩」者，豈不在此一字乎？求之甚難，得之乃足快耳。不然，今之稱能詩者，援筆輒就，叶者其律，押者其韻，亦何有字之不安、句之不穩，而古人必求之如此其難哉？

魏子丹石，好道而耽吟，從事於詩者有年。吾更欲勉而進之，其在苦吟乎。夫丹石之詩，亦既安而穩矣。惟苦吟，而後知安者有不安，穩者終未穩也；吟不苦，則不能自見其弊，亦不能自生其巧。然吾之進丹石，更有在於苦吟之先者，則本之説矣。

丹石爲吾友青城猶子，謬以余知詩，出近稿就余求益。余感其至誠，輒恃通家之誼，率意點定，復作是説以貽之。凡余生平學詩之少有得者，盡諸此矣，丹石亦信之乎？

陳官儀詩説

吾學詩五十年矣。其前此十餘年，皆以才情、氣調爲時所稱。自後四十年，身廢無事，益專志於此，見三唐近體詩之設辭造句，洵是良工心苦，乃知古人以詩成名，未有不由苦吟而得者也。是故古人有十年始成一句，或一生僅得一句，句稱絶唱，其工祇在一字之間。此一字無他奇，恰好而已。詩既成，持以示人，即人人皆如其意之所欲出。所謂一字者，現成在前。然非讀書窮理，求此一字，終不可得。蓋理不徹則語不能入情；學不富，則詞不能給意。若是乎一字恰好之難也。故吾四十年來，矻矻於經史之學不倦者，非以爲詩，而詩亦因有資焉。

陳生官儀，稱詩久矣，才情、氣調迥出時流，吾嘗勉以苦吟。覽其近作，用意、造語皆非率然而就。但其意之欲然，筆未能然，惟無以給之也，所爭一字耳。既入情矣，而詞或不典；典矣，而義不朗；朗矣，而調不高。慘澹經營，雖以掞天之才，終不能不窘於此一字也。官儀亦兇其苦，亦知其故乎？請更以吾説從事，力學深思，自有詩成恰好之一日也。官儀從余問詩，故屢以吾學告之。

地獄説

寧都魏凝叔，江右學儒者也，謂佛氏地獄之説，其旨不悖於聖人。其言曰：三代以上，禮明刑平，君相治於上，百姓安於下，故鬼神無所事賞罰。及夫世衰，刑賞不當，人心鬱而不平，有惡極罪重考終以死，又或一死不足以償罪，於是幽冥設地獄，使備嘗其苦，干請賄賂無所謀，孝子慈孫不能代，以極其惡報而後已，於是而生人不平之心始平。又曰：孔子作春秋，而亂臣賊子懼，懼之以名也。而即有不顧名者，方且謂「不能流芳，亦當遺臭」，則名之之説窮矣，是故刑賞窮而作春秋，筆削窮而説地獄。魏子之説，蓋感憤於世間刑賞之不平，馴致小人之無忌憚至於此極，不得已望諸地獄，以紓此憤耳。

而世有執生殺之柄，以制數千里之命，而其所以示天下者，舍法令不言，亦引閻羅天子之威嚴以懼之，而使爲善；及約束羣吏，亦誓之以鬼神果報之事，其意甚厚，然而失政體矣。夫閻羅天子之威權，不重於督府也；犴狴之拘囚，鞭笞之狼藉，刀鋸之斬截，其慘痛不減於地獄也。刑誅者，現在必然之法也；地獄者，死後不可知之事也。不懼之以現在必然之法，而懼之以死後不可知之事，其誰聽之？民之犯法者，但得緩數日之刑，猶且悦之，況緩之以至於身死之後？後雖苦更有甚於死者，固所甘也，毋怪乎犯法者日益衆矣。

或曰：「然則佛言果報，不足信歟？」夫春秋所記善惡之報，歷然不爽。易曰：「積善之家，必有餘慶；積不善之家，必有餘殃。」書曰：「作善降之百祥，作不善降之百殃。」此非果報之最顯者耶？聖人特言其人世可據者而已，不言其死後不可知者也，固與佛言有異。

佛生於西方。彼國固不知有先王之禮樂法度，其亂必有甚於中國者。佛思有以教化之，而無禮樂可循，則因事説戒，以止其惡於未萌。是故戒律者，所以代中國之禮樂也。思有以懲治之，而法度不備，則設爲因果地獄，以昭其惡報，使勿犯。是故因果地獄，所以代中國之法度也。當其説戒之時，必要之以誓言，臨之以鬼神，其不敢犯戒者，畏鬼神也：生而畏其威，死而受其制。因果地獄與戒律相爲表裏，其與吾儒明則有禮樂、幽則有鬼神之説何以異哉？佛言之非誣也。

若夫中國人心之邪妄，則非戒律之所能制也。戒律之條，載諸王章者森然，犯者不赦。而是蚩蚩者一不之遵，而肯遵一無權勢者之空言乎？現因現果猶不之信，而信不可知之地獄乎？佛教不足以治中國，審矣。莊子曰：「爲不善於顯者[一]，人得而誅之；爲不善於隱者[三]，鬼得而誅之。」以鬼誅補人誅之所不及，使爲惡者一無所逃於幽明，則地獄因果，王者亦樂得之以輔其法令。明太祖謂之「陰翊王綱」，大哉言也！魏子之説，則猶是莊子之旨也，使爲惡無顧忌者，逃於王法，公論庶幾有萬分有一之後慮，以怵其隱微也。

夫魏子固無誅惡之權者，聊以是説紓其疾惡之志耳。若夫有權而足以行法者，人之畏之甚於鬼神，何則？爲其現在能誅殺之也。今以己之可畏之權讓諸鬼神，則法爲虚設矣。不畏之以法，而畏之以報，大畏民志固如是邪？法不足畏，則民趨地獄如市矣。

孽子説

余考古人於嫡子之外，有爲庶子者，有爲孽子者，庶與孽要無分别，同是側出之子也。史稱齊王肥爲漢高帝外婦子，蓋私通之婦所生也，晁錯謂之孽子，而王齊七十餘城。惠帝兄事之，與行家人禮。即吕氏至妒，視之未嘗有異於諸王，何則？爲其親高帝之子也。蘇武使匈奴，持節海上，不屈者二十年。既歸，無嗣，乃自陳發匈奴時，胡婦適産一子通國，願因使者致金帛贖之。使者以通國歸，爲郎，爲武後。當時，北海之胡婦，其非單于所賜、武所聘娶者明矣，武以之爲婦，不知以義合耶？抑苟合耶？而以其所生者爲其子，惟武能自信之也。武信其爲子，漢庭安得不以爲武之子也？

左氏傳：鄭文公有賤妾曰燕姞，夢天賜之蘭。既而文公見之，予之蘭而御之，辭曰：「妾不才而有子，將不信，敢徵蘭乎？」已，生穆公，名蘭。其後，鄭之公族，惟穆公子孫極盛。古人稱妾猶稱婢也，曰賤妾，則婢之下者也，見御於君，而慮後有子而不信，非慮公之不信，慮諸夫人、諸子之不信也。然惟文公信之，而其子卒有鄭國，國人無異詞焉。

晉阮咸自追姑婢，累騎而返，曰：「人種不可失也。」謂之人種，知乎已娠也。而孚卒爲晉名士。裴秀年十八，有令望，諸名士爭造之。嫡母猶令其母進饌于客，客皆起拜，母曰：「微賤如此，而諸君致敬，應以小兒故耳。」此母殆亦鄭賤妾之流也。即其嫡不以秀之母爲裴氏母，未嘗不以其母之子爲裴氏子，以秀之父子之也。

古人如此類甚多，而枚皋亦稱「枚乘之孽子」，大抵母賤而無名位，其所生即孽子矣。孟子所謂「孤臣孽子」，正言其極危苦可念耳，非有差等于諸臣子也。

今世固有無子而宗祀是懼，或獨子軟弱而虎視眈眈者衆，嫡妻妒悍，有妾不容，或貧不能廣置，於是有所私幸而生子者；有嫁出之婢妾生子，而心識其爲己子者。惟其父確然信以爲子，則子之矣，焉有父以爲子，而門内之人不以爲其父之子者乎？門内人，賢者固慶其門之多一子也，親愛有加焉。不肖者，或幸其無子，而思有其所有；或幸其子孤且弱，而覬覦其所有；其屬之疏者，又從而構鬪其間，冀鷸蚌之相爭，以收漁人之利，亦不仁甚矣。其説不過謂其事涉可疑，夫親父信之，旁人何從而疑之？又不過以其所出之賤耳。閩有母以子貴者矣，未聞子以母賤者也。易曰：「鼎顛趾，利出否，得妾以其子。」傳曰：鼎顛趾，未悖也，得妾以其子，以從貴也。蓋鼎之趾本在下，顛而在上，比之婢作夫人，亦云悖矣，然且以其子爲，從子以貴，雖顛不爲悖也。所貴者子也，寧問其母乎？彼外婦之子何以王？胡婦之子何以歸？枚皋何以待詔？穆公何以主鄭國？裴秀、阮孚何以稱名士也？

吾里有大姓子，少孤，鮮兄弟，娶妻數年不育，偶被酒，有所幸而孕。其婦懼，白諸主母及主之大母，期而産男也，主母因養爲己子，而嫁其婦。子既長，笑貌舉止，不惟酷似其父，並似其大父與曾大父。而門内人初猶異議，其内戚某，古君子也，力持之，事以定。而大姓少孤者，亦遂僅有此子以延其一綫，則此公之功大矣。吾故特爲是説以表之，並以告夫世之思齮齕于孽子者。

係遯説

癸丑秋，在都門，值合肥龔宗伯公病不能入直，欲乞休。有傳：上意旦晚且大拜公。其家人及門下士力阻公去。余爲説遯卦九三一爻，公大喜，志遂決。因作是説，以申明爻義。

遯之九三曰：「係遯，有疾厲，畜臣妾吉。」象曰：「係遯之厲，有疾憊也。畜臣妾吉，不可大事也。」當遯之時，雖二陰浸長，而九五當陽，下應六二；二雖陰類，而中順自守，未嘗頗與君子爲難，則君子尚可有爲。彖傳曰：「遯亨。」剛當位而應與時行也，而君子于此決言遯者，蓋惟當此時而遯，是以亨也。

夫陰陽消長，氣運爲之，君子小人皆有不能自主之勢。氣運相催，人心以變，其始也微有異同，其後也判若水火。哲者見于幾先，昧者信諸事後。事後而悔之，無及矣。是以遯之爻莫善于「嘉」：當君臣無間之時，見幾最早，以禮而退。至于醴酒不設，穆生待禮衰而後去，不謂「嘉」矣。其次則爲九四之「好遯」，李泌之于唐肅宗是也。肅宗于泌可謂「好」之矣，而泌竊有所見，遂能絶之以決去，勇哉！爻詞謂「君子吉，小人否」，蓋言「好」而不能絶，直小人耳。過此而下，則九三之「係遯」矣。九三何係乎？係于「好」也，而究爲臣妾所縶。夫三豈不知時之不可爲，而「好」之不足恃乎？而無如臣妾之不肯令去也。臣妾之不肯舍榮華而就閒冷，固然無足怪。又有門人賓客與臣妾同見者，復爲不可去之説以惑其聽。于是，内揆諸理，外牽于私，二者交戰，不能自決，以至于疾。傳曰：「係遯之厲，有疾憊也。」此勢所必至矣。

說者曰：「九三之『係』，爲世道人心係也，三去，則又一陰進而爲否矣，故三所『係』甚重。至于剝時，尚賴有不食之碩果，況未至此時乎？」夫陽氣不絶，當其時，自有爲之碩果者，必「嘉遯」、「好遯」其人也。彼係者爲小人所重困，方且求去之不能，而能久留爲碩果哉？正月之詩曰：「瞻彼阪田，有菀其特。天之杌我，如不我克。彼求我則，如不我得。執我仇仇，亦不我力。」此以狀繫者之苦也。詩言「特」者，喻君子之獨也。「杌」者，動搖之而不拔其根也。既不容其生，又不迫其死，外尊之爲典型，内忌之如仇敵，不能退，不能遂，蓋至是而始悔爲其所羈縻也，亦已晚矣。

古人留其身不去，以係世之安危，卒致身與世同盡，若漢末之爲望之、更生，東漢之爲陳蕃、李膺者，不可指屈。其以係而收不食之效者，一狄梁公耳，然而瀕于死亡者數矣，其不食，天爲之也。士君子當視陰陽之消長以爲進退，然後身安。而其所係者大也，則豈可不明于易哉？

持滿説

孔子觀欹器，喟然而歎曰：「夫物烏有滿而不覆者哉？」子路進問曰：「持滿有道乎？」子曰：「挹而損之。」夫挹損之事，蓋在將滿之時，挹之以不令其滿，而非于既滿之後也。書曰：「滿招損。」易曰：「亢龍有悔，盈不可久也。」俟既滿而始求損焉，則已難矣。

嘗觀宋儒邵雍于先天易卦圖，以坎離爲陰陽之限：離當寅，而盡于卯中；坎當申，而盡于酉中。謂卯酉爲陰陽之溢數也，用數不過乎中，故取寅、申而不取卯、酉。蓋其學以得半爲中，又不欲至乎已半，而以不將半爲中也。

凡草木之華，見蓓蕾則以爲盛，見大放則以爲衰，葸葸然惟恐至于半也。蓋半者滿之始也，滿者虧之始也。于半而慎之，是以滿不終滿；無滿則無虧，斯持之最早者矣。

論語稱衛公子善居室，始有，曰：「苟合矣。」少有，曰：「苟完矣。」富有，曰：「苟美矣。」苟也者，未足而自以爲已足也。夫學問之事，未足而自以爲已足，聖人之所惡也。至于利祿貨賄，則甚喜其足，以爲不足而求足之，則害之者至矣。史傳所載保世亢宗者，類皆貴而能謙，富而能讓。彼其事皆在既滿之後，誠以天道虧盈而益謙，人道惡盈而好謙，爲此者所以保其滿也，非夫子所謂挹而損之之道也？

得其道者，其惟文王乎。詩曰：「維此文王，小心翼翼。昭事上帝，聿懷多福。厥德不回，以受方國。」言天命既集，文王不受，退守其舊，以終身于侯服。是文王之所受諸天者，終其身未嘗滿也，而文王之後卒有天下。周頌曰：「假以溢我，我其收之。駿惠我文王，曾孫篤之。」蓋至于成王，猶受而不溢，則文王持滿之效，亦略可睹矣。

今士大夫鼎盛之家，未有不由祖宗積累德行以致者也。積之有數，償之亦有數，惟不盡其數，以貽其子孫，豈可當吾世而滿之乎？即吾能保之，而數之既滿，後將無以望其復償矣。而況滿者，造物忌之，人世惡之，其地甚危，而其心甚苦，保之固未易言也。

欹器之歎，惟不令其滿而已。不滿者，邵子所謂得半而止也，天之道也。察天之道，順人之情，因陰陽之消息，通晝夜之進退，玩卦爻之往來，文王作易之旨，居然可見矣，而區區明哲保身云爾哉！

校　記

［一］「爲不善」句　中華本莊子集釋庚桑楚作：「爲不善乎顯明之中者。」

［二］「爲不善」句　庚桑楚作：「爲不善乎幽閒之中者。」

田間文集卷九

記

抱蜀堂記

左忠毅公初起家時，即有别業曰三都館，取君家太冲三都賦題以爲名也。館當龍眠山口，去城不數里，公休沐之暇，時時讀書其中。至今人往來龍眠，經過其地，輒指三都館所在，徘徊久之始去。當忠毅公罹璫禍時，産盡辭輸官，公刑困時猶問曰：「龍眠亦辭乎？」以是此館得留，今屬仲子子直。薦遭兵燹，向時行吟坐嘯之處，悉化爲墟莽，無有存者。仲子痛心于忠毅魂魄之不忘此土也，日夜謀所以復之，力不給，則復之僅三之一。里中姚休那先生因其三而一也，於是易名蜀厂，以蜀于三都中得一而已，其亦有感于今時之爲「蜀」者乎？因有「蜀」稱也，吾署其堂爲「抱蜀堂」。

管子曰：「抱蜀不言，而廟堂既修。」蜀者，獨也。姚先生因之輾轉以明「獨」之義，其意

則勉左子之讀書，宜深入一門以爲獨也，故引杜元凱之于左傳、郭景純之于爾雅，皆以爲能
得其獨者。其論甚精，惜其但主讀書之一端。而吾以爲古聖賢豪傑之士，未有不得其獨者，
其于天下事，必有人所共然而己獨不然，人所不爲而己所獨爲，生死利害之端，固不足以惑
之矣。莊子曰：「見獨而後能無古今。」夫且無古今之是非，而又何有于旦暮之生死哉？以
武王之聖，天下皆是之，而伯夷斷以爲非，至死不易。夷誠有獨見其非者，非人之所能知，亦
非人之所能解釋也，故曰「抱蜀不言」。抱其獨者，固無可言也。

嗚呼，生死之際大矣！知其死而決志行之而不疑，亦不肯自負其獨而已。方忠毅公蒙
難時，太翁年逾八十，難將發，公心知之，慮傷翁心，乃時演椒山死事傳奇以嘗翁，翁擊節稱
善，公然後舍然于翁也。當是時，公已永訣翁矣，人固不知，翁亦不知，唯公自知之，所謂抱
蜀不言者，非耶？大學言「慎獨」之學，一則曰「毋自欺」，再則曰「此之謂自慊」。蓋有不如是
而不得慊，即謂之自欺者矣。子直日讀父書，其亦有見于此乎？

左子曰：「吾無所用于世，然見世之貪富貴而忘先德者，吾心鄙之，吾志在老于斯堂而
已。」此即子直之獨也。昔者，武侯高卧南陽，抱膝而吟梁父，以定三分之業者，此獨也。姚
先生于三分所存之一，而特有取于「蜀」，亦此獨也。使忠毅公而在，重新是館，而以命名，其
亦必取姚先生之所取也。何則？共此獨也，亦天下忠臣孝子所大共之獨也。子直能抱而勿

失，是爲真讀父書者矣。若惟以讀書深入一門爲獨，恐猶非左子所爲不言之獨也。

越巢記

並三都館緣溪而上，倚山臨流可半里許，故皆土人居，忠毅公所旁拓而增置者也，而四分之以屬諸子，各爲别業。季子子厚所受，適當溪口，爲往來過涉處，有事龍眠山者，必由此循徑入也。舊有老屋數楹，竹千竿，季子沿竹徑浚溝洫，引溪水灌之，穿林繞屋而去。每暑時，列坐其旁，效古人流觴曲水爲樂。遭寇亂，一時離散，流寓白門。予復以黨禍亡命天隅，十餘年始歸，重訪故山所爲老屋者，僅存遺址，但竹伐後重茂耳。左子于是别構小屋三間于後山半嶺，以課其子。望其栖托，有類于巢，因名爲越巢，屬予記之。

吾聞，上古之世，巢居而穴處，巢父掛瓢樹間，風戛之有聲，惡而去之，疑其巢猶鳥之巢于木也。已，游關洛間，所見山壁立如削，其上往往鑿穴而居，下亦有穴以栖牛豕。縣之詩曰：「陶復陶穴。」復者，複也，意其複而在上者，即所爲巢也，故曰：上者爲巢，下者爲營窟。巢父之所居，或即此類，非真栖樹以爲巢也。今左子所居半嶺，僅方丈地，自下睇之，與壁上穴居何以異哉？洵可謂之巢矣。

左子曰：「吾之巢居，非能逃世者也，聊存其志焉耳。吾往時習博士家言，見世之以科舉成名顯榮當世者，羡之如登仙焉，而今以爲不足羡也；平生樹聲名，别氣類，引繩批根，以爭天下之是非賢否，而今以爲無可爭也。謬以名父之子，爲當世所奬借，未嘗少折辱于人；今人之以聲色加我者，吾受而甘之，以爲所應得也。故吾居于城，見世俗之人，聽其言，去之惟恐不速，雖有先人之敝廬，吾若不能以一日容。退居吾巢，而始曠然其自得也。掘竹間稚筍以佐脱粟，日一再飽，吾子享我以肥甘，吾食之不樂也。然而，世俗之累猶且相逼而來：過吾之居者，風雨之夕，聽其上有讀書聲，望之燈火熒熒，必指之曰某在斯；旦朝隱樹而窺，見有人自城來者，亟欲引避；聞人叩門聲則驚。由所居近也，故吾思更求山之深者而栖焉，而力不能也。」莊子曰：「刻意尚行，離世異俗，此山谷之士，非世之人，枯槁赴淵者之所好也。就藪澤，處閒曠，釣魚閒居[二]，此江海之士，避世之人，閒暇者之所好也。」人固各有所好，而左子昔不然而今然者，其時爲之乎？

左子退處既久，爲鄉里小兒所狎侮，虐吏又從而魚肉之，一惟怡然順受。人或以爲異，不知左子乃真齊識時變者也。左子家世學易，易之道，因其時而已。時有大過焉，有小過焉。大過之辭曰：「君子以獨立不懼。」若忠毅公之抗節以死，其有得于大過者乎？小過之辭曰：「君子以行過乎恭，用過乎儉。」左子今日之所爲，蓋小過之學也，固非決絶流遯者之所能知矣。

懷西樓記

吾邑有東西山。山之自西來者，蜿蜒數百里而盡于吾邑。其別而東者，㟃迅直去，以峙于邑之左。而兩山數百里之水，皆合諸城北，更前折而西，以迴抱邑治，無復東注者。用是，西山轉似爲邑障水，故邑人重之，而邑之勝槪多在西山焉。凡在城内居者，大抵闢牖面西，以納爽氣。吾友左夏子所居，負北郭，建小樓，其居之左側，正望西山。題曰懷西樓，亦猶夫邑人闢牖面西之樓也。

夏子曰：「吾親在西焉。吾之居，吾祖父創也，吾親以授諸吾。而城西有吾弟子周廬，吾親從之居，弟少也，吾晨昏則有間焉。是故，西，吾親所在也，吾望西山曉，知吾親興焉；西山暮，知吾親定焉；雨則如睹其愁寂；霽則如承其愉悅也。四時之間，一日之内，西山之氣候不齊，其所以觸吾懷者亦不一。故吾之西向而樓，非猶夫人之西向而樓也：吾之于西，蓋未能一時去諸懷也。」

吾嘗讀小雅四牡之詩曰：「不遑啓處。」魏風陟岵之篇曰：「瞻望父兮。」一則上之人取諸其懷而言之，一則直自言其所懷，此皆有不得已于君國之事，身羈異地，而不獲親其父母，故懷之如此其切也。若夫居不離閾閫，行不出步武，視寢問膳猶膝下也，而猶以晨昏有間爲懷焉，誠以侍御公行年八十，即晷刻，皆人子所宜愛惜承歡，不可斯須以少離者，蓋孝子孺慕之至情也。

夫左氏自忠毅公抗節死璫禍，而又有侍御公以直聲著聞，稱一門忠貞。吾于夏子之孝思，而知爲其家作忠之本也。夫爲人臣一日不忘其君，必爲人子一日不忘其親者也。或曰：「侍御之志在西山，非此山之謂也。見西山而有懷，非徒不忘其親，亦以不忘其親之所不忘也。」若是，則夏子之懷，又非尋常瞻依者之可同日語矣。

𠖥軒記

今年夏，予以校刻拙集，久寓花溪，距韓慕廬學士所居近，數過韓子，飲其堂西偏之𠖥軒。韓子指其軒，屬予爲之記。予問「𠖥」義，曰：「古『極』字也。六朝人稱體中不適曰小極。」予亦記程曉嘲熱客有曰：「疲倦向之久，甫問君極那。」是「極」即「倦」也。韓子胡有取焉？韓子曰：「吾取諸陶元亮之所爲『鳥倦飛而知還』也。」

小雅詩云：「匪鶉匪鳶，翰飛戾天。」夫戾天亦飛之至者矣，意必飛之至而後可言倦。若元亮，居官前後不及七載，其仕止于鎮軍參軍，以是而倦，是猶斥鷃之騰躍而上，不過數仞而下，翔蓬蒿之間，自以爲倦云爾。易之象小過也：「有飛鳥之象焉，不宜上，宜下。」爻曰：「飛鳥以凶。」豈戒其一勿飛乎？吾嘗察于鳥之戾天：其始之欲飛而上，鳥也既上，則勁風舉之，翼不自由，雖欲下而有不得下者。然後，知元亮之所謂倦而還者，倦于飛，非飛而倦也。飛至于倦而欲還，還固未易言矣。韓子通籍以來，不十數年，而至侍郎、學士，于是而倦焉，其視元亮蓋已不及之，非有過之者也。然與韓子同時起或更後時，聲名不及君而位過者有之。人情苦不知足，而韓子倦焉，則亦可謂之倦于飛者矣。

莊子稱：「列子御順風而行〔三〕，泠然善也，旬有五日而後返。」此即宋儒邵子用半之學也。陰陽之氣盡于十二，大鵬以六月息；晦朔之數周于三十，列子以旬五日返：皆得半也。古人稱棟脊爲極，乘屋者至于極，則轉身而下，上下各半，則亦適得其半之爲極。此又一義矣。韓子以「㲄」名軒，豈直有取于元亮歸田之義，亦深得于邵子環中之旨乎。

游洞天巖記

出沙縣城西可五里，有山曰洞天巖。山不高，徑逶迤，穿林數折以上，巨石或跪或仆，出没林内，所謂巖者，岈然尋丈而已。傍有曲室幽邃，人罕到，開軒俯瞰大壑，怪藤百餘丈，騰空夭矯，與干霄竹勢爭跋峙。林以外，史溪迴抱，短篷三三兩兩，上下可數也。沙自插兵以來，廬毀田蕪，民逃亡盡，所在蒼翠一望童然，獨此山林石無恙，是可以游矣。

余以今年仲春，訪老友鄧子與，因謁邑侯傅君蓬仙，君載酒邀予與子與爲巖上游。是日，天氣晴朗，風物和善。君從壯士十數人，挾弓矢，騎馬，先出城，往來馳射溪濱，百姓聚觀如堵。君三韓世家子，少年，偉容觀，控縱如神。百姓觀者，非觀射也。

君自莅沙甫一年，其所以治沙者吾不知，惟是向之毀者漸以葺，蕪者漸以墾，而逃亡者漸以還，今城内閭閻，大半起炊煙矣，而君方坐不善事上官求去。百姓皇皇然，恐代君者且至，一日三四驚，于是葺者輟工，墾者廢耒，還家者中道遷延不肯進。忽見君出，皆喜曰：「吾君久不出，今出，意氣甚壯，殆不去矣。」射畢，騎導入山，騶從鼓吹，隱映林薄間。居人望久之，不見始散。蓋不知余兩人之爲令客，在其後也。

既至山，張具縱飲，予舉觴政，坐客皆霑醉。日已晡，君復前行，則觀者益衆。已，知今日之游爲宴客也，益喜曰：「君必不去；即去，客豈復來？」其中有老者尚識予，指謂傍人曰：「此吾郡舊李某公也，去此二十年矣，今乃爲吾君來耶？」皆歎。又指子與曰：「此鄧公，邑賢大夫也，吾君所重，舊與某公好，今同游，甚善！」

予初不知君之不獲于上者何事，問父老之歎，然後知君之所爲與時左也。中庸曰：「不獲乎上，民不可得而治矣。」以今觀之：不虐夫民，上不可得而獲也。君得民如此，而又與予及子與迂疏不合時宜者友，其不獲于上也，不亦宜乎？子與顧謂予曰：「今日之游，雖巖壑不足以壯觀，而一時之情事不可不紀也。」因退而爲記，而繫以詩。

得已齋記

今夫事非命諸天不可解者，孰非得已之事哉？善夫莊子之言曰：「乘物以游心，託不得已以養中。」夫惟不得已于事，而後事之得已者衆矣；唯事事得已，適以成其一事之不得已也。

某生爲邑史，蓋有不得已于事者，近卜一宅于北山，山據一城之勝，籬茨疏野，川原在眺。又鑿土得石，疏石爲沼，大纔盈尺，引泉注焉。泉上雜樹竹卉，沼朱魚間以荷荇。客來坐卧其傍，收汗灑塵，悠然作濠濮間想。而以「得已」名其齋。

客笑曰：「子既以得已矣，今爲是泉石草卉之僕僕也，是亦不可以已乎？」則應之曰：「是非吾之所爲得已也。吾蓋以是而奪夫世之得已之事也：吾移世之穿鑿之巧，而以之疏吾石；移世之流變之智，而以之導吾泉；移世之安排之術，而以之位置丘壑；移世之貪得之私，而以之愛樂花竹。凡吾之所爲，皆人之所不暇；而人之所爲，吾一以吾所爲當之。惟不已于此，乃所以得已于彼也。吾惟以是爲得已，然後無惡于吾不得已之事也。」

莊生不云乎？「乘物以游心」，謂能游其心者，不滯于物，亦不離乎物也。今生以是爲得已，是亦善游其心之説也。苟善是心，則其于事之所不得已者，應焉而不藏也，勝焉而不傷也，則又何必舍所不得已者以爲事也？因爲記其齋，併以勖之。

何劍客十咏樓記

閩上游諸郡，固多佳山水。順昌一邑，適當汀邵兩水合流之處，山亦左右夾之以來。物之兩而將合者，咸負勝爭奇，必各盡其所長，而始折而歸于一，以示兩無所劣也。是故山水至順，而盤鬱怪特，有異他邑，亦其勢然矣。邑之人終日樵山而炊，擎水而楫，未嘗有知其佳者。何子劍客于城西作十咏樓以收之，而遠近共有之山水，遂爲此樓所獨私。嗟乎！造化以大美公之于人，人不能有，因而爲人所私者多矣，奚第山水哉？

吾嘗與何子登樓而眺，凡雨暘晴晦，旋其面目，無不可以嘯志舒懷，把酒高吟者。因語何子曰：「樓之可咏者，不止于十，子胡以十咏盡之？且子之十咏，各有其處，至于邑之名勝，樓皆見焉，子何遺之？」何子曰：「吾非不知十者之不足以盡吾樓也，然吾私其十，自以爲貪矣，又多乎哉？吾所私之十，亦取其境之偶會于吾意者耳，非必以吾私者爲勝，而遺者爲劣也。凡人之以爲必不可遺者，而吾遺之；人之以爲不足私者，而吾私之。吾蓋惡夫世之以周旋人事者而周旋山水，其取舍之間有世法存焉，吾不爲也。」

何子之言近于道矣。聞何子夙有仙緣，其名字皆未生前呂仙所賜。今觀其寓意山水，類有道氣。夫山水與詩文之事，非有道，固不足以知之。

蓋樂堂雨集記

曹參爲齊相，迎膠西蓋公，自避正堂舍之，因師其清淨以相齊，而齊國大治。吾友龔子雲石治永安，于署左築堂三楹，顏曰蓋樂堂，意有取于蓋公之清淨而樂之也。

予以秋七月過訪龔子，每飲此堂即雨。龔子笑曰：「惜哉！子來之遲也。方夏大熯時，予不吝牲璧以祈神。今每集輒雨，則何如以酒酌子也，飲酒固可以召雨哉？」予曰：「然，酒固召雨。在易象，坎爲酒，爲雨，凡六十四卦中，言酒者必有坎象焉。酒與雨，固能以氣相召也。需之象曰：『雲上乎天，需，君子以飲食燕樂。』」「不知其飲食燕樂以需雨乎？抑雨之有需于飲食燕樂乎？」

「夫需之事，必有在于飲食燕樂之先者矣。需之反對爲訟，『不克訟』者，需之本也。曹參去齊，語後相曰第無擾獄市而已。及爲漢相國，日飲醇酒，其治也，唯稱府中無事。于定國冬月請治讞，飲酒益精明，而民以不冤。需訟之義之有合亦可驗矣。」

今龔子之治永安也，泊然若寄，盡遣其家累歸里，一榻蕭然。每出聽訟，即片言立決，獄無繫囚，邑以大安。顧時時召客飲酒，吾不知其與曹相國、于廷尉飲何如？然若龔子之治訟，亦可以飲矣。民之歌相國也，曰：「載其清淨，民以寧壹。」其稱定國也，曰：「張釋之爲廷尉，天下無冤民；于定國爲廷尉，民自以不冤。」由是言之，兩公之以酒雨天下者大矣，而霡霂乎哉？

夫雨與酒與客，亦其偶會者耳：必可以飲酒，然後可以娛客；可以娛客，然後可以得雨。故曰：需之事有在于飲食燕樂之先者，此之謂也。龔子以「蓋樂」名堂，豈惟與客樂之，與民樂之，即天亦樂之矣！

谿默七夕偶集記

辛亥秋七月，予與魏子子存訂爲斜塘之游，其主人入城，不果去。子存曰：「其訪谿默乎。」谿默之主人，吾爾斐也，貧甚，不能具饌，固之，辭以異日，而予兩人舟已及門。門閉，別院有女郎徐生，啓室延客。坐久之，爾斐亦載酒以來。其夕俗傳牛女相會，人間兒女爭于此夕穿針，號爲乞巧。酒間，爾斐曰：「吾老而益拙，不知巧洵可乞乎？」

夫爾斐巧于文而拙于生，巧與拙各半者也。爾斐登賢書三十餘年，有田有廬，差足自給，老乃殫力于園亭，遂大窘，于是里人爭笑其拙。其尤拙者，割園已成之半質諸人，以佐未成者疏鑿之費；而所割之半久且圮，則又思爲質者葺治之，不然盡廢，而爾斐乃益大窘。然則爾斐治生之拙，蓋莫拙于爲此一園矣。而園之構特巧：其山向背起伏，隱然有紀也；其水迴還四達，不見其際也；其石落落然或卧或蹲，在有意無意間也；其徑透迤上下，不知所出入也；其竹森然以蔽岡，其樹蓊然以覆水也；其亭樹軒閣參差斷續，未嘗不臨水而面山也。蓋屢經結撰而始成，巧則巧矣，而所爲拙者乃日以甚。然爾斐引客看園，必前行，親爲指點贊歎。客默而已，以無以益其贊也。爾斐殆欲矜其巧以諱其拙乎？

人生貴適意耳。吾適意于吾之所爲巧，而世之所爲拙者，固不足問也。吾嘗爲文矣，吾得意之語自爲至巧，而或觸時忌招尤，遂成大拙，然吾終不以彼而易此也。造物之位置人甚巧，固不容人自爲巧拙于其間。爾斐即不爲園，庸距不窘乎？爾斐爲園而窘，不勝于不爲園而窘乎？吾嘗語爾斐：「子有文采，喜山水，年且七十，有兒女而無其累，得以放意于林泉。設更不貧，彼造物者必妒子，將有以敗之，雖爲是園，豈能晨往夕返，以長有兹園之樂乎？」爾斐巧于貧，以謝造物之妒；巧于爲園，以成其貧。凡世之所爲拙者，即吾之所爲巧也，而猶乞巧耶？

是日，同集者：嚴燭，其長公也，詞客張芸城，女郎徐月仙。芸城度曲，月仙行觴，盡歡而散。予與子存始願不及，此亦一時之巧會也。

聽雪軒記

陶元亮之咏雪也，曰：「傾耳無希聲，在目皓已潔。」杜子美亦曰：「燭斜應更見，舟重竟無聞。」是雪之爲物，不可聽也；可聽者霰也，非雪也。然莊子有云：「不聽之以耳[三]，而聽之以心。」苟以心聽，雖雪亦焉有不可聽乎？吾從子扶升以「聽雪」名其軒，則直以無心爲聽，亦猶曰聽之而已。

今夫時之有冬，冬之有雪，其德潔清，其氣淒冷，足以動富人之欣賞，而助貧士之憂愁。意造物者之所以重困貧士，而試其堅忍之性，將有以增益其所不能也。夫造物既以困我，而我不聽焉，造物者必以爲不肖而棄之矣。

扶升家固不貧，以兄弟力學而貧。棄大廈，僦居廡下，環堵蕭然。遇風雪擁户，或數日不能出。而扶升讀書其中，曰：「吾何怨尤之有哉？」因以「聽雪」名其讀書之處，使造物者知吾之無所往而不聽也。」兄子隲祥語我曰：「扶升且將虛其軒以爲授經之所，而聽學者之自至。亦猶今之閉户端居，一聽雪之隨風而集，窺簾而進；其不入于吾室者，吾不强也。」扶升之「聽學」者，猶之乎其「聽雪」也。

夫雪資清以霏，乘氣以化，斯萬物之最潔清者。然而不擇地而集焉，風爲之也。扶升曰：「吾聽雪，雪又有聽。豈惟吾無心？雪亦無心，吾與雪相聽于無心而已。」「無心」之説，幾于道矣，吾故樂述其意而記之。

北山樓記

樅陽，漢初屬廬江郡，漢縣大，今不知其治所在。及武帝南巡，自尋陽浮江射蛟，江中舳艫千里，薄樅陽而出，作盛唐樅陽之歌。逮隋末，輔公祏屯兵樅陽，以策應江東、西。意是時爲江介衝要之地，舟航所必經，非漢初所稱樅陽縣也。東晉時，陶侃嘗爲樅陽令，有封鮓寄母事。至今鮓爲樅陽物産，則侃所治，疑即今樅陽市。市有陶公祠、古城隍廟，居民千餘家，賈販駔儈，雜處其中。予居田間，去市僅十里，每過其地，必迂道山北以避塵囂，蓋厭之至矣。

戊申冬，予子瀍祖隕于盗，邑令胡必選諱不報，予與力爭，反庇盗以仇予。而盗益思甘心于予，于是田間不可居，僦居市爲逃死計。明年，老友魏子存督學三楚，知予困，招之入楚，分俸爲買山資，勸令山居。而予不敢離市，且求市之極喧隘者卜居，以圖安枕。蓋令不去，而盜愈横也。久之，得寺巷前賣餅家陳氏弊宅，索直百七十緡。入其室，幽暗無所睹，然前後有樓數楹，宅在市南，樓皆南向。南可見江及江外諸山，復以牆壁障之，使不得見，慮泄宅中氣則居積不厚，市俗皆然也。向北絶無開牖者，即市北負山而居，亦不啓北扉，市之人蓋終身不見其北有山。予竊從樓後隙窺之，其山固頑而童，當吾樓之北者，石勢參差，層折其傍，雜樹蓊翳，與石色相映帶。樹間茅屋高下，時聞讀書聲。予喜曰：「此中固有丘壑！」遂如其直酬之。悉爲更改，費倍直焉。凡不可見山者，仍其舊向，爲藏息之所；而山之當吾樓者，則開北窗以納之。于是，北山之勝，遂爲吾樓所有。

登吾樓者，推窗而望，有絶壁、流泉、枯樹、怪石，蘿薜處隱隱似有人居，皆恍然坐宋元人圖畫中，忘其爲市。而後，市人始知其北有山；而居于市者，始知有北窗可啓也。題曰北山樓，由北山得名也。北山樓後曰存心閣，示不忘子存也。樓既以待客，予亦讀書其上。春夏之交，新緑如染，至秋皆成錦樹。雨中石上，泉奔有聲。惟月所見無多，雖盛夏亦覺淒清。雪之朝，上下一白，微見孤茆洩煙耳。予所著易學、詩學兩書，大半成于此樓。而以衣食之拙，時出求諸四方，合計居此不滿數年，樓不負予，予負樓也。

予少時慷慨有大志，頗欲爲陶士行之所爲。生非其時，患難顛沛，乃竊慕君曾孫靖節先生栗里之隱，以詩酒終其餘生。不意令與盜比，奪其林泉，而驅之市井，予何以爲生耶？幸有此樓，于市井中得少林泉，稍足自慰耳。樅陽士從吾游者，皆曰：「先生來，北山以不朽。使樅陽亦因北山以與聞于世，則令以盜虐先生，而以先生惠樅陽也。此令口碑，殆與陶公同千載乎？」諧言可存，因併記之。

校記

［一］閒居　中華本莊子集釋刻意作「閒處」。

［二］順　莊子集釋逍遥游無。

［三］不聽　莊子集釋人間世作「無聽」。

田間文集卷十

記

追雅堂記

余子鴻期，楚國之學者也，今年夏，與予同出都，車塵馬足，疲罷于風沙酷日中。既渡河，抵汴，已，復入洛，共處學使者署中，並屋而栖。終日下簾，坐斗室，如處炊甑中。汗喘無可自遣，則相與言志。余子言：其家去郭不數里，有山，面長江，旁瞰大湖，有竹萬竿，茅屋三楹，往讀書其上，蕭森陰寒，不知有夏。即言之，泠然清風生也。今歸，當葺而居之，更別創一堂，以貯今所購書。

余子向有書千卷，十年前盡毁于火。今以次購之，又幾百卷矣。余子嗜書其天性也，生平博聞强記，經目過者略能成誦。其游也，雖困乏，遇書輒收。以是，客都門三載，橐裝爲之蕩然，及其行，笥篋累累，馱而從。余發而視之，其書亦多有不必收者，余笑余子之志太侈而嗜太雜也。夫道不欲雜，故勸余子擇其言尤雅馴者存之，余可擯也。余子韙余言，因以「追雅」名其堂，屬爲之記。

嗚呼！大雅之不作久矣。莊子曰：「大聲不入于里耳，折楊、皇荂則嗑然而笑，是故，高言不止于衆人之心。至言不出，俗言勝也。」俗言之盛也，雅言之所以息。俗樂之興也，雅音之所以亡。久矣夫！雅之不勝俗也。雅俗之間，邪正所由辨焉。吾之論文，亦以此辨之。吾之辨雅俗也，不于其辭章，而于其氣韵。其爲雅言也，不必其文也，言之俗者，要不失其爲雅；其爲俗言也，非以謂俗也，言之愈文而其俗愈甚。是故有不事修飾，一意孤行，直自攄其所獨見，不必盡合于古人也，亦不顧人之以古人律我也，雖瑕瑜不掩，吾必謂之雅。若己一無所恃，徒取唐宋及近代諸大家之文，規模而擬似之，惟慮有一字一句之不肖，使人得以議我，此非以爲古，祇以媚時也，若然者，于人謂之鄉愿，于文謂之時文，俗而已矣。

俗也者，合于時之謂也，雅則有甚不合者也。以「追雅」名堂，則凡雅俗者皆不可以不辨也。吾所謂道不欲雜，余子亦因之有概于中矣。

黄檗山居記

今年夏入城，姚子耕壺邀游其新構黄檗山居，去城可十五里，蓋龍眠之奥區也，地名黄檗嶺，一曰剩山峰。嶺迴合，僅一徑折入，才堪廁足，石壁巉巖，下臨深澗。既至，曠焉平衍，有田百餘畝，大壑奔注，溝塍周匝，爭匯于山口而出，喧豗有聲。姚子相其形勢，爲梁之、沼之、亭之。于是，倚山而樓，以奉太夫人板輿游息其中。左側最古園，有軒豁然，設几案，昔史傍列，奇石、雜樹、花、竹、吟誦之餘，手自灌刈以娱日也。前爲樂耕堂，則所以召客飲酒賦詩之所。憑闌俯視，蒼崖翠壑，爭卷幔而入。

此山故屬瞿庵方氏，變亂以後，爲耕壺所有。瞿庵固耕壺舅父行也，爲人豪舉好事，喜賓客，近吾鄉少有能及之者。至于創置園林，匠心獨妙，故當時剩山之勝冠絶龍眠。乃以貴公子不自斂戢，遭遇世變，以致衆毁其家，傷哉！今求剩山遺址故甃，銖寸不可復見矣。太夫人每爲姚子稱述其盛，姚子爽然自失者久之。間搜得其片石勺泉，必表而出之曰：「此吾舅氏舊物也。」嗟嗟！姚子用心亦已厚矣！

吴中人好堆假山以相誇詡，而笑吾鄉園亭之陋。予應之曰：「吾鄉有真山水，何以假爲？」惟任真，故失諸陋，洵不若吴人之工于作僞耳。作僞雖工，久而必敗，吾見更姓之後，高臺傾而曲池平，向時丘壑之玲瓏，問其處，無有能識之者矣。豈若吾鄉山水，雖經喪亂，化爲榛墟，後有更起而治之者，山水固在也，彼此位置，各不相師，而各臻其妙，則有真山水爲之質耳。浹漈鄭氏謂禹貢分州，必以山川主之。蓋州縣之設有時而更，山川之形千古不易，况園亭哉？是故即兹一山，前後異宜，不恨我不見昔人，但恨昔人不及見我，豈直人事之能哉？惟山水之真，故無所施而不可也。真僞之不敵審矣。

今吾邑廣文王君，亦吳人也，是嘗親見予與吳人爭真僞之是非者。何時要其來游，以信吾言，使知吾鄉山水果有真也。

講易疊翠樓記

今夏，以抄書之役久于城，吳子天况昆仲號其同志諸子，邀予講易于其家塾疊翠樓下。諸子皆治舉子業，習聞老生講章，一旦聽予談圖象卦爻之義，皆豁然相悦以解。吾説亦不甚遠于老生，然而，老生能習其説而不能明其故，予爲一一指示，故諸子聞而喜，而予亦深喜吾學之將有傳也。惟時盛夏酷暑，聚坐横經者十有餘人，非樓下虚敞，固不足容；且予老而易倦，非有樓可供眺望，亦無以爲予游目舒懷之地也。

樓爲吳氏五世祖方伯公建，到今百五十年矣。往時鑑在授式昭經，予過之，亞侯飲我酒，未嘗至樓下。後廿年，式昭置酒，邀同諸老友觴咏其上，今又三十餘年矣。式昭者，天況先府君也，既久作古人，其先後同時飲酒者，無復尚存。獨予以七十老叟，猶能抗音吐氣，爲諸子談四聖人之絶學于兹樓下近四十餘日，斯可幸，亦可悲也！吾每登樓睇望龍眠，李伯時之所畫山莊遺址，仿佛可見，近指投子，趙州橋在焉，是此翁八十行脚過此以得名也。其他諸峰，層現叠出，鬱鬱蒼蒼，以環繞于郭外，而踊躍于樓之北窗前者，皆不能悉識，「叠翠」，其以是名與？

吾觀古之文人，未有不得力于山水者也。學道者，入山必求其深。蓋山水者遠俗之物也，俗者敗道之資也。與俗日遠，自與道日親；道親，而後可以讀書，而後可以研理，不獨爲文已也。俗不能遠，則求可以超然曠望之處，以遠寄其心，雖迹不離闤闠，而心目常存乎山水之間，如兹樓者是矣。吴子知兹樓之有益于學也，朝斯夕斯，以求所以親夫道者，即四聖人之絶學，不難極深研幾，又何有于吾説之區區哉？

聽講者：吴子天況、天駟、天驤，左子峙匡，尹士未生，孫子幼服，童子方平，及吾家扶升、卧南。始未相要，聞而至者：李子長康，吴子世修也。

鄧樸庵宴客記

老友鄧樸庵年八十五矣，今春，自出槖中金付二子，命大置酒，召里中戚友，諸年相若者、或年不及平生與交好者，次第畢集，曰：「吾齒逾大耋，與諸君數相見無幾，且及時宴會。倘不即先朝露，每歲一舉行可也。」於是，里中盛傳鄧翁宴客，翁曰：「吾以言別也。且吾與客皆客，吾爲此宴，猶客中別客耳。」達哉翁乎！

夫人未有客而不歸，亦未有久聚而不別者。年運而往，時時嚴裝，以待長發。凡同爲客者，正如浮萍相值，倏忽聚散耳。而昧者不自知其爲客，臨將別時，戀不肯別，其宛轉糾纏，非有身世未了之事，即爲其子姓顧慮者多也。翁律身以正，飲人以和，八十餘年，無所悔于其行，有二子，才而賢，合邑稱孝焉。則翁之於身世、子姓，既無不足矣，是故，翁之嚴裝待發，蓋不至今日而始然也。裝久不發，間暇無事，而乃召客飲酒言別。甚矣！翁之達也。

抑造物者固將相之，使成是達人也？夫造物者固不與人期，世之久于客而戀不肯別，未必不速之別；而慨然召客言別者，未必不靳其別，而留之使長爲客也。近岡新安有山人客廣陵，欲歸黄山，要人爲文送之，文既成帙，迄今二十餘年，山人猶在廣陵，猶乞文不已。翁之與客飲別，得毋亦類是乎？

漢疏廣賜金歸里，日令家具設酒食，請族人故舊賓客相與娛樂，數問其家：金餘尚有幾斤[一]？曰：「此金者，聖主所以惠養老臣也，故樂與鄉黨宗族共饗其賜，以盡吾餘日。」翁之宴客，亦顧橐中金幾何，餘日方長，恐歲歲舉行，即所費大不貲也，後將毋更惜之乎？翁耳少聵，吾以此意大聲誦説之，笑而頷焉。遂書其説，而爲之記。

金莖樓記

樅陽倚山爲市，山皆磽然石也，不可樹。其東一山，稍有崖壑之觀，雜樹數十株，參差與石映帶如畫，是吾北山樓窗中物也。山頂有臺址，傳爲黄山谷讀書臺，遠瞰大江，平挹江南諸峰之翠。臺以北，石與土雜，樹不植自生，每秋後，霜凋楓柏，丹黄爛然。隔岸，萬松鬱鬱遥帶如屏幛。松外拔起一峰，名金字尖，四山迴合，中抱大湖。土人以爲山之面實在北，而市，其背也。市有易翁者，于其側爲建讀書樓，以存山谷老人之遺意，其樓正對金字尖，湖光松色，紛然入座。窗前一峰，正如金莖擢霄漢也，因名爲金莖樓，屬予記之。

吾觀世間樂事，莫如擁山水之勝課子弟讀書，區區名利，固不足道。然而，世不乏極園亭山水之奉，而終日役役于名利，曾未一至其地者；亦有終日坐卧園亭山水中，而名利之攀緣，未嘗一息去諸懷也；雖課子弟讀書，其意祇在子弟富貴，以遂其名利之私，則猶是徵逐故智耳，山水果足以淡人名利哉？

翁既爲是樓，而令其子謙從予學易。易曰：「天下何思何慮？」又曰：「精義入神，以致用也。」夫其極精義之思慮，乃所以斷憧憧之思慮也；且夫世之名利，豈憧憧者足以致之乎？憧憧徒自困耳。精義既專，無心于名利，而名利從之，與憧憧所致之名利，相去遠矣。是故淡于名利者，非謂之一切捐棄而不事事也。未嘗舍名利之業，而不以名利役其志，是則吾之所謂淡也，是則易之所謂「何思何慮」也。吾之所以授易者惟此，因書之爲記。

問西上人住塔院記

天啓末年，予年尚幼，聞浮山金谷巖前，有遠來僧了悟結茅念佛，赤腳，衣木葉，晝夜經行不卧。同居僧問西，金陵人，不知以何時相隨，稱師兄弟。了悟但辦念佛，一切卧起飲食之具，皆取諸問西。問西奉事惟謹，名爲道友，事之猶弟子之于嚴師也。

丁卯春，博山無異大師掃塔過浮山，了悟見大師。問其所爲，曰：「晝夜彌陀十萬聲。」師曰：「一口氣不來，向甚麽處去？」悟惘然莫對，遂禮拜，知念佛非了義也，棄而參禪。久之，流寇起，吾鄉亂，兩人腰包去，不知所之。

予以今辛卯春度嶺，重入閩，遯迹邵武村中之寶蓮庵。庵主岑伯爲吾里中僧，故博山侍者。庵後有小塔院，傍舍栖一老僧，頭白齒豁，見予至，問知同鄉，甚喜。岑伯謂予曰：「此僧同了悟師住浮山問西師也。塔即了師藏蜕處。了師殁，問公以師喪喪之，守此塔二十餘年矣。」因更言問公所以事了師者。

師，西人，善嗔怒，或觸之，呵罵不已，至批其頰，公唯唯受之。師每放參，一飯兼數人食。飯至，或不中師食，譬呼公曰：「來，汝嘗！」公就嘗之，即自責曰：「果不中啖。」隨改治以進，不敢問可否，立户外，候師啖盡無一語，乃退而喜。一日，失師意，大杖擯之去，輒取其卧具鉢囊，盡擲出户外。公避之山下，久之，意師且饑，怒已過，乃潛回，自語曰：「下山遇某僧，與語，不覺貪坐久，歸遲，師饑矣，速往炊。」已，忽見其卧具委積階下，喜曰：「誰爲我曝耶？曝已乾。」急收進。師終不答一語。復相依倚如初。

岑伯述罷，問公潸然出涕曰：「向後復有誰如師箝錘我耶！」遂大慟。因言了師定多慧少，嘗飽食上單，一坐七日，已而曰：「此生不了矣！須翻一觔斗再來。」不數日，示微疾，遂化去。公募衆建塔而廬其傍，塔前一燈，晨夕相對，二十年未嘗遠離也。

問公好吟詩，岑伯每阻之不令示予。臨別，贈予一杖，杖端鐫二語曰：「點豁青峰眼，敲空白石心。」亦佳句也。

虎竇記

距青山一里，岡巒迤邐以南，忽迴旋若有抱者，土人言其中故有庵址，廢久矣，荆棘蒙籠，豺虎狎處，樵夫牧豎皆躑躅不敢深入。今年，有上人一笠一杖，自青山石屋下經其地，樂之，謂可以把茅棲也。里方氏子慨然願斬林樾，刈荒穢，糾同志築土室茨茅以棲焉。予過之，門扉缺如，編薪爲籬，虎常伏屋後，籬反以爲虎衛。予從子龍友名其廬曰虎竇，請予記之。

初，予秋上九龍庵，有僧爲何生灝誦經，予見之，曰：「此非誦經僧也。」與語，叩其源流，所親近者皆大師，吾老友也。何生因言其操履精嚴，性孤僻。有大姓肯建精舍以居之，不應，顧樂居茅蓬。生勸其蓄一行人給薪水，亦不聽。衲以外無長物，思獨處萬山虎豹中。即風雪擁户，其何以濟乎？乃知即青山下卜棲之上人宣堂也。

今至其處見之，方趺草晏坐。客至，自起斧薪汲澗，視盎中米幾何，悉炊以飯客。予因問以所挈于何生，語曰：「有之。我教中隨緣而已，吾非不住精舍也，但彼初有其願，此既已創始矣，其不能舍現在而待未來，吾猶夫人之心也。吾所以尋窮山而獨處者，將以事吾之事焉。有米，日一食可也，隔日一食可也。米盡，托鉢乞食可也。吾經月食淡，亦不以爲苦。置一行人，不飽則不得其用；吾以欲得其用，而必營其飽：彼以身爲我役，我以心爲彼役，而吾事輟矣，故吾不爲也。」

莊子謂：「棄世則無累。」釋氏於人世之境，往往舍順而取逆，豈僅求無累而已哉？吾聖人亦然，聖人謂：不以道得之，富貴，不處也；不以道得之，貧賤，不去也。嘗疑：富貴可以不處；至于貧賤，烏得而去之？由今思之，此必可以去之：貧賤也，以有非道之富貴在，去此即處彼矣。而聖人斷然不爲，必且就其所惡，辭其所欲，亦猶釋氏之舍順而取逆，務矯拂其情，以求其所爲性者是也。夫釋氏之學，在能了生死，吾人欲惡念盡，即生死亦盡，而仁在是矣。莊子大宗師極論生死，而終以子桑户之處貧安命。甚矣，貧之難處也！莊子以貧富之關能破，即生死關亦能破矣。然後知聖人之言不去不處，此破貧富之關也。曰造次必如是，顛沛必如是，即破生死之關也。雖儒釋異教，然極其所以爲佛、爲聖人者，亦何以異哉？

吾里諸子多有天資，好學問，然不知有向上一路。今宣堂來，而諸子皆樂與周旋，諸子即不必學宣堂之道，但學宣堂之所以求其道者，以求吾之道，則凡游處晏樂之地，皆作「虎賁」念可也。

大龍灣看杏花記

今年春，困卧田間，招陳生官儀見過，生報曰：「適欲赴方有懷社日大龍灣看杏花之約。」

大龍山去樅陽三十里，近皖郡。山，郡之望也，石塘湖環其下。居民依山住，迴繞處多以灣名，皆以種杏爲業。花時爛熳，遠近數十里不絶，最著者曰杏花村。山下有白家灣，爲白安石先生故居。予少時常就先生問難，屢宿其齋，皆不值花時。先生亦向予誇花時之盛，以不得一見爲恨。

頃得官儀訊，意興勃發，遂以社前二日過其石舫，次日與偕至有懷白鹿莊。有懷已先期往深莊，與劉超宗再看花矣，暮歸，言花正盛，但慮有雨耳。明日，社，果雨，集鼔存堂，與諸子分韵，各成詩一首。明日又雨，諸子興闌，予堅欲往。又明日，雨止，官儀回，予與有懷、玫士叱蹇行。未至深莊，望見隔溪田畔有負手獨行者，玫士識之，曰：「超宗也。」急呼之止。超宗亦望見三人，揣知是二方子，但不意有老翁同來也，騎驢到階始下。壁間猶存予甲寅秋過訪舊句，屈指又十年矣。

明日雨住，超宗前導，爲指示某村某家。炊烟相接，松竹參差，杏花掩映其間，漸遠則花漸盛，而最盛者白家灣一帶也。是時雨久，花色已殷然，猶有初開者，居十之三，亦有半開者，濃淡交互。其下菜麥鋪地如錦，益見造物襯貼點染之工。過安石先生故居，已屬皖城蕭氏。向時所宿處，門徑全改，窗側溪聲久斷矣，宅後雜樹茂密，花方盛開，爲欷歔久之不能去。

到石塘嘴，越小岡，望見新柳修竹中，往往有垣宇稍壯，則所爲杏花村是也。自石塘嘴以西，益近郡，郡幕府將吏二千石以下，于花時輒游獵其地，因張飲花下。惟時官已過，超宗挈壺榼欲就其處飲，以此地寬平，足容數十席，有杏花十數株羅列環繞，皆合抱，古于他村者。居人言：「他村苦官來車騎雜沓，皆斧作薪炭久矣；唯此地每設供帳，官所熟見，不敢去耳。」又言：「官來時，獵户先期逐獸匿山谷間，以待搏射；漁家多買巨魚畜艇尾，俟官來舉網以獻。今年幕府公出，不及來，省費已多，唯二千石于此燕客，人吏驛騷耳。」

天且雨，超宗方赴他招，急移具返白家灣。雨至，攻士曰：「盍趨雲巢？」雲巢者，昔年超宗曾勸予買爲别業，予應之稍緩，旋爲他氏子所得，相距甚近，冒雨刺促以往。主人方置酒召客，客阻雨，至者少，見不速者三人來，頗喜，延入門，由門内仄徑右轉上雲巢。雲巢高下一石，其石自山巔遞相崩壓，如獅象牛馬之屬，𡚁迅作勢以下奔于溪，下及溪而止。于是爲巖，爲洞，爲壑。有泉下注，隨石漩伏，忽見忽隱，奔激有聲。石斷處，架木鋪土以通往來，泉流其下。有亭一間，屋三楹；屋可宿，亭可飲也。正飲間，聞牆外驢背上呼聲漸近，則超宗已醉，蹤迹吾輩至此，復痛飲。雨止，予先起，諸子亦從之出。超宗譙予曰：「向不聽予言，使此勝地辱於俗子，何山之不幸歟！」有懷曰：「非惟山不幸，亦予輩之不幸也。倘得先生爲雲巢主，予輩往來吟和，山必傳，吾數人豈不足以千古哉？」予笑謝而已。

既抵深莊，有懷曰：「今日花猶未殘，但少艷色耳。前二千石來時，花正初放，復值晴日，爛如蒸霞，今非其比矣。」予曰：「彼二千石游也，今日窮士之游也，立馬簇鞍，與衝泥策蹇游不同，花之應待，亦各有宜耳。且子以少艷色爲花病，此正宜吾老人之賞也：以白頭翁偎倚半老佳人，而猶恨其芳時已過者，亦不自量甚矣！」皆大笑。酒間分韵，各成二首。因詮次其游覽之事，而爲之記。予之此來，本由陳生鼓興，予既得游，生反興盡先歸，不獲與游，天下事不可定，類如此。

叟亭記

古者，天子養國老于上庠，有「三老」、「五更」之名。「更」義無考，或曰文近于「叟」，殆「叟」字訛耳；或曰「更」，古「叟」字，晉帖「嫂」作「㛐」亦一據也。此不足辨。大抵叟者，長老之稱，而近於野人之流。

予在都門，與諸朝士游西山，同游友作紀游詩，有贈予一章，題曰贈錢叟。宗伯龔芝麓公見之，大怪，叱曰：「君豈不足當其先生稱哉？」遂疏之。予爲解之曰：「公何怪？『叟』與『先生』皆尊稱之詞，寧有異哉？梁惠王稱孟子曰叟，齊宣王稱之曰先生，在孟子，豈必以齊重于梁？孟子於高子謂之叟，於宋牼謂之先生，亦豈必以宋牼賢於高子哉？先生之稱宜朝士，叟之稱宜野人。吾野人也，固宜叟。使吾靦然而朝士，則亦先生之矣。易所謂『稱物平施』，是謙德也，而公以爲傲乎？」

既歸，遂取以名其亭，曰叟亭。見者笑曰：「子高叟乎？莊叟乎？」曰：「高叟之爲詩也，固孟子叟之，意有所不足也。莊子怪誕無禮法，人不以爲叟，亦自叟耳。然予所爲叟者不在是，予居田間久，其與酬酢者，有二叟焉：非釣則樵。亭成，吾與二叟時時共坐箕踞，袒裸其中，互相叟焉。視今之攝衣廣坐中，鞠躬執禮稱先生者，其勞佚固有間矣，吾寧叟，不先生也。」

西田莊記

吾江上舊廬，聚居百餘年矣，子姓蕃衍，居不能容。辛丑冬，構田間別業于先人墓前，纔能容膝。戊申冬遇盜，喪予長子，遂棄去，徙居樅陽市上，創北山樓栖焉。久之，不樂市居，令亦敗，盜少衰止，思還舊廬。食指益繁，廬益隘，田間別業已舍爲僧舍久矣，子孫皆有家室男女，爭圖爲久安之計，不得已，卜築近莊。莊在田間之西，廢田數畝爲之，故名爲西田莊。

田本吾王父芹野公手置業也。王父同產四人，析箸時授田獨遠。會鄰人程氏有田，近在宅右，欲售，遂厚其直買之。田雖無多，皆我王父與王母童孺人辛勤蓄積，拮据半生以有此土也，先府君每言之，輒淚承睫下。予兄弟以祖業各分數畝。府君歿，流盜饑饉，予流寓白下，轉徙閩粤者十餘年，歸則田已半歸□□□□[二]，唯屬三兄幼安與予者存耳。□□歿[三]，諸子貧不能守，間鬻諸他姓，予心傷之。已，復思盡鬻，予不可，則請歸諸予。適方創北山樓，役未畢，因輟役以應之，併前所鬻數畝益爲贖回，此田始仍爲錢氏有。今卜築於此，欲吾子孫安貧守分，恭儉翕和，世世保此土，無忘吾祖父母之辛勤也。

吾所望於子孫者，讀書課耕而已。詩書吾家世業，雖極貧，不宜輒廢；子弟貧而廢書，必趨下流，勢所至也。吾非有世俗之見，望汝等讀書以科舉成名，圖富貴也，但能明白義理，通達古今之事勢，傳吾之經學，以不愧爲田間子孫，足矣。古者取士於農，凡力田者皆髦士也；爲工商，不爲士類。是故出而負耒，入而横經，舉孝弟力田以此。今寧以負耒爲耻乎？今吾之廬，開門即田，其爲耕耨之事甚便也。若謂汝等筋力脆弱，不足以勝襏襫耒耜之勞，則牆外種桑百株、麻一頃、蔬一畦，攜鋤而治，抱甕而灌，本無難爲，亦是韵事，誦讀之暇，亦可以是紓暢其血脈也。且勞固可習筋力，習之久，雖弱者亦强。吾見大姓子弟舍讀而耕，其力作不減於世農夫也。治日少，亂日多，一遇饑歲，惟耕足以自給。詩不云乎：「稼穡是寶，力田是好[四]。」此蓋于饑饉亂亡時咏也。今四方無事，及汝輩之世，烏可不預爲子孫慮乎？

至于宅之陰陽向背，皆吾所自相，山自青山旁峰側出，岡巒起伏，凡十數折，至吾家舊廬而止。此則十數折中之一折也，要亦回互深秀，足以安隱。彼形家以爲氣脈不厚、水不迴抱，皆妄言耳，吾本不求富貴也。水固西流，但須于宅西多植榆柳，使行人不見其宅，以謝俗議足矣。

吾爲此宅，五年始成，心力殫竭，汝所知也。往吾王父置田時，賴王母童孺人内助之力居多；吾之爲此宅也，徐孺人黽勉供億，厥勞甚焉，後世子孫當具知之。

花溪雪記

冬十一月，自澄江返，港塞，舟不得出，三日始抵齊門，門已閉，遂宿城外。夜大寒，雪。次早，移舟入城。雪甚，岸上飄撇一白，市無行踪，予冒雪踏凍急走。抵花溪，則小奴已逃，兒子及門人親共執爨，煮粥初熟，予至正得一飽，殊不覺寒也。

推窗扉，見隔溪林岫皓然，山益深，板橋石徑斷續隱現，與雪相掩映，可畫也。已，登後山亭子，眺城外諸山，皆遮不見，獨見虎丘塔影迷茫耳。俯視牆下，行人持蓋溯風敵雪以前。予疑鬚固白，又爲風攪雪滿亭，裘帽一色，雪中人數回顧指予笑，予亦笑，彼此皆在畫圖中更相笑也。寒無從得酒，但令兒掃雪供茶，領陶家風味而已。次早，韓子慕廬知我回，急送酒，則雪已止矣。生平見下雪先愁其止，尤愁是日出融雪時也。工部惜花詩云：「不如醉裏風吹盡，可忍醒時雨打稀。」予于雪亦然，即安得雪止，即一夜吹盡，不令其見晛曰消乎？雪消、花謝、劇散，大是難堪事也。

憶往昔燕中遇雪，下幔擁炕不出，出亦無高處可眺望。積雪覆軟塵，既融，淖深數尺，或半月濘不可行。故在燕見雪下則以爲苦。惟碧山草堂地曠，軒楹虛敞，差與雪宜耳。不知此時，其中主人獨擁卷看雪耶？亦置酒大召客耶？抑筆墨棼如應酬雜沓，不知外間有雪耶？亦念花溪之勝，大好亭館，讓老翁獨居，此時能吟嘯如舊否？有酒飲否？計所得應遠勝碧山，不心妒否？吾老矣！剞氏事畢，即返棹江村。𨚍君已乞休，不允，歸來無期，正不知何時聚首此地，復值雪朝，與促膝把杯，指林巒說今日情事也。

校記

[一] 斤 中華本漢書疏廣傳作「所」。

[二][三] 原本留空。

[四] 「稼穡」二句 注疏本詩大雅桑柔作：「稼穡維寶，代食是好。」

田間文集卷十一

碑記

黄忠端公祠堂重建碑記

當天啓丙寅，予年方成童，則聞有吳門義民擊殺緹騎之事。已，詢知爲逆閹矯旨，逮吳中周公某及越東黄公某者，既被擊，失去駕帖，不敢前。黄公聞變，即投牒，徒行赴都下，就詔獄，考死，天下悲之。未二年，烈皇帝即位，誅閹，凡死閹禍者皆予恤典，易名，建祠其鄉，於是，公得贈太僕寺卿，賜祭葬，廕一子。已，謚忠端，建特祠邑西之西石山，有司以歲時致祭。亦既有昔賢煌煌巨文爲之碑銘矣。鼎革以後，浙東不靖，用兵者數年，而祠適當孔道，兵出輒屯駐其地，借爲營房，而祠以廢。迄今，歲在乙丑，合邑人士請諸學使者，擇地重建。祠既成，以丙寅春下丁，復舉祀事如舊，蓋距公丙寅之逮死六十年矣。

吾嘗讀公之正氣集，及諸君子所爲公碑誌狀，而痛公之死，蓋致命而未遂志者也。善乎！文相國之言曰：新法之行，吾黨不爲無過。使小人計無復之，借閹人以行報復，吾黨激之之過也。觀公於難初發之時，其所以規楊忠烈、魏忠節者，憂深慮遠，凡期於國事有濟，不欲其徒以名節自矜。既已自矜，而復不留餘地以待小人，使甘自棄其名節，此禍之所由烈也。易不云乎？易之於夬也，而惡其「壯」，惡其自矜也；於姤而利用「包」，不欲使人自棄也。使當日諸君子能從公言，稍出之以和平，彼小人者雖陰爲表裏，猶知有所顧忌，不致公然比周，以縱肆其醜正之毒至於此極也。

而或者以持和平之論，則將有畏死之心。夫當時號激烈者，莫最於楊忠烈公，而公先楊公有疏以發其端，繼，楊公有疏以益其怒，諫部臣之廷杖，叱羣奄於閣噪，無一非攖逆閹之鋒者。及其𧦬逮即行，不俟檻車之至，赴死如歸；臨命之刻，叩壁而別同難，攝衣而拜君親，從容就義，公豈畏死者哉。獨是公言不用，而與諸君子同時併命，正類以盡，國家元氣以傷，死而無益於國，而徒博一忠臣之名，以垂諸奕祀。迄於今，甲子已周，而丹誠如見；步玉已改，而廟祀重新。古稱死而不朽，尚已！然豈公之志哉？吾故曰：公命以致而志未遂者，此也。

公伯子某能守公之道，以倡教於東南，顧以予爲前代遺民，而辱之臭味。孫某亦能世其學者；與予相遇於燕邸，以特祠本末見示，屬爲之記。予自成童聞公之死事，已知爲之咨嗟慨慕，迄於今老且耄矣，所居相去數千里，思一拜公於祠下而不可得，而何幸得附一言，以從諸先賢之後也！公生平載在史編及諸先賢之誌狀碑銘，言之甚詳。兹特記祠所由重建，而略述鄙見所及，以志其歎恨之私云。

龔端毅蘄水縣生祠重新碑記

合肥龔端毅公，以弱冠成進士，起家蘄水縣令，用異等擢給諫。旋遭國變，爲今朝錄用，回翔卿寺，久之，洊歷御史大夫、大司寇、司馬、宗伯，所至有聲，號一時名臣。殁謚端毅。海内被其風流文藻者垂四十年。以予觀之，公，古所謂仁人也。仁道甚大，儒者不易言之，然其可見於外者，必以愛人爲之徵。大傳不云乎：「旁行而不流」，「安土敦乎仁，故能愛」。夫旁行委曲，以行其仁者也；安土敦仁，則所謂造次顛沛，隨處安身，無時無地不以愛人爲其道也。

公昔在垣中，未期年，疏數十上，皆言人所不肯言，以致被逮下獄。今讀其疏，石畫井然，無一非仁人之言也。爲少司寇，請令滿漢司官公同訊質，詳注呈堂，不令徇己獨斷，所全活甚衆。既遷總憲，每讞，爲輕重兩議，以聽上裁，同列甚之。旋奉旨指爲每倡另議，曲引寬條，卒鐫級以去。公去官不足惜，而心滋戚矣。已，賜環，遷大司寇，公喜曰：「予天性好生，非刑官不能生人。使吾爲宰相，不如爲是官之足以遂吾志也。」而天下稱公政事，亦以任大司寇爲第一。惟時大獄頻興，無辜坐死者比比，公務於萬死之中求其一生；不得，則放其妻女，令贖歸。每與同官爭一案，自朝至暮，不得當不止，而罪疑者往往得減死。嘗歲終緘印，有詩云：「萬事喜看人乍活，一年追數憾無餘。」所喜足遂其志者，爲此也。

夫以公當言路，所陳無非救民之言；以公居刑官，所行無非活人之事：可不謂仁人乎？則當其治一邑，爲民父母，稱循良吏，又可知矣。公之治蘄也，年纔二十，值流寇衝斥，公單騎赴任，賊突至，晝夜立樓櫓矢石間，與吏民誓死守。賊不能破，引去，益修守備，浚城濠。濠冬涸，賊乘夜襲城，將躍馬過，忽水高丈餘，不得過，而城中備以嚴，疑有神相之云。是時，經略熊文燦家在城，故賊攻之力。公登陴曉諭，情詞激烈，賊有感泣者，因勸令就經略乞撫，乃解去。賊語人曰：「彈丸小邑，直用馬足踏平。吾不亟攻者，吾見令青年仁人，特全之耳。」

公在蘄，過兵措餉，晝夜無寧晷，而猶不廢聽訟，每聽，數言立決，無留獄，庭中亦無桁楊夏楚之聲。勤撫循，申保甲，一如承平無事。與士子講説詩書，課其文藝，楚風爲之一變。而軍書旁午，應答自如，撫軍桐城方公，每得其所上奏記，輒咨嗟歎爲奇才。方去，繼者宋某，宋爲舊輔姚門下士，姚不善公，嗾宋圖有以中之，併語直指林君。林有檄下縣，公立刻詳覆，擘畫機宜，一一中款，檄至如雨，詳覆彌精，林大驚，遂厚遇之，稱知己焉。宋以勘兵嘩爲名，猝至蘄，敕翌日四鼓備酒席百、羊豕各百，犒師教場，將以難公也。公咄嗟立辦，宋大沮，亦以是才公，遂寢其事。

公治蘄七年，日與賊相持，豫、楚江北城無不破，獨蘄得全，公去後一載，而蘄破。邑有浴蓮庵，士民供公像其中，賊入城見之，曰：「是令君也。君在，吾屬豈至此哉？」皆歎，有拜者。吾嘗游楚，見蘄之父老，問公所以治蘄狀，皆曰：「治行未易更僕數，至於愛惜民命，曲體物情，春風風之，春雨雨之，當時民日在湯鑊中，而相與忘其痛也。即今之黎民孑遺，猶公賜也。公去而祠之，久而重新之，又何怪焉？」

吾嘗誦召公泂酌之詩，一則曰：「豈弟君子，民之父母。」再則曰：「民之攸歸」，「民之攸暨」。蓋公既營雒邑，遷頑民之後而作是詩，勸王舍其舊惡，而與之維新，以豈弟君子望其君也。以豈弟望之君，則其人之豈弟爲何如耶？而召公之豈弟，則於甘棠之詩見之。甘棠，召公南國聽訟之所也，數百年之後，猶令人思之，禁其剪伐，豈弟之感人如此哉！公之治大獄，猶召公遷頑民之日也；其在蘄水，猶召公之在南國也：南國不能忘召公，而謂蘄人能忘公哉？

公子士積僉事治楚驛傳，有吏才，性篤孝，凡公昔所重者無不重也，所親者無不親也，其視蘄人猶家之人也。召公歷數世而後，有虎以繼其家聲；公一傳而得僉事，於蘄父老親見之鼓舞歡慶，宜祠之益不容已於新也。僉事君屬予爲之記，予受公知厚，不具述其生平，惟據其治行所習知者而述之，以紀諸石。

虎丘萊陽二姜先生祠記

虎丘故爲吳門游觀之地。士大夫過吳，必一至虎丘，眺覽久之然後去。當事召客，亦往往宴集其上。予五十年前坐可中亭，所見一片石曠然，僧舍旁列，吾猶惡其壘雜石以拓基，以侵巖壑之勝。今來，則所拓基已不可見，於其外增置茶坊餅肆，欄楯層層。往時僧舍，大半爲人家祠堂。凡當事官滿當遷去，則預敕其下擇勝地建生祠，以爲民之不能忘也；而鄉士大夫位望通顯，子孫賢有力者，類皆有祠，以比古之鄉先生之歿而祭於其社也。予過之有詩云：「崖壑漸湮前代迹，軒楹相望上官祠。」則虎丘可知矣。今年又至，見有萊陽二姜先生祠，則吳郡邑人士合詞請諸上而爲之者。夫祠，祀也；祀，所以報也：凡有功德於人者，死則祀以報之。二先生未嘗宦於吳，其功德無所表見，非若諸當事之皆能使民之不能忘也；又流寓，非生長斯土，官不甚顯，非可比諸鄉士大夫之歿而祭於社者也，而祀之何耶？然後，知德莫大於忠孝，忠孝不泯於人心，人心所在，報必彰焉，固不待屬其民吏、藉其子孫及時謀之，以自爲不朽也。

二先生萊陽人：一諱埰，官給諫；一諱垓，官行人。兄弟皆前進士。給諫以糾貪輔，觸上怒，下詔獄刑鞫，累次佹死，舉朝力爭之，移刑部廷杖一百。先是，垓早夜微服刺候詔獄前，不解帶者數時，已，至刑部，即移病入圄扉侍兄寢處。廷杖日，垓於午門外人中躍出，抱持哀號與訣，慘動天日，觀者無不泣下。給諫傷重氣絶，垓含溲吐兄口中，得甦。已，謁良醫，親爲刮去腐肉斗許，不死。而萊陽報陷，一門殉難。廷臣請釋埰歸治喪葬，不許。垓上疏請代兄繫獄，暫釋兄歸，疏詞哀切，一字一淚，亦不許，垓乃徒跣奔喪歸。而上亦心動，厚恤其家：贈太公光祿卿，賜謚忠肅，予祭葬；贈弟坡翰林院待詔。蓋異數也。久之，貪輔敗，賊氛漸逼，乃釋埰，譴戍宣州，未及赴而國變。弘光即位，諸奸興大獄，兄弟走匿浙東。改革後返吳，絶意仕進，垓先卒。埰自署「宣州老兵」，臨殁，遺命曰：「必葬我宣城，是吾戍所，君命也。」遂葬焉。兩先生生平大節如此。

方給諫下鎮撫司再加考訊，備極刑楚，都無語，惟以指染口血，書「死」字。當是時，亡其身矣，寧不念其親乎？及觀於忠肅之殉難，然後知其家教固以忠爲孝也。不亡其身，不可以爲人臣，即不可以爲人子。是故給諫之忠，人知之；給諫之忠以成孝，人未易知也。大行之急難，幾以身殉，今讀其請代一疏，情文酸楚，血淚交迸，雖不足以回主上一時之盛怒，而終徼異數於死事之亡親，亦誠有以感之也，不謂之孝得乎？易代以後，堅貞自矢，不爲困苦少動。兩先生於君親之際，可謂完人矣，稱爲一門忠孝，寧有愧焉？

今登先生祠者，慨然如見其人，則給諫百折不回之氣猶在也；僾乎如聞其聲，則大行呼搶無從之淚猶滴也。不寧吳人，凡來虎丘游者，瞻仰之餘，退而考其行事，庶幾皆足以感發其志氣，而生其忠孝之心。功德顧不遠與，則祠之宜矣。祠僅三楹，制甚樸，不如諸祠壯麗飾觀。吾爲之記，明所重在此不在彼也。

寶幢精舍碑記

出順昌城北門十里，爲龍興巖。自龍興進可三里，蹊路偪側，道茀不可行，大石或蹲或卧，循石左轉，微有徑通，蓋畬客所往來與虎狼互出入之地也。稍進，漸有丘壑，適當豸角之麓，荆棘柱焉，人迹不到者不知幾歲月矣。戊子冬，有禪人默可披草探幽，直造其勝，見廢址宛然，相傳爲鼓音琴禪師卓錫地，惟是灌莽叢生，砂石崩頹，僅雙礎存耳。默公心樂之，謂可以避世，因率其徒剪刈闢基，結茅蓬其中，招道友密因同居，種山自給。久之，順昌兵變，居人逾城避難，或倉皇有至茅蓬者，師不問其姓氏，一一接濟，粒盡，糜以給，此人出語外人，人始知茅蓬有行僧云。由是，遠近嚮風，因緣日廣。

明年甲午，衆請易茅以瓦，更拓而大之，或輸資，或輸力，轉相勸助，不數月工成，更其名曰寶幢。有堂有室，有廚有寮，凡常住應有者無不有。四方拄杖腰包之流，爭接踵而至。師手一钁，遇一石，必搜而拱之道傍也；有泉，必邀之過吾階入其廚而去也；木之嘉者，往往爭諸樵斧之幾殊而始得之。未十年，而石森然，而泉盎然，而木蓊然。凡來游者，步步蹈師布置中行，遇其匠意處，徘徊久之，則師色然而喜。於是，順昌城北精廬，推寶幢第一。而人以䂘茅蓬名久，至今猶茅蓬稱之。師亦不忘茅蓬，復從精舍右側穿林並石，拾級而上，有兩石對峙如門，折而入其中，得一圝瓢地，茨以茅，時宴坐其中，以存茅蓬之舊。一日，慨然曰：「吾老矣，且歸身祖庭，此精舍固宜付之得人。今佛制盡壞，常住多私其子孫，等俗耳，何僧之爲！吾雖一莖草，當擇賢者付之。」因籍其建置始末，並述己志，請予爲之記碑以垂後。

以予觀，默公可謂不負此泉石者矣。今世佳山水，造物者不肯私，必以付之世外之人，惟世外人之能公之也。若茲地，固向者荆棘之所據，而豺虎之所爭，造物者將閟之。而開之自默公，則默公即私之可也。然爲泉石計，使傳之非人，異日見辱於俗髡，固不如棄之於荆棘豺虎之猶足自全也。師之必求人付之，豈惟不肯負泉石，亦自不肯負此開闢泉石之心力耳。繼之者，其亦無負師心力以負此泉石哉！

重興雙嶺寺碑記

雙嶺寺在洪都之西北，古所謂雙嶺崇勝院也。其地爲西山之南麓，距江可十五里，山水環帶，土田沃衍，相傳晉刺史胡尚舍宅爲寺，請天竺僧曇顯居焉，列七石磴坐天神之稟法者，謝康樂營繙經如此，今猶有其遺址。自曇顯建化以來，代有禪師，如玄真、佖化、倚遇，其最著者。元開慶元年，寺毁於兵。又三十年，有僧竹隱者重來修建，稍復舊觀，僧囚至爲之碑記。迄明三百年來，四方雖共尊爲祖庭，而法席寥寥，常住日以荒頽。久之，爲豪宗占爲田園，瓢笠至者皆不敢問。改革後，屬諸土人，則已化爲荆棘瓦礫，蛇虺之所蟠聚，豺虎之所游處，人迹不到者又二十餘年矣。

昔憨山清禪師嘗過洪崖，望雙嶺凄然墮淚，有願重興，自曹溪寄學使者黄公汝亨書，有云：「衲以興復祖庭爲本，願誅茅廬岳峰頭，容一龕以守蜕耳。過去再來，圖伸素志，期公以宰官身重爲護法。而今日相囑機緣，應爲後身印記。」其拳拳不忘於雙嶺如此。

洪浪淵公，桐城人，生不茹葷，出世履迹俱在江西，晚乃受法於青原。久之辭回，曰：「吾於洪崖，有夙願未酬。」則指雙嶺也。初，淵公爲南昌黎博庵迎住西方庵，别營石幢精舍於嶺上。嶺上樵者言：雙嶺每風雨晨夕，輒聞鐘磬聲；近聽之，寂然。或風日清麗，遥見廢基上有衣金襴彩縷者趺聚礎畔；下就視，無有也。又伽藍像毁久矣，土人建庫屋以栖其神，凡遠近祈禱卜珓，稱伽藍以請則珓應，不則不應也。有苫茅寺址上，輒爲雷火所焚。自東晉以來，有羅漢柏一株，傳二千餘歲，至今鬱然。種種靈異，殆寺有將興之幾。淵公於是發大願力，募貲買荒，不數年盡復其故土，從荆棘瓦礫中掃地説法，演青原之宗旨，道風丕著，因緣漸廣。幕府董大司馬爲之護法，諸公子歡喜贊助，二年間，佛殿、法堂以次漸舉，四方僧衆聞聲輻輳，叢林之規模略具。聞師説戒時日方午，有人見尊神一軀，高與屋齊，繞齋堂三匝而隱，蓋戒神也。其夜，神光遍山，野雉皆鳴。雖山固多靈異，抑師之願力勇猛，精誠足以感致之乎。

夫人世之有廢興，猶易理之有消息，釋氏所謂成住壞空，正如四時之迭至，日月之循環，未嘗一息少停。聖人聽其自然而然，知非人力之所能爲也，而釋氏以願力堅者足以爲之。夫願力非一世之事也，教中稱異熟果，有異地熟者，有異生熟者，此生之果必種自往生，其熟乃易。若淵公，無端發願，慨然欲復數百年不可問之雙嶺，而時節因緣於焉湊合，以爲憨山大師之乘願而來，豈不然與？公興復既畢，欲仍以歸之青原之祖庭，不背本也。予故贊歎，樂爲之記。

重修浮山華嚴寺碑記

天啓壬戌年，予時十一歲，從所親上浮山，曾一到華嚴寺。殿宇莊嚴，丹碧尚新，殿東西楹列四大櫃，所親指謂予曰：「此敕賜藏經也。寺本遠錄公開山，既毁，萬曆間，有僧朗目重爲興復，國母陳娘娘頒施藏經，遣中官賫敕到寺，又賜隨藏紫衣。」因指示殿前聖旨碑，爲之誦説。予時雖甚幼，心竊知藏經之爲法寶，敕賜之可貴，而祖庭一時之盛事也。猶記殿側有所謂潘王殿，柱礎僅存，蓋昔潘王施花旛賜金造殿，功未竟而朗公去燕不返，後難其繼，遂至於圮也。後十三年甲戌，再過浮山，與友久坐卧於會聖巖前石廊下者半日，未嘗到華嚴寺。

嗣是以後，予足迹半東南，去浮山五十里而近，曾不一至其地，甚可笑也。

近年息影江村，每遇四方游學衲僧自浮山來者，爭言華嚴寺之勝，極稱新住持山足師道行真率，雖居方丈，而服食作務與衆共之，衣鉢之資一無所私，既鼎建大藏經閣、維陀殿，又爲買供衆田，視其舊增十之三。佛殿後向有禪堂，浪杖人駐錫於此，嫌其勢少沉，欲改建一爲閣，使與巒嶂相稱，今已居然閣矣。其制度矩方繩直，不事工巧，樸素渾堅，不施藻繪，一切仿江西祖庭規制。往時僧寮環處殿側，階戺偪隘，今皆拓而遠之，爲廣檐長廊，上下左右處處周通，雖風雨昏晦，無少沾濕，晨夕課誦，往來接待，庖湢田圃，事事精辦，蓋古叢林遺法具存也。

予聞而怪之。此山不住大僧久矣，二十年前，有欲住者，予送之以詩，其略云：「如今道場那得興，權在居士不在僧。如今禪師入院苦，佛子沿門求山主。」佛法之壞，大僧之不肯住，其弊概可知矣。吾不知山公何以能久於此，而得行其志也。僧曰：「君不聞山公住持之始末乎？山公銜本師青原和尚監院之命而來，語之曰：『修浮山誌，建藏經閣，此山中兩大事。汝能爲之甚善。』山公凡住山九年，而兩事告成。成之日，撩衣即去。惟時，青原業已遷化，吳水部湯日居士倡衆請公代主方丈，公堅辭不應。水部公心知公不應之故，固深悉從前住持之弊，如吾詩所云者也，乃與其仲次履號集宗黨，暴發前弊，同心合誓，盡革其陋習，以懇留公，辭嚴義切，載諸志書，永爲約束。於是，而公始留。今寺之百廢，次第以舉矣。」予聞之歎曰：「有是哉！水部護法之善，而山公道力之堅也！」

山公，吾所舊識，今夏，欣然往訪之，抵山下，隔溪望見巖石巉然，其下林木薈蔚，仿佛識寺所在。及尋徑到門，則惘然自失，無復舊觀，蓋不至者六十五年矣。惟佛殿仍故，金相儼然。而所賜藏經，既已於殿前新建高閣，移貯其上矣。其他構造，皆一一如僧所言。予益歎山公之功直繼朗公，而水部公爲能善承宮諭公之志也。方朗公時，寺已久廢爲民居，殿址丘壠纍纍。朗公發心興復，宮諭吳公矢大願力，惟時大中丞晉川劉公開府淮上，主持之，故其事雖難，而功以共濟。後此，則寺不廢而實廢，不爲民居而猶之民居，非水部公奮然與衆更始，綜其名實，一以歸諸山，使權無旁制，則公安能久容？然非公志堅定勇決，亦安足以發其誠信，而致其歸依如此也？

水部爲宫諭公從子。山公，青原高座。而青原，於世俗固宫諭公外孫也。寺以青華嚴得名。青禪師固大陽所寄，直裰皮履，托遠録公爲求以續洞宗者。浪杖人洞宗嫡傳，青原爲之法嗣。世出世間淵源一脈，青原辭世，以青原上座代領之，固其所也。吾謂是舉有三善焉：其能興復祖庭，一也；使知兹山爲千年之道場，而俗人不得爲之主，二也；溯其肇始，蓋曹洞之祖庭，諸方未有源流者不得竄入，三也。

山公屬予記之。予時年七十五矣，因綜先後見聞所及知者，述其概而爲之記。

重修漢陽縣儒學記

漢陽之爲郡舊矣。自明洪武初，郡始有縣。永樂初，縣始有學，毁於正統間火，學以廢，生徒併隸於庠。至萬曆乙酉，少宗伯漢冲蕭公請於直指，議復縣學，直指以上聞，報可，乃即故址改創，以次修建，閲十五載而工始告成。明末，兵賊旁午，烽燹頻仍，學再毁。順治丁酉，楚兵漸息，民漸安，郡守丘君及邑令某君心傷茂草，鋭圖興復，經始於榛莽瓦礫之中，規模粗具。熊學士鍾陵業已碑紀之矣。而制度未完，日久漸圮。學博方君目擊其敝，率諸生請於郡守陳君、邑令唐君，益加修治焉，未期年，頓還舊觀。計自丁酉創始，至庚戌春始落成，爲時亦十有四載，蓋毁之如此其易，而成之如此其難也。工既竣，請予記之。

語云：「從善如登，從惡如崩。」言成之難而毁之易，固不惟物理爲然。又況漢上爲貨財紛擾之區，士女繁會之所，人有市心焉，俗有侈行焉，其以毁人之防、導人之邪者甚易，邑人士得無有入闠夫子之道而説，出見紛華靡麗而悦者乎？成毁之故，爲士者宜知所以自儆，爲師者亦宜知所以訓士矣。

吾觀詩書所載，漢爲最古。禹之明德遠矣。「二南」之化，江漢首被之。周室大封同姓，諸姬在漢陽者實多，豈非以其地素有先王之風教存焉？厥後，地雖盡入於楚，其遺風流俗，必猶有迥然自異於楚者。宋游定夫、黄勉齋，皆嘗守是郡。定夫聽政之暇，日召士子於堂，講學不倦。勉齋時詣學舍，爲諸生説書；又於鳳栖山爲屋，以館四方之士；立四先生祠，以風勵之。明初，徵名儒趙雪航爲縣教諭，倡明理學。此三先生之風流，至今豈無有存焉者乎？

楚諸郡之文，漢爲盛。文者行之賓也，既攻於文，益勵於行，思植基之甚難，除成之極易，慎其始，必慎其卒，以無負諸當事今日崇宫牆、育賢才之本意。爲之師者，亦尚加意於勉齋、定夫、雪航三先生之所爲學者以教其弟子，非徒以土木之飭、祀物之備，遂謂有功於先聖、有裨於小子也。

是役也，功凡再舉，皆宜有紀。前此創始諸君，載熊學士所撰碑記中。兹自己酉以來，綜其事者，例得併書於石，以彰勞績。

增修貴池學舍記

貴池學宮，相傳爲黄侍中别業舊址，直郡城之西南隅，城以外，湖山映帶，一一皆几案間物，固勝地也。學宫廢久矣，文廟、明倫堂逍構已無存者，所有廣文官舍欹斜，數椽不蔽風雨。

前令劉公豫東鼎新文廟。而吴中金君賓王適以司鐸至，欲更從事於明倫堂，以爲生徒講習之地，有志未逮，先葺堂後所居舍。既成，舍北故有尊經閣，燬，瓦礫成阜，君募工剔穢，運瓦礫，畚而置之齋西偏，填其卑窪，窪以平。君顧其地可亭，可沼，乃益募工重加培築，拓地穿池，爲館舍臨水，以待賓客。予親見君拮据卒瘏，身雜傭作中，手足泥塗以爲樂也。

工未竟而君以艱去，代者將至，君不欲以臨去遂隳其工也，更廣之爲軒，爲曲室。雖地止尋丈，而迴環交複，莫測其淺深，蓋匠心獨妙矣。已，代者至，推故所爲官舍與居予之，己乃寓館舍中。不足容，復駕池鋪板，茨茅爲亭；亭以西接置數間，庖湢下舍悉具。亭爲小檻疏櫺，水周其下，環池雜蒔嘉樹雜卉。樹大合抱，君手自移植，無不活者。接蔭交花，居然吳下小園亭也。於是君已具舟楫謁上官，行有日矣，凡欄楯有一之不具，具而未善者，必易治之，期盡善乃已。

昔王子猷所至，但一宿，必令種竹；蘇子瞻到官，多好營作，未幾時輒去。然未有已去官而汲汲營作不已，代者已至，而益加增修，必竟其所爲而後去者。今世之碌碌居官者，皆以官爲傳舍，去其舍如去逆旅，或更加毁之矣。君用志如此，無怪池之人目君爲愚也。天下事惟愚乃任，任天下事惟愚乃成，雅人高興，不愚則其事不傳；惟不能愚，斯以成其爲鄙耳。代者亦吳人，吾家介臣，君同志友也。君既去，介臣將益踵其事而增治之，以竟君所未克竟之志。吳固多愚人哉！

田間文集卷十二

序

明末忠烈紀實序

吾閲歷世變既久，嘗以爲史家之言不足深信，則庶幾野史猶有直道存焉。

今之爲史者，大抵取人家傳及郡邑志書爲據，此至不足據者也。自喪亂以來，死事者多矣，然而其死甚不等：有慷慨誓死，百折不回而死者；有從容自盡，既貸以不死，而必欲死者；亦有求生無路，不得已而死者。若一以家傳志書爲據，豈盡得其實哉？則真能死者，或反泯滅無傳；傳之，亦不能詳且善。蓋由其人素無名位，而知其事者又不能作爲文章，足以爲之傳也。其傳之詳且善者，類必其子弟有氣力，能表揚其親，而門生賓客多有文筆，復爲過情之褒，因而失其實者比比。後之史家，但據其所傳之文爲之紀載，毋怪乎實之不傳，而傳者之未必實也。吾蓋以今之家傳志書，而逆知後世之史不足信，因以不信前世之史也。

惟是野史者流，其言皆得諸傳聞，既無情賄之弊，亦無恩怨之私，徒率其公直，無所忌諱，故其言當可信也。然其人大抵草茅孤憤之士，見聞尠淺，又不能深達事體，察其情僞，有聞悉紀，往往至于失實。集數家之言，大有徑庭，則野史亦多不足信者。

若是，則古今書籍之所傳，其可信者有幾乎？夫欲信其書，必先信其言之所自來，與夫傳其言者之人。其言之出于道路無心之口，足信也；言之出于親戚知交有意爲表彰者，不足信也。其人生平直諒無所假借者，其言足信也；輕聽好誇，喜以私意是非人者，其言不足信也。韓退之讀李翰所爲張巡傳，以不爲許遠立傳，又不載雷萬春事首尾爲恨。及聞張籍述于嵩所言，遂據之，因詳書巡遠及南霽雲事于傳後，已，記嵩始末而終以「張籍(云)〔曰〕」，則以言之所自來與傳其言者之人皆可信也。昌黎不敢作史，即此見其慎重史事，亦即此可以爲後世野史之法矣。

吾友徐子果亭，爲死難實紀一編，蓋得是義焉。徐子于先朝死事者，自崇禎二年以來，廣搜紀錄，一無避忌。其中有此然而彼不然者，有一事而彼此互異者，或有僅存其名而年月未詳，本末不載，于是，遍詢海内親知灼見之士，識其言之足可深信者，審之又審，然後據實以書。猶恐不核也，乃仿編年之體，書某年因某事某死。其死之情事歷歷有聞於世者，則爲小傳以紀之，如列傳焉。至有傳聞異辭，事涉可疑者，亦不忍竟没，別爲存疑，附諸傳後，以俟後之人有如于嵩者，更出其説以相訂也。其肆力可謂勤，用心可謂厚矣。

夫徐子，史官也。其才，史才也。日接四方知名有道之士，所見所聞皆史料也。而矜慎如此，史法也。以「實紀」名編，亦惟期其信而已。然則異時有修史者取據野史，當必以徐子實紀爲定本，則庶乎成一代之信史哉！

爭光集序

瞜城陸翌王先生，篤信好學士也，輯明季以來諸君子死事實迹，匯爲一編，曰爭光集。蓋自萬曆末，疆埸不戒，至天啓閹人竊政，内外諸臣死璫事、死閹禍者，具載于前。及其後，兵戎相尋，逆寇滔天，以遂有甲申之變，凡廷臣死國難名著史册者，皆一一考詳而紀錄焉。南渡再覆，而閩，而越，而粵，而滇，其爲國家致命殉節者指不勝屈，而有傳，有不傳。先生懼其不傳者之終以泯没也，于是廣搜博采，多方裒集，欲使與諸前死者並傳。其用心亦良厚矣。曰爭光集者，蓋本太史公稱屈原之志「與日月爭光」以爲名也。

管子曰：凡物之精，上見光，而下爲土。是故光也者，精之上見者也。其在於人，精者，誠之爲也；光也者，誠之不可掩也。而有掩焉者，謂之幽光，是不可以不闡也。嗚呼！喪亂以來，死而不傳者多矣，其傳者未必盡可信也。以不可信者而與可信者一例並載，後有識者，將併可信者疑之；即不之疑，而使烈烈而死與求生不得而死者概稱忠義，雜明珠於魚目，其光猶之幽也。故吾謂，此事必且需之歲時，博訪四方親知灼見之士，其言之足信者，而又審焉，然後載之於書。

壬戌之秋，先生自吳門寓書田間，屬序於予，予以此復之。今年春，至都門遇先生，則又勤以爲請。出其集，覽之，則皆采輯舊聞，詢諸遺老，亦或有得自道路之口者。或一人而數見，或一事而異詞，兼收並載，不敢擅易一字，慮失真焉；不敢以己意去取，寧存疑焉。故其書卷帙繁複，蓋惟恐有一事之偶遺，一人之失傳也。先生今年七十一矣，耳重聽，少與人言，獨手自鈔書，嘗暑夜篝燈，盡數鼓，揮汗，拊蚊，血盈掌猶鈔不輟。如此編，皆出自手錄者也。易曰：「修詞立其誠。」世未有不誠而其事足傳，亦未有不誠而其言能傳其事者。如先生，用志可謂誠矣。

同時有徐果亭太史，著有死難紀實，寧過于核，先生則加詳焉？蓋一主于紀實，一主于闡幽，命名不同，其所以爲誠一也，二書當並傳。後有史家取據於斯二者，亦可以爲一代之信史矣。

齊蓉川先生集序

同里齊子山，梓其四世祖蓉川先生遺集，以示予，使爲之序。予伏而讀之，作而歎曰：甚矣夫！言語之不可以已也。以公之生平大節，卓然千古，而史傳失載。使非遺集具存，易世而後，誰復有知之者？即子孫欲爲之表章，亦將何所據以取信於後乎？今讀公書疏，及諸同時贈公言者，述公出處本末，歷歷可見，公真不朽矣！

公在武宗朝爲給事中，其時何時也？而公知無不言，言無不盡，凡民生之利病，主術之邪正，賢奸之進退，宗社之安危，無不侃侃敷陳，明白曉暢。迄今誦之，其一往任事之勇氣，儼然猶生也。至于諫止南巡，以消逆藩叵測之謀；請遵舊制，以正李士實諸奸之罪；發鎮守畢真等妄行奏保之欺，引繩批根，情罪畢得，因使宸濠膽破，密計未定，猝爾稱兵，以致旋起旋滅：公之功在社稷不小矣。

宸濠既敗，諸奸導上南征，思奪王文成之功，且重加誣蔑，爲濠報仇，賴公疏力爭，計不行。又欲冒濫功賞，公職在紀功，不少假借。又要乘輿久駐南都，以圖便其奸私，公力請回鑾。此數事，皆當時必不可不言，而亦人所必不敢言者，而公獨言之。嗚呼！言非難，當其時之爲難也，是以論人者，必論世也。公同時都諫汪公玄錫曰：車駕南巡，由宸濠在江南，造龍艘百戲，搖動四方，邀上南幸，圖爲不軌。諸奸慫恿之意不可回，公與其同官諸君子倡言留駕，畏禍者爭目公狂。公大呼曰：「今日不以死諫，南行必墮賊臣之計。異日吾輩雖寸磔，不足以塞責。」率同官伏闕，號哭不起，臺臣某等繼之。伏闕累日，人益衆，諫疏凡數十上。上怒撻之，死者十數人。公自分一死，會死者多，上意回，得免，駕亦暫止。迨後，駐蹕南都，公疏請還宮，上素知公直，不便己，舍之江干，不許入城，作回鑾賦以自遣。

諸將奪江西守臣功，少司馬王憲以上意趣公造册，公不可，遲回者一年。江彬、張忠等迫問之，對曰：「不紀江西守臣功，而濫及諸貴，何以示天下後世？某願褫職得罪，此册不可造也。」彬等譖諸上，上曰：「此給事中曾論汝罪。」由是，卒聽公議。當是時，江彬、李忠之怙寵作威[二]，不下逆瑾，寧不足以死公，而上能容之，固非公所料也。

世廟初，公既被謫，由丞而令，而南曹。已，以僉事備兵寧夏，值關內荒旱，公入關，見百姓皆食蓬子，隨取所食封以獻，爲進蓬子疏，因陳遠人疾苦，併言國家有大可憂之事三，廟謨有深可惜之癖四，皆深犯時忌者，公言之無諱。疏上，不報，亦不之罪。有謂公意甚切直，而上不忤者，由辭氣婉美，如陸宣公奏議，懇惻動人，故不重得罪也。夫公亦自竭其忠耳，其極言而不忤上，猶之處武宗之朝而獨見容，皆未嘗計及也。公在寧夏，經略邊城，前後數載，觀寧夏制撫諸公疏，及公所著朔方諸關門記，勞績歷歷可睹。終明之世，屹然恃爲金湯。而公竟用左遷以去。吾嘗怪公之去國，不去于羣邪醜正之日，而去于銓宰持公之時。以武宗之昏惑，左右側目，而能見容；以世廟之明斷，大臣力薦，而不見用，豈非天哉？天固欲公以敢言弭東南之亂，以賢勞固西北之圉。一官之升沉，天固不爲公計，公亦不以是望諸天也。

公有詩文名，開吾鄉風氣之始。文絶去枝蔓，直攄所欲言；詩有氣力精思，往往造語出人意表：大抵皆一路孤行，無所依附，即立朝之風裁，凜然於此見之矣。茲不具稱，但述其平生之大節，與言語之有關係治道者，而爲之序，以應齊子之命。

闕里誌序

闕里者，吾夫子之舊宅也。按世家，孔子卒，諸儒講禮於孔子故所居之堂，魯哀公因立爲廟。後世即其殿藏孔子衣冠琴瑟車書。歷數百年，至漢武帝時，孔氏傳十餘世矣，而太史公曰：余「適魯，觀仲尼廟堂、車服、禮器，諸生以時習禮其家，余低回留之不能去云。」當列國戰爭之餘，暴秦虐焰之後，而所爲闕里者風流可觀，則聖人教澤之深，孔氏子孫之賢，即當時已足徵矣。自漢以來，聖人之道益著，尊聖人者其禮益隆崇，闕里之稱，遂與天地並垂不朽，殆泰山不足擬其高，大河不足喻其遠也。

闕里故無誌，蓋以聖人之道，如天，無不父，如地，無不母，其精神無處不流通，其禮樂文章無在不散見，亦安能獨指曲阜之山川林廟，以爲是聖人之居，譜孔氏之族姓官閥，以爲是聖人之子孫哉？其有誌也，自明弘治間學憲陳鎬爲之。而大學士李文正公爲之序。其誌大抵以紀累朝表章之盛、報祀之隆、禮樂之賜、田宅之錫、封爵之貴、綸誥之寵。至于先聖人遺迹，昭諸史乘；後裔之賢達，詳在譜牒；諸賢之配享，垂諸祀典者，亦並載焉。

昔漢章帝幸魯，祠孔子于闕里，作六代之樂，大會孔氏，賜賚甚厚，謂郎中孔僖曰：「今日之會，于卿宗有光乎？」僖對曰：「臣聞：明王聖主，莫不尊師重道。今陛下親屈萬乘，辱臨敝里，此乃崇禮先師，增輝聖德，臣宗之榮，非所敢承。」帝大悅，曰：「非聖者子孫，焉有此語乎？」由是言之，尊奉聖人，加恩孔氏，非以爲孔氏，爲斯道也。則闕里之有誌也，非以誌孔氏，爲帝王之爲斯道者誌也。

李文正曰：「士大夫入聖人之鄉，觀聖人所居，接其子孫族姓，見其禮，聞其樂，因以想像其形容，未有不惕然感之于心而益尊聖人之道者〔二〕。」孟子曰：「去聖人之居若此其近〔三〕。」蓋幸詞也。而今草茅孤賤之士，不幸生于遐陬僻壤，不得見所爲宮牆宗廟之美，而一見之于誌，雖數千百里而外，如登金絲之堂，親聆絲竹之音也；如身入孔林，見荆棘之自除，而禽鳥之不栖也。

自弘治迄今且二百年，繼有修者皆紕繆蕪淺，不足觀覽。典籍宋君長慶，稽古士也，痛舊誌之無文，蒐求故府，考覈憲典，芟其不經，擇其言尤雅馴者，輯成二十卷，以示予。詳而核，博而要，賓賓乎亦既質有其文矣。傳曰：「言之無文，行之不遠。」詩云：「高山仰止，景行行止。」雖不能至，心嚮往之。以行遠之文，生天下不能至者嚮往之心，君之有功于斯道爲不尠矣。

證治大還序

昔范文正謂士君子不爲良相，則爲良醫。謂是二者，皆可以救世，爲仁人之事也。夫世逐人而救之，所救幾何？是故燮理陰陽者，宰相之職也。陰陽和，斯羣生茂育，風俗淳龐，凶疫夭瘥之害不生，此其道通于醫。而孫思邈曰：不明陰陽，不可爲醫。于是有五運六氣之辨，有補泄制化之宜。易所謂：「裁成天地之道，輔相天地之宜，以左右民。」相與醫共之矣。然而，良相、良醫皆不世出之人，使其道法精義不著之於書而傳之於後，則其救世之心亦祇及其世而止。左氏傳醫和謂趙孟曰：「上醫醫國，其次醫人〔四〕。」而其書不傳，後之國與人將何賴焉？

吾嘗讀素問、靈樞諸經，研極陰陽之妙，至精至神，其理一本大易，文字離奇，自是周秦間人，與莊子同時，而隱其名，託之於岐伯、鬼臾、區意，必聖人之徒，通陰陽之故，抱燮理之才，不得行其道於世，而發其救世之心於此一書，知世不可以相救，而猶可以醫救。是真仁人而隱者也。自倉扁以來，皆習此書，著述益盛，然或擇焉而不精，語焉而不詳。讀其書者，又或守其成說，未能變通而神明之，至於救世之方，用之足以害世，亦猶王介甫之以周禮誤宋世之天下也，可不畏哉！

金壇王太史宇泰先生，著有證治準繩，輯諸家之大全，分爲五科：曰脈，曰因，曰病，曰證，曰治。脈察諸未形者也，治則其方也。明是五者，而醫之事備矣。而獨名爲「證治」者，以其言是二者獨詳，且使世之不知病、不察脈者，皆可即證以求治也。特其篇卷浩渼，初學之輩未易觀覽，且窮陬下邑無力購求，至没世不得一睹。雲間陳子山農，憫世醫之惘惘於是五法也，於是撮其最精，補其未及，因爲證治大還，以明其書之所載者精之又精，猶九轉之丹，真足起死而還生也。

宇泰自言其於醫有天性焉。山農，詞壇名士也，今悉棄去，顧獨好醫，雖亦由天性乎？要其自命不小，與宇泰皆以文正公之志爲志者也。此書出，行世必廣。使學醫者人得挾一册以救世，較宇泰救世之心，其效更弘遠矣。

救荒策序

吾嘗讀小雅甫田之詩曰：「我取其陳，食我農人，自古有年。」此蓋春夏之時，出陳易新，以助農夫之耕耘，使無失時云爾也。宋謝疊山曰：「民生於三代之後，其命制於天；生於三代之前，其命制於君。制民之道：取民常少，予民常多。從古以來，豈無水旱霜蝗？吾民常如有年者，上之人斂散得其道也。」由是言之，三代以前，歲有荒而民無荒，賑荒之策，亦可不必講矣。然周禮十二荒政以聚萬民，有遺人委積以待施舍，抑何慮之周詳而備之早乎？周易「損下益上」，其卦爲損。「損上益下」，其卦爲益，其爻曰：「益之，用凶事，告公用圭。」古者用鎮圭徵守以恤凶荒，即賑荒之事矣。至後世，往往以爲故事：每荒歲，郡邑有司以詘諸大吏，大吏迫而代爲之請。幸而得請，不足以救萬分之一，而文移往復動需時月，其民之轉死於溝壑者久矣。若漢汲長孺之矯詔發粟，宋范堯夫不待奏請而先發後詘者幾人哉？

國家不幸，卒遇兵荒之變，君與民交受其害，惟郡邑吏獨以之爲利，上蠲賦，則賦先已入有司之橐，而多方消算，一一皆有其名，其誰得而問之？上賑荒，則胥吏因緣作奸，谿壑既厭，餘以飽其親厚及强禦者而已，其及於饑民者幾何？是朝廷之德意雖宣，終不能下逮也。然則國家雖有委積，即如隋之長平，後世之預備，名以爲民，直留爲軍國之經費，以佐不時之需可耳；而欲以救民之荒，是猶請龍師致雨以救焚，而望神犀分水以拯溺也。

於是，仁人君子不得已而仿長孫平之義倉、朱晦庵社倉之法，以民賑民，自爲輸積，出納自便，不領諸官。如陳子此書，所謂上不能救，而民自救之也。夫陳子既已小試其道於蕞爾邑，而著有成效，今又廣其議而爲將荒、臨荒、荒後三策；又爲食草木法，以濟穀食之所不足；又輯古今救荒因果，以勸諭義民之輸穀者。法可謂至密，而心可謂極苦矣。

而吾猶有説焉：夫積穀於官，此有司之事也；積穀於民，民自爲政，非有司之事也。然其中賞罰條例，不稟諸有司，無以定畫一之式，民不信不從。有司而不良，則其不信不從也益甚。晚近世貪穢存心，何所不至？或歲比豐登，積儲不動，則墨者耽耽視之矣，稱貸那移，其能拒之乎？甚者，使民不敢爲義，彼且按籍指輸，多者爲厚藏，即異時有事，奇貨居之矣。若是，則富民之輸者益寡，而陳子之議格矣。若行陳子之議，吾謂必得廉能者實心任事，而又能因時制宜，以通法之所窮。如是，雖有荒歲，而無荒民，如詩所云「自古有年」可也。

太上感應篇序

感應之説，原諸大易。夫大易亦言其理而已，然天下未有有其理而無其事者也。理之感而通者謂之應。事之感而應者謂之報。報應之説，儒者置而不道。而大傳曰：「因貳以濟民行，以明失得之報。」夫天下之動貞夫一，天下之報開諸貳。貞夫一者，有得而無失，有吉而無凶。惟貳則得失分矣。得失之報，則吉凶是也。故報者，自其有所分別而言之也。書曰：「惠迪吉，從逆凶，惟影響。」文言曰：「積善之家，必有餘慶；積不善之家，必有餘殃。」此之言應，非即報乎？春秋二百四十年，福善禍淫之報亦既彰彰明鑒矣。感應篇之所載，亦猶是也。莊生曰：造物「不報其人，而報其人之天」。夫人之天，不惟人不得而知，即己亦不得而知。故造物亦以其不自知者報之，此其故甚微，固未易一二爲庸衆人道也。若夫庸衆人所共知而共信者，則莫著於是書矣。

吾嘗讀是書，而知太上所以深於輔先王之治法也。夫先王治天下之法，所恃者賞善罰惡而已。然世固有爲善而不賞，爲惡而不刑者，則法之有所不能及也。且法可以行諸顯明，而不能責諸幽隱，是故法立而公道日淆，巧僞日滋，爲善者益怠，而爲惡者益競。古稱太上者無爲而治。夫無爲者，不以我治民，而以民治民；其治也，不任我法之刑賞，而任民心之自刑自賞。蓋以我刑之而懲，賞之而勸，不如民之自爲勸懲者切也。是故今世之遵王制而從善去惡，未若信是書而爲之從善去惡者衆矣。

三韓某公，官池陽十餘年，由建德令遷本郡别駕，以至今二千石。其治薄刑威而崇德教，百姓化之，蓋得於此書之力居多。公奉持既久，其屬吏貴池令劉君豫東重爲梓行頒布，務令窮陬僻壤人人得見是書，家誦户習，以盡革其頑心，則爲之官者，遂可以無爲而治矣。此之謂太上清淨之治也，豈區區與尋常勸人誦經者比哉？故爲之序。

文昌化書序

文昌，本北斗斗口六星名，或云即奎、壁二宿，所謂文章司命是也。而世相傳周代張仲子降生梓潼，廟食於蜀，專判士大夫祿位升沉之事，累朝封號，遂有「文昌帝君」之稱，蓋即文昌星精下降爲神，如詩所云「惟嶽降神」類也。「化書」者，蓋帝君自述其九十七化，或治幽，或治明，所爲福善禍淫之諸事迹，使士大夫知所觀感也。其大指不出於遏惡揚善，而尤以忠孝仁義爲本，與儒者經籍所稱無以異焉。

其言曰：「吾一十七世爲士大夫，未嘗虐民酷吏。周人之急，濟人之乏，容人之過，憫人之孤，一心如此，聽命於天，故能久證真位。」於戲！惟其爲士大夫，故行之功德如此其厚，真位由此其證也。蓋士大夫權足以福世禍世，其善之所被者大，惡之所及者亦遠，非若匹夫匹婦之爲禍爲福，僅及乎一人一事而已。彼司命者，安能盡天下之人皆受福而辭禍哉？亦惟於士大夫得其人，則天下後世之禍福，皆自此人而操之矣。是故司命之許人爲士大夫甚不易也。

貴池劉侯，既爲郡伯梓感應篇，頒行六邑，以勸戒六邑之匹婦匹夫，復梓行是書，以誘掖六邑之求爲士大夫者。誠以得萬匹夫匹婦之日行一善，不如得一士大夫之發心爲善之功無窮也，此源流之辨也。而公之所以善世者，其設教詳用意深如此。

周易緒言序

莊子曰：「易以道陰陽。」陰陽之説，解者以喻小人君子，以有形者象無形者而定矣。夫陰陽二氣，迭爲消長，其不容有羸詘於其間明矣。而聖人之作易也，每欲扶陽而抑陰，何也？聖人深知夫陽不能敵陰，君子不能敵小人，治日少而亂日多，故於陰之長也，爲君子危焉；於陽之長也，亦爲君子危焉。彼小人者，不惟道長之時，以衆小人制一君子而有餘，即道消之日，亦以一小人制衆君子而有餘也。蓋小人之計常密，君子之計常疏；君子之遇小人也以剛，小人之遇君子也以柔：以柔制剛，以密制疏，毋怪乎小人常勝，而君子常敗。

夬以五陽決一陰，其詞曰：「剛決柔也。」剝以五陰剝一陽，其詞曰：「柔變剛也。」夫決者，孚號；變者，默奪。雖勝敗各有天焉，要其工拙難易之數，未可同日語矣。以是，三易聖人於十二辟卦陰陽消長之會，於陽多危辭焉，於陰多戒辭焉，而其意常主於庇陽，以是爲扶抑之義而已。然豈能使一毫有贏於陽，有詘於陰哉？

吾家仲芳更歷世變，卓然於古今治亂之故，著周易緒言，上以明陰陽消長之數，下以辨君子小人進退之幾，而殷殷扶抑之義情見乎詞，則猶之作易者之苦心也。仲芳之論曰：「獨陽在上，必至於剝。獨陽在下，猶可以復。世道之喪，皆由有君無臣。吾道不亡，所恃賢人在野。」傷哉！其言也。此有見於三十年前朝野之事而言之也。

夫剝復之交不有坤乎？坤之時有陰而無陽，雖一陽之復，未始不胚於十月之坤。然當其爲坤，疑陽必戰，而猶欲使斯世指爲賢人伏處在野，以幸吾道之不亡，嗚呼！其亡也可立待矣。故仲芳之論剝復之事，非坤之事也。傳曰：「天地閉，賢人隱。」隱非直隱其身也，將使世亡其賢，賢亡其道，其亡也乃以不亡。是說也，仲芳得之，而不言焉。吾故曰：仲芳之學在乾而行在坤。吾觀其藏身之固，而知其行；察其緒言之旨，而知其學矣。

通雅序

往予與愚道人同學時，竊見其帳中恒有秘書，不以示人，閒掩而遽覽之，則皆所手鈔成帙，凡生平父師所詁、目所涉獵，苟有可紀者，無不悉載，即一字之疑、一音之訛、一畫之舛，亦必詳稽博考，以求其至是。人言道人生平手不釋卷，搦管處指爲之腫，要其三十年心血盡在此一書矣。書成，名曰通雅，猶之鄭樵之爲通志、馬端臨之爲通考，以言其無不該也。

予嘗謂道人曰：「吾人讀書，觀大義而已。若夫研陰陽之理，窮天人之故，考政事之得失，辨學術之異同，以及古今制度之異宜，中外風土之殊俗，如子所載者，吾以盡心焉。至於器數之末，詁釋之煩，點畫之細，世自有竄句博物之徒，子何以役志爲？」道人曰：「嘻！吾於此疑有夙習焉。吾小時即好爲之，吾與方伎游，即欲通其藝也；遇物欲知其名；物理無可疑者，吾疑之，而必欲深求其故也；以至於頹牆敗壁之上有一字焉，吾未之經見，則必詳其音義，考其原本，既悉矣，而後釋然於吾心。故吾三十年間，吾目之所觸，耳之所感，無不足以恣其探索而供其載記。吾蓋樂此而不知疲也。」

今道人既出世矣，然猶不肯廢書，獨其所著書多禪語，而會通以莊易之旨，學者驟讀之多不可解。若所謂通雅，已故紙視之矣。姚子曰：「通雅者，道人今日之唾棄，而昔日之秘藏也，既久秘而不章，今又棄焉。且天下閩道人之風而欲學其學者甚衆，今不以此書示人，而徒使惘惘慰瞀於不可解之書，豈其導世之本意乎？吾梓焉。」莊子稱：藐姑射之神人，其塵垢糠秕，猶將陶鑄堯舜。兹集固道人之糠秕，而姚子樂得而傳之，吾知其所陶鑄者廣矣。

重刻昌谷集注序

姚子注昌谷集成，予既爲序之，梓諸吳門矣。至是，姚子官建寧，建寧人以重刻請，乃更加較訂批點，視昔尤詳，而再屬序於予。

予時客雙峰，注南華七篇初成也，作而歎曰：甚矣！注書之難，難於著書也。著書者，欲自成一家言耳，其有言也己爲政。注書者，己無心而一以作者之心爲心，其有言也役焉而已。故曰：著書者無人，注書者無我。然自孔子繫辭以來，如郭象之注莊，王輔嗣之注易，旁通發揮，往往出於古人意言之外，亦何嘗不用我也？曰：非我也，古人之意之所在也。書不盡言，言不盡意，以意逆志，是爲得之。若惟言之是尊，毋敢略出己見，疑者闕之，未詳者置之，惟通其章句而已，是訓詁之學也，是以無我之弊流爲訓詁。

吾之於莊，不知其有我否耶？吾以莊子縱恣自喜，不欲讀者之遽得其端倪，吾惟緣督以爲經，而脈分縷貫，猶是章句之學也，莊子亦既井井然受條理矣。彼世之注者，或多玄解，夫莫玄於莊子矣，而又玄焉，是以水益水耳，何解之爲？其皆郭象爲之嚆矢乎？

吾注莊，又不若姚子之注昌谷。姚子謂：「古今人之詩，未有不本諸忠愛者也。」杜少陵每吟不忘君父，千古宗之。昌谷詩，好險僻，其思幻怪不經，世有癖之者，稱曰「鬼才」。鬼才耳，而姚子以爲忠愛存焉，爲之引據史文，論其世而考其時，其憂時憫俗、惓惓宗國之志，一篇三致意云。夫姚子非癖昌谷也，姚子之意，蓋以見古人之稱詩，雖險僻如昌谷，其大指固無以異於少陵也，蓋欲以忠愛概天下之詩教也。姚子未通籍時，其命意於詩已如此，況今委質而出仕乎？毋怪乎再從剞劂氏之請，以申其教於天下也。

同時有陳子二如，因而爲少陵詩注。陳子之於少陵，姚子之於昌谷，皆似有夙因焉：凡詩爲人所不經意者，二子以爲必有意也；即少陵、昌谷或未必用意，自二子言之，亦似其果有意也。二子之注，不必無我，亦深信我之意即作者之意而已。

莊屈合詁自序

吾著易學、詩學既成，益廣稽載籍，求古人言之足以翊二經者，更爲詳説之，以輔吾學之所不及，而得莊子、屈原。

昔宋儒謂孟子善於易，然其書稱引絶不及易。豈易在戰國時已爲卜筮之書，士君子比之方伎，不足稱説耶？自莊子以詩、書、禮、樂及易、春秋列爲道術，居然六經，而其稱易也，曰：「易以道陰陽。」則猶未辭乎卜筮之事也。然吾觀其書，其言内聖外王之道，則一本於易。夫易之道惟其時而已，莊子以自然爲宗，而詆仁義，斥禮樂，訾毁先王之法者，此矯枉過正之言也。彼蓋以遵其迹者未能得其意，泥於古者不能適於今，名爲治之，適以亂之。因其自然，惟變所適，而易之道在是矣。

春秋以來，士大夫相見，賦詩言志；而能爲詩者，蓋亦鮮矣。詩也者，性情之事也。屈子忠於君，以讒見疏，憂君念國，發而爲詞，反覆纏綿，不能自勝，至於沉湘以死，此其性情深至，豈直與凡伯家父同日語哉？

淮南王安曰：「國風好色而不淫，小雅怨誹而不亂。離騷兼之。」亶其然乎！則以莊繼易，以屈繼詩，從而詁之，於二經之宗旨，庶益足以轉相發揮。而謂之詁者，吾於莊不欲高談玄遠，以更增其謬悠；於屈不敢强事穿鑿，以曲求其悲憤；惟是依文釋義，使學者章句分明，以進窺其大旨之所在，猶是吾易學、詩學之義也。

或曰：「莊屈不同道：莊子之言，往往放肆於規矩繩墨之外，而皆爲屈子所法守者；凡屈子之所爲，固莊子所謂『役人之役，適人之適，而不自適其適』者也。子烏乎合之？」

吾觀莊子述仲尼之語子高也，曰：「子之愛親，命也，不可解於心；臣之事君，義也，無所逃於天地之間。」又曰：「爲人臣子者，固有所不得已。行事之情而忘其身，何暇至於悦生而惡死？」而終勖之以「莫若爲致命」。夫莊子豈徒言其言者哉？一旦而有臣子之事，其以義命自處也審矣。

屈子徘徊戀國，至死不能自疏，其遠游之卒章曰：「超無爲以至清兮，與太初而爲鄰。」何其言之似莊子也！夫屈子亦必有所得於此者矣。太史公稱其蟬脱於濁穢之中，以浮游塵埃之外，則亦有見於屈子之所得，固不在區區一死也。是故，天下非至性之人不可以悟道，非見道之人亦不可以死節也。

豈惟莊子本於易？屈子亦易也。易之時乘六龍，有潛有亢，莊處其潛而屈當其亢，時爲之也。吾以屈子續詩，莊子亦詩人也。詩可以羣，可以怨，屈子其善於怨，莊子其善於羣者乎？吾合詁之，使學者知莊屈無二道，則益知吾之易學、詩學無二義也。

校　記

[一]李忠　上文作「張忠」，或有一誤。

[二]「李文正曰」云云　四庫薈要本懷麓堂集瀾里志序作：「天下之學聖人者，讀其書，法其道。想像其容儀而不可得見，至其宅里林廟，必惕然感之於心。」

[三]「孟子曰」云云　注疏本孟子盡心章句下作：「近聖人之居若此其甚也。」

[四]醫和云云　見國語晉語八。

田間文集卷十三

序

求是堂集序

士大夫當變易之時，而能全其身以不失其節者，漢管幼安、晉陶元亮尚已。然幼安自浮海西還，杜門閉目，所居一木榻，著膝處皆穿，事良苦。若元亮，棲隱栗里，與劉遺民、周續之輩數相過從，吟詠酣醉，以終其身，固甚適也。幼安不幸而與華歆友，爲歆所推薦，以太尉讓，力辭乃免，故其時不得不苦。而元亮故人顏延之，相見語不及時事，唯送酒錢以資其觴詠耳，未有强元亮出者。兩人之節甘苦不同，亦所遇爲之也。吾謂能爲幼安，乃能爲元亮。

文燈巖先生與元亮生同里，其生平出處亦略同。元亮居官，前后不滿七載，考諸詩，以庚子前一歲作鎮軍參軍，而歸去來辭作於乙巳十一月，可證也；先生以甲戌登第，丁丑授嘉興司李，癸未擢司銓，未任，甲申國變，遂不仕，前後亦不過七載：則其居官之日同也。元亮生乙丑，至乙巳解組，年纔四十一歲；先生以甲辰生，甲申歸隱，亦四十一歲：其去官之年亦同也。元亮當禪代之時，先生亦值改革之際，而皆在去官之後：其遭際又同也。嘗見先生報招撫書，有云：「某苗裔何人？文宋瑞也；鄉里何人？陶元亮也。既不能死，何忍言仕！」又云：「僕病且深，死於鬼、死於法一也，何難置栗里一子爲江南充隱乎？」同時又報直指書云：「某不遽死者，垂白之母在堂，城破家亡，母從千死萬死中出，不忍舍之而狥吾君地下耳。」即此數書，其情之危苦，語之迫切，殆有甚於幼安者。迨事定後，而始能爲元亮之所爲，可謂無愧於元亮者矣。

而或曰：「元亮不妄交接，白衣送酒，與刺吏相遇，籬落間耳；籃輿竹杖，游好不出其鄉，先生足迹半海内，當事式其廬者應酬不絶。元亮歸田後，自飲酒詠懷外無詩，五柳先生傳、桃花源記外無文。先生著書等身，凡四方執贄而求者無不應，顓者要之亦無不予，文太侈矣！先生殆不及元亮。」

噫！難言矣，元亮本無用世之志，委懷自任，寄傲詩酒間，莊子所謂「散人」耳，即不因斗米折腰以去，亦豈能有關於當時哉？故元亮隱，而世不之忌。先生負一時人望，素爲君子所觀型，而爲小人所側目者，世豈能忘先生？先生亦豈能忘世乎？自變亂以來，士大夫以節義致誅滅者，江右爲甚。先生日在風波震撼之中，而卒以不死，則應酬文字或亦有力焉。

先生不云乎？「垂白之母在堂」，未能遽死，蓋亦有不得已於斯者也。

吾論先生之文，不名一家，因勢立體，雜出於漢、魏、唐、宋之間。至於考核辨論，尤其所長。而先生爲文之心，則於其文之雜然應酬者見之。夫其文固有慷慨激烈，犯當時之忌諱而不顧者；不然，則廣引曲喻，泛濫於古今事物之典、天人之故，旁援釋老之書，下及稗官野史，迂其義，艱深其詞，以寄其所欲言，使識者相遇於意言之外，而昧者不知也。嗚呼，苦矣！彼世之求言於先生者，既各得其所欲，而幸其文之足以傳我也，羣然善之，於其所不知者皆以爲文之善也，雖有忌諱，不之責矣。蓋先生以文妙寄其心，而又以雜文妙寄其文。莊子謂「藏天下於天下」，而先生藏文於文，文之侈也，殆先生善藏諸用之一端乎？元亮隱於酒，欲使天下後世目之爲「酒人」；先生隱於文，亦欲使天下後世目之爲「文人」而已。夫元亮果可以「酒人」稱，而先生僅可以「文人」名哉？

太白劍集序

吾鄉先哲，有高世之行、曠絶之才、淹雅蘊藉而名不出於閭里者，曰姚休那先生。先生生長盛明，訖於末造，行年七十餘，於名利泊如也。所著書甚多，脱稿而已，未嘗編比成集，以期傳世；往往散佚，爲里人所收録，亦不成帙。平生酷好史學，自言：小時塾師授以經則寐然睡，及竊讀史，則意興踴躍，讀至數十百行，皆能貫通。故其於史，凡人所略視不省者，獨加詳焉；人所共以爲然者，獨不謂然。蓋自左氏、司馬氏以下，至於稗官野乘，凡事之有資於史者，無不熟覽而詳説之。其於古今之成敗得失是非，皆歷歷能指諸掌。然所見多與人異，或譏其偏，而先生則自有特識也。爲文法太史公，然亦不純似，縱所欲言，取愉快一時之論而止；太史公所謂「擇其言尤雅馴」者，先生顧不屑也。

崇禎時，流寇起秦豫，躪及吾鄉，先生脱身渡江，竄伏洲渚間，取唐書黄巢傳閲之，其與流寇始末大抵相類。因思致寇之由、禦寇之失策，援唐事一一比而論之；而唐事之與巢事連者，復别論之，係其後；又或不必與連，而古今成敗得失有可以互證者，亦爲之廣引旁及。其論甚核，其情甚憤。其書或作評語，或爲論斷；或莊語，或諧語，或作禪語，或雜俚言，皆率爾而成，不拘體格，不名一家。竊先生之意，正不欲以一家名也。先生雅不喜宋儒高談理學，而又於當時之主持國是者多所不平。蓋嘗久客京師，以局外冷眼竊睹諸公之負國植私背公，有非外人之所得盡知，故慷慨憤懣，一切發攄於此書。

此書當成於丁丑、戊寅年間，不知何時誰爲授梓。三十年前，方君則自白門載以授予，予以轉寄蜀藻。惟時多所忌諱，蜀藻秘之至今，更爲訂訛補缺，思以行世，屬予弁其端，不忘自也。南昌陳士業雅知先生，昔在章門，以表章之責見屬。惟時方繡山在坐，慨然任爲梓行。既歸，予多方搜諸里人，而所梓僅貨殖傳評一帙，藏諸其家而已。山川之靈不忍終閟其奇，蜀藻此舉，殆爲之兆也。

「太白劍」者，唐時用太白山人言，掘破牛山，於石匣中得一劍、一黄腰獸，獸撲劍死，而巢伏誅。厥後，秦人掘李自成墳，亦得枯骨，黄毛，腦後一穴，有赤蛇，生角，因函其顱骨併蛇臘之以咄，而自成以敗。其事前後略符，則先生此書亦殆有神物告之者與？

漢陽府志序

古者，列國皆有史，如晉之乘、楚之檮杌，皆其史也。自列國廢爲郡縣，於是，史之權獨領諸朝廷；而郡縣以「志」稱，志以備史之采擇也。故志詳而史略，郡縣有信志，而後朝廷有信史。夫郡之有志，以紀天時、地利、人事、物産之異宜，考户口、財貨、賦役之消息，稽山川、城郭、官舍、廟祀之廢興，而其大者乃在於明政教之得失，識人物之盛衰，察風俗之升降，使上之人知所鑒戒，而下之人亦知所勸懲。由是言之，志非徒以備史材而已，抑有風教之事焉。

漢陽於楚爲小郡，轄兩邑耳，其地前阻大江，旁合沌沔，上接岷蜀，下通吳會。黄勉齋所云：「武昌脣齒，吳蜀咽喉。」不僅爲三楚形勝之區也。用是，山川蟠匯，人士蔚興，漢上文物之盛甲於全楚，舊矣！自兵興以來，所在蕭條。而漢鎮爲天下四通五達之衢，商賈輻輳，舟檣鱗集，煙火幾十萬家，可謂盛矣。當事者憂焉：憂以漢人之往來趨利如鶩，所習者誇詐，所尚者淫侈；又五方雜處，倡優、方技之輩游食其中，奸宄叢生，不可究詰。凡漢之殷繁豈殖，皆非漢之土著也，而適以爲土著者患。其小人習之，爭逐末而捐本；其君子習之，亦務華而失實，則不惟民病，而士亦病，皆守是土者之責也。

陳君某，以溫州司馬擢守是邦，未數年而民安其業，士服其教，漢上爲之帖然。而猶恐政事之有未詳，教化之未盡乎也，乃蒐郡乘而載修之。吾循覽其書，其於廢興沿革之故，粵稽博辨，原委井然，而一切鄙俚傅會之説概黜不錄。至有關於政教、人物、風俗之事，則尤三致意焉。於戲！政教者，風俗之原也；人物者，風俗之倡也。漢之人物不爲不盛，然所爲道德功業文章科目之士，其人類能卓然自樹，以有傳於後世。惟是仄陋幽隱匹夫匹婦之奇行苦節，無人上聞，於是不極力搜索，爲表揚之，耿耿丹碧徒化爲荒燐，與腐螢同散滅耳。夫有幽不闡，司教者之失也；闡幽而考覈不實，使與不必闡者同傳，猶未闡也。又況幽未必闡，而闡不盡幽乎？毋論異時之史官不足采據，即近今之耳目不信，下之人何以勸懲？所傷於政教者豈細故哉？

以漢陽之爲郡，垂千餘年，與圖記載其人物，祇漢陰丈人及宋張昌中一二輩耳。夫莊

〈子所稱之丈人，不知眞有其人否耶？而張氏之爲義門，馮京在當世已歎其不見表章。人士無傳，豈皆前此司教者之失乎？抑前此之愼重紀載，務在考實，寧隘無濫耶？宋游定夫、黄勉齋皆嘗守此郡，與士子朝夕講明理學，而風俗以醇。陳君茲志，於節義篤行之士，既表勵之，而更加愼焉。以之導士趨而訓民俗，視游、黄講學之功，寧多讓與？

江漢持瀾序

江之源出自岷山，漢之源發於嶓冢，其長不知其幾千里也。子輿氏曰：「觀水有術，必觀其瀾。」非源無瀾，非瀾無觀。江漢之瀾，吾得而觀之矣。文亦猶是也。夫文之瀾，氣爲之也，而氣亦有其源。觀青城課士之文，有爲滔滔汩汩，咫尺而千里者焉；有爲風迴波屬，蕩漾而漣漪者焉；有爲穿崖觸石，噴璣跳玉者焉；有爲島嶼盤渦，瀠洄曲折者焉：美哉！洋洋乎亦既有其瀾矣，則皆氣之爲也。

夫氣之爲瀾者，非恃其一往之氣，奔潰而不可禦，而遂至詭於法也，是浮氣也，是狂瀾也。凡氣之一往奔潰而不可禦者，非有餘於氣，不足於氣者之事也。亦猶水之建瓴而下，非有餘於水，不足於水者之爲也，何則？無其源也。無源之水，其來也莫由，其去也莫禦。當夫水潦之既降，川澤之既多，泛溢奔騰，衝堤決石，吾不知其所往也。迨泛濫之盡消，水道之復故，以形勢測之，千里之内，其高下相懸，不啻數十尋丈，而容與紆徐，未肯遽下者，豈真有神物以持之哉？亦持之於其源也。源之深者，其氣一與天地之呼吸相應，固不事持而自持耳。

理也者，氣之源也，理明而氣足，氣足而法生。窮理禦氣以軌於法，文之瀾所由成也。然則所爲持者，非有瀾以待持，乃持之以爲瀾也。是宜治其源也：本之六經，以研其精；稽之傳注，以晰其微；博之諸史，以廣其識；輔之百家，以盡其義。如是，而理得焉，而氣至焉，而法亦備焉。然後爲文，行乎其所不得不行，止乎其所不得不止。覽之者但覺有純氣相引，無所爲浮氣之虚張也，亦猶臨江漢者，但見有安瀾之可羨，而不慮有狂瀾之欲倒也。此魏先生課楚士藝而以「持瀾」名集之義也。

敬亭集序

予與先生論交，在先朝甲乙之際。當是時，先生方以抗疏拜杖讁戍宣城，值國變，留滯吳下。南渡，黨禍起，予時在先生寓館，燈火凄凉，相對欷歔，都無人色。已，予被徵益急，亡匿家武水複壁中。先生與令弟如須時過武水問存，未嘗不相向涕泣也。改革以後，亡命天南，回首舊游，彼此不知所在。

歷十七年，哭仲馭於武水。道吳門，先生在焉，急往叩門，謁入久不出。詗予聲，趨出，曰：「吾固疑是君也。」蓋予時已變名久矣。因訊閩粵遺事，復相持涕泣。是時，如須已歿。先生飲我酒，安節兄弟環坐，復命如須孤寓節語之曰：「此吾故人，汝父老友也，故令汝識之。」先生年六十餘，貌甚澤，但牙齒落且盡耳。別未幾時，先生歿。臨歿，語安節兄弟曰：「死必埋我敬亭，吾戍所也。戍者，吾君所命，吾未詗後命而君亡，吾猶罪人也，敢以易代背死君哉？」於是安節遵遺命，葬於宣城，因家焉，而櫝其所落齒，瘞於先壠之側，曰：「此亦遺體也，身不違君，以此還諸親。」嗚呼！可謂仁至義盡矣。

今安節復輯其所著詩文若干篇，梓而藏之，屬予爲之序。予嘗讀先生諫草，有犯無隱，皆言其所不得不言，辭之直矣，未嘗計生死，亦未嘗以爲名也。甲申以後始爲詩，大抵取法於柴桑、浣花，其志同，其調不覺其自同。所著有正氣集，紀死事諸君子，雖未卒業，大概已具。他文不輕作，要其命意不外乎諫草與正氣集二種。而以「敬亭」名其集，志戍所也。是可悲矣！

吾嘗讀離騷，而傷屈原之見信於懷王，一旦被讒得罪，無由自明，而懷王昏惑，至死卒不知原之誣，毋怪乎原之沉冤抑塞，以從彭咸之所居也。以烈皇帝之聖明，恩威不測，當先生奉譴之日，天下已早卜賜環之期。何意宗社覆亡，鼎湖龍去，而令先生竟以戍終也。先生一日未死，不忘敬亭，不忘戍也，則死歸於戍，固其所矣。讀是集者，但詷命名之意，已不禁其悽愴傷心，而猶待覽其篇章，以滋涕淚云乎？

陳昌箕文集序

予自束髮受書，即學爲詩古文詞，迄今三十餘年，其體亦屢變矣。生平於詩好苦吟，雖不能如古人之十年始成一句，然每一字必數經改竄，要諸穩而後已。爲文亦然，必再易稿而始成。若縱筆滔滔，無所揀擇，意到筆隨，自然結構，雖間亦有之，終非其所長也。

去年，與晉江何紫屏客琴溪，相爲詩，何子詫曰：「子詩改乃益佳。」而仙游有吳子曰：「若不改更佳。詩不如古人，正以數改，損其真氣耳。」吳子不甚工詩，其言如此，予爲之瞿然。冬至閩，與侯官許天玉並舟建溪，互讀新詩，因與極論古今詩家。至杜子美，許子忽曰：「人言子美詩佳，不知其佳處乃在粗與醜。近有得其粗者矣，未有能得其醜者也。」予益瞿然。今客劍津，陳子昌箕出其未刻諸稿，屬予點定。予讀之，蒼蒼莽莽，一往奔赴，讀幾不可斷。芳澤雜糅，古翠斑剝，雖一篇瑜不掩瑕，然氣力渾成，不屑屑以修飾鍛鍊爲事，抑何其立意有似乎前此二子之論詩耶！

予因悟古人之文，皆不甚改。如屈原離騷，詞意重複；莊子文奇極矣，或不成句，後人附會穿鑿，以爲其複，固不複；不成句乃爲佳句，其實，即不經起稿而就之書也。夫文不起稿，未嘗無病，而即以病傳其文，子美之醜是也。雖然，難言之矣。此有兩喻。其爲文者，如寫生家偶然見所欲寫者，奮筆而就，似則即似矣，間有不似處，亦無礙其似；若一經揣摹增改，雖端嚴妙麗，去之逾遠。論文者如善相人之法，陰於人不經意時得其天真，如王逸少坦腹卧牀上，不知有郗家擇婿事，正此乃佳；一涉矜持，即爲世俗兒郎耳，何足異哉？昌箕之爲文，天玉之論詩，其意皆本於此。予心知其然，而未能舍所學以從，則亦徒爲之瞿然而已。

程姜若松州雜著叙

吾讀程子松州諸篇，而知程子之用心忠且厚也。

夫人既已委質事君，東西南北，惟其所使，此臣子之大分也。而人每欲擇地而蹈，或得遠惡地，輒多方規避之；不可，則隱忍以赴。既至，視官逆旅耳，恨不能以一日即去，視士民泛泛如萍之相聚、風水之相遭。一旦量移以去，視棄其任猶棄隸也。若程子之倅松潘，崎嶇困頓，幾歷萬里。州如斗大，接壤西羌，程子不以其遐裔而鄙棄之，爲講武興學，課士勸民，一以治中土之法治之。暇則與諸士游覽山川，疏泉種樹，若將安焉。既以赴調奔走，不得守其職，非久即奉裁去，又不獲竟其志，而程子以志之未竟，猶惓惓於松之人，而不忍即去也。甚矣！程子之用心忠且厚也。

今讀程子諸篇，述山川之險阻，叙行路之艱危，明簡書可畏，不敢緩也。課士以興文教也，訓民以變風俗也，留兵以重邊防也，興廢以壯形勝也，陳人情地利，以明倅士之官不可終廢也。凡其所言，必上有裨於朝廷，下有關於民吏，抑何用意之深，而攄詞之愷切乎！

錢子曰：吾讀是集也，有數善焉：其叱馭而前，忠於君也；捧檄而悲，不忘親也；及門心動，友於兄也；施於有政，不忘官也；政逍去後，不忘民也。此一集也，人倫之道備矣。若夫訓詞之和厚，文誥之爾雅，建議之慷慨，序事之曲折，要皆本性情以爲言，所謂情至而文生也，文云乎哉！

陳二如杜意序

吾嘗與陳子論杜詩矣，曰：「世之譽杜者，徒以其語不忘君，有合於風雅之旨，遂以爲有唐詩人來一人而已。吾謂詩本性情，無情不可以爲詩。凡感物造端，眷懷君父，一情至之人能之，不獨子美爲然。子美以布衣謁帝，面授拾遺。忤旨，出爲華州司功，輒棄去客游。朝廷不之罪，仍補京兆功曹參軍，不赴。竟用嚴武薦，授工部員外。唐之於子美至矣，子美之感恩不忘，其常情，非溢情也。吾獨怪子美在蜀，盛交游，即惓惓宗國，當其時，高適、嚴武輩豈無能資給以赴闕者？而乃滯身絶域，托興篇章，以徒致其不忘君國之意。凡公之崎嶇秦隴，往來梓、蜀、夔峽之間，險阻饑困，皆爲保全妻子計也。其去秦而秦亂，去梓而梓亂，去蜀而蜀亂，公皆挈其家超然遠引，不及於狼狽，則謂公之智適足以全軀保妻子，公固無辭也。且夫銀章赤管之華，青瑣紫宸之夢，意速行遲，形諸憤歎，公豈忘功名者哉？而專謂其不忘君耶？徒以老病偃蹇，道路阻塞，卒流離湖湘以死，悲夫！子美於君父、朋友、兄弟、妻子之間，一中人之深情者耳，謂爲有詩人來一人，過矣！」

陳子儆然意阻，徐曰：「子且論其詩。」

「夫子美之詩，則元微之所爲盡得古人之體勢，兼昔人之所獨專〔一〕。然吾以爲：其奇在氣力絶人，而不在乎區區詞義之間也。如以辭而已，則今集中有句澀而意盡者，有調苦而韵湊者，有使事錯誤者，有出詞鄙俚者，有失占者，有失韵者，有複韵者，其弊至多。唯是其氣力渾淪磅礴，足以籠罩一切，遂使人不敢細議其弊。宋人奉之太過，謂其弊處正佳，從而效之，又爲穿鑿注解之，以諱其弊，其去詩意逾遠。今且守其一字一句爲科條，確然爲不可易。吾以公全集按之，聲病固所時有，正不妨於有，亦正不必曲爲回護也。耳食之徒，略不考核，唯隨聲附和，何足辨哉？是故，子美之詩，其氣與力不可得而言也，而其詞之弊亦有不可解也。讀詩者，有能得其大意，不求甚解，吾與之論詩矣。」於是，陳子掀髯喜曰：「有是哉！子之論杜也。吾沉酣於公詩者二十年矣，吾之解詩，不唯其詞，唯其意。今解成，以『杜意』名，子視之，將毋以爲猶吾之意，非公之意耶？」

夫陳子與子美，遇不同耳，乃若其情，則子與杜同一至者也。陳子即自言其意，吾以爲猶杜之意，而况意杜之意耶？自諸家杜詩注出，天下之寖失杜意久矣。失其意者無他，奉之太過，求之太深也。今一由陳子之解，合諸吾之論以求之，盡廢諸注，則杜之意其猶有存焉者乎。

陳椒峰文集序

予以今年暮春過毗陵，訪陳子椒峰。椒峰飲我酒，因出其集示予，屬爲序，而又邀其老友數人，使與予談。予且飲且讀，應對之餘，輒覽十數篇，惟略得其爲文之大指所在。集中爲之序者甚多，凡陳子之讀書好學深思，與其文之氣力法度直追宋唐而上，亦既言之備矣。吾所謂得其大指，則以陳子能自爲陳子之文也。

近日海内爲文者，不乏而有自詡已甚者。人持其稿見示，予閲訖，語之曰：「無可議，必不傳。」人疑之，予曰：「凡文之可傳者，不妨有可議；而欲無可議，其文決不傳。蓋由其於聖賢之理，古今得失之數，無所獨見，不能自持一論，惟是依傍經傳，規模前人，其理不悖於常說，其法一本諸大家，周旋顧忌，苟幸無議而已，寧有一語發前人之未發，使向來耳目之久錮者，能一時豁然者乎？若是，則何以傳也？今之爲大家之文者，豈能遠追宋唐，直取法歸震川而已。震川之文，雖本諸唐宋，而其能爲唐宋者，則以其枕藉莊周、馬遷之書，求其變化起伏之法，而得之於宋唐諸大家，故遂畢力於大家也。今之法震川者何如耶？探河源者，毋論昆侖以上，至於一折一伏莫測之處，龍門、積石禹鑿之奇，曾未親識；而徒於其安流入海者，灑之爲溝爲澮，而以爲河固如斯也。噫！亦太陋矣。且夫莊周之謬悠荒唐，馬遷之疏漏少修飾，是非詭於聖人，其可議者至多，而傳之萬世常新，斯亦必有所以傳者矣，則是文之傳，果不在無可議也。」

今陳子於經史之學無不窮也，古今之變無不講也。諸所論斷，皆直書己見，不必求合於人。其爲文，於唐宋大家之法，亦時合而時離，不盡繩趨尺步也。不知世有能識陳子者否？要其命意爲文時，獨持所是，無有瞻顧，固一以聽世之議。吾所謂能爲陳子之文者是也，其傳也必矣。吾既喜陳子之爲文，與吾向者之所論說，其指不殊，因併書其說以爲之序。

匏野集序

禮曰：「詞苟足以達，義之至也。」聖人曰：「詞達而已矣。」達之之說，惟如其義而止。蓋有少一語而失之晦，多一語而失之支者，此非讀書窮理之至，未易以與於斯也。不讀書，則詞不足以給意；不窮理，則意不足以役詞：是不達之一端也。

若夫不讀書，則於古今得失之故，事變之宜，名物器數之異，罔所周知，而欲出其方隅之見，以行其固陋之文，言之雖長，動成礙窒，章已不成，庸有達乎！若讀書而不窮理，則見解爲章句所牽，志趣爲先儒所阻，其爲文也，依經傍傳，不能自出一語，遵大家之矩矱，襲古人之陳言。是其言非己之言，而人之言也；已無其言，達於何有？是故，學者亦求明理而已。理明則識定，識定則氣壯，洋洋灑灑，自我言之，不求合於古人，而古人之言自合於我。惟其理合也，恃理以往，固有多一語不得，少一語不得者，又何斤斤古人之是法哉？漢、唐、宋諸家之文，傳者未有不由此也。

予客鄂渚，見張子夏鍾所爲明大家文序曰：「文，所以明道也。古之聖人急於明道，不得已而有文。其道明，文雖未至，無害乎其傳也；其道未明，文雖至，無益乎其傳也。」予爲擊節者久之。蓋道明而後有言，是其達，非以爲文，以爲道也。故張子於漢、唐、宋諸家之文，皆有異議焉，其所謂道，一本於宋四大儒，而非諸家之所爲道也。觀張子之文，殆欲以韓、歐、蘇、曾之筆，銓程、周、朱、張之理，斯其所爲達也。而吾則謂周、程、朱、張自有其文，韓、歐、蘇、曾自有其理，至於達，則一也。吾主窮理，而張子主於明道，道一而理殊，則予猶存乎文之見也，予不及張子遠矣。

問山堂文集序

昌黎韓子之論文也以氣，曰：「氣，水也；言，浮物也；水大而物之浮者大小畢浮。氣盛則言之短長與(音)〔聲〕之高下者皆宜。」夫氣者，才爲之，而非才也，所以行吾之才者是也。才有長短，音有高下，必一以氣充之，則自然節奏無不合宜，是以貴乎養也。而養之之術，韓子謂：「行之乎仁義之途，游之乎詩書之源。」其説甚高，要不過讀書窮理而已。夫讀書窮理，非以爲文也，而文至焉。於六經之奥義無有不探，史籍所載無有不窺，於古今是非邪正之辨、時勢之推遷、物理之變易、人事之得失，一切無有不究，洞洞矚矚，無所疑滯於其中。於是放之爲文，直述己見，發前人之未發，而不以爲僭，言前人之已言，而不以爲襲，復有何囁嚅瞻顧，以沮吾一往之氣哉？

若今之能文者，其讀書徒以爲詞而已，以副墨雒誦爲勤學，以掇拾飣餖爲博雅。而亦有規模大家，取法先輩，一步一趨，尺寸不迸。其爲論也，依經傍傳，不能自出一語。此猶被木偶以衣冠，而周旋揖讓，謂之象人可也，而實非人。何則？無其氣也。理者，氣之源也，有真理而後有真氣，而因之以有真詞。舍理以爲氣，虚氣也；舍理以爲詞，浮詞也。由是論之，今日能讀書者幾人哉？則今日能文者又幾人哉？

晉江丁君雁水，蓋今之讀書人也，出入仕宦，案牘之罅，未嘗一日廢書。又虚懷好士，凡車轍所至，必訪求賢人隱遯之不出者，而折節下之；進而坐論，以盡其所長，以叩己所不足。宜乎其理日明，而氣日盛也。今讀其文，體制不一，而要皆暢其意中之所欲言，意之所至，而文生焉，皆氣爲之也。韓子謂言之長短，聲之高下皆宜者，公其有焉。公之詩既已冠絶流輩，而復肆力於文，好學深思，將以求夫韓子之學，有不至而不止者。夫韓子之文至矣，而近世尊尚其詩，則謂詩文爲不能兼善者皆妄語耳，吾又於君信之矣。

毛會侯文序

遂安毛子會侯，以古文詞稱於世。丁卯之春，與予相識鄂渚，悉出其未刻諸稿見示。余讀之，深歎毛子之善學古人也。

予少時讀昌黎答李翊書，自謂其「取於心而應於手也〔二〕，惟陳言之務去，戛戛乎其難哉」，是說也，予嘗怪之：以昌黎原本道德，語焉而詳，擇焉而精，其言皆根於中而溢於外，宜無復有所謂陳者而務欲去之也。已，漸學爲文，老而後知「陳言」者非宿昔之語、緣飾之詞，而吾所自有之言也：凡吾之沾沾自喜，毅然自以爲是者，皆陳言也。吾所自信者法也，抑揚轉合之間，法有決不可少；已而知其無不可少也。吾所自喜者其詞也，匠心以出，創獲前人之未有，蓋有甚不能舍之詞；已而知其必在所舍也。則亦惟本諸理、依乎氣而已矣。理明而氣自足，故養氣莫如窮理，窮理莫如讀書，孟子集義之學亦猶是也。於是而有文焉，無所疑於中，無所牽於外，行乎不得不行，止乎不得不止，所謂言之長短、音之高下皆宜，豈不然乎？昌黎曰：「惟古於文必己出，文從字順乃其職。」非從乎文也，而文從焉；非順乎字也，而字順焉：斯謂自己出之文，而後爲陳言之盡去也。

毛子之學，亦嘗從事於此，久而漸近自然，無所爲戛戛之難乎。始猶存乎理之見，後且忘其爲理矣：詞無非理也。始惟求乎氣之間，後且直任法矣：氣在法中也。故其理實，其氣平，其法雅飭，其詞和豫，蓋學韓而得歐者也。今世之爲歐陽氏之文者衆矣，其有致力於窮理養氣之學者誰與？吾故以毛子爲善學韓子也。

印法參考序

十七年前，予爲楚游，於孝昌坐上客扇頭見潘子燕丘詩，鬆秀有致。已，至鄂，亟向當事稱之，旋被物色，因與其昆仲論交。是時，介丘方以鐫篆鬻技市中，予往來過市，輒就旁榻坐，看其懸腕用刀之法，知其爲高手也。

今年再過鄂渚，則介丘技益工，名益噪，坐市中宅鬻技如故。予亦仍就舊所坐榻，與談憶十七年前事，猶昨夢耳。話舊之餘，出其所著印法參考見示，蓋極其精思，募刻秦漢古章暨近代名家諸作，匯成一帙，而又探索篆籀隸楷及八分之源流，一以許氏說文爲宗。其間分別陰陽，辨正雅俗，較訂淆訛，皆確不可易。即時有增省之法，要皆本諸六義，未有一畫可容臆撰也。至於章法、字法、刀法，皆擇焉甚精，語焉極詳。而吾所最歎賞者，則刀法用中鋒之說也。其言曰：「刀以代筆也，筆墨有未盡者，刀可以得之。刀之所欲得者筆法也，非有離筆法之外，而更求刀法者。不失筆法，斯爲刀法。所謂中鋒者，此是也。」

嗟乎！學問之事，未有不得中鋒而能臻其至者，固不獨書家爲然。昔龔端毅公與予論詩，予進曰：「公詩大佳，但好和韵，固是一病。」公瞿然曰：「和韵不可乎？吾有韵，斯有詩。」予曰：「因韵有詩，詩無中鋒矣。」公益瞿然，因問中鋒之義。予舉虞書：「詩言志，歌永言，聲依永，律和聲。」謂循兹數言，可以得中鋒矣。是故志也者，詩之中鋒也，以韵從志，則得；以志從韵，斯爲失之。公沉思久之，歎曰：「是也！」今夫學書者不爲筆轉，學鐫者不爲刀轉，學詩者不爲韵轉，我能轉物，物不轉我，斯爲中鋒，斯爲正學。故曰：藝也，而道存焉。潘氏兄弟皆爲詩，意必皆有得於道者，固不第介丘以名其刀法也。

吳越錢氏支譜序

吾錢氏有譜，其由來遠矣。自吾所知者，曰大宗譜，武肅王撰也；曰慶系譜，文僖公撰也；曰續修大宗譜，元太尉佖公撰也；曰流光譜，淳安莘野端浚公撰也；曰重修流光譜，叔陽常臭公撰也；曰重修錢氏流光，則名爲先考鏡水府君撰，而實非出一人手也。文僖與佖公皆宗忠懿王。忠懿王之後，爲錢氏大宗，其視流光則支矣。爲流光者祖文穆王而宗靜宣公，靜宣於文穆支也。靜宣之孫有寺丞公守新安，始遷汝溪，又靜宣之支也。居汝溪五世，而有將仕郎臻公，臻公之子著者爲惠頫、惠濟兩侯，其後或遷於蜀阜，或遷於蔗境、坑田，皆去歙而淳。

迨我祖烈公自淳安之蜀阜遷於桐城之灊漕，則又惠濟侯所分之一支也。以宋末始遷灊漕，迄於今，代更四朝，年歷四百，族益衆，屬益疏，不得不於支中析支，以稍求其所爲親者而聯屬之，亦勢所必至也。吾七世祖爲績公。績公之後，子孫現存者近五百人，其中名字或冒昧雷同，相見多不能識認，況自此以外乎？績公者，誨公之仲子，主事時公之孫，將軍必壽公之曾孫，烈公之六世孫，惠濟侯矞公之九世孫也。今合績公以下爲一支，而宗績公，則所分於惠濟侯支中之一支也。

而或者疑焉，疑夫績公之兄純公、弟紹公皆出於孫宜人遺腹之誨公，今何不舍績公而宗主事公，以合三支爲一支耶？噫！是吾之志也，吾欲合之，而不能遽合，是非吾之罪也。雖然，即宗績公可也。績公孤傳爲鵬公。鵬公傳五世而及於吾身，及吾身而服始盡。蘇子曰：服盡則親盡，親盡則如塗人。吾慮此五百人之即爲塗人也，汲汲乎及吾世而譜之，庶幾吾之精神志氣猶足以聯屬之，使疏而復親。而不能他及者，親久盡也。嗚呼！夫兩支之未合也，豈以親之久盡乎？雖未合，而兩支之世系井然，於吾譜則亦猶之合也。豈惟此兩支？即將軍以下之世系俱井然也，自將軍以上亦井然也。

夫物之不能有合而無分，猶之乎不能有分而無合也。吾之爲是譜也，總其綱而張其目，會其源而灑其流，名爲支譜，而宗譜之大概備此矣。吾分之，後之人必將合之。合之者，當窺吾意旨所在，於筆墨然疑之間精而詳之，成一信譜，以續大宗、慶系、流光之後，是吾之志也夫，是吾先子之志也夫！

校記

[一]「盡得」云云　四部叢刊元氏長慶集杜子美墓志銘原文作：「盡得古今之體勢，而兼人人之所獨專。」

[二]應　四部備要本昌黎先生集答李翊書作「注」。

田間文集卷十四

序

文燈巖詩集序

詩之爲道，本諸性情，非學問之事也。然非博學深思，窮理達變者，不可以語詩。當其意之所至，而蓄積不富，則詞不足以給意；見解未徹，則語不能以入情。學詩者既已貫通經史，窮極天人之故，而於二氏百家之書無有不窺，其理無有不研，然後悉置之，而一本吾之性情以爲言。於斯時，不必飾詞也，而詞無有不給；不必緣情也，而情無有不達。是故博學窮理之事，乃所以輔吾之性情，而裕詩之源者也。

文燈巖先生，於十三經、廿一史之書，蓋不啻寢食而沐浴之矣，旁及宗門教乘，皆能辨別源流，而得其指歸之所在。即百家諸子，以至稗官野史，無不語焉極詳，而擇焉極精。故其作爲文章，如地負海涵，無所不具。至形之於詩，則少引典故，多任天真。其始作也，寧生無熟，寧險無平，戛戛乎陳言之務去。烹煉既極，漸近自然，似不知胸中有所爲古文奇字也，而字必有據，語必有本，即先生亦不自知其然，則博雅之效也。

陳大樽氏稱其惻隱溫厚，源於「二雅」，而廣引曲喻，有屈平之遺風，此言先生甲申以前作也。當是時，先生以外吏目擊國家多故，不能有所發攄，又時有憂讒畏譏之思，故托之篇章，以寄其憤懣。大樽比諸離騷，良不誣也。迨甲申以後，時事已非，其情蓋有三閭大夫之所不及知，而離騷之所不能哀者矣。而先生之詩，顧一出於柔澹平雅，其題亦不過游覽間適，與諸故人賓友贈答唱和之作，蓋取法於靖節也。夫靖節豈必以詠荆軻、讀山海經數首爲有所寄托乎？即其飲酒、詠懷、擬古諸雜詩，皆甚不能忘情，而欲以是忘其情者也？先生亦猶是也，先生之詩，不爲騷而深於騷，非得學問之深而性情之至者，烏足以與於斯？

何紫屏詠史詩序

蓋吾更歷世變既久，而後知史不足信，非謂其僞也，真見功名成敗之際，皆有幸有不幸焉；即幸而成矣，又有幸而傳，有不幸而不傳。其傳者，事至庸不足道，而人偶傳焉，傳之久，傳會益甚，史氏從而潤色之，今之班班載諸典册者皆是也。其不傳者，雖事迹昭然在人耳目間，而不爲人所傳，久漸湮没，史氏無從考據，併姓名胥失之矣，今之所不載諸典册者何限也！故稱信史者必闕疑：有傳其名而佚其事，有傳其事而佚其名。夫事苟傳，名即不傳，莊生所謂萬世而下，猶旦暮遇之也。當太平右文之世，承明著作之徒正據實録，旁蒐家乘，猶且淆訛闕略，至不足憑，若一經變故以來，遺文放失，故老彫殘，誰傳之而誰信之？其佚之也不亦宜乎？

夫世豈真有忘名之人，不幸爲史所佚，後之人求其名不得，從而追歎曰：「此真隱者也！併不欲以姓名著。」豈信然哉！然世亦自有真隱者，如傳所稱丈人荷篑之輩，正如空山木石，無與於人，人亦不必問其名也。吾嘗讀素問、靈樞諸經，其人於陰陽之旨、性命之奥，自非大聖不辨，而乃托其名於岐黄以傳。至於漢、魏、六朝間，諸所撰僞書，文采斐然可誦，至今不知作者何人，或者當世自耻名微不足動衆，借先世以重其言，迨書既盛行，雖欲爭之，已不可得。此又自佚之也。

然世之自佚者少，爲史佚者多。何子作詠史詩，而皆取其佚者，其以佚爲斯人之志乎？抑以爲作史者過乎？予與何子，皆異時史之所必佚者也，何子之詠史，或心傷之矣。

葉井叔詩序

詩以道性情。而世有離情與性而二之，是烏足與語情乎？詩也者，發乎情，止乎禮義，準禮義以爲情，則情必本諸性。可知三百篇以下，惟漢爲近古。魏晉以還，情亦少雜矣，然其詩猶沉綿曲鬱，而不至於放，則猶有禮義存焉。至六朝，而情蕩矣，所述者大抵皆艷冶之私、靡麗之習，其事至褻，其聲極新，令聞之者心志慆淫而不能自持，卒至於潰防裂檢，風俗横流，國隨以亡，皆情誤之也，是豈知有性情者乎？

夫詩之爲教，非徒以流連光景、愉悦志氣已也，類皆賢人君子不得志於時之所爲：或憂在國家，或事屬天倫，中有不便於深言者，因托之歌詠以見志，庶幾聞之者因以感發興起而不敢爲非，於是乎始貴有詩。是故，讀其詩而生人感發興起之心者，謂之正聲；讀其詩而生人慆淫放逸之志者，謂之淫聲。自采詩之官不立，士大夫私相傳播，則正聲與淫聲並存，於是乎情益熾，而性情或幾乎亡矣。唐初一掃靡習，力追大雅。至杜子美出，而復見三百篇之遺。其詩慷慨悲壯，指陳當世之得失，眷懷宗國之安危，一篇之中，三致意云。自唐宋以來，宗之至今，言詩者始復知有性情之事。

而近之説詩者，謂詩以溫厚和平爲教，激烈者非也，本諸太史公所云：「小雅怨誹而不亂。」吾嘗取小雅誦之，亦何嘗不激乎？譏尹氏者旁連姻婭，刺皇甫者上及艷妻，暴公直方之鬼蜮，巷伯欲畀諸豺虎，「正月繁霜」之篇，「辛卯日食」之行：可謂極意詾厲，而猶曰其旨「和平」，其詞「怨而不怒」，吾不信也。且夫無病而呻，不哀而悼，謂之不情。有如病而不呻，哀而不悼，至痛迫於中，而猶緣飾以爲文，舒徐以爲度，曰：「毋激，恐傷吾和平也。」有是情乎？情之發也無端，其曰止諸禮義者，懼其蕩而入於邪也。若夫本諸忠愛孝友以爲情，此禮義之情也，性情也；性情惟恐其不至，可謂宜得半而止乎？

葉子井叔，今世之禮義人也。其律身也嚴，其居官也潔，其與人也慎，其出詞也寡；外若不及於情，久而與之處，蓋一往而情深焉。讀其詩，緣飾盡而天真存。癸卯以前，在野之作也。癸卯以後，服官之作也。流覽述懷，每關理要；宴集贈酬，不忘規諷。通其所作，無一語之戾於邪，可謂止於禮義者矣。然至念及於庭闈之痛、故舊之私、萇楚之嗟，未嘗不委曲盡慮，凄愴傷心。夫葉子豈激者與？而使人讀之，慨然以慕，愀然以悲，吾誠不知其何情也？然後知葉子之嚴潔慎簡，其情之未肯或溢者，蓋有所獨至耳。夫情不溢而獨至，謂之性情。如葉子者，可與言詩矣。

容齋集序

三年前，晉江黄子僧岸與予同客陵陽。陵陽主人，老友也，頗傲忽。游甚困，黄子意殊不平，予心過之。未幾，予罹子痛，所爲老友者漠然一不問，予然後知黄子向者之不平非過也。比在陵陽時，許爲黄子詩序。今年，令嗣竹君判永州，予亦爲江漢之游，黄子緘其所刻容齋集，馳書徵序於予。

予嘗謂，古今之人品詩文不定一格，大抵以本色爲佳。夫本色，固不妨於純駁互見。駁者，其人之病也，凡古今人品詩文之稱絶者，未有無病者也。以龍門氏之爲史，而不免於疏；以少陵氏之爲詩，而不免於拙：兩公之本色在此，後之所以傳兩公者即以此。若必求盡去其病，因以喪失其本色，則亦鄉愿而已矣。孔子曰：「鄉愿，德之賊也。」以爲詩文，是亦詩文之賊也。黄子意氣才情不可一世，或者即以是爲黄子病，而黄子決以是自成其人，自成其詩文，亦曰：「吾寧任吾本色而病，必不爲無病而鄉愿也。」

予少時夢坐箬舫中，飄泊溪灘巉石間，意甚愁怖。已，芒鞋入閩，溪船險阻，一如夢中所見。自是二十年來，凡三入閩，於閩中山水人物似有夙因。初受知於君家銅山夫子，而東崖相國亦謬以國士見目，今又與君稱莫逆交。則吾於閩有因，於君黄氏更有因哉！嗟乎黄子！當君困游時，咄予之罹子痛重爲吏虐也，君徬徨悲憤，思所以援予者不得，與楊子嘉樹大呼秋浦，以冀將伯之助，卒無應者，君於是始信世間意氣之盡假，而向之漠然者之不足深怪也。已，入永就養，風便，特泊皖江邀予，欲與俱去，以避吏禍，覓不見，始解維而西，其亦可感也已。

永州爲柳子厚吟嘯之地，君近與吾兄開少游，吾兄雖已逃之方外，其意氣才情非盡槁滅者。而衡州有王而農，高蹈巖穴，倘能致之入永，與唱和，亦勝事也。此兩君子，吾不知其孰狂孰狷，惟知其人品詩文決不爲鄉愿而已。倘唱和成帙，幸更寄我序之。

姚經三詩序

文章小道耳，有天事焉，有人事焉，天與人各半，然而得天者居多。夫人之不能爲詩，雖博學深思，求一語之合而不可得，則天限之矣。其得諸天者，則又有强有弱。古稱能詩文之士，其才未有不强者也，其人類皆有挾山扛鼎之筆，屈伸自如，然後遇物感事，能直追所見，曲折盡意，於物無遯情，於己無遺憾也。故夫花之光、水之波、雲之峰、劍之鋒，皆物之有餘於質，以出而見奇者，皆强之爲也。彼弱者惡能文！

今之言詩者曰：「詩以溫厚和平爲教，彼慷慨激烈者非也。」迹其説，則詩似與强者相反，而弱者近之。不知夫和平之旨，固欲令强者俯而就焉，弱者跂而及焉。然吾謂，强者能至之，弱者不能至也。譬如射然，羿之教人射，期於彀中。中者，中央也。力之强者，其中則破的也；弱者雖中之，僅能至焉。至於不中，一則溢於彀之外而失之，一則不及於彀而失之，均失也。羿則寧取其有餘者，以爲其俯而就焉者易也，而不及，不可勉也。馭馬者，措杯水於肘之上而不動，鈎百而反，組之至也，豈貴其馳驟哉！而駑駘因以驕語曰：「夫不馳驟乃爲善馬也。」有不局局然爲騏驥所笑者耶？

雖然，惡可以不至於彀也？吾鄉詩往往恃其强力，不肯馴服，溢於彀之外而不至者有之；吾力能至之，而意不欲也，則復自詭於其外。間嘗語經三曰：「生老矣，作詩期適意耳，而身後名哉？」故每屬一語，必攄筆盡情，博白家老婢一笑以爲樂，終不矜持格律，如以麻姑爪搔隔被背痞，得哀家梨乃復蒸食也。

經三於諸家體無不學，學即無不似。或一題數十首，或一首數千言，既已盡態極妍，尤工爲艷曲，流麗自喜，雖溫李無以過之。今年乃斂華就實，漸造平淡，殆將入彀時矣，吾恐經三之復似吾之馳騁而出也。夫入而不能出，力有限也；若經三，則有餘於力者也，其鋒不可藏也，其艷不可匿也。經三所得於天者强，雖欲藏之匿之，而有不能自已者也。若從此而以講和平之學，使其鋒與艷如箴在綿，如錦在絅，而後天下之欲以和平文其靡弱者敗矣。夫絅之可貴，以有錦也；綿之可喜，以有箴也。如以絅蓋褐，以綿裹鎚，則何可貴與喜之有？經三勉之！此固弱者之所深諱，而强者之樂得自表異者也。

魏州來詩序

今年春，予訪魏子存學使者於鄖。初入其幕中，諸君子以次揖見，最後一髯丈夫出，顧盼甚偉，予謂子存曰：「此非君家庶常公子耶？」曰：「然。何以知之？」曰：「似甚。」已，置酒合坐中席，聆其笑語謦欬，則益似，仿佛三十年前，聽庶常抗手爹頤，衮衮論天下事不休時也。諸君子既相從於郢，予返鄂，與卜臣共居署中。予語卜臣曰：「向見阿弟，殊毛神鋒，酷肖尊公，善詩乎？」卜臣曰：「然。何以知之？」曰：「向者予接其顧盼，聆其笑語謦欬，疏豁不羈，詩人也。」卜臣隨出州來詩見示，蕭爽悲壯，一如其爲人。久之，州來自郢返武昌，無事則相與賦詩。州來每詩成，輒朗吟如鸞鳳音，亦喜吟人詩。予間有俚句，經州來吟，即音調鏗鏘可聽。而州來亦謬嗜予詩，謂能不事藻飾，而從事於性情氣韻之間也。

予因憶庶常公初赴公車時，大召客，予時在坐。公家法素謹，是夜孌童靚妓，墮珥交舄。予大醉，挾庶常與妓拇戰，不勝，罰巨觥，號爲「破腐」，舉坐歡嘩。今思之，已二十七年矣。是時子存年纔二十七，予年三十有二，州來纔從塾師受句讀也。今州來齒過於予向時狂醉之年，子存又二十七年而始與予見於郢。而予衰晚窮愁，無一善狀，但酒後狂奴故態時復作耳。

予既心折州來才，竊恃通家之誼，以一言爲州來勖。往時，庶常公不甚爲詩，而筆墨特妙，每酒酣捉筆，對客揮灑，同人爭藏弆奉爲拱璧，而忌公者已眈眈坐隅矣。甲申之變，公既死，而終不免於謗，蓋由公才太高，名太盛，鋒芒太銳，與人論卒不肯相下，忌公者結舌於生前，不容不肆吻於死後。州來才不減庶常，而顧盼謦欬間又絶似之，與人言論得無有鋒鋭不肯少挫如尊公耶？不知忠節公立朝百折不回，其鋒鋭亦類是否？名豈可以三世居？亦豈可以三世不肯屈一語耶？

予生平轉喉觸忌，動與時忤，迄今轗軻以老，凡予之所以勖州來者，皆當時人之所以勖予者也，州來其信之乎？子存凹之稱善。遂書其語，以爲州來詩序。

張石谹詩序

三十年前過西泠，西泠諸子置酒大會，名士畢集，獨未識張子石谹。今年，訪魏子存學憲，入其幕，幕中賓客相見，推張子年長。予老過張子而眊。張子燈下細書，終日點閱無倦容，事竣即苦吟，遇有篇章唱和，隨手錄去，幕中爭稱其老而好學，殆袁伯業之流也。間以詩示予，意思綿鬱，詞氣淒宛，其有甚不得志於中者之所爲耶？暑月，與予聯牀，予以子難，至痛攻中，徹夜歎泣有聲。君初無一語，然轉側枕席間，亦通夕不寐以爲常，其有甚不得志之事，終未常以告人也？

夫人所傷者老，所嗟者貧。以予自視，貧與老皆非攻中之事也。君無予之事，而不寐與予同，則知人世之足以攻中者固非一端矣。孟德之詩曰：「憂從中來，不可斷絶。」又曰：

「何以解憂？唯有杜康。」夫以酒解憂，酒醒後憂乃益甚。不得已，取其性情之所近者，沉溺於一事，以忘其所苦，其唯讀書乎？觀君之手不停披，雖由天性，蓋亦有不得已者焉。

石巡言：「近西泠二十里有湖渚，汊溆玲瓏，非舟楫不通，非橋不度，橋斷即比屋不相往來，杭之詞人高士多居其中。倘得買數畝地，臨水營茅，與諸君子望衡對宇，時相過從，終年鍵户讀書，足以老矣。」予心竊嚮往之。明年將到西泠過湖渚，訪君之所爲詞人高士，則予向時高會諸士，或猶有存者。倘茆屋已成，多釀好酒，酒酣，與君飽睡於竹風梅雨之中，以補今日聯牀之不寐，可乎？

溫虞南詩序

南人之音柔曼，北人之音激昂，自有聲詩以來，風氣所限，雖功力之深，固未可以相易矣。然稱詩者必主於溫厚和平，此非詞義之説，而聲音之説也。夫聲音之道本諸性情。古人齊音正樂，必求端於性情，而後聲音應之，是故，性情正者，風氣之所不得而偏也。自樂府失官，聲音之道不傳，性情之事，惟於氣韵之間遇之。夫氣韵，無色聲之可迹，無義理之可尋，可得而喻也，不可得而傳也。非是物者，雖雕繢滿眼，猶被橐駝以文繡，而飾嫫母以朱粉耳，烏足尚哉？吾之以氣韵論詩，猶之古人以聲音論詩之道也。

燕趙多悲歌慷慨之士。溫子虞南，趙産也。吾見其人厚而和，其厚者，風氣之使然也；厚而和者，則非風氣所能使爲也，溫子殆得性情之正者歟？溫子於五言古詩，不必學漢魏，而自然似漢魏；於近體，不必學三唐，而自然似三唐。吾謂其似者，不在乎詞義，而在乎氣韵之間也。

溫子曰：「吾之於詩，猶未之逮也，而有志焉。吾歸而取漢、魏、唐、宋、元、明諸大家之詩，及吾之未仕以益肆力焉。」溫子之所肆力，則詞義之事也。夫詞義之事，與性情氣韵，不相爲而相爲者也。肆力既久，則厚者益以厚，和者益以和，且知古人之所爲溫厚和平，正不妨雜出於激昂，而非以柔曼爲工也。溫子自此於漢、魏、三唐，當不僅得其似而已矣。

曾庭聞二集詩序

寧都曾庭聞游寓秦川，所爲詩沉鬱頓挫。觀其出塞諸篇，音調悲壯，居然車轔[一]、駟鐵之遺響也[二]。已，乃輕去其鄉，挾吴姬，置諸塞下，匹馬絶大漠，並長城，歷秦、晉、燕、趙之墟，每積草逾沙冰稜雪暗時，烟火斷絶，夜無幕廬，則枕卧馬腹下以爲豪，然所至，輒有旗亭觴詠之樂。故其詩復多情至之語，艷思藻句與悲壯之聲雜出，蓋視初集又一變也。庚戌春下第，僕人胠其篋以逃，困甚，於是悉燒平生著作，獨策蹇南歸。歸則盡遣去諸婢妾，入天目山，禮玉公和尚爲師，求剃髮，不聽。今年復隨計偕入京，持戒精嚴，儼然一苦行頭陀矣。

予謂，古今詩人皆有情人也。論詩者，惟曰發乎情，止乎禮義。陶元亮嗜酒，著《閒情賦》，不入遠公社，然遠公聞其至則喜；謝靈運奉佛甚篤，而公謂其心雜，則遠公之取舍必有在矣。白樂天、蘇子瞻皆深通佛法，而未能忘情於聲色嗜味，然樂天自信生兜率天，子瞻爲戒禪師後身，後世之學佛者，於二公皆無譏焉。是情固不足以累道也。

庭聞詩以豪氣而兼柔情，其斥遣愛好，皆豪氣之所爲也；以云槁滅，未也。吾願庭聞吟元亮之詩，去靈運之雜，學樂天之佛，參子瞻之禪；不必忘情，亦勿越於禮義。以是爲詩，即以是作佛。則天目和尚之不聽薙染，或亦與予有同見乎？臨別，出兹集見示，因書此以爲之序。

潘蜀藻詩序

吾鄉潘蜀藻，以詩文稱於世者三十餘年。凡吾鄉論名士，必推蜀藻。而四方稱吾鄉之名士，亦必首推蜀藻。予之知蜀藻，蓋知之於四方之士也，垂老，始與蜀藻交。讀其詩與文，因以漸習其爲人，然後知四方之譽果不虚，而士之有盛名於當世者，固不妄得也。

是時，蜀藻與方爾止學爲白香山詩，因見予之詩間有似於香山者，而好焉。予之於香山，非有意以似之也。予以爲，詩者性情之事，非緣飾藻繢者之可爲，故力求其真率，而不自知其間有似也。而蜀藻之爲香山，亦時出入於錢劉之間，其論詩多與予合。故與爾止同學香山，而吾鄉獨以香山名爾止。且爾止好苦吟，其有似乎香山者，必經累日構思，摹擬刻畫，久而後近之。蜀藻之詩，多得諸應酬紛沓之餘，或即席唱和，或酒䣛挑燈，率援筆而成，而亦無不似者，則其才不可及也。

以蜀藻之才，馳騁藝林，何所不得？使獲一第，而居得爲之位，又何事不可爲？而乃以明經入太學，爲選人，以聊自解於大夫人，志良苦矣。既䣛舉，則益肆力於詩文，因搜羅同鄉先輩及諸亡友逸士之遺稾，盈敷千篇。欲悉爲之論定而表章之，其意甚厚。吾觀蜀藻，平生耽嗜風雅，遇人有一語之善，歌舞贊歎，不自知其吟之於口而誦之於人，蓋天性使然。而其詩學之老而彌深，殆亦由此其進也。今將梓其集，以應四方之求，語予曰：「吾且老矣，吾無以見於世，所可見者此耳。子知我者，其序焉。」

吾猶記蜀藻甫十歲，應童子試出，合郡傳誦其文，目以聖童。當時見者，爭以爲潘氏千里駒矣。及其以詩交於予也，年正壯盛，方以全力攻制舉之文，而講求用世之學，詩特其餘事耳。而今乃以詩名也，悲夫！

江磊齋入覲草序

孟子曰：「詩亡然後春秋作。」以吾誦三百篇，其號爲「變風」者，大抵多自周室東遷入春秋，省隱公紀年以後之事，風未亡也，所亡者雅頌耳。風也者，蓋里巷之勞人思婦相與歌詠其情，本無關係之作，而一時政事之得失、風俗之貞淫因以見焉。若夫二雅，則皆出於朝庭士大夫之手。古人於君親之間，有所欲言而不能直陳者，則托諸詩以見志，以爲詩言之無罪，而聽之者足以戒也。故雖生當弭謗之朝，道路以目，而民勞、桑柔諸什叕危無諱，則當時之不以詩爲謗可知矣。觀小雅行役之詩，非輶軒之遺使，則侯國之大夫有事於王室者，其詩祇不過自叙其勞苦，譏王政之不平，聖人猶取焉，取其言之有刺於時，足以爲戒也。自東遷以後，雅音無聞，士大夫諷諫之道以廢，而徒聽謳謡於里巷，謂之詩亡，可已。

江子磊齋以詩名者二十年。其十年以前之詩，所以取歡寄暢，陶詠性情，風之屬也。自十年以後，服官以來，其詩感物託事，皆有爲而作，雅之類也。兹以江州司馬入覲於京，往還五閲月，得詩若干篇。吾讀之，見其觸景書懷，即事寓興，固未嘗有異於昔，然而歡愉之詞少，而感慨之情多。蓋江子早宦江城，近遭變亂，目睹居民死喪流亡之慘，冤酷在中，雖君門咫尺，自傷身爲外吏，曾不獲親承詔問，伏殿陛之下，一吐出其胸中之所欲語，又不能如鄭監門驛上其所見流民之圖，乃作繪圖吟以仿佛其意，庶幾有當事者見之，動其憐憫，以轉達於上，以不負其入覲之本志也。集既成，而以過里門省母一篇冠其首，目曰入覲集。

江子此集可謂備忠孝之道矣。皇華之詩曰：「載馳載驅，周爰咨諏。」言使臣雖有馳驅之勞，不忘國事，訪問周詳，將以廣傳聞而入告我后也。四牡之詩曰：「王事靡盬，不遑將母。」又曰：「是用作歌，將母來諗。」諗，告也。蓋欲以靡盬不遑之情告之於母也。今江子所陳之民隱，皆身親歷見之，固不俟之於周咨也；所告諸母氏，非懷歸之私，而民隱之痛也。江子之視古人忠孝何如哉？

獨是皇華、四牡皆輶軒之使也，其臣於報命之日，皆足以自言。且其詩非使臣之作也，上之人憫其勞苦，推其情而代爲之言，如自言焉。江子以外使入覲，則下國之大夫也，既不能自言於上，而其所欲言者，上之人亦未能知之也。於戲！下之情不自言，而上能代爲之言，雅之所爲正也。至於下自言之，而上不能知之，其斯之爲「變雅」乎？江子此集，固不與北山同其怨，殆將與大東共其憂也，悲夫！

蕉庵上人詩序

宋人嘗謂詩通於禪，謂皆從悟入也。虞山老人每云：「不解此語，不知詩有所爲悟者。」虞山學佛，通教而不通宗。夫語不離位，宗門所呵。詩之言，盡乎情與境耳，若言情者不離此情，言境者不離此境，就使其情境逼似，言止意盡，豈足以語詩乎？惟離之以爲詩，則固有不必似者，使誦者恍惚遇之，而以爲真似也，則悟之爲也。悟則見解囮而心手活，能轉句不爲句轉，故吾之論詩，不以文字，而往往於氣韵間求之。夫氣韵固非滯於句者之所能爲也。

予於方外人諸作，其爲悟後語，與爲非悟後語，一見輒能辨之。然亦有天姿超妙，不爲習氣拘牽，意境翛然，而出語有近於悟者，若蕉庵是也。蕉庵爲人灑落自得，其詩清脱曠逸。吾所賞者，乃獨在其氣韵之間，賞其天也。吾友魏青城爲予言：「其胸中無一塵，亦無一法。」則其所取者，亦取其天也。任天者本不由悟，而悟者乃能自得其天，則悟又爲第二義矣。

喻武功詩序

以吾觀，世間一切伎能可傳之事，至於精義入神，未有不本諸其天者也。得諸天者既深，則其爲之也必力，而世因謂其爲之之力足以致之，不知其人於世之所爲者一皆不爲，而獨爲此一事不倦，此即天爲之矣。是故詩之爲道，全乎天也。今人固有博極載籍，於古文詞無所不善，而不能爲詩。非無詩也，彼其屬詞比事、諧聲中律，詩所應有者亦具有之，然以爲儷句則工，以爲詩則去之猶遠。彼蓋以人爲之，而所謂天者不存也。吾所謂天，固不在乎篇章詞義之末，而在乎性情氣韵之間也。

池陽郡伯喻武功，以弱冠宰池之建德，由邑而別駕，而司馬，以迄今領郡，凡數遷，不離池陽，回翔江國者且十七年。既潔身率下，而於弭盜、戢奸、造士、養民，凡古人吏治之有一法可行者無不行也，行之亦無不善也。公生長華胄，於人世嗜欲之事一無所好，顧獨好爲詩，豈非吾所云得諸天者哉？一日，輕舟迓予，渡江至郡，避席而請曰：「僕少孤，不幸早仕，即困於簿書，不能力學，惟竊心好風雅，誦古今人佳什，則意味津津。間有吟詠，都不入格，而性情所癖，蓋有不容自已者。讀諸家詩，惟先生作必傳。欲乞一言，藏之篋笥，俟異日詩成，將弁之問世，以爲重也。」予覽公詩，謀篇造句大抵取法三唐，亦不惟其篇章詞義而已，往往性情氣韵之間頗有似焉，雖公亦不自知其然而然，蓋天爲之矣。

夫詩也者，世間窮愁之士不得志於時者之所爲也。惟其窮，故能體物以極情，窮理以盡變，故其吟甚苦，而語始工。若士大夫居官爲之，聊以攄懷適性而已，無所於苦也。而况居官日久，諛之者衆，士之集於其門者，皆有求焉，亦惟恐諛之不至也。以是，凡甫成篇，皆有美無疵，蓋終身無有指其弊者，而其人居然名詩，亦終其身不知己之弊所在也，亦足悲矣！公言其爲詩，有片刻揮毫而成者，有一字謳吟數日而就者，慘澹經營，與世稱苦吟之士無以異。而公猶欿然不以自是，復求當世能詩知名之流而心所獨折者，出而示之，以悉究其所爲弊。人信其虚懷，亦無不悉其所能知者以告之，而公已超然神解，豈非天哉？以公之資稟如彼，而用志如此，其好也誰啓之？而學也誰復策之？吾故曰：公之於詩，得諸天者深也。

重刻青箱堂集序

王文貞公青箱堂集共若干卷，長公胥庭相國既刻諸都下，行世久矣。公季第五君个庵來守潤州，潤州東南衝隘，士大夫舟車往來如織，相見輒求公集，君所攜既少，又卷帙繁重，道遠，不能數致，乃謀重刻諸京口，以應往來士大夫之求。刻成，屬序于予。

先，予以甲寅春别公南還，臨别時，出其未刻稿，命爲之引。率爾援筆，略言公詩文純任性情，世皆仰其道隆，予獨窺其情至。今合公全集讀之，益知公之所以爲情，即所以爲道也。

夫天下未有離情以爲道者。非道之情，妄情也。非情之道，僞道也。文也者，載道之器，即達情之言也。彼蓋于君親倫物之際，至誠愷惻，不能以自已，于是發之而有言。言之直捷痛快，一如人意中之所欲出，斯爲文。言之不能直陳，引物連類，反復頓挫，使人自得諸言外，斯爲詩。蓋未有非道而可言情，無情而可爲詩文者也。

公嘗語予曰：「吾生平不喜講學，每于日用倫常之地，時自檢點，寧免無憾而講學哉？惟一觴一詠，以畢此餘生可耳。」其與人書有云：「末俗托名講學，言不顧行，甚且大德有虧，侈口談道，不知將以何者爲道也？」故公之于道，皆期躬行實踐，不事口耳。先儒謂末流之弊，祇成説話，以視公何如哉？公爲人篤根本，敦故舊，不爲已甚之行，亦無違心之語，名節所在，辨别分明，未嘗少自恕，亦不肯以恕人。時與老友談及往事，俯仰今昔，輒嗚咽流涕者久之。未第時，有以百金濟其困者。既第，旋值國變，其人死，無後，無從償，乃爲文告之，付夕照寺作功德，資其冥福。冥冥之中，不肯負心，此其一端矣。由此觀之，凡公之所爲，以情勝耶？抑以道勝耶？吾謂：公惟學道真，故其發乎情者真也。今觀公之詩文，其可傳者一惟真而已。

公先方伯奉使杭州，有詩百篇，失其稿。公七歲而孤，太夫人屢以爲言。公積歲勤訪，僅得一首，終身爲恨。因而搜輯畿輔前世之有遺文者，急爲表章之，使傳于世，豈非錫類之仁哉？而公之集，相國既刻于北，太守君復刻于南，行將播之海外，垂之無窮，亦可謂孝思不匱者矣。莊子謂造物之報人也，惟于其人之天，其殆是歟！

校　記

[一]車轔　注疏本詩作「車鄰」。
[二]駟鐵　注疏本詩作「駟驖」。

田間文集卷十五

序

曾青藜壬癸詩序

余與青藜交垂四十載。乙丙之間，余方壯年，意氣甚勇，每扼腕慷慨指畫當世之務，聽者以爲狂。青藜甫弱冠，嘗單騎入賊壘，撫定數萬之衆，成盟而還。予嘗以語徐復庵，歎爲奇才。然是時兩人初未識面。越八年，予戢影江村，有緇而直造吾廬者，不通姓字，予遽曰：「此寧都曾青藜也！」惟時予亦緇，相持大慟。因置酒脯飲啖縱談，旁觀者大駭。留數日而去。又八年，相遇長干，爾乃驚濤初定，人有戒心，共予守歲馴象門外矮檐破壁中，酒盡爐寒，淒涼可念也。改歲三日，沈仲連邀同流寓諸子，團揖於顧與治家，分韵言別。既別，各東西散去。然自是，兩人者皆以謀食遠游，不復緇矣。又十八年，過吳門，訪君於鄧尉寓居，信宿而返。今又八年，君更移寓城南。予過之，復留榻數夕。其窮愁殆勝於寓鄧尉時。出其壬癸兩年詩，屬予序之，其詩甚悲。余今年七十三，君亦六十矣。回憶四十年前躍馬論兵，慨然有天下己任之志，何其壯也！今皆貧困如此，白頭槁項，所求升斗，到處覓人顏色，跼蹐偷生，良足悲矣！然思四十年來，向時與我兩人共事者，屈指誰在？皆已血化青燐，骨委蔓草。獨吾兩人，猶得以衰殘貧賤之軀東西游走，既以悲，亦以幸也。君詩久行於世，大抵皆幽憂悱惻之音，予不具論。獨叙與君交游之始末，聚散之情事，則知君之詩固有不容不悲者乎！

查德尹詩序

丁酉之秋，與海寧查君逸遠同客長干塔寺，比舍而居。惟時寒風蕭颯，三門早閉，僧店燈收，予兩人相與過從，述故國之交游，感河山於疇昔。予心灰，學易，思以賣卜終身。而君聞鷄起舞，志未衰也。當逆旅乏絶時，每夜貰酒召客，攜有狎客，奏弦管度曲爲樂，窮途羈旅，往往失其慘澹，度君豈寂莫以終老者乎？别去十數年不相聞，有傳君死者，不信，每遇海昌人輒問，則信死矣。悼歎之餘，因思君弱不勝衣，而有百折不回之氣，今弱者已化，而不回者安所在乎？

甲子夏，晤陸冰修於邗溝，問逸遠身後，則其婿夏重即逸遠子也，又有弟曰德尹，皆以文章名越中，稱查氏兩才子，予大喜。戊辰春，予皆得見之都門。謬以通家舊誼，執禮惟謹。夏重既有專集行世，頃以侍婦翁冰修疾返里。德尹日與予周旋，每詩成輒以示予，慷慨悲歌，即尋常酬贈，音調鏗鏘，往往有孤憤不平之氣寓於其中，蓋素所蓄積然也。然後，知逸遠雖化，而其氣固勃勃於其二子毫端見之。

父子之性情，非教而似之也，釋氏謂之「胎習」，胎習之爲性。則性之事，天與父固分任之矣。吾誦夏重、德尹之詩，猶仿佛二十年前長干塔寺夜聽逸遠論心時也。因德尹屬序，撫今追昔，率筆而爲之序。

王令詒詩序

戊辰春，予到都門，王子令詒每見輒乞爲之詩序，予唯唯。未幾，王子成進士，人事紛煩，無暇及，而予竟未見王子詩。其秋出都，臨别，王子又曰：「先生許我序詩矣，幸毋忘。」予亦唯唯。既歸里，於方子有懷山居壁上見其所寄有懷歌行一篇，不循音節，出入自如，直攄其瑣委哀慟之情，酸楚動人。予再一閱之，曰：「是非王子用意之筆，何其絶去時調，有似於學韓昌黎也？」有懷曰：「令詒固學昌黎。」

憶予昔在曹秋嶽坐間，有投以詩者，予略一閱視即置之。曹以予不加賞歎也，語之曰：

「其詩學韓。」予曰：「韓固難學。」以韓子自述其爲文用思之苦，而曰：「惟陳言之務去，戛戛乎其難哉！」其生平最心折者樊紹述，而贊其所作曰：「多矣哉！古未嘗有也。然而必出於己，不蹈襲前人一言一句，又何其難也！」則韓子所心折紹述者，惟其言必己出，不肯蹈襲，猶己陳言之務去，所以深信其難也。故又曰：「惟古於詞必己出，降而不能乃剽賊。後皆指前公相襲，從漢迄今用一律。」然則不惟詞章不宜襲，即音律亦不宜沿，以皆陳言也。觀其稱孟東野詩曰：「橫空盤硬語，妥帖力排奡。」則其不取於音律之諧齊矣。

然而，昌黎於有音律之言，未嘗不諧也，其亦見夫當世軟美熟厭之調，趨而愈下，而莫之能返，故取樊、孟、盧仝險澀之語表著於世，以生其駭心，而奪其溺志乎。矯枉者初必過正，蓋不過不得其正。若昌黎之古體長篇，容猶有過者，至於他詩，則已粹然一出於正矣。調張籍詩曰：「李杜文章在，光焰萬丈長。」公之師服李杜者至矣。夫其光焰歷百世而在，惟無陳言也。李杜脱口已無陳言，昌黎戛戛去其陳言，此中分量，惟昌黎自知之耳。然則學昌黎者，不至於李杜不可止也。吾惟睹王子一篇，而信其能由昌黎以進於李杜，則以其能陳言之去信之。

吳震一詩序

詩也者，人之自言其情也。情不能直致，於是託物比類，泛濫旁引而曲達之，使覽之者初不之覺，反復循繹而得其情，而後歎其妙也，故善爲言者莫如詩。惟其不欲直致，故其音多柔曼嬋緩，意思纏綿，有類於婦人之辭。衛風柏舟篇本仁人不遇，傷小人在位而作。朱子據劉向列女傳之説，改爲婦人不得於其夫之詩，以其情辭似婦人耳。

至於屈原離騷，憂愁瞀亂，不知所云。芳草美人，或以之自喻，或以之喻君。宋玉師之，託爲神女、登徒子之賦，繾綣顧懷，如實有其事，真有其人，千載而下，令人想像流連，其風肆矣。

魏晉而下，以及唐季，所爲歌曲，直叙男女之私，聲情艷冶，蕩心惑志，猶是桑濮、溱洧之遺音耳，亦何所託寄哉？然其爲詩，能曲盡情事，使人至於蕩惑，意其人亦必情之有獨至者，於身世之際，少有感激，一無所用，其情廹觸境而動，遂有不能以自已者。脱有所用之，而移其不容已者於君父朋友之間，則亦屈原之流亞也。

若唐李義山，好爲艷體，吾無取焉。其詩使事摛辭，穠厚滯重，徒取工麗耳，本爲情語，讀之無一語足動人情。如錦瑟，悼亡詩也，情思頗深，而爲故實所掩，至令解者不知題義所在。無題詩篇，宫媛仙妃錯出互見，衹是情昵香奩，詞取艷異，未嘗有感人於微，風人言外者，而爲之委曲生解，言有託寄者，妄也。大抵義山無故實不能成詞，又好引外傳秘紀，意滿而語重，雖有巧思，齎馥蒙其筆端，終不能灑脱以自見耳。譬如富家婦亦有天姿，而粉黛珠翠全遮本色，烏足以爲佳麗哉？吴會人好之，誠所不解。

吴子震一亦喜稱義山。吴子情至者也，貧而善病，病亦其情之所爲，故其詩一往情深，雖亦工於詞，而詞不掩情，故可喜也。吾嘗讀其悼亡及無題諸作，爲之腸斷魂消。義山詩固無以感人若此矣。以吴子之情，得其所用，纏綿曲鬱，豈有遜於屈原？將必求有以繼夫離騷者，而義山稱乎哉？

姚綏仲詩序

予嘗贈綏仲有詩云：「酒伴久無稽阮輩，交情應在紀羣間。」蓋予與君大父暨君尊公及君凡三世交矣。綏仲有至性，爲人深重不泄。尊公遠宦滇雲，挈家往，獨留綏仲在里門奉養大母。滇亂，舉家陷没，凶問一日數至，綏仲處之泰定，色不爲少動以貽大母憂。亂既定，尊公返里，大母無恙，庭階歡聚猶昔也。里人爭稱其能。然當其時，吾視綏仲貌不戚而神傷，及與吾促膝談，未嘗不語隨淚下也，而外一不覺，予以是知綏仲至性，而器量可以當大事也。

姚氏世有詩名。綏仲益好苦吟，音調、詞義備極簡鍊。觀其諸作，瀏灕渾脱，皆自苦吟而得，不恃其才情之敏贍也。尊公與澡青公有兩園唱和詩，和者成帙，予獨取綏仲詩，即尊公之韵，言尊公之志，而悲尊公之遇，一唱三歎，其詞委曲條暢，而讀之令人自然生其悽愴。夫無至性者，不可以論詩。性之至者，言之質率無文，或過於憤激。若綏仲之比類託興，含蓄頓挫，得風人之遺義，亦由其器量然也。

綏仲既成進士，以詩屬予序。予三十年前爲尊大父珠樹先生序其遺稿，已，爲尊公經三詩序，今又序君之詩，姚氏固以詩世其家哉！予之老，抑可知矣！

西粤紀行詩序

古者，輶軒之使采列國之風謡，陳諸天子，使太師夜誦之，以知四方風俗之貞淫，人情之良楛，政事之得失，而政教以興。自太師不陳詩，奉使無采風之事，而經過流覽之地，往往寄興舒懷，託篇章以自遣。其間山川之形勢，風土之殊俗，氣候之異宜，亦往往載之於詩，使覽之者雖不獲見其謡俗，而於游人篇什之内，庶幾仿佛遇之，則猶古意也。今觀杜子美入蜀諸詩，由秦州歷同谷至成都府，中間所經崇巘峻嶺、荒村危渡，崎嶇困阨之情事，一一如見，如親履其地，親見其行役之艱，親聞其嘯歌之聲音也。紀游之作，亦曷可已乎？

毛君錦來，以天官郎典試粵西。粵西人文少遜於十五國，而山水稱最奇。君自出都門，渡大河，過洞庭，望衡山，度巖關以抵桂林〔一〕。試事既竣，因而泛灕江，游七星巖，無幽不探，所至輒有詩紀之。誦其詩，即雲物風土、松巖菁峒、峰巒之奇秀、沙溪之清碧，歷然在吾目中也。

且以子美遭遇亂離，扶挈妻子，而因以寫其行役之苦，攄其幽憂悲憤之氣，豈若君之得時行志，爲國家掄才而出，所過山水爭供其游目，寄其暢懷，情事既殊，則眺詠固宜有各異者矣。雖不乏懷湘弔屈之作，然而情深而調不苦，音楚而氣不悲。性情之感，視乎境遇；感而有言，乃所以爲詩，乃所以爲風也。

張穆之游草序

無山水之情者，不足以語詩畫；無詩畫之學者，亦不足以語山水：二者相因，亦相資也。世之稱詩畫者，曰「意到筆不到」。至於山水，則又曰「身到處勿放過」。蓋必窮幽探勝，使吾於山水無所疑於其未盡見之奇，而山水亦不復有憾於其奇之未盡見者，而後，吾之性靈始全乎其爲山水，而山水以附於吾筆墨之端而出。所謂意到筆不到者，謂吾之意已領其全也，蓋必身盡到，而後筆始能不到耳。

老友張鐵橋，固以詩畫名世者，生而有山水之癖，游覽略遍。喪亂以來，買山而隱，遂從蒼峨翠壑中度此大劫，亦山水所以報其平生酷好之德也。今七十餘矣，而猶有歉焉，於其足迹之所未嘗至者，辭家出嶺，首事於黄山、白岳，以漸及於吴越諸山。雖懸崖絶壁，必捫蘿躡磴，直躋其巔。鐵橋固饒濟勝之具，亦山水之靈陰有以相之，得以盡呈其奇，而藉鐵橋之筆墨以公諸世，示世人之未嘗至者。

予老而蹇，亦素有此癖，而今已矣。讀游草，即諸山之精神面目，庶幾於筆不到處仿佛遇之，以是當宗少文卧游圖可也。

何紫屏詩序

與紫屏别十五年矣。己丑在羊城，紫屏及特丘、西堂、素臣諸君子往來過從，間移樽顧我於光孝寺菩提樹下。明月在天，樹影滿地，飲酒分韵，至漏下三鼓乃去。予與素臣苦吟或達旦，飄泊天隅，惟此爲足樂也。將别，紫屏出詩屬予序，予不敢辭。會世變紛紜，彼此相失，予度嶺歸，紫屏及諸君子滯粤者且十年，中間音問斷絶。居平念疇昔故人攜手賦詩時如夢、如隔世，不知此生能再與相見，重踐夙喏，爲吾紫屏序詩否？

今年爲廬山之游，乘風到章門，聞紫屏適在此，急造其寓。時予已更名方外矣。刺入，紫屏躊躇久之，聞予聲，倒屣出，曰：「我固疑是若也！」因相持大慟。問特丘、西堂、素臣，皆次第作古人，同時唱和者，惟吾兩人在耳，則又慟。予鬚髮皓然，紫屏少於予，容貌已改，若相遇途中，皆不能識。於是，紫屏出其近詩，語予曰：「子忘昔日之許爲我序粤游詩乎？」

因念我輩但得不死，此生終有見期，有言終當踐也。但恨當時所欲序之詩已成灰燼，不能復見於今。而今序者，又紫屏别我以後之詩，即特丘、西堂、素臣，或有不及見者。紫屏詩春容舒雅，予詩素悲，今紫屏詩亦且悲矣，其亦有不容不悲者乎？因其悲也，爰述往事，而爲之序。

余不遠游草序

乙巳之夏，予游閩，滯雙峰者三月，雙峰人士多從予飲酒、論詩、講南華、尋山水之勝爲樂，將樂余子在焉。余子十數年前，搶攘之際，曾識予於沙縣。因與述往事，悲城市之變遷，念故舊之凋喪，凄感久之。間出其所作詩相示，調苦而意深，蓋甚不得志於時者之所爲也。

余子貧無室，有老親八十餘，時賣字市上，以求菽水。所服古衣冠，見者輒驚避去，其道甚窮。予謂余子宜且從時宜以出游，余子辭以親在未能也，予爲作余不遠字説贈之而别。别二年，予出閩，旋爲楚游。余子親没既葬，乃由豫章下蕪湖，泝流訪予樅陽之北山樓，不遇，留詩而去。又二年，予有都門之游，余子又來，又不遇。今秋，自中州返里，江市騷然，復移居田間。而余子乃從濡須問路策蹇，訪我於田間。留半月，出其游草示我，且屬之序。予再讀其詩，其力益堅，其法益老，其氣益厚，其調益古。

今世之以詩文游大人而成名者不乏，如余子之不蹈時趨，力追古道，獨攄性情者，殆亦罕矣。且其八法特精，於晉唐諸家帖臨摹入神，以此游大江南北，宜無不遇，而余子之窮特甚，年六十矣，故鄉隔絶，曰歸無期。夫士負有一長，或伏處巖穴，終其身無所交游則已耳；既挾其技以出游於世，而技又甚精，則如余子者，何其宜有遇而久不遇也？余子書法，世當共知；而其詩，决不爲今人之詩，則或非今之論詩者所能盡知也。詩至今日，濫觴極矣，極則必反，反則必有不爲今人之詩者，將急得余子而表章之，以爲之助。余子知己其旦暮遇之矣。

一莖草序

丙寅初夏，予年七十五，忽有浮山之興。華嚴寺住持山足，予舊識也，杖而爲之前導。予凡三至浮山矣。六十五年以前，予方十歲，僮奴負以行，雖至，懵然猶未至也。再游，亦已五十三年，山下親戚作主人，攜酒榼，選勝地，席坐劇飲爲樂，與住山僧了不相闘。僧亦以游人至爲苦，凡巖洞佳處皆不欲人至，草蹊糞壞，游者每望崖而返。兹來，諸僧闘山公拄杖聲，爭出拱迓道左，既入，茶筍畢陳，小憩，更相指引。前至一處，又如是。予雖蹩躄扶曳以從，而巖洞之靈奇可喜者大抵皆至，則以山公爲之主人也。

而山公亦大有得於兹山。讀其一莖草，雖應酬雜出，要自一往有灑落之趣。惟兹山通體空靈，一丘一壑，總無常境。公終日在山，窮幽探奥，宜其心眼久而與之俱化，故出語吐氣絶去膠縛。此雖參學之功，亦由山水之助也。

山公昔隨吾老友石溪師寄錫長干，師褊急善嗔恚，遇弟子一以呵罵從事，不得已，去而師事青原無可翁。翁既應浮山之請，令山公先來布置，而翁卒不至。山公不數年道風大振，使久廢之叢林頓還舊觀，遂領衆方丈。予爲作重興華嚴寺碑記，厥功鉅矣。

予别浮山五十三年，識山公近三十年，至今年乃始攬山之勝，一盡公之長，因自歎曰：「不意五十年後始識浮山，三十年來始識山足！」梵鐘晨起，撫枕不寐，屈指歲月，可勝慨然！遂書此語，以爲一莖草序。

江上詩人集序

吾邑於吾郡相距百餘里，而風氣異焉。郡中自阮堅之先生篤學嗜古，同時游處者皆博依之士，爲人雍容爾雅，風流自命，有江左之遺風焉。堅之先生所著詩古文，好爲沉博絶麗之詞，其詩於古體特長。王弇州稱其樂府。至於近體，多使故實，少發天然，往往辭不暢意，不爲時人所好。以是，名不遠著，而先生亦不汲汲於名。郡人士宗之，未嘗不竊笑吾邑之好名者之衆也。

然而，吾邑之詩文，亦以好名而其學差勝於郡。蓋名者爭之器也，爭則氣力奔赴，而才情因以怒生。以是，黄口稚孺，甫授章句，即講音律，學吟詠；纔能成聲，即思凌前輩而上之，而爲父兄者不禁也。故其詩童而習之，視舉子業爲餘事，專欲以詩成名，而其父兄師友又爲之揚扢而鼓吹之，唯恐其名不彰，宜其爭之日起，而學之所由盛也。

郡人能詩者，大抵俟其興會自至，其詩崇雅黜浮，則堅之先生餘韵尚在。惟是既寡唱和，無與爭長，往往自吟自止，故雖有佳句，多不成集，本無志於以詩名世也。自十數年來，郡中詩學大盛，作者競起，其爲之領袖者，皆樂與予交，所稱「江上詩人」蔣子其，一也。

猶記戊申之冬，予有事於皖，間與梁溪成二鴻徙倚城南，望見蔣子懷一刺，自山下拾級而上，二鴻迎問所往，曰：「吾將往見西頑。」西頑者，予别號也。二鴻笑指予曰：「此君即是。」蓋予與蔣子時尚未相識也，因歡喜握手，與傾倒者久之。既去，二鴻曰：「此皖中好名之士也。」而旁人亦似有不足於蔣子之好名者。已，過其所居，斗室蕭然，著作滿篋，茶酒間，盡出其近作見示，音律氣韵一取法於三唐。而蔣子好學深思，遇能詩知名之士，必延之，竟日爲商音辨義，以期盡歸大雅，有一字未協，不足以示四方者，不出也。嗚呼！非好名之士而能之乎？蔣子好名如此，以詩名於世也必矣，宜其自命爲「江上詩人」也。

停雲軒賦序

傳曰：登高能賦，可以爲大夫。言其能感物造端，材智深美，故可以爲大夫也。此言賦，即詩之通稱耳。古人不歌而誦，亦謂之賦，春秋列國大夫相見，各賦詩以言志是也。蓋詩有六義，賦其一也。賦之義，比事屬詞，其於雅頌居多；而比興者，托物見意，風之事也。自詩亡，士大夫稱詩，或往往托諸風人，至於雅頌，蔑如矣。雅頌既廢，則賦之義不可見，而獨見諸騷。騷者，賦體也，繼騷有作者，以騷之本賦，因即以賦命篇，於是賦之名遂離詩以孤行，而其實原諸詩也。故曰賦者，古詩之流亞也。

自賦與詩分，而作者之材智亦因之以各異，荀宋及長卿、子雲，賦家之祖也，其詩不少概見。若夫陶元亮、杜子美，可謂工於詩矣，而所謂閒情賦、三大禮賦迄於今不傳，豈材智固各有所擅哉？然而其感物造端則一也。

夫物與情遇而有感，感而有端，端以引緒，緒以成文，凡文之成，未有無其端者。吾嘗爲詩，當其命題構思，百計以求之，無當也；忽然感之，或得片語焉，或得一字焉，倘所謂造端者非耶？因而引伸之，遂如火然泉達，一往而不可禦，然後知文章之端，固必造於感也。

感同矣，造端又同，而或爲賦焉，或爲詩焉，則又性情之各有其端矣。吾少時嘗學爲賦，與吳鑑在及家仲馭讀書武水，月課賦數篇，震澤之難，皆已散失。頃年詩文稍能成集，間欲補作賦，意思不屬，含咀良久，因以其意移而爲詩，則揮灑而就。而吾家麋侯獨喜作賦，二十年前，有遙賦天壽山及神烈山二篇，凡皆萬言，當時亦不知何所感而造端也，今且老，此興不衰，蓋有性情存乎間焉。

揚子雲曰：「詩人之賦麗以則，詞人之賦麗以淫。」夫淫與則不同，其要歸於麗也則一矣。夫麗者，博雅之事也。麋侯於書無不涉覽，尤精爾雅、本草，多識於鳥獸草木之名。即生平未嘗見者，類能辨其形色，考其性情，别其物宜。間以其理語余，不移時輒忘去，其記性不相及如此。夫詩與賦同原，而其學則一貴於超妙，一貴於鴻博，各有能有不能，其造端豈獨在性情之間哉？

田間集自序

錢子游十年歸，歸十年始有廬，廬在先人墓傍，廢瓜田盈畝爲之，環廬田也，故名曰田間。其未有廬前，往來鳩兹、白下、天柱、龍眠間，足迹不出五百里，所至有詩，詩且千數百首。既居田間，則覃心學易，自謂於圖象外別有得也，故又名其居曰樂易堂。樂易之暇，間有吟詠，詠其所得耳，志不在詩也，而同人顧獨好余詩。

兒子灋祖間取十年來所有詩，匯成帙，號田間集，藏諸家。左子子直、子厚見之，謂錢子曰：「子游十年歸，其十年詩既不肯傳矣。今田間諸什，大半播人口耳間，子烏能終藏乎？是不可以不傳。」錢子曰：「不可，吾詩悲，非世所樂聞，其聲往往激楚也。」二左子曰：「删之，删其過悲者可矣。」錢子曰：「嗟乎！夫詩言志，子謂我遭遇如此，欲不悲，得乎？吾學易者也，嘗謂詩通於易。易無體，以感爲體；詩有音，感而成音。彼無所感而吟者，無情之音，不足聽也。是以論詩者當論其世也，論其地也，亦曰觀其所感而已。吾不知世所爲溫厚和平者何情也？悲從中來，鬱而不攄，必遘奇疾，何則？逆吾和爾。風也者，所以導和而宣鬱也，吾極悲而情始和也。吾寧詩不傳爾，其悲者不可删也。且吾又安知其悲也？」二左子顧謂潘子蜀藻、孫子喈公曰：「錢子悲不自知，吾黨知之。其悲之極者，其情之至者也。情之至者，不能自删，吾黨代爲删之。」

删訖，姚子經三適自吴興返，驚曰：「田間詩存者僅此乎？然諸子之愛田間者至矣，僅此亦足以傳矣。吾與同學諸子爲授梓焉。」梓成，爲卷十，爲詩八百五十有奇。錢子覽之，歎曰：「嗟乎！删之是也。然是集也，是諸子之志，非吾之志也！」

校記

[一]巖關　當作「嚴關」。關名，在桂林東北廣西興安境。

田間文集卷十六

引

青箱堂未刻稿引

憶與先生聚首吳江，猶是烽火燭天、孤舟雨泣時也。自南北分飛，升沉異路，何意三十年後重逢，白髮之老得上青箱之堂？炳燭銜杯，有疑夢寐。問昔時同難諸子，則都已魂銷異域，碧化青燐矣，獨予以遲暮飄零，老狂仍舊。先生誼篤杵臼，情殷車笠，喜故人之重聚，乃賓閣之頻開。花時出郭，輒用招攜；雪夜剪燈，多所贈答。於其行也，寫生綃一幅，題長句爲別，筆墨繾綣，黯然神傷。已，又出未刻稿，屬予題序。夫先生詩聲，鼓吹海内，寧藉予言？而欲予有言者，蓋重惜予垂老之分攜，留行墨於卷端，志不忘之雅意耳，甚矣！先生之情至也。

夫詩者，性情之事也。世稱北方尚氣，故多悲歌慷慨之音。若先生之纏綿悱惻，其詩一出以柔澹，而歸於和平，則純乎性情之爲，非氣之爲矣。夫氣出於性情，而後爲真氣，而後有真詩。吾視先生不矜過高絶人之行，不爲蹊刻已甚之事，平淡率易，善氣迎人，好士如渴，閨門之内雍雍如也。世爭服其典型，皆以爲道隆；予獨窺其醞藉，則以爲情勝，蓋道不容測，而情無不可知也。讀先生詩，當以予言爲不妄矣。

蕃錦集引

往見張南垣山人爲人選石作假山，聚萬石於前，略加斎視，若爲峰，若爲崖，若爲巖壑，若爲麓，向背横斜，一切現成。其石大至尋丈，小或徑尺，役者如其指嵌合之，不失尺寸。嘗以爲神巧。

今錫鬯集唐人詩句，自一字以至十餘字，輳成小詞，多至二百餘調，長短自合，宫商悉諧。似唐人有意爲之，留以待錫鬯之驅使；又覓其句在唐人詩中未工，而入之錫鬯詞中乃轉工也。神乎！神乎！南垣末技不足喻矣。

予觀今人善集詩者，取諸人以爲詩，其學近於無我。若錫鬯此集，不惟無我，抑且無人：凡古人字句，一經其用，音義俱化，雖使作者按之，不復能認爲己作也。此雖錫鬯餘藝，然不可不謂之紀技矣。

姚珠樹詩引

三十年前，吾鄉以詩游者數人，姚珠樹公其一也。公翩翩佳公子，文采風流，每出游，車騎雍容，所至爭引爲上客。然性豪舉，不事家人生產，時置酒，徵歌買笑，坐客嘗滿，即千金裝，隨手輒盡，意廓如也。已，長君彦昭、次君經三齒漸長，更從公游，兩君雖少年，以禮自持，公意殊不便，兩君陰覺之，或游事竟，請先歸，縱公意揮霍，乃大樂。其儁邁類如此。

公詩初學竟陵，喜刻露，久乃漸臻高老，要以性情爲主，終不欲襲王李㕛調也。予嘗與公同客湖上，雨中過韜光庵，以錐畫新竹，各題一詩，詩絶佳。又孫克咸同予飛來峰下當壚索飲，大醉作詩，縱書壁上，後至者皆屬和，公亦有詩，一時傳爲佳話。予詩存過江集中，今公集皆不見，則公詩遺者甚多，兹其偶存者耶？

公父子皆有詩名。經三以奇博絶麗之才，出風入雅，軼溫李而上之。彦昭規模錢劉，瀏灕渾脱。要皆淵源於公也。公生平未嘗課兩君博士家言，獨課以詩。即兩君治博士家言有聲，公顧弗問；每見其佳句，輒向人津津誦之不置，其家學可知矣。公集頗多，兹存者不及十之二三。經三懼其更佚也，急梓之，以予曾與公游，悉公概，而屬爲之引。

蔣亭彦詩引

惠子曰：「人而無情，惡得謂之人？古之以名士稱者，其人類有過乎人之情；方不自知其爲情也，又烏知其爲名？於是乎而有詩，所以言其情也，而人則以爲詩也。今之名，以詩名焉爾；以詩名，此詩之往往有無情而作也。

蔣生亭彦，與予爲三十年之交。三十年前，予客武水，蔣生方盛年，豪華自喜，急交游，重聲氣，海内共推爲名士。今之重來，生老矣，又嬰多難，家以破，庭户蕭然，而交游聲氣如故，四方客至武水，毋論知與不知，望蔣氏而投止。暑月，一布幬，挾稚子寢中庭；客至，則推入内，與客共寢。已，乃爲客晝策，客困，則鬻其玩好貲之行，以爲常。吾嘗見其爲客作曹丘生，囁嚅不欲言，終言之，亦終無以應。予笑曰：「是亦不可以已乎？」亭彦曰：「吾固知之，吾情不容已，奈何？」夫其不容已者，情之至也。

亭彦之情，吾不信之於少壯豪華之時，而信之於垂老而貧之日也。人苦無情，如亭彦，轉苦情多。情之多者，不閑之以正，則或失諸邪；不用之於專，則或流諸濫：無邪無濫，而後謂之性情，而後可以言詩。今亭彦梓其詩，屬予爲之引。予不論其詩，而論其情，且勉之以情之正者，亦恃與予有三十年之交也。

姚經三昌谷集注初刻引

大慧稱妙總道人云：「郭象非注莊子，乃莊子注郭象也。」若象果能使莊注我，此即千古第一注書法矣。

姚子經三注昌谷集初成，示予。予覽之，語語出長吉意外，旁引曲通，直令字無虛設；忠愛之思，比諸「小雅怨誹而不亂」；考據時事，即長吉居然詩史矣。其然？豈其然乎？

吾鄉休那翁稱禪家有意熟果，或異地熟，或異時熟，熟之遠者隔生。若柳子厚著非國語，鄭樵欲以通志廢漢書，此即丘明、孟堅之再來，自補其不足也。然則昌谷集有此注，得謂非長吉注長吉乎？吾人作文，不必可解，但存之千百年後，自有人來如經三者爲我下注腳耳。

龍眠詩錄引

戊戌冬夜，予與虞山牧齋先生抵足長干僧舍中，相與論詩。予猝問曰：「先生之爲列朝詩選，詩盡於此乎？」先生踖然曰：「烏能盡？然予亦第據吾家之所藏，與吾目力之所到耳。以子視之，將有不足於兹選耶？」予曰：「然。他吾不知，第以吾龍眠稱詩幾百年，作者如林，而先生所選不及數人，人數篇，詩又不佳。由是觀之，選之不足以盡詩明矣。」先生復踖然曰：「有是哉？然如子之言，子鄉有佳詩而無傳本，吾烏乎得而選之？表章之任，將在吾子。及吾之在，吾猶可以補吾之過也。」予心感其言，慨然有龍眠詩學之選，遂檄諸同志，徵輯前輩遺稿，而應之者絶少，蓋知予之旅困長干，不足以謀剞劂之事也。

明年，姚子經三成進士，歸，徵選詩傳，諸稿麕集。姚子以示予曰：「此子志也，吾與子共成之。」因互相較訂，錄其尤者，得若干篇，而姚子以爲隘也，蓋予志主於嚴，而姚子主寬，欲更加廣焉。然吾謂可傳者已在此，雖未授梓，予之志亦以遂矣。錄成，而予有歎焉：蓋歎不及令虞山見，使知予言之非誇，而悔其選之果不足以盡詩也。

潘儼思詩引

昔人謂詩能窮人，非也，惟窮而詩乃工耳。而今之達者，類好爲詩，則必其能外聲利，薄嗜欲，意思蕭閒，不以俗見累其胸，雖達，要不失窮耳。潘子儼思，既成進士，其窮特甚。與予同客芝城，興味泊如，顧時時爲詩，有超然得意之句，倘亦得力於能窮耶？

吾見吳會人詩，好爲綺麗語，其人未必能盡達也，以寒酸習貴人容，徒自失其本色。而世之論詩者，謂因其詩之枯腴，以卜其人之窮達。此猶相士舉肥之見，何其陋也！詩之枯腴，在意思與氣韻，而求之詞章哉？譬之相士者，略神理而貲皮肉，是必共斥之爲無目者矣。

儼思爲人甘枯淡，篤根本，動以禮法自持，凡非分之獲不肯枉干，以故，其居與游往往困乏，蓋士之能自好者，固宜其窮。士大夫能窮，即天下何事不可辦？而徒詩之工哉？

姚瞻子行路吟引

陶元亮世稱高士，以今觀之，元亮著詩，用甲子紀年，當世不之怪；與柴桑諸子飲酒唱和，卒以樂死。以此爲高，即今誰不欲高？誰不能高也？杜子美一生好悲歌，設使與謝皋羽同時，子美悲又當何似？陶也樂，杜也悲，今不敢望與古人同樂，但恨古人不與今同悲耳。夫人至求爲閭巷編民不得，脱而逃之方外；又以爲畏途焉，復轉逃於方以内。悲夫！此蓋古人所不及悲者也。笑啼俱不敢，還有笑而已。姚君行路吟，笑耶？啼耶？千載後有知之者，必以爲進晞髮集一等矣。

王聖若謫官吟引

武塘王子聖若，佐莆郡五年，坐下考鐫秩歸。王子故好吟詩，人咸以吟咎之。余庥之曰：「不然。若以吟能失職廢事，則次山舂陵行、紫芝于蔿歌何以至今稱焉？」予謂二篇，道州、昝山之僅見耳，且爲郡而有詩，非以詩爲郡也。世無子美，即有次山之作，誰知其得比興遺意，以爲有關於政事得失哉？

予不知吟果妨官否，昔人謂詩能窮人。當其苦吟時，無一事足關其心；及其得意時，亦無一法足喻其樂。廢時失事，往往有之。吟之召窮無疑；以爲妨官或亦不謬；然惟窮，而後能工。聖若謫官後，其窮已甚，吟之效亦既驗矣，乃猶不自悔於吟，而仍以名其集，蓋謂吾失於彼而得諸此也。人不畏窮，吾知其吟從此益工矣！

楊嘉樹六年詩引

吾嘗考杜子美年譜，自開元、天寶間即以詩名，今讀之，其爲子美者，無以遠於後此之爲子美也。宋人謂鄜州以後詩始佳，殊不然，但鄜州以後詩乃多耳。夫公自開元至天寶末，以年計之，殆倍於自至德至大曆時也。今據集中所載，其爲至德後詩居十之九，視天寶以前，多不啻十倍矣。豈前此詩固寥寥？抑喪亂後失其稿耶？抑前此工力猶有不逮，由後之省覽，多所芟汰，遂僅存此耶？若然，則前之詩無以遠於後者，未必不經後之反復改訂而始存也。

夫人學與年進：四十以前，與進者才也；四十以後，與進者識也。至於識進，則才亦漸斂矣，非才之不如前也，前此才之所爲，至於是而始覺有不足爲也；其亦有爲之而無以復過者，前此不及信，亦必至於是而始能信之也。是故識不可强也，學不可已也。楊子嘉樹哀集近六年以來詩存之，意在茲乎？夫楊子年十二而稱詩，今已四旬，爲詩二十有八年矣。茲集僅六年所作，則所存五之一耳。楊子曰：「吾六年以前詩，皆才之爲也。此六年內，庶幾進乎學矣，而識猶有待也。」

夫子美四十，見於杜位宅守歲之詩，此詩以前，存者不過數十首。今楊子且六百餘篇矣。吾觀楊子用意，此六百餘篇，不至如子美之減爲數十首不止，然非識定烏能減？亦烏肯減乎？楊子詩必傳無疑，吾以其不欲遽傳此集決之矣。

松聲閣集引

夫受命於天，惟舜獨也正；受命於地，惟松柏獨也在冬夏青青。莊子以舜與松並稱。孟子亦曰：「孳孳爲善者，舜之徒也。」則知舜固正人之總名也。松亦木之舜耳，木固無正於松者矣。惟其正，故歲寒不凋，而四時常有聲也。吾邑有吳夫人，吾友潘子蜀藻之文母也，孀居一閣，二十餘年，纂紉之暇，不廢吟詠，於是以「松聲」名其閣，以「松聲閣」名其集。

吾嘗謂：柏舟、碩人之篇，皆詩人以誦美其共姜、莊姜者，而二姜未嘗有詩，此松而無聲者也。若卓氏之白頭吟、蔡琰之悲憤詩，下及六朝以還，諸幽情閨艷之作，又皆聲而非松者也。松之聲，蓋天地之正聲也，非忠臣節婦之吟，不足以名之。吾邑閨媛之比節於松，比詩於松者，蓋有數人：若紉蘭閣，業從夫子殉節於山左矣；未亡人，則有清芬閣、澄心堂，併松聲閣而三，皆松聲也，亦猶正者之皆爲舜也。吾將與蜀藻合刻之，以公諸世，使四方聞其聲，知吾邑尚有後凋者在閨閣中也。

兩園和詩引

兩園者，姚耕壺之最古園、張澡青之賜金園也，林壑相望，皆據龍眠之勝。於是，姚子爲春山八詠詩，而澡青和之，皆各言其情，各有韵也。

古人和詩，和意而已，無所爲和韵也。即間有用韵者，用其一韵而已，無所爲次韵也。次韵偶始於元白，而濫觴於皮陸，自宋元以來，更遞相和，多至數十首，愈出愈奇，奇在能押韻耳，於作者之本意無與也，詩道於是大弊。吾嘗謂：詩言志，志動而有韻，韻以從志也。今和詩因韻而生志，是以志從韻也。若澡青之和耕壺，是各志其志，各韻其韻，猶不失古人和詩之遺義。而耕壺轉和澡青，以澡青之韻爲韻，吾譏焉。

耕壺曰：「吾欲以是攬龍眠人才之盛，而以吾詩爲嚆矢也。」而同學諸子，更起而叠和之，遂有兩園唱和之集。輒皆志其志而韻其韻，或有不志其志者矣，未有不韻其韻者。譬如御者之騁羊腸，射者之穿柳葉，爭欲於險隘見奇巧也。於是，詩篇麕集，姚子悉以授梓。有梓成而詩後至，佳不勝梓者，亦有詩佳而不欲梓，併不以示兩君子者，不一而足，龍眠之才可謂盛矣。

兩君子顧予曰：「子獨無一言乎？」予老而益鈍，睹諸君子之窮妍盡變，淵涌雲興，已索然氣盡矣，又敢效颦云乎哉？

二龍唱和詩引

吾讀二方子唱和詩，而有悟於聲氣之故也。夫詩者，聲之事也。聲者，氣爲之也。推律元者，必驗氣以審聲，聲之本諸氣信矣。易文言分別物類，乃有「同聲相應，同氣相求」之辨。而今於人倫之類，稱朋友曰同聲，稱兄弟必曰同氣。夫同聲不必同氣者有矣，要未有氣同而聲不同者也；而有不同者，君子以爲氣之沴矣。譬如治律者，一音不調，議者必求諸黄鍾之本。是故，詩小道也，語其微，通乎造化；唱和一事，語其要，根極倫理。

吾里方氏，自明善先生來，以孝友世其家。而有懷少孤單，特於素伯爲從兄弟，猶同產也。素伯與有懷年相若，故視諸昆仲，游處較密，唱和尤多。觀其音調悲壯，意思纏綿，述聚首之樂，惜離別之苦，彼此留戀，孝友之誼藹然。蓋其得諸明善先生之淵源者厚也。若二方子，可謂同氣者矣。覽其詩，即可以得其詩之本，而徒以聲唱和云哉？

葉蒼巖李梅崖合刻詩意引

予老而未倦於游。今冬，以訪舊重過鄂渚，少參葉蒼巖知予至，儼然辱車騎先施，時予與君未相識也。已，置酒召集諸所知名士，相與論詩。予太醉，指斥李杜，呵罵當時影響附會之流，一坐默然，蒼巖爲之絶倒，因出其葉李合刻詩意，屬予序之。

予見梅崖名姓，驚喜曰：「此吾故人李協萬也！」初，協萬登第，入木天，妙年風度，望若神仙。同予及徐方虎、韓元少赴友人招，飲祖氏園，即席賦詩，秀句絶座，予大喜，語之曰：「君後當以詩名！」别去十數年，不意其遂臻此勝境也。蒼巖詩婉麗清新，華實並茂，才御以法，文生於情，上之在錢劉之間，次亦不失爲晚唐佳句。梅崖天姿獨任，一往情深，即事寫懷，脱盡蹊徑。兩家合刻，以「詩意」名，不於其調，而於其意也。

予既論詩與蒼巖有臭味之合，而又喜十數年前心許之梅崖，今果以詩名世，不失老夫雙眼，酒間輒題數語於前，以志一時欣慰之情事。至於宷詩樂之源流，發唱和之緒論，以證兩君志趣合同之妙，則諸君子言之盡矣。

秀野堂集引

甲子夏，予於曾青藜坐上獲接顧迂客，與論詩，甚浹。次日，即招致其家，集能詩諸友分韵賦詩，雨中痛飲，大醉，命輿舁我歸寓。又次日，俞犀月過予寓，言：「迂客已卜期大集同人，請先生蒞其盟。」予方有雲間之行，不及待，遂去，每以爲悔。

今年，久客吳門，迂客偕其弟俠君復招爲依園雅集。急赴之，席間客已半至，則鬚髮皓白者居多。序坐以齒，齒長予者三人，皆八十以上也。若周子潔、朱望子，猶自先朝與予别，不相見者五十年矣。久之，諸友次第畢集，雖不盡老蒼，要無時俗輩，皆所爲世外人也。二顧子出自華貴，方少年，而顧樂與之游，其識趣固以異矣！夫是老者皆生長前神宗極盛之年，見聞習尚皆非今時俗之所能知，蓋已邈然古之人矣。諸所爲世外者，衣冠樸陋，言語迂鈍，大抵不合時宜，亦今而古者也。顧子與之游，亦深有意於古之道乎？觀其作爲詩篇，絶去緣飾，一任天機，綺靡之習少，泉石之趣多，則亦有得於游處者之助也，兹集其一班矣。

或曰：「俠君兄弟好言宋詩。」夫宋詩厭唐音之靡曼，從事真率，此自宋中葉以來，一二主持風氣者爲之。其初競尚西昆體，纖艷已甚，於是盡黜之，而以杜少陵爲宗。其過於真率者，非矯唐也，以矯宋初之弊也；亦猶韓退之以孟郊、樊宗師輩幽僻盤屛之句，矯唐時穠麗軟美之習也，而韓子亦宗少陵。蓋少陵詩，凡詩家所各有之長無不具有，唐者得之，足以矯唐，宋者得之，足以矯宋，惟其情真而氣厚也。觀顧子之與古處者交，真實溫厚，其得之性情者深矣。由是極其情而純其氣，以爲杜詩無難，宋云乎哉！

方紘長詩引

吾里方田伯昆仲，承祖父遺訓，喪亂以來，不廢師友。若素伯閉門著書，四方已共聞之矣。諸子弟髮未燥即能操筆爲詩文，挾其技游諸侯，入幕者遂有數人，而紘長實爲之長。紘長少受業於吾從子扶升。扶升言：「其初爲文，揮毫輒就，日中可得數藝。顧置之勿覽，務令殫思深入。久之，思益苦，或竟日僅成一藝。又久之，而一旦沛然如初。則後之揮毫就者，固已大異於前此之揮毫矣。」今觀其詩，用意甚苦，而筆能曲折以達之，極錘鍊之功，而有游刃之樂，洵有如吾扶升所云也。

往聞諸曲師，謂：「歌吭之美者，其初不足善也，歌久而敗，敗而啞。爾乃盡氣以求之，而其音始得，而吭以漸復，斯可以引商刻羽矣。」詩文之才亦猶是也，故予每勸學詩者苦吟，以少陵爲法。少陵詩曰：「賦詩新句穩，不覺自長吟。」夫以少陵爲詩，何難於穩？謂之新句，昌黎所謂文自己出也。其匠意造詞，固有甚不易穩者，而忽得穩焉，故不覺其得心應手，忽然而長吟也。

夫苦吟之得心應手，紘長既知之矣，然非曰吾嘗從事於苦吟，後遂可以揮毫也。太白之譏少陵曰：「祇爲從前作詩苦。」以杜詩合觀之，暮年之作，亦豈有異於從前乎？蓋苦吟以終其身矣，紘長其益勉之。吾嘗贈令弟葆羽有詩云：「祇恃通家誼，還叨大父行。」則與君家分誼可知。叙子詩，寧爲一概諛辭，而不以吾所知者告之哉？

汪異三詩引

自風雅道衰，人爭以詞華、聲律爲詩。十數年來，一二人起而闢之，而學者始知有性情之事，近且宗法宋人。夫宋詩非無性情，吾怪其言之意盡而語實，其纖者或近於詞，均失風雅之義也。謂之風雅，不事詞華，而詞華自給；不求聲律，而聲律自工；併不言性情，而性情自見。然亦豈有盡棄詞華、聲律，直致性情，以爲風雅者乎？

汪子異三，於古人之詩，襲其氣韵而已，不於其字句也；於己之意，取其詞達而已，未嘗有心刻削也，故其詩清機獨引，純任自然，質而不率，文而不膚，蓋本諸性情而不戾乎風雅者矣。

夫性情之事，蓋難言之，難於真耳。譬如優孟登場，摹寫忠孝節義之事，一笑一啼，無不酷肖，而人知其言之皆妄，以其皆沿襲之言，而非自己出之言也。自己出者，有諸己而後出，所謂真性情也。蓋吾於曾青藜之殁，而猶見朋友之誼焉。青藜客死燕邸，顧景范以觸窮爲營，含殮盡禮，返其喪於吳。其在吳者，無家而有累，則姜奉世、顧迂客與異三共任其事：妾死殯之，呱呱一子撫而教之，遺弱女四皆得所歸。雖死者復生，爲之無以易焉。嗚呼！交道廢久矣，是數子能力行之，非有真性情而能之乎？然後知異三詩之爲風雅，本諸性情，爲真性情也。即數子詩文之性情，亦具於異三詩見之矣。

蓮道人詩引

昔荀奉倩謂女子才慧易得，吾嘗怪之。彼之所爲慧，亦才也，非慧也。凡世間文章伎巧一切可驚可喜之事，皆才爲之；至於發心證道，則非慧不辨。故釋氏所甚貴者慧也。才者，吾人得意之事；於得意而生貪著，即謂之癡。佛氏所貴夫慧者，貴其即得意即厭離，善於轉也。

蓮道人以聲伎擅闖海者數十年，一旦棄去，諸貴公子爭欲得之，道人不樂也，志在厭繁華而甘淡素，乃從永安曾也愚以老。也愚貧，頗能詩。局促斗大一室，與也愚終年唱和，詩益進。今又舍詩而栖心白業。凡事之得意者即急欲舍之，故曰慧也。吾觀其詩，灑然塵外，往往似有悟者。今禪家悟後每作詩，以喻其所得，非才爲之，慧爲之也。然則詩之由於才者，或足以礙道；若本於慧，乃所以證道。舍之云乎？道人應：「以是爲慧業，恐一生貪心，轉障本慧耳。」

古人稱好佛爲「貪佛」。佛不貪，則不得成。則誰謂貪之盡非道乎？夫能貪一法，斯舍一切法。世法之足以蕩滌性情者莫如詩，吾謂貪詩之至，亦足以成佛，何必定以貪佛爲慧，而貪詩爲癡乎？道人又當下一轉語矣。

内七詁引

予少時好讀莊子，見郭子玄注，苦不得其解。有示以林希逸口義者，覽之略有端緒。友人曰：「此訓詁之學也，讀莊子，豈宜作如是解？」於是，益求所謂能爲莊子之解者而究心焉。而爲二氏之學者皆談莊子：禪家以其得宗門之旨趣，道家指爲有丹經之秘言。其說皆近似之，而吾不敢信也。則又有謂三聖人之學本同，其解莊也，取三家語句之相似者，影響印合，又不深暢其旨，但略一拈提，使人自悟，是不過借莊子發攄己見，以自成其一家之言，於莊子實未解也。

讀莊子者，於其悠謬之詞、詭橘之句，茫然不知所謂，而能通其奥義哉？然後思子玄之注，雖未深了莊旨，然已窺其大意所在，其書依文作解，逐句釋義，不無支離之詞，要不離乎大意，焦漪園作莊翼一宗之，郭注之外，雜采宋元以來諸家之說，而附以己論，雖所引頗多二氏之言，皆取以證明莊旨，要是釋莊，非自立說也。

吾之解莊者屢矣，晚年少有所進，乃盡廢前解，而爲之詁，蓋真見世之所謂能爲莊子之解者皆妄也，故寧爲訓詁也。其章句悉依莊翼，依翼者，以翼之分章所載郭注皆有首尾也，而亦多采翼說載之於前。夫吾之詁不甚宗郭，而必引郭注者，以郭爲注莊之始，不忘其始也。謂之内七詁，七篇以外，若外篇、雜篇，皆以暢演七篇之說，所謂「因之以曼衍」也，精力向衰，未能遍及，故所詁止於七也。

楚辭屈詁引

楚辭自東京王逸爲之章句，宋洪興祖爲之補注，而晁无咎又取漢、唐、宋以來諸擬作續之於後，統謂之楚辭。然觀王逸小序，則屈原所作原委分明，與諸作不相淆也。紫陽朱子遭僞學之禁，讀其辭，有所爲：「往者余弗及，來者吾不聞。」慨焉悲之，乃取王氏及洪晁之書，爲之删訂，以成集注。集注之善，在遵王逸之章句，逐句解釋，不爲通篇貫串，以失於牽强也。

以屈子之憂思悲憤，詰曲莫伸，發而有言，不自知其爲文也，重複顛倒，錯亂無次。而必欲以後世文章開合承接之法求之，豈可與論屈子哉？吾嘗謂：其文如寡婦夜哭，前後訴述，不過此語，而一訴再訴，蓋不再訴不足以盡其痛也。必謂後之所訴異於前訴，爲之循其次序，别其條理，繆矣。故因朱子之集注，更加詳繹，不立意見，但事詁釋，則見其情緒之感觸，有無端而生者，有相因而起者，意之所至，忽然有詞，詞同而意固不同，則亦未嘗無次序、無條理也。

故於離騷，析詁之後，又爲之總詁焉。至於九歌，本楚南祀神之樂章，原從而改正之，雖其忠愛之思時有發見，而謂篇篇皆托興以喻己志者，鑿矣。天問，則楚先王之廟及公卿祠堂壁上所圖畫古迹及諸怪異之事，原一一呵而問之，以發攄其胸中所多不可解之憤懑，而必求其義對之以解其所不解，豈非愚乎？九章之義，具於命題，按題以詁，大略可見，正不俟牽强穿鑿以爲之也。吾蓋深惡夫牽强穿鑿，以强求其前後之貫通，故以「詁」名，而所詁亦止於屈子諸作，因謂楚詞屈詁。

徐方虎制藝引

徐子方虎以文名於世者二十年，迄今年始遇。天下莫不快其遇，而悲其遇之晚也。夫徐子何晚之有？夫人少負妙敏，甫能爲文即第去，不獲讀書窮理，以盡文章之變，此大不幸耳。徐子久躓場屋，於制舉業一道既以極深研幾，而以其餘溢爲詩古文詞，力追大雅。既成進士，擢庶常，讀中秘書，猶强仕時也，徐子何晚之有？

徐子舉南宮時，闈中得徐子，嘩然相慶，爭以不得置之第一爲惜。夫徐子豈必以第一重哉？唐韓退之、宋歐陽永叔，其科名何嘗第一？而其文章不得不推爲唐宋第一也。永叔當宋文極弊之時，取退之所作以爲古文而法之，而蘇曾之文因以繼起。然余觀其與樂秀才書云：少貪祿仕以養親，不暇就師窮經，以學聖人之遺業，而涉獵書史，隨世俗作所爲時文，以取悦於時，非有卓然自立之言如古人者。自得第以來，自以前所爲不足以稱有司之舉，而當長者之知，始大改其爲，庶幾有立。由是觀之，永叔之文，至第後始臻其至，前此猶未至也。吾所謂早第爲不幸不獲盡文章之變者，益足信矣。又云「三舉而得第」，則永叔得第已非甚早，而猶自悔如此。然後知文之有貴乎讀書窮理者與年俱進，如徐子者，始無悔於所作而愧有司之舉矣。余爲制藝序多不錄，己巳秋，方虎與余遇於吳門，特屬爲存之。

田間文集卷十七

序

贈都御史昆山徐公罷總憲監修明史序

古人謂禮樂不可斯須去諸身，其所謂禮，非區區登降揖讓之文也，聖人告顏子以「復禮」，惟致謹於視、聽、言、動之非禮，而禮在是矣。今士大夫苟能於視聽言動一切以禮自繩，雖未即比德顏子，然其人進之可以執法朝廷，而一代之紀綱以振；退之可以著述垂後，而千百世之是非以明。何則？惟其能一以禮爲斷也。如昆山立齋徐公，可謂有禮者矣。

公少舉進士，有新安賈人，不習星相，預決其大魁。既驗，予嘗問之曰：「子有先兆乎？」曰：「非也，以其人決之。其人自幼至今，未嘗見其作一誑語，行一妄事；目不視邪色，耳不聽淫聲。世豈有如此人而不魁者？」此雖託詞以對予，然予與公久處，而信其人言之果不謬也。

公早歲立朝，言笑不苟，即儼然負公輔之望。由史館歷講讀，遷大司成，進學士，習教庶吉士。所至必求其職所當盡者而盡心焉，非若優游館閣，徒循故事而已。丁太夫人艱，益與伯氏、仲氏講求居喪禮制，取三禮及漢、唐、宋以來諸儒言禮之書，薈集成編，人以是謂徐氏真能讀禮者也。服甫闋，特召入内閣監修明史。上誠知公之律身既足以爲多士模楷，而是非持正不少假借，故以之專筆削之任也。

未幾，擢御史大夫，掌邦憲，豈非欲公之以是非古人者而用之是非今人乎？夫今人不易是非也。季文子曰：「見有禮於其君者事之，如孝子之事父母也[一]；見無禮於其君者擊之[二]，如鷹鸇之逐鳥雀也。」公之司憲，亦惟禮所在而已，其不少假借者，亦禮在則然也。嗟乎！以禮繩古人，古人聽焉；以之繩今人，今人不聽也。不聽，則傷之者至矣。於是，上知是非古人者之果不可以是非今人也，爲能憲務，而仍以古人之是非專屬之，使得盡心於史事焉。

公於是益感上之知之深而保全之至也。因廣求四方淹雅博通之士，遍徵古今圖籍，至稗官小史，凡有裨於纂修者無不購也。筆札之費、供給之煩，未嘗以屢空有難色也。日夕較讎，雖盛暑揮汗、大寒擁衾，手不釋卷，未嘗以勞苦有怠志也。事之可疑者，錯綜前後，互相考訂，必正其淆訛而後已。於人之可疑者，必原情論世，推見其所以然，不肯以可否苟聽之古人已也。凡以上不負主知，下不失臣職，前不愧古人，後不誤來者，豈以是爲名哉？其心以爲不如是有不可者。夫不如是而不可，則禮之爲也。

昔韓宣子至魯，觀易象與魯春秋而歎曰：「周禮盡在魯矣！」夫易象繫辭焉以斷吉凶，春秋紀善惡以定褒誅，有一不以禮爲準者乎？然則公之所爲，固一始終於禮而已矣。

送江南開府余中丞入爲御史大夫序

古御史大夫之職，所以總紀綱，持法度，匡主德，肅官邪，董子謂「正朝廷以正百官，正百官以正萬民」者，是也。漢世謂之亞相，與宰相並稱三公，往往取九卿中之有物望風采，及三輔稱治行第一者爲之。非久輒爲宰相，故其位雖亞，而其任則並重也。

大中丞余公，來治吳甫再期，政化大行，風俗丕變，天子召爲御史大夫，入掌憲務。命下，海内爲之肅然，蓋閩公之所以風吳者，將以是風天下也。公之在吳，其吏凜之如神明，式之爲模楷；其民依之爲衽席，親之如父母。問其所以然者，曰：「廉以礪下，明以察弊，仁以恤民。而下戢焉而不驚，弊除焉而不擾，民安焉而不勞。無他，惟得其大綱而已。」

詩不云乎：「豈弟君子，四方維綱[三]。」綱舉而目張，斯治理畢矣，故爲政不在勇有爲也。且夫廉而不知大綱者，則近於刻，以是礪下，將必責人所不堪，而矯僞之吏反藉是以陰售其欺。公惟先之以儉，無所需於下，下亦無所借以收諸民，故不事猛礪而下戢。明而不知大綱者，則近于苛，以是察弊，將必任己而不任人，矜小慧而懵大體，至於下侵有司瑣屑之事，智力俱困，反爲其下所愚。公惟居之以寬，去其已甚者，與之更始。彼知公固知之而姑置之也，惴惴然改過自新惟恐或後矣，故不事盡察而弊除。仁而不知大綱，則好行其小惠，以是恤民，將必曲狥以爲恩，舉從來人情所不便之事，改弦更張，其究反足以病民。公惟守之以靜，急者緩之，多者省之，聽有司之自爲，使無廢事，亦不生事，故不事勤恤而民安。是故公之廉與明與仁，舉不必有其名也，而一境實受其施，惟大綱得也。

曹風鳲鳩之詩，達政體焉，其三章曰：「正是四國。」而末章終以「正是國人」。夫正四國，所以治外也；正國人，所以治內也，先外而後內者，則內重而外輕之義也。今上試公於外，政甫成而即召之入內，可謂識輕重，齊先後者矣。

書曰：「王省惟歲，卿士惟月，師尹惟日。」此言歲總月之成，月總日之成。然除日無月，月無事焉；除月無歲，歲無事焉：無事者，事之所以益大也。故曰下職詳，上職要。今以羣有司視中丞，則中丞上矣；以中丞視大夫，則大夫又上矣：位愈上，則所治愈大，而所操愈簡。中丞之以爲要者，大夫之且以爲詳者也，是則綱之中又有綱焉。公既挈綱以治吳，而使吳無事，復挈綱中之綱以正朝廷，而使天下無事。天下之治，孰有大於無事者哉？以是進爲宰相，其道未有逾於此者矣。

予荷公知己之誼，相别十一年矣，自公莅吳以來，未嘗以隻字通問，今於其行也，趨千二百里送之，並陳鄙言，以期公之德日盛而業日大也。

送江南督學李醒齋太史特簡内閣學士宗伯還朝序

士君子得志於時，内而爲人主講幄之近臣，外而爲大國文章之司命，出入館閣，以坐致台輔，可爲達矣。然苟非其人，則世亦不之重。蓋必有生平譽望足以服海内之士心，一旦爲當宁所特簡，實稱其職，而後，天下歎在上有知人之哲，而信吾人稽古之效果不謬也。

自虞、夏、商、周以來，治化之隆，莫先於造士，其事一領諸成均。至近代，學校益廣，士益衆，師儒不足以施其教，始令京朝官出視學政。以督課之權綦重矣，往往妙選郎署高等有文望者循資以出，惟京邑得用詞臣，尊首善也。今上殫心經學，文教聿興，以江南、浙江爲人才之淵藪，四方風氣之所自開，其所係與首善略等，於是俱改用詞臣，比諸京邑，而吉安李公乃首膺江南之命。

公爲名臣子，家世好學，扢揚風雅，江南之士震其名久矣。聞公至，莫不爭自濯磨，思盡棄其俗學，益取法於古，以幾得當于公。蓋未下車時，風聲所暨，士習已早爲之一新。往時學使者，猶督撫大臣屬吏也，公以簪筆侍從之臣，特承簡任，其事權甚重，體統森嚴，而公一切以寬厚從事，簡易疏闊，與士子講德論藝，藹然父兄之訓其子弟。爲士者，不惟忘其位之尊，亦且忘其名之盛。詩曰：「豈弟君子，遐不作人。」若公者，可謂豈弟矣。

江南人急進取，務虛名，尚奔競，習使然也。又其爲文也善變，視上之所好，輒改易以趨，文體不正，而士習從之。公之取士也，惟以文爲據，其爲公卿之子與？爲寒畯之子與？其素所知名者與？亦未嘗知名與？皆一無容心於其間，惟文足收斯收之矣。而其取文也，未嘗立一格以繩人也，亦未嘗標新立異，以求甚遠於今人之文也。要之，不離乎大雅者近是。是故，公視學三年，凡士子揣摩之智、夤緣之私，俱無所可用。其失者既知其術之不效，而得者亦自知以文得之，而轉悔其所爲之徒勞也，於是士風正，而文體亦由是正焉。

菁莪之詩曰：「汎汎楊舟，載沉載浮。既見君子，我心則休。」此言士習隨時變遷，莫有定志，見君子而後得所止也。公之於江南是矣。公敦崇名教，所至求故舊，問遺民，闡幽表微，凡有一節可取，必禮致之，以爲國人矜式。或搜其遺書焉，錄其子孫焉，甚者請於朝，使從祀學宮焉。雖其懿好出自天性，而孜孜爲之惟恐不及者，凡所以厲名節、維風俗也。公詩人也，觀公所爲，皆深得於風雅之學。風以感物，雅以正物，凡所以轉移習俗，一本乎熏陶涵濡，而不在乎區區教導之末也。故曰：六經之道同歸，風雅之用爲先。造士者不得乎風雅，不可以言教育；致主者不得乎風雅，不可以言啓沃；宰天下者不得乎風雅，不可以幾化成。今不待報政，而即有學士宗伯之命，上蓋知公所學而將大用之也，豈徒以其能造士而寵榮之哉？

予於公稍有舊誼，荷公不遺，於其還朝也，直述江南人士之所以德公者，爲公誦之，以志故人慶喜之私；而所望於公，固亦有不止於是者也。

送江在湄擢守鞏昌序

江子在湄者，吾鄉詩人也，既通籍，猶酷好吟詠，爲江州司馬三年，所爲詩不下數千篇。今年夏，擢守鞏昌郡。鞏昌故大郡，扼秦蜀要險，近且爲用兵之地。於是，江子將去江湖而上隴阪，舍舟楫而事鞍馬，釋紳佩而服韎韐，棄筆墨而親刁斗，從此，吏事日勤，而吟事亦漸少矣。

江州去家三百里而近，順風張帆，一日可到。太夫人就養官舍，思歸即朝發夕至。江子又時以入覲過里門，或因公事道江上，泊船省太夫人，至便也。今鞏昌去吾鄉四千餘里，須輿馬兩月始達，又兵民雜處，卒有烽警，則太夫人驚。將奉以之官，不可；即單騎去，又重違膝下。躊躇久之，乃太夫人以犖昌重地勖太守：「宜早行，毋慮我。我固健也。」於是，江子始戒犖昌之裝，而問所以治犖昌之道於田間叟。叟曰：「嘻！吾學詩者也，烏知治？雖然，子詩人，亦識詩之可以通於治乎？孔子曰：『誦詩三百，授之以政，不達，雖多，亦奚以爲？』夫亦謂政以人情爲本，達乎情，斯可以達於政耳。詩也者，情之至也，吾達吾情，亦因以達人之情；而政不外是矣。」

吾嘗讀小雅杕杜之詩，其詩曰：「陟彼北山，言采其芑〔四〕。王事靡盬，憂我父母。」此猶是北山行役之篇之詞也，而一爲正雅，一爲變雅，治亂攸分，何也？其情同也，一則上之人得其情而代爲之言，斯情之所由達也；一則上之人不知，而下之人自言其情，斯情之所爲不達也。然則爲政無他，凡使民無不達之情，即己無不便民之政矣。

吾見江子往來京邑，流覽山川，其形諸詩者，莫不殷然有君國之憂，念民生之戚，感物造端，至於魚蟲草木，亦皆極微盡變，以寄托其所欲言，非苟作也。用情如是，則於民之情有不能達者哉？

言治者曰：「惟能無吾情，而後以民之情爲情。」夫吾之情，非果能無也，無欲而已。江子以無欲爲本，而一因人之情以爲政，凡民情所樂爲者，皆因而利導之，猶禹之治水，行其所無事也。若是，則紳佩可也，不必其韎韐矣；筆墨可也，不必其刁斗矣；雖涉歷隴阪，猶之乎徜徉江湖也；雖馳驅鞍馬，猶之乎容與舟楫也；雖日親吏事，亦不廢吟事也。太夫人詘之，謂危而愈安，謂勞而轉逸，今而後喜可知也。吾謂詩通於治，推其本而言之，豈不然哉？

犖昌雖僻在隴外，唐杜子美嘗羈旅其地，讀其秦州雜詩，其山川風土宛然可見。江子政事之暇，亦時訪其遺迹而發其吟嘯乎？即子美憂國恤民之情至今猶見也。一二年間，以治行高等入爲九卿，且便道歸省，吾雖老，猶能讀江子秦州諸新篇也。

贈徐健庵大司寇解任仍總理各館序

昔人謂：「文章者，經國之大業，不朽之盛事。」夫文不足以經國，烏在其爲不朽哉？詩曰：「辭之輯矣，民之治矣。辭之懌矣，民之莫矣。」漢文帝治稱近古，其載諸史册者，一切制作，皆謙讓未遑，惟是一二詔令，與天下吏民更始，而當時治化以成。文顧不重哉！夫亦惟文之有關於治者，斯足重也。漢、唐、宋以來，好文之主不乏，然亦第好其文耳，未嘗知其有關於治而好之也。唐德宗播遷之時，將吏猜貳，人心涣離，天下岌岌有不可復收之勢。所恃一陸贄，上以奏議，黜一時之弊政，消諸將之危疑；下以詔書，動四方之感泣，使人心散而復聚，國家危而復安，大盜殄滅，王室再興。贄之功豈出李晟、渾瑊下哉？當贄操三寸不律以從上，崎嶇於奉天、興元之間，一刻失之如失左右手，可謂君臣相得者矣；迨事已大定，遂棄之如遺。夫德宗非能好贄文也，彼視贄之文，正如冬爐夏扇，當其時資之以爲用，過時斯不用矣。德宗猜主，不足道，然觀古今好文之主，其能知文之卓然有用而好之者，蓋亦僅矣。

崑山徐公健庵，由上第起家，翱翔史館者十數年，一旦以文字爲主上所知，不次擢用，晉學士、少宗伯，遷御史大夫及大司寇，兼供奉内庭，總理各館纂修。忌者從旁百計阻抑之，皆不聽，何得君之深也！凡公所進文字，雖單詞片語，上覽之，必嘖嘖稱善。其爲文也，凡下意所欲然者無不上達，上意所欲然者無不下宣。子曰：「詞達而已矣。」夫達豈易言哉？曾鞏曰：「古之爲文者，必其明足以周天下之理，道足以適天下之用，智足以通難知之意，詞足以發難顯之言。」四者備而後達，而其文始爲卓然有用之文。是以，自下爲之，不爲虚詞；自上好之，不爲溺志。人文以化成天下，又何疑焉？

公才具博大，精神周洽，言天下之事而不以府怨爲嫌，收天下之才而不以植私爲忌，真宰相器也，其見知於上，本不徒以文而已。而上知公之文，亦豈同尋常好文之主，以是爲愉悦云爾哉？而公之勞益甚，忌益深，上蓋欲大用之，因思有以曲全之，乃解司寇任，專命總理各館，上之於公也至矣。昔李鄴侯爲肅宗帷幄近臣，有大功於唐室，而肅宗不能庇，乃出諸衡山以避之。然則，今日之館局，即公之衡山也。彼陸贄既廢之後，憂讒畏譏，惟日鈔方書以自適，不敢復有著作之事。今上乃專以著作委公，使得益盡心於此，以增其識力，而裕其大用，其視贊之所遇爲何如哉？公益宜竭蹶以報矣。

贈徐立齋先生復任御使大夫序

康熙二十七年春，御史大夫昆山徐公健庵遷大司寇，去，員闕，當事以要地不可久虚，列上在廷諸循資應得者以請，皆不報，人一怪之。或曰：「屢請不報，上意其在求舊乎？」所謂舊，蓋指前任之立齋，徐公健庵弟也。而又以爲兄去而直代以弟，恐不其然。

初，公由史館講讀轉大司成，晉學士，監修明史，以特眷擢御史大夫，歷三載。凡居是官，未有如公任之久者也。公在任久，一無假借，卒被讒以去。而上不聽去，仍留史館，使畢纂修之事，公亦遂盡心於史事，不敢言去。居輦下者五年，遍搜遺書，廣集文學之士，相與日夜討論，雖祁寒暑雨，手不停披。人見之，居然一兔園老生，窮年挾册，矻矻恐不及者，亦豈知有曩時正色立朝，與天子爭是非、宰相決可否之氣概哉？其意惟冀史事告成，乞身東還，與平昔老友窮經講藝於溪山林屋之間。予贈公言，亦惟望其旦暮成書以報上知，以遂公志，以成其進退之美也。不知都人士何所見，皆曰：「公宜復爲總憲。」又曰：「總憲固非公不可。」又曰：「公雖以讒去位，上意未嘗一日忘，且上英察知人，環顧班列，弄印久之，不以予人，意必在公也。」間以語予，予訝曰：「寧有是哉！公志去決矣。」未幾，御史大夫命下，果以公復任，直繼健庵，如都人士言。於是，在朝在野，亡慮知與不知，皆歡喜踴躍，相慶曰：「公果出也，上果知人也。今而後，貪僭其少戢矣，朝廷之上其有所矜式矣。」吾不知公何以得此譽望於斯人也？

公爲人嚴冷，曾未嘗有市德干譽之事以要結人心，顧令人心慕悦若此者無他，一正而已。董子曰：「正朝廷以正百官，正百官以正萬民。」古之治道，未有不出於正者，顧必身爲之先。孟子曰：「大人者，正己而物正者也。」公視聽言動，一準諸禮，處朝堂之上，矯然獨立，可不謂正己者乎？鳲鳩之詩曰：「其儀不忒，正是四國。」夫四國者，朝廷、百官、萬民之暨也；正是四國，所謂「憲萬邦」也。御史大夫舍此其何道焉？公既復任，晨起，一赴都堂理憲務，退則與諸文學卒業纂修，仍不改兔園老生挾册矻矻之故態也。其始也，未嘗以失職而有倦志；其既也，未嘗以復職而有惰容。令尹子文無改其常，柳下士師終守其道，於公豈有讓乎？

吾與徐氏交久，具悉其材。伯氏廣大通敏，無事不辦，以之爲相，當在陸贄、崔祐甫間。仲子急流勇退人也。至於公，嚴氣正性，進退規矩不失尺寸，是非得失一斷於中，不以人言惑，不以利害移，以爲御史大夫，伯氏亦自遜爲不如矣，固宜爲主上之所慎簡，而都人士之所咨嗟想望者也。予既喜公之正氣足信於上下，而又幸三代之直道未泯於人心也，因紀以之楚瘡痍載道，草伏喙息者實繁有徒，寧可盡問乎？問之不如安之也審矣。上知楚之非公之不能安也；楚安，則居楚之下流者舉安，皖焉能私公以獨安哉？

吾觀龔勝嘗爲昌邑郎中令，面刺王過，王掩耳起走，勝一無畏忌，其剛毅守節如此。及爲渤海，與民相安，直純用柔道耳。公在西臺，參逆璫於舉朝依附之日，防微杜漸，數語直寒奸回之膽而褫其魄，當是時，豈復有死生利害在其計中哉？其剛殆過於勝矣。及膺開府之任，和易樂豈，若不知有節鉞者。民之安之，蓋不啻渤海之於勝也。易不云乎：「君子知微知彰，知柔知剛。」凡勝與公之所爲，蓋皆一試其剛，而隨御之以柔者也。六月之師，詩人誦其元戎曰：「文武吉甫。」而吉甫之誦申伯也，亦曰：「文武是憲。」其爲文，非徒詩、書、禮、樂之爲文，與天下相安無事之爲文也；其爲武，非敢戰決勝之爲武，能言人所不敢言，爲人所不敢爲，乃真武也。是故，文柔德也，武剛德也，一剛一柔，天之道也。古之君子，文武互用。

雖然，吾尤願公一以文德勝也。昔杜元凱在軍中手不釋卷，羊太傅身不御鞍馬，輕裘緩帶，卒收平吳之功：此皆楚之前事也。兩公在楚，不過增修文德，未嘗有武事焉。迹其治化，與龔勝之於渤海、公之於皖，寧有大異哉？然則，公一以撫皖之道撫楚，而楚以治，又何疑焉？某荷公知己之誼，於公行，輒謬攄其一得之見以爲之贈。

送别龔含五太史還嶺南序

嶺南龔太史含五，以丁卯秋副其同官主江南鄉試，事竣，同去其官。出都時，錢子爲詩送之。明年，相遇於吳門，與晨夕者兩月。其秋七月，太史將舍予而歸，錢子黯然執其手曰：「甚矣，君之爲此去也！」

予少時遇里有飲酒者，設二人以司觴政，而立之監史。其一人出政謬，一坐盡嘩而起，監史爲罰其人巨觥以止衆嘩；一人者嘩不之及也，而並罰焉。惟時，在旁諸執事緝御行酒之輩皆竊竊然議曰：「是固嘗諫其謬而不聽，而乃與同罰！」意甚不平。而是一人者不置一語，默然受巨觥罰而退。飲酒雖小節，識者爲窺其有大度量也，而況當得失之際乎？然而從旁竊竊不平之議，則又見三代直道未嘗一日泯於人心矣。今君之去官，則何以異於是哉？君在翰林，資已深，其爲考官也，例得正而反副，人一怪之，君若固然也。榜後之諜語不侵君，且傳君在闈力持公論，每爭之不得，至於相怨，其言有倫有脊。或以問君，君曰：「烏有是哉？闈中關防毖，人之爲言胡得焉？」而傳者不已。當事私於君曰：「外間輿論盛稱君，我固知君無私。所傳與力爭不獲者可得聞乎？」事常入告，當爲上分別言之。」君謝曰：「外言妄也，闈中固無爭。脱有之，亦以文字可否所見異同耳，此自司衡者常事也。且既共其事，功過同之，分別非敢鬮也。」由是，當事者以之上鬮，詔逮繫諫者，而免兩主考官。命下，士大夫及江南人士爭爲扼腕不平，下至行路負販不相關涉者，鬮其去，皆咄咄歎息有聲。君一不介意，翩然出都，始終未嘗向人一語自白。於是，益歎君長者。予知君非徒長者，蓋亦有見於道焉。易不云乎：「困以寡怨。」夫既困矣，而又怨焉，是重困也。象傳曰：「困，剛掩也。」掩之者誰與？而無所于咎焉。然雖咎庸免與？故曰：「有言不信，尚口乃窮也。」是故君子「困而不失其所，亨」。卦辭謂之「貞大人吉」。謂如是之爲大人也。

嗟乎！得失之際難言之矣。莊子稱宋榮子能辨乎榮辱之分，非以得爲榮，失爲辱也；得有榮焉，有辱焉，失亦有辱焉，亦有榮焉。得之以其道，榮也；非是，雖得亦辱也。失之不以其道，雖失，亦榮也。如君之去，而吾鄉歎息之聲不知其所自來，蓋知君去之不以其道也。此其道，即人心中三代之直道也，與向酒間從旁竊竊不平之心同是道也。豈可與他去官者一概論哉？君去嶺南五千里，余年近八旬，後會無期。欲爲長歌贈君別，以攄其所欲言，非君志也。則亦聊述少時所見飲酒不平之事，以寄其慨歎云爾。

送大司寇徐健庵洞庭修書並祝其六十初度序

大司寇昆山徐公健庵，以文字受上知，既得請解任，仍留南書房備顧問，總裁纂修一統志。公累疏乞身，己巳冬始允其請，命以書局隨身，如司馬公修書雒中故事。陛辭之日，數賜面對，與商纂修事宜，更以宋元通鑑委令删訂。天意眷戀，不放遄行，親臨蘇子瞻所書宋玉對襄王問賜之，復賜以扁額，比諸李杜光焰，憫其寡和，嗤彼謗傷，知己哉！上也。因是，行期屢更，至今春始獲出都。公卿士大夫以及内庭供事之人，莫不愴感流涕，傾都祖送，至車不能行。上聞，亦爲太息久之。蓋自古以來，大臣去國未有如此其盛者也。

既至家，展墓畢，即謝交游，挾書卷，率門下諸士，過太湖，求洞庭東山假館設局。於是，杜絶賓客，專志纂修，坐卧一編，與諸子汲汲從事如恐後時，即老友如余，亦不敢數窺户矣。余既衰眊，不能從公少佐較勘之勞，又久客且歸，不及待公攬揆之辰，效其祝誦，請即公入山修書之事，略陳鄙見，以爲公無疆之慶，可乎？

文言曰：「積善之家，必有餘慶。」餘也者，慶不足以竟其積也。孔子觀於攲器，而謂持滿有道，在挹而損之。損之者，欲其器之常有餘也。惟不足，故有餘；足則無復餘矣。歲以不足氣朔之數爲餘，閱三歲而置閏，謂之「歸餘」，餘必有歸，天之道也。天道既爾，人事亦然。中庸謂：「庸言之謹，有餘不敢盡。」豈惟言不敢盡，即行亦豈宜盡乎？孟子曰：「仲尼不爲已甚者。」推而論之，凡夫極盛之名、意表之事，世所共歎爲不可及者，皆不免爲已甚。

是故道行矣，而有不盡行者；志得矣，而有不盡得者。在愚人猶以爲不足，而哲人正以爲有餘也。公家門科名之巍、兄弟之賢、子姓之盛，吾不具論。以公材器之博通、名德之周遍、人士之嚮往、主上之隆遇，當時罕有其比，吾嘗緦緦然爲公慮之：慮其足也。然而，行與時迕，動而得謗，以天下己任而未嘗執化權；實心任事，而不能久居其官；求賢若渴，而忌者謂之植私；受主上特達之知，而僅以文史見用。於公之心無所不足，揆公之器，以準其所受，亦豈遂爲已足乎？夫所不足者，吾所深慶，以爲公之餘也。

公之時位，蓋在乾之九三矣。九三：「君子終日乾乾，夕惕若厲，无咎。」子曰：「君子進德修業。忠信，所以進德也；修詞立其誠，所以居業也。」古稱德、功、言爲三不朽。以九三之德，居下卦之上，無功可名，而以修詞爲業，其周公居東係爻之時乎？曰居業者，蓋將終身焉於此，寧有異時九罭袞衣之望？朝夕惕厲，僅期无咎，蓋三之能善自安於不足也。吾知公今一以九三之心爲心，立誠居業，惕厲匪懈，又何咎焉？如是，則終其身於不足，即終其身以有餘矣。

抑余猶有規焉。余今年七十九矣，公甫六十，鬚鬢皓白，而曉夜繙閱，手不釋卷，丹黄改削，寢食俱忘，雖精神異稟，要亦少加寶嗇，即所稟亦不宜用之盡也。昔司馬公書垂二十年告成，以公計之，當其時正及余今之年。上意慎重，非務速成，歲月從容，何自憊爲？吾故喜公之有餘於福德，爲世道慶；更望公之有餘於精神，爲千秋大業慶也。既以是期公，即以是祝公。

客建寧贈司李姚仲子經三序 時值其初度

姚仲子初筮仕建寧司李，吾贈以詩曰：「作史鋒鋩宜暫斂，傳家清白豈辭貧。」夫清白之教，自其大父之令湘潭，君既習聞之矣。至於鋒鋩，猶有慮焉，以仲子之才慮之也。蓋其見太敏，得毋以敏自恃，而輕易聽斷，失於出入乎？其意太鋭，得毋以鋭於任事，而可否惟意，有不當上指乎？又其名太盛，得毋使僚友之間震其盛名，而微有扞格不入者乎？今至閩，所聞皆無是也。其聽訟也詳，其事上也謹，其與僚友也忠，其遇屬吏也恕。一城之内，文武和衷，軍民安堵，則皆恃司李爲之調劑焉。然後知君於政事不惟其才，實有其學焉，然後悔吾向者之知君之不盡也。

往君就余論易，吾謂易可以明刑：賁之「毋敢折獄」也，旅之「明慎用刑而不留獄」也，中孚之「議獄緩死」也，皆至詳且慎。雖以聖人爲司寇，必取諸此。吾序君詩，歎其才强而勉之歸於和厚，因謂太師六律以和聲，而法家稱律令，言律以召和也，刑罰中而禮樂興，和之至也，詩教固可通於刑哉！是説也，吾能言之，今君能得其意而行之矣。

然吾有進焉：吾老而深有旨乎莊子養生主之言也。庖丁解牛數千，而刀刃若新發於硎，以無厚入有間，因其固然，而不與族者爭；及至躊躇滿志，乃善刀而藏之。文惠君韙是，得養生焉，曷取乎？取其藏也。今以君之利器，試諸盤根錯節者屢矣，雖恢恢乎游刃有餘地哉，然吾懼其試之久而刃敗也。吾向者鋒鋩宜斂之説，謂才不欲見也，今知學亦不足恃也。不見才所以涉世，並不恃學乃所以養生，吾今者始無悔吾向者之言焉。仲子今初度，稱強仕，以仲子方强之年，而吾之所言，一以弱爲其道；惟能弱也，所以成其强也。此又與吾向者序仲子之詩義相發矣。要唯深於易者信之，唯深於詩者解之。仲子固以余言爲不妄耳。

送周晴雪游五老天柱二峰序

辛丑春，余與舍弟麋湀訪舊司空山。取道三祖寺，人皆云百里之外即望見天柱峰。是日雨過，雲氣漭泱，望之上下一白，絶無所爲峰。薄暮，忽從驢背上見天際有青大如笏，直上雲端，余喜指謂舍弟曰：「此非天柱耶？」次日到峰下，霧氣冥濛，問土人天柱，卒不知；亟詢之，曰：「萬公尖耳。上頂可四十里，無他奇，唯天霽下見長江。」今霧咫尺且莫辨，同行者興阻，予亦難獨往，遂賦詩三首而去。嗣，遇里中一僧，云少時隨師到絶頂，實有兩峰，其中横石梁，闊尺，亘丈許，下臨萬仞，瀑布飛灑，不可度。同游僧騎石梁，以尻度，既達彼峰，不一里，有大石橫路，路絕，乃摘路邊桃子回。桃大如碗，分此僧啖之，甚甘。惟時九月矣。即如所云，豈減天台石梁耶？予爲土人誤，經其下不獲攀躋，此一恨也。

今年九月，方揩公邀予上匡廬訪五老峰，蓋揩公去秋從東林上攬勝，獨未到五老耳。兩人乘輿冒雨直到萬松坪。坪，峰下精舍也，去峰五里。住坪三日，雨甚，竟不能上五老峰，因蹈險下凌雲舍看三叠泉而返。甫下山即晴。若肯少留半日，亦了此夙願，此二恨也。

晴雪老人行年七十矣，有兩峰之興，乞予一言導其行。意以予爲兩峰故人，故問津耳，不知予之負恨於兩峰者若此。

夫游未入山視志，既入山視緣。予於天柱有恨，恨志不堅也，咎在己；於五老有恨，恨緣不偶也，咎在山。雖然，志爲勝。予阻雨萬松坪，有詩，其末云：「不晴不上五老峰，判與老禪過此冬。」志非不決，而卒爲揩公促回。甚矣！志之難堅也。堅之奈何？曰勇，曰耐。勇則如重瞳之戰鉅鹿，持三日糧，示以必勝。耐則如隆準之爭成皋，雖數敗，終不肯退尺寸，期必盡得楚而後已。

翁云：「吾游，先五老而後天柱。」夫天柱，須以勇勝，雖不能如僧騎石梁度，亦宜登絕頂，親見所爲兩峰石梁。此鉅鹿之事也。五老峰下有幽極上人，好客，耐客久住，因而耐之，則游事必辦。此即五老之成皋也。以鉅鹿之勇得天柱，以成皋之耐得五老，吾之所以贊翁之游者，惟此而已。翁歸，爲予述兩峰之勝，亦足以攄吾悵乎？

三一上人行腳序

女偊之於卜梁倚，守之九日而後能外生；已外生矣，而後可以得道。老子亦曰：「外其身而身存。」孔子鬭琴張之歌，謂子貢曰：「彼游方之外者也，而丘游方之内者也。外内不相及。」然則孔子不聞道與？若必以生爲附贅懸疣，視形骸若遊土，以是爲能外其身；或棄妻子，離人倫，逃諸深山，以爲游於方之外，此一苦行道人能爲之，非所謂道也。所貴乎外者，不離内以爲外也。是故惟真能出世者，乃能入世；善游方之内者，斯善游方之外者也。

道人三一髡而緇，世皆以方外蓄之。予與處十日，而不能定其爲方内、爲方外也。三一初有家有子，能書能畫能詩，彼其視家若子偶然家之子之耳，亦如其書與畫，然未嘗有意於書與畫也，而書畫特妙，正以有意無意得之，以其意在筆墨之外也。吾嘗謂：三公精神在鬚眉之外，談鋒在口角之外，忠孝在事功之外，風雅在聲律之外，書畫在筆墨之外。無所不有，無所不外，可謂真游方外者矣。

嘗觀公之爲畫，其慘澹經營，皆在於未著筆墨之先，迨著時，覓無可著。古人稱意到筆不到，非到極不能不到也，猶之不全乎内者，不能游乎外也。三公每鬭人言及忠孝事，輒戚然動容，若無以自解，非全乎内之説乎？畫家意到法也。然與予朝夕，無不談，從未言及忠孝，蓋内而外之説也，畫家筆不到法也。三公以畫法行脚，予以畫法爲文，送其行方外乎？方内乎？尚有能識之者？

贈陳官儀序

樅陽倚山爲市，市之人皆負山而居，未嘗見山。吾爲樓，獨闢北牖以面之，於是，兹山遂爲吾樓之所獨有，因以北山名其樓。其山大抵童然頑醜無足觀，而直吾之樓者，巉然絶壁，下有怪石，雜樹蓊翳，茅屋參差，隱映其間。夜出讀書聲從林際出，則陳子官儀所居之舫閣也。從吾樓望之，隱然如畫，因笑官儀即畫中之人物也。官儀資質敏慧，能詩，工書畫，而苦貧善病，交游雜沓，應酬棼如，非攝生之道也。吾勸其閉户謝交游，益工詩與書畫。

或曰：「應酬之事勞矣，詩與書畫，顧不以勞心乎？其非攝生均也。」是不然。凡人之意有所好而即能其事者，釋氏之所爲胎習也。王右丞有云：「夙世爲詞客，前身謬畫師。」豈一世之能然哉？惟好而即能之，故其好益篤，而其事益精。奪其好則不樂，事不精亦不樂，樂之足以卻病而攝生也審矣。詩與書畫，官儀之所樂也；而應酬，其所强也：樂而勞與强而勞，其得失顧須辨哉？

或曰：「官儀之交游，爲貧故也。」吾謂救貧之計，亦莫如閉户息交，而益精其藝。古之以一藝名於世者，非僅藝之爲也，藝精必先自重；先自重，而後爲世所重；爲世所重，而後其人始不至於終窮。夫釋交者，自重之一道也。吾於樅之士，最愛官儀，而無以拯其貧，已其疾，惟於其初度而贈之以言如此。

校記

[一]事父母　注疏本左傳文公十八年作「養父母」。

[二]犨　文公十八年作「誅」。

[三]維　注疏本詩卷阿作「爲」。

[四]芑　注疏本作「杞」。

[五]龔勝　應作「龔遂」，本篇均誤。

田間文集卷十八

壽序

蕭伯闇六十壽序

予之别蕭伯子者四載矣。今年正月，到白門，遍訪舊游，尋伯子於城南故居，則遷去已久。道遇一老叟，云識其遷處，導予入委巷中，指一庳門曰：「此其居也。」值伯子出，予叩門久之，無人應，窺其室，土銼蕭然，所居纔蔽牀席，貧可知矣。明日，伯子來，顧予長干僧舍，髮白盡矣，貌益腴，與之言，意色甚得，蓋貧而樂也。於是，伯子今秋稱六十，同志數子屬予一言爲壽。予謂曰：「凡吾黨之所以壽蕭伯子，亦豈有大於貧而樂者乎？」

洪範載五福，以富與壽並稱，此三代以上之説也。由今論之，富不如貧甚矣。華封人曰：「富則多懼。」知富之可懼，而貧之爲樂可知。而人每不能貧，貧矣而不能樂，是天之有意樂之，而人則自求苦也。夫貧可易得乎？廉者，貧之基也。今朝廷取士，以「孝廉」爲名，而真能「廉」者幾人？則真能貧者又幾人？而況於樂耶？且夫孝廉之名，即古所謂孝弟也，其在成周爲興孝舉弟，至漢更其法曰察孝廉，蓋以弟攝乎孝，亦知孝足以攝廉乎？故漢以孝廉察士，而所舉唯稱孝行。世固未有孝而不弟，未有孝弟而不廉，則未有孝廉而不貧者也。

蓋於蕭伯子之爲孝廉，而益信孝廉之果本諸孝弟也。往，太翁鴻臚公宦留都，既盡室北歸，獨以所置一宅畀伯子，令家於南。臨去，太翁出橐中裝千金授伯子，指襁中兒謂之曰：「以是累汝，爲此子異日婚宦生産資，其善藏之。」伯子拜受命，請大人封識惟謹。自是，太翁謝世，南北道阻，中間不相聞者十餘年。伯子避地台越，轉徙靡常。而所爲襁中弟者已儼然偉丈夫，任鞍馬，走數千里尋兄而南矣。既南來不遇，則往從於台，問知在萬山中，破屋僅庇風雨，脱粟日一炊且不給。弟自念屢經變故，所在蕩然，兄困阨如此，敢復問十年前橐中物哉？而伯子亦絶不言。居數日，别之頃，乃荷鏤詔弟前，前至山谷無人處，親斸之，得所藏金，封識宛然，授弟曰：「此汝物也，大人屬予藏以付汝。予重爲此累，長恐隕墜，以負大人命。天使汝來，幸獲所付，予釋重負矣！」因相持大慟。

嗟乎！凡伯子之爲此者，屬之廉乎？屬之弟乎？抑屬之孝乎？今夫一介之士偶有付託，負之者不祥，而况於其親？此固不足爲伯子異。獨是伯子以不忍負父之命，挈其所付，崎嶇鋒鏑者十餘年，而卒歸於弟，此非弟之事、廉之事，而孝之事也，故曰：伯子，孝子也。唯孝乃弟，唯孝乃廉，唯孝乃貧。貧也者，天之所以報廉；貧而樂者，天之所以報孝也。夫伯子之樂，自斷金還弟身釋重負時，直陶陶然樂至今矣，則不謂食孝之報不可。伯子有賢子文孫，盈庭濟濟，一門内外，人無間言，此世之所謂福也。至於容身而居，掉臂而游，獨來獨往，不知其誰，此吾之所謂樂也。世以福爲壽，吾以樂爲壽。請伯子自問，以爲所得於天者孰多？

永安龔侯雲石壽序

昔龔少卿之任渤海，請於上曰：「陛下欲使臣勝之耶？將安之也？」上曰：「選用賢良，固欲安之也。」已，至渤海，其治一切與民安，而盜賊解散，郡以大治。吾觀漢時尊尚吏道，其所稱循吏，未有不與民安者也；其所稱酷吏，亦未有不務求以勝民者也。譬之於醫，人之有疾，皆邪之所爲也。然而良醫不務去邪，惟元氣之固，至有卻藥不進，第時其飲食起居，以俟元氣之自復，而邪氣不覺其已去。俗醫迂之，乃汲汲邪之務攻，疾非不速已也，然而元氣傷矣。夫不去邪而邪以去者，此循吏與民安之效也；急去邪而元氣以傷者，此酷吏求以勝民之效也。二者之效，其相去豈直在尋尺間哉？

永安爲閩僻邑，其地阻山多盜，其民喜鬬訟，其吏悍罔藐上，甚非易治也。閩又當兵燹凋殘之餘，軍需旁午，符檄雨至，其籍名藩府以出錢取贏，及籠貨列邑者趾相錯也。蕞爾邑，其叢脞豈惟渤海之多盜賊已哉？與永爲鄰者，其長吏終日皇皇，徵應上供不給，鞭笞之聲徹夜旦，鋃鐺載道，囹圄爲滿，而勢商與獰卒且日訌於庭，民人流亡，胥吏盡散，官出自擊鼓升衙，無一人至者，獨據案長歎而已。今以語永安之人民，皆啞然不信，泛然若不知也。

予違永安二十年矣。今秋再至，入其界，而耕者在畔，販者在塗，市無追呼之吏，人見吏亦不驚。予訝之，問曰：「汝邑無催科乎？何暇也？」則對曰：「吾正供既已輸公，官爲轉輸矣，吾無事也。」已，入其邑，而闤闠有誦聲焉，戍士不嘩，巷無馳馬，盜賊發輒獲，無用追捕也；吏欺嘿識之，其奸立敗，無所事摘發也；即有恣睢如鄰邑之日訌於庭者，一付之不見不聞，今其勢亦漸殺矣。以故，邑中相安無事，每出視事，不移晷即畢，獄無久繫，訟庭寂然。則召客及邑人士飲酒唱和爲樂，此雖古之循吏，何以過之？

夫龔氏固世多循吏哉！然以今視漢爲難。漢時吏治尚雅化，重儒術，少卿初請於宣帝：願毋拘臣文法，請得以便宜從事。今之文法，方奉行惟恐後，而許侯以便宜哉？侯以世之重違上意者，重去其官也；重去其官者，嗜欲深而妻子之累重也。侯家法儉約，其門内至不能名紈綺。又所居近湖，土俗椎朴，魚米饒給，得百金則無所施。侯嘗語予曰：「吾家居甚樂，吾無以金錢爲也。」予來時，孺人已率其女婦歸里，獨留長公侍朝夕。每家報至，必云某女紡布得幾匹，養鷄幾頭，釀酒幾十斛，待君旋。而侯聞之大喜，則宦興益倦，所需益寡，此又烏能委曲以求當上意哉？

雖然，少卿年七十餘始爲渤海，及報政，以年老不任公卿，特拜爲水衡丞侯。今侯年纔過五十，時有歸田之思。秋九月爲侯初度之辰，邑人士爭請予一言以爲侯壽。易不云乎：「安貞之吉，應地無疆。」夫侯以安之之道壽民，即所以自壽也。吾願侯毋數言去。人之有進退，命也，豈惟躁進者非道，即躁退者亦非道：謂其皆不能安也。侯宜一以安民之道安身而已。昔少卿聽王生醉後一言，博長者之稱；侯幸以予爲王生，領其言而進一觴乎？

黃蓮生六十初度序

吾修建州郡誌，而知文獻之不易得也，而獻視文尤難。蓋文可垂久，而人難求舊，有獻以補文之缺焉，且以證文之失焉，則獻視文尤重。夫獻，詩所稱「老成人」也。然其人老矣，其德非舊，不足爲獻；或有德矣，而漫無可否，徒以長厚爲鄉里稱，不足爲獻；又已則有德，而其祖若父之德不著，其傳聞不足取信於世，不足爲獻。吾受建郡當事之請，以修郡誌，得黄子蓮生佐之，深歎爲此邦之獻也。

黄氏自其大父仲明公、尊甫于埜，以及黄子之身，蓋盛德三世於兹矣。仲明公好義樂施，又嘗從李見羅先生講學著書，以文學從祀鄉賢，誠異數也。于埜公推仲明公之義而益廣之，凡兩建學宫於灰燼之餘。至黄子，而又建焉。凡黄氏所爲，皆近日稱長厚者所極難耳，而黄子行之不倦。其遵先人遺命，焚券不取償也；值寇亂，變産以贖歸從母也；從弟産盡，夢于埜公丁寧，輸百金之券以濟其艱也；設義學，施義棺，冬夏二時必賑，雖産中落不廢也；建黄氏宗社以教養子姓也；蠲資修學宫，捐田數十畝以供學用也：皆猶是祖父之志，而根本之圖。夫人志不忘親，舉不背本，其德亦足稱矣。爲其祖若父者，又皆爲不忘親、不背本之人，其傳誾亦足信矣。而黄子是非可否，斷然不謬於聖人，口訥訥不能言，而心所然所不然者，雖以巧佞惑之，利害動之，不爲少動，則其言亦足徵矣。是故吾之爲誌，重有得於黄子之助也。

誌成，黄子適居六十，其同事諸子屬予一言爲觴。吾聞：有陰德者必有壽。夫黄子之陰德，前所稱者不具論，即論其修誌一事。今地方之利弊，非黄子，其孰悉之？政事之得失，非黄子，其孰正之？草野之潛德幽光，非黄子，其孰闡之？即有不獲盡闡，然黄子之心已足告無愧於逝者。此之陰德，不更勝於前所稱者萬萬耶？吾觀黄子，不善飲，而能與人飲通夕不倦；不好談，而每道人善津津自口；不濫交，而交一人必有終焉；不好事，而舉一事必有成焉：諸如此法，類皆壽徵也，皆陰德之所爲也。德黄子者，皆言黄子以明經滿歲應得官，顧棄之，循循猶諸生焉；田荒不足供賦税，追呼至，則仰屋而歎；有子且抱孫矣，不令問錢穀出入，又不許入城市：則疑黄子爲不善治生者。然使黄子一以治生，爲近日稱長厚者所爲，吾何重焉？何獻之足稱焉？

黄子酷好予文，凡吾所取諸黄子之口而筆之於書，每出一篇，則擊節稱歎。今其壽也，吾無以爲祝，黄子其大置酒，吾與諸子載書來讀之，爲君下酒物可乎？

家爾斐七十初度序

以吾觀當今之時有完人焉，則吾家爾斐一人而已。吾所謂完，非富貴福澤壽考賅備之爲完，而一往適意，身名俱泰之爲完也。

爾斐生長貴介，年三十舉於鄉，聲譽滿東南。家本不貧，有園林池館之樂可以自適，然而三吳之爲爾斐者何限？而不能適其適者多矣。君自改革以後，爲有司所迫，一上公車，輒以病免，而後遂不復再迫，因抗志高尚，優老林泉。可不謂身名俱泰者乎？

伯兄中丞公、仲兄明經公，俱艱於嗣，爾斐以其子若孫爲之後，皆不累爾斐。爾斐亦不以累其子孫，庭户闃然，獨與孺人處。惟老友至，一設酒脯，餘所有悉以佐亭池花石之費。所謂一往適意者非耶？

爾斐風流藴藉，其立身制行在魏晉之間。吾嘗謂其有别趣而不僻，有逸興而不蕩，有深情而不癡。其於文章丘壑之妙，往往匠心而出，超然獨賞，未嘗不與人共欣賞也，故曰别而不僻。絲竹未嘗廢於耳，杯酌未嘗辭於口，興之所至，竟日觴詠，初不知有沉湎滔淫之事，故曰逸而不蕩。妖姬在前，孌童在側，把紈扇以題詩，掣練裙而作字，諧謔遞作，筆墨淋漓，情事之樂於是極矣；酒闌客散，神明湛然，故曰深而不癡。總之，皆不癡耳，故不忘名而不以名自累，不隳節而不爲節所苦，用是，進無赫然之譽，退亦無風波之虞。平生所作詩文，寄懷托興，大抵雅人深致，不爲危苦悲憤之辭，往往能自言其志而不與時迕。以是故爾斐之得爲完人也。

或曰：「爾斐亦有一癡：營溪默二十餘年，家以貧而意尚未已。」夫人既無用世之志，又不爲出世之學，則其精神歲月必有所寄，不寄於聲色榮利，而寄於山水園林，斯亦天下之善寄者矣。唯於所寄而癡，故他癡以盡。是其癡也，乃所以不癡也。然則爾斐何以不講出世之學乎？廬山遠公謂謝靈運心雜，而招陶元亮入社，不去。有人見海上三山虚室以待白樂天，樂天不屑也，惟其不屑，斯其所以必欲得之。爾斐天資近道，祇求自適其適，有語以仙佛之事，亦欣然喜，而志不存焉。吾謂世有成仙佛者，必是元亮、樂天及爾斐不思成仙佛一流人。其專於學者必不能成，何則？謂其癡也。

爾斐今年七十矣，予亦已六十餘三，十年前，文酒諧謔無虚日，今皆白髮蒙頭。而予坎壈無狀，以視爾斐之於身世，予之缺陷何其多也！雖爲福薄，亦由慧少，若予，乃所爲大癡者。故於其初度之辰，而深歎其爲今之第一完人也。

魏子存初度序

吾觀漢世自文景以來，天子擢用卿大夫，往往稱之爲長者而任用之。豈以漢法嚴，一切科條文網，非任長者不得其平乎？雖以宣帝綜核，顧亦所重在此，而當世吏寬厚仁恕之聲史不絶書。終漢之世，治術近古，而國祚以之靈長，則長者之效亦可睹矣。然吾謂漢時所號長者，上之人有以風之，士大夫復用此爲名高。今吏道雜而多端，居官者爭以擊斷能文致人罪者爲能勝任，鍥刻慘忍之術日異月新。而有以寬厚仁恕爲心，不爲俗習所移，利害所惑，斯真長者矣。吾友魏子存，其見事也敏，其遇事也斷，視天下無不可爲之事，無不可與之人，而事無不濟也，人無不感也。豈惟其才爲之哉？亦其寬厚長者之行素有以悦服人，而又出之以和豫，故志得行也。

君初爲成都司李，蜀初定，將帥草菅其民，而君皆與交歡，以保全孑遺。值叙馬之變，捷還，多所俘獲，君請於諸帥，遍搜行間，得婦孺悉聽放歸，鬻之境外者爲贖回。蜀人至今能言之。

既入爲比部，大獄頻興，海内人士株連幾盡。於時，合肥龔公爲大司寇，凡所以豁免冤獄、保全善類者，君之力居多。每合肥公有所欲行，不能得之同列，君爲之往返開說，無復異議，由是滿漢大臣皆以君言爲可信。已，合肥改任中樞，君亦移武部以去，即西曹有疑獄，必往請決於君，君徐出一語，皆歎服曰：「聞魏君言，吾無惑矣！」以故，君之所以存活人者，人皆不知，即受者亦不知，君固不欲令之知也。嘗有知之者，謝之詩曰：「白魚憔悴還初服，黄雀飛鳴謝少年。」其岸傲如此。意其人亦越石父、叔向之流與？彼直以祁奚、晏子待君，知君深矣。漢于公治獄，稱有陰德。其子定國爲廷尉，天下民以不冤。後人于趙、蓋、韓、楊之死，不能無議焉。蓋寬饒、韓延壽事下公卿雜治，廷尉不得專。趙廣漢多賊殺不辜，脅持丞相陰事，不令案驗，死其所也。若楊惲之死，以貽孫會宗一書文致成獄，吾不知貽會宗書，與南山詩有何刺譏？史稱再下廷尉按，當惲大逆無道，惟時廷尉非定國耶？自文字獄興，苛刻小人爭肆其吹索之知，而善類以盡，國家元氣以傷，定國號爲長者，亦爲之乎？于公之陰德安在？若君之議獄緩死，使當事一一明允，死者無恨，生者亦不知恩，斯可謂陰德矣。

已，出視楚學政，一切以寬厚從事，凡先賢之子孫能文者，雖微必搜而錄之；諸生之貧老者，雖劣亦給復子衿，以終其身：事雖平平不足道，要不失爲長者而已。而君之親戚故舊，待君以舉火者比比，其未嘗識君之面，醜知君之義，亦皆喜談樂道，如身受其惠焉；非惠之感人，長者之心之有以感之也。

論者謂君所謂「君子無衆寡，無小大，無敢慢」者，此一端之説也。易曰：「君子以裒多益寡，稱物平施。」又曰：「巽稱而隱。」夫衆寡小大則各有其物矣，無敢慢則必有其稱矣；稱而不覺，故曰隱也。若不稱而平施，是使周鼎與康瓠並尊，康瓠寶而周鼎辱矣；騏驥與駑駘同棧，駑駘戀而騏驥悲矣；賁育與侏儒皆賓，侏儒喜而賁育怒矣。而君於善惡是非之際判若黑白，特口不樂言人過失，而外不示異同，以是人樂其寬，吾信其厚。吾不知古之所稱寬厚者於君何如？若如漢廷，必欲得長者以任天下之事，則舍君莫屬矣。

予與君交三十年，誼猶昆弟也，值君初度，宜有壽言，而君德載諸人口者不足述，特取其有補於世道者，書而爲之序。

贈魏交讓五十初度序

武塘魏交讓，忠臣孝子之後而身隱者也。交讓曰：「吾非以隱爲高，吾蓋安吾之拙而隱也。」夫交讓不拙，其能隱乎？且忠節公不拙不能死忠，孝烈公不拙不能死孝，古之成天下之大事、居天下之大名，其人未有不拙者也。使忠節、孝烈不死而生，當今之世有不爲交讓之拙耶？吾觀晉世王裒痛父死忠，泣血，終身不仕。范粲寢所乘車，足不履地者三十六年。其子喬以父佯狂不言，棄學，絶人事，侍疾家庭，至粲歿，足不出邑，州府並舉，皆不就。使孝烈而在，必爲裒之所爲；使忠節、孝烈而在，必爲粲與喬之所爲。交讓之隱，又何疑焉？

有言交讓爲人過慎，以慎益成其拙。嘗有所親遇難，貽以橐中裝，不敢有，拱手以授之人。自文字獄興，舉其生平篇什盡棄之，以是，其家日貧，而著作不傳，爲可惜也。夫交讓以其身爲死忠死孝者之後，亦寧可以不畏死而不慎乎？交讓有得於易之小過之學，而吾以爲大過之學未有異也。

小過曰：「君子以行過乎恭，用過乎儉。」過者慎也。至於大過，則曰：「君子獨立不懼，遯世無悶。」然大過於初曰：「藉用白茅。」此慎之事也；於上曰：「過涉滅頂。」此不懼之事也。易言吉凶，不言禍福。吉凶之德在人，禍福之數在天。在人者不可不慎，在天者所不得懼也。以懼爲慎，則涉世必有瞻顧之失，遯世常懷鼠葸之憂。是故，慎所以守其拙也，懼則或至於失其拙矣。是以君子獨立不懼也，非不慎也，能無懼而已。

夫古之稱爲高士，未有非無懼而能遯世者。陳咸之用漢臘，陶潛之紀甲子，謝皋羽有晞髮之集，鄭所南有心史之編：有懼心者能之乎？然而此數人者，卒能保全其節，以終其天年，而當時之數子之節與不爲數子之節而蒙滅頂之禍者又何限也？山中之木，不材者得全；主人之雁，善鳴者獲免。君子將何居乎？居今之世，得免爲賢；與爲大過之不懼，毋寧爲小過之恭儉也。

孔子曰：「五十以學易，可以無大過矣。」知大過之不可以處當世也。然吾觀聖人生平，大過之事皆在五十以後，其卻萊夷、誅華士、墮三都無論已，最後乃作春秋。春秋，天子之事也，作春秋而亂臣賊子懼，遯世之君子獨立不懼，孰有大於此者？其謂學易可無大過，此未學易以前之語，蓋至學易以後，而始知大過之不可以已矣。交讓明年稱五十，故願交讓五十之學易也。

大司寇徐公健庵初度序

予今年七十有七，昆山徐公健庵以予平生鄙言之未傳也，將爲謀所以壽梓者，致書招入都，及秋始還。方戒車南首，而公門下諸翰林先生挽予袂而請曰：「叟固知吾夫子者。吾夫子初度在冬之十一月，而酷好叟文，非叟言無以爲壽，幸屬一言，以俟居期稱觴焉。」予重違諸先生請，不獲辭，語之曰：「子夫子道高德廣，吾不足以盡知；吾所知者，其孝友忠信不愧於古之人。然亦不欲盡言之，惡其涉諛也，請即世之所共知者，舉其大凡，亦足以爲言矣。

「子夫子以文章爲海内之宗師，黜浮崇雅，挽回風氣之力，數十年係其一人，此世之所共知也。而又爲主上所特好，國家有大制作，必經其手，始當上意。凡作爲詩歌，施諸詔令，形之章奏者，人士傳之，皆比諸雅頌謨誥，蔚然國華焉，此亦世之所共知也。至其虛懷好士之忱，聞人一語之善，爲之咨嗟歎賞，雖窮陬寒畯、姓字不齒諸閭里之人，多方獎拔，使卒成名士，今之赫赫聲譽在人耳目間者，誰非子夫子爲之汲引乎？此又世之所共知也。昔主北闈，今典南宫，所取士即一榜中能間得其一二人，亦足以生色；子夫子一旦皆羅而致之，科場得人，於此爲盛，此又世之所共知也。

「吾何以異於世？吾所知者，惟是其論文也，以明體達用爲準，下之教士，將以正人心焉，而不在乎章句之末也；上之事君，將以濟國事焉，而不在乎撰著之美也。其好士也，植人才於摧抑之餘，而不使孤生有絶望之歎。其取士也，通三場以求實學，而不徒取僥幸於一日之長也。是則世亦知之，而吾則自以爲特知之耳。

「雖然，名者謗之的也，忠者佞之仇也，士益附而忌益衆，主益眷而妒益深。今子夫子亦既不能安其位矣，上雖有意留之，而其歸志決矣。然吾有以知其不能歸也。吾嘗誦豳風周公之詩，周公以詩書禮樂化天下，其文事可謂盛矣；一飯三吐哺，一沐三握髮，其求士可謂誠矣；拮据瘁瘏，盡忠王室，而卒用流言避位。以子夫子視之，其情事爲何如哉？然而，公去未幾而即返於周，周人慶公之至也，歌狼跋焉，其詩曰：『狼跋其胡，載疐其尾。公孫碩膚，赤舄几几。』解者曰：『公當其時，有如狼然，進則躐其胡，退則跲其尾，言爲謗者所困，進退皆難也。避位居東，所謂孫也；碩膚，謂膚革充盈；几几，謂既安且閒：言公去位以來，而心廣體胖，步履安閒，雖憂危已甚，而天機自如，故能優游自得若此也。』今子夫子之進退，則亦有類於是者：其解任也，受命纂修，終日把卷搦管，未嘗有幾微不足之色，而容益少，居益適，倘所謂『碩膚』『几几』者非耶？九罭衮繡之迎，都人士且計日望之。吾度諸上意，驗諸輿情，其不能歸也審矣。吾嘗語子夫子：『不必不歸，不必決歸。』中庸傳曰：君子居易以俟命。是道也，所以立身，所以事君，所以養生，所以永年。吾之爲子夫子壽者如此而已。諸先生以此言進，其將爲舉一觴乎？」

郡伯周大夫初度序

皖郡據江南之上游，南臨江，北枕淮淝，西北連楚豫諸山，西接蜀漢，舟車上下往來，號爲通津。先朝，因賊起楚豫間，於是設開府建牙控制南北，今又增設臬憲，以理上游諸郡刑獄。蓋重地也。守郡者，讞牒紛繁，應酬旁午，奔趨將事，惟日不給，其地軍吏龐雜，民物凋疲。皖固未易治也。

郡伯武林周公，以中秘出佐池州，再署邑篆，一攝府事，唯以潔己惠人爲心，與百姓相安無事，合郡誦之，既奏最，擢守皖。皖與池隔江相望也，皖之民固久懷其惠和，其士亦素習其文教，惟恐公至之不速。公之去池也，予適在池，蓋睹池人之悒怏，益增予之慶幸矣。有謂予者曰：「皖之劇數倍於池，守之勞亦數倍於丞。公將用其所以佐池者以治皖乎？抑將改弦更張而治之乎？公仁人也，文人也，斯二者，於皖宜乎未宜乎？」予應之曰：「子謂當今之世，必武健嚴酷吏，然後足以勝任而媮快乎？仁人之治國也，不任材而任德，不恃政而恃教。雖在棼錯之地，其上始易之，繼乃重之；其民始玩之，久乃化之：守此不變，未有不信上而獲民者也。且子慮皖之未易以文治耶？子游氏曰：『君子學道則愛人，小人學道則易使。」所謂道，即子閚弦歌之聲是也。古之求將帥者，必敦禮樂而悦詩書，況民牧乎？是故文也者，道之器也；風雅者，文之事也。古者，上自卿士大夫，下至匹夫匹婦，莫不稱詩。太史采之，以聽其風謠而徵其得失，所係至重。然而，先王固欲民之爲之者，凡所以發攄其感慨，輯柔其志氣，而消磨其憤激亢戾之思，使不致有一旦潰決之虞也。由前言之，爲愛人之事；由後言之，有易使之理：則學道之說，具於詩矣。又何疑於公之以文爲治哉？公詩崇雅黜浮，絶去緣飾，其所尚者，合乎情止乎禮義，猶是子游氏之所爲道也。以是爲政，治池而池安，即治皖而皖安。吾知公無異治也。」

公既涖皖，予隨有湖南之游，遠在數千里外，不獲見公所爲政。但遇帆檣，見同鄉人，輒問皖事，皆對曰：「無事。」且曰：「自周公臨政以來，不惟府中無事，即六邑事以少。」予問曰：「民便之乎？」則對曰：「有便有不便：樸者便之，狡者不便，謂訟獄衰止，無以騁其健也；野人便之，胥役不便，謂符檄不下，無以飽其欲也；廉者便之，貪者不便，謂上無徵求，無以徇其私也。」若是，則皖之安也甚矣。然後，知公之治皖，果無以異於治池，而風雅之果足以爲政，吾言爲不謬也。

比予在池，公閚之，欲與相見，予辭焉。今年八月，值公攬揆之辰，予子撝祿請曰：「公甚重吾親，雖未見，意常若不忘，不可無一言以志感。」諸孫旆亦曰：「公於錢氏有事每加意，似推翁分，宜有以謝。」撝祿與旆皆公教育士也。於是，直據吾説，及所聞諸皖人語而詮次之，以爲公壽。

左眠樵初度序

吾與左仲子交，今年蓋四十有七年矣。憶崇禎丙子春，予過左伯子碩人於龍眠山居，是時予年纔二十餘，性不羈，初自吳游還，麗服高冠，人爭目爲狂生。入山，見三子者出，衣大布衣，舉止樸率，居然寒素，則碩人諸弟，少保公之三少公子也，予爽然自失。三公子喜聽予談，見所爲舉子業，益喜，遂留予與共筆硯。每課文，輪置酒，劇飲嘯歌，至夜半乃罷。皖中髯固吾家舊戚，而與左氏深仇者，聞之大恨。予身家之禍，蓋自此始矣。

是時，方密之名噪三吳，語予曰：「吳中社事，與朝局相表裏，其分别氣類甚嚴，凡死璫禍家諸子弟，無不與焉。三左子未出門交，世無知者，曷勸之游乎？」會三左子避寇流寓白門，密之所在爲之推引。凡四方客過白門，莫不造三左子，於是三左子名一時大起，而與予情益親。仲子性疏略，簡世法，稍近於予，每把臂輒詼諧狎侮無不至，蓋四十七年猶一日也。庚辰，有桐山彙業之選，三左子爲政。壬午，刻過江集，癸未，刻過江詩略，三左子佐予主其事。

未幾國變，留都有君，皖髯起用，專以報復爲事，且興大獄，凡吾黨向所謂氣類者計且一網盡之。三左子東西竄匿，不知所之。予竟罹鈎黨之禍，亡命三吳，合門遇難，繭足南奔，轉徙閩粵者數年。亂定生還，匿影澤畔，仲子獨叱蹇顧予於草堂。是時，予纔四十，仲子小予四歲，鬚未一莖白也，與抵足談舊游，已如説天寶遺事。迄今又三十年，而仲子再過草堂，鬚鬢皓然如雪，舉家皆驚。蓋予每入城即主於左氏，予鬚由半白以至全白，左氏習之漸，不以爲怪；仲子三十年一來，乍睹之，故驚其忽白也。

嗟乎！吾黨交僅四十七年，凡人世之興亡翻覆，變態萬端，有古人數百年所未嘗見者，皆於吾親見之。間至皖上，過昔髯之遺墟，已爲演武場，問其家，無遺種矣。即吾黨一時共事之人，及與予同被黨禍者，今猶有幾人存乎？以君伯子碩人甫六十而死，叔子子忠未五十而死，同時最幼者季子子厚也，今已六十餘矣。吾與仲子乃今以久特聞，不亦幸乎？所苦者老而貧耳。雖然，貧何足苦？貧而有子孫累之之爲苦也。然觀世之求有累之而不可得者何限？又可以稍自慰藉已。

里中兒往往愚仲子而狂予。夫狂則予豈敢居？予讀張子西銘，而竊怪其頑之訂也，遂自號爲西頑。若仲子，固古所謂之愚也，故其生也以「直」字之，則忠毅公之命仲子久矣，又何辭焉？吾聞養生家之説，惟愚與頑可以長年。若然，吾兩人之相見而詼諧狎侮，正未有已時也。吾今年七十有一，仲子六十七矣，初度之辰，相去僅八日，故爲文以壽仲子，而亦以自壽也。

潘蜀藻六十初度序

古稱不朽者三，立言其一已。所謂立言，非如後世之所謂言也，然而，後之所謂言者，亦自有其不朽，如漢司馬子長之爲文，唐杜子美之爲詩是已。夫是兩人者，皆甚不得志於當時者也，天若奪之當時，而予之以後世。以吾觀之，惟甚不得志，故當其時，其精神材思一無所用於世俗之事，因而殫心壹志，以爲其所欲爲，而不朽之業以成。則不得志，斯其業之所由以不朽也。

潘子蜀藻，少有「聖童」之目，爲諸生，試輒高等。既屢舉不中，應以學宫久饍，需次貢禮部，候廷試過，乞廣文一席以爲讀書養親之地。會有新令：廢廷試，廣文員汰不復補。蜀藻隨例入太學，爲天官選人，得州司馬，非其志也。未一年，詔復廷試如故，凡郡邑諸生能納資輸軍餉者，例得授廣文，而蜀藻以候補州司馬，不得與，而州司馬亦未有補期。於是，蜀藻絶意當世，益專其志於詩，以爲杜子美之所爲。以蜀藻之才，天既靳其一第；至其應得之官，本無重輕，亦復靳之，使巧與功令相左，若功令之變更，偏以阨塞蜀藻，何也？

子美壯游詩曰：「往者十四五，壯游翰墨場。斯文崔魏徒，以我似班楊。七齡思即壯，開口詠鳳凰。九齡書大字，有作成一囊。」憶蜀藻初應童子試，纔十一歲耳，試文出，六皖傳誦，不知視子美十四五時之作如何？子美以開元廿四載舉京兆不中第，遂棄去，游齊趙間，其詩曰：「歸帆拂天姥，中歲貢舊鄉。」「忤下考功第，獨辭京兆堂[一]。放蕩齊趙間，裘馬何清狂[二]。」迹其失意遨游，大抵與蜀藻相似。然子美纔一舉耳，未若蜀藻之十數舉竟不中也。天寶中，子美獻三大禮賦，天子召試文章，授河西尉，不行，改右衛率府胄率，故有官定後戲贈之詩，是其在唐全盛時，亦既通籍矣。遭遇國變，至德初奔赴靈武，涕泣而授拾遺。明年收京，扈從還長安，居然備員省掖，退朝花底，歸院柳邊，與賈至舍人、岑參補闕同官唱和。岑賈未嘗以資格外公，公亦未嘗以資格自外也。已，因諫謫棄官，轉徙秦蜀，嚴武奏授工部員外郎，雖固稱不得志，然其生平浮沉出處之間，以蜀藻視之，復何如哉？子美困於時，蜀藻困於命。其爲至德以後之子美則未可知；若擬之開寶之間，則蜀藻之不得志爲已甚矣；不甚，不能以爲子美之所爲也。

蜀藻今年稱六十，龍眠風雅之選適以告成，於同鄉之先輩亡友，以及山林逍逸，有一字之美，無不表揚，子美所謂「應待老夫傳」也。夫蜀藻已立之言既不朽矣，又欲與斯人同其不朽，是於立言之中，兼有功德之事也。然則，天爲龍眠而生蜀藻，而使之甚不得志，蓋非爲蜀藻一人不朽之計而已，蜀藻亦可以自解矣。

校記

［一］京兆　中華本杜詩詳注作「京尹」。

［二］何　杜詩詳注作「頗」。

田間文集卷十九

壽序

張帶三先生七十雙壽序

蓋吾讀易，而知君子之儉德之不可及也。夫儉德者，非德之儉，而儉其德也。德之儉者，不及於德之說也。儉其德者，德有餘，不欲過之而加斂焉，寧使有不及之爲儉也。是故有已甚之行、異人之稱，皆君子所不欲出也。莊子曰：「德蕩於名，知出於爭。名也者，相軋也。知也者，爭之器也。」比之於水：平者，水停之盛也，內保之而外不蕩焉。九卦以巽爲德之制，有制無蕩，斯儉德之謂矣。由是論之，豈惟事業文章不可以多取，至於忠孝名節之事爲世所極稱，如陳咸、薛方、郭欽、范粲之爲，君子猶以爲過也。

張帶三先生，累世盛德，先廉察公佐韓襄毅平兩粵，所全活數十萬計，夢許真人語之曰：「汝不殺，當以鼎貴昌爾後。」自後雖簪纓不絕，然亦無顯仕者。至君，始褎然起，以雄文登上第，天下翕然宗之，論者以爲：君家積德之久，至於君將必大暢其家學，以食從前儉德之報也。而君司李閩泉僅二載，遭鼎革，棄官去，其所藴畜竟未發攄其萬一。而泉人誦君，言君在泉攝郡篆，兼轄漳，涖政月餘，嗒然若不治事，陰察諸吏弊，一旦盡按治之，由是發奸摘伏，郡稱爲神。公堂晏然無訟，日與父老講六諭，修保甲，而郡以大治。有獰帥驕蹇，踞見羣吏，君獨與之抗衡，禽治其將吏諸不法者，帥不敢庇。或欲爲帥建祠學宫，君勒碑其地，大書「禮義廉恥」四字，衆議遂沮，帥亦無敢誰何。蓋由其正直足以奪其氣，廉潔足以服其心也。迹此數事，使竟其平生之展布，其事業寧有量哉？而卷懷以老，則君之德亦似乎天之有以儉之也，而君因以益自儉焉。

既解組，隱泉之渼林山，泉士大夫築室以居之。亂定歸里，其舊廬在龍潭之西，敗屋嵌牆，四無鄰並，蒿蓬杜徑，客至或無几榻。君扃户讀書，夫人紡紝與共晨夕。長吏希見其面，而君亦不爲鑿坏逾垣之行，即歲時，仍以部民致敬也。會有詔博求隱逸，直指將舉君以應，君二千石造其廬，與談終日，出脱粟飯之。守知君志趣堅定，卒不敢語，事遂寢。由是觀之，君于事業文章，世既未獲盡見，即抱道以處，亦未嘗求異於人，以取名於世，非君子之儉德者而能之乎？夫天之儉君既累世矣，君又自取儉焉，天必將有甚奢之報，以償其儉。君有丈夫子三，並文噪一時，江東有「三張」之目，則君之所未獲盡見者，其盡見於其子無疑矣。君雖赤貧，甘淡薄，顧豪於酒，每飲或至漏盡，夫人必篝燈紡以待。又好賓客，客至，趣治具，不問家有無。夫人黽勉以供，咄嗟以辦，皆手自調治，不假庖人。門内肅然，必勤必謹。易曰：「閑有家。」閑者，儉之爲也，夫人於君可謂合德矣。

今年孟夏之上浣，爲君七十，吾黨祝君者並祝夫人，以予在閩習知君，屬言於予；而予於都門又與長公豫章晨夕久，益悉君素履，亦不容已於言也。昔君家子明養志不仕，廣平太守盧毓，到官三日，綱紀白承前致版謁，毓教曰：「張先生，所謂上不事天子，下不友諸侯，豈版謁所可光飾哉？」以君視之，則子明猶務爲過高已甚者矣。夫以子明之抗節危時，而猶享年一百五歲，而况儉德乎？而况儉德乎？

龍舒任太翁毓生初度序

予嘗怪釋氏之稱因果，通三世以言報。夫以今世之積學累行，終其身勤苦無閒，至於隔陰而始報夫不知誰何之身，何迂誕也！若夫父之於子，猶一身也，積之於父，而效之於子，猶早植而晚獲，幼學而壯行耳，而又及其身見之，是猶一身之自因自果也。此其事，吾驗之於任太翁。

任氏爲龍舒望族，自時齋公相繼以明經廣文起家，及太翁，用乙亥拔貢入成均，謁選當得令，非其志也。蓋自時齋公至翁三世力學，負文譽，人爭以高第期之，而卒不第。太翁雖頹然自放乎，而終以爲學無不報也，謝選人，闢草堂，課諸子讀書其中，以爲不得之於身者，必得之於其子。間謂德長曰：「自吾祖吾父以及吾之身，所有志未遂皆在於汝。諺云：書不誤三世。今於汝曹四世矣，汝大父昔見汝頭角嶄然出，謂亢吾宗者必汝，汝勉之。吾及見之，惜大父之不逮也。」莊子曰：「造物者之於人也，不報其人，而報其人之天。」若翁之志不忘于一第，翁之天也；而竟成於德長，所爲報矣。

史稱萬石君以恭謹世其家，其子孫皆爲二千石，以爲盛德之報。考其家教，惟是馴行孝謹，過里門必趨，親老躬滌廁牏，無他絶德也。夫立身莫大於孝，涉世莫善於謹。君家自時齋公以來，世稱長厚，今居三河市井之區，敦睦揖讓，於鄉黨無間言。而翁性純孝，既隱居不仕，日以色養承歡爲樂，親殁三十年，每述其遺事，猶孺子泣也。聞德長入闈之日，夢緑衣神人告之曰：「汝父純孝，當報在汝。」由是觀之，德長之第，猶取諸翁而予之也。積學累德之必報，豈不大可信哉？

繫傳曰：「顯諸仁，藏諸用。」蓋顯必於仁也，藏所以爲用也。藏用者，不用以爲大用也。迹翁生平，大抵以藏爲其道：藏其迹於闤闠，藏其名於鄉黨，此可見之藏者也；若夫藏其學於訓家，藏其德於混俗，因以藏其福澤於儉素，藏其功名於子孫，此不可見之藏，易所謂不用以爲大用者也，富有日新，又何疑焉？翁今年七十五矣，聰明燮鑠，家政猶親自經理，步屨吟笑不衰，殆百歲以上人也。諸子自德長外，翩翩鵲起。翁之景福純嘏正未有艾，則皆藏用之效也。今德長且歸，布長筵，列子孫，召賓客，稱觴娛翁。吾知翁飭身益恭，訓家益謹，自奉益儉，與鄉黨益親，猶是以藏爲道也。旦晚吾將扁舟訪翁於三河水村，倚竹臨流，從翁講藏用之學，翁其許我乎？

從兄玉屏翁七十初度序

吾再從兄弟二十餘人，其以七十稱壽者，則自今年玉屏兄始。禮記：人生「七十曰老，八十、九十曰耄，百年曰期。」至於敬老之典，獨詳於七十。然則耄期固世不輕有，而七十者，古人之所甚重也。吾蓋於兄七十之辰，益念我仲兄湘之矣。湘之長於兄一歲，其稟賦於吾兄弟中最强，人皆以上壽期之。嘗曰：「吾不及玉屏，其精力、氣魄、意興，殆百歲以上人也。」乃湘之竟不足七十而逝。湘之逝後，吾始倦於游，每孑然獨處，益與羣從親，然後知吾兄湘之之自謂不及兄，真不及也。

兄家雖中落，有薄田足供饘粥。二子，長者筆耕，少者力稼穡。晚得室人，才，脯饌酒醢，以備兄不時之需，含飴弄孫，足逸老也，而兄顧不肯自逸。兄少而裘馬，中年曾一爲百夫長，今何至徒步奉長吏符，歲僕僕風日中，爲縣官急催科也？然兄自樂此不爲苦，燈下能會計細書，辨金高下，較錙銖。亡慮祁寒暑雨，鷄鳴而起，裹飯走百餘里，入城輸之官，一宿即返，曾無憊色。此豈七十老翁所宜有事？然兄爲精力所使，若借是以一洩其僨盈，不如此不樂也。生平倔强，耻俯仰，又好扼腕不平，雖親戚貴人，未肯少讓，里中目吾錢氏一門好尚氣，則必以兄爲巨擘矣。

自吾三四歲時，見兄每飲酒必盡歡，叫讙達旦，或頓足抗聲，唱「大江東去」，迄今五十年如一日，未嘗少衰。吾兄弟少能飲，近少年中有一二勇於酒者，恃其初氣，輒敢與兄角。久之，燭跋席闌，少者頽然以醉，謝不勝，吾輩皆欲散矣，兄乃飲益壯，命巨觥，探鈎喝采爲豪，罵諸少年：「何巽也！」即諸少年鼓勇起勉飲，不敷釂輒大困，明晨至不能興，問兄，已出門去久矣。然吾察兄飲時，或宿舂不繼，或追呼在門，旁人方爲之焦然意沮，兄顧極酣，若曾無一事介其胸者，豈復知世間有催租敗興事耶？所惜者，酒盡後俗累相牽，仍皇皇然去耳。設使兄仍素封，有金錢供其揮霍，日召客閉門䝉飲，雖古豪士何以加焉？湘之謂不及兄，意蓋在此。

兄晚而信佛，好與衲子游，然遇酒飲自如。夫飲固不礙佛也，佛之戒飲，惡其亂性耳。兄之性，似於飲乃見，當其無一事在胸時，兄與佛豈有異耶？恐轉以醒時亂耳，然兄醒時亦大有不亂者在。吾觀兄好面折人短，退無後言。又無嫉妒心，遇子弟佳者，即極口稱，有勝事則色然喜。至於變故以來，動稱古昔，見時流衣冠盡態，必切齒大恨。此種種性，皆佛所謂正知見也。兄以此飲酒，即以此學佛。天下之樂，有大於以飲酒學佛者乎？吾願兄惜精力，斂氣魄，任意興，則自今以至耄期，皆兄飲酒之日，即皆與諸弟共學佛之日也。

從兄季和八十初度序

今年春正月，予從兄季和稱八十。其子貧，不能稱觴，予輒用一言爲壽。

予家自埋船公遷桐之樅灣里，至吾高祖再遷桂莊，迄於今且八世矣。吾與兄共曾祖，而吾祖僅吾父一人，故吾無從兄弟，視再從猶從也。吾從兄弟二十餘人，今其存者，兄與我白及予三人而已。兄長予六歲，幼時與同塾，每侍師講，或暗中作弄，以嬲兄之聽，兄甚苦之。兄今年八十，吾亦七十四矣。

往，吾父與六叔父年七十時，居家未嘗相離，憶暑時輒倚屏呼叔父乳字曰某來，來則中庭設楸枰，對奕數局，叔父每多讓一局，以博吾父歡。白首笑樂，至今猶記其眉軒齒粲時也。及吾兄弟之世，遭遇多故，謀生不暇。予流離天末，十年不歸。既歸，數年復出。六十以後，始慨然有首邱之思。而庭户非舊，家業蕭然，子弟失學廢禮，不復知有前世友于揖讓之風矣。予卜築宅西，不得與兄數相聚。念前世世界太平，二老人朝夕追隨，無有間言，可勝今昔之感耶？

兄爲人規矩礲錯，不妄一語，不苟一錢。嘗入市，遇遺金道上，住足蹴，市兒拾去，終不取視。昔謂見遺金而不顧，遇美色而不盼，兄其有焉。改革後，冠服仍舊，然終不作傷時語，閔默而已。家固貧，祖父遺有水田纔數畝，子孫既多，而田不增，故益貧。素以授徒爲業，今老矣，徒皆散去，疑其不堪句讀也。昔伏生九十餘，年老齒漏，猶遣小女子口誦轉授諸生，今兄八十，猶兒齒也，授稚子書與誦，至數百十遍不倦，何老之有？自失此業，生益窘，而兄容色步履如故，見者未嘗知其爲八旬人也。

從兄中有果庵，博物能詩，好藏書，不以示人，兄嘗館其家，多所校訂。十年前，有以兄手録秋海棠賦見示者，文數千言，旁有注釋音訓，果庵筆也，末記某年某人撰。省覽久之，始悟爲予十七歲時所作，逾五十年乃得復睹。果庵殁後，書盡散，予賦不足存，所重者兄手録與果庵旁注，數字即法物也。予遭子難，羈困邑中，兄與朩穎兄，皆以垂白老叟，繭足走百餘里尋予，握手一慟而返。於戲！其可感也已。

今予與子弟説前世事，須兄在坐，予言之而兄證之，不則直疑以爲妄語也。史稱李少君在武安坐，見九十餘老人，言與其大父游射處，老人爲兒時曾識其處，得此一證，以見信於武安。然則，吾兩人不更相爲證，亦何以免子弟之疑哉？今偶思昔里中人姓字，不記，必就兄問得之；兄不記，則相向惘然，無復更有能知之者，良可歎也！吾從兄弟年壽不等，未有及八十者，而得之自兄始，予在雁行之後，固亦有幸望焉，故樂爲之壽。

李母何孺人貞壽序

傳不云乎：「天地之道，貞觀者也；日月之道，貞明者也。」惟其貞於一也。天地不一，不足以爲觀。日月不一，不足以爲明。是故一也者，天地得之爲貞觀，日月得之爲貞明，聖賢得之爲至誠，臣子得之爲忠孝，朋友得之爲信義，婦人女子得之爲貞節。金石銷而此一不銷，世界毁而此一不毁。得是一，即變可也，常可也；一日可也，終身可也。古云：「死易，托孤難。」非托之難，一之難也。彼世之義士烈女，猝然遇難，其能慷慨捐軀，甘鼎鑊以如飴者比比；不幸而所願不遂，日久情遷，因而怵之以利害，誘之以嗜欲，忽然中變，大喪其生平，爲天下笑。然後知向之所恃以一往者氣也，氣作則志堅，氣衰則志墮。夫氣豈能終日哉？孟子曰：「志，氣之帥也。」夫惟得一者，爲能以志伏氣，以氣衛志，故曰匹夫不可奪志也。匹夫之志，吾所謂一也，是故貞士難於義士，貞婦難於烈婦。王制：婦人守節者，年登六十始旌表其里閭；未六十者，不以上聞，鰓鰓然慎其終焉。然則一之爲道，聖人蓋難言之哉！

李母何孺人，今年稱六十，其友人姚君爲予言其事，蓋自二十餘孀居苦節，今且四十年，庶幾可以語於一矣。計孺人之生，適當神廟之盛世，而其稱未亡人，則末年也。自末年政衰，國事日壞，以迄有今日，而天下之子臣弟友情態變異，以視孺人之四十年如一日者幾人哉？

孺人出自江寧名門，七歲誦孝經、列女傳，稍長，讀毛詩能通大義。女紅之暇，篤好書法。家人以女博士目之。事父母定省不闕，雖天資洵美，亦由得諸詩書者深也。既歸高郵李氏，未數年而寡。上有白頭二親，孺人則以婦而兼子；下有黄口小兒，孺人則以母而兼父。迄於今，堂上之送養已畢，膝下之義方已成，爲丈夫子者二，爲岐嶷孫者五。日居月諸，倏焉六十。或以爲苦節報，而孺人不以爲報也。或以爲貞婦名，而孺人不知有名也。其在四十年後，而有六十之日，猶夫四十年前，而二十有二之日也：一之至也。

孺人行且百歲，噫嘻！當百歲時，又不知此四十年人情物態之變異，於前四十年更何如矣！

趙母黄太孺人八十壽文

史稱王祥至孝，得佩刀於呂虔，臨薨，授其弟覽曰：「汝後必興，足稱此刀。」及其後，爲祥裔者無咄，覽孫導遂以勛業冠江左，子孫世世不衰。以吾觀，祥名德視覽過之，而造物之報覽也遠勝於祥。或者謂：「覽之事較祥尤難，使無覽，安得有祥？祥之生，覽延之；祥之名德，覽成之也：造物爲祥報覽，安得不厚於祥？」此亦一説也。

吾先君子常從吾鄉趙樅江先生游，述先生事，蓋古純孝也。所遭與覽異，而其行事似之，殆又過焉。初，中丞公嫡出先生一人。先生志在廣公嗣，固請於母夫人，願得庶氏，使某有弟。既得請，太夫人或虐使之，先生中夜長跪泣，俟母意回乃起。已而，庶氏有子，男也，先生大喜，召宗族置酒受賀，自起舞，爲二尊人壽。中丞公既逝，所以保護教育其季者無不至。季長而析産，凡中丞公素所蓄積玩好及美田宅悉推以予季，己獨取其磽瘠、老僮婢，如薛包故事。而季頗不遜，既析産，未幾輒求益，先生惟所請是從，終無倦志。此其事視覽難易何如耶？覽之祥，生而有之；先生之季，則求而得之。覽之有祥也，覽易以爲弟，先生有季也，先生難乎爲兄。吾嘗讀先生所著，無甚高論，貫通三教，其要以孝弟爲宗，然後知覽之孝成諸性，先生之孝，性成而加以學也。今世同胞兄弟，爭産尺寸不肯讓，至嫡庶之間，大有別矣，猶恚曰：「産固我有，坐此遂使我挫！」猶取諸其橐而分之也。聞趙先生之風，可以愧矣。

趙先生未有子時，人咸爲造物疑，疑孝德不報也。行年六十而元振始生，蓋副室黄孺人出也。其季竟無後，而元振諸子蔚起，向所爲欲廣中丞公之嗣者，仍廣之於先生之後。莊子曰：造物「不報其人，而報其人之天」。當趙先生爲中丞公置側室時，造物蓋已爲先生置黄孺人矣。造物爲先生置孺人，以昌趙氏之後，其人不容以不擇，且使天下之爲趙先生者有所信，而未嘗爲趙先生者亦有所勸，皆於孺人是視。詩不云乎：「天立厥配。」蓋必擇福德之純龐，足以昌趙先生之後者，而後立之也。

孺人年二十五而寡，今年八十矣，猶强飯無恙。趙先生去世久，世風日下，後生小子或不知有趙先生者，天意留孺人久視，使人因孺人而悉趙先生之事，庶幾有感激而興，欲爲趙先生之所爲者，則孝弟之道不終絶於人間也。

徐母范太君七十壽序

癸丑春，徐子方虎成進士，廷試名在二甲，當需次得官。於是，徐子母夫人范太君，以夏五月稱七十，徐子且治裝歸，爲太夫人壽。惟時方有木天之選，予謂徐子：「盍需之？」徐子曰：「吾之遠吾親而來游者三年矣。吾之來也，布衣叱蹇，蹩躠走長安，今儼然釋褐衣錦以歸，拜吾母於堂下，稱觴爲榮，吾志足矣，寧有過望？吾少失怙，惟母是依。凡九試於有司不得志，吾意已倦，將褫科舉，付其事於吾子，己則朝夕膝下以長奉母歡，母不可，曰：『吾見吾孫之成名喜，終不如見吾出腹之子之成名之爲尤喜也。』用是，孀帷白髮，猶於機杼膏火之前，課其垂老之子，徹夜咿唔以爲樂。是故，吾之來，吾母促之來也，幸以成名，吾不可以久違母養。」若徐子，可謂孝子矣。雖然，孝子養志。窺子太夫人之志，以子之成名喜，則名有進於一第者不更喜耶？子之急歸，子舍不與茲選，子樂之，太夫人不樂也；其滯於京師，以不獲稱觴，子不樂，而太夫人樂之。子其需焉。於是，徐子果以才名召見，擢庶常，讀中秘書。今而後太夫人喜可知也。

方虎昆仲四人，出於太夫人者二；其二人不知非太夫人出，太夫人亦忘其非己出。方虎以嫡出而居次，亦忘其兄若弟之非太夫人出也。凡衣衫絇履，悉出兩親手作，無有異同，外人見之，莫不歎太夫人之聖善，而羨徐氏一門之孝友矣。徐氏固素封，自太翁喜揮霍，又累經盜賊掠奪，迨太翁即世，家遂貧，然其流風故在。四方士與方虎游者，至輒館其家，人稱太夫人治家，損於費而不損於禮，儉於身而不儉於客。二親歿，諸弟貧不能舉喪，太夫人爲拮据成禮以葬，邑人誦之。所謂賢明能識大體者也。

閩太夫人設帨之辰，親賓畢集，而庶常之報適至，太夫人忻喜之餘，隨以涕泣，蓋悲太翁之不及見也。方虎在京邸，聞之亦泣，既悲太夫人之悲，又傷己之繫籍金馬門，不獲隨諸兄弟率子孫班衣膝下，爲太夫人拭淚也。世之沾沾富貴利達以鳴得意者，不獨其子也，其母實甚，詘徐氏母子之風，亦可以愧矣。

徐子屬予言，遂即其事，書以爲之壽。

徐學士夫人金太君五十初度序

予老而獲交於昆山徐健庵學士，因與仲氏、叔氏忘年友，而藝初昆季皆爲通家世好云。今年秋九月，學士元配金夫人稱五十，長公藝初屬予一言爲壽，予重其無世俗之見，而有取於野人之言也，遂不辭而爲之序。

蓋嘗讀易，於家人之卦爻而知古女德焉，彖曰：「家人，利女貞。」傳釋爲：「女正位乎內，男正位乎外。」夫惟内不與外，而後内之位以正；亦惟使外不與内，而後内之正位益以見矣。易所謂女者，非離之二、巽之四乎？六爻之卦，離位以二爲正，巽位以四爲正，而於家人各得其位，皆可謂之「順在位」也。二有婦道焉，曰：「在中饋，無攸遂[一]。」四有母道焉，曰：「富家，大吉。」而傳繫位於四，統於母也。是故婦無攸遂，母曰富家，皆以順爲道也，蓋順乎位之所得爲者，而無有出乎其位之事。位外者主創，位内者主守；位外者主生，位内者主聚。然後，知召南鵲巢之夫人，即富家之六四也。其詩曰：「維鵲有巢，維鳩居之。」言國君積行累功以致爵位，夫人起家居之，如鳩之安享鵲巢之成焉。夫夫人之安享，非一無所爲禮，於其所生子，子之猶己出也： 鳲鳩均壹之德，君子之言有物而行有恒，夫人有焉。 然夫人之治家，無侈靡之習，然亦不過爲纖嗇也；於僕御無峻急之威，亦未嘗有所寬假也；親戚故舊，多卬以衣食，然亦不濫予也；諸子業已通籍，而義方未嘗少廢也；遇諸姬以

　　充閭，倘所謂富家者非耶？ 雖學士有以致之，可不謂夫人有以成之乎？

霍，而存其所爲無幾者，爲之區畫經紀，各得其當。 久之，學士亦既居然有家矣。 今觀其門庭之濟蹌，舟車之駢集，親戚故舊之依歸，門以内，子姓競爽，娣媵肅雍，詩書禮樂之氣觸目

　　吾今又見之於金夫人。予十年間三過學士家，又數與夫人諸弟游處，故頗悉其内，則夫人在家稱孝女，既歸稱孝婦。方學士未貴時，夫人以織紝佐其下帷，内奉甘旨，外供賓客，使不致有終窶之歎。 卒取上第，顯名當世，則中饋之助多也。 學士目不識銖兩，慷慨施予，於朋友無所愛惜，又出游，游所費不貲，其橐中裝得入而歸諸夫人者無幾。 夫人固一聽其揮

而能然也。 傳稱鳲鳩有均壹之德，比之夫人，則家人所謂「言有物而行有恒」者乎？ 吾嘗於采蘩之詩，而見其親蠶之勤焉；於采蘋之詩，而見其公宫之教焉；於小星之詩，而見其逮下之仁焉。 然而執其大綱，不下侵世婦女師之事，循其常分，無嫉妒之意，亦無邀譽之思。 故比德於鳲鳩，即以爲一無所爲而安享焉可也，蓋一以順爲其道者也。

人不自以爲德，亦曰：「吾之治家，其道應如是而已。」夫道惟求其應如是者而從事焉，順之德也，正位之事也，雖鵲巢之夫人何以加焉？

今其設帨之辰，頌母德者遍海内，而藝初顧欲得野人之一言，豈非陳鐘鼓而間以瓦缶，羅珍羞而雜以藜糝乎？抑以其質直無文，生平不爲飾詞，故欲得無文之文，以傳其真而信於世也。古人立言必本所學，吾學易説詩，惟據夫人德之有合於詩易者頌之。至於福澤之隆，家門文物之盛，固不俟予言，藝初亦毋取乎予之言也。

昝母阮孺人七十初度序

今夏，課耕之暇，庭户閑寂，樅陽陳生官儀跨長耳，挾雙魚斗酒過田間，予訝曰：「生安從辦此乎？」則笑曰：「某焉能？皖上二昝子將以兹晨造謁，就先生飲，且有所請也。某知江村農務急，艱應酬，爲辭止之，代二子來以請。」因言：「昝母孺人阮太君以今五月稱七十，里中戚友將求鄉邦之有位望能文章者爲之文，以佐太君觴。二子意不愜，念太君有大節，非其文不足以傳，蓋欲得先生一言以傳太君也。」當今之世，顧有不以有位望者之言爲榮，而重得夫草野中能傳其親者之一言如二昝子者哉？惜吾非其人也。吾之文未必傳，然吾亦樂得夫事之足以傳者而爲之文，冀或藉其事以傳吾之文也。陳生乃曰：「先生知昔乙酉皖城之破，有女子罵賊身被數創不死而至今存者乎？即阮太君是也。」因爲述其抗節及死去復甦事甚悉。

阮固吾世戚。其尊公前之翁修潔自好，以風雅聞。太君幼嫻筆墨，能詩，既笄，歸於吾友僅齋。僅齋世家子，楚楚名彦也，香奩鈿閣，間日以圖書相娛樂。時皖上承平日久，士女皆生長華胄，豈復夢想有國破家亡、身攖鋒刃之事哉？南渡失政，左帥借問罪以放兵，皖扼其嗌，叛將内應，一夜而城郭煨燼，士民塗炭，朱門閨閤不可問矣。惟時僅齋既先去依前之翁於村居，所留室中者一文弱之太君耳。賊至，露刃脅太君行，太君抗聲大罵，賊揮刀砍之，罵益厲，遂連刺數鎗，仆地，血流盈闥，始委之而去。

賊去盡，夜半，太君甦，甦時，覺身在卧榻之顛，離地且尋尺。是誰翼之上耶？抑有鬼神耶？賊既大掠而東城空，閱數日，有闖其户入者。太君創甚，且渴飢久，呻喑有聲，人驚曰：「鬼耶？」太君應曰：「人也。」遂自榻顛投諸地，榻高，墮地殞。其人固他阮氏臧，趨視之，太君也，急灌救之，得甦，隨奔村中報前之翁，用板扉舁歸。舉家重見，喜極翻悲，又因一慟而絶。再灌救之，良久復甦。太君至是凡三絶三甦矣。陳生之言如此。

嗟乎！此亦足以傳矣。當太君抗賊之時，志在必死，豈望有今日哉？其諸從賊以去者，無他，畏死耳。問今去者猶有存亡消息焉否耶？蓋已如墜葉飛花，隨風飄泊，不知所在者多矣。而誓死如太君者，反得保其室家兒女之樂。天固欲極斯人之福報，以爲世間畏死之女子勸，且不獨爲世間之女子畏死者勸也。然吾抑有感矣。乙酉之秋，吾挈家避黨禍於三吳，卒遇賊，吾妻方氏抗節於吴江震澤之濱，而竟死耳。視太君之福命，何太相懸耶？則天之報施，固又有可知不可知者矣。

吾三十年前，曾一過前之翁村莊，僅齋依翁居。門通江水，魚罾蟹簖數里不絶。惟時僅齋年甫强仕，業已希伯鸞之高尚，與太君擁户嘯吟，陶然自樂。未幾，見長公元彦於皖，神采照曜，自然國華。又未幾，見次公仲緒，覽其詩句，清絶無塵。今兩君皆成名士，於太君設帨之辰，必欲得予一言以稱母壽。即異時，太君之事有上諸太史公，編之彤管，則將以予言爲之張本也。吾所謂藉事之可傳者以傳吾之文，亦足以自信矣。

方太史夫人潘太君七十初度序

吾里方曼公先生夫人潘太君，以今年陽月七十初度，舊從先生游者，檄徵四方詩文，爲夫人壽，而猶稱「太史夫人」也，斯可悲矣！而予亦且「太史」之。太史甫四十出家，得法，稱師，二十年而殁。夫人稱未亡人，長齋奉佛，以迄於今。今年届七十之辰，預誡諸子孫：「毋用世俗禮置酒受賀，以滋予戚。」蓋念太史之苦節，於合門稱慶之日，而益重其悽愴也。

予因是益感念於太史之生平也。當甲申之變，萬死南還，爲仇者所媒孽，乃變姓名，由閩人粵，賣藥市中，粵人物色久乃得之。會粵繼閩興，以端州爲靈武，公義不能去。事既定，遽稱疾，屢詔不起，無他，爲有老親在故鄉也。自此，蹤迹常在粵西菁峒間，間語予曰：「吾歸不可，出不可，善吾身，以善吾親，其緇乎？」豈知予甫别，而遽有平樂之事。公志固已早定，平樂之事，適所以成之耳。公既以緇服就縶，其帥重得公，逼令更服則生，不更則死，袍帽在左，白刃在右，惟其自擇。公辭左而受右，帥起，親解其縛，延之上坐，始聽爲僧。公之僧固不易爲也，然公自此真爲僧矣。爲僧後，間道歸省老親，隨得法於天界。親没，子事畢，出世青原。吾謂公之得法，固不得之於天界棒喝之箝錘，而早得之於平樂刀斧之鍛煉也。

夫人與太史結髮爲婚，膏火筆硯，相守者二十餘載。自通籍以來，太史未嘗有一日仕宦之樂，夫人亦未嘗一日以魚軒象服之榮耀其閭里，惟是生平患難輒與共之，蓋有不得共而必求與之共者矣。今太史往矣，門庭寂寞，夫人生長華貴，子婿姻黨科名鼎盛，曾不少動於中，而誡勵其子孫趨時以求榮也。田伯、位伯俱以筆墨游諸侯之幕，素伯稱處士，著作爲業。諸孫皆有俊才，或脱穎而出，雖不之禁，亦漫不爲意。以諸子之才，豈不足以取高第，求祿養哉？而甘心於此者，夫各有其志也，即夫人之志，太史之志也。夫人親睹太史辭卿相之尊，甘鼎鑊之毒，軀命如土苴，而况此世界之功名富貴哉？即今設帨，不欲用世俗之禮，猶是志也。

吾猶記太史四十之辰，予與同事諸子稱觴於平樂舟中。夫人出山治具，衣冠大集，行酒賦詩，此會儼然未散，未數日遇難，今三十年矣。素伯時在夫人膝下，當猶能記之。當時主客凋喪殆盡，獨予僅存耳，予以七十一翁，爲夫人稱七十壽，不可謂不幸也。惟予之幸，益重予之悲矣！

校記

[一]「在中饋」二句　注疏本作：「無攸遂，在中饋。」

田間文集卷二十

題跋

題愚道人溪山册子

吾鄉士大夫能詩善書法而兼以畫名者，自愚道人始。道人初無師傳，爲諸生時，間以其意作溪山林屋，識者叩驚賞。既流離天南，竄身菁峒，終日行吟於巉巖怪壑、蠻烟瘴雨之間，意有所會，一寓諸筆墨，故其畫益進。吾猶記昭江舟上，出其最得意者數幀相示，吾意欲得之，覺有吝色。已，爲常熟瞿壽明攫去，林樹本與之爭，幾至落水，道人悵然而已。

道人既出世，稱大師，此事都廢。而四方求之者，得其片紙一抹，寶如拱璧，道人甚苦之。丙午秋，與余相值建安，謂余曰：「吾兩人老矣！此生更得幾會？平生未嘗爲子畫。」乃爲作寒林學易圖，題詩其上，意欲余之終老於寒林也。至今憶之，溪光山色，蒼然滿眼，枯樹茅亭，上有二老翁據牀擁褐，不問而知其爲談易也。烘染未畢，郡通判江浦嚴官計取以去，竟不還，道人復爲悵然。更作十小幀貽余曰：「此後將捐棄筆研，不可復得矣。」遂與同游武夷而別。寧知別未數年，遽爾遷化耶？

今樹人此册，與余所得者幀數略等，而筆墨之外，神韵殆將過之。余之十幀，付亡兒珍藏，數年來不忍復開箱檢視，睹此册，令人百感交集矣。樹人於道人，從子也，孝友篤信，門内爭稱之。觀其於道人遺墨，皆多方購求，手自綴輯，如兹册者數本，以爲是先賢手澤所存也，豈特重其畫而已哉？

題張陶庵畫册

唐明皇命吳道子往寫嘉陵江山水，回云「臣無粉本，並記在心」。遣於大同殿圖之，一日而就。夫道子無粉本，而有真本在心，即嘉陵江山水是也。吾嘗游粤西，過陽朔，見所謂畫山者，皴染略備，正如一幅唐宋人筆墨横展江面，始知天地間果有真畫，畫家真本固在此也。

雲間張氏，自南垣翁以來，於人家園林中作小邱壑，世擅其巧，每有所作，必仿某家筆意。或有非其筆意，識者即知其非張氏父子作也。陶庵因是遂以畫名。古人作畫，以山水爲真本，而張氏之邱壑，乃又以畫爲真本。陶庵因畫以得邱壑，復因邱壑以悟畫。觀其畫之蕭疏澹遠，即所爲邱壑可知矣。

題張穆之小影

余與鐵橋道人别三十一年。今年四月，忽相遇於吳門，鬢髮皓然，而服製如故，神情意氣依然三十一年前之鐵橋也。

憶三十一年前，與四方之士大會羊城，余年三十八，鐵橋四十一，惟時酒狂，詩興雲涌飈發，諸子從旁斂手側耳，至今能一一記其人之神情鬢面。問諸鐵橋，今皆已無有存者矣。即使存者，亦皆頹然衰老，改易服製，非復吾意中所爲向時神情鬢面之人也，即相見，應不復相識，豈有如鐵橋之一見而即識者耶？雲城寫兹照，人知祇似今日之鐵橋，不知其未改乎三十一年前之鐵橋也。

嗚呼！吾人别三十一年，變故幾經，能不改其面目者幾人哉？余衰老不足道，爲家累所困，不得不混迹世上，所謂三十一年前之面目，不知鐵橋亦尚能一見即識之否？余自知其不如鐵橋矣。

爲南州陳伊斐題圯上授書圖

張子房亡命圯上，爲老父納履，子瞻謂所以深折其少年剛鋭之氣，使堅忍而就大謀，卒輔成漢高帝業。一旦遭罹世變，流離閩海，舉家灰燼，孑然一身。陳生南州世族，聯姻天宗，身不離裘馬，耳不絶音樂。然其容色猶少，意興不減，每酒酣燭跋，自起按拍，引喉抗聲唱吳歈諸雜曲，情亦足悲矣。意其得老氏致柔之學，舉少年之意氣折伏欲盡，亦將有慕於子房耶？

夫子房功成之後，願棄人間事，彼其志豈真在求仙耶？抑自慮其猶有折伏未盡之氣，恐終不容於世，故欲逃之方外以自免耳。然以呂后强食之，子房不得已强聽而食，亦終不能棄人間事，蓋至求辟穀不得，子房之氣至是折伏盡矣。今生能久碌碌與世俗處乎？以子房求棄人間事，不能自由，生則何不自由也？或以生垂老無子。夫子房有子辟彊，黨於諸呂，幾致亡漢，則有不如其無矣，生又何歎焉？余與生游處久，臨行出此圖索題，書此爲别，且以志勉。

題小龍山莊圖

吾皖有「二龍」：其大龍，當郡北障，皖之望也；旁有山蜿蜒離即，與相輔行者，爲小龍。自江上來者，數十里外即望見二山。而小龍特深邃，多巖洞，可以避世，其下往往有隱君子居焉。

頃年，寓居樅陽市，有持小龍山莊圖屬余題，以爲山中龍翁驥君壽，語余曰：「往吾屬避兵龍山，皆倉卒挈家行，無所賫，糧絶，土人閉糶，遂不炊。君知之，盡發其囷，使舂給朝夕。事平，如數償，不責息也。夫緩急，人所時有，薄俗因乘以爲利，公猶古之義也，吾屬其忘諸？君今七十，無以佐觴，乃圖公所居之山莊，寫其溪亭林屋，以識吾屬高山仰止之思。得公題數語其上，驥君爲不朽矣！」

驥君龍氏。龍，吾外家也，余因兹有感焉。龍氏文學自吾外祖存吾公起，里中貴官名士，半出其門，吾母，其長女也。公不治生産，好遷徙，失其故居。吾伯舅氏九達後僅一女，嫁爲吾族中婦。仲舅早世，一子，依其諸舅白氏居，久不見矣。又有季舅，於吾母異出也，少孤，長於吾家，有學問，特性厲，不可近，喜拳勇，因少往來，今亦不存。是以吾兄弟無外家，豈非人生一缺事哉？余猶記吾母見背時，外家有石帆翁率其諸弟往弔，白馬賁如。予時年纔十八，見翁修健獨出，言論侃侃，坐膝前，意甚親昵，蓋始知吾母家有舅氏如此人也。驥君即翁子，於予爲中表兄。小龍去此不五十里，何時到君山莊，與諸兄弟共申前好，以存吾所自出之一綫乎？

因題此圖，哀戚觸中，不覺牽及往事，忘爲稱壽之詞，亦惟驥君兄弟能知予之心矣。

題松林琴鶴圖

自去歲墮馬南宮，與疾回里，坐卧北山樓，不出門者今一年矣。門前有小樓，與吾樓相直，延一竇藥翁居之，閒則開窗對話，用慰寂寥。嘗見其上有修髯翁，狀類道士，每來則煮茗深坐，或弄琴數聲，以相娱悦。既去，予問翁：「誰也？」曰：「爲某也，少而好道，老而學琴。」予異之。今年，翁將去市井，卜築於松山之濱，友人寫松林琴鶴圖爲壽，乞予題其上。

余嘗閱諸莊子不以生爲形役，其言曰：「欲免爲形者，莫如棄世，棄世則無累。」又曰：「事奚足棄而生奚足遺？棄事則形不勞，遺生則精不虧。」夫所謂「棄事」者，無心於事，「遺生」者，無貪於生而已，非謝而去之之謂也。翁雖去其市井，豈能盡舍其治生之業，而專事抱一守中之學乎？

漢陰丈人曰：「有機械者，必有機事；有機事者，必有機心。機心存於胸中，則純白不備；純白不備，則神生不定；神生不定者，道之所不載也。」如是，雖終日彈琴誦經，可以爲無累哉？翁舍市而居山，蓋將以息機焉；機息則凡可以治生者不必避，亦不與爭也；無廢事，亦不爲事累。以無累之心向道，庶幾於道有萬分之一得乎？

題雙松衆壑圖

莊子曰：大塊勞我以生，佚我以老。吾觀人自少至老，毋慮世出世間，齒益長，子孫益繁，而其勞益甚，其能佚老者誰乎？吾今年六十五矣，爲兒孫昏嫁衣食，窮年汲汲奔走於四方，以至筋骨摧折，而不得休息，其爲勞也至矣。思於近水遻山買田一區、屋數楹，引泉種竹，爲佚老計，且可以避兵，謀之數年，而竟不獲遂，豈非命歟！

里陳倫伯，篤善君子也，所居與余對門，朝夕過從，今年七十矣，合家數百指，皆仰哺於一老翁。翁又重義樂施，好賓客，凡所爲世俗之禮，寧厚毋薄；或偶值其乏，必委曲以期稱意，若有萬不容已者。以是，産日挫，而諸門内鄉黨咸誦盛德焉。適居初度之辰，慨然曰：「吾行年古稀，其可以佚乎。」遂舍其市宅，舉家入山。門内長幼請留數日，爲稱觴，不可，則繪雙松衆壑圖，爲溪亭小影，以寄翁高趣。吾觀其仰睇青峰，俯臨流水，松風聒耳，瀑布當窗，佚哉此翁！益動余林栖之興矣。即將旦夕尋山，期償夙志，輕舠蹇驢，時可往還。此圖溪山亭館，固可與吾兩人共之也。

題白鹿山莊圖爲方有懷壽

余年未二十時，嘗過白鹿山莊，受知於中丞公，兄事曼公，弟畜直之，迄今已四世交矣。遭南渡鉤黨之禍，直之奉中丞公歸隱山中，余與曼公前後亡命天末，存亡不相聞者七載。辛卯冬，余偷生返里，過白鹿，則直之已先一年憂憤以死。中丞公持余，涕泣不能已，既悲國祚之將隕，又慟次公早逝，而長公之羈留虎穴，未有歸期也。次早，出見其孤孫，是爲有懷，時年纔十三，目光炯炯，進退周旋有禮。從余哭直之於殯所，拜稽哭泣，賓主應酬，不失尺寸，居然成人也。蓋有懷母氏既前歿，獨大母相依，朝夕於大父膝下，惟禮是訓，習與性成，故自少至壯而老，一切皆以禮自持。吾嘗見其於事之當爲者，不肯過承，亦不肯終諉也；於費之必需者，不失於濫，亦不失諸吝也：一惟準諸禮而已。

嗟乎！以藐然三尺之孤，一旦撫有其遺産，門内外無或生心；家僮數千指，雖席豈藏白，歷世紀綱，莫不奔走惟命，未嘗敢有弱其少主者，豈偶然哉？仲孫湫不云乎：「魯猶秉周禮，未可圖也。」齊景公憂陳氏之日逼，晏子曰：「惟禮可以已之。」有懷之於門内外，其有得于禮者爲不淺矣。今其山中屋舍益添，牆益拓，竹樹益茂，殆盛於中丞公在時。

初，中丞公殁，曼公已出世，稱大師，自白門破關出歸治喪，有懷年且十七。大師語余曰：「此子至性過人，能知大體，吾弟爲不亡矣。」已，大師入山遷化，有懷益孝事伯母，母視有懷猶子也，諸兄田伯、位伯、素伯，有懷視猶同胞也。詩曰：「有杕之杜，其葉湑湑，獨行踽踽。豈無他人？不如我同父。」次章曰：「不如我同姓。」夫兄弟之重，方且求之同姓以爲幸，而況於同祖乎？宜其于邑于野，唱和一室，歲時趨蹡，以承歡於母大人膝下爲至樂也。方氏自明善文孝以來，世稱孝友，此雖其家教有然，而有懷生平崇禮之事，亦略可睹矣。

有懷今年五十，令子虞律屬陳生官儀作白鹿山莊圖以爲親壽，請余題其上。余惟述吾兩家交情，及所知於有懷者如此，益重余今昔之感矣！

瑞芝堂詩題辭

吳門陸益孫進士，司鐸池州，余每過江，輒與之游讌。君不甚爲詩，而能言詩之源流甚悉，惡世人之率意爲詩，而無一詩可傳也。已，出其先公處賓先生瑞芝堂遺稿，得其所爲五言古詩，王西樵司勛爲之序，且云：「未閲諸體。然此體既工，則諸體之不求工而無不工可知矣。」

夫詩正不必諸體悉工也。唐以來，稱集大成者，子美一人而已。太白之近體皆偶爲之，非其長也。陳拾遺以五言古傳，孟襄陽以五言近體傳，二公者，於五字之外，不能有所復增，豈其才爲之耶？莊子云：「用志不分，乃疑於神。」惟詩之志亦然，故貴獨也。今陸先生五言詩流連風雅，涵泳性情，絶不求合於時人之所爲詩者，詩可以傳矣。古人詩之傳於世者，不惟其多，惟其精。先生固不必備體，祇此一體，即此一體之十數篇傳可也。是即益孫與余論詩之本意也。

在原慟題詞

傷哉！鑑在之歿也。憶乙酉冬入閩，余大困，作放歌示鑑在，其末曰：「我死子殯銘我碑，銘曰龍眠酒徒湖海士，有才無命如趙岐。」何意鑑在竟先我死也！吾始哭之，疑而不信者三年；既信矣，則哭之不成聲。間得詩一首，有曰：「傳哭未定何時死，論志原知不肯還。笑我歸爲鄉里賤，餘生偷得幾年閒？」嗟乎！鑑在之死，其志矣。其死也，勝於余之生遠矣。鑑在死且十年，拙存嗣以子，爲詩以哭之，但述己之悲哀耳，未及鑑在生平也。莊子稱：孟孫氏「進於知矣，惟簡之而不得，夫已有所簡矣。」拙存之謂也。夫拙存之痛，豈十二章所能盡？而鑑在之可痛，又豈拙存之十二章之可以盡之哉？余既不能銘鑑在，而拙存哭之僅能如此，嗚呼！鑑在悲矣。

阮召樹遺稿題詞

余家於阮氏固世戚，居同里，溪山相接，煙火相望也。召樹十年前曾一識之，近數年間復相遇皖上，覺其神情落穆，疑非盛年所宜，而讀書之氣隱然眉睫間。語次，似欲與余有所言而未得間。楊嘉樹爲言：召樹酷好余詩文，且聞吾著易將成，欲賣田助貲，梓以行世。事雖未果，意足感也。又言：召樹著有史論補，近日西銘諸先生之所不及。知余有論史諸篇，亟欲取證，而未獲一見，深以爲恨。會尊公愚叟宦中部，召樹負疾省親，竟卒於官舍。傷哉！觀其橋山諸作，大有宋玉悲秋之氣，衛玠過江之愁，情見乎辭矣。

愚叟與余同年生，乃並有喪明之痛。頃晤於燕邸，互訴傷心，隨出遺稿見示。覽其史論補，上下今古，判論井然，毋怪其欲得余之史論以相證也。愚叟見而悲甚，屬余題數語於上。

李石二遺稿題詞

憶丁酉之秋，客長干塔寺，月色佳甚，獨步松間，聞橋上有二人誦詩，細聽之，余舊作也。往即其人，則皆吾鄉故人子，一爲范西漢，一爲李石二，因與坐橋上論詩甚歡，距今十有三年。余以亡兒之變，號冤入郡，遇李素公，石二尊甫也，詢石二，則亡久矣。泣曰：「兒好君詩，間有作，必取法於君。遺稿散失，同學搜其存者授梓，乞君一言以傳。」余取讀，其詩清婉妍雅，蓋風人也，而胡以無年？

或言：「石二妙年事科舉，而詩多感慨悽愴，有世外之思，其詩以此佳，其無禄亦以此。」余觀古之能詩而無年者，若王子安、李長吉；長吉嘔心，好作幽怪語，識者以爲不祥；若子安，壯麗高老，冠冕初唐，亦竟早逝，何也？近者，吾鄉方子留好悲歌，搖筆數千言，讀竟篇，無一懈語，似其才氣，即不貴，豈不足以壽耶？乃不滿三十而死。以詩文驗人命之修短，余不信之矣。聞石二編屋塗泥自錮，朝夕攻舉子業，爲濕氣所侵，身腫以死，則石二非忘情於榮名者。而詩思蕭閒，不似有汲汲之志，此正吾所謂得風人之性情，而或者乃以是爲無禄耶？

余既以論詩識石二，又因余子之痛，益悲素公之悲，爲題數語，以慰其請。

孫靜紫游詩題詞

詩也者，天地間自然之聲偶會於吾人之情興，遂載諸筆墨以出，實非吾所能刻意以求也。然不刻意求之，而其自然者不出。古人苦吟十年始就一語，不知經幾錘煉；及其成也，亦祇得一自然而已。是自然者，非讀書窮理、體物盡變，則情不真而詞義不能曲達。

靜紫諸作探奇抉幽，既已漸近自然，由其讀書窮理得於家學者素也。夫學有用功於彼，而得力於此者，靜紫之於詩是也。

陟園題詞

園以「陟」名，蓋吾家鶴亭侍母孺人游息之地；母歿，而因以爲名也。吾郡附郭有萬松山，南俯長江，北眺衆峰，郡中之形勢，一覽可見。往時，士大夫多置亭館其上，改革後，蕩爲墟莽久矣。鶴亭初列賢書，自郡西鄉奉母入城居，因構園於茲，讀書課子，時導母孺人板輿來游。流覽久之，忽望見西上一峰，怦然心動，指問鶴亭，則所爲愚公山，其下即鶴亭先公墓在焉。母爲泫然涕下，曰：「吾異日固當與同穴也。」徘回移時始去。未幾，母歿，鶴亭孺慕不已，因益廣其園，建閣，闢西牖以望西上峰，承母意也。又增置漢壽亭祠，創佛舍，供僧朝夕梵頌，以資母福，母固信心禮佛者也。是故「陟園」者，因侍母氏之陟而得名也。

魏詩云：「陟彼岵兮，瞻望父兮。陟彼屺兮，瞻望母兮。」此蓋孝子行役，不得見其父母，陟山瞻望。其父母故在也，詩之哀且如此。若夫父母既歿，雖岵屺日一陟焉，終無見期，哀更何如哉？又況鶴亭以母氏之陟爲陟，瞻望母氏之瞻望，今者既悲母氏，而復悲母氏之所悲，其悲蓋數有倍於岵屺孝子之悲者矣。觀其哭親詩詞，簡而痛深。痛之深者，不容無言，亦不容言之文也。余少時，先君見背，有紀哀詩數十篇，相去五十年矣，今見之尚泣下。讀鶴亭此集，益增余涕淚矣。

書瞿張唱和詩後

此留守瞿式耜與侍郎張同敞同死桂林，臨難唱和詩也。人言兩人死時，留守從容，侍郎激烈，似以從容遜於激烈。吾謂：從容者，蓋其心有死無二，常時此心，臨事亦此心，適得其常，故不必激也。

史稱謝太傅矯情鎮物，夫生死之際，豈可矯而能者乎？當其與王坦之同謁桓溫，坦之惶懼失常，太傅從容自若，彼豈能必溫之不殺己哉？惟辨其必殺，而後能從容耳。吾觀太傅，時時辨死者也。以謝玄數萬之衆，禦苻堅百萬之師，使非苻融馬倒見殺，朱序唱敗於後，玄能必勝堅乎？玄之成功也，天也。當太傅送玄出都，游屐東山，圍棋賭墅，似功有必成者。桓冲請助兵，卻之，亦何所恃哉？恃一死耳。使堅師渡江，世受國恩如謝氏父子，寧有可活之理？玄敗，玄必死，太傅亦必死，其死決之早矣。玄以太傅之志爲志，幸而成功；不然，一死所早辨者，安常處順，何張皇焉？

留守之在桂林，大敵在前，闕門火徹，終日召客，觴詠不輟，以是鎮靜人心，敗將之氣竭而再鼓，孤危之城破而復全。丁戊之間，兵訌於内，敵攻於外，陷者屢矣，公卒能堅守以靖亂。嘗有敵前鋒入城，驍騎馳騁城上，公望見之，曰：「是彼馬耶？」趨召將焦璉，璉袒臂大呼，三箭殪其三騎，餘騎遯。諸將追之，公與客坐談如故，其意度豈減於太傅命將破堅時耶？如此功者非一，而終不能成太傅之功，以至於死，此國家氣數使然，非公之所能爲也。公在軍中，惟與客賦詩，不談兵事，亦絶口不言死。其時，國事已萬不可爲，公蓋以死爲事之必然，理之當然，無足言者，姑以談笑吟詠，聊取旦暮之愉悦耳。

若侍郎，固睢陽之流亞也。每言國事，則鬚髯俱張，血淚交迸。督兵則躍馬爲諸將先，誓死陣前。妻死，蕭然一榻，每酒後慷慨悲歌，縱筆千餘言，不自知其哀恨一至此也，時時以得死爲快。有勸君：「曷且留此身？一日不死，則封疆一日猶存，雖失之，終復之。死則從此失矣，非與尋常封疆失則死之者比也。」君曰：「不然。往時師敗，吾不去，正衣冠坐以待死，諸將不忍棄我，奔復返，敵亦旋退。昨直棄我去矣，人心已散，我在將何能爲？惟一死畢吾事耳。」庚寅冬，桂林城空，獨留守在城，侍郎聞難，百里外策馬泅水入城，與之同死。見大帥，倨罵以激之。又作書，召外將以促之。既往就殺，路遇留守，呼曰：「快哉此行！」蓋侍郎以得死爲快，故不容不激烈以求速其死也。

或謂：「留守不得侍郎激烈以佐之，或未必死。」是猶疑南霽雲賴睢陽勉之而死也。霽雲爾時無一語，使巡不勉，遂肯不死乎？夫死又豈人所能勉者哉？留守果不欲死，何不於敵未至之時，與諸將同去？諸將去後，標下將操馬請速行，何必叱使盡去，而獨留耶？蓋侍郎終日言死，人信其必死而死；留守絶不言死，人未嘗信其能死而死：皆不負其志而已，豈必言之而不負者以爲勝乎？從容激烈，亦各有性情焉。

檗庵大師謂余曰：「異哉！吳人非吾楚人之所知也。楚人惟能忍嗜欲，耐勞苦，岸傲憤激者，而後能死。吳人居常厚自奉，園林音樂詩酒，今日且極意娱樂，明日令之死，亦怡然就戮，甚可怪也。」此語爲瞿張兩公而發，亦善於論兩公者矣。

書姜大行如須傳後

右傳，吳中高士徐俟齋所撰。余讀之，不自覺其涕零也。

癸未冬，余與君相識於吳門，君甫遭家難，哀毁，面深墨，淚終日，漬不乾，每對，慘惻而已。已，吳鑑在自都門回，言君兄給諫君拜杖時，君於人中躍出，抱持與訣，呼搶號泣，天日爲之黯慘。給諫傷重垂絶，君含溲吐給諫口，得不死。言之，滿坐皆爲泣下，如聞其號，如見其淚也。其事具詳傳中。

余獨有不能忘者。記弘光時，余客武塘家仲馭吏部家，馬阮將興大獄，余知不免，適嘉定令邀余入幕。日閱邸鈔，見朱統鑌「擁戴疏藩，謀危社稷」一疏，奉嚴旨逮諸朝士，並本内有名諸生，竊疑之，謂令曰：「君今早出，有人自白下來問我，齎係某某等遣，即令進；非是，答以出署久矣。」令怪曰：「何故？」余曰：「君第如我囑。」午刻，吾甥方君則遣人有書，並全鈔寄到，余居然挂名其中。令入署問狀，告之故，且請出，令色變曰：「如此，則君不便出。君出，當事向余索君，其何以應？」余心知其將獻余以爲功也，謬曰：「不去亦不妨。」亟命其人回云：「我固在此，當何計得免，再令來。」陰語人曰：「此中無以犒汝，有貲在嘉善錢吏部處，亟往，當重酬汝勞也。」因致仲馭書曰：「令將以我爲樊於期，禍甚速，逮猶緩也，以計出我。」值如須到武塘，見余書，笑曰：「是不難，假小鈔傳寬釋一旨，爲我自蘇州寄去。君遣役往嘉定幕中報喜，迎之回。彼此若不相謀，令必信，得借以出矣。」如言，果出。君接余，拊掌大笑曰：「何如？」自詡其計奇也，因與余及鑑在、仲馭痛飲極歡，數日而別。

別後，余往來吳門，改服變姓名，多主君家。未幾，南都失守，君飄然越東，仲馭死，余一家盡於震澤，獨身走閩粤，流滯七年返里。又二十年，入吳，而君已歿。與給諫君述往事，涕泣久之。今給諫又歿矣。余年七十有八，疇昔故人無一存者。覽此傳，君精神意象宛然可見。感念曩時情事，因並牽連及之而書於後。

書有學集後

余往過虞山拂水山莊，弔之以詩曰：「半生出處滋多議，一代文章定許傳。」而虞山自言其詩文，載在有學者遠過初學集，今一再讀之，似不盡然，而吾轉疑其詩文之未必能傳也。

虞山於詩，所以闢何、李、王、李諸家者不遺餘力，而尊少陵至矣。其詩聲調之和雅，詞藻之葩流，故實之詳核，對仗之工巧，間有規模乎白陸，要之不失爲溫李之遺響，以語於少陵，未也。極詆嚴羽、劉辰翁分別四唐，是矣，而不信詩有悟入一路，由其生長華貴，沉溺綺靡，兼以腹笥富而才情贍，因題布詞，隨手敏給，生平不知有苦吟之事，故不信有苦吟後之所得耳。吟苦之後，思維路盡，忽爾有觸，自然而成，禪家所謂絶後重甦，庸非悟乎？少陵云：「語不驚人死不休。」驚人者，悟後句也，要自苦吟得之。虞山不事苦吟，宜其無驚人句矣。

至於文章，其佳者在魏、晉、六朝之間，文之波瀾曲折，矩度安詳，近代作者未能或之先也。而吾有惜焉，惜其詞勝而義掩也。譬之金屋佳人，姿本絶世，而粉膩脂香，無時離手，雖欲洗淨濃華，任其本色，而習之已慣，固有所不忍耳。韓退之爲文，惟陳言之務去，蓋戛戛乎其難之。若虞山，於陳言固有不能舍，然者非沿襲之陳言，而虞山自有之陳言也：蘊之既久，役之甚便，其來也有不知其然而然者。惟不知其然而然，所由與昌黎戛戛之務去者異矣。若謂取法于歸太僕，太僕文根本六經，以歐曾之筆，演周程之理；若虞山，猶是詞章之學也，其所引經，惟考據經文耳，未嘗窮經理也。

惟理不明，故見不穩，不能辨別古今之是非得失，自出一論，雖有論説，依傍而已。且不窮理，則不足以通人之情，盡物之變，齊時位之殊態，識古今之異宜，故其爲詩，緣飾藻繢，徒爲雍容爾雅之章，而能深入人心，足以感發其志氣者，鮮矣，由理不明而情不至也。若是，則亦何以遠軼於何李諸家哉？

書松聲閣集後

吾友潘子蜀藻母吳太君，有松聲閣集，余既爲序之。今太君歿，蜀藻捧其集，悲泣不勝，屬余更書數語於後。

余嘗見歐陽公爲謝景山女弟希孟詩序，言景山母夫人好學通經，自教其子，不獨成其子之名，又以其餘遺其女也。然景山母氏詩不傳，徒因景山與希孟而知其母氏之決能詩。若太君，自有詩傳世，不必藉蜀藻傳者也。或曰詩非女子所宜。小雅云：「無非無儀，惟酒食是議。」女德如是而已。然古所謂教於公宫者三月，其曰教以言，言非文耶？衛莊姜、許穆夫人，皆德女也，皆能詩，其詩皆爲聖人所録，則聖人之不禁女子之爲詩也審矣。

太君既善詩，又能於古今詩之體格、氣韵，一一定其高下；嘗以余詩在杜白之間。余每入城，蜀藻輒延致所居石經齋，太君盡出笥中稿，屬余爲之點訂。所愛方氏婿殁，徵輓詩，顧得余詩爲重，謂余詩爲必傳也。嗚呼！其可感也矣。間過女家，久不返，蜀藻見余至，喜曰：「今晨食指動，子來，吾母必歸，當得善飲食。」已而果然。於是率以爲常。蓋太君好苦吟，詩成，一字未穩，數自改易，經余訂而後信以爲穩，蜀藻不能贊一詞也。太君之知余如此，是故太君殁，而余有知己之慟焉。觀斯集，即微蜀藻屬余，余亦泫然不能已於言也。

書王達卿先生格言録後

貴池王達卿先生，余通家父執也。爲諸生時，學使者調試皖中，與先君子同寓。試畢，歲且暮，忽遘危疾。貴池生同寓者皆急歸，先君子獨留視疾，俟漸起乃别，以歲之除夜抵家。先生德之，嘗稱之於人。先生旋第進士，守汝寧，遷杭嚴兵備道。先君子潦倒不遇，蕭然自遠，所居相隔一江，二十年不通音問。

崇禎癸酉春，吾皖復調試於池，先生已謝政歸里，諸公子與吾家兄弟俱列高等，長公公儆與余兄幼安皆褎然冠軍，先生問知爲通家世好，則大喜，因邀與相見，爲述昔年試皖時得病，先君子與周旋不去狀，歎息者久之。會先君子適自婺源返，詢先生不忘故也，往謁見，悲喜不勝，乃置酒邀飲，兩家子弟咸在坐。二老人蒼然相對，述二十年前事，歷歷如昨日也。是時，先君子講學樅川，揭良知之訓，而先生閉門力學，一以餘姚爲宗，彼此問別後所學，又道合也，深談極歡而別。迄今思之，先生規矩準繩，言笑不苟，先君子軒豁自如，兩人鬚眉謦欬，宛然在目，則又四十餘年矣。嗣是，先君見背，天下荒亂，馴致國變，兩家吉凶皆不相知。

今年，過吾家介臣廣文學舍，遇一生，醇謹類有家教者。介臣曰：「此王公孫也。」生因自述其家世，余大驚喜，不啻向時先生之驚喜見余兄弟也。而兩家兄弟，僅余獨存，益自凄然。介臣旋出公儆所輯先生格言見示，皆先生居官時寄子弟家訊及庭訓瑣語也。所言諄諄，祇是隨時隨地體認良知，雖著述不多，而字字近裏著己。即先生居官之廉隅、律身之敬慎，於此已概見之。展讀之餘，感念往事，爰書數語於後，以志先德之不能忘云。

書北窗錄後

吾少時讀仲長統樂志論，謂人世間必無此樂事，因思以奇計要之。吾所願：有茅屋數間，清流一曲，修竹千竿，食脱粟之飯，衣大布之衣，有書可讀，有朋友可往還。其所需於世者至約，而此願終不獲遂。然後，知造物者決不肯遂人之願者也。然後，發大妄想：必欲極園亭之美，擅林壑之勝，窮服玩之珍，擁圖書之富。造物者必左其願，庶幾償以前此之所需，而吾願適遂矣。

梁山伍芝雲，處約略與余等，著有北窗錄一帙，所載山齋使令供具，皆人世必無之事，姑作此妄想，撰此妄論。其意中亦似有要於造物者而不得，故爲是大言以誇之，使造物者知一丘一壑、粗衣糲飯之本非其願也，而偏予之，於是，伍子乃若爲不得已而受之，而猶需需，日手此一帙曰：「吾所願猶未遂也。」噫！伍子誑我哉！

張穆之雜論跋

古人一事之精，必博依雜習，窮極物類，而後能精此一事。即如杜少陵，以詩名千古，其於人事物宜，與夫山川草木鳥獸之情狀，皆莫不極深研幾，體物盡變，因而窮幽造險，以一出於自然而爲詩，則其詩之一字一句固未易得也。讀杜詩者，千秋而下，當世之人情物狀恍然如見。惟其察之至微，故言之逼真；真，故古今不能易也。

詩既如此，畫亦宜然。鐵橋以詩畫擅名久矣，今讀其雜説，於種種物理瑣細，必明其本末，辨其體用，考其正變，且復有妙筆曲折以出之。即世人未嘗見是物者，今皆親見之於其文，此鐵橋筆墨餘事耳。吾謂：鐵橋之詩畫，其得力全在於此。鐵橋少好游俠，通劍術，志在萬里。今觀其劍説及馭馬篇，則猶有談虎色變之意哉！

方君則嵩岳游記跋

今年夏，方子君則負米於雒陽，雒陽主人資以車馬，盛供具，慫涌爲二室之游。游歸，凡得紀事一篇，詩若干首。紀事有體有要，如望岳矣。方子又言嵩岳勝事甚詳，且及達摩遺迹。其紀事，以葱嶺之隻履，駡宋雲之饒舌，謂嵩岳之靈奥，想摩到事，決是不肯西去耳。

昔向平倈嫁昏完爲五岳之游，方子意頗不屑，然每出即遄歸，以有老母在，未敢以身許山水也。方子母，吾從姊也，雅好文墨。方子以色養㘫，往與余行役，每逢山水佳處，慨然思奉母孺人板輿來游。今嵩岳在千里外，母老矣，吾意方子當如宗少文作卧游圖，暇時展向母孺人前，凡足迹所到，輒指點歷歷，朗詠己詩，當有緱嶺之笙空中應之，以博母孺人開顔一笑也。

田間文集卷二十一

傳

鄧志冲傳

公諱斯薦，字志冲，沙縣荆村人。荆村之鄧，世有令德顯人，自某世祖徙居歷堡，贅於李，因冒李姓，凡六世，及蕖城尉桂崖公，始復姓鄧。桂崖公爲臬掾，家於廨，臬使者一夕見廨中火光起，急詢之，寂然；詰朝，問知掾生子，心異之，即公也。公生而穎異過人，稍長，日誦數千言。初名存讓，應童子試，受知司李余公，爲改今名。十九，補邑弟子員，鄉里爭以大物期之，意不屑也。桂崖公任俠，不治生產，自蕖城歸家，益貧，朝夕惟恃公筆耕以給。是時，公年未及壯，教授里中，治舉子業者皆從之學。其設教甚嚴，以品行爲先，不專事讀書也，每讀罷，輒召聚一堂，談説古今忠孝廉節，及里中先世諸由勤謹興、由放侈廢者，以示勸警。率夜盡三鼓始寢，晨辨色而起，以爲常，然公皆身先之，諸弟子習而安焉。以故出公門下者，多力學篤行，動有禮法，用乙榜明經起家者比比。

桂崖公捐館時，公適以試事在郡，弗克視含殮，終身痛之。每逢忌日、時節或出弔喪家，感觸長號，泣血伏地，不能起。與兄存謙友愛，謙尤貧，公歲得館穀輒分給之，終其身怡怡然相對也。有從兄存誠嘗客死粤東，公匍匐走數千里收其骸骨歸。公律身莊，與人處一飲以和，鄉里皆愛樂之。家故無餘錢，里有急，貸諸公，即罄所有以應。公時乏絶有貸，里人亦無不應也。有偷兒夜入其室，執之，里中兒也，因密贈以金，教以手作，偷感激，卒爲良民。生平無他嗜好，唯讀書徹夜，歷寒暑不輟。會除夜，終歲鹽米之需悉貸，無以償，猶手不釋卷，或怪之，笑曰：「惟此可以解憂耳。」

公次子可權與予友，爲予言：生七歲時，兄纔九歲，公攜入塾同寢卧，天未明，即令與兄背誦日所讀書，著腹上爲之講解。既長，督課益勤，凡口授指畫無暇晷。已，見二子學且就，乃益寬假之，令率己意以談，嘗與歡笑彌日，不復向時拘撿矣。可權既領鄉薦，公猶授經，每父子兄弟問難一堂，互爲師友，誠至樂也。公配魏夫人賢，能成公志。徐某妻與夫人同出於魏，徐艱子，子生多夭，公憂之，與夫人計，俟徐氏産得雄，即抱以歸，夫人親爲乳哺。既大，與可權昆仲同入塾就學，門内外悉不知，以爲公真有三子也。婚冠既畢，徐殁，始告以故，令歸徐。今徐氏子孫頗盛，皆公與夫人成之也。公晚年待二子益慈，二子亦以孝聞。家庭間卒無長物，每可權遠近出，即公爲治裝。迨歸，有贏，悉納之公。其兄出亦如是。凡綦履襪綫之需，皆取足於公，子弟不知私蓄一錢，即公家教可知矣。公長子可第貢士，次可權乙未進士，諸孫某某共幾人，皆能世其學。

論曰：沙邑固多賢者，在宋爲節義道學之區，其最著者陳了翁、鄧栟櫚諸君子。了翁立朝大節凜然，及考其家法，會食有問，戲語有責，何其嚴也！鄧先生之教家其猶有遺風與！先生既道明德立，卒以教授老，無所表見於世，世咸惜之。而次公可權，自孩提奉先生訓，至老目不讀非聖之書，耳不聞畔道之言，一何幸也！既博一第，雖未服官，然鄉里稱其節概，即緩急恃賴之，設使遭時行志，其成就豈出前人下哉？不可謂先生學之不效矣。

孫武公傳

自甲申國變以來，海内士大夫義不負國而死者，指不勝屈，而江以南尤盛。至於江北數郡，死者寥寥。吾邑素稱節義之邦，獨能慷慨死不悔者，一孫武公耳。

武公孫氏，名臨，字克咸，少司馬魯山公介弟，而方中丞仁植公愛婿也。資質明慧，於書傳略一涉獵即解大義，娓娓談説，或措之筆墨，皆已成章。尤工詞賦，著作盈尺，今存者大略齋、我娌集、楚水吟諸稿是也。爲人風流俊爽，曉聲伎，吹簫度曲，間游平康里，即人人得孫郎一顧爲重，克咸亦遂以是沾沾自喜。內兄方密之嘗語之曰：「孫郎才致絶人，而溺志於此，終不能有爲矣。」克咸聞之，夷然不屑也。

是時，寇氛初熾，雲間夏瑗公、陳大樽、徐復庵輩起爲古文詞，講求當世治亂禦侮之略，著爲兵家言。克咸心好之，遂談兵，於騎射擊刺之事無不習也，亦無不自以爲能也，同人皆竊笑之，克咸時亦自笑。克咸與人和易，曾無疾聲怒色，以盛氣加人，或時作謾語，人質之，亦一笑而已。顧性倔强，不肯下，於其素所不能者，必强曰能之；既，思有以信己說，而陰致力其事，久之，而不能者亦竟能之。一夜酒酣，談時事，慷慨激烈，引一指然燭上，自誓：「不滅賊者，有如此指！」遂改字爲武公。金壇蔡生者，以千斤力聞，造君，君出其所引角弓，令生挽之，生面赤喘息，終不彀，歎曰：「弓力過强，非所用，聊試我耳。」武公就其手取而挽之，一引遽滿，開合如意者數，色不少動，生大驚以爲神。武公自是常衣短後衣，騎生馬，左右箙韔，插弓矢，帶刀，作邊塞健兒裝，見者不知是儒生也。會仁植公開府楚疆，屢與賊戰，武公常雜騎士中，躍馬深入，爲諸軍先，時於馬上賦詩爲樂。今所傳楚水吟，半爲軍中作也。

已，仁植公被誣下獄，魯山以少司馬出督師宣大，避事孔棘，且請病，移書武公，戒勿妄談兵，武公意稍沮，益縱志於狎邪游。是時，吾鄉人士大半避寇白下，終日燕游。武公有所昵妓，常大雪中挾之往游鍾山下，與其内弟方直之戎服驟馬過通都，避不及者或至顛仆。妓紅袴襦，囷紫貂，扶坐馬上，抱琵琶以從。諸子不能騎者，强予之騎，前騎騁，後騎亦縱，騎者危慄震掉欲墜，以爲笑樂。既至，就梅花前氍毹席地，下馬踞坐，置酒聽吴兒弦曲。數闋終，乃舉觴政，妓爲糾，苛罰百出，皆盡醉極歡，復馳而歸。予心竊疑之：此塞上行樂圖，今吾南人樂爲之，殆將爲之兆乎？

明年，與予同客西泠，君游不得志，意興大減，六橋粉黛未嘗過而問也。一日，偕往天竺，過飛來峰，與人導入村店小飲，見有當壚者，心動，遂罷天竺游，盡其杖頭錢買酒大醉，各題詩二首壁上，抵暮乃還。後人有至者，覓所題詩，則已剷削漫滅盡矣，人怒曰：「此二名士也，所題詩奈何剷之？可亟堊壁，我拉兩君來重題其上。」於是，予兩人再往，壁果堊，當壚者出，妝益靚，殷勤勸酒。中席，酒家奉筆硯，就壁，請爲題前詩，一老翁進曰：「以兩君才，前詩不足錄，請更作新詩。」限「重游飛來峰」五韻，各成七言近體，將以困之也。於是，和墨濡毫，斟巨觥以待，每篇飲一觥，五醻而詩竟，酒皆猶溫。然時已醉甚，亦竟不能題壁。至今思之，固一時之雄也。今且四十年，武林人猶相傳以爲佳話。君在西泠，意常不樂，頻有怪夢，心惡之，爲文以紀其異。又感慨時事，每夜輒悲歌，抵足深談，往往欷歔泣下。予心怪其有異於常，嗚呼！詎知有次年三月十九日之變哉？天生志士，意氣與國運相關，幾之先動，非偶然也。

南渡立國，奸人柄政，專以報怨爲事，中丞及司馬公皆將不免，吾黨半遭羅綱。唯武公超然獨全，由其夙昔持論平恕，與人悦豫，不爲小人所深嫉，即奸人亦無所切齒於君也。乙酉夏，鐵馬渡江，三吳鼎沸。予依家仲馭於武水，武公方避地雲間，與陳大樽、徐復庵謀舉兵，仲馭亦聚兵吳東，遥爲聲援。其年秋，予過雲間，遇君於黃禎臻中丞舟次，陳徐二君俱在。君聚米而談，指掌陣圖，一坐傾聽，間出木牛流馬式放著平地，能自轉運動移，見者益喜。凡陳徐向所爲兵家言者，君皆一一親習其事，轉以詰兩君，茫如也，故兩君益心重君，以爲是真知兵者。未數日，松江破，三吳兵散，予泛宅汾湖，將與仲馭由震澤入新安，武公與復庵適至，遂聯舟同行。至震澤之明日，猝遇游兵，仲馭死焉，予合室遇難，君亦失其一子。是時，人新安者，改從太湖取道孝豐，君挈家隨以去，而予方收殮亡者屍，君就予别，訂予續往，與執手大哭，淚盡，繼以血。吾向時不數見君出淚，何哀之甚也？嗚呼！豈知與予遂從此永訣哉？

已，予事竣，亦從間道至孝豐，居停壁上有大書某月某日孫某過此，蓋以爲予後來者導也，筆痕墨迹，淋漓如新，傷哉！此後亦不再睹君手書矣。是日，聞新安陷，予改道入閩，君遂從新安下嚴灘，將往依詹山，詹山方奉太夫人避地台州。會原任蘇撫楊文驄盡室南奔，募兵龍泉山中，素善君，以書招之，君遂入其軍。因上書閩中，言關外情形甚悉，特授副使，監文驄軍事。是時，行在延平，予爲郡理，被檄行屬縣，君疏至與授官本末皆不及知。

丙戌月七，江東破，貝勒乘勝取閩，文驄聞風先入關，君亦隨之行。文驄姬妾多，舁肩輿者百數十人，日行十數里，至浦城界，兵追及之，君知不免，與妻方孺人訣曰：「吾同楊君舉事，義不令楊君獨死，汝自爲計，覓路歸報太夫人可耳。」騎至，問君爲誰，君抗言曰：「我監軍副使孫某也！」遂縛去，與文驄同死，横屍道傍，土人因就其死所合瘞之，剞大樹，表其官爵姓氏於上。孺人從一老嫗匿草間，轉入村家，以聞諸令，令固素知中丞公及少司馬者，賚之歸里。於是，其兄子仲衍走閩，就土人所表大樹下求屍，得之，屍已毀，存者骨耳，兩人骨不復可辨，遂併裹之以歸，合葬諸城外楓香嶺。如君之死，可謂不負其志者矣。

與君同志者，如陳大樽，死累數十人，今止存一孫耳。徐復庵棲海上十餘年，生一子，身死，其子扶柩歸，予哭之慟，未幾，子亦死，與夏瑗公俱斬然無嗣。君二子，長中礎，倜儻有父風；次中岳，失去十餘年矣，一旦從其乳媪自閩中歸，歸能讀父書，有志氣，絶意仕進。有孫十餘人，家僅自給。較之雲間三君子，則天於君爲獨厚矣。

吾與君以崇禎壬申論交，年皆纔二十餘，君長予一歲耳。交十五年而君死於難，死時年三十六。又三十六年，而予特紀其與予十五年中游處憂患之事而爲之傳。

論曰：賢者誠重其死，與人死談何容易？桓範之於曹爽，羅企生之於殷仲堪，亦各自行其志耳。文驄固奸臣馬士英戚黨，講聲氣，善書畫，爲一時名士所稱，顧志在聲色貨賄，因時竊節鉞，擁重貲，舁姬妾以自隨。其募兵，志在自衛耳，而因以倡義，歸於閩，則武公之爲也。嗚呼！武公無尺寸之勢足以自樹，特藉資文驄，將以爲其所欲爲也，不幸不能有爲，遇難而毅然稱官爵以就死，其死爲不苟矣！

陳朗生傳

陳朗生，名昉，樅陽人，家世業儒。朗生孕十四月而生，少負奇氣，岸傲，習舉子業非其好也，既試有司不得志，益務博覽，飲酒，自適意。於詩好李長吉、徐文長，於文喜李卓吾諸書，然亦隨其意興涉獵而已，不竟讀也。喜爲詩，多自撰造，不入常格，亦不以示人。宅故倚山，山石嶢峭，塊然壓宅而踞其左。君毅欲鑿去之，鑿十三年，而塊然者悉破除鏟平，半壁削立，因其方廣構軒曰石舫，内供昝仲連、李太白、元次山、黄山谷、王文成五先生。山谷則土人相傳宅後山爲其讀書臺，要無所據；其四先生，出處、學術固不同，不知君何取而合供之一室也。自石舫循半壁上，有屋如巢曰舫閣，閣中見江及江南諸山色焉。閣後爲浣齋以課子。而江以益廣，山以益近，君每憑檻顧望而大樂之，而君之家以罄矣。浣齋者，惡市俗之塵污人也，而市人亦罕與君交，每被酒，嫚駡不休，人望而避之，目爲酒狂。家既中落，顧好客，客益盛，時置酒石舫，召妓佐客觴，流連日夕，皆鬻産稱貸爲之，以是益貧。其所與游者既得志，則謝絶不與通，饑寒困頓，終無所干謁，人或謂之，則曰：「非有所嫌，但性不喜與貴人接耳。」所居屋盡質與人，儋州守蕭君爲贖回，君亦不拒，蓋僅事也。君爲人徑情直性，不没人之善，亦不能掩人之惡。其駡人也，無有宿怨，但酒後人有觸之者輒駡，以是人亦不深怪，但謹避之而已。

崇禎壬午秋，流寇奄至，君方飲於下市，酒酣，或告曰賊至矣，則大駡。賊至始奔回，家人業已避賊先去。君被執，至義津橋，使負擔，不勝，砍之仆地死，猶背刺十四鎗。砍未殊，賊去復甦，自顧，頸血滿地成塊，撮而啖之。後賊至，佯死，有二小賊見之，曰：「此血黑，冤血也。」又視之，曰：「陳先生也。」試喚之，若能欬，猶可以活，因連喚：「陳先生。」君微欬，喜曰：「可救矣！」爲合其頸，取汗污氈帽燒灰傅之，上下縛定，扶起，捧其首，掖以行。行至楊老媪家，以所掠簪珥絲枲雜物給之，屬其善視陳先生也。媪視惟謹，已，稍愈，舁歸。卒不知二小賊爲誰氏子。方賊大至時，人去盡，獨有老媪在家不去，可怪也。既至家，故居盡毁，瓦礫滿地，即其地蘧廬卧焉。是時賊去，諸子初避賊返，朝夕不給，孺人出行汲，於水側得金數鋌以歸，皆黝色，似甫出土者。公叱之，問所從來，具以告，急命諸子隨孺人再往，復得若干。於是，諸子於瓦礫中，梧鼎炊胡餅，日鬻錢數千，食飲以足。益求醫藥調治，創漸合，平復如常。噫嘻！君死而不死，乃重活四十餘年，更於廢址次第結構，稍復舊觀，斯以異矣！

人初聞君遇難，謂君性怪僻，故遘奇禍；已，見其死而不死，則以君平生熱腸好施得報也。君嘗見有人被誣爲賊者，其人實非賊，須賣婦償所失乃得免，君慨然解橐，如其數償之，婦得不去。同里生負博錢，謬以他故告急於君，君方鬻産，餘三十金，即持付之，生以償博逋，竟負君，君亦不問。皖人范生於通市遏糴時犯禁，出，爲市人裸擊幾斃，君以歸，爲衣襦食飲之，事解乃令去。其急人難如此。然君非有心要人感激，值其血性偶動則爲之，亦不常爲也。樅陽故有上下市，橋以通，相傳橋畔有怪，日落輒出魅人。君嘗飲下市，大醉，夜半逃席歸，叩門，家人見其獨返，大驚，問之，曰：「二老人提燭送我來。」遍覓無有，是時市門已閉久矣。又有請乩於陶氏宅者，方縱筆，忽停，訊其故，曰：「陳朗生過門，是人狂生，且俟其去。」又一日，醉卧，鄰人請乩仙至，自書姓名，則陳朗生也。由此數事觀之，君不畏鬼神，乃爲鬼神所畏，又復游戲鬼神之間，豈非真狂者哉！

晚年貧益甚，諸子養必以酒。得酒瓶，掛樹枝上，往來過其下輒就樹飲，飲醉，拾敗葉、改革後，髠頂，服古衣冠，久之，冠服敝甚，白髮鬖鬖，望見相識者即引去。紙窗、堊壁上遍書「爲天下真逍遥叟，得世間大自在人」，袁中郎詩句也。死年八十一歲。臨死，自爲墓誌，只數語，云：「平生所嗜，山水詩酒風月閒靜而已，治亂何有哉？」又自爲石舫喪制，誡子孫不得用世俗禮。親書銘旌，題爲「閒翁石舫老人之柩」。君於世事既少周旋，又不爲身後之名，得酒便飲，胸中蕭然無有一事，可謂閒矣，亦惟君自知其閒也。

有三子：長高，次瑜，次度，度有詩名，皆能順承父志，雖極貧，誓守敝廬不去，謂先人志在焉爾，然皆謹飭類狷者，無復父風。

論曰：君固以酒狂稱，而自署爲「閒翁」，甚矣！君之有得於酒也。夫閒非聖人所以訓世，而其取諸狂也必曰簡；惟狂故簡，惟簡故閒。觀君之擺落世俗，遺棄一切，而獨縱意於酒，不可謂不簡矣。方酒時，於時之治亂不問，家之有無不問，即酒之有無亦不問。至於酒之不問，則君之閒也至矣。酒後駡人，人固不怪；然怪與不怪，總一不問也，而人因以爲狂，君曰吾閒甚，此其所以爲狂也歟？

陳同人傳

陳同人者，樅陽江上人，初稱蔡左之，聞先君子講學樅川輔仁館，與其同舍生從户外竊聽，心悦之。忽一日，布袍草履，直叩吾廬，謁先君子，執贄請受教焉。先君子哀其志，爲假館受餐，使就諸弟子之列，蓋天啓甲子年事也。予疑甫燥，間竊窺其室，終日瞑目危坐，一無所爲，案上惟莊子一部、先輩帖括數篇，亦未見其開卷讀也。爲文極有別思，間作近體詩，佳句超然，先君心異之。然動以古道律人，同舍生爭以爲怪，予雖少，固心知其有異於人也。

居久之，忽辭去，將適越，謂予曰：「吾本浙人，世廟時，吾翁從蔡氏舅應募分汛於此土，以防倭，遂家焉，因冒舅氏姓。翁來時幼，今年八十餘矣，祇記爲台州太平縣人，忘其姓，吾將往求之。」遂去。去數月回，曰：「吾求得之矣。本姓陳，住太平縣某村，吾訪至其地，陳氏老人尚有能知者，爲導吾拜先壟，且指吾故居，尚存屋一楹、田數畝，猶留以待吾翁歸也。今吾始爲有姓氏之人矣！」因復姓陳，名偉，字同人。同人去時，所賫錢纔數百文，人疑其冒昧不能達。既返，袖中尚有餘錢，過西湖，買酒斷橋，樓上大醉，賦詩數首而別，斯以奇矣。方是時，蔡翁老且就木，以生不知己姓爲恨；暨同人盡得其本末以歸，翁而後死而瞑目也。

翁死，孝養繼母，與兄子素友愛，所有産悉付之。年逾三十，未有室。郡中有老儒鄒心易者，女嫁不售，先君從容謂之曰：「生得毋可就室乎？」同人欣然，遂贅於鄒，生二子。然每歲必返江濱故廬，侍其母度歲，以爲常。予嘗歲盡與同人自郡共舟而下，過其居，於萑苻中披草而入，棘籬茅屋，户内蕭然，惟向時讀殘莊子仍壓几上耳。家人見予至，驚喜，出雞黍，止宿。詰朝，拜其母，母亦八十餘矣，爲述同人家居所以盡養於己之道備甚，語訖，涕泗泛瀾。予然後益信同人爲真古人、真孝子也。

先君殁，同人襄事盡哀焉。已，歲大饑，流寇益熾，予挈家流寓白門。同人領妻子就母同居，母死，家益窘，乃遠授經於濠，得俸數金寄予，屬爲轉寄其家。時米斗直數百錢，度此金達，足支一月糧，可接麥黄矣。而所託非人，寄不達，竟令其妻子捃摭不給，飢以死也。傷哉！同人依然窮獨叟耳。國變以後，予遭南渡鈎黨之禍，舉家亡命，道遇難，妻孥沉震澤以死，予狼狽流離於萬里外者十餘年始歸。問平生故舊，知同人垂老補邑弟子員，復贅於邑之西鄉，訓蒙爲業。而同人聞予歸，徒步窮日以至，鬚眉皓然，執手大慟，蓋悲予之失志，而傷己之晚暮伶仃也，留數日别。先兄幼安殁，又來。自此後遂絶不復至。會予有亡兒之慘，其夜，夢見同人巾幘如昔時，張皇若避予者，既久不相聞問，心訝之。已，有人傳其於風雪中騎驢陷大澤，傴凍不能起，遂與驢俱斃。不知爲之收瘞者誰也？其可哀也已！

同人天性至孝，不甚讀書，而意思超曠，於世俗事一塵不染。獨嗜酒，醉後輒瞋目大罵其儕偶，醒，都不知，人或以爲狂。至於立身端方，正古之所謂不屑不潔之士而狷者也。同人與予共事最久。後同人至者，樅陽孫伯聚。伯聚爲人耑愚嗜學，嘗與予讀離騷及太史公八書徹旦，至口濺血不輟，其勤力如此。而性膠固不通，既娶妻生子，以爲非其偶也而去之。歲饑，無所歸，予伯兄貧，爲煮糜與同餔，終不能存活也。又有李仲山，亦樅陽人，與伯聚先後客予家，仲山能詩善書，聲出伯聚上，而篤實不如。與予羣從交深，予兄若士爲之續娶，已，皆失好。爲蓼州徐氏客，竟孟浪以死，徐氏殯焉。兩君皆先同人死，獨同人斬然無後，悲夫！

家韋亭廣文傳

康熙二十五年，歲在丙寅，貴池學諭蘇州錢君韋亭卒於官。其卒也，以修學宮竭心力勞瘁而死，所謂以死勤事者也。於是，合邑紳士請諸上，得從祀名宦。

貴池自明季以來，學宮傾圮四十餘年，至不能陳俎豆。君初至，愴然以興復爲己任，會郡丞某公署邑篆，允君請，首倡捐助，君率諸生多方勸募。資未集，土木遽興，躬自督作，不避溽暑，廢寢食者累月，遂病。病中日至工所，手畫口授，晷刻不離，羸瘠已甚，役者皆感泣趨事。文廟告成，人勸且暫緩明倫堂，以俟病起，君憤曰：「吾寧死耳，役不可緩。」時已委頓床褥，絶無他語，惟籌物料、計工程，諄諄趣役就功。工匠聞之，爭相勉勵，恐負君，三月事以竣。君令人扶掖出，至堂上一觀，遂不起。君素壯健有精神，至是，枯瘠狼狽，見者莫不悲歎，蓋積勞所致也。貴池諸生哭曰：「先生精力竭矣，爲學宫竭，實爲吾黨竭也。先生雖身死不恨，而吾黨重累先生，而速之死，吾黨何以爲心哉？」皆哭盡哀。又，池郡公旬之役，多派自里甲，君悉蠲往例，給工價一如民間，以是人樂赴，公功易集。故君歿，里民亦相語而泣，不獨諸生噭噭然哭也。先是，廣文有李鼎、袁孟惿者，皆以有功學宫，得祔祀典，至是，邑士大夫暨諸生上其事郡縣，引例以請，當事允議，依例從祀。而其子太學生大鏞乞予爲之傳。

君名塽，字介臣，韋亭其號也。予與君皆出自吴越，按世序，固雁行也。君之先有諱簡者，以父官平江，買田澧湖之上，卜居永昌里，是爲澧湖派。及曾大父宇蒲公，始卜居蘇州郡城，家世業儒，多顯者。君生而資敏，有至性，三歲失母，事繼母以孝聞，終其身，母子相依爲命。父病急，刲股和藥以進，無知者，臨革，乃出創痕示其子鏞。其隱德誠孝如此。

少貧力學，讀書徹旦，膏盡，有老僕私出錢買燭以繼。酷暑，置兩足甕中以避蚊喙，老僕卧席前伴君讀，亦徹夜不寐。僕死，君歲時致祭焉。年二十餘，入昆山縣庠食餼。丙午，南闈擬元，語犯時諱見擯。戊午，試北場，既得復失。遂以歲貢生循例授廣文，得貴池。到官，著士箴八則，語該體要，人多傳誦。尤好提獎孤寒，時加賑恤，有貧不能輸糧而重受累者，豈爲代輸。每除夜，齋廚蕭然，念諸生中貧無以度歲者，輒給少錢與買米薪，歎曰：「不能遍及也！」君所受俸修甚廉，又好施予，學宫之役，費不繼，則舉其室服御所有悉付質庫，以是家益貧。殁之日，囊無一錢，上官僚友及諸生共相佽助，喪始克舉。

有七男六女，男長者即鏞也，次者纔能勝衣，長女適張氏，餘皆呱呱泣。妻盧氏，繼劉氏，妾潘氏，皆有出，食指數百，去家千里，其何以歸？家無卓錐地，即歸，其何以爲生？傷哉！然君以一命儒官，於職至微，死而列諸俎豆，君死爲不朽矣。予於君屬有宗誼，素交好，固略悉其本末，因鏞請，遂據實而爲之傳。

論曰：以君才美篤行，少時勤學不倦，人爭以大物相期，而所就僅若此，豈不悲哉！然世之取上第、致高位者，不乏草亡木卒，未數年，鄉里不能舉其名氏，視君之以一廣文從祀學宫，名載千秋者，其得失爲何如哉？士所重者千秋耳，千秋之名，出自公論爲可重也，若夫無其實而有其名，徒以氣力情賄得之，而公論不與，又未可與君同日語矣。

家席之小傳

吾家自浙淳安遷桐城之灣漕里，歷十數世矣，子姓日蕃，多不相識認。席之，與我共五世祖者也。席之父素位，予兄弟行，有子五，席之其仲子也。席之名家珍，與予同年生，所居相距四十里，少時嘗徒步槖筆到予家，共予爲文。思甚苦，文成，聽閲者可否，輒逌然持頤而笑。見予文，亦逌然不置一語。非久復來，文以進，其爲逌然者如故也。年二十三，補邑諸生，頗講字學，審音韻。國變後，浮沉黌序間，嘗負畚行大堤上，手一卷，吟誦自若，兄弟耻之。嗚呼！此席之所以爲席之與？予嘗與無可道人信宿其家，講易圖象，席之猝出己見，與相質難，聽者大咍，席之亦逌然不以爲意。未幾，語予兒瀍祖曰：「吾向聽無公講河圖數，一以中五爲主，乃悟七八九六之成數，即一二三四之生數，惟加中五以成，妙在相得而各有合耳。星家從年起月，從日起時，皆以生數與成數合而得之。如甲己起甲，乙庚起丙之類，甲於甲爲一，己於甲爲六，乙於丙爲二，庚於丙爲七，俱從有合起，推之丙辛起戊、丁壬起庚、戊癸起壬之法，莫不皆然。」此説星家所習知，而席之則實由聽圖數得悟，亦足以見其能好學深思矣。

席之性篤孝，母汪孺人病，嘗封股和羹以進，母甘之。甫就寢，夢素位公大聲曰：「火退矣。」遂愈，逾年始歿。居喪泣血，蔬食者三年。父歿，久不葬，信堪輿家言，從其徒披榛棘、陟峰崖，遍求吉壤，費不貲，既得葬，家遂以貧，不悔也。壬寅春，偕諸從請予修支譜。譜成，參訂家規，言多可采。人言其性執拗，以予觀之，其所持皆正論也。家世居水鄉，有楓林圩田數千畝，合里恃以爲命，席之每倡衆修築堤障。一歲，水大至，堤平，風鼓浪嚙堤，堤且壞，破在頃刻。數千人畢集，莫能爲，席之直前袒卧堤上，大呼曰：「願以身塞堤！」觀者爭救止之，不聽。久之，風息，浪亦止，堤以全。至今過堤者，未嘗不稱席之功，歎其勇也。予嘗問其事，不應，亦惟逌然而已。三子，繼室某氏獨一女，乃析箸，授舊宅諸子，己獨與妻女別居一宅。一夕，大醉歸，過危橋，失足墜水死，死時年六十五。

或言席之爲人勇決，有膽氣，好泥飲，每被酒，夜獨行，不畏鬼物，然時時遇見之。嘗從雙溪醉歸，過大堤，見堤畔漁篷有火，往就之，其一人歸，一人熟眠矣。坐頃，聞鬼聲自前山沿堤來，漸近水門，每一聲，見眠者脣輒一沸。水門故有獨木可過人，席之過，撤之。至是，其聲徘徊水門外，眠者亦屢欠伸不醒，試往架之，乃驚呼，蹶然以覺，語席之曰：「適夢往前山，返至水門，橋已撤，候之良久，始得過。」席之次日語其歸者曰：「予所見如是，汝之侶將死矣，盍邂邂往，毋爲累。」未數日，其人果没水死。又嘗見己牛歸，曳一繩，牽入欄繫之。次早，有人送牛至，曰：「君家牛昨夜忘收，我爲之收，今送還。」席之曰：「非也，我牛固歸，我親繫諸欄。」同往視之，欄無牛，送還者實其牛也。逾時，牛病死。牛亦有鬼哉？所説怪事甚多，然席之曾未一語予也。又言其死也，去所居宅纔數武，次早，人見之，猶植立水中不仆，面有怒色。居人或聞中夜有喧擊聲，視泥中，蹂踐有迹，蓋與鬼鬬而死云。以席之平生孝友，負正氣直性，言論不欺，即陷泥淖中，醉不能起，凍而死耳，豈有鬼能死席之哉？諸如所傳，吾固不之信也。

論曰：漢時，河決金堤，東郡太守王尊止宿堤上，願以身塞金堤，水盛，堤壞，吏民奔走叩頭救止，尊立不動，而水波稍卻迴，朝廷壯之。宋蘇軾亦嘗踵行之，以保徐州。彼固有官守也，若席之，何爲者哉？當數千人莫知所爲之時，獨奮五尺之軀，毅然爲一村與河伯爭，意氣激之使然也，則猶有先武肅王射潮之餘勇哉！即此一事，席之足以傳矣。

髡殘石溪小傳

丁戊之間，予僑寓白下，從胡處士星卿時過長干修藏社。社主松影去楚，有石溪代領其事。每予兩人至，則相與劇談，出茗果，留坐竟日，以爲常。師與予同年生，頎而晳，頭白如雪，冬夏一禿頂，身臂少受寒濕，時作痛，甚厭苦之，因自號髡殘。天姿高妙，見解超然，當海内棒喝交馳之時，所過掩耳疾走，時有吟誦，都不入格，一言半句往往出人意表。間以己意作山水人物，脱盡常蹊。吾嘗謂石溪自成其詩，自成其畫，亦自成其禪也。性卞急，不能容物，顧喜予率易。予每見，輒縱談，諧謔雜出，無所隱諱。嘗語予曰：「某公爲文，句句要人不解；子爲文，句句要人解，可喜也。」有楚大夫以方外游公卿間，氣甚盛，遇予於師坐間，予避去，其人問知爲予，訝曰：「吾耳西頑久，直如此人耶？」師曰：「此其所以爲西頑也。」一日，同藋溪及予同赴城南齋，予亦僧服，過小巷，有壯婦塗粉狼籍，叉手當門目之。既過，師字予曰：「世間有如此穢物，人偏好之，何可解也？」予嬈之曰：「我過未見有物，汝何自獨見之？」師指駡曰：「忒欺心！」三人相與絶倒大笑。嗚呼！其一時情事聲容猶宛然在也。

浮山山足斧公爲公狀曰：

師武陵劉氏子，母夢僧入室而生師。稍長，自知前身是僧，出就外傅，竊喜讀佛書。里有龍半庵，儒而禪者，特奇愛師。一日，聞誦怡山願文「正心出家，童真學道」，即痛哭，請諸父母求出家，不許。有來議婚者，師大駡絶之。崇禎戊寅，師年廿七矣，自念居家難以脱離，一夕大哭不已，遂引刀自剃其頭，血流被面，長跪父床前謝不孝罪。父知其志堅，且業已剃，遂聽從之。龍先生聞之大喜曰：「此大丈夫事，不可小就。」教令看話頭，有省，益令游江南參學。至白門，無所遇，遇一老髡，問師出家始末，言與己同，但己得雲棲大師爲之剃度。師因請大師遺像，拈香遥禮爲師。老髡與議名智杲，蓋雲棲派也。既返楚，卜居桃源餘仙溪上。龍先生晝夜逼拶，久之，忽有所觸，心地豁然，遂成無事道人。師生平未有師承，世出世間所以成就之者，龍先生一人而已。甲午再來白下，遂駐錫長干。戊戌往謁浪杖人於皋亭，一見皈依，易名大呆。明年，杖人示寂於天界，師自祖堂奔赴，諸弟子以杖人親書法偈及竹如意遵遺命於龕前付授，師拜而藏之，不啓，已，納歸青原，終不受。師在祖堂，與諸髡不合，有爲捐資，構大歇堂以居師者，師謝以偈曰：「荼蓼生來都吃盡，身心不待死時休。借他兩板爲棺蓋，好事從頭一筆勾。」疾革時，語大衆：「死後焚骨灰，投棄江流。」衆有疑色，師大叫曰：「若不以吾骨投江者，死去亦與他開交不得！」衆遵命，舉火後，函其骨灰投燕子磯下。

蓋斧公狀略如此。

劉子黄玉爲予言：師在大歇堂，盡出其生平玩愛古銅器，以己意，命工寫佛出山像，高數尺，一火而就，妙好端嚴，親書一聯云：「剜盡心肝，博得此中一肯；留些面目，且圖去後商量。」從此絶筆，蓋即師辭世偈也。師脱略一切，獨嗔怒不可解，投灰之命，亦惡其肢體向多痛苦，仇視而棄之也。遇弟子一以呵罵從事，非人可堪。不得已去之他方，往往爲上座稱大師，斧公其一也。師殁十餘年，有晵僧親至燕子磯，募工升絶壁，刻「石溪禪師沉骨處」數大字於上，又爲刻師偈一卷、大歇堂集六卷，行於世。晵僧，桐城方氏子，字子安，能文，既晵而出家，蓋斧公之弟子也。

田間文集卷二十二

墓誌銘

兵部職方司主事泰齋劉公墓誌銘

崇禎甲申三月十九日之變，烈皇帝身殉社稷，在朝諸臣以死殉帝者若而人；其有不即死，爲賊所得而備受刑楚，卒以不屈者亦可數而計也。初，賊遁後，有自都門毁形變服南還者，人咸以不死譏之，而官於南者，論尤嚴。未幾，國運改革，事已定，其譏人不死力持嚴論者，爭幡然彈冠以起；而是不死者，枯槁巖穴，徵辟屢加，至死不出：吾不知兩者之賢不肖相去何若也？若吾鄉職方劉公泰齋，其至死不出之一人矣。

公諱若宜，字宜之，號泰齋。皖潛山人，移居郡城，爲郡人。祖某。父尚志，□科進士，仕至方伯，年八十餘，有子十二人。公同産者五：長若宰，戊辰廷試第一人；次若寅，給事中餘謨父也；次即公；公弟曰某、曰某。皆楊太安人出。公行八，故里人稱爲劉八老。少穎異，未冠應童子試，七篇立就，學使者大奇之，補府學弟子員。癸酉舉於鄉。甲戌會試，以兄宫諭公入闈引避。丁丑成進士，授刑部主事。丁太安人艱，服闋，調補兵部職方司。時流寇猖獗，蹦六皖。公上疏陳地方疾苦，哀痛迫切，凡數千言，不報。甲申國變，公遯迹浣花庵，薙染爲僧。賊物色得之，縶至營，夾以白刃，嚴刑索賄。會賊敗，倉皇西奔，遂得逸。弘光改元，馬士英爲政，信奸黨計，凡自北來者皆借此以修舊怨，欲加之罪。公與士英有舊，獨欲官公，公不可，固辭以免。

改革後歸皖，故與公同譜者多列當道，交相薦辟，皆不就，謝以詩曰：「山僧久卸朝天路，祗整威儀拜法王。」自是，閉門卻掃，絶迹不入城市，作不入城説，託詞於老病貧，不欲以高尚爲名也。所居村僻，去城遠，多盜，不得已，移近郭外鴨兒塘側。予嘗過之，室如斗大，客至，促膝而坐。僅一傖僮，晝謀生於市，則自擎茶進客，終歲不窺門。門外委土成培塿，高數尺許，送客出，則相與攜手，一至其上，以是爲登眺云。自爲靜室銘曰：「六尺地，半間屋。靜則有餘，動則不足。木爲鋪，席爲幕。冬無甚寒，夏無甚燠。常冥心，時閉目。不出户庭，直游造物。」皆實録也。

公力學窮理，經史以外，諸先儒語録，手抄成帙，以至卜筮三式之學，無不精曉，周易、莊子、華嚴、楞嚴、金剛、圓覺諸經，皆有獨解。每疑悟真篇二字與其書不倫，見陽明以「悟真」爲「悞真」，乃豁然。劉氏雖世顯，家故貧，公田不及百畝。每租吏到門，呼暑如虎，所需索倍於編户，即時輸應惟謹，無敢抗，曰：「吾分應爾也。」鴨兒塘爲城西市盡處，菜傭雜處，公洽比其鄰，無少自異。甲寅正月，閩滇南之變，海内震動，皖中大擾，士民爭避出城，城外騷然。公筮之，得明夷初爻，笑曰：「無能爲也。其占不宜動，動必有災。」鄰人信之，皆不動，已，果無事。遠去者皆中途被掠奪，大困而還。由是，闤闠之間皆視公爲安危。公固通佛法，好作善事，諸方尊宿稱爲「肉身菩薩」，比之維摩詰、龐居士。初，崇禎間赴補北上，舟中遇盜，盜斧劈其額，急走匿柁尾，按之，無傷痕，亦不知痛。盜去，囊篋一空，獨遺小行笥，封識如故，啓視之，内貯素所誦金剛經一卷，斧痕在焉。人皆以爲經力神助，而公精誠之至亦可見矣。

公生於萬曆壬寅年某月日，與方伯同甲子，家人呼爲「小壬寅」，卒於康熙庚申歲三月，享年七十有九，不及方伯年者四歲。元配王安人，數生子不育，遂無後，以弟子餘悳嗣，娶無錫成廣文梁女。一女適本郡高氏。遺命：勿哭，勿訃，勿作佛事；有高僧爲誦法華、金剛經數卷，聊以免俗；無高僧，則已自卜兆域。凡含殮附身之具，纖悉備具，敕其家勿拘風水、時日，以本年八月初一日葬於甑山之陽。未有誌銘。予辱公心相知，每思表章其苦節以重吾皖，而其事狀未詳，尚有待焉，然每握筆爲他文，輒隱然如有所負。越八年，乃得給事公所爲公狀，雜以己平日與公所游處習知者，因詮次其大概，而爲之文，存於集中，不必納壙也。

予與公相識於崇禎壬申之冬，六皖人士大結社時也。自此出處既殊，蹤迹各異。辛卯冬，予自天南還，寄公一書，久不報，怪之。其兄子餘璜謂予曰：「吾見君手札矣，從父什襲藏之，自謂不能答。每君札至，必手錄登諸册，而藏其稿。」他日，又謂胡星卿老友曰：「吾鄉某人與文皆必傳也。」嗚呼！此吾之所以謂公者，而公轉以謂吾耶？己酉，予以冤訟久寓皖，與公朝夕過從，聚甚歡。見予幼子，器之，欲字以女，兩家内人皆以郡邑相去道遠爲辭，事遂止。然每見予子，輒太息以爲恨，是可感也。當甲申國變時，吾鄉士大夫不屈於賊薙染南還者非公一人，未及十年，有死者，有髡者，有不甘貧賤一旦出仕新朝以取富貴者。士固各有志也，而公四十年如一日，能甘人所不能甘，此吾所以獨重公也。銘曰：

皖山峨峨，江水泯泯。孑然天柱，一峰孤挺。惟此哲人，正氣以秉。甲申國變，刃在其頸。未獲死所，終身匿影。外柔而溫，内剛而冷。四十餘年，城市迹屏。一室斗大，如坐枯井。誰其往還？方袍囚頂。蒲團坐破，自言有醒。行年八十，得死爲幸。坤道在貞，用六利永。蓋棺事定，惟此堅忍。孤墳寂莫，甑山之嶺。其室則幽，其節則炳。念子丹衷，千秋耿耿。

曾翁愫初配張孺人合葬墓誌銘

今年乙巳秋，予重過永安，蓋别二十年矣，城市變遷，故舊凋謝，曩時游處之士，獨曾子也愚存。入其室，蕭然，見壁有遺像，一老翁皓首踞榻坐，有儒冠執卷軸者侍其傍。予注視久之，因指儒冠者謂也愚曰：「非子也耶？」曰：「然。」「踞榻坐者而翁耶？」予再視翁像，目炯炯有光，剛毅之色見於眉間，予曰：「子之翁，有氣概人也。」也愚曰：「何以知之？」曰：「以像知之。」也愚曰：「公何以知像爲我翁也？」曰：「以像之酷肖子知之。」也愚因述翁生平氣概及起家始末，且曰：「翁年八十三始歿。歿之三年，而母張孺人亡。今將合葬，窀穸有期矣，幸公之至止敝邑，將丐公一言以爲泉壤壽。」予曰：「諾，子以狀來。」詰朝，也愚偕其弟持狀來請，予爲誌之。

按狀，翁諱某，號某。其先世本漳州龍巖人，自宋太平興國二年，有九郎公遷居此土。至五代祖，復分其一支於浮流。浮流，故鎮名，景泰間建邑築城，改爲永安，於是曾爲永安城人。而族始大，書香繼武，則有舉於鄉者一人，貢於學者若而人，其博士弟子員斌斌代不乏也。至翁父某公，以齒德賓於邑，有六子，翁居四。伯兄用掾史起家亭長，餘兄弟皆碌碌坐食，産日拙。翁少有大志，慨然曰：「曾氏其式微乎？」因挾筴走四方經營，足迹徧吳、楚、江右間，或歷年始歸。内則張孺人紡績佐之，家稍稍起。一歲，歸至貢川，心動，乘夜亟返，則鄉飲公以是日殁，翁入門號擗幾絶，治喪盡禮。事畢，則益遠出，備歷辛苦，乃厚獲而歸。因家居養母，不復出，與張孺人纖嗇經理，家以益裕。未幾，母殁，喪葬視昔有加，皆翁獨任之，未嘗以累及昆弟也。每歲時伏臘，祭必虔，逢親忌日，至老猶孺子泣云。

嘗爲建左衛令史，滿歲列入都考，當得官，而翁夷然不屑，知兩孺子可教也，恐一旦遠離即業荒。遂絶意進取，營書室於南郊，延明師課讀甚嚴，已則督僮奴墾園樹藝，時屬耳書室，聽讀書爲樂。二子皆成名士。翁性亢俠，見人有不平，輒義形於色。有鄧氏甥，因貧乏，鬻其女於遠人，翁聞之，遽買舟追回，不可，則鳴諸官，卒捐貲贖歸，爲擇配。至今鄧氏甥能言之。老年矍鑠，益好學，抄書自娱；倦則閉户卻掃，與親舊道故歡然。然遇子姓及諸後輩有過失，輒正色責之，無少回互。諸後輩望翁來，預引避之，畏其嚴直也。吾謂翁有氣概，其像剛毅之色見於眉間，信不誤矣。

翁四子：伯仲早逝；曰省，府增生，即也愚也，娶陳氏；曰鶤，府廩生，娶前千户崔某女。孫男三：曰起霆，曰起霙，省出；曰凱，鶤出。孫女二，俱省出。翁生於萬曆己卯年三月二十日，卒於清順治辛丑年十二月二十七日，享年八十有三。張孺人生於萬曆庚寅年六月二十二日，卒於清康熙甲辰年四月初四日，享年七十有四。今卜吉合葬於二十九都黄坑寨尾，屬予有通家之誼，因次其狀誌之，而爲之銘。銘曰：

吾觀永安之山，皆不壞而石。其峰巒拔起，巖洞自闢。故錘其靈者，曾不階尺寸而能卓然以自立。翁無聞於朝，而世咸仰其家聲；不見用於時，而子孫服其教澤。古之所謂長者，今之所爲豪傑。與孺人合窆於此土，是爲千秋賓敬之宅。

故山海衛參軍陳公南山元配李夫人合葬墓誌銘

壬子冬，予客都門，於貴池陳比部寓中，接其族子中美，與談，佳士也。次日，遇余蕭寺，益深談，意氣慷慨。是時，中美爲三河令幕中客，令掛吏議且去，中美逢人述三河困弊不可爲狀，稱令寃，雖無救於令，而其爲朋友急難，誼甚篤也。予既南還，中美復以能習吏事，從人東西宦游，久不相聞。壬戌冬，村人自樅陽來云：有貴池陳君，市上問予居止，且來。予心訝之，忽念曰：「其中美乎？」越數日，中美果來，出其尊公及孺人狀以請曰：「先君子以改革時死於亂，二十餘年矣，未葬。吾家徵君新建士業公曾爲之誌銘。不孝饑驅四方，久不歸，去年，郡伯喻公下令有喪者畢葬，家人倉卒葬於祖塋側，不及待某歸成禮，以爲恨。今先母已歿，擬改扦合葬，欲得先生一言，藏諸幽室，庶以不朽。」予既知中美，又異其不乞銘於今之有赫赫位望者，而以草野遺老一言爲足重也，其敢以不敏辭？

按狀，公諱能，字行可，别號南山。世居池州貴池小剡鄉。宋紹興間，有承事郎嘉言公，數傳至雷順公，登元至正年進士，歷官漕運副使。明洪武初，有諱尚賢者爲福建邵武郡丞，具載府乘中。陳氏聚族而居且七百年，蓋宋、元、明三代之舊家也。曾祖某，祖某，考某，皆不仕。公幼有大志，沉毅簡默，不屑屑家人生産。及長，喜交游，慷慨好施，爲諸生非其志也，好讀孫吴書，習騎射。東事警，慨然投筆，詣闕上書，願得一職自效，授山海衛經歷。會皮島失陷，鐵騎長驅，中外異議，公知事不可爲，遂乞養以歸。崇禎末年，流寇盤踞六皖，去公鄉僅隔一江，風鶴時驚，土賊竊發，於是一方恃公爲保障。未幾，有甲申之變，以致改革，公遂絶意世事。戊子春，亂益甚，初皆假建義爲名，久之，剽掠焚殺，蓋賊也。四鄉奔竄以空，獨公所居村素稱完聚，賊覬覦已久，公堅壁不動，自以素習兵事，鼠輩起草間，烏合不足敵也，預敕其子扶孺人遠避，己獨居守。賊至，與戰，死焉。賊之來，鄰有爲之主者。是時，郡邑城門晝閉，公子璞號跣控官，求討賊，不能問也。嗚呼！公生平志在爲國家靖亂，遭時不偶，一無所效，而漫死於賊，其命也夫！

公配孺人李氏，爲貴池著姓。既歸公，事孀姑婉娩將順，以孝婦稱。公家固素封，孺人顧自甘淡泊，有羸餘輒以濟其鄰里姻黨。公既好任俠，又以薄宦，費不貲，産漸落，而好客如故。客到，則中饋悉所有出饌客，未嘗少倦，公不問也。公没，孺人誡其子曰：「汝父喜功名，好談兵，卒以兵死，今獨存汝，吾不願子求榮以增吾憂，但讀先世遺書，居鄉里，以終吾餘年，斯爲孝矣。」璞初名萬邦，字綏之，至是改今名，承母志，示欲藏也。孺人雖不知書，凡前言往行、列女懿事，幼時得之庭訓者，亹亹誦述，無所遺忘，喜爲諸女談説不倦。又工刺綉描畫，里中女奉爲師。其殁也，皆哭之甚哀。孺人之殁，距翁死二十年，璞又以遠游，未獲親藥餌，視含殮。言及二親，輒號泣有終天之痛焉。

翁生於萬曆己丑月日，卒於順治戊子月日，享年五十有九。孺人生於萬曆年月日，卒於康熙年月日，享年七十有幾。以某年月合葬於某鄉山。子二：長曰璞，國學生，即中美也；次碧玉，早夭。女一，適唐氏，早寡。孫四人：曰元德、元和、元善、元麟，麟，國學生。孫女一，適檀氏。觀公生平志氣，古所謂豪傑之士也，既以武略自喜，遂輕用其死。吾獨惜翁此死，不於受命巖關之前，而死於鄉里亂民之手也，悲夫！銘曰：

文事武備，古人所兼。惟公希古，厥軀而殲。奇才偉抱，未展尺寸。死非其所，志士遺恨。爰有哲配，居然女師。誡子以遯，保世無危。乾剛坤柔，斯爲合德。泉壤同歸，千秋此宅。

楊翁案山墓誌銘

予少時，則知吾鄉有江右寓公楊案山翁者，以刀圭活人，不重取利，一鄉皆稱仁人焉。喪亂以後，始過其廬，蓋古有道君子也。翁亦以予爲遺民，與訂交，已而有姻戚之好。迄今且二十七年，翁之殁久矣。今年冬，翁子森以狀來，謂窀穸有期，乞予一言，納諸幽室，且曰：「是先志也。」誼不敢辭。

翁姓楊氏，諱某，字春圃，案山其别號也。先世華陰人。五代時，有名雄者，仕南唐樂平令，除南昌長史，卒葬進賢縣。二子，或遷吉水，或遷臨川。明正德八年，割臨川之東鄉爲東鄉縣，於是爲東鄉人。曾祖玄慶，諱文岳。祖某，諱思本。父紹峰。家世耕讀。紹峰習岐黄家言，以其術游於江南之宣城、建平間，歲一歸。翁時年十三，請從，行至宣城蔣顧村，會疫大作，傳染死亡略盡，比户呻吟，或墮床下，緣門壁求水漿，無應者。紹峰煮巨釜藥，按辰相方，令其徒提大桶分道遍給，翁亦隨往，各飲燒春酒一卮，銜蒜一瓣。病者得藥，皆霍然起，由是，村人感紹峰德，留止其村，不聽去。紹峰篤行好義，嘗以歲暮回，迂道三十里過一村舍，出裝篋中物授其家人，則屍襲也。蓋亦死於疫者，櫬不能返，爲火而裂帛裹之；瀕行，潛入裝中，不令同行覺，併不令翁覺。翁比覺，毛髮盡竪，自是，益重義矣。

其後，紹峰亦遂客死村中。翁侍疾七十餘日，衣不解帶，知不起，密備棺衾。疾大革，握翁手曰：「汝幼，後事無備，奈何？」翁泣對曰：「備矣。」曰：「木堅能歸故鄉乎？」對曰：「堅。」因曰：「吾以不忍人之心，親火同鄉人客死遺棺七，裹其骨歸，其狀大不堪。汝能歸吾櫬甚善，不則就此村葬之，吾有德此村，不患不保吾一抔也。」言訖而卒。當疾革時，翁晝夜抱持不離，含殮之具乃能料理悉當，不令親知，孝子哉！嬖始鬖鬖然垂及肩也。使紹峰出不以翁隨，一旦罹此，誰恃哉？天之報施善人，此既一端矣，於翁初自請從時，天固已啓之矣。

紹峰殁，村人奔赴號泣，同鄉游藝此村者畢至盡哀，因殯諸蔣氏先塋之側。明年，謀移櫬歸，殯處距水口二百餘里，村人義不受直，更番牽挽，兼程而至，易船入江始返。既抵里門，去家六十里，舁輛岸上，同舟人散歸，家人得訊，未即至。翁獨念棺置沙上，前軒後輊，處疑下濕。棺大，翁力弱，竊獨舉之，起，用木棓楷拄之；已藉牛衣枕宿其側，霜凝冰澌，不顧也。其夜，家人至，引輛回。值次日臘庚申，族人素德紹峰，又哀翁孝，許令祔葬祖塋旁。翁固素知其處，搏顙謝，即從事焉，一人色動，翁覺之，乘夜先往，腰鐮荷钁，舉炬斬荆棘，破土爲兆。棺甫下，色動者亦移其妻喪以至，大驚，遂別厝山隅，反爲翁襄事焉。

次年，母吳孺人殁，毁瘠如父喪，益鬻産，殯葬如禮。事畢，乃以所有田廬筦鑰悉委其同祖弟經紀，而己復東下，尋紹峰公舊游焉。所爲同祖弟者，蓋與乘夜開山，佐翁葬其親者也。

於是，復至宣城，師事其父執朱養元。朱術高，不爲人所識，翁從之學，盡得其傳，名日起，朱先生亦自以爲不如也。天啓四年，翁渡江而北，止於桐之東鄉周家潭。期月間，所試輒效，貧者不取其資，人益德之，聲名大噪。娶周孺人，生二子一女，遂卜居焉。已，流寇大起，四鄉蹂躪，翁挈家避之洲渚間。寇去，返故居，所有蕩然無遺矣，而其道益行，求藥者益衆，翁所取益廉，曰：「亂世不宜獨豐也。」翁雖揮霍自喜，而所以訓子弟者唯儉與勤。人謂翁家儉於用不儉於禮，損於己不損於客，蓋家法也。

初，紹峰娶王孺人，本吴氏側室，十年不孕，歸於楊七月而生子，即翁伯兄也，吴冒爲己子，欲乞還，紹峰不可，請刺血。孺人知非吴子也，毅然曰：「血不足驗，且予之。吾矢諸天：倘再孕而七月生兒，仍還楊。」吴許之，因與定約。果又七月生翁，吴亦如約以還其子。久之，復生季。三人者，聲音笑貌無一不似，非久處，不能辨也。當翁避賊洲渚間，伯與季東來，蹤迹之，不知所在。過市，酒樓上有人詘其聲，以爲翁也，趨下呼之，不相識；已，問知爲其同産也，因指之處，乃聚首焉。蓋其兄弟酷似如此。翁志不忘故鄉，厚資其兄以歸，以季自隨。已，問道返里，與兄商所以移家之策，兄曰：「海内鼎沸，能保故鄉安土乎？歸而相聚爲俘，不如散處各方，猶遺種耳。」歸計遂阻。其後，江右兵亂，悉如兄言。

甲申，國變。乙酉，留都陷。薙髮令下，子森甫髫，亟爲製巾服，集賓客，行冠禮，曰：

「此本朝二百七十九年之法服，吾累世祖宗之所遵守，不可不令孺子見。今而後，聽之矣！」森，翁長子也，有才譽，以筆墨游諸侯間。次子磊，亦雋敏，世其業。皆稱名士焉。翁頗好讀書，博覽載籍，皆通大意，亦善行楷，鼓琴。與人處，雖親熟，必敬禮，未嘗有倦容。篤宗族，重墳墓。初去其鄉時，所委同祖弟田產，垂三十年不問，用報曩德。丁酉歸省先塋，兄歿矣，再弛田租十四年屬之，命主祀事。庚子秋，周孺人卒，翁得足疾，恐遂不起，自撰祖考妣墓碑式，郵資屬族人如式勒石。自是，見此鄉人歲時上冢，輒閉門掩泣，以爲終天痛云。

翁生於某年，卒於某年，享年六十有八。娶周氏，先翁歿。子二：曰森，娶銅陵李氏；曰磊，娶進賢吳氏。女一。孫男八。孫女四，一適桐城錢晟，爲予次孫，森所出也。今以某年某月某日葬於廬江之石峽馬鞍山。初，森與磊自以流寓不定居，將視兩親坵壠所在，然後卜宅。而形家謂宜分葬；卜諸神，宜分。翁先焉，於是獨先葬翁。銘曰：

士之百行，以孝爲先。惟公至性，匪人而天。不惟其性，而惟其能。黽勉無憾，乃於弱齡。厥德以崇，厥業以廣。惇彼同氣，施及宗黨。乃篤於義，乃依於仁。非以爲善，乃率其真。鬱鬱佳城，體魄斯存。子孫定居，奕世惟蕃。嗚呼！是爲江右之志士，江北之始祖，而前代之遺民。

童翁鄣石墓誌銘

翁諱心鑑，字明卿，別號鄣石。其先世歙人，元末遷居桐城之樅陽鎮，遂爲樅陽人。六世祖鏕爲金陵倪大宗伯婿。曾祖瀹，祖伋，父一旭，皆篤行稱長者。翁生有至性，雖居闤闠，無苟得，無妄語，造次言動必以禮法自持。童氏故素封，至翁父復初公家中落，七徙宅，七毁於火。翁乃棄儒，挾筴貿遷，稍以自振。母袁孺人殁，公未有室。復初公繼母方孺人病痺，委頓床褥間，凡飲食起卧轉側溲便，皆需翁爲之將奉抱持，不能時刻以去左右，蓋十二年未嘗一日懈也。

復初公殁，翁事繼母向孺人。是時，翁家稍裕，凡甘旨服御，昔所未獲奉於生母者，皆竭力以致諸向。向有二兒，金氏子也，隨向育於童，一夭殁，一既長，翁爲婚娶生子，推己宅居之，置僕婢器用悉具，已乃别置一廛，雖古稱友愛於同産者，何以過焉？未幾，有訟金氏子於官者，將受責，翁恐傷母心，請以身代，竟代責而出，通市駭歎。向孺人泣曰：「嗟乎！以予子之故，累汝至此。」孺人病且死，執翁手，祝曰：「汝孝友至矣！子孫必昌。今惟有一子，我死，當力懇冥司，更乞一子，以大汝後。預名福壽，用報汝德。」已，果産一男，即今之次君基是也。

嗚呼！古人以孫養祖母者稱李令伯，令伯固少孤耳；若翁，則親在而代親養者也。既以其身爲一家衣食所仰賴，而復躬僕婢之役，爲大母十二年所頃刻不可離之人，誠之至者，力亦給焉，然後知事親無不得竭之力也。祥覽之事，千載侈爲美談，然覽實有德於祥，而母氏以格。且覽固祥弟也，即使覽不德祥，祥之爲德於覽也固當。翁於金氏子，非爲己也弟，直爲向也子，而爲德已甚，則翁之所爲，殆有過於祥者矣。

翁孝友天性，與人忠厚謙和，凡鄰里有緩急相告者無不應；或負之，亦置不問。外家袁氏零丁，僅存表侄一人，貧不能娶，翁以養女妻之，資奩一如己女，袁卒無子，每言之輒慟。流寇躪蹤陽，諸戚友被掠，遁還，家蕩然，皆依翁。翁皆爲衣食之，資之貿易，既有餘積，乃辭去。而尤重根本，凡修宗譜、置祭田、買地建祠，皆翁獨資爲之首倡。有還初公者，翁從父行也。先君子嘗爲之傳，稱還初居水南，老而連喪二子及孫，有一弟亦歿，遂斬然。其從子明卿從水南迎歸於市，奉養不啻所生。公既安明卿家，遍召宗戚，以謂明卿曰：「吾舍此子無歸矣！吾舊有水南田數畝，惟子其有之。」明卿謝曰：「伯父無依，應歸養於某，饘粥保自給也。以迎養而得田，其有市心乎？必不可！」公曰：「夫親親遞相及也，今自吾祖以來，惟有吾子；即子不吾養，吾既老，產，子產也，子何讓焉？且吾既得養於子，又安用產？豈有予歸子而產他適者乎！」明卿辭不獲，乃請公之族置祭產焉。所謂明卿者，即翁也。

先是，翁家有童定夫先生，以布衣崛起，講學樅川，四方景附，諸弟子醵金爲建輔仁會館。先生歿十數年，至天啓癸亥，先君子始繼其席，語翁曰：「此一大事，非子左右不可。」翁毅然身任之，倡率同志，一遵昔規，以每月十三日會於館所，則翁贊襄之力居多，而翁亦往往能以所聞者施之於行事焉。惟時，有孫磐石者，赤貧，每聽講歸，炷香靜悟，亦若有省。先君子謂人曰：「輔仁一會，得兩學者。」蓋指翁與孫君也。翁爲人健瘦精神，在儕伍中常高出人一頭，輒俯焉自下，道氣穆然，好親賢禮士，至老無倦容。有兩子，爲延名師，擇交游，卒皆有聞於世。而翁所諄諄庭訓，唯勿墜定夫先生理學遺緒而已。會館歲久將圮，又門毀於火，翁拮据爲重新之。館傍舊有小樓，先生坐卧處，所謂芝蘭之室也，更加葺理，供先生主，朝夕奉祀，又爲先生樹碑其墓。順治二年，縣舉鄉飲賓，不赴，曰：「吾不堪也。」年七十餘，猶自筦家政，予嘗勸其委諸二子，不能。然每見予至輒喜，遽舍其事，促膝就予談，間述所聞諸先君子者以質予，予爲反復剖論，則喜甚，至不忍別也。

翁生於萬曆壬午年十一月　日，卒於順治丙申八月　日，享年七十有五。初娶朱氏，再娶陶氏，繼娶陸氏。子二：曰年，縣庠生，娶施氏；曰基，娶樊氏。女二：一適錢廉，縣廩生，予兄子也；一適陳氏。孫四：曰孝行，曰孝昭，皆年出；曰蔚，縣庠生，曰芾，皆基出。曾孫六人。將以　年　月葬翁於某山，其子年乞一言以爲之銘，予不敢辭。銘曰：

童有定夫，講學津市。直指本心，不立文字。翁長闤闠，率性而誠。本其家學，見諸躬行。其行唯何？孝弟忠信。大節所存，仁至義盡。世風日下，有僞無真。作翁銘章，以告後人。

田間文集卷二十三

墓誌銘　墓碑誌　塔銘

前給諫姜公卿墅元配董孺人遷葬墓誌銘

山東萊陽姜卿墅先生，以崇禎辛未進士，筮仕揚州儀真縣令，孺人董氏以己卯卒於官舍，辛巳返葬萊陽，其同鄉太僕卿宋公玫爲之誌銘。後四十餘年，癸丑，給諫卒於吴中，子安節、實節遵遺命，葬之宣城，公戍所也。安節守公墓，遂家於宣城。念母墓遠各一方，以乙丑秋回萊陽，啓孺人墓，移其柩南來，葬於給諫公之墓左，距孺人之歿四十七年，葬四十五年矣。墓中棺槨僅存，墓誌石完好，文字一一可辨。其文猶給諫初自儀真令擢補儀制司主事時，宋公玫作也，誌稱：

孺人，尚書禮部儀制郎姜君卿墅諱埰之妻，直隸保安州學正董公震澤諱應雷之女，以奏最封孺人。崇禎己卯二月初五日卒於其夫儀真之官邸，距生萬曆庚戌二月二十一日，得年三十。今年辛巳十一月十二日，葬於城東北水磨村覽鳳山之新阡。有子一人，曰安節，聘余叔吏部稽勳司郎中諱應亨男拔貢琬之女。姜子卿墅發使走京師，寓書請銘，復緘其所爲悼亡之詩十篇示余，曰：「吾妻董氏亡矣。吾尚有老親資其養，幼稚需其成，女弟之在室者賴以嫁，而竟亡矣！吾子尚其銘之於幽。」蓋宋子世與姜氏通姻婭，又卿墅過誤有以私遇玫，少而相歡也，因得習知孺人賢。丙子冬，余有事武昌，還舟次鑾江，卿墅留飲。過邸中，維時孺人尚無恙，中廚治具，半出鄉物以侑樽罍。乳者抱兒前揖客，娟秀倩好，望之若玉雪。幼女婉弱可愛，方學語於懷袖間，卿墅教之呼余舅，至爲結縎，然後去。居一年，女殤，余之子亦旋夭。而孺人夙有羸疾，日夜悲啼，竟不起。嗚呼！余又何忍不銘？

孺人生十五年，於卿墅有家矣。當是時，姜氏方中衰，孺人乃力貧支憊，甘荼蓼於鞠窮，染緝疏織，以易簪簀，間復以其嫁時衣質而佐卿墅也。及其仕宦，而相從也，象揥翟冠，煒然顯且膴矣，孺人操作自若，衣椎布，瀚濯洸洸然。以故，卿墅十年飲水於江干，稱循吏。丈夫誠自愛，尤廩廩於閨箴矣。孺人事舅姑稱其孝，事其祖姑如其姑，室以內不殖私財，尺帛寸縷必跪進之，以爲二人歡。卿墅兄弟四，皆同爨，太孺人春秋未艾也，筦鑰躬秉之，諸婦罔敢問。伯叔姒傳餐共器，衣裳無異幅，卒未有勃谿片語立而稽者。故姜氏之堂顏曰「一樂」，蓋以此也。御媵妾溫而且惠，每旋里，必頒布於所親，練帊裙襦遍相貽。遇有喪，必哭之，皆哀有餘。至於今，其宗婦里嫗咸涕泣以思，曰：「孺人之殁，斷縳敝絜，吾無所乞矣。賢而不壽，如天何宜乎？」卿墅之腹悲也，孺人性勤而慧，其治家甚有法，自居約以至履豐，終未一易其素。尤嫻於女工，其組紃紼紉之巧，以及醯醢鹽豉之細，皆不書。書其尤著者爲婦法。爰綮之銘曰：

蘭之阪，有霜斯踐；彼君子女，德音不遠。蘭之萎矣葉修修，伊胡不留我心憂。嗟蒼天兮其可郵？

後書官閥姓名。其文雅飭有體，叙情事簡而真，可傳也。

計宋公銘墓之明年，姜公始改授給諫。未幾，以劾貪輔忤上，下詔獄，廷杖幾死。而萊陽適破，贈公貞肅先生與宋公同時殉難以死。甲申春，給諫免死譴戍宣州，未至戍所，都城陷，因留江南。弘光即位，奸黨且興大獄，與弟垓避之江東。改革後反吳，詣宣城，將卜居敬亭山，以終譴戍之命，自號宣州老兵。臨殁，遺命必葬宣城。安節即以遷母櫬合葬爲請，不可，曰：「此我鷄鳴風雨之友，心念之。然我不能依戀二親，而忍夫婦同穴乎？」爲易簀之歌，悽惋斷絶，又手書「東望松楸，不勝心痛」八字，擲筆而逝。事載公傳及墓誌中。先是，給諫受杖重傷，嚙齒忍痛，齒多墮，未六十墮且盡，安節兄弟襲而藏之，得二十四齒。至是，奉往萊陽，曰：「此亦先人遺體也，以是還諸先隴，以少寄吾親依戀之志，可乎？」因作齒宫，兼設母位，金鐫其姓氏，合瘞於贈公之墓側。蓋因有父命，葬不可合，於此聊存同穴之義爾，可謂曲盡孝思矣。

孺人歿時，安節纔七歲，生平行事皆不習知，又屢經喪亂，即宋公所爲文，亦散失無存者，而乃於四十五年前墓中得之，豈非有鬼神陰相之哉？孺人婦德家世及生卒年月詳載前誌中。子二人：曰安節，孺人出；曰實節，他母某氏出。孫幾人：曰某某，安節出；曰某某，實節出。以丙寅年五月朔日改葬於宣城某山，穴居給諫墓之左，蓋同丘而別兆，遵遺命也。安節、實節請予重爲之誌銘，予即爲之，亦豈有加於宋先生之言哉？謹一仍舊文，前後略叙給諫死葬宣城之由，與安節遷葬孺人之始末，而更繫之以銘。銘曰：

南有敬亭，其山幽幽。彼君子兮，於焉歸休。豈無先隴，瞻望松楸？君命未改，曷敢首丘？嗟哉碩人，實惟好逑。盛年早歿，墓木已樛。南北永間，四十五秋。泉壤重聚，子心是求。母氏載遷，子無怨尤。乃遵遺命，乃卜於陬。體魄異室，魂氣同游。百世享祭，共此山頭。

方氏姊墓誌銘

吾有四兄一姊，暨予凡六人，同出於母龍安人。姊行三，叔子幼安以下皆弟也。姊年十六，歸於方。是年，姊夫伯穎新補邑諸生。初，伯穎幼時，府君奇愛之，先有姊名婉，許字焉而殤，府君哭以詩，甚哀，已而姊生，喜曰：「是前女轉世也。」因名之還，復以字之，故姊夫長於姊者五歲。母安人鍾愛姊，罄家所有爲奩。既歸方氏，有需畢給，所居相去二十里，一蒼頭耑司日餽送之役，府君不靳。伯穎有時譽，既十試鄉閫，不得志，值母安人殁，供餽以乏，家益貧。又遭流寇之亂，燬其居，流寓池陽，遂鬱鬱憂憤，染疾以死，死時年四十七。是時，先府君見背，予移家白門，其爲姊經紀喪事以還里者，則吾兄幼安與若士。若士亦以女字姊第五子，故姊尤藉賴焉。已，予自白門罹黨禍，避地三吳，轉徙閩粵者計十七年始歸。歸往省姊，姊年纔五十餘，髮未全白，衰羸焦勞，酷似母老時，而憔悴過之。語云：「子多母苦。」姊與吾母皆以多子苦，而姊所遭復大不如吾母，故宜其早衰矣。比爲賦詩一首而去。詩甚悲，姊每令誦之，即悲不自勝。

姊長予十二歲，予幼時多病，姊輒抱持而哭，晝夜不去諸懷。嫁時，予懵不記，猶記歸寧日，下車入門，僮僮祁祁，佩聲瑲然，母望之，且喜且泣也。素性卞急，事姑特婉。姑阮孺人遇諸婦嚴，每晨省不令去，即終日侍，無忤色。姊既有子婦矣，時率以見阮孺人，顧令孫婦坐，而姊侍如故，人或以過其姑，輒諱曰無之，亦終無怨歎聲。視諸姒猶同産，門以内雍雍如也。鄉俗嫂不避叔，伯穎有仲弟仲脩，小其兄二歲，姊見輒避之。人曰：「叔也。」曰：「雖叔，年長於予，固當避。」其謹於禮法如此。

初，母安人在時，姊家日用，隨取隨給，習之以爲固。有媵婢數人，或不如姊意，母益擇善者往，用是，姊所有媵婢且數倍予兄弟。母殁，姊馭下少恩，不數年，僮婢死亡略盡，晚年，親自操作，良苦，向予哭曰：「天乎！予乃遂一至此乎？」又云：「予往時不省，世間服用飲食一切至瑣屑之物，需錢買也。」然姊能甘淡泊、善操持，卒瘏拮据，爲諸甥次第完婚。諸甥無田，皆以筆耕求食於外，子婦事姊不能如姊事其姑。幼安時有所聞，欲往以婦道責之，姊知其意，即迎謂幼安，述諸婦近日將順之善，使一言不得發而回。於諸子姑息已甚，皆未能以色養稱，亦姊之恩愛特重，有以致之也。嘗生一女，癰出於背，遂病僂，舉家爭祝其死，姊篤愛之。未幾，死，號哭數年，每慟曰：「天何奪吾女之酷也？」姊性多哀傷，易於哭，晚年尤甚：語及母氏則哭，語及伯穎則哭，予兄弟每見面則哭，其去也又哭。人皆謂姊善悲，嗚呼！拊今追昔，觸事感懷，亦毋怪乎其悲也。予妻，安人方氏孤女也，視姊爲諸母。姊與妻母王孺人妯娌相善，屬爲擇婿，因以歸予。妻母，節婦也。予妻從予避黨禍，殉節吳江，姊聞之，大哭，已而曰：「是能不愧其母矣！可哭，亦可喜也。」其重節義知大體又如此。

予歸里後，再寓白門者二年。念同產，惟仲子及姊耳，作麥園、椒嶺二篇以志所思。次年遂歸。歸逾時，而仲子即世。復以避謗入閩，再娶徐氏。越三年，挈還田間，急迎姊。姊益老，且以明年稱七十矣，予語姊曰：「自吾母以及諸兄，皆不滿七十，今幸有姊明年初度，當迎過草堂，率内外諸子孫稱七十觴爲慶。」姊許諾。詎意是冬予兒隕於盜，姊聞之驚痛，病益劇，遂死，亦竟未滿七十也！

姊生長太平，家世以誦讀爲業，門内見非儒服者目爲怪物。變更以來，人多徙業，姊猶以往事律今也，每以諸子讀書不能承父志爲恨，嘗指予以語諸子曰：「予往見舅氏讀書，日暮，吾母量給膏火，嘗夜半膏盡，叩門求益，母察有勤讀者，益之，且餉以粥；嬉坐者則否。吾老矣，今猶夜績，吾門内書聲絶響久矣。」又言予少時，目不識銖兩，數錢至十則誤，終日手一編，人以爲專愚，不知後之人何以偏知巧於此耳。言訖復悲。嗚呼！是亦可悲也。

姊以萬曆庚子　月生，卒於今戊申之　月，享年六十有九。子六人：曰某，曰某。孫幾人：曰某，某出；曰某，某出。以某年月葬於宅後之某山，某向，而其弟錢某爲之誌銘。銘曰：

昔姊于歸，有屋渠渠。鏘鏘鳴佩，翼翼登車。宜其家室，母心則喜。母氏既歿，艱難伊始。流離飢困，喪其所天。挈子歸櫬，惟姊也賢。舊宅焚如，歸無寧宇。僕媵俱盡，姊氏勞苦。姊不厭勞，而獨好悲。終歲涕泣，未老而衰。惟此一抔，其室伊邇。魂兮何之？魄也戀此。厥戀維何？兒女是依。恩愛纏縛，誰知其非？戔戔銘章，田間所撰。百世而下，知爲同產。

文學何生灝墓碑誌

吾家與何氏世居青山里，松樾接蔭，朝夕炊煙相望也。兩家世戚，而習尚頗異：何氏類稱醇謹，吾家子弟不羈，喜議論。里中人聆其音吐，望其步趨，即能辨其爲某氏子。而公度與予兄弟交善。公度者，上林公季子，文端公之從子也，交非一世矣，於門内獨超然自異。會予兄幼安能科舉里居，令其二子曰澍、曰灝從之游。何氏雖近戚，曾未有從吾門受業者，自二子始，里人怪之。予自白門歸，見二子，亦以爲怪。時幼安已病，語予曰：「二子有異才，惜予且死，教不卒，有負公度託。」未幾，幼安殁。予戢影江村，公度復以二子屬予，請卒幼安之教。予既感公度意，而復痛吾兄臨殁之語也，遂受之。

二子一胞生，身貌聲音皆酷似，母氏能辨之；從予游久，予始辨其爲澍爲灝。初及門，予盡擯其舊所讀時文，令讀莊子，里人閧之，益大怪，獨公度不疑，一聽吾之所教。半年，試爲文，波瀾浩瀁，一往莫禦，五篇日中而就，而灝尤遒健。學使者至，予語公度曰：「且令灝試乎？」灝試出，卷爲門内閲者大抹，予視其抹處頗佳，爲乙去數句，曰：「爲多此，不得首，然亦不出三名内耳。」案發，果第二，而場内閲者一如予所乙。次年錄科，亦爲決其名次不爽。

由是，里人稍異之。後十八年，澍始以第一補郡庠，灝喜曰：「予爲兄負慚十九年，今始釋也。」吾所取於二子者篤信孝友，即異日或得志，器宇沉厚，足以當大事，詎意灝竟落落失意以死。予以春月往吳門，乏舟資，灝爲稱貸，賫至，送別。秋盡始回，舟甫抵岸，岸上人言灝以五月死矣，予驚悼欲絶。翌日，澍來，相對哭失聲，哭罷，乞以一言誌其墓。

憶其初讀書吾家時，雖歲盡不歸，兄弟與共枕被，衣履更着，無分彼此，一切取給於兄澍，視兄有猶己有也；己偶有，亦如之，略無間然。每一日不見輒相思，同學者或笑之。澍言其居家，事親定省，未嘗一日懈。兒時母病，終夜不寢，執澍手嗚咽曰：「母病，以産吾兄弟多，劬勞過甚耳。」因相向痛哭不已。平生澹於財賄，槖少有蓄積，弟兄緩急取如寄，己絶口不言，若忘之，或亦竟忘之矣。

佃人郭老每納租，額外私讓十之一，以恤其老。嘗歲饑，郭欲鬻子婦償租，灝聞，盡蠲之，更廣爲賙給，使留其婦。又別佃饒某亦以負多，將鬻婦，灝奔赴竭力，爲經營其負，婦得不去。年三十無子，養吳氏孤女爲女，愛甚，及嫁，罄室中所有爲之奩。灝死，女奔哭柩前，數日不絶聲。凡受灝德者，今語及輒泣也。諸隱德甚多，絶不以語人，人亦不知，獨澍知之耳。然性仁弱，雖甚怒，未嘗徵諸聲色。嘗有無賴子於廣座中向灝詆予，灝憤甚，終不能面斥之，徒述諸予而已。

灝生於乙亥年四月　日，卒於甲子年五月　日，享年五十。無子，以澍次子某爲嗣，傷哉！澍與灝敬事予，三十年猶一日也。每歲時，兄弟聯步過從，見輒伏拜，二惠競爽，今此後獨澍來耳，傷哉！古人經師特重，予不恒授經，嘗爲人講易，始則師稱之，久則長者待之，又久則爾汝之矣。蓋自二子游吾門，而古道猶存，人稍知師之足重也。因澍之請，輒書其大概而爲之誌。

灝歿後，其妾有身，逾期而生一子，家人疑之，然生而壯偉，髮覆眉，類數月兒，是真逾期者也。以灝生平所爲，固應有子。並以誌之。

兄子文學因之篤祐碑誌

傷哉！因之之歿也。崇禎辛巳冬，予舉家避寇於留都，聞因之兄弟爲賊所得，日夜泣。明年春，釋還，甚喜。未幾，家信至，云以三月間夫婦相繼逝矣！予大慟，慟已即爲詩以哭之，同學者頗怪予哭之哀而詩成之捷，不知予心蓋有甚傷而不能自禁者。

因之名篤祐，姓錢氏，桐城人。先伯兄玉龍公長子，先府君之冢孫也。與予同年生，小予一百日。初，府君謂伯兄落托不更事，早析爨以困之，而獨留因之膝下，隨予就外塾，飲食衣絢每次予一等，而予亦以行輩，輒欲加於其上。讀孟子，識臧倉小人，即詈以「臧倉」。已，識宋人愚，又詈以「宋人」。因之即大恨涕泣，終不能有以復予也。然讀書善記誦，屬對甚捷而不工。每日暮，塾師試以對始放歸，予方沉思不能就，因之應聲而成，得早去，用是屢屈予。稍長，習舉子業，因之文亦每先予成，顧其思路淺，所得止此，更苦思之，亦不復有加，以是，爲文不進，予聲名稍稍出其上。伯兄乃大恚，謂：「質等耳，奈何遽不若？」益督課之，晝夜咿唔不輟聲。伯兄素不治生，析爨既久，益貧，春月糧盡，饘粥而已，麥熟時，父子或捃拾自給，而晝夜咿唔固若也。予哭因之詩有曰：「四月麥黄纔得飯，三冬雪厚尚無衣。」蓋實錄耳。因之性純孝，兒時飯塾中，或竊肉以遺其親，府君見而哀之。既長，遇佳果餌，未嘗輒自啖，必袖歸致兩尊人。其至性如此。爲人仁弱，貌不揚，既貧困無聊，伯兄復督課嚴急，不舍跬步，蓋未嘗一日伸其眉云。崇禎丁丑，補弟子員，府君喜曰：「自武肅以來及吾孫，凡二十六世衣冠矣。」而其貧日甚，伯兄課讀如故，因之終歲忍饑以屈首受業而已。

辛巳冬，賊烽四照，居人夜竄伏江頭待渡。予方移家東去，僦一舟，諸嫂子女暫寄焉，因之扶母妻最後至，舟不能容，呼曰：「幸得容膝，坐吾母足矣。」予眠熟，舟中無應者，遂露宿迄曉。予解維，諸寄者南渡，不知因之次日事，然與因之從此長別矣，痛哉！後人至，言因之送母妻渡江寓洲渚間，已乃同次弟燕禧及姊夫方璉還守家，賊突至，遂組以去。徐察其爲諸生，遇之異於他。累夜解腳纏卧，賊訝其短也，傷之曰：「秀才貧至此乎？」詰朝，爲更製衣被一新。已，詢其家世，具以實告。賊固聞先府君名，歎曰：「善人後也！」益禮待之，延置上坐，所掠婦推以薦寢，因之拒不可，曰：「此皆吾鄰里婦，或姻婭也。」有贖婦於賊者，金不足，賊怒，將斫之，因之從旁方便解釋，卒令贖去。賊間掠得殘書數帙，指示之曰：「能識此乎？」因之曰：「此世説新語也。」顧令因之使解聽。因之隨取蘇峻、王敦事，一一指陳其始末，示以禍福，羣賊皆感動，愀然曰：「相公言是。作賊者豈有善終哉？我曹爲飢驅至此耳，寧有葬身地耶？」

久之，度賊可以情動，因告以父母貧老，乞放還，賊許之。顧賊重得馬，知吾家有一馬，予與幼安所共也，要因之致書家人，令送馬贖取，縱次弟及姊夫方璉還，與之期。不至，賊謂曰：「汝叔父吝馬，不來贖矣。」因之曰：「我家素孝友，必不以馬故棄我也。馬已載過江，往返需時耳。」言訖而方生操馬至，賊大喜，酬勞生。生利其金，謂賊曰：「某所更有善馬，須多金，往可市。」賊即畀生多金，使市馬，復留因之爲質，且約曰：「必歸度歲，語其家勿憂。」

居數日，賊徙營，挾因之往。歲除矣，因之東望長號，賊問之，曰：「今日歲除也，向者諸君許我還度歲，父母倚廬盼久矣，猶在此，今夜家家燒燈火圍坐，我父母黑夜中不知向何處號泣望我也！」因大哭。賊亦哭曰：「我曹俱有父母，知皆安在？共誰守歲耶？」大酋謂其黨曰：「相公思歸矣，馬不來，奈何？然我不可失信於相公，給其父母懸望也。」乃以金數鐶置其衣裹，載以馬，遣兩騎送之歸。未至家十餘里，謂兩騎曰：「荷遠送，今已近家，里人初回度節，望見諸君馬，復奔竄，請從此返，我尋路步回可也。」騎許諾。因之遂下馬，與騎別，直前徒步。行數里，被土人掠奪，抵暮入門，側室虛無人居。歲朝渡江省兩親，淚霪霪承睫未乾也。因之在賊中憂鬱甚，既還，忽忽失志。歲大饑，墟里蕭條，又疫起，死者枕籍，因之遂卧病，未數日卒。予伯兄繼之，伯嫂龍孺人復繼之，何氏婦又繼之，傷哉！

因之以萬曆壬子年八月初八日辰時生，以崇禎壬午年三月十八日　時卒，享年三十有一。以本年　月　日與何氏合葬於宅後來龍山之陽，今木拱矣。一子曰濟，以貧廢書力耕，年二十未有室，余之責也。因之殁十有三年，而其季父西頑過其墓，悲之，因碑而爲之誌。

嗚呼！世風之日下也。往，因之在時，事諸父惟謹，小有失，諸父唾罵之，唯唯而已，甚至於涕泣被面，終無一語抗。今父兄之於子弟，未能直言也，委曲譬之，稍不合，則勃然而起，父兄逡巡避其鋒。嗚呼！因之殁纔十三年，今視因之爲古人矣。

住壽昌觀濤奇禪師塔銘

自青原後分五宗，其三家失傳，傳者獨曹洞、臨濟，濟宗特盛。至明代，洞宗益微，而中興於壽昌無明經禪師，至博山無異巉禪師而道益隆，再傳天界覺浪盛禪師，坐道場說法四十年，雲興泉涌，歸依者幾半天下，得法以分化諸方者十數人，觀濤奇禪師其一也。

師，江右撫州人，年十九出家，受具於龍湖，從月坡山主學經論，掩關覺仙峰，參「不思善，不思惡，那箇是明上坐本來面目」話，身不貼席者一年，豁然有省。從此，於一切文字悉通曉無滯，遂下金陵，謁天界。界方以語錄犯時忌，得罪，繫太平獄，不得見。因上祖堂，聽素華法師講法華。久之，遍歷講席。俟界出獄坐棲霞，往叩，界喜曰：「子何來之遲也？」呈首山新婦、德山托鉢頌，界微笑曰：「且喜無佛法知見。」留侍者寮，晝夜勤勩，不廢參究。一日，界晨起，對侍者云：「昨夜夢中與衲子論有句無句公案，難得一箇伶俐僧。」師曰：「疏山也好遮一拶。」界掌曰：「天下人皆患此病。」師進曰：「噁！怪得五祖道相隨來也。」界又掌曰：「遮也是拾疏矮子殘唾。」便推出。自是，與入室勘驗從上一切葛藤公案，皆應對無礙。界曰：「吾老矣，子年方壯，有此知見，吾可無憾矣。」相隨七年不去，而謗師者衆。界嘗指語予曰：「人謗渠，特未到渠地耳；到渠地，便不謗矣。」已，住皋亭。界遷化，諸方奔赴，師後至，哭盡哀，予目擊其淚漬龕前一片地盡濕，師恩難忘如此哉！

皋亭寺久頹廢，上漏下浸，每風雨之夕，擎雨具坐以俟晴；冬大雪，糧盡，或數日無炊煙。衆餓不能興，師以定力堅忍，住持者四年，因緣漸熟，檀護信心，未期年而殿宇重新，規模頓復，四衆雲集，居然叢席矣。乙巳，有民僧之議，諸方鳴鼓辭衆，向稱法門廣大者一時捲堂盡散，獨皋亭接待如故，至者盡留，於是腰包行脚者視皋亭如歸。久之事定，諸方㖞之，皆爲愧沮。而皋亭之道聲遠聞，法席益盛矣。

旋赴壽昌之請。壽昌者，師祖庭也，近杉關，當江閩之孔道，閩亂時，兵賊往來如織，更遞屯駐，不時入寺，以搜間爲名，諸僧皇懼，或走匿。師戒曰：「勿動，動則常住碎矣。」命開三門，披衣，領大衆百許人禮佛誦經，威儀鐘梵如常。將吏入門，皆斂足注視，久之，歎曰：「好和尚！」敕軍士無所擾，寺得全。兵去，門外殺傷遍地，師率衆斂屍瘞之。又疫癘大起，避兵死者滿山谷，師一資以藥餌，餓者給以食，壽昌左右全活者亡慮千餘人。及皋亭再請主席，江右士大夫堅留不聽去，遂終於壽昌，戊午年七月也。先期自卜藏地，封龕舉火，預自爲偈，敕弟子勿隨俗變服，勿訃諸山，亦不得請當道貴人爲塔銘，與他方誇張門庭者頗率相反。

師性真樸，不好緣飾，諸所撰述，不乞人一序，皋亭再興，不勒一碑。臨殁，唯自述其出世本末以示弟子而已。至其道力堅定，勿屈勿移，真不愧爲天界法嗣。天界以文字中尊稱前朝，繫獄坐死，已，末減得杖，故稱浪杖人。初，吾鄉方密之自嶺外薙染還里，皖開府李中丞召問：「信已出家耶？」方曰：「信矣。」曰：「若信，吾指汝一師。」問爲誰，曰：「覺浪和尚也。吾嘗到太平察獄，親至獄中，和尚趺坐佛前不起，獄囚皆合掌誦佛號，聲徹圜扉，滿獄旃檀香，即地獄天堂矣。既減死，予復入獄驗之，問曰：『和尚，旨下矣，請出獄。』皆疑出即正法也，和尚顔色不動，曰：『好！』曳杖便走，隨予至獄門。予笑曰：『和尚大喜！旨下，放免汝矣！』和尚曰：『放也好。』顔色如故。其初無懼容，其後無喜色，是真和尚也，固當師。」密之聞言，即至天界禮杖人爲師，今所稱青原智禪師是也。觀公在壽昌，當兵馬之衝，更互搜索無虚日，一失其意，危可立待。師能以大法力讋服魔衆，轉危爲安，而聲色不動，與杖人之縶獄、出獄去來一如，何以異哉？

予二十年前至閩，建寧姚司李爲予言：「有巨音，杖人嗣也，住仙亭，爲人誣陷坐大逆，逮至此，當械致粤東。見予，略不爲屈，予私語之曰：『我亦歸依杖人者也。』不應。少資之，不辭，亦不謝。已，至粤，事白放回。奇男子哉！」予曰：「直是不怕死耳。」若觀公，於存亡呼吸時聲色不動，亦祇是不怕死。不怕死，固杖人家法也。今諸方自謂能了生死，一旦臨小利害如毛髮許，先幾求免，惟恐禍及，而謂臨命終時寸絲不掛，超出三界外者，吾不信矣。吾於師之壽昌、皋亭之事，益有以信天界之爲天界也。師法嗣心潤，以予曾親近杖人，且素知師者，乞予一言爲銘其塔。因據實爲之誌，而繫以銘。銘曰：

濟上方張，洞稍不競。壽昌中興，天界再振。少習機鋒，專圖精進。辨真實心，續佛慧命。無取無舍，隨緣順應。於生死關，了無係吝。出其門者，一味孤硬。臨大艱危，此心常定。諸方衆散，皋亭獨盛。杉關兵棼，壽昌自靜。退藏於密，泠泠清清。無可矜張，但盡本分。一言半句，緣飾都盡。我思佛法，解必兼行。遍地開堂，狂魔日横。殺盜淫妄，皆云佛性。兄弟相仇，父子角勝。勢利是爭，修行不問。佛法至此，良可悲憤。惟天界門，獨提正令。觀師作略，得真印證。我無過言，言其所信。作斯銘章，以儆末運。

田間文集卷二十四

墓表

胡星卿先生墓表

先生名長庚，字星卿。其先定遠人。國初，諱海者以功封東川侯。海子觀尚南康公主，先生，公主後也。靖難兵起，觀殉節白溝河，由是，胡氏失侯。久之，降襲京衛指揮使。公主年九十餘，歷宣德、正統，累朝皆有手詔存問，以屬最尊禮，賜數異於諸主，遇國有大慶，輒加恩，詔書存衍篋中二百餘載，天章煥然。猶遺一牀，金碧皆剝落，是主下嫁時物。南都人至今稱「胡皇親家」。家世武功任俠，獨先生爲儒，補應天府學生，有聲，所與交好共事，皆一時名士也。

甲申國變，先生聚其族哭曰：「吾家與國共休戚，國亡，其有家乎？」將圖所以殉國。已，南渡立君，弘光元年，推恩勛戚家當任一官，先生見朝政濁亂，知國之不能久也，遂絕意仕進，以官讓其仲弟長恩。明年，南都失守，先生又聚其族，言曰：「國今誠亡矣，吾家誠不保矣，幸早自爲計。」舊居御賜廊，即敕其子弟盡棄所有，先期出城，毋後悔，諸勛戚爭笑之。未幾，諸勛戚第宅悉没入官，有司奉行嚴急，驅宅中人一時盡出，倉卒無所栖，狼狽露處，然後歎先生之早見也。先生又曰：「宅入官，莊田豈能獲免？」悉籍先朝賜産，併從前僾復諸異畝，概繳還，願比編户，獨存馴象門外公主墳前莊屋數間，魚塘菜地數畝，合家移居其上。而諸勛戚聞令，不皆即輸，姑緩時日，以冀少收其歲入之利；直俟有司嚴稽追比，計所收在令後一日者，督責賠補轉數倍於所入，困辱百端。先生家超然無累，日高晏起，未嘗有吏到門。則益服先生先幾勇决也。先生所居草屋纔容膝，上漏下濕，天雨，著屐頂笠以坐；有不漏處僅數尺地，設榻以待客。凡四方高士過白門，未嘗不造先生廬，先生未嘗不設飯留榻上宿也。每三月十九，聚同志諸子白衣冠、紙錢麥飯，哭故君於野外，比丘旭初爲之主，號「冬青會」。終身布冠方領，足迹不入城。嘗與予閒步至聚寶門外，望見人從門内出，即欷歔數聲而返，不欲見也。

南都初變時，季弟長蔭方總兵江西，先生既移家馴象門外，即變服徒步西上，將奔長蔭軍前爲後圖，道梗返里，匿銅井山中，薙髮爲僧。久之，事定始還。由是，里人皆稱先生「大師」，而先生實不爲僧，但不服時服耳。予流寓白門，僦居依先生舍側，晨夕過從無間。南郊一帶，槿籬竹徑中苾芻精舍，閩先生叩門聲輒喜，延入，設茗果留坐半日，又前至一所，復如是。道遇園叟菜傭，無大小，拱手問勞，寒暄一如敵禮，以是人人盡得所歡。馴象門内外居民，尊先生，但稱行，不言姓也。先生既好與僧游，晚年皈依天界和尚，每見輒作禮，曾不語及佛法，曰：「吾特重其人耳。」端居讀書，但把王陽明龍溪語錄不去手，自謂：「於此頗有入處，宗門事非吾所知也。」生平無逾禮之事，亦不爲已甚之行。舉家二十口，惟恃種菜養魚易米以自給，米盡，有饋升斗者，欣然受之；非其類，雖忍飢數日，終不受顆粒也。頗精堪輿家言，術不售，會江北有勢家卜葬，請乩，自署：「呂洞賓判，須請胡星卿來。」勢家如其言，聘請以往。由是，人始尊信先生術，終歲不至凍餒，皆呂仙延譽之力也。

先生雖好客，講學論文外，門無雜賓。與仲子比屋居，仲子交游益廣，自四方至者，望仲子廬如歸，里中頗以爲疑。仲子亦自知其泛濫，恐一旦得禍，貽累其兄，因别啓一扉，得自出入。先生初不以弟客爲嫌，後亦聽之不問也。而先生有子，以貧故，每出或經歲不返，當甲寅、乙卯之際，里胥不時到門，稽其所往，人爭爲胡氏危，先生處之泰如也。己未夏六月，予過白門，訪先生於馴象門内竹園中，先生始爲予言爾時危苦狀，然終不能禁，太息而已。是時先生年八十三，雙目炯然，意氣豁如。又五年，癸亥冬，忽得手劄，絮語盈幅，言：「我兩人别，從未有如此久者，欲於此生尚圖一面也。」予得之心動。次年甲子仲春，有吳門之役，迂道白門，則先生已於去冬十月辭世，葬牛首將軍山下矣。計吾得書之期，即先生辭世之日也，傷哉！比爲詩三首哭之。

先生高節素履，載吾田間詩中者甚多，兹更欲求其生平行實爲之誌銘，而其家不能爲狀，僅述其大概，及吾兩人游處之情事，以表諸其墓云。

方處士子留墓表

吾鄉桂林方氏，自國初斷事公法死建文之難，其後科名不絶，歷二百餘年，迄甲申之變，乃有文學方授，自稱「明處士」，痛國亡，悲憤得疾以死。

君諱授，字子留。曾祖某。祖大美，太僕卿。父應乾，太學生，别號瞿庵。家世豪貴，不諳物情，爲鄉里所怨，崇禎甲戌秋，桐城民變，以瞿庵及諸大族爲名，聚衆燬其家，子留隨父母遷居江寧。自幼信佛，持齋戒殺，行避螻蟻，門内外未嘗見其疾聲厲色。又天性孝友，每見翁怒，則長跪涕泣，曲爲之解，詞氣婉順。翁亦往往憐而聽之，則叩首以謝起，竟日笑語可掬。由是，内外皆稱爲佛子。兄弟四人，子留獨出，母李氏無寵，而子留才敏過人，髮甫燥，名動白下，瞿庵心知其異，因善視之，比於諸子。辛巳冬，予始識諸秋浦，一見賞歎，爲之遍稱諸同人。於是，子留方補邑諸生，名大噪，受業於宣城唐祖，命出其所作示予，予爲點定數字，子留意惬甚，語翁曰：「吾受錢先生教，蓋不啻吾師也。」瞿庵因益重予，每四方知名士至，必從予置酒高會，雖所費不貲，不惜也。嘗夜讀杜子美諸將五首，感慨時事，援筆和之，悲憤激楚，爲雲間夏瑗公先生所賞，命令子存古與定盟焉。

甲申，京師陷，子留號慟，絶粒求死，母孺人諭之曰：「而翁多子，我獨汝耳，汝死，我何依？」君悟，乃食。其秋，黨禍起，瞿庵坐與予輩交游，亦被羅織，重破其家，合室避去甬東。乙酉，南都不守，再返白門。值鄉試，與同學相戒不赴。有臧生者竊往，試獲雋，大駡，與絶交焉。自此，祝髮長齋，作剖心歌，皈依天界浪和尚。有焚餘、呼天諸草，其自悼詩曰：「遥知青草墓，花向本朝開。」出門詩曰：「山河若不歸光武，從此飄零到白頭。」望祖墓詩曰：「試問邵邨墓，何朝太僕墳？」語及先朝，輒涕泣嗚咽，不能自已。丙戌，瞿庵挈家返里，舊業盡荒，生計屢空，會羣從中次第取科名，爲心動，强令就試，不可；杖之，無忤色，良久，嘔血數升。母孺人哭問曰：「汝負傷耶？」曰：「未也。」飲以水，跪捧白翁曰：「兒不孝，致損大人力，敢飲斯。」俟翁怒息乃起。度翁意終不可回，遂一夜遁去，附舟東下。望見鍾山孝陵，痛哭失聲，躍赴水，爲舟人所持。或云：入水，若有物負之而起云。所至賦詩悽愴，聞者無不泣下。寧波郡丞凌公蒼舒，其婦翁也，君往省焉，獨與其中數高士往還，其他諸投刺紛紛者，謝弗見，曰：「此皆爲郡司馬來也。」久之，念親老，思歸。郡丞稍資給之，盡市花燈海錯，歸以娛其翁。翁積怒不容見，向母叩頭涕泣，不得已，復往寧波。已，聞他母更舉一子，喜曰：「母愛又得幼子，翁必大歡，可釋前怒矣！」急買舟歸，翁怒果解。因長跪哭謝曰：「兒不孝，遠違父母，罪通於天。然業已僧矣，倘能容兒於宅左營一丈室，朝夕梵誦，以祝親年，雖出家，猶膝下也。必欲逼兒還俗就試，終必逃，即從此永離親闈矣。」於是聽其請，使營庵，庵名啓梵，營未就，仍往寧波募助於婦翁，遂病卒寧波。病中，别父母兄弟及諸親交皆有詩，自言：「前身峨眉山老僧，今當返耳。」蓋癸巳年正月人日也。訃聞，遠近爲之痛悼。

初，甲戌變起倉卒，瞿庵挈家走，元配徐孺人無子，喪在邑，子留泣言曰：「萬一賊徒不逞，即燬吾母櫬，吾何以爲子？」私請於母李孺人，出橐中物，得二十金，從一老蒼頭還至桐，扶櫬而東，寄殯城南寺中，酹酒痛哭而歸。歸，立木主，祀於旅舍，曰：「雖寓人廡下，禮不可缺。」於時子留方八歲也。其至性如此。改革後，舉家返邑。邑守將卜從善廣收無賴，君家叛僕與焉，猝遇翁，曰：「汝在此耶！」僕奔告從善，以異時激變事坐翁，謂爲奇貨可居，急發兵往擒翁，不獲，組其長子子九以去，索餉千金。君不忍其兄困辱，自出赴軍前，願以身代，卜帥曰：「聞方某善人也，出身救兄，所約千金減其半，乃放歸。」盡鬻其家所有，益以稱貸，卒輸五百金，乃免。又聞有族女流落勢家爲婢，亦百計贖出，歸諸士族。寧波丞嫁女奩具罄於此矣。

君母既無寵於翁，徒因子留有名稱，謂富貴可立致，母以子重，故遇之稍有禮。及子留絶意科舉，大失望，母益不得志，泣以謂君，君哭曰：「極知母苦，但兒志寧死不願出，望母忍苦以成兒志。」因伏地，悲不自勝。他母兄弟從翁居，獨君母從君，中饋蕭然，君竭力致養，雖食疏茹菜，必怡顔愉色以進，母甘之，未嘗有幾微不足也。病革時，謂其友曰：「某自國變以來，日日求死，而卒不死，以有親在也。今老親方倚閭，而游子没齒天外，益恨從前之未死矣！」死之夜，其家所居宅後林木震動，一家盡驚。又見夢於母曰：「家將有災，慎之，可獲免。」未幾火作，他母兄弟宅皆燼，僅存子留母妻室，斯以異矣。

子留生崇禎丁卯六月十五日，卒於癸巳正月初七日，享年二十有七。娶江寧張氏，生子曰正言、仲言。有詩集十餘卷，友人潘蜀藻江爲點訂行世。今年，仲言以君狀來，乞言於予。予撮其生平所知於君者，次第載之，以表諸其墓云。

前處士方公次公直之墓表

吾友方次公直之殁三十八年，既葬，而其子中發乃請予爲文，勒其墓上之石。予今年七十六矣，與次公先後同學，略悉其生平，其何敢辭？

謹按，吾鄉桂林方氏，自四川斷事公法死遜國之難，六傳而至封御史明善先生諱學漸。明善三子，長廷尉公，諱大鎮。廷尉公一子，爲中丞公，諱孔炤。中丞公有二子：長太史公，諱以智；次即君也，君諱其義，字直之，行二，四方皆稱爲方次公。君慷慨重義氣，揮霍自喜。家世通顯，頗檢束儉約，不妄交接。至君，傾貲結納，海内豪傑爭嚮往焉，方氏之風至是爲一變矣。君三歲，母吴宜人没，育於大母。年十四，補邑庠生。中丞公撫楚，君從之官，與賊戰輒在行間。君勇力過人，能挽强弓，騎生馬，嘗與諸將角射，出其弓，諸將引之，皆盡力不至彀，君取諸其手，一引遽滿。又取兩弓，中約其弣，張左右臂分擘之，開合者數，略不變色，一軍盡驚。中丞公禦賊，徒以君能先士卒、敢深入，諸將素讋服於君，爭致死以取勝也。已，中丞公被讒譴戍越東，卒遇盜，君出舟與鬭，失足墮水，浮至舟尾，一躍直上柁樓，大呼，連發數矢，羣盜駭散，岸上觀者皆以爲神。君爲人頎而皙，眉目秀朗，指爪纖長，斌斌然風流儒雅。已，好拳勇，衣短後衣，跨刀，腰弓矢，躍馬而馳，居然一邊外健丁也。趫捷有力，能踏壁直上，倒挂梁拱間，或騰身上屋，屋瓦無聲。展兩臂，使數人屈伸之不得，以爲樂。聚瓦礫鏃礪指爪，或摩戛石壁上，令粗重若縣鎚然。閩中曾波臣爲寫小影，作戎裝跨馬帶刀箭，中丞公一日見之，指曰：「是塞上射獵圖耶？」注視久之，旋顧君曰：「神情類汝。」左右皆匿笑。公禮法惟謹，見君所爲，心弗善；已，信君有勇略，能得士心。又於楚被逮時，家人倉卒出署，君敕僮隸：不得持官一物入舟，或誤挈一浴具，立抶，責送還後行。公聞之大喜，歎爲不愧清白家兒。故君殁後，予自粵還，相見言及君，大慟曰：「吾子有豪傑資，能開五石弓，作尺許大字，不珍惜以死，豈不痛哉？」因拊膺雪涕不已。

君天姿敏異，爲詩文不假思索，即席數十韻援筆立就。尤長於書法，幼時作字，有言其筆意似顔魯公，因取爭坐位帖及家廟碑，略一臨摹，不數時盡得其法。由是，方次公書冠於江左，吾鄉稱善書者皆不及也。予嘗見其作書，觀者環壓，君依諸于禿袖縣肘，運筆如飛。人謂君肘故有千斤力，予歎曰：「觀此，足想見古人上馬殺賊、下馬草露布之氣概也。」

皖人阮大鋮南渡柄用，欲盡殺東林、復社諸子，君亦在羅織中。靖南侯黄得功素耳君名，延爲上客。一日，隨靖南校射轅門，侯指謂君曰：「公子亦能此乎？」君不應。諸將射畢，君取弓，揖侯曰：「聊資將軍一噱。」連發數矢皆中，侯大驚，因奏請監紀其軍，辭不受。是時，侯方爲馬阮所倚，顧知君在侯所，得免。乙酉，留都不守。吾鄉士大夫，自寇起皆僑寓留都，是時，中丞、太史公以避仇遠出，君獨奉大母姚太恭人出城回白鹿莊。久之，中丞公亦回，閉户不出，而太史公遠在天末，君遂絶意仕進，朝夕侍養，以成親志。是時，君族中有子留者，雅志高尚，在山中數過從，相見輒悲歌。子留不得於親，出奔，君益無與侶，終年悒鬱，侘傺以死。

記戊子、己丑間，予與太史公在粵東，每聞江北假借名號起事者，旋起旋敗，心竊爲君燹。君素好談兵，昔在留都，與山東郭孟白、池州吴次尾、慈溪馮躋仲及其姊夫孫武公五人，日共講求方略，將一旦天下有事，出建不世之功。而後，諸君子皆以起兵死，獨君以病没，君之不與諸君子死者，以有中丞公在也。溧陽陳百史爲君兒女姻，以少宰假還，招君白門，瀕别，問所欲，君曰：「公激於權奸，不得已而失身，方爲公惜，吾尚何欲哉？獨念天下初定，叛服靡常，保全善類，責在於公，吾當以王景略相期耳。」

君既豪俊，於金錢無所顧惜，以是，門下往往多雜賓，導以狎游。有正士勸之勤學、慎游處，欣然聽受，終不能改，然其胸中邪正是非判若黑白。至於大節所在，毛髮不少假借，故一時正人，如大司馬范公景文、銀臺馮公元飇，皆以國士目之。

君生於萬曆己未某月，卒於順治己丑某月，享年三十有一。娶張氏，山東方伯鍾陽公女，先君卒。一子中發，娶余氏。女一，適溧陽陳生行愷，即某之次子也。孫男一人正琯，娶葉氏。曾孫二人：曰某，曰某。曾孫女二人，皆幼。以庚戌年某月，中發葬君於柴林之山巔，母張氏同穴。越十有八年，丁卯，始屬予爲之表石。君嘗謂予言質直無文，然可信。今者表君之墓，則猶是平生無文之質言也。

文學劉臣向墓表

崇禎壬癸間，吾鄉文社聿興，凡六皖知名士翕然景附，號中江社。而陰爲之主者，則菸廟間附璫之流，爲當世清議所不容者也。其冬，方子密之自雲間來，語予曰：「三吳舉復社，辨別氣類，與朝局相表裏。若某之流，皆在所擯，今以某門下士爲之倡，而謬稱其能薦達寒微，以餌皖士，計在悉籠而致之門下。此穽一入，不可復出。吾輩盍早自異諸？」而中江首事與陰主其事者，亦漸覺之，氣類由此判矣。密之以庚辰通籍。寇躪江北，予輩多流寓白門，而左忠毅公諸子暨密之弟直之謂予敢於任怨，遂共屬予續成其事，於是有過江集之選，與吳門、雲間遥爲應和。集將成，而直之力請增入三子，臣向其一也。

臣向名漢，性敏慧，讀書涉獵一過，即能襲而役之於文，然不肯竟讀。其筆姿特妙，亦不肯極其揣摩，但篇成即似沉酣於太史公與唐宋諸大家之言而出。臣向亦以是自負，不屑呫嗶爲學究家所爲。從其姊夫范子明學，子明稱之曰：「劉子天分過人，使少加功力，不荒於嬉，即廷尉公不難至矣。」廷尉公，君家劉燕及先生也。己卯春，學使者金公楚畹調試池州，臣向方應童子試，出其卷謁子明，子明以示吾黨，爭擊節歎賞，方密之豎一指曰：「必第一！」因遍誇於同郡及池郡諸知名士，曰：「吾鄉童子第一，必劉某也。」已，案發果第一，於是臣向名一時大噪。而池郡吴次尾入見學使者，語間盛稱臣向，爲學使者得士慶，學使者益大喜，遂國士遇焉。次年歲試，置第二，將餼以廪，會丁外艱，不果，臣向遂久寓白門，與予比屋居者二載。壬午，金公爲南少京兆，諸受知公者皆往廷謁，獨屬意臣向，是年，臣向得中副車。

未幾，有甲申之變。南渡立國，馬士英、阮大鋮朋奸亂政，益修舊怨，興大獄，凡東林、復社，計一網盡之，而臣向亦遂與鈎黨之禍。初，大鋮陰主中江社事，希植黨與，以予輩數人與之異心，恨之，素於臣向無憾。壬午秋，有同鄉新貴者與而過市，見臣向，不爲下，臣向詬辱之，其人，大鋮門下士也。會南昌宗孽朱統鐼欲殺姜居之相國，以媚阮馬，以冀得一官，大鋮大喜，令以「擁戴疏藩、謀危社稷」爲名，凡東林、復社及同鄉素所切齒者，皆令竄名其中。統鐼目不識丁，其疏即出臣向市中所詬辱不下車者手也。臣向既以此得禍，而其名轉益著。是時，萊陽姜如農埰、如須垓，公安袁特丘彭年，皆避地吴下，憂危不保。臣向始皆逮，踉蹌挈家東走，無所依，乃依數君子，晨夕相聚爲樂；里門追捕日急，不問也。臣向爲人駿爽，有口，善諧謔，飲酒博奕僅及中人，而意趣周浹，於人無所牴牾，所至輒爲傾倒，以是處窮阨之時，無所困苦。予匿武水複壁中，聞人聲即怖欲逃，蓋不可同日語矣。

乙酉，南郡喪失，三吴兵起，予同家仲馭遇難，予妻及子女沉諸震澤，獨挈一子奔赴閩，轉入兩粵，備極顛躓流離之苦。臣向乃於其時全家返里，卜居樅陽市，學治生，家以日裕，比予歸，業已買田置宅，有僮婢器用，居然稱素封矣。而予去家十年，入門蕭然獨處，貧乏無賴，滿目淒酸，往事如夢，然後知臣向之材藝遠過予也。或譏其與市儈逐，貿遷有無，無以異於市人，予歎曰：「居今之世，吾黨方求爲市人而不可得，臣向殆隱於市者乎？」臣向外脱略，任意無拘檢，然有心計，億則屢中。其治生，有范孺人爲之内助，外則任其子婿，己顧不問，但授以成筭而已。吾嘗過其家，方治室，土木紛然，臣向一不以爲意，飲博如故，自度始以至落成，皆孺人爲之指畫經營，予大驚。已，聞其治生亦猶是也。范孺人賢，每聞予至輒悲，重念予妻方氏覈與比屋時，朝夕相親猶姒也，因説其賢明勞瘁狀，爲流涕久之。及聞予再有家，稍自給，則益慟，慟予妻之禦窮而殉節以死，不獲享今一日之安樂也。其可感也已。已，臣向得心疾，家亦稍落，孺人憂鬱以死，臣向益失意，疾益甚，未二年亦歿，傷哉！

初，臣向於宅後倚山構精舍數楹，多蒔花竹，山麓有石峭列，垣而羅諸階下。予至，即爲設榻其中。數年前，有人能行運氣法，從之坐者，啼笑舞蹈，皆不自知，臣向異之，乃虚精舍，聚市中求長生者，得十人，傳其法，法甚秘，誓不語人。未數月，十人中死者八，獨臣向與楊翁皖水存。皖水精天文、數學，年逾七十矣，與臣向交相善，兩人終信其法，常行之。皖水壽終，而臣向遂以是得心疾，常佯狂過市，遇人斥罵，或以爲有託而然。獨見予，則言笑如常，但健忘，問答多重復耳。予所居北山樓與臣向居相望，彼此過從索飲。既得疾，猶時造予樓上，飲以酒，不醉，亦無妄言；但下樓，則疾作，或至顛仆，以是，其家相戒勿與飲。後每至，則辭以無酒，亦徑去。今思之，是一恨也。

臣向與人和易，而於名義特重。少時爲塾師，有姬夜奔之，不納；明早，以他故辭去，亦終不言。然負氣好勝，有祖墓爲人所侵，訟之官，盡反其侵地。又嘗於陶公祠側置一別業，與市人爭成訟，別業毁，而市人卒受責大困乃已。凡其所必欲勝者，雖重費不惜也。性慷慨，能任事，凡公事有疑礙者，爲之畫策，或居間，皆得當。人亦因是重德之。又喜物色貧士，有古誼也。善相人，嘗相兩富人子，曰：「某先貧後死，某先死後貧。」悉如其言。臣向未嘗習陳生官儀貧不能娶，以宗女妻之。予幼子撝祿未聘，適廷尉公有曾孫孤女，乃力爲主婚，皆風鑑，而言之皆中，可怪也。官儀曰：「聞諸長老，言君昔舉家避賊山中，同居者糧絶待斃，君減餐，分米共哺之，賊退，兩家皆免。未嘗以語人。」豈非陰德乎？

臣向以某年月日死，予哭之極哀，蓋傷老友之將盡，而患難與共之可哀也。歿二年，其子鴻藻卜葬君於邑之麻山，謂知君者莫如予，乞予一言以表其墓。因述予所知者，據實書之，以爲之表。

文學楊持庵墓表

歲在丁卯，吾皖舉於鄉者三人，楊子汝穀其一也。榜發，里中人爭慶曰：「楊子早歲登科，語稱爲德者必報，信已。」叩之，具述其尊公持庵生平樂善好修諸所爲盛德事。會予家諸孫中有與同舉者，至皖，楊子來見，見即索予詩田間集，曰：「家大人卧疾久，然素慕翁詩，得此歸，置之枕畔，以怡悦其晨夕，足當七發矣。」而公竟不起。楊子以侍親疾，遂輟是年公車不赴。未幾，公歿，里中人悼歎不已，而又幸其及見其子之成名而後歿也。今春，予有事於皖，於是，楊子既逾祥矣，棘人欒欒，慘戚在目，一日，攝衣冠泣涕再拜，出其所爲公行狀以請曰：「願賜之一言，雖窀穸尚未有期，然翁之齒近耋矣，先子甚重翁言，敢預請，以俟異日表諸墓。」予既素悉公，荷公知，又重感於楊子之孝思，其何敢辭？

按狀，公先世有諱某者，洪武初以軍功晉武德將軍，自荆楚受封於皖，世其官。傳六世近峰公，儒雅自好，稱理學君子，載郡邑志中。近峰公再傳爲殿卿公，即公父也，襲補安慶衛守備，督漕有功，當事題署真州守備，真人誦之，以年至乞休歸。公諱昭雍，字南有，别號持庵。生而穎異絶人，讀書目數行俱下。出應童子試，學使者拔置冠軍。益攻制舉業，取法先正大家，不屑屑時趨也。每試輒高等，顧久躓場屋，自信益堅，終不肯少貶以迎合有司。嘗授經金陵大隱園，及門者經其指授，皆成名士，或掇巍科以去，而公卒不售。

公性篤孝。初，殿卿公豪於客，罷真州後，獨處，不耐岑寂。公日謀所以娱之，輒延致其老友，日夕讌游，圍棋博塞之具無一不辦，以終殿卿公身。母夫人治家嚴，或有不豫色，公委曲將順，俟母意平然後即安。定省時，得母一開顔，則樂而起舞，宗黨稱孝焉。當事興復培源書院，徵郡邑文行兼優者四人爲之長，公與焉，合郡獨以公爲不愧此舉云。

公既久困諸生，知子汝穀足成己志，乃棄去帖括，專志聖賢之學，由强恕而行，因自號持庵，期永持而勿懈也。晚歲兼通二氏，所著有太上感應篇箋注、心經解義，皆與儒理互相發明。爲猛省警言、克己復禮圖説及訟獄八弊諸集，亡慮十數萬言。暇時，輒爲市井傖父演説「諸惡莫作、衆善奉行」之旨，刊功過格，廣勸同志。每晨起，謁祖廟、禮佛、省母畢，焚香静坐，看語録數則。飯罷，始出料理家政。抵暮，必取功過格覈實填注，日以爲常。三黨之内，有緩急告者，稱貸應之，未嘗有難色。里有以官逋繫獄者，限日笞比，不堪其痛，將鬻妻以償所需三十金。人以謂公，公募得其半，則盡括室中所有以足其數，繫者出，妻得不去。少時，有偷兒入其室，匿倉下，家人將以計出之，公恐其被傷，親往開諭。偷躍出叩頭，訴其情迫狀，公惻然，酬以錢數百使去，至今隱其姓名。由是，鄉里共稱公長者。至於放生恤患諸可爲善之事，皆不顧傾橐爲之。所行功過格習之既久，始由强恕，而後則漸近於自然也。公娶曹氏，生子一，即汝穀，舉江南鄉試第六，方擇日與計偕，公病篤，罷不行。而公歿年纔五十有七，蓋丁卯冬十二月也。臨歿，無他語，惟以不得終養老母爲恨。語汝穀曰：「功名爾，他日事。吾所訓：謙謹勤儉四字而已。」友人問疾者，唯自悔學道不早，絕口不及世事。期以某日夜半當終，屆期，延僧誦經，端坐以待，數問夜如何，命家衆同聲念佛，母至，猶瞬目一視，隨舉手拭面，類酸鼻者，已，不能言矣。迹公之所爲，其學雖不純乎儒，要不可謂非儒家有至性能篤行者也。

往，安慶衛在前朝固多奇士，然三百年間，曾未有科目起家者。改革以後，人文蔚興，脐迹兩榜者若而人。若楊子材器，將大有爲於世者，推諸天道，久鬱者必大伸，然非公之蓄積深厚，亦烏能以臻此哉？佛氏之勸善也，好稱因果。因在今而果在後，其後也孰得而見之？亦孰能盡信之哉？若夫積善積學之報，不於其身，必於其子孫，斯固人人之所及見而共信者也。以公生平之所爲，驗所獲之報於其子，亦既彰彰矣。公以功過格勸善，尤不若以身勸善之爲信而有徵也。據公狀，證諸里中人言，是可表也，因爲詮次其概，付楊子留之，異時公墓成，鑱諸石以示後焉。

田間文集卷二十五

祭文

祭楊忠烈公文 代魏子存學憲作

嗚呼！古今來，建天下之大功，犯天下之大難，不幸而爲忠臣烈士，成天下之大名者，皆氣爲之也。子輿氏所爲集義以生，至大至剛，塞乎天地之間者，此氣是也。是故，金石可毁，而此氣不毁；星辰可移，而此氣不移；世界可壞，而此氣不壞；功業可朽，而此氣不朽。易代而下，其人與事俱往矣，而使人讀其書則凜然以生，過其里則慨然以慕，是誰爲之乎？氣感之也。而況先世有同氣之孚，其感更有不容已者乎？

明當蒸廟時，天下之忠臣烈士，中璫禍者幾一網盡之，惟我忠烈公首攖其鋒，先忠節及諸君子繼之，同時蒙難以死。於時，公氣最盛，擊璫最早，言亦最激，璫恨亦最深，公名亦最著。今去公之歿幾五十年矣，間述公之爭封后、爭移宮諸大案，慷慨激昂，如見公之鬚眉焉，如聞公之音欬焉，如睹公奮臂戟髯以爭，在朝諸老碌碌，因公以成事焉。讀二十四大罪疏，明目張膽，如親睹齊太史書崔杼之簡，朱游請斬佞人之劍，董宣彊公主奴之挺，段司農擊朱泚之笏。嗚呼！誰爲爲之？氣爲之也。璫懾于公之氣而不敢動者久之，乃二三鷹犬，必欲因璫殺公以及先忠節諸子。而翕訿之徒，相與引繩披根，猶謂公爭移宮太驟，擊璫太猛，以爲從來國事之壞、君子之禍，皆由激之而成。嗚呼！移宮不驟則宮不可移也，擊璫不猛則璫罪不暴也。當國家陽九百六之會，國事既不容不壞，君子既不容不禍。就使諸君子不激，一概脂韋滑梯，主調停之説，吾不知彼小人者果能潛消而默化否耶？夫君子之禍，天爲之也；君子之激，亦天爲之也：不激則禍不成，不激則氣亦不見。天蓋早構一禍端，以成其必激之勢，所以禍其身於一時，而存其氣於萬世，彼閹然無氣者烏足以知之？

公既特立莫容，先忠節亦落落寡與，徒以氣相感，不介而孚，故其忤璫也亦不謀而合。及六君子並逮，惟先忠節、左忠毅與公三人受刑極慘，以同日死，屍同出於牢户，血肉狼藉，齒髮幾不能辨。嗚呼傷哉！生同仇，死同慘，氣之同者，固無所不同如此哉！以氣論之，公得其雄，先忠節得其大，要皆子輿氏所爲「集義以生」者是也。

嗚呼！公之氣足以充塞兩間，使地震天昏，而不能啓人主之悟；公之氣足以昭格獄神，使芝生犴狴，而不能釋小人之愠；公之氣足以感大河南北數千里童叟婦嫗，盆香哭踊，以祝其生還，而不能回操刀媚璫者之心。今去公幾時矣，國家既改玉改步矣，向之所爲小人者焰銷臭遺，且求爲草木腐朽而不可得，而公之氣猶昭回於日星河嶽之間。予小子奉簡書，視學三楚，過公之里，眺其山川，思公之登覽焉；歷其城市，思公之游處焉；見其父老，思公之齒讓焉；校其子弟，思公之教澤焉。恨生也晚，不及見公，而心目間時有一公，則以氣見之也。公與先緣通家之誼，拜公祠廟，瞻公木主，庶幾從几筵榱桷間，愾然僾然以見公之氣而已。公與先忠節騎箕排闥之餘，聞某哀諨，倘亦粲然顧笑，謂小子之言之尚不謬於國乘、悖於家學矣乎！

哭仲馭墓文

嗚呼！吾兄之殁，距今二十七年矣，墓木已拱，宿草屢青，而徐孺之絮，遠道始將；羊曇之淚，歷久彌涌。嗚呼！賦招魂於絶域，泣幽夢於故園，固不待望丘隴而興悲，撫松楸而長慟也。兄家世高華，科名早達，文章燦於奎壁，義氣歸諸箕尾。其殁也，輔臣特諡其孤忠，明主親優其褒恤。名震薄海，節著千秋。弟何哀焉？弟之哀，惟是述交好之始終，叙死事之本末，伸紙腸斷，攬筆涕零。

方兄之宦留都也，聲華照耀於中朝，才情傾動於南國。鳳凰臺上，名士之宴時開；司馬門前，上客之屐交錯。弟也，謬以虛聲，屢蒙清問；自惟衰絰，羞曳長裾。旋有文部之遷，直比頭陀之寺；空開求羊之徑，莫過羅雀之門。弟懷刺以投，兄倒屣而出。惟時古樹初昏，寒鴉吹雪，吏人早散，燈火欲張，遂置北海之樽，兼設南州之榻。酒酣以後，盡出詩篇；狂醉之餘，公然點竄。何期直筆有當虛懷，即擬棄官相邀共學。粵憲之命已下，終養之請愈堅。送別都門，共攀楊柳；言歸子舍，遽隕萱花；遠計初闋，束芻親致。正當哀毀之日，還申疇昔之言。直吳質之南來，鑑在適自閩還。人稱三子；掃孫弘之東閤，客訂千秋。架上抽書，賭誦玉臺之序；樽前限韻，罰依金谷之杯。兄才既遠過應劉，思必求壓元白，研匣不離於枕畔，藥碗雜置於牀邊。爭言病肺，切忌嘔心，而兄鬪麗句而神怡，誦清文而疾去，自謂筆墨可當刀圭，於是，花樹藥欄，總供詩料；銀箏翠管，妙發文心。郭璞之錦長新，探懷而出；江淹之花不謝，搖筆即成。當斯之時，可謂樂矣！

詎意福過災至，樂盡悲來。以烈皇帝堯舜之君，遂有甲申三月之事。天摧地裂，海岳爭號；國破君亡，身家何論？送我西上，騰書當事，勸定立賢之策，早誓報仇之師。已而，南渡有君，宵人柄政；名流遠逝，黨禍旋興。兄載我以後車，匿我於複壁，親族皆爲竊慮，株連寧所甘心。妻孥至，而推宅以居；饔飧絶，而分廩以繼。雖朱家之於季布，孫嵩之於趙邠，比是高誼，未爲絶德。迫追捕日急，恫喝頻來，兄知衆喙之難弭，念窮鳥之焉往？遂令潛踪郭外，爲我假寓堰兜。變姓村中。相去匪遥，時來慰問。夕陽在樹，操小艇以到門；荒舍臨溪，坐斷橋而抆涕。誠不自知其感激何心，凄愴何故矣。

未幾，鐵馬凌江，青衣北狩，三吳之義旗雲起，兩越之羽檄星馳。兄自惟宰相之子，世受國恩，上秉家尊之指揮，下因門將之翼戴，傾家措餉，誓衆聚兵，三泖五湖，飆合響應。弟以亡命獲庇，許身從軍，出入相隨，生死不避。其如大勢已去，人心漸解，本皆烏合之衆，爭爲免脱之謀。烽火燭天，炮聲震地，兄知事且必敗，而志不可回，父命寧違？人言豈信？痛庭階在望，誓此生不入郭門；念國課誰輸，許今年盡蠲租户。比諭紀綱曰：「吾今年收租納誰賦也？悉免之。」扁舟忽去，輜重誰司？諸將爭分，儒生獨守。倏焉返棹，急命移舟，盛誇滬瀆之安，且通閩嶠之路。弟綿惙卧病，挾妻子以相從；兄踊躍前驅，爭追隨而恐後。

比至震澤，風月甚佳，橋畔踟吹簫之聲，市上無談兵之事。弟與闇公、克咸懷刺登岸，往看熊魚山先生。兄同吳子鑑在解帶維舟。羽箭突如，戈船蝟集，兄忘衆寡之不敵，猶攘袂以誓師，念鋒刃之難加，遂褰裳而赴水。嗚呼！罪已盡矣，還㝷睢陽之髯；檄誰草耶？竟踐駱丞之夢。起兵日，鑑在夢駱賓王題句其宅。昆岡失火，玉石同焦；滄海絶流，魚龍並爛。遂使我糟糠之婦、嬌稚之兒、提抱之女，皆枕藉於波濤，宛轉於刀俎。懷中之鏡，無夢重圓；掌上之珠，何香可返？嗚呼傷矣！爾乃雨聲徹夜，江岸皆平；天色微明，人鬼莫辨。弟也獨沿堤畔，方號泣以求屍；兄乃突起波心，隨招呼而近岸。水方奔注，屍竟截流，水東下，屍隨手招截流而來。植立如生，引手斯得。力弱無援，獨掣衝冠之怒髮；人來協助，並獲牽裾之稚子。小僮秋煙持其裙，抵死不舍。嗚呼！朋友之誠，主僕之誼，幽明無間，生死不離，一市爲之傷嗟，路人莫不感歎，豈不痛哉！諒非誣矣。血淚欲枯，棺衾粗備，含殮之視未畢，風鶴之警旋奔。遂吹篪以達閩，乃躡屩而謁帝，上書請恤，太常之贈早優；拜命之官，司隸之儀暫睹。再奔嶺表，忝廁禁林。每對春花萬里，腸迴於武水；時聞夜雨三更，夢繞於吳江。虛擬再興，罔測天意；乘輿相失，鑾峒偷生。萬死歸來，所存一子乃復被害於盜，見仇於官。嗚呼！鋒鏑餘生，仍遭慘死，妻兒何罪？總無令終。弟之業也，兄毋恫乎？

嗚呼！兄身殉大節，尚獲首丘；死没淵深，還歸先隴；合室無累，高堂不驚。今之來也，見第宅未毁，僮僕猶存；寡妻守幃，嗣孫在塾。所可傷者，惟是吟詩三徑，盡委蒿萊；宿客層軒，半栖井竈耳。以視後兄死者，身首狼藉於棄市，妻女凌辱以分旗，骨肉飄零，田園籍没，兄爲幸矣。知兄者，言兄不沉震澤之波，定罹松江之禍；倘歸身於閩粤，必委骨於滇黔。揆兄之志，值斯之時，理無可生，勢惟有死。即震澤之難，脱者四人，然而，克咸磔死於霞關；丙戌秋，被獲不屈磔死。鑑在遺骸於象郡；弃命以死。閻公流離島上，甫登岸而云亡；弟也窮餓田間，有孝子而被殺。由是論之，弟之生，不如兄之死；諸子死之少遲，豈勝於兄死之獨早也？

痛兄之早死，考兄之平生，嗚呼！以心術決吉凶，以文章驗修短，由兄觀之，斯言謬矣！惟是叔寶神清，共知其年不壽；長卿病渴，常愁此疾難痊。與展轉於婦人之手，魂迷閨閤；寧慷慨成丈夫之志，氣作山河：諸如此説，皆吾人痛哭之餘，爲兄作解譬之語。兄之視死寧恨乎？相國鑒兹，可以瞑矣！

哭徐復庵文

嗚呼！先生返自海外，歿於嶺表，旅櫬萬里，歸殯先塋，凡幾年矣。某靦顔偷生，吅聲飲泣，今始因依老友，重到茸城，尋島上之遺孤，哭江頭之繐帳，嗚呼悲矣！

乙酉之夏，三吳鼎沸，兄及仲馭瀝酒訂盟，明知事不可爲，惟是義不容已，宗社已灰，身家何惜？一籌未展，合室早殲。震澤之難，仲馭隕命。緊我與兄，罹禍最慘：兄惟孺人得全，我祇一子未死。滿眼骨肉，枕藉波濤，行路傷心，舉市酸鼻，人非木石，何以爲情！猶記遇難之夕，投宿沈聖符之聽軒，鑑在、克咸同栖一榻。明月忽斂，苦雨凄來，中夜陡寒，牛衣共覆。弟扶病起立，徘徊達曉，兄枕吾兒以寢，兒抱兄足而泣，兄雖吞聲無語，徹夜涕零。詰朝，收愛子於江濱，歸老妻於故里，揮手長號，有血無淚。

爾乃翩然獨邁，結伴前奔。弟且收殮遺骸，再罹鋒鏑，僅而不死，追赴閩嶠。漳浦夫子奇兄之節，憫弟之癡，並登薦章。弟猶未達，兄乞外任，司李天興。惟時十月，爲兄博選宜男，獲茲佳偶。合卺之夕，悲喜交叢。今思之，已二十八年矣。次年，弟參江幕，值吾師殉節訃聞，相持大慟。臨歧執手，勉以毋負夙志，毋忘師恩。嗚呼！患難弟兄，天涯骨肉，離别之際，語出涕隨，詎意此别，遂成千古耶？

兄之隨張大司馬而東也，值弟改任延平，寄我手書，諄諄前戒。乃乘風未幾，八閩土崩，弟苟免一身，困伏三載，間道奔粵，露肘朝天，睹司隸之有章，悵拾遺之不至。己丑春，蕭疏遠達，稍悉孤踪，舶使之回，附書問問，到耶？未到耶？璽書屢趣，陛見杳如，豈使命未達耶？抑志在疆埸，不欲投閑侍從之班、著作之林耶？抑有所牽制，而不得來耶？庚寅之變，東西相失，追扈無從，弟披緇托鉢，攜兒度嶺。每於艱危瀕死時，念吾師之抗節、仲馭之捐軀、老兄之長往不返，未嘗不拊膺自愧，視死如飴矣。既返江村，萬緒灰冷。然或聞東南風起，輒跋足生還，冀破涕爲笑之有日也。詎意田横之島不守，管寧之客難留，渡海幾時，而竟以喪歸耶？

嗚呼！死而首丘，非先生之志也，然使先生終獲首丘，不可謂先生之孤非孝子也。嗚呼！此藐諸者，即司李時，閩夫人之所出也，生於海隅，長於天末，目不睹鄉國之俗，耳不聞里社之音，乃能扶旅櫬以歸，求吉坐以葬，天以孝子報忠臣，死而有知，寧不爲少慰耶？若弟不如兄萬矣。向者雨夜抱足而泣之兒，亦既娶婦生子，無端死於盜手，當事諱盜，至痛莫伸。有三子三女，婚嫁之事，反以累予衰白之翁。視兄之瞑然長逝，身後付之家兒，其苦樂相去何如耶？

人誰不死？同學同事，今復誰存？大樽既累及諸賢，瑗公且絶其後嗣。即震澤同難者五人，仲馭沉淵以外，克咸磔死於霞謝，頭顱莫辨；鑑在絶命於西粤，骸骨未返；弟之老境若此，死勝於生，豈如兄之得全膚髮，考終天年，老友爲之護喪，孤兒爲之返葬。合而較之，兄猶可謂身名俱泰者矣。惟是武静兄爲兄之故，困躓以死，不及一見，訴此悲號；泉路相逢，自可一握爲笑也。兄遺稿俱存，大節已著；千秋而後，誰不知有徐復庵者？而弟猶絮語銜悲耶？嗚呼！身世茫茫，百感交集，惟先生知我之悲，有不容不悲者耳。

樅陽合祭方中丞貞述公文

嗚呼哀哉！民之無禄，天不憖遺。先生之生也，蓋申甫之降嶽；其死也，則傅説之騎箕，適來也有爲，適去也有時。先生豈無所以不死者？而去來之際，一聽乎造物者之所爲。今已偃然寢於巨室矣，吾儕又何爲噭噭然以哭隨之乎？嗚呼！三代直道未泯於人心也，吾儕之哭也，既不能强之使哭；其悲也，亦不能禁其勿悲。先生立朝爲直節之臣，居官爲廉幹之吏；在家爲純孝之子，在鄉爲禮義之師。天下望之爲日星，爲河岳；閭里以之爲怙恃，爲蓍龜。雖吾儕之囿於闤闠，不足以窺其德之萬一，而其卓然難掩者，則時亦得之目擊，而聽諸口碑。

先生之筮仕嘉定也，剔奸釐弊，保民之政不可勝紀。至於攖范尚書之鋒，釋高孝廉之縲，雖古强項吏，何以逾茲？洎以循良高等擢置樞司，法繩悍將，申飭國威，惟魏良卿之冒爵，既盈庭之弟靡，先生死不奉詔，雖由是忤璫以削職，而疾風勁草，至今猶神竦其孤危。烈皇來舊，起公於田，單車就道，火房獨棲。革九邊之積蠹，剗方司之陋規。蓋自山東劉公以後，至先生而始内遷卿寺，皆以爲特達之知。文孝之戚，廬墓泣血，皜皜其鹿，爗爗其芝，雖先生諱而不言，而至孝感召，誰不嘖嘖以稱奇？嗚呼！甲戌之變，闔城遜矣，火燎於原，撲滅伊誰？先生有功不居，有謗不辨，知公道之在人，復何爲鬱邑而歔欷？及其開府於楚，楚事已潰，虎方磨牙厲吻，養之者猶欲事其羈縻，惟先生撫勦異議，以致輿曳牛掣，束手莫施。然而一年之間，陵籓不毁，疆域未虧，徒以意旨乖總理，以門户忤督師，用香油坪之一敗，赫焉就逮，其不以封疆死市曹者幾希。迨先生去楚，構先生者相繼獲罪，楚人不勝其糜爛，始涕泣以謳思。已而，賜環陛見，膺命屯田，曾幾何時，而遂有甲申三月之事。

嗚呼！天崩地折，率土銜悲，大廈覆矣，一木豈支？南奔行在，日月焉依？豈豺狼之當道，摶善類以爲嬉。長公跳至，脛血淋漓，黨人大索，亡命天涯。嗚呼！先生於此時也，寧復有生理乎？家禍既烈，國祚旋移，何以報國？惟死是祈。其不遽死也，徒以有太夫人之在閫。太夫人厭世，先生且六十矣，居廬食粥，曾不以垂老少節其哀。惟彼次君，昂霄其姿，承歡朝夕，隻影凄其，天胡不弔？玉折蘭摧！顧趨庭之絶迹，盼遠人以來遲。幸諸孫之繞膝，聊娛情於含飴。遠人既至，洫焉死灰，緘關割愛，顏色永違。親戚交謫，先生曰：「噫！大報恩者，是出家兒！」嗚呼！先生與傭兒伍，與田叟比，僟家聲之猶在，甘小人之凌欺。十年以來，生産荒落，形骸支離，租税聽雀鼠之飽，逋負畏吏胥之追。吾儕之侍先生，見其倏焉以笑，而倏焉以嘻；方言語之有序，忽不自知其繆迷。好先生者深憂其疾，而迂先生者咸笑其癡。豈古之所謂陽狂喑啞者比耶？然而浮沉城市，人亦不以是見疑。嗚呼！先生蒋止此耶？薰以香自燒，膏以明自消，彼年垂耄耋，猶不免老父之譏；則先生豈真有不欲自全者，而故長顑頷以至於斯？

先生之眷樅人也，蓋以祖父墳墓近在樅水之湄，先生歲時往來於此地，凡民隱之無告者，無不達也；其曲爲區畫者，無不宜也；與少者言，依於孝；與老者言，依於慈；爲市人言，依於生理；爲士人言，依於書詩。先生殁矣，吾何所歸？嗚呼！利澤之及物者有盡，教思之在人者不衰。今日之哭先生，蓋有不期哀而哀者，固無論夫知與不知，嗚呼哀哉！

哭楊嘉樹文

嗚呼！嘉樹歿耶？命矣夫！天生子之才，以子之好學篤行，而名利一無所成，竟拂鬱坎坷以死，謂讀書爲善之無不報，徒虛語耳，復何言哉！復何言哉！

吾初識子於白鹿方中丞公家塾，公孫有懷從子受書，是時子年纔二十三，頎然玉立，詩書之氣溢於眉間，吾蓋心識之。已，有事於合明，便造君廬，因得見尊公春圃翁及令弟嘉玉，庭闈矩範，雍穆可風。予之欲托於肺腑之末，蓋自此矣。此後游處相值，盡睹子之詩古文辭，賞歎之下，隨爲點定，略無諱焉。念子之虛心請益，寧忍不盡告以吾之所知？而子之詩文亦以是大進。予爲子之六年詩序，可以見兩人相與之誠矣。

子以筆墨傭生，入諸侯之幕，往往不合時宜，潦倒而歸。其能以爲重客而深信不疑者，石埭之姚令、新安之姚守兩君耳。而子少足自給，即揮霍解贈，於平生一面之知，皆有窮乏得我之意，而家復不習治生，有洸有潰，以是，爲客十餘年，未嘗置一畝，營一椽，猶新故貸負相續也。吾嘗語以潮汐去來不可必，曷少瀦以防涸乎？君默然久之，已曰：「公向有言：車撞壁時，天自爲轉闗。」予謂子之車，天爲轉者屢矣，人奈何但恃天？然已成一往莫返之勢，君固無可如何矣。

迨至癸亥之春，御史劉豫東邀子入都，予大喜，以爲此天大轉關之會，亦子早收綑之一時也。然事會不可知，子至都，宜廣交游，勿徒恃一御史也。君曰：「不然，當盡謝交游，謹事御史耳。旦晚御史得差，予從之，出差竣，幸分俸，歸治薄産，使衣食粗足，從公受易，以畢此生足矣。」予笑：「此關門帳庸可算耶？」既至都，果非所料，御史轉薦入甘泉幕。甘泉荒殘，令固白門賈人子，輸資得官者也。去年家訊至，稱縣陋而令賢，惟言是聽，一塵不染，弊政盡革，聲譽大起。予竊疑之：「恐一時以御史命，曲意狥子耳。官久，亦欲漸行己意。持之太堅則不樂，律之太苦則難堪，外内不便子者多，其能久其位乎？」而令果早有異志，方訂次年之盟，而代子者已至。子然後始悔恨於人情之不可測，已以忠信受紿，而吾所見之歷歷不謬也。子古人也，古道自處，亦遂以古道待人，往往爲人所愚，以致重困。去甘泉時既已病矣，令出其白門計簿，所有年餘束脩，已爲家人支取略盡，君乃大困而歸，病以益深，而至於死。

莊子曰：大塊「勞我以生，佚我以老，息我以死」。如子之情事，雖百年亦徒勞也，子死而後已，故子有息而無佚，有死而無老也。嗚呼！其命也夫！蘇子瞻曰：「四海相知一子由。」君亦惟有一嘉玉耳。吾不知嘉玉爲君含殮時，君目猶視耶？瞑耶？子之不能瞑者多矣，即以昆仲經營十數年，始得葬尊公，而母孺人不即合窆，猶淺厝以待，倘亦其不瞑之一端乎？君之愛女以室予之次孫，勤儉有禮，克盡婦道，皆子親教之也，亦既有子有女。君嘗過我家，見吾孫曾羅列吟詩，深以爲樂；今君之外孫，已能隨衆高吟，而君不出矣，傷哉！

君寬厚仁恕，生平不言人過，於其子亦然，今來頗不能忍，予心怪之，予家人亦竊怪君容色憔悴，與人言，詞氣不屬，予以爲失志者常事也。猶借有懷廿一史，將有稽訂以成官制考一編，壯志固存，當無他慮，豈知竟以是不起耶？今追憶，向白鹿時相見之溫其如玉也；過君廬之門內和氣藹如也；以詩文請益於予之勤懇也；爲改訂一字，色然而喜也；同予游之左右扶侍惟謹也；哭予子傷心之慟也；予之爲吾兒屈辱公庭，子相望而啜泣也；每遠歸之過予深談，而獨見跋也；今春之支離相對，頻默塞而長歎也：容止音欬，歷歷皆在吾目中，幾時遂作古人，從此不復與相見矣！痛哉！痛哉！

昔張堪把朱暉臂曰：「欲以後事託朱生。」暉年少不敢承，而堪後竟賴有暉。吾初亦以朱生望子，而子竟先我厭世，吾何望哉！嗚呼！至痛無文，吾不能爲哀誄之辭，直叙平生游處之事，紀其燕私之語，是可悲矣！

武塘慈雲寺中元薦亡兒哀辭

歲在壬子，節居中元，田間老人西頑適客武塘，於慈雲寺隨衆設薦，招吾兒孝則之魂，而告曰：

痛哉！兒以篤行純孝，慘死盜手，行路墮淚，通國傷心，而都縣當事惜盜若子，奉盜如父，大仇莫報，至痛難伸。已矣！吾氣盡力竭，無能爲矣，惟是閑中獨坐，旅夜無眠，往事觸懷，有勞莫代，長叫兒數聲，眼枯腸斷，四年來如一日也，兒知之乎？今偶客武塘，值蘭盆之節，世俗皆以此日薦亡。主慈雲者，吾老友佷亭大師，既廷生以禮懺，亦登座而小參。武塘爲吾兒之舊游，冥路可識；佷師又吾兒之父執，慈膝堪依。惟冀來斯，聆其法語。

吾兒夙有根器，早識皈依，臨没之年，精進彌甚；遇難之後，夢寐時形，歡若平生，自言未死。豈刀兵之劫，定業難逃；而冤債之空，本來無礙？但兒素性仁弱，雖三途不墮，恐三界難超，須大奮獅子之神威，拔出羅網；猛揮金剛之寶劍，斷盡糾纏。借法力以生天，聆梵音而解悟，是所望於吾兒智慧種子也。

兒之長子，業已有孫，男婚女嫁，總是吾累，兒何慮哉？至於汝母方氏，節烈貞魂，自早登上界。汝弟禡祺，童蒙枉死，應久出人間。物故多年，痛如初歿，倘或泉臺未散，亦冀扶侍同來。舊地重游，能無悽斷？予以避黨禍，舉家移居武水，皆死難。吾言至此，吾腸寸絶矣！兒乎兒乎，謂我何哉！

田間文集卷二十六

雜文

竇黄二公救桐城紀事

竇成，蜀人，桐城守將廖應登之小卒也。應登以川兵三千防桐。崇禎辛巳，流賊張獻忠盤踞六皖山中，數出攻破城邑，惟桐城不下，賊攻之益急，應登輕騎出，請救於廬州，道出舒城，方解鞍飯，賊騎突至，劫之去，因挾還桐城，使誘降。是時，桐城受圍久，糧且盡，守者皆倦，有異心，賊知之，命應登擇卒中能言爲營中素信者，使招諭守城兵。廖舉成，成許之。賊夾以精兵二人，加利刃其頸，迫至城下。成給曰：「曷稍寬我，使守城兵得見我面，我好與語。」既見城上兵，大呼曰：「我竇成也，主將爲賊劫回，逼我招汝等降，幸堅守城，勿生異志。賊中甚苦，西門掘地道穿城，今掘皆遇石，不能穿，且糧盡，火藥盡，賊本無多，餘皆烏合無能爲也，城中宜速請援兵，我判死報汝城中人知。」賊急以利刃破其腦，且破且號，至死號不絶。城上人望見之，士民皆焚香叩首，守城官亦望之而拜，迄斬割既盡乃止，相與哭泣，設主，即日建祠祀之。賊旋解圍去。明年再至，爲黄將軍得功所敗，宵遁，城以全。

賊之再至也，全營畢聚於桐，環城數十里設窩棚，周匝以困之，號爲鎖城，雖飛鳥不得過也。是時，黄將軍得功與劉良佐駐兵池河，受鳳督馬士英節制。往時，黄兵每過桐城，怒其供應不備，詈駡曰：「一旦賊圍城，亦思我來救汝耶？」城外故有林氏[一]，善飲，嘗與黄敵，黄昵之，至是，亦移入城居。桐人思請兵鳳督，無計出圍，以語林，林慨然請行。因作書[二]，情詞哀切，以黄素所貽贈物爲信。林衣丐衣，從水竇出，匍伏乞食，遍歷賊棚，久之，乃得過。城上望見既出圍去矣，計以幾日抵軍前，幾日得請於鳳督，幾日發兵，幾日當至，屈指十五日爲速。

獻賊據城北最高峰名求雨頂，俯瞰城中，每晨，發探騎東西去：西至陶冲驛，東至雨亭驛，各十五騎，每騎背插二小紅旗，馳驟而往，日中返，以爲常，城上具見之。是日，日未中，見二騎踉蹌自東奔回，回即山頂窩棚火起，頃之，四面窩棚皆火，賊大擾，跗城隅有吹角聲，塵坌起，塵息，城外寂然，則賊已悉衆西遁矣。城中人怪之，以林去纔旬有二日，即救兵來，不應如此其速。日暮，東北塵漲天，則黄劉兩家兵萬馬奔騰，横亘數里，近城詢知賊已去，遂急追之。桐人開城爭出，持牛豕酒米犒師，黄笑曰：「烏用此？俟我殺賊回。」乘夜追賊，未明及之，值天霧，賊不意兵卒至，撲殺殆盡，獨失獻賊。獻率零賊竄入黄州山中。黄班師，所獲牛馬騾驢輜重不可勝紀，每一牛坐婦人嬰兒數人，布帛纏縛，至桐城，召人贖婦孺，買耕牛，語桐人曰：「吾所得何如？而需汝區區犒哉！」徑去，不入城。城中人怪兵來太速，疑請救者未至，必先期奉鳳督令而赴援者。已，知公得林信，知桐急，不及請於督，即夜出兵，兼程而進。其前哨遇賊探騎，盡殲之，馘二騎耳，縱以歸，使報賊，故騎至而賊遽遁也。

是時，城中糧垂盡，兵不來，城且破矣，於是爭德公，爲建生祠於西街，與賓祠共祀不絶云。夫以黄將軍勇冠諸將，在烈皇帝朝屢立戰功，位至總兵，封侯，救桐城於將陷，桐人德而俎豆之，宜也。賓，偏裨下一防城卒耳，不忍城破，甘受屠磔，殉城下，以救合城人命，於彼何所爲哉？桐人言之，至今泣涕，雖與黄將軍並祠，尚有不足以鳴其感者。今歲時致祭，父老皆拜於祠下，並稱將軍，何嘗知兩公當時分位之有崇卑哉？分位者一時，名德者千秋。有志於世者，其亦知所勉矣。

長干寺遇舊中官述往事紀

順治甲午年，方密之以智既爲僧，閉關高座寺，余往看之，寓報恩寺，坐賓卜周勿庵肆中，有老僧與同坐，故中官也，問余，知爲桐城人，因曰：「桐城有一方以智，尚在乎？昔於內廷供事，烈皇一日御經筵回，天顔不懌，忽歎曰：『求忠臣必於孝子之門。』如是者再。某跪請其故，上曰：『今早經筵上，有展書官陳某，乃陳某子。其父巡撫河南失機，問大辟，繫獄候決。某衣錦熏香，展書朕前，略無戚容，不孝如此，其能忠乎？』某跪進曰：『展書官舊例皆然，跪近上前，防有不潔之氣上觸，故衣必鮮華，熏香盈袖，要令展書時芳香襲御坐耳。』上曰：『既知此例，便當辭官；不然，辭差可也。朕閩新進士中，有一方以智，其父方孔炤亦以巡撫湖廣，與陳某同罪下獄，閩以智懷有血疏，日日於朝門外候百官過，叩頭呼號，求爲上達。此亦是人子。』言訖，又歎曰：『求忠臣必於孝子之門。』未幾時，釋孔炤而辟某。孔炤之得生由此，外廷豈知之乎？」余閩其語，隨到竹關說與以智。以智伏地哭失聲，北向九叩頭謝恩。甲午秋九月事也。

吳任臣書吳越王贊紀異

武林吳任臣志伊著十國春秋成，語余曰：「吾作吳越世家訖，爲武肅王贊，述其國政，有『嚴刑峻法，厚取於民，以供輸中原』等語。既屬稿，命繕書，書者頭腫目眩，不能握筆，輟筆不書，疾良已，再屬筆，復然。如是者三。余悟曰：『豈吾言有過，觸王怒耶？』因更之，謂：「雖竭東南之膏脂，以充中國之貢賦，而使東南四十年不罹兵革之禍者，王之功也。」大意如此。更竟付其人，振筆直書，絶無所苦。王去今且千年，靈威赫然如是，可畏哉！吾書成，未載其異。子爲其苗裔，幸錄之存譜牒中。」

嗚呼！此豈先王之靈爲之？亦天不可欺，鬼神不可枉也。三代直道，至今存諸人心者，即天與鬼神之所存也，而人顧欲枉之，天與鬼神終不容枉。韓子稱作史者不有人禍，必有天刑，此皆爲枉筆者言也。人於世，旦暮耳；天與鬼神，則亘古如一，有直無枉，寧以久近異哉？不然，以先王之英雄，本星辰河岳之誕降，以王此方，功成而去，仍復其所，豈有千載以後，尚欲與弱翰書生爭此數字之曲直，而區區致罰於傭書之人？吾不信也。

鮑心樾救漁人冤獄紀事

余家居青山里，近數里内有小市井，賣酒肉以應村人不時之求。有鮑翁心樾，新安人，系出棠樾鮑氏，故號心樾。自其祖父遷居於此，家僅自給，不苟取人一文錢，以是，里中稱爲長者。

崇禎乙亥年，郡丞沈延賞本胄子，喜事，遣邏卒夜巡江，遇江邊漁子六人，指爲盜，要索不遂，縶至官，延賞大喜。而是時，皖有罪紳，雖廢而氣頗張，郡縣有事，皆請命焉，因勸延賞盡殺之以樹威。延賞遂手削爰書，定梟罪二，斬罪四，獄成，讞諸上，刑有日矣。六人者，皆至窮極愚，徒以網魚苟活朝夕，一旦遭奇誣，陷大辟，死即死耳，誰爲白者？瀕江人㗊之，皆嗟痛莫可爲計。翁居去漁所近，又素習六人行，不忍目擊其冤死也，奔告於先君子，叩頭哭泣，願毁家以營救其死。先君子歎曰：「爾家幾何？此大事，豈汝與我所能救哉？吾思之。」是時銓部何畲庵請告在郡，無子，人勸其行陰德，可以延後，素尊信先君子。於是，先君子即日入郡，爲何公言之，謂行陰德莫大於此。何公欣然，具以六人被誣狀白諸當事。當事固心疑其冤，得公言，遽駁反其讞詞，盡與釋放。

翁凡經營半年，是六人始免，雖主者、居間者無毫疑少費，而翁之家已盡矣。翁既救出六人，生計蕭索，泰然自如，不以爲悔。而是六人益飢窮，相繼以死，翁猶周恤其家不倦，至今里人能言之。年七十餘始殁。有孫，余嘗以善人之後，思提獎之。貧甚徙業，今不知其所在。

紀潤州包君冥判事

潤州有包某者，少有至性，孝於母。明季歲薦饑，莩者填路，君每月朔望，召集城隍廟列坐兩廊階下人，給錢米，有相識者輒另厚遺之，戒勿再至，異時私自周給，鄉邑翕然稱爲善人，兩舉鄉飲。君狀貌魁梧，端重若神，性好道，日持誦太上感應篇，每歲正月，必齋戒上三茅山，禮華陽洞，祈母壽。

邑人錢某禱夢於城隍廟，問母壽及己終身事，神語之曰：「此間判官秩已滿，當代。代者，即包善人某也，汝歸問，即知之。」既寤，趨公宅求見，值君去茅山，候數日君歸，乃見，具道神所語，君笑曰：「此夢寐間事，何信之深耶？」其人哀懇不已，因以好語慰諭之，使去。自是以後，精神恍惚，舉止稍覺異常，即日區畫家事，晝夜汲汲，若恐不及。逾月而病，病七日而歿。歿之晨，室中彷彿聞有扈導聲，君隨起坐，遺囑子孫力行善，指麾粗畢，瞑然而逝。未旬日，有里人戈姓僕月華者，疽發背死，逾一夜甦，語家人曰：「頃至一衙門，見一官人，貌甚偉，手持印簿，檢我陽壽未終，放令還。臨放，語曰：『我包某也，汝去，爲我寄一口信，以慰老母。』」又一余姓者，有愛女甫五歲，以痘死復活，亦云到地府中，有官人姓包，言：「汝未應至此。」遣人送還，所見俱與月華説同。諸異甚多，事載郡志，至今潤州有「包判官」之稱。君三子，仲子斌爲池州府訓，請余爲之紀。

吾嘗觀莊子，謂行不善於顯者，人得而誅之；爲不善於幽者，鬼得而誅之。於是，有應爲人誅，人不之誅，乃授其權於鬼神。凡鬼神之賞罰，所以補人世賞罰之所不及也。人世之賞罰，多不得其平，惟鬼神稱至公，則以人世司賞罰之人，不如鬼神之司者爲稱任也。以包君生平按之，歿爲冥判，賞罰攸司，益信鬼神之擇人而任，而包君之爲善人也。

鳩巢紀異

南山之下，桂樹之間，有巢焉，鶻與鳩爭，鳩不勝。楚國公子遇之，鳩宛頸悲鳴，自投於公子之懷，公子庇之。鶻不知公子之庇鳩也，奮翅伸喙而前，其音痛憤，嘵嘵焉訴其理，若有甚長者。公子無以決也。客曰：「此鶻也强，彼鳩也弱，丈夫寧扶其弱者。」鶻笑曰：「我固鶻也，彼亦鷹也，形則鳩耳，終必負汝。」公子不信，遂斥鶻，使其客載鳩，梯而升諸巢。

方鳩之在公子之懷也，宛然鳩也；及其升巢，則忽而鷹也。鷹既得巢，乃張目睢盱，盛氣謂客曰：「我何以汝爲？余登巢一呼，而衆雛皆斂翼聽命，余威伏遠矣，今鶻已拜余下風矣。異哉！公子豈以爲余不能有其巢，而煩汝之梯而致之耶？」因攫身側腦，時時搏擊其下以威客。客懼而去，以復於公子。公子眙曰：「嘻！吾向者見其宛頸哀鳴時，蓋鳩也，寧有鷹乎？」

居久之，爪角益壯，求食益急，凡旁巢之雀鷇無不探也，居人之鷄雛出諸柵者無不攫也。則相與噪而逐之，不去，爭以詈公子。公子聞之，曰：「嘻！吾向者惟知其爲鳩也，烏知其爲鷹也？雖然，吾甚愧夫鶻也。」

重過茂溪宿羅述素家紀事

余以丙戌秋，由鏞城入沙陽，道出茂溪。茂溪士十餘人相見，盡一時彬彬之選，接其姓名，則羅氏爲盛。未幾，遇亂，困於歸化村中，羅氏昆仲迹知之，以籃輿迓我還茂溪，因館南生池館，晨夕吟嘯飲酒爲樂，凡八閱月。而地方兵起，鄉里推南生出保障，余以病避地，轉徙（寅）[夤]緣，出關度嶺，備歷險阻，僅而生還，聞羅氏昆仲以兵事爲地方受累。今年，余重過沙縣，知其家悉無恙，惟南生已殁。而羅氏昆仲聞余至，亦驚喜，南生長公述素追念昔誼，走沙縣邀余再到茂溪。凡别二十年矣，溪山如故，市井一新，向時同遊者悉皆聚首，獨少南生一人耳，傷哉！是夜，即館述素家，羅氏諸子盛稱述素之孝，且言其母氏之賢。往時，南生家貧，以豪俠聞於閭里，食客常滿坐。今述素貧益甚，賓客益衆，母氏不復問家政，惟贊其子婦以助成述素志，一如往時己之所以助南生者。

夫婦，人以順爲道者也：其始也順於夫，婦道也；其繼也順於子，母道也。然吾觀世有慆淫之夫，内無顧忌，縱情極意，以至身家俱弊，委頓流離，乃始歎悔於向者室之無悍婦也。至於母慈子驕，馴致傲很，已嬰禍難，噬臍無及，追恨母之不早制之使然，則順之道豈易言乎？易曰：「家人有嚴君焉，父母之謂也。」言嚴君而兼以母，則母之未易順子可知。今其母氏順於夫，以成夫之義；順於子，以成子之孝，亦其所遭者幸也。吾頃留述素宅六日，見其飲饌如流，閫内寂無人聲。又述素有弟早逝，其婦與子皆養於述素，内外無間言。吾未見一門之内和順如此而其家不興者，是可紀也。

湖南遊紀略

合肥龔千谷爲湖廣驛傳使者，招余入楚，丁卯正月，與余同爲湖南之遊。余意在攬岳陽之勝，歷洞庭之險，登岳麓道林寺，和少陵詩，以補吾集中詩題所未備。而附載官舟，往來皆御順風，勝者略領其勝，險者不見所爲險也，有詩二十餘首紀事。

遊岳麓，上禹碑亭，亭踞中峰之巔，有雲麓宮峙其右[三]。余以七十六翁，鼓勇杖策，直造其巔，而岳麓寺及書院則且再至。初遊有詩四首，後同千谷載酒以往，爲文以紀其事，勒石陷壁間。上岳麓寺，老僧彌嵩開竹間房，設茗果，指隔江十年前戰壘所在，談交戰事，宛然可睹。徘徊久之，未知道林所在。以勢度之，當在雲麓宮峰下，遊者渡湘江，由道林過書院，然後上岳麓耳。而少陵詩云：「塔劫宮牆壯麗敵。」今求其址，不可得矣。至云「寺門高開洞庭野，殿腳插入赤沙湖。」洞庭、赤沙去寺遠，不可見。然後知古人用意廣遠，屬詞亦得其大概而已。即岳陽樓詩雄視千古，余過時，春水未生，不見有如詩所云者。按少陵亦以冬盡春初過湖，其所爲詩亦想像得之，非實見也。吾爲詩，一字不肯假設，由是觀之，亦已泥矣。

比在長沙月餘，其地卑濕，余不戒於起居，得癉疾。已，買舟溯衡陽，思上南岳尋大錯和尚墓。至湘潭，疾甚，不能進，遂返。未睹少陵所謂「祝融五峰尊，峰峰次低昂」，亦一恨也。

閩氣候紀

吾嘗疑天地至大，然自燕冀至閩粵，南北相去不過四五千里，日行南陸，北地苦寒，非重裘不可禦冬，南人猶有衣單袷者，若粵之雷州，臘月衣葛，其常也。日行北陸，則北地酷熱倍於南土，盛夏時，几席如蒸，中夜至不能寢，閩中惟苦晝暑，到夜則涼，夜半益涼，男女寢皆不解衣。由是觀之，南北相去無幾，寒暑頓異，則中國之爲中國，適正當黄道之中也。

閩人云：「近二十年來，兵後北人雜處，較冷於昔。」地氣自北而南耶？往時冬雪甚少，不有霜，霜僅三日，過三日謂之厎霜，必雨；近且連霜三四十日，霜甚重，殆北方所未有，然甚寒。民間以霜雪爲祥，占有歲，尤喜雪，遠村往往有之，晨起，見四山峰頂皆白，日出即融，近城市絶少，今間有之。而霜顧於城市溪橋間獨厚，軟如綿，至山深村僻處轉薄，疑爲人煙水氣上蒸，遇寒氣凝結以成。故霜不足以壓瘴，須雪壓之。九月有桂花瘴，四月有黄竹瘴，瘴氣亦輕，不似粵地之瘴毒，中之輒殺人，山野徒跣之夫，犯之多瘴生瘍，裘褐者不畏也。

建寧風俗紀

閩自漢武帝惡其獷遠難制，徙其民於江淮間，而虛其地。及郡縣既立，漸以中土之民實之。相傳晉永嘉末，光州有危京者來刺建州，率其鄉避亂之民以來，在官十有六年，卒，葬武夷山之石鼓村，民不忍去，遂以占籍。建州之士人知尚文學，有伊洛之遺風，實由京始。自後，中原喪亂，士大夫多避難閩中。至唐常衮以文學教閩，歐陽詹之徒應運而起。迨及南宋理學，人文鬱興，比諸鄒魯矣。蓋其漸濡已久，至朱蔡而後稱極盛也。

其俗尚節義，重族氏，崇先儒。儒户甚重，國家有大徭役，儒户不與焉。顧好鬬勇輕生，殺人償命，閔不畏死。大抵山峻水急，其人類多負氣，建陽志所謂：「其君子勇於爲善，小人敢於爲惡。」不獨潭爲然也。今士大夫多鄉居，在城者亦閉門自好，律身儉約。而市井率尚奢靡，祠廟之間，歌舞宴會，殆無虛日，大抵皆郡縣胥吏主之，所費不貲，皆鄉里小民脂膏也。又俗尚鬼，信巫覡。病不服藥，惟禳解符咒得愈。喪事用浮屠，酷信堪輿，停柩累世不葬。嫁女奩甚豐，或損其家之半。女生輒溺之。婢赤腳，終身無夫。婦年三十以上，朔望羣聚念佛，老少叢雜，誦聲嘈嘈，則有道媪爲之領袖，或導之入寺燒香，雖有司嚴禁，不能革也。

分野説

分野之説，世儒多疑之。如謂青州正東，而玄枵在北；雍州正西，而鶉首在南；揚州東南，而星紀在北；冀爲東北，而大梁在西；徐居東而降婁西；豫與三河居中，而大火正東，鶉火在南：躔次與方域何其差謬耶？

自唐一行著兩戒論，以雲漢配江河，謂星與土精氣相屬，不緣於方域，而分野之論以定。唐志云：南斗在雲漢下流爲吴分，牽牛寖遠益南爲越分。吴越同壤，斗、牛、女連度，然分野殊矣。而吾疑分野亦當其時有變易，蓋度數分於黄道，黄道遷於歲差，宿屬斗末者或移而牛初，則野屬斗末者亦宜更屬牛初也。故猶是越分，天官書以爲牛、女之分，隋志謂自南斗三十二度至須女七度爲星紀，正屬吴越之分野，兼斗、牛、女爲言，明一統志直以爲斗、牛之分。大抵星紀之次，首斗而趾女，當其時占之，宿有前有卻，而因以爲據，故有是不同之説也。

建寧形勢説

閩地不當秦楚一大郡，每中原有事，閩輒自立爲國。至於王氏再傳，建州一隅與福州並建，二君終日尋於戰爭。然閩所以能爲國者，以其地勢回互，溪山巖阻，有險可憑。又連山近海，物産饒足，軍國之需，不必取給關外，足以自王。兼以民情喜亂，天下多故，此方先叛後服，其勢使然也。然以中國之兵臨之即輒覆亡，此無他故，人恃險而無固志：近海者恃海爲窟，急則航海以遁；近山者恃山爲巢，急則竄匿巖穴，以圖緩須臾死耳。是故，閩中之險，其人恃之易以亂，亦易以敗。

古人設關，如仙霞關爲建寧之北門，而地屬浙之三衢。即分水嶺亦與江右信州共之，不使閩獨有其險，良有深算。而門險如仙霞者不可枚舉，保閩者當察其要隘所在，爲之分地設防，使險悉在官而不在民，以盡奪其所恃。此不寧固圉是計，其所以保全閩蚩蚩之民命至衆也。

馮詩國病説

杭州馮生，好泰西言而善病。今年夏，在武昌署中，所處一軒蕉陰滿院，會梅雨不止，生方病甚，窗外藥竈茶鐺沸聲與蕉上雨聲相亂，意思蕭瑟，終日擁衾高卧，瞪目看南山樹色而已。生不爲詩，聽人吟詩通無語，然遇佳處輒一解頤，余每於其所解頤者心異之。余老不能寐，每凌晨趣諸子起啖粥治事，馮子方貪朝眠，詘余趣早起，輒轉面向裏卧不應，而粥亦往往失期不得啖。魏子州來知其意，故與談虞山牧齋詩，誦其佳句則喜，神涌思發，即爲連誦十數首，深論其文章作法之妙，益大喜，病良已。然後知虞山詩文、泰西道法，皆足以已生之病，不減吴太子之廣陵濤也。

生寓居婺之八詠樓側，樓以沈休文得名。休文善病，生乃亦善病，觀其集，八詠詩離其字句，協其長律，豈有所慕於休文而爲之乎？休文汲汲於富貴不已而病。若生，於聲利之場泊然自遠，起居服御，取於世者至約，固非休文比也。且生亦何病？特其性情閒澹孤僻，似與病宜，而病亦從而侵之。生因而學道，因而學詩，皆以病爲之緣，則病亦何負於生哉？

説詩示石生漢昭趙生又彬

文章之道，至於詩而才與學黜焉；非謂才與學不足以爲詩，謂詩非才與學之可以爲也，而有其才焉，有其學焉。有才人之才，有詩人之才；有學人之學，有詩人之學。才人之才在聲光，詩人之才在氣韻；學人之學以淹雅，詩人之學以神悟。聲光可見也，氣韻不可見也；淹雅可習也，神悟不可習也。是故詩人者，不惟有別才，抑有別學。

老焉少焉，窮焉達焉，勞焉逸焉，得意焉失意焉，無地非詩，無時非學。而世謂窮苦之音易工，歡愉之詞難好。若是，則詩宜於山人，而不宜於朝士；宜於失意，而不宜於得意；宜於閒適，而不宜於應酬。古帝王卿相之篇章，何以至今稱焉？陶元亮以飲酒閒居命題，而曹氏父子身不離軍中。杜子美，詩人之窮者也遭時取官，述省掖之清華、侈宮庭之壯盛，其工麗妍婉，豈出王李下哉？然則亦第論是詩人、非詩人耳，時與地隨其所值而已。夫詩人之詩，何嘗不以才爲之？學爲之？而決爲詩人，非才人、學人之所可爲。此其故，固今時稱詩者所不能解也。

校記

［一］林氏 宣統本作「林氏婦」。

［二］因作書 宣統本作「因爲婦作書」。

［三］㖃 字書難見，待考。

田間文集卷二十七

雜文

徵刻南音集引

自季札審音，風雅偏歸諸上國；迨靈均作賦，詞章特盛於南方。豈惟聲教使然？抑亦性情有異。蓋營崎嶇嶺嶠，涉歷湖湘，其山川秀發以爭奇，其人士思深而戀舊。興情草木，每增感物之思；寓目煙雲，輒有悲秋之興。風物如此，情事可知，喟歎之餘，歌詠間發，南音爲盛，良有以也。今天下新聲競起，率自命以千秋；而吾謂雅道未亡，尚有賴於四國。有如三楚之俊邁，七閩之靈奧，江右之沉鬱，嶺表之蒼渾，皆獨攄至性，不襲靡詞；自吐清音，耻諧俗調。又其遭遇亂離，幽憂最久，眷懷往昔，痞傀獨深，一謠一詠，皆有當於風人之義者乎。乃以方域有限，篇什尚閟於名山；或著作已傳，流通未廣於賈舶；兼之喪亂以後，放失尤多；至於遺逸之流，湮没何限？遂使豫章之木，空輸囷於江涯；明月之珠，自焜燿於海表。非徒嗟斯文之欲墜，亦且懼志士之無聞。

某遊處有年，知交頗廣，不揣固陋，僭思表章，仰冀吾徒多方搜輯。所取吟風弄月，不以憤激爲工；等諸春鳥秋蟲，諒非功令所禁。音義豈分於窮達？闡揚無間於存亡。上自名公鉅卿，下至山人野叟，旁及林栖衲子，廣之流寓諸賢，倘一節之可稱，雖單詞以必錄。庶幾采風之士收諸樂府，幸存一代之正音；亦令論世之儒錄其遺編，猶識當年之名士。屬在同志，幸鑒鄙衷，寄我佳篇，共成大部。

琴上人藏野書華嚴經引

藏野上人學琴三十年，寒夜蕭寺，香殘月圓，每爲余一再鼓，清徽獨理，身世兩忘，爲余言：「彈有字曲，不如彈無字曲。以字諧音，以音協律，一唱三歎，非不朽也，然而矯揉之迹未泯，惟其出諸人也。至於無端而成音，無端而合律，可得而聞也，不可得而測也，此天地間自然之聲也。自然者，出諸天也。然後，知陶靖節蓄無弦瑟，爲真知音者也。」夫有字不如無字，有弦不如無弦，有聲不如無聲，爲其漸入自然，至於天也。

藏野今老矣，世無知音，將抱琴不彈，思覓一精舍，募三年供，閉關書華嚴經一部，以送餘生。吾方期藏公即有聲以求諸無聲之先，今乃欲舍琴書經，是舍聲音而求文字，形而益下，去道滋遠矣。藏野曰：「噫！予離文字以爲聲音，離有聲以爲無聲乎？子睹其離，聲音已形而下矣；吾睹其合，即文字皆形而上也。一部華嚴經，盡於所説四法界，歸於理事無礙，以是爲真俗一諦也，以是爲不二法門也。法本不二，吾之琴與書又有二耶？且吾一指也，揮之則弦，把之則筆，指未嘗二，指之用焉有二？苟得是不二法，化吾之點以爲徽，化吾之畫以爲弦，化吾之八法以爲聲音。聽吾琴者識其字，豈有誦吾經者不聞其聲乎？若孔子彈琴而見文王之爲人，此以耳見者也。菩薩以『觀世音』爲尊號，此以目聞者也。世之耳目本無二根，吾之指寧有二法？」藏野之言如此。吾喜其言之與吾道足以相發也，遂書而爲之引。

賓杲上人尋山引

莊子曰：夫不欲忘形者，莫如棄世，棄世則無累。釋氏言：一切世界，惟心所造。未能忘心，安往而不得世，亦安往而不累哉？學佛之人，舍其父母妻子，而逃於方之外。而方之外，又自有其眷屬、門庭、交際之煩，其爲世固無異也，於是，又求舍之而逃之枯槁寂莫之鄉，茨茅編籬，離世以遠，與草木鳥獸狎處，久之，相習而不能去。夫亦自有其世矣，比之人間世，累特輕耳，未能無累也。真能棄世，莫如忘心。忘心者，非自忘之，心有所用之也。是故，日處塵勞，而不見所爲塵勞；本來清淨，而不必別求清淨之地；在世棄世，世本無累。然此爲有道者事，非學道人事也。

松江郭西有示應庵，遠市臨水，雙扉晝閉，竹林蔬圃，位置井然，誠苾蒭之精舍，梵修之樂地也。賓杲年甫二十餘，即爲庵主，接衆應物，居然長老。吾嘗與之談，其於世間是非得失，一切了了；檢點諸方邪正，亦復不謬。知其資質甚高，雖未齊於佛法所得何如，要爲灑灑落落一聰明衲僧也。即今棲遲郭外，自云：常若青山白雲之下，有一囲瓢在其眼中，是其煨折脚鐺擁敗衲安身處也，但此地付得其人，即撩衣去矣。賓杲今在此蘭若中，即能離此蘭若，吾知異時住山，即能不住於山，未有念念求脱離，而不得脱離者也。莊子棄世無累之説，其當於賓杲信之乎。

放生社引

今世界一殺運也。人心殺機一日不息，則世界殺運一日不止。止殺莫如放生。浮屠氏因果之説，儒者不信，至於放生之事，輒或行之。其言曰：「君子之於禽獸也，見其生，不忍見其死。」此即吾儒之戒殺也。孔子君賜生必畜之，成湯開一面之網，周公驅猛獸而遠之，齊宣王以羊易牛：大抵皆放生也，而不言因果，亦曰惟此一念，足以銷當下之殺機而已。古今善放生者莫如鄭子産，魚放於子産，烹於校人，校人之魚自殺，子産之魚自生。洋洋圉圉，謂此魚至今活潑溱洧間可也。若律以因果，則校人償命，子産亦當坐不覺察之罪，而放生之術窮矣。往時天道遠，報施難憑。自罹刀兵以來，二十餘年，所殺人命亡慮百萬萬計，其烹燔刳割，不異於犬鷄羊豕，方且坐視哀號宛轉以爲快。識者謂此銅頭鐵額之衆，即犬鷄羊豕之轉劫求償，或不誣矣。故由儒家之説，生憐憫心，有不忍不放者；由因果之説，生恐怖心，有不敢不放者。

新安朱孟嘗，數年前夢入酆都地獄，見諸苦趣，發心悲憫，舉家戒殺。近復因喪明之戚，大生敬怖，益思廣其教於同志，結放生社，每月一舉行其事，屬余爲之引。以孟嘗生平居心本無殺機，因地獄之示現、恩愛之斷割，益加信心，意者有物相焉，乞靈孟嘗以轉世界之殺運，故明兹因果以信孟嘗者，信孟嘗之同志也。由是信而廣之，其始也不敢不放，其既也不忍不放。生趣漸濃，殺機漸息，則二十餘年刀兵之毒運庶其有轉乎？

抑吾聞諸教典曰：廣額屠兒放下屠刀，立地成佛。試問放刀何難？成佛何易？要知此刀是此兒命根，放則一切俱放，不惟放刀，亦且放佛；放下佛，斯成佛也。今之言放生者，莫作因果想，並莫作放生念。此放生一念，便爲生死種，便爲屠兒刀。不放此念，不脱輪回，吾願放生時與念俱放，直得無生無放，方是真放生者。

募修令橋疏

蓋聞：造梵天之福，橋梁居首；開功果之門，利濟爲先。至聖以達人存仁，金仙以度生發願。往來有路，道重津梁；險阻可通，功高舟楫。若乃神君駕海，直驅海上黿鼉；天女填河，欲假河邊烏鵲。是則凡聖皆無凌波之術，所以卦爻特重利涉之辭。

金陵南去七十里，地界溧水，溧陽有令橋者，爲郡邑之通衢，當省會之孔道。塵飛日暮，坐野店以送馬蹄；凍合霜晨，聽寒鷄而數人迹。自唐閱宋，創建且千百年；由浙通閩，灌輸凡五六省。歷世既久，濟衆已多。精衛之銜木將傾，祖龍之鞭石欲墜。勢非引索，險逾懸梯，一遇風雨之朝，不勝蹩躠之苦。雖尾生守信，抱柱何從？孺子相期，進履無地。征人爲之裹足，長者因而發心。

善士陳公大破貪吝，蠲千金蓄積以爲倡；戒僧慧昭夙有因緣，分十二囬通以轉募。蓋欲福田廣種，亦以獨力難成，敢告同仁，共襄義舉。莫謂自利，何如利他？可知度人，實以自度。或善女人，或善男子，勿靳檀施，將爲布縠，將爲金錢，隨緣喜捨，庶幾積寸得丈，捧土成山。將使勢跨長空，驚彩虹之復起；影搖絶漢，還蒼龍之舊觀。商賈接踵而來，不憚褰裳之苦；士夫聯鑣以至，無歌行路之難。笑初祖之折蘆，顯大神通，莫止成自了漢；念書生之編竹，濟多生命，豈得謂有漏因？福德齊囚，人天共慶。留題柱上，佇看駟馬經過；得句雪中，應待蹇驢覓去。

吳門爲澹歸大師募淨室疏

澹歸和尚傳心印於洞上，建法幢於嶺表，功行甫畢，撒手東還，一鉢隨身，寸絲不挂。且然行腳，寧無歸隱之思；正好住山，誰是安禪之處？而師也逍遥委運，去住隨緣。諒開堂而領衆，非其志矣；若把茅以蓋頂，豈不願乎？數畝之園，三間之宅，率門徒以種菜，分佛火以讀書。折腳鐺邊，罨飯過日；爛繩牀側，破衲遮寒。似此檀那，在居士頗易爲願力；惟兹澹薄，於和尚正愜其本懷。自昔吳門號稱佛窟，丹崖翠壑，是處付與高僧；賸水殘山，何難存此耆舊？樂善者各出隻手，知師者諒有同心。

壽昌其天禪師塔疏

壽昌其天禪師，今年自三山歸，至昭武，距壽昌不三百里，奄然示寂。亡慮僧俗遠近，莫不悲泣震動，痛禪師之遷化太遽，胡不少留一二日，歸方丈化也？余與禪師交未久，而相知最深。自己亥秋杖人辭世，諸兄弟東西分化，禪師私謂余：「將以片笠把茅，終身匿影，上報師恩。」未幾而受興國之請，即住興國，興國頓成叢席。又未幾，壽昌虛席，竺和尚請禪師領衆，即住壽昌。乃知禪師本無心於出世，亦無心於決定遯世，時至順應而已。禪師於遯世、出世，一切任以無心，則生死之間，又寧肯有心去留哉？

吾觀古德於臨命之際，作偈頌，辭檀越，集衆坐化，號爲「自作主張」。自有此稿本留傳，到頭來雖手忙脚亂，惟此一事畢竟要依樣葫蘆；若不如此，竟不可死。有識者哂之，直得一噦。以視其禪師今之要去便去，絶無回護，爲得自在耶？不得自在耶？孰有主張耶？孰無主張耶？禪師有塔亦得，無塔亦得。雖然，此是禪師己分中事，不關大衆。若大衆分中，則自有祖庭從上建立，榜樣具在，請依無縫之式，共助合尖之功。

中天蘭若建置本末記

閩故多佳山水，當延邵接壤之區，有山名天堂，中峰竦峙，四山回拱，修竹流泉，交貫周匝，晴朝望嵐氣如海，俯視諸山，僅存峰頂，或出或没，殆海中島嶼耳。正統年間，有僧號怡中者，依巖而宇，鑿麓而田，兹山初有梵刹。未幾輒火，凡再興再廢，土人與僧交利之而不能有，遂以歸諸博山，天啓六年事也。

博山老人擇於諸弟子，得剡水上座使往。剡師瓢笠承命而來，坐瓦礫荆棘中，以大定力摧伏羣魔，回心外護，有獰犬弭耳受記，因緣漸熟，竪立法幢，此方人人聞博山之宗旨矣。先是，怡中舊址在山左腋，方廣纔數丈，師狹小之，卜踞山之正中，南面而擁諸峰於膝下，鼎建佛殿，榜曰中天蘭若，鑄丈六金身，翼以方丈禪堂。又置天龍閣，請藏經貯其中。右僧寮，左香積，凡諸叢林應有者，大略都備。田之素爲僧有而占諸土人者，師既竭力贖還；其有附近民田願屬諸山者，師復倡其弟子捐衣鉢之貲，次第收集。於是，中天蘭若巋然成一巨刹矣。不幸丁兹殺劫，師竟以宿債當償，畢命樵川，雖山林不改，而門庭寂莫，師志多所未就，傷哉！

師爲吾鄉廬江人，初住吾邑如意庵，精教乘，能詩。博山大師埽塔過桐山，師因隨之回。已，蒙印可，遂分化此地。丁亥兵起，入樵川遇害。有弟子三人，曰覬，曰戒，曰京。京後師三年死。戒公、覬公皆吾鄉人也。辛卯夏，余再過閩，閩亂甫靖，便道上天堂山禮金相，眺雲物，閲經藏，想見師之作略，洫焉悲其死也。覬公、戒公爲述此山廢興之由，屬余記之，遂次其始末，而爲之記。

尋白鹿山洞小記

遊大龍灣之次日，玫士邀余及有懷曰：「去此不二里，有山甚頑，所以給莊人樵采供炊者也。近搜得一洞，能往遊乎？」有懷喜，飯畢即行，余亦賈勇從之。山不高，但荆棘楮拄，樵徑漫滅，不可行，莊人導之，崎嶇以達。既至，有石屹然壁立，玲瓏似泗濱浮出者，指曰：「此洞口也，從此尋磴道可下。」下瞰，正見洞門。有懷謂余且止，自與玫士雀躍趨下，至洞，叫曰：「固巖也，略似浮山，但磴道峻狹草没，不宜來。」余勃然，左策杖，右掖小童，捫壁躡級亦至，不覺其艱。

果别是一巖，非洞口所見洞門也。洞門北向，此正在左畔耳。其巖穹起，高可二丈餘，深如之，廣倍之，居然石室，有檐下垂，其下拔起一石，直上與垂處接，大不盈抱，猶檐柱也，浮山浩嘯廊彷佛似之。而洞口所見洞門深黑，人久之始辨色，平如半間堂。堂背路絶，有穴下通，土人汲綆探之，度四丈餘始及地。小僮擲火爆其内，良久有聲。皆言内甚空曠。吾意必有旁竇以洩洞中水，若募土人於山麓搜剔，必得之，因擴爲門，朗然使可出入，光上透穴，由此穴梯而登，則此洞屋儼然岑樓矣。固勝於今俯身自上下也。洞壁離奇，有波濤起伏，往往似佛寺塑洛伽山形，亦有剥落者，當是石乳凝成，特洞淺，通風日，故易脆耳。於是，玫士陳所攜酒榼，席地小飲，甚歡。

自慶七十餘猶能涉險窮幽，從二子飲此洞也，援筆記之。時癸亥二月社後三日。

齊山遊小紀

庚申秋閏八月，過貴池，湖水大漲。金賓王廣文以小舟載客，挾絲竹，沿堤而進，爲齊山之遊。山徑荒頹，道茀不可行。攜酒望江亭，亭壞不敢坐。復移具山下酒店前，依柳陰，臨流布席。有村童拏舟至，余坐逼水，遂繫舟余坐下，余笑謂曰：「舟繫不妨，恐日色逼，坐且徙，汝舟能從之徙乎？」乃微笑，解維去。坐定，觀者環集，凡村郭往還者，皆於此候渡。天暑，人氣不可當。麾之不去，余曰：「惟一曲吳歈足以散之。」於是，羣客奏伎，有朱生按節而歌，歌聲起，聽者皆默然遠去，乃縱飲遞歌。

柳陰漸移，興不已，罷酒，攜樂器前至一佛廟門前，掃地而坐，更作十翻奏。繁聲促節，土人過其前皆如不聞，或駐足，一側耳輒掉臂而去。有二樵子弛薪階下，擁柱聽良久，樂將闋乃去。客笑曰：「今日作樂，僅得此兩人知音。」樵曰：「吾以待渡也。」皆大笑而散。

樅陽廟後山留松記

史稱晉時陶侃爲樅陽令，樅陽固邑治也。邑有城隍，今其廟故在陶公祠右，廟倚山面市。山上松高下成林，偃蓋陰森，直廟之北，暑月行人過其下，清風颯然，蓋百餘年物也。樅陽皆童山，獨此一片地鬱鬱蒼蒼，爲山生色。而有是山者一旦售諸人，且斧之爲薪，斧不能殊，陳生官儀適過之，奔告其同志諸子，斂錢若干酬其值，其人亦欣然轉售。因存十四株，以爲公物，永禁翦伐，非徒以娱遊觀也。

子文云：鬼猶愛深松茂柏。茲松之託根於廟後歷年既久，礌砢輪囷，直與斧斤相拒於危絶之頃，豈非神所憑依乎？過廟者望其蒼蒼鬱鬱，王氣攸鍾，所以蔭廟，即所以蔭市也。余喜是舉之爲神人共慰也，故爲之記。

諷羅處士佚老文

余二十年前，嘗遯迹於茂溪，主羅氏之家。羅氏一門皆尚禮好義。奎之與余同年生，尤爲超邁。尊公弘甫翁時已年六十，去市里許，結精廬，供佛像，與二三同志課誦其中。翁生平俠氣，重然諾，一旦謝絶市喧，林野自娱。余每過翁，必置酒盡醉，余輒呼翁爲羅道人。今集中有贈羅道人詩，即翁也。既别二十年，歷盡險阻，每當困頓時，未嘗不念茂溪，未嘗不歎翁之能超然世外，善自佚老也。

頃者再入閩，由史溪趨雙峰，道出茂溪，溪山如舊，市井已非。訪羅氏諸子，固無恙。問道人，則益健，且更娶孺人，復舉一子，已十數歲矣。奎之與余鬢俱皓然，翁顔色悦澤，殆勝向六十時。過其山中，精廬已成廢宇，翁在市居一小樓，囂然爲室家之計，余亦不復以「道人」呼之矣。

莊子曰：大塊勞我以生，佚我以老。翁昔者未老也，而固勇於求佚；今翁八十矣，而轉不能得佚：蓋翁佚之於未衰之時，天故欲勞之於既老之日。非天之勞之也，其有餘之精神氣力不能自佚，即天之所以勞之也，亦即其人來日方長之一驗也。然翁自今亦可以佚矣，翁宜益葺舊廬，與向時同志猶存者，復勤課誦之事，以不負吾詩中羅道人之稱。天至是，豈猶有所不肯於翁乎？亦惟翁之自肯而已。

石氏孝行紀略弁言

去年，郡大夫舉行鄉飲酒禮，意甚慎重，而吾邑石君瓊甫爲之賓介，於是，都人士皆有詩篇稱頌其盛。君子渼昭馳書乞詩於余，余不應，亦以詩爲隨聲頌美而作者，不足傳，即有無不足爲重輕也。今夏，郡邑文學又以石氏孝行舉聞，學使者旌之曰「孝萃一門」。值余在邑，渼昭過余，出其所舉實行數則爲紀略以示余，欲得余一言弁之。

其略曰：翁八歲喪親，哀毀如成人，比葬，哭晝夜不絕聲，里中稱之。既長，每遇歲時伏臘，或春秋上冢，輒哀思涕泣，伏不能起。親忌日，洫然在疚，一以是終其身。而又廣其孝思，益修祖墓，睦宗族，同堂有喪者無不救也，門内無嗣之家無不碑而表之也。而孺人高氏亦以孝婦稱。當前代之季，歲薦饑，即獲米升斗，孺人惟以食夫子，而身咽糠覈。翁病目，親侍湯藥，爲廢寢食、忘盥櫛者七年。既佐翁起家，則更以不逮養其舅姑爲憾，每祭祀，必親治牲醴，備物薦新，以冀其來歆也。翁長子維昭八歲時，父患癰，醫需蠃爲藥。天大寒，冰堅，無所從得，維昭行泣水濱，叩冰得之，而患以頓愈。此與古孝子號鯉哭竹之事豈有異哉？紀略所載如此。

余覽之，然後知文學之所舉爲不妄，而當事之旌之爲足以風也。夫孝者，德之本也，教之所由生也。在成周，特重力田孝弟之科。漢魏以來，凡舉官者，必察孝。晚近世，雖不以之取士，而人猶竊好其名。至於以孝爲名，則凡刲肝割股、去妻屠子之事，凡可以求名者，無有不至。而爲上者復從而風之，是率天下而相趨於僞也。夫孝，庸德也，雖以大聖人有所不能殫，而尋常夫婦皆可以自盡。子夏不云乎：「事父母能竭其力。」蓋自王公卿大夫，以迨士庶人，各有其力，各有應竭者，本無孝名，惟曰爲人子者應如是而已。則凡有絶人之行，過分之事，爲所不當爲，而以孝炪者，皆非聖賢之所許也。今觀紀略所載，凡君一門所爲，皆無以大異於人，而爲之不倦，亦祇曰：「吾所爲應如是而已，未嘗知其爲孝而爲之也。」夫不知爲孝，而人以孝稱之，與求爲孝子，而使人久而疑之，則誠與不誠之別也。今者下之人以此舉聞，而使下無匿美；上之人以此風世，而使民無僞行：惟其誠，不惟其名，則皆足術也。

雖然，漢昭亦可謂善顯其親者矣。既已得當世大賢之在位者爲之表章，以風天下，復欲求能文之士爲之紀載，傳之無窮。若余者，生平不欲以言語假借，其爲文質而無華，而漢昭顧欲得之。其乞言也，據實紀事，又絶無溢辭以邀人之虛譽，彼誠知虛譽之不可傳，而質言之足以取信於後也。若漢昭，豈非能竭力以事其親者乎？詩曰：「孝子不匱，永錫爾類。」又曰：「其類維何？室家之壼。」其石氏之謂乎！

山陰嚴公像贊

歸然者其貌也，怡然者其顏也。履棼錯而持之以靜，遭凌厲而接之以歡。舉世服其至潔，議者疑其過寬。蕭然一榻，隨遇而安。惟捐軀之早矢，故觸境之皆閒。抗節而醜徒嘩起於列帳，沉尸而神虎負出於清湍。嗟亂日之死事者甚衆，而慷慨明白如公得死所者之爲難。餘蘗籠之一物，永廢棄於人間。悵音容之如在，遡箕尾以莫攀。

李我貽像贊

吾友李生，家世陽羡。從兄宦遊，旋遭時變。甫二十而成名，早人世之歷練。朗兮如明月之入懷，溫兮有熏風之拂面。笑終童之請纓，徒爾上書；嗤留侯之畫策，未能決戰。使其遇得爲之時，假中人之壽，即仲華之功以成，而公瑾之業可建也。及前路之已窮，猶故主之悲戀。望江南兮不歸，死瘴鄉兮無怨。想笑語之藹然，猶屋梁之如見。

王元倬像贊

此翁不談玄理，不讀佛書。外甚和而中甚介，性極執而心極虛。幅巾蕭然，聊存先代之舊；卷軸盈架，以消歲月之餘。何必逃於禪？何必託於酒？何必傭於市？何必寢於車？有陋其巷，有幽其廬。不謝客而客自罕至，不避世而世自與疏。木榻將穿，猶幼安之坐也；畫蘭無土，殆思肖之筆歟？爲時流鄙棄久矣，非吾人之徒而誰徒？

胡星卿像贊

穆然者其神，浩然者其氣。欿然者其心，毅然者其志。灌數畝之菜畦，饘粥不供；住一間之茅屋，風雨不庇。飲酒但至半酣，讀書惟觀大義。四方之客，日造其門庭；先生之蹤，久絶於城市。髡其頂而儒其衣，斯爲公主之孫，東川之裔。

獲經齋四箴

獲經齋，余晚年所構，以課孫曾，冀其傳經而有獲也。余無德可法，平生於兹四者竊有志焉，今老矣，書之壁上，以勉後人。

我何所貽？貽此一經。惟經學通，事理具明。如斗有杓，如權在衡。是非邪正，莫之或熒。作爲文章，自我縱横。勿期速效，課必有程。勿事口耳，心求以誠。但志於學，寧憂於生？不見桓氏，稽古以榮。

人生安樂，莫善於貧。貧富在天，豈曰由人？爾如不安，怨尤空頻。富人與我，苦樂適均。宵防盗瞰，晝愁吏嗔。不如茅屋，開户達晨。舊穀乏食，糜以繼新。晨昏菽水，足養而親。豈無色笑，以代嘉珍。

門内靡爭，德惟一讓。所爭幾何？和氣以喪。古稱塤篪，予和汝唱。兄曰弟兮，于長乎仗。弟曰兄兮，胡幼與抗？勿信婦言，勿受人誑。婦人見小，宵人好謗。爾無我欺，我毋爾望。彼此小誤，尚其相諒。

古人處盛，儉德可師。貧不學儉，斯言豈欺？儉而不勤，一慳何爲？優遊無事，飽食以嬉。哤言雜處，比之行尸。潔爾庭户，飭爾園籬。力作償食，勿敢告疲。有客至止，脱粟以炊。儉而有禮，鄉里稱之。

田間文集卷二十八

雜文

夢遊仙賦

余幼不樂此塵居兮，思乘風以遐舉。遇浮丘謂余有仙骨兮，顧王喬使爲侶。導之餐六氣而漱朝霞兮，清虚入而濁滅吐。行之久而無效兮，何羽翼之能生？羨王子之吹笙兮，遂一朝朝乎上清。臨別授余以大藥兮，需九轉而物成。曰：「丹術之無奇兮，惟神功之勿間。司火候之精勤兮，毋晝夜以或斷。忽神奔而鬼怪兮，專志壹而不亂。」何時候之未至兮，倚藥爐而假寐。身不知其所在兮，見曜靈之西墜。號魯陽使揮戈兮，詎羲和之馳轡？天地倏其晝暝兮，百怪出以紛拏。猰貐血人以嬉兮，急奔予而磨牙。余既脱命於呼吸兮，退復陷夫泥沙。遭玉虬之南邁兮，遂攀翼而上征。睹蓬萊之宮闕兮，日月仍其清明。羣仙遊戲其間兮，外人至而皆驚。仙官導余以上謁兮，稽余名之在籍。忝一命於散秩兮，覲丹陛於咫尺。心搖搖而皇惑兮，豈宴安之猶昔？

何飇風之鼓蕩兮，竭海立而山崩。宮闕邈其不見兮，肆鯨鱷之憑陵。衆罔知其所之兮，余一葦之是乘。漂翻翻以隨波兮，阻卯兮而戾止。翳童男女之遺裔兮，詗華音而詫喜。爭假宅以栖身兮，常一歲而數徙。渺滄溟之浩蕩兮，震奔濤之喧豗。丹霞旦其西粲兮，土人指余以天開。歎翟飛之無由兮，轉茹涕而增哀。

何長風之飄颻兮，吹我凌乎天路。下巨浸之萬頃兮，橫余身以徑渡。耳涌湍之磕磕兮，雖九死其不懼。朝余發軔于東海兮，夕余至乎西極。道乘軒之總總兮，多平生之相識。嗟皮骨之僅存兮，怪鬢髮之猶黑。瞻懸圃於天半兮，惟軒轅之帝孫。帝高居以端拱兮，仍虎豹之守閽。紛嗚佩之出入兮，誰假余以一言？文昌奏其乏員兮，詔考校於内殿。集羽流以賜問兮，覽臣言而獨善。謬承直於紫府兮，日簪筆而召見。懲如綸之失體兮，信臣職之匪輕。天語簡而足貴兮，隻字褒以爲榮。將往日之濫觴兮，寧違敕而不行？顧羣仙之皋詘兮，爭興心而嫉妒。逢昔日之乘軒兮，乃握手而道故。任吾直以獨行兮，豈恩怨之足顧？嗟六煞之無力兮，天柱忽以動搖。修羅發難於昆侖兮，隨南斗以移杓。鳳皇去而不告余兮，睇玉軑之迢遙。蹇追攀而不及兮，瞻靈璅而長號。

泛靡蓱以無往兮，飄忽泊兮大澤。思昔來於此得岸兮，今仍孑兮逋客。何軀命之足戀兮，遂脊身於一擲。將委形於大化兮，乃欠伸於坐隅。青燈耿兮在壁，丹火伏兮於爐。歷升沉之歲月兮，曾夢覺之須臾。攬人情與世態，信仙凡之不殊。矢絶意於霄漢，甘斯人之與徒。

感舊賦

欸吾生之無之兮，懵忽返乎舊廬。盼檐楹而涌淚兮，感疇昔之同居。蘭委絶而砌荒兮，燕已去而壘虚。網蠨蛸以乍啓兮，物盡散而無餘。猶嫁時之牀在兮，儼凝塵之未除。顧北窗之幔卷兮，鈎至今其未下。閲四壁之蝸蝕兮，睹鍼縷之猶掛。夜縫裳以佐讀兮，聽鷄鳴其未能。何倉皇避亂以急去兮，迸短檠棄乎牆罅。昔余盛壯之好遊兮，塊獨處兮空房。乍遠歸而褰簾兮，皎明月之舒光。時饋食以舉案兮，想雙眉之清揚。忽興疑以懷妒兮，後悔恨而自傷。豈奸臣之肆虐兮，羌余罹夫禍殃。效黨人之亡命兮，何室家之可顧？誓共命以相從兮，犯風濤而不懼。尋蹤迹而遠至兮，歎形容之非故。聊强顔以慰余兮，謂吾行之未誤。退雪涕而心傷兮，痛母節之莫著。

忽兵烽之四起兮，望故鄉之迢迢。欲寄栖無安土兮，載一室乎輕舠。經瀘瀆而暫止兮，赴印友之見招。何鋒鏑之突如兮，遂玉碎而蘭焦。痛百年兮永别，曾一語兮未交。雨滂沱以徹曉兮，往求屍乎水涯。忽返顧而在堤兮，緊片席之誰遮？兒牽衣以熟認兮，綫鈎貫以交加。昔茵褥之層累兮，今枕籍於泥沙；昔隱閟而避人兮，今通市之咨嗟。兒告余以賊至兮，料己身之不保。惟兒女難捐兮，籲神明以遙禱。屬二子於榜人兮，幸夫君之去早。躍清流以潔身兮，猶弱女之在抱。已矣哉！而死而獨幸我之生，我生其何以爲情？而死而思存其二子，如何惟一子之伶仃？夜提抱以見夢兮，告難至以促行。遽稿斂而殯江寺兮，望南極以宵征。棄旅櫬兮長此別，一步回首兮腸一絶。身雖死兮神不滅，隨我三衢兮成永訣。示我以槐子之纍纍兮，占余去兮當復回。

歷萬里之艱危兮，乃時命之終乖。去十年而還鄉兮，惟一雛之與偕。棄婢奴無一返兮，閒箕帚於空階。念繞牀之笑語兮，空隻影以徘徊。凄往事兮滿目，感遺迹兮愴懷。家人勸余以出户兮，毋獨坐而增哀。吾出而將安往兮？吾室其何情以再開？

哀故園賦

吾家百年同居兮，於江上之青山。桂樹叢生兮四鄰蔭，松聲濤起兮半天寒。惟昔人之友于兮，共闢館於其間。弦誦相聞兮，生徒以滿；花開置酒兮，花茵何煖。臨觴分詠兮，詩成始散；曳杖浩歌兮，明月爲伴。惟暮年之倦勤兮，乃怡情乎樊圃。扈古梅以滋榮兮，爭孤松於將斧。梅映窗以月上兮，松臨池而蛟舞。爾乃亭前默坐，樹下經行。防諸子之文課，聽雛孫之書聲。茗竈香爐，隨行左右；丫童竹杖，或先或後。落英委地兮金粟漫，曾枝剡棘兮四果摶。過雨而茶省夫旂槍兮，侵曉而竹報乎平安。欣賓朋之至止兮，開宿醖以傾倒。得一士可與言兮，談竟夕以徹曉。

乃哲人之先幾兮，甫將亂而厭世。遭狂寇與饑歲兮，委田園於烽燧。欸小子之亡命兮，歷萬死而來歸。盼庭柯之未毀兮，歎人世之已非。爰構丙舍，依我先隴。既萬慮之盡灰，惟一卷以坐擁。晝掩扉而自去，夜開户而無恐。跖無端之見罔，懵不知其禍始。既劫質而情露，遂戕殺其壯子。防仇戈之不返兮，廣機穽以絆止。蓄陰謀不肯已兮，余乃逃乎津之市。指林塋之在望兮，矚朝夕之炊煙。念烝嘗之久廢兮，欲歸歟而不敢前。待斯人之天殄兮，余乃返築於西田。

時倚杖於舊館兮，述廢址之所在。松桂摧爲薪兮，羣冢踐爲荒穢。忽梵音之出牆兮，緊樊圃之吾廬。吾子於此隕命兮，爰捨宅與僧居。星已周夫一紀兮，吾過門而不忍入。凹修竹之蔽窗兮，念清陰而飲泣。歷昔人之行坐兮，覽故物其奚存？陟荒臺兮廢圮，窺虛室兮無門。盼東皋之蘭若兮，餘蒿萊之滿院。穿隴畝以檀欒兮，惜往者之不見。上冢墓而哀號兮，使我去此者其誰與？銜幽恨而不能言兮，長忳鬱以焉攄？

譜系考 有序

吾家譜自武肅王修大宗譜，文僖公繼之修慶系譜，其後家族益繁，支分派别，各自有譜。吾家自淳安遷桐城，所傳有流光譜，則淳安端凌公所修也。其自武肅以前八十一世，下逮文穆諸子忠懿王及所爲十房，世序皆同。而吾譜於十房中靜宣公後一支獨詳，所謂淳安清溪派也。明正統三年，台宗名申同者，國子博士宰之孫也，至淳安，出慶系與流光互相考質，彼此適符。正德間，臨海二十世孫鈞續修慶系譜，又引稱淳安蜀阜，蜀阜即清溪也。而先君子敬修先生，於天啓丁卯年合淳安、桐邑兩支爲重修流光譜。迄今子姓益衆，即桐邑一支已數千人，支分數十，多不相認。余小子懼宗系之日亂也，於數十支中别爲一支，蓋自桐邑始遷祖烈公歷四世而有司寇時公，吾祖誨公則司寇公夫人孫宜人遺腹之後，凡十三房，而吾之一支又十三房中之一房也。吾於靜宣公以下，則以流光爲據；於靜宣公以上，則以大宗、慶系及吳越備史爲據，不敢略，不敢淆，不敢妄扳附也。

大宗譜序云：「自少典次及彭籛孚公更錢氏，之文林公爲過江之祖。讓公四子合傳洗馬之支。洗馬諱京，讓公之第二子也。湖頭六宅，今承下宅之後。孝憬公移居臨安之地，祖號茅山。」

慶系譜序云：「錢鏗第二十八子孚爲周錢府上士，去『竹』姓錢，爲受姓之始祖。自孚凡四十二世，生林公，於漢平帝元始二年爲烏程長。自林公七世，生讓公，仕至征東將軍、廣陵相，謚富春侯，爲江東第一代之始祖也。讓後九世伯仁，梁員外散騎侍郎，爲陳景帝后父，后即高祖母也。伯仁孫道始，陳東陽太守，有六子，分居湖頭，號湖頭六宅。而第六子智昌居下宅，智昌孫元修任本郡太守。唐貞觀初，詔天下獻民族譜，元修錄家譜自少典以來上之。」大宗譜實本於此。長子孝慓移居安國，所謂茅山祖也。孝慓四世而有旌德令沛，沛生宙，宙生寬，寬即武肅王父。以序按之，孚公始受姓爲錢，爲受姓之始祖。至林公始渡江，應爲江東始祖，大宗稱爲過江之祖，是也。按，林公初爲烏程長　自下邳郡芝僮鄉渡江，居長城陂門里。慶系不祖林公而祖七世之讓公，豈以爵位耶？而虞山譜圖自少典至孚爲十一世，而以孚子珪起一世，不祖受姓之始祖，而祖其子，又不可曉矣。吾譜一依大宗譜，祖孚爲受姓之始祖，祖林公爲過江之始祖，而以孝慓公爲臨安之祖，武肅王爲開國之祖。武肅以下，則皆以始遷分派者爲祖可也。

慶系譜序稱：「武肅王有子五十人，或作三十人。文穆王有子十四人。」今按，吳越備史世系圖所載武肅子，並文穆王合得十五人。文穆親子，合忠懿俶、忠獻佐、忠遜倧爲十二人，則世系圖不載者，皆養子耶？考武肅王臨薨，遺命有云：「汝等親服兄弟繼二十人，晚長大者以下十六人，各是赤子，收養與親生一般，雖在偏生，亦須憐念。遺命文理多有不順，或是淆訛。又云：內中有諸子，皆是節級送來，蓋爲時世如斯，便令收養。據此，則武肅諸子中養子固多。自忠懿王納土於宋，奏名朝廷者僅三千人，太宗皇帝親錄之，及諸王養子有功錢氏，皆命復其本姓而遣之。可證也。但遺命稱元璙以下遵吾遺訓，且云：元璙曾領郡日久，各有家活生計在府者，即無資財，他日量分給與老少財物。則元璙應居長矣。慶系譜不載元璙，而有元璉，下注夭絕。九國春秋謂元璙即元懿。又云：目下元瓘已領兩道節旄，元球即在府廷正佐，元璙等在外主郡，或歸來府廷，或令人替換。則元球亦爲親子無疑。備史世系圖十五人，無元璉，亦無元璙，而有元珦、元琉。譜稱球與珦謀逆，文穆召宴後宮，搜得利刃，殺之。晉誌亦稱元球、元珦以罪誅。九國春秋作元琉。圖所載元琉即元球耶？圖有傳。璛，慶系作「琇」，或亦此類。慶系稱文穆子十四人，有弘侑、弘佞，世系圖不載。宋史稱文穆王卒，內牙指揮使戴惲謀立王養子弘侑，事洩，殺惲，廢侑爲庶人，復其姓名孫本，幽之明州，乃立弘佐。豈佞亦侑類耶？削去侑佞，文穆正得十二子。世子僔早卒，忠懿爲王，餘十人，故稱十房耳。則吾家譜斷宜以世系圖爲據。圖畫寶鑑稱弘佞工畫，官秀州刺史，亦文穆養子。

慶系序稱：「忠懿在國時，諸房子孫爲國官者數百人；不爲官者謂之孫姪班。以屬尊而年長者爲班首，設宗譜以主之。至忠懿歸朝，奏名於有司者僅三千人，詔許文武自擇其官；

不願仕者，王分以俸禄，如國中之制，俾安居於京師。真宗東封泰山，恩詔獨念錢氏，至親近屬未食禄者收錄之。至親者，忠懿王之孫、曾孫是也。近屬者，前所爲十房是也。一詔共得官二十餘人。」按，王歸國時，詔王緦麻以上皆令入汴，所以羈縻之也。忠懿之緦麻，則武肅從弟鋸、鎰、鎮、銶之後，其先事迹見諸備史。而武肅親弟曰鏢、曰鐸、曰鏵，據遺命有云：「三弟鏢已懷叛逆，投在外藩；第五弟鏵先曾授任，今歸在闕廷；鐸無出焉。」文穆時，武肅弟惟鏵在國，故其後亦相從入汴。吾嘗遇寧波宗人，自稱叔錢家云係武肅弟後，非王後也。豈其子孫耶？是時，錢氏在汴者數千人。靖康之亂，散亡殆盡，僅存者，惟先時出宦於外留居不反者之餘裔耳。而文僖公有曾孫曰忱，宋孝穆公主之子也，高宗南渡，忱奉母護駕而南，賜第於台州，宗器鐵券隨焉，所謂台州一宗是矣。今三吳鼎盛者，皆言忱之後，其不爲忱後者，亦稱忠懿王後，豈王後盡從忱以南耶？抑有冒昧其中耶？今稱王後，必詳所自來之名氏與慶系譜合，一脈相承，如吾所見蘇州澧湖派譜，然後可信。往見中州同姓者，皆稱忠懿後，其先皆隨忠懿入汴，官之食之，惟知有王，宋亡後，忘其自出，故皆稱忠懿耳。若在東南者，廟碑有無錫派，則忠獻後也。獻王子昱。昱曾孫進於宋祥符中徙居無錫，明有徵士允升、進士伯川，是其裔也。有山陰派，則忠遜王後也。遜王子孫在宋極盛，曰昆，曰易；易二子彦遠、明逸，彦遠子勰，勰子伯言，皆宋名臣。明嘉靖間，有邦祥者修復祖墓，是遜王十九世孫也。若吾家，則靖宣公後。宣公爲文穆幼子，初名信，有文名，忠懿特愛之，屢遣入貢，爲宋太宗賚賞。具載宋史及十國春秋，歸宋後，始改名儼，以觀察使判和州，卒於官。景德間，文僖進家王二十三事送史院，云爲亡叔金州廉察太傅靜宣儼所撰勳業誌是也。子八人，所知者曰昭聰，曰昭慈。昭聰子隱之以大理寺丞出守新安，遂卜居其地，後遷淳安，廟碑所謂嚴州派，備史宗派考所謂淳安淸溪派也。而昭慈後有名藻者，爲樞密直學士，元豐四年詔藻進呈鐵券，仍降付本家，永俾後裔。據曾鞏爲藻墓誌，云儼守和州，卒葬於和，家焉，子昭慈，孫順之，曾孫藻。藻葬母於吳縣龍岡村天平山，藻卒亦葬天平，又爲蘇州人。則是藻以前皆居和州，而後居蘇州，兩地皆宜有存者，碑譜皆不載，今和州既無聞，吾問蘇人同姓者，不知有藻後，豈其失傳耶？抑亡其譜，而今冒稱忠懿後者或有其裔耶？是與吾家爲十房中之一房也。十房所存，載諸譜者惟此；此外，皆不可考矣。按，隱之於文僖爲從子，藻從孫行，慶系譜序武肅以下凡有七世，而藻猶在六世內，與隱之公皆不載，豈皆生也晚，文僖未及見耶？大抵慶系詳於在汴諸宗，而遊宦、遷處者多不及詳。今吳越子孫凡非十房者，但稱武肅王後，或以出自忠懿，不知有文穆也，豈喪亂以後，失其譜牒，不知宗系所自分，故冒稱武肅，或見懿王後聲華鼎盛，即冒稱忠懿後耳。若吾家，自武肅以來，世系井然，由故譜尚存，且屢經纂修，故不致淆亂也。

流光譜稱：「隱之公以寺丞守新安，遂居歙之汝溪，是爲新安始祖。五世而有嚳者，遷淳安之蜀阜，即清溪也，與兄嵒同起義兵，破倪從慶、管衆等諸賊。高宗航海，兀术以舟師溯浙江，越嚴婺追之，嚳兄弟起兩州保壯三千邀擊至桐廬牛頭山，設伏破之，事聞，皆補承信郎，進保義郎。紹定四年，三省具奏，敕賜英烈，建廟蜀阜，追封嵒惠頫侯，嚳惠濟侯。而嵒公後亦遷居淳安之坑田，皆爲嚴州人。」今廟碑所謂嚴州派者，指兩侯而言。而宗派所爲淳安清溪派，則專指吾祖嚳公後也，其專指清溪者，嚳公四子皆以科第顯，有孫曰時，所稱融堂先生是也。其時，清溪代有聞人，而台州宗有名可則者，魏國公象祖之後也，來守嚴州，其祭融堂祠曰：「昔侍越中，祭兩侯廟。」自稱譜視諸孫，則素與融堂稱兄弟交契矣，故獨詳於清溪。正統間，會譜於淳安，名申同者仍是台州魏國七世孫，而可則從孫宰之後也。台州故與淳安通譜，此宗派考應得之台州耳。流光譜仍合兩侯之子孫，而吾譜則應以嚳公爲始遷淳安之祖。

流光譜稱：「惠濟侯嚳公四子，皆有科名。長子大椿，乾道八年黃定榜進士，爲漳浦丞，子四人。」吾祖烈公，其第三子也。吾祖於宋末由浙水泛宅浮大江而上[二]，止於桐城之東鄉灣漕里，遂定居焉。初來時，船前榜一聯云：「五湖詩酒客，兩浙國王孫。」至是，埋所乘船其地，示不復去，今稱埋船墩云。居瀠漕三世，不仕元。明初，有必壽公者以倡義保障鄉里，歸附，授定遠將軍。將軍子二人：曰皓，曰時。時舉洪武庚午科，官刑部主事，殁，孫宜人遺腹生一子，曰誨公。誨公生三子：曰純、績、紹。其後分爲十三房。則烈公者，始遷桐城之祖；而時公，十三房分枝之始祖也。吾祖如岳公，則鵬公之長子，績公之孫，誨公之曾孫，而遷於青山里之桂莊，應爲桂莊始遷之祖。吾譜以世相承，而於分支、始遷別爲標出而祖之，仿大宗譜法也，故吾之譜有源有流。祖武肅，則衆流之源也。而又遞祖其分支、始遷之祖，則流之復爲源者也。天啓丁卯，先子因族人請，爲重修流光譜。族人以意增改，淆混多端，又爲新安梓工竊販譜頭於他姓，以致後有冒濫族姓之患。先子臨没，以此事屬余小子，令成其志。余爲博訪旁搜，精思研考，於先王先公之一脈，以及吾祖烈公遷桐以來數世之支系，勿之敢紊，而獨爲支譜，不敢廣及，即吾十三房，亦不能合者。吾意在嚴，族人在廣，不爲族人所樂從也。後有撰譜者，依吾之譜，由流溯源，以進溯諸衆流之大源，即支分派別，而源流甚清，固可分，亦可合也。

余為此考者，因里中近年有數姓妄認一家，自先世以來，未聞稱宗，且淳安宗人與吾家屢經修譜，絕不相聞，近忽出其譜系，乃新安梓人凌養素為吾家刻譜時所鬻之譜頭，而其序乃宋濂溪萬姓統譜之序也。問其自，則與吾祖萬四公為兄弟，且不知公名字。萬四，固吾祖烈公行次也。艾公子四人，曰宗文、宗武，皆無後，獨有烈與麃。麃遷吳江，有子端彌，出贅趙帥，今不知所在。而烈公遷桐，其後世載在譜牒甚詳，此輩何自來而欲冒濫乎？吾族中有利其財賄酒食者，有思混認墳墓因而侵占其山者，公然聯宗，反以家譜為不足據，子弟中纔有出身者，導之往謁祠上冢，辱祖亂宗，莫此為甚。謂余言不足聽，將來冒濫，更不可知，則吾譜後世決不遵從，故為是譜系考，付吾子孫守之。吾今已遷西田莊矣，如後人必欲妄合，吾子孫但祖其始遷者，自為西田一支可也。

宗派考末議

吾家宗派，蓋有會稽廟門碑記。而吾爲隱之公下淳安派，碑所云八世大理寺丞隱之分嚴州派，靜宣公儆之孫，文穆王之曾孫也。嘉靖辛卯，餘姚十九世孫德洪同諸孫修復文穆王墓。明年，台州宗子祚詔大修先廟，考吳越子孫散處四方者，詳錄其世系，分派誌諸碑石，樹之廟門，計二十一派。已，德洪又定祀典，謂五王不敢私祭，以富春侯讓公爲江東始祖，而弘聖王沛、建初王宙、英顯王寬發祥安國，祭江東始祖，以安國三祖配食。兩浙子孫歲一祭，各省子孫五歲合一祭，皆於表忠觀慶系堂。逮隆慶辛未，德洪公始貽書吾家元鼎公，示以祭期，約往與祭。宗派之定，蓋已久矣。於是，常熟二十四世孫受徵公又爲宗派考，刻備史後，首列常熟派，榮國長子端仁五世孫元孫所分也。次龍泉派，榮國次子端義三世孫琸所分也。次會稽派。榮國季子端禮五世孫應孫所分也。此外，則山陰西中派，忠遜王子易所分也。淳安清溪派，文穆王三世孫隱之所分也。桐鄉派，碑云嘉興侯元弼分嘉興派。長樂派，介所分也。金華派，適所分也。長洲派，元璙所分也。洛陽派，蒙先所分也。孟岸派，滋所分也。松江派，碑云八世良臣、惟善分松江派，爲榮國忱一輩，當是忠懿王後，於武肅爲八世。常州派，碑云七世學士即分宜興派，秖言武肅之七世，不詳其所出。鎮江派，碑云五世仙遊令伯一分鎮江派，爲冀國暄一輩，皆忠懿之後，於武肅稱五世也。吉安派，侃所分也。新喻新昌派，冀國公孫拭所分也。台州派，魏國象祖所分也。以上共十七派。今常熟二十五世孫謙益公重加考訂。常熟爲端仁後，自有譜系，而會稽與臨海即台州派皆端禮後，端禮五世孫應孫由臨海徙居會稽，其孫，國子博士宰也。自榮國至應孫世居臨海賜第，其宗子爲世珪、尚德，世守鐵券者也。餘姚派，即龍泉派。榮國後弘祖守紹興，卒於官，子贇於紹而徙家者也。山陰營基派出忠遜王。山陰、西河、會稽范橋派，則出越國公。越國公者，愣也。蘇州派出廣陵王。在浙，則又有嵊縣長樂、暨陽釭窕、今考，亦廣陵王派。湖州苕溪、嘉興、武林、寧波、嚴州七派，在南直則又有蘇州漕湖、吳江、晉陵、無錫、宜興、松江、鎮江、徽州、寧國及江西十派。

愚按，牧齋以臨海、會稽、餘姚及常熟四支皆出榮國之後，爲正宗，於此外作旁支，考以廟門之碑，取次收錄，與慶系譜圖皆不足信。力辨若水、公輔皆非武肅之後，斷以列傳及碑誌爲據，而極詆通譜之非。然其所考亦似有未核也。余讀四明黃宗明所撰文穆王墓碑陰誌序，王子孫首事修復者，德洪、大經、應陽、士元、邦祥、楞等。其言錢氏自忠懿王歸宋，賜第於汴，五傳而漢國公忱，扈高宗而南，復賜第於台州，奉其母賢穆公主以居，而券册宗器隨焉。漢國曾孫弘祖守紹興軍州事，少子璋遂家餘姚。德洪，則璋之九世孫也，大經、應陽，其十世也。漢國之來孫應孫，爲紹興行軍司馬，遂家會稽。士元，則應孫之八世孫也。楞生於台之賜第，魏國公象祖之十三世孫也。忠遜王之遷東府也，子孫遂居山陰。邦祥，則遜王之十九世孫也。按，漢國即榮國之追贈。此其序餘姚、會稽、臨海三派世系分明，而遜王一派亦見於此，於牧齋考據不更詳乎？而牧齋於廟碑分派亦未甚詳。他吾不知，所引碑云廣陵王元璙葬薦福山，爲蘇州派。今蘇州稱元璙子文奉嗣爵。六世孫南。南曾孫秬，理宗朝士，於寶慶元年修譜。明萬曆中，有邦彥爲南京刑部尚書，又云：據元祐八年文，奉之孫奉議郎公著爲壽聖院記云：「高祖廣陵王，四世葬吳，祖司封，始仕於朝。父將軍，重修墓院。」今其譜不詳。不知南與秬爲公著何人。又，據曾璒爲學士藻墓誌云：儼守和州，葬於和，家焉，子昭慈，孫順之，藻其曾孫也，葬母於吳縣天平山。藻卒，又葬焉，遂又爲蘇州人。以吾家譜考之，靜宣公儼，文穆王幼子，儼子八人，吾祖昭聰居二，而昭慈居三。聰之子爲隱之，即以大理寺丞守新安，碑所爲分嚴州派者，吾之祖也。慈之子爲順之，其後遷蘇州。兩派皆儼後，正所謂十房中之一房也。今蘇州錢氏多非一族，豈無爲藻後者？而概祖廣陵王元璙耶？榮國爲文僖曾孫。文僖子十人，曰暄者，榮國祖也。曰晦者，文僖中子，而暄之兄也，天禧中爲霸州防禦使，仁宗時侍宴，嘗談及鐵券，進呈錄本及先朝御書者也。子景初，舉嘉祐二年進士。曾孫冲之，舉政和二年進士，爲李綱所知，薦爲兩浙轉運使，建炎初扈駕南渡，得睹先王陵墓，遂卜居西陵。西陵城，武肅所築也，諱「陵」，改爲西興，所謂西陵派是也。冲之撰有爵邑圖序，其四世孫元太尉仚續修大宗譜，譜序甚詳，而宗派考及牧齋旁支考俱未嘗及西陵派，何也？且榮國同產三人，長即榮國忱，次曰恒，次曰愕。今碑又有云愷者，皆出於賢穆公主。忱三子，曰端仁，則常熟派所祖也；曰端義，餘姚所祖；端禮，臨海所祖。洪武二年進鐵券曰尚德者，端禮後也。恒之後無考。愕之後家杭州，有曰真孫者，登文天祥榜進士，子朝輔任建昌令，遂家新建。朝輔子舜善由新建遷南昌之碧溪，其後爲碧溪派。天啓丙寅，有孔芬，辛酉鄉舉過余家，以譜相印，譜系甚詳。牧齋於江西派不詳其所自，但引碑云冀國八世宜春令，徙江西，何其疏也？而宗派考謂之新喻新昌派，且云冀國公孫忯所分，以愕作忯，以由新建遷南昌而謂之新昌，可乎？西興、碧溪皆文僖公後也，猶疏率如此，況別派，顧能一一辨其真僞乎？牧齋據碑云越國公愕房十世述祖分山陰派、西河派。又十一世行簡分會稽范橋派。譜直云一居會稽，一居杭州。則遷新建者，固居杭州者也。忠獻王子昱，今據無錫譜云，昱孫統，曾孫進以祥符中遷無錫，國朝有徵士允升、進士伯川，所謂無錫派也。忠遜王六世孫分山陰營基派。愚考遜王子曰昆，曰易，易二子彥遠、明逸，對掌内外制。彥遠子緦字穆叔，穆叔子伯言。武肅王璽帖藏五世孫明州景述家，而伯言爲之跋，自稱六世孫。今修復文穆墓者復有山陰邦祥，爲遜王十九世孫，則皆易之後也。據傳芳集云：易七世孫蘄春侯遷居吳興。而牧齋據碑云愷後分湖州若溪派，又文僖公後也。則忠遜有兩派，而湖州有兩支矣。譜云惟溶後居山陰，山陰亦有兩支矣。至云節度使元璣分徽州派，嘉興侯元弼分嘉興派。又云元球後爲嘉定派，元祐後居宜興。又云七世孫學士即分宜興派，豈即爲元祐後耶？十國春秋稱元璣喪妻不再娶，無嗣。吾祖隱之公初居歙，五世而有惠頫侯罍、惠濟侯鬻，以破兀朮功追封二字侯。鬻始自歙之汝溪遷居淳安之蜀阜。其後，罍子孫亦遷於淳安，餘在汝溪，皆歙人也。鬻四世孫端浚，融堂先生之從孫也，修流光譜，專叙兩侯子孫，此外一皆不收，是爲淳安派，宗派考稱淳安清溪，以別於汝溪也，則不載流光譜者，散居歙地，所謂徽州派者，寧非隱之公後，而乃謂出於元璣耶？若元球，備史載其恃恩驕横，與元珦有異謀，爲文穆所誅，世孫圀改稱元球。嘉定之爲元球派，應即元玧後也。碑云三世節度使仁傳分寧國派，牧齋謂仁傳應是忠獻弟行。愚按備史，武肅子本皆以「傳」爲行，後改爲「元」，亦尚有不改者。文穆子以「弘」爲行，後去「弘」字，諸兄弟子以「仁」爲行，如傳璛子仁俊、傳璟子仁仿是也，惟元璙子文奉又不依行。「仁」與「傳」皆行也，寧有以父行爲名者乎？仁俊、仁仿皆官節度使，固武肅三世也。按，武肅遺命，孫男仁倢、仁俊、仁侃、仁俱等已管都務，可爲手臂股肱，其餘仁傑、仁傑以下，至於小院諸孫，雖未長成，具是吾親枝骨肉，亦須迭遞安存。且其名與忠懿兄弟行字遜傍皆同，明爲武肅孫，非文穆子也。文穆子輩，舊皆以「弘」爲派耳。出萬曆間有啓忠者，寧波人，爲寧國太守，後居寧國，或亦因郡先有此派，故與合族居耳。又謂若水、公輔非武肅後，而武進非吳越。考譜，若水爲仁儴子，元珦孫。元珦雖誅，去其籍，未出有復其姓之令，則爲武肅親子孫矣。大抵吳越子孫蕃衍，遍天下，不必皆武肅後，要亦其同産後也。當時忠懿舉國歸宋，王子孫及曾孫謂之至親，王兄弟子孫稱十房者謂之近屬，凡至親近屬，超授有差。已，又詔王緦麻以上親並赴闕授以官爵，蓋羈縻之也。於是，諸房子孫奏名有司者近三千人，得官者殆半；不得官者，王皆分俸禄養於京師。則錢氏不入汴者蓋亦寡矣。自是，八十年不得展省墳墓。建炎間，扈駕南渡者凡得幾人，其不獲南者皆陷没矣。今中州錢氏所在而有；問之，皆稱忠懿王後，以其先皆從王入汴，譜牒既亡，遂不知其所出，可謂盡假冒耶？即文僖後，但稱惟溶後居山陰，他如惟治、惟濬、惟渲、惟湑、惟濟，豈盡失傳耶？爲文僖後者，當由親及疏，首致詳於忠懿一支，次及十房，又次及武肅諸子，博稽而核實，世系犂然，源流一一不淆，而竊附稗販者窮矣。今虞山譜，於忠懿外，似不知有所爲十房者，未一標出。而忠懿，自文僖子孫以外，皆不可問。十房之後，自忠獻、忠遜二王及吾靜宣儆公外，皆不能知。其不可問，不能知，中保無嫡血所在，而概棄之也？而特致辨於武肅下諸派，抑末矣。即會稽廟碑，以常熟宗派考與牧齋所引據者按之，當亦可據而不可據者也。若吾家，自隱之遷淳安，所爲淳安派者相傳至今，先王先公之一脈源流井然，蓋不必通譜，雖更百世，宗派其可知也。

校　記

［一］「人吾祖」至「吾祖」十二字　宣統本作：「曰芮，曰艾，曰習，曰芝。吾祖烈公，則芝公之第三子也。」

田間文集卷二十九

行略

先考敬修先生鏡水府君行略

府君之歿，距今十五年已。歿之歲，先伯兄鉉爲行狀，乞墓誌於相國何文端公，公志之甚詳，會府君已葬，未勒石，尋遇寇亂烽火，併行狀胥失其稿。伯兄鉉謝世，仲兄錡六十矣，恐府君生平之即湮没也，暇日與叔兄鐔口府君遺事，屬鐙狀之，曰：「子生也晚，先世事或不悉。幸及吾輩存，猶能識其一二以傳諸後。過是，益荒略不足徵矣。」不孝鐙用是惴惴然，輒據所傳説，參以幼時記臆，匯之爲行略云。鐙係澄之原名。

府君諱某，字爾卓，別號鏡水，門人謚曰敬修先生。先世自武肅王鏐開國，傳文穆王元瓘，元瓘傳俶，納土於宋。瓘別子曰僟，僟孫隠之以大理寺丞守新安，因家歙焉。後四世，有孫曰嵒，曰羇，遷淳安，併以破兀术功追封侯。羇子四人，登進士者三，曰大椿，漳浦丞。椿傳艾，艾傳烈，烈以南宋之末遷桐城瀯漕里，遂爲桐城人。烈曾孫有曰必壽公者，國初以義兵歸附，封定遠將軍。將軍之次子則刑部主事時公。公遇難死，元配孫宜人有遺腹子曰誨公。誨子三人，其一曰績，績公傳鵬。鵬公子五人，其一曰如岳公，即府君之曾祖也。由府君而上溯武肅王鏐，凡二十四世。自岳公以下，少有宦達者。曾王父雙松府君諱元吉，王父芹野府君諱巨中，皆篤行稱隱君子。爲王父兄者三：曰曉窗公、鶴汀公，皆老於場屋；曰秋軒公，由國子生爲縣尉。至府君始有名當世焉，府君雖厄一第，顧以行誼文學顯。家聲由以復大，視世之碌碌一第者蔑如矣。

初，王父芹野府君艱於嗣，伯仲皆早逝，府君其季也。王母童孺人夢天上有數十小兒，錦襠綉褓，隨幢蓋西來，一兒宛轉墜於宅東水際，急抱之以歸，遂覺，生府君。府君生而頎嶷，伏犀貫腦，三四歲時，赤脚縛叉口褲戲階下，聽王父與客語，客去，備述客語於王母，王父異之。幼善屬對，初入塾，秋軒公即所見試之曰：「黄牛青石輥。」應聲對曰：「白馬紫金鞍。」里中方伯何公如申兒時號絶穎，有試以對者：「中秋八月之中。」公對曰：「半夜五更之半。」或以公對句試府君令對，應聲曰：「元年萬曆之元。」是時，神宗初御極，府君以隆慶丁卯生，纔六歲，甫句讀也。其他對奇者甚多，不盡述。已，就塾讀魯論未完，即爲同學兒説孟子大義，九歲能屬文。先是，世父、仲父皆早殁，王父以獨子，憐愛尤甚，家貧，市肉食府君，已乃蔬食。府君察知之，遂斷肉不食。即强食之，須王父對食，乃食；王父不至，終不食也。補邑庠生，名籍甚，所遊好皆一時名士，以詩酒豪，人率詫爲狂生。一日，與伯氏茗水公執贄趙樅江、顔質卿兩先生講學，稱兩先生高弟子。伯氏於府君同堂兄，出入友恭，人不知非一胞也。己亥，居王父喪，哀毁嘔血，三年笑不至矧。喪禮久廢，自府君始力行之。

服闋，邑令西蜀劉公時俊聘修邑誌。公暇日移樽，與諸生從容考訂，旁及時事。里韓氏者，相傳爲韓維、韓絳之後，有譜諜，先已貿米於比鄰侯氏，上載墳墓田宅，强半爲居民世業矣。韓氏微，里中黠者欲爲不利於居民，代訟諸官，鄉大夫立主其議，於是，逮侯氏，索譜甚急，爭言譜有宋徽宗制序，御璽存焉，坐侯氏隱匿先代法物。劉公間以詢諸生，諸生咸如鄉大夫議。府君居末坐，獨視屋梁無語，公目之曰：「生豈有不足乎？」府君對曰：「然。此異代事也，宋氏山河且不保，何有於其臣子墳墓哉？且徽宗，亡國之君，其璽與文何足寶也？」劉公喟然歎曰：「嗟乎！書生能識大體如此哉！」趣召吏，抱韓氏案牘來，面銷之，一坐大驚。於是益奇府君。

公調吳江，延入幕課其子昱。凡公之治吳諸善政，大半諮諸府君而行，吳江人至今有能言之者。昱母早亡，失愛於後母，内外爭搆昱不肖，未嘗以公子禮之。府君心知其故，加意維持，飭僮僕奉之惟謹。先是，有塾師徐先生仁弱，每見昱衣破蟣蝨，袖歸，親爲綻洗，持還衣之，家人齮齕昱，徐飲泣不敢發。府君至，力爭之，不避衆怨，人人嚴憚，毋敢復齮齕，而益督課昱。期年，昱丕變，劉公大驚，具衣冠拜謝之曰：「微先生，吾無此子矣！」迨公司諫留垣，左遷西還，遂以昱留屬府君，三年學成然後歸。昱後改名潛，辛未成進士，父事府君終身焉。

戊申，歲大祲，學使者變穀數千石賑學宮弟子。既散其大半矣，邑令海鹽徐公從治，善府君，又以居水鄉，將舉所餘穀盡畀之，令贍其宗族，府君辭曰：「荷公意甚厚，但家業儒筆耕，即饑，猶可授經自給。今瀕江小民嗷嗷待斃，明公若以賜生者人乞三斗，是生一人可濟數百人也。法在便宜行，豈此穀定爲學宮有哉？」徐公大喜，歎曰：「比次第來謁者，皆過自陳乞，求滿腹而已，何處得公長者言！」即日請於上，以餘穀載之而東，沿樅陽灰河百餘里水災之處，召父老，按籍給散之，所全活甚衆，府君一言之力也。明年，家難起，以蜚語搆諸二千石，禍不測，賴徐公力救，事解。

丙辰，王母童孺人卒，府君行年五十矣，猶孺子泣，出其所著舉子業，盡焚之，泣曰：「坐此呫嗶半生，希得一當，爲老母在也，今絶意矣！」門人或得諸灰燼中，梓曰焚餘草。今猶存一册，是御史周公宗建手批閲也。自是，闢館於叢桂之間，聚徒講易，里人士爭從之學。會㴱酋據重慶反，劉公時俊以冏卿贊畫軍務有功，總督張我續忌之，用監軍戴君恩，誣以通賊，上赫然逮問。公間道入都詣司敗，以家屬萬里託府君，百餘口皆複壁匿之。緹騎至蜀不得公，將尾其家東來，里中兒有以府君匿罪人孥，當首，府君笑曰：「罪人非他，昔日之父母也。父母有難而投託子弟，拒之是乎？留之是乎？即誰無緩急者？且吾慮之熟矣，緹騎來，吾自就檻車往，寧累里人也？」其秋，公事亦白，過吾里，載其家而去。鐙是年十一歲，猶記劉公頎而癯，與府君論星象，往來辨難徹夜云。

樅陽有輔仁會館，故布衣童定夫先生講學處也，劉公謂府君曰：「定夫之學久絕，繼主茲席者，非子而誰？」府君敬受命。嗣後二十年，講學樅陽，每月十三，無疾風雨必赴館，所乘老馬，市中兒皆熟識之，見馬來輒曰：「今日是十三，講學期也。」從講者日衆。府君言明白曉暢，旁及委巷俗語，以冀啓其聽悟；又好獎掖少年，攻舉業則與談舉業，治生即爲言治生，隨所趨嚮，多方開迪之，務歸於道。人人意豁然，以爲道可學也。著輔仁會約凡十則。有孫磐石者，市井不識丁，每䏻講後，終日斂襟危坐；與人語，怡怡似有所得；言及府君，輒涕泣謂之恩師。中表童郘石，至今述府君教，即悲泣不自勝云。然府君性倜豪，亦時時從諸生飲放歌，不事拘儒局謹，其胸中磊落光明，與人一真無僞，即生平無不可告人語，以故遊其門者，無智愚皆誠服焉。

己巳，先母龍安人見背。初，府君好客，客至，倒屣迎，凡飲饌之具一無所問，母安人咄嗟而辦，留客動經數月。至是，泣而曰：「即誰爲我治客具乎？」乃自蓄脯菜，釀酒，素不能飲，與客飲或數升不醉，兒輩能出酒飲客則益喜，劇談至夜半。酒罷，親視客卧具，問僕飯馬芻粟，一一寢處安，乃退。詰朝起，問盥漱，冬溫爐，以迄客既去始罷。蓋府君不論客何如人，至下里鄙人，有來投謁，其待之必如此。或手作末藝，爲人營作畢，當去，度已暮無所之，必詔之使返，寢食之，如所以待客然。日暮，魚蔬小販滯不行，即走獻府君，府君悉受之，問所值幾何，償如數。家素貧，既析産，與諸子人纔十畝，府君益窘，然好客豪舉自如。

喜吟詩，自流寇發難，轉徙失常，往往著詩見志。丁丑，客烏落洲，有菰蘆遯噫。戊寅，客舞鶯鄉，有鶯里春音。己卯，入白門，有缶音集。吟詩或累日，夜燈下小楷，陟山步履如飛，皆以爲百歲之徵也。在白門，與何文端公唱和極歡。已，偕登牛首，四望，忽泫然謂公曰：「吾此生不復來矣！」文端亦泣，遂别。既返舍，意忽忽不樂，與門人白瑜書，問其季弟遊孤，辭旨悲切，瑜怪之曰：「吾師其將終乎？語何悲也？」趨省府君，府君固無恙。庚辰春，謂不孝輩曰：「吾今歲始衰，吾自知之，殆不食新矣。人生七十四，尚求活耶？」致書文端公言别，且爲詩預祝公壽。平生知故都有書，手筆燦然，皆疑曰：「焉有神明如此，遽成長别者哉？」病中爲不孝兄弟説儒釋一理，及生死關頭尤爲解脱，將革前五日，曰：「吾自此不復言矣。」口授遺誡數則，遂絶口不語，凡偃卧七日，奄然而逝，享年七十有四。門人私謚曰敬修。世以府君爲曠達，不知其學在主敬也，中丞鄭公二陽額其祠曰「君子儒宗」。不孝輩雖不能窺其所得，至於生死之際，可謂超然者矣。

府君孝友天性。王父病，侍藥不解帶者半年，日調膳，夜治寢席，凡轉側便污皆需抱持，或口承其唾。王父意有可否，皆得之於未形未聲之先，務曲當其意；非府君，卧不安，食不飽也。及府君病，不孝第四兄鎬者，府君賴之，亦不能去左右，凡鎬之所以侍府君者，亦猶府君之所以侍王父也。王父性不茹葷，誤食之輒腹痛，府君終身不忍視葷焉。宗人中有狀貌彷彿似王父者，必厚遇之。有蒼頭，生時適符仲父之歿也，年六十未嘗以聲色加。嘗稱伯氏苕水公爲知己，每言及王父則泣，言及苕水公亦泣，易簀之辰，猶淚涔涔下也。仲子錡曰：「諸凡府君有義舉，皆伯氏助成之。於族人孤者字之，貧者資之，無妻者婚之，死者葬之。宗祠毁，躬行募建。孫宜人墳禁爲不肖孫鬻諸異姓，竭貲贖回，每上宜人墳，即伏地泣不能起。諸有功於祖宗者甚多，皆兩人合志也。有殷某者，少無賴，求婚於我家，伯氏與府君持不可，則大恨，絳抹額，持刀伏草間，候騎過將甘心焉。已，望見聯鑣至，風範可敬，不忍發，尾之，竊聆所言，皆有道語，因大感悟，棄刀拜伏馬首，自陳初志，願改過受教，遂下馬定交，殷卒爲善士，稱莫逆焉。里中再救冤盜，計出活數十人。有方生，能詩，落托不羈，遺女，親迎者在門，生走出。婦不知所措，雪中使告急於府君，毋論奩具，即飲饌之需一無所出。府君多載酒肉、賫錢米往。嫁畢，女出門，生乃自他所歸。久之生殁，府君殯焉。至於三黨中貧不能嫁娶者，與伯氏合力代之嫁娶比比。」

府君外豁達，内縝密，篤於舊誼。凡綦履敝，不忍遺。居家所憑坐處，終身不移尺寸。馬老矣，不騎，飼之十餘年。生平一宿地，經之低回不能去云。爲諸生時，應試皖上，試畢，比舍有貴池王君建和，寒疾不能起，歲盡矣，邑人及其弟皆舍之行，府君獨留視醫藥，俟其痊，買舟送渡江，至除夕始歸。王公後爲大參，每向人稱之。府君爲人長身廣顙，音咳如鐘，顧盼甚偉，望見者皆傾倒焉。嘗謂人曰：「吾所以不貴者，嫉惡太重，又善怒，好面斥人短，不能容。脱貴於天啓間，死逆璫久矣。不如今世貴人，模稜無所臧否，爲有大度量也。吾不能登上壽，亦以是乎？」然府君嫉惡出於至公，怒已即冰釋，雖面斥人，人有諒之者。至於稱人之善，津津不置口：人有隱德，必急爲表揚；或過其地，必指曰此某居，其人某事足稱；即遇其子孫，雖微，必加意禮之。顧其事至細，其人自亦不知其所以爲善，蓋取人以節而觀人於忽也。自言入山聞木魚聲，恍惚悟前世爲僧事。遊白門最久，所至僧數十衆從之，如叢席然。

生平讀書好觀大義，不屑屑章句。少時見人讀莊子，不可解，以夸府君，已，乃熟讀，盡得其解，轉以問其人，茫如也。晚年邃於易，然不肯著書，或勸之，曰：「傳之吾子足矣。」故其説散見於輔仁遺編，亦嘗口授鐙，今錄爲見易集。晚年再讀宗鏡錄，明儒釋同歸。於象山、陽明之學，多有發揮。自幼攻詩古文辭，里有弱其弟者，爲曲生賦寓譏焉，府君不平，作醉鄉賦以解嘲。爲王父行狀，讀者至掩卷流涕，不能竟讀。中年著作頗多，尤長於尺牘，今皆散失。五七言詩，在白香山、陸放翁間，隨興，脱稿即棄去，今存者十之一二，仲子錡合諸雜文，匯爲十卷，藏於家。

府君以隆慶丁卯六月初十日卯時生，以崇禎庚辰六月初一日未時卒。次年辛巳九月十三日 時葬於宅後之來園山。與母安人同穴，居右，亥山巳向。有子五：曰秉鉉，郡增廪生，娶龍氏，後府君三年卒。曰秉錡，郡庠生，娶方氏。曰秉鐔，邑廪生，娶朱氏。皆以國變不就試。曰秉鎬，娶程氏。其季則不孝鐙也，娶方氏，殉節死。女一，適邑庠生方祈雋。諸孫曰篤祐，邑庠生，娶何氏，曰燕禧，曰廉裕，邑庠生，皆鉉出。曰煦初，錡出。曰隲祥，鐔出。曰濼祖，曰禥祺，曰撝祿，府庠生，皆鐙出。曰讌祐，曰鷹禎，曰謙福，皆鎬出。孫女五。曾孫濟，篤祐出，其餘多人，皆府君歿後始生。蓋府君歿十有五年，而其季男不孝鐙始能爲之狀。

先母龍安人行略

安人龍氏。外祖從吾公有名諸生間，授經里中，里中人士往往出其門，先府君與焉，後屢有至公卿者。龍氏之有文學自公始。安人，其長女也，年十六歸於府君。府君幼時，術士推星命，當大得婦貲。郡阮翁家勢豪貴，於府君舅氏行也，奇府君，許字以女，或忌之。媒語王父：「從吾公有佳女，願得君嗣爲婿。」王父具以語府君，問所欲聘，府君曰：「娶婦所以養父母也，貴族女恐有虧婦道，吾願得龍先生女。」王父喜，遂委禽焉。後府君事王父母有孝聲，自謂得安人内助之力居多。不孝鐙猶及見，王母八十四歲時，安人年且五十，事之如新婦云。

安人性儉樸，不好服飾，外祖家素貧，嫁時奩中簪珥僅具，終身御之，不求增易，亦未嘗遺損焉，牀前青布幔，是嫁時物，迄五十年猶新也。其約束諸子亦然。小時，每於歲暮各爲製大布衣一襲，俟度歲乃得衣。叔子鐔竊衣之出，鐙纔四五歲，心艷焉，歸求諸母，母大怒，跪之中庭，急追鐔，索其衣還，鐔數日不敢見。其訓儉如此。爲人簡默持重，處妯娌能讓，始終一日，即有甚口者搆之，不置焉，毁卒銷。或有事可喜，傍人助安人喜，安人顧漠然。鐙侍安人，蓋從未嘗見粲齒笑也。遇子婦特慈，暇日爲諸婦說先世賢孝事，色極和，不若待諸子之莊也，用是，諸婦亦能以婉娩稱。

治家有法，御臧獲各盡其用，無冗員，無棄物。内外食指數百許，日炊米三斗且不給，府君又好客，客至，呼作饌，勿問家有無，安人曾不厭，應之甚暇，坐梱門，用拄杖指揮諸僕婢，人人趨事恐後，即百餘人饌，頃刻便具。其館客之法，先飼客輿馬，已，飯僕從，既飽，乃饋客，以爲常。夜視湯濯足、篝燈、冬爐炭、馬芻，朝沃盥，亦次第如之。惟時童奴多，安人平時即預敕某主某事；客至，不問多寡，各執其事，井井然未嘗淆也。獨有一瞽者，皆以殘疾棄之，安人稔其忠，有心計，室以婢，委之種圃，圃蔬多至不可勝食。益令蓺麻、樹茗、蓄果。所得麻終歲績，内外皆衣焉；果熟，載入市鬻錢，易他雜貨還。府君詫異之。兼令養馬，馬益肥；使之豢魚，魚長十數倍。蓋終安人之世，凡日用所需，大半取給於瞽者。安人歿，瞽者老廢，圃竟荒焉。府君時與客語甚歡，夜歸，向安人盛誇客，安人不應，徐曰：「其人乍見而遽令可喜，恐非沉實士也。士宜質樸耐久乃貴耳。」或府君意有所怒，形於色，安人亦不問；久之，察其意色稍平，乃謂曰：「向者怒，非謂某耶？」府君曰：「然。」安人曰：「某過容有故，徐察之，奈何遽怒？且某小人耳，公自視何等，而不能一容此輩耶？」府君爲改容謝。憶不孝鐙兒時坐母膝傍，聞此語，至於今不忘。安人歿，府君哭曰：「閨閤之中失我良友也！」諸子小試利，府君亦爲喜色，安人轉不樂，謂人曰：「吾子器淺，令小得意，益輕肆不肯力學，吾以是憂耳。」

安人同産四，有兩舅先後歿，姨適懷寧聶氏。不孝鐙小時過聶姨家，姨坐我榻前，説安人爲女時性情服飾、姊妹遊處嬉戲，宛宛如前日事，説罷悲泣不自勝云。安人辛苦幾五十年，老於中饋，口不知肥甘，歲時殺羊豕祭祀，舉家慰勞之餘，安人纔得一臠而罷，然自樂此也。嫁娶甫畢即歿。歿之日，子婦女婿及内外孫皆羅侍榻前，於安人固無所恨。而向所爲阮氏女嫁隔郡某，産漸落，存一子。而安人佐府君，事親結客，男女婚嫁，産如故。星家言亦竟驗矣。或以安人終年供師課子，竟不獲少食其報，嗚呼！非安人志也。安人志不在富貴，所期者，不孝輩兢兢自保，慎始慎終，以毋貽其憂，斯意乃足大耳。今不幸鐙無狀，卒罹黨禍，以喪其妻子，遗親甚矣，尚何言哉！尚何言哉！

安人以戊辰年九月十六日　時生，以己巳年六月初五日申時卒，　年　月　日　時，葬於宅後之來園山。子孫娶氏皆詳載府君行略中。

伯兄玉龍行略

伯兄諱秉鉉，字伯玉，别號玉龍，先府君長子也。府君年十八生兄，是時，王父母初得孫，故鍾愛之。兄年十九補郡諸生，王父業厭世，兄與嫂朝夕王母膝下，王母從其嗜尚，少督誠，以故不諳世法及家人生産計，因失愛府君。王母歿，府君敕令自爨，不給租以重困之，兄即自爨，泰然不屑意，其不治生産如故，然屢空矣。崇禎己巳，母安人卒，兄弟析産，凡田宅奴婢惟所分授，不問；更或産既爲兄有矣，諸弟中有欲得之者，即推予之，無少吝惜。府君以是多之。其養府君也，每膳則嫂氏屬垣以聽，即府君食之甘，爲色喜；脱不甘，則終夕徬皇，無以自容。蓋府君晚年，始知吾兄嫂有孝友至性也。府君以崇禎庚辰即世，兄年五十七，猶孺子泣也。兄困諸生中三十餘年，屢試場屋不得志，而長子篤祐以丁丑補邑弟子員，兄乃益肆力於帖括，即饘粥不繼，聚諸子晝夜咿唔一室，以及歿身，不輟也。會流寇躪吾鄉，舉家奔散，篤祐陷於賊，既出，值歲饑且疫，篤祐死，兄哭之慟，不數日，與嫂氏相繼以歿。蓋崇禎壬午年也。

兄負性不羈，無邊幅，於財賄澹如也，好持公義，從旁慫恿之，則勃然起。嘗有族叔爲邑尉所縶，兄大駡，出之。既出，即竊網吾魚，兄甫自駡所回，遇之，責以義，其人即舍網，抱持兄赴水，將同死，賴旁力救得免，詰朝與相見，怡然也。生平無積怨，或有怒，不論大小，面謝之即解；有急，且爲效力焉。歲饑，故人來乞食，兄必假館饋餐；即糧盡矣，不能飯，且作糜與之對食，或皆不飽也。其急難好義類如此。

兄生於萬曆甲申年十月　日　時，卒於崇禎壬午年三月　日　時，享年五十有九。配龍氏，後兄　日卒。有子三：長篤祐，邑庠生，娶何氏，先兄卒；次燕禧，娶方氏；次廉裕，邑庠生，娶童氏。女二：長適方，次適朱。孫最，篤祐出；昊昺，燕禧出；昂，廉裕出。越十二年，甲午臘月庚申，與嫂氏並葬於王父母之墓側，則以兄嫂侍王父母久，魂魄所樂依也。

仲兄湘之行略

兄諱秉錡，字湘之，晚號桂莊老人，先府君次子也。生而頎嶷，有氣性。既長，岸傲自負。爲文不能趨時好，年三十補郡諸生，母安人對之大慟曰：「何物子衿，困汝以至今日也？」兄亦慟。顧能爲詩，幼時府君即稱其有聲口，晚年詩益進，間似白香山，與予屢有倡和。生平惡富人，見富人輒詆以「牛」；見其美田宅珍玩，穢之不啻糞土，終無健羨意。至老猶目不識銖兩，手不能數錢也，人爭愚之，兄亦自以爲吾愚也。己巳，母安人歿，兄弟當析產，兄愀然謂予曰：「產不多，何析爲？彼九世同居者何人耶？」既已析，則奴婢田宅悉惟所授，不復問。府君歿，所遺笥篋服御之物，三年不忍啓，已，皆爲烏有矣。

予之僑寓白門也，兄再過白門，一與度歲。既遭黨禍，跳身匿武水，兄復送予妻子女之武水。震澤之難，予殯妻子蕭寺中，走閩，兄又同若士到震澤移旅櫬回，爲改殮成禮。辛卯冬，予自嶺外回，兄與幼安久謝學宮弟子矣，是時，伯玉、若士先棄世，枕被與共者，獨兄及幼安吾三人耳。甲午，幼安殁，未幾，嫂氏又殁，吾兩人皆單，益相戀也。先是，兄有女適方氏，既寡，來歸，依於母十年。及母殁，所恃獨父，女晝夜手作，蓄甘旨，以孝養父，即不啻子。嫂氏殁，而兄之衣絇飲食未嘗有缺者，女之力也。丁酉，予復客白門，棲遲者三年，賦洿園，念兄也。已，歸搆祠堂於先人墓側，與兄分東西居。屋成，兄遍引客觀，促潔除，居有日矣，而兄竟不起，嗚呼痛哉！臨殁時，猶諄諄語子弟造龕安府君木主也，痛哉！

兄爲人骨鯁尚節義，負氣任性，少容忍。幼安嘗曰：「仲好駡人甚於我，顧我獨以不謹言招謗，又言每出於仲，反坐我，何哉？無他，仲無機心耳。」予每慮兄或以放言賈禍，與四方士接，又慮其犯人忌諱，且簡略不嫻於周旋，乃四方士顧人人歡悦兄，亦卒無睚眦之者。江右彭達生一見傾倒，曰：「不意當吾世復見古人也！」

兄嘗告我曰：「人生會有死，今之諱病怖死，死時宛轉不肯絶者，真婦人耳！」病中與予言，言：「生死，晝夜也，任之而已。但有藥可延數年活，亦未嘗不佳，不可延，命矣！」又曰：「吾臨絶時當作一詩。」病革時索筆，予曰：「非欲寫詩耶？不必多此一念，委順可也。」又首肯之，遂止。兄子煦初遠館，忽心動，急歸，兄已病矣。臨殁，命其子啓手啓足，示無忝；又自拂鬚，拭目，潔齒，整巾裾，轉側向内卧，遂絶。兄平生有志學道，然索處無所蚓，惟質任自然，動由直心，無作意，故其解脱有過於終日講學者。

兄生萬曆年甲午八月初五日巳時，卒於辛丑十一月初七日未時，享年六十有八。配方氏，先兄卒。子煦初，娶劉氏。孫昇，娶劉氏。女適方生吉，二十而寡，守節五十餘年，邑誌載之。兄於兄弟中稟賦最强，人皆言似府君，府君年七十有四，疑兄當過之，而竟未及七十而死也！

三兄幼安行略

兄字幼安，諱秉鐔，先府君第三子也。少英異有穎悟，十餘歲能文，大爲鄉先達所賞，年二十一補邑諸生，試輒高等，餼學宫。兄資質最高，每讀書，略一涉目，即知其大意所在，至落筆爲文，凡目所過者，輒能役而用之，顧恃其資稟，不事呫嗶。嘗與予賭誦博士家言，每早起盥漱後，可記二千餘字，飯至皆能成誦，然終不肯溫習，久之，亦竟不能記也。既稟後，人咸以巍科期之，兄頽落魄自廢，若無志進取，遇考試多不出，即出，亦應故事耳。府君歿既葬，會流寇充斥，又歲大荒且疫，兄攜家避洲渚間，予在白門，兄以亂世不宜樹名譽、廣交遊，自陳本志唯求衣食粗足，老死鄉里耳。兄初與予同起聲諸生間，邑中稱爲「二錢」，一旦名心索然，屏舊遊不與通，人皆怪之；而予竟以是坐黨禍，幾蹈不測，而家碎矣。南渡變後，予既罹慘禍，遂亡命奔閩粤，兄亦謝絶學宫廩餼。會當貢之期，兄既棄去，後兄者應，越次以貢，與兄書，稱謝，矢圖報，兄笑曰：「我棄也，非讓也，學宮論次當貢，子何謝爲？」從此涸迹田里，十年不入城市，獨與里中一二同志士日往還焉。辛卯冬，予回自嶺外，兄接之大慟，知無可望矣。體素羸，又有嗽疾，以是益加憂鬱，疾日甚，至甲午冬竟卒，傷哉！

兄性慈愷，多熱腸，遇人有急難，輒傾身營救之，人或不以爲德。鄉里子弟能文者，即稱之不啻口出，然好抑揚人，人亦以是怨之。或素有德於人，負心，即大恨與絶；其人來，故涕泣謝，即對之涕泣，恨良已。顧褊急，不能容人過失，又不謹於口，言輒犯人忌諱，予兄弟皆坐此病，而兄尤甚。少豪華跌宕，好聲伎裘馬，晚乃務尚儉樸，經理家産，交不出村落間，蓋前後截然如兩人矣。伯兄殁，季子廉裕孤稚，兄撫之成人，讀書能文，兄之教也。臨殁前三日，有彈琴僧自詡能棋，謂吾門以内無與對者。兄聞，即力疾起與對，連勝兩局，至三局，不能竟，始罷。其好勝習氣如此。易簀之際，予爲説金剛經大義，甚喜，敕家人不許燒紙錢，言無有鬼物，皆妄語耳，獨其恩愛重，亦恐不能大解脱也。

兄生於萬曆癸卯十月十五日卯時，卒於甲午十一月　日　時，享年五十有二。配朱氏，後兄六年卒。子一，曰嶲祥。兄遺命與弟若士同穴，葬於先府君之墓側，予遵兄志，即以卒之次月臘庚申葬焉。越七年，辛丑，始能爲之狀。

四兄若士行略

兄諱秉鎬，字若士，先府君第四子也。兄生時，母安人年近四旬，且多病，以爲絶乳子矣，故小字曰完，因愛憐之。性巧慧，多藝能，顧眈志雜習，不肯力學。既長，有心計，善治生，又習於世故，府君以諸子皆讀，家益貧，即令之治生。兄勇於興作，然好遷改，凡所作既成，或不如意，旋毁更爲之，故雖號能殖財，亦善費，終無蓄積云。

府君素好客，母安人殁，析炊，客至，諸子或不能治具，則兄必代爲之具，以將順府君，府君乃大喜。又歲時聚會鄰里，下至佃僕傭作，無不予酒食醉飽，皆樂爲其用焉。歲丙子，府君稱七十，避之白下，兄方有心疾，卧室中，迨秋返，兄疾亦愈，則大怪兄若弟，不宜聽親遠出，遂謝客不稱觴也，因獨置酒張樂，大召客，爲府君壽，府君雖重惜其費，然心内韙之。庚辰，府君寢疾，凡一切卧起食餌，惟兄是任。每膳至兄調以進，則食；夜治寢，寢乃安。或兄遠出未即返，澄與諸兄代爲之，皆不當府君意，需兄至始食寢如常。凡府君意旨所在，兄必得諸未形未聲之先，諸子不能也，府君曰：「予昔事汝王父亦然，今有鎬矣。」病劇時，即轉側便污皆賴焉。自侍疾以及易簀，衣不解帶者浹月，終無倦容。府君既殁，吾兄弟唯號泣擗踊耳，諸含殮賻襚之事，非兄目視手營，不獲盡心也。

鐙爲諸生，好遊，所有田宅悉付兄經理，不問。國變後，遭黨禍，跳匿武水，捕者迹我不得，將不利於兄，會左兵下，南都不守，事乃解。是時三吳鼎沸，予妻方氏偕次子、小女死於震澤，予倉卒收殮，寄蕭寺，亡命閩山，兄䀌之，與仲兄親到震澤迎櫬回，爲易棺衾改殮，以待予歸。及予歸，而兄歿矣。池上古松一株，夭矯如龍，百餘年物也，兄歿之刻，松無故倒，異哉！

兄生於萬曆丙午年九月十九日　時，卒於庚寅五月十　日　時，享年四十有六。配程氏。有子三：讌祐，娶方氏；鷹禎，娶程氏；謙福，娶王氏。女二，皆適方氏。孫五：曰某，曰某，鷹禎出；曰某，謙福出。兄歿之明年，而予歸。越三年，甲午，以臘庚申葬兄於府君之墓側，與兄幼安同穴，遵幼安遺命也。

田間文集卷三十

行略

先妻方氏行略

方氏，桐城黄華里之望族，家世素封。祖文學泰峰公，吾中表伯父行也。父孩白，諱啓煌，少有文譽，早殁，無子，一女，即氏也。孩白公病時，妻母王孺人刲股和藥以進，不效；則斷髮毀容以自矢，先府君亟稱之。已，孺人擇婿，意屬予，遂折分聘焉。予幼時歲一往省孺人，縞衣麻裙，服既除，髾心麻縷約束終不去。年三十，患痘垂危，執予手曰：「好讀書，善視吾女。」遂瞑。是時，妻纔十餘歲，哭母時猶亟避予也。母殁，養於外家。十五歸於予。資性明慧，粗讀書識字，與予同年生，見予好學，能詩文，深相得也。吾母龍安人尤愛憐之，語先府君曰：「二稚耽筆墨，不省世務，我殁後，何以治生？」己巳，先慈見背，妻年十八矣，哀毁逾常婦，方坐蓐，值有佛事，斥斷葷腥，人勸久之乃食，遂得虚暈之疾，後每產，必暈絶，食頃乃甦。初理家，獨恃一乳媪治饋，釜筥闃然，常朝晡突未生煙，門内笑之，於是，能棄筆硯，習操作，悉變所御簪珥裾襦之類，置器用，益講鹽豉米薪之事，居然有家政焉。辛未冬，生長子瀍祖。丁丑，生次子禑祺。是時，予稍有名聲，好爲四方之遊，或終歲始返，喜曰：「四方，男子事也，所望子成名後，勿忘旌我母節耳。」

是時，流寇大起，盤踞江北，瀕江人皆避寇，渡江栖泊洲渚間，寇遠復返。方寇之至也，予常出遊，妻每鬭訾，先幾而去，略無所遺，里婦嘗怪之曰：「是素文弱者，何敏健乃爾？」先府君亦語予曰：「汝出後，汝婦膳養甚恭，雖竄伏菰蘆時，未嘗少慢，非諸婦比也。」庚辰，先府君棄世，殯諸家園。明年，授經白門，中夜每念寇在皖六間出没不時，烽燹可慮，夏月，即辭歸，急謀扦葬，既卜與先母同穴，予兄弟五人拘形家言，以時日有礙爲嫌，予語妻曰：「必若此，則葬無期，寧礙我，可乎？」妻然之，贊曰：「堪輿言豈足深信哉？」遂決計葬。葬甫畢，而寇大至，里中在殯者皆毁焉，則予妻能贊予以完兹大事也。

其冬，予挈家白下，寓一委巷寡婦人家，風雪擁户，薪炭俱盡，夫婦相視，面如死灰。次年，遷居城北，予以賣文備食，妻篝衽佐之，少延朝夕。是時，比歲旱蝗，米斗五百，妻岦米作炊，以飯予及兩兒子，已乃同僕婢嚙糠籺也，傷哉！猶記壬午秋出闈，妻迎問曰：「君自度今年能必售否？」予笑曰：「臣力竭矣，若更不售，即從此辭場屋矣。」因問盎中米餘幾何，曰：「可支十日。」予屈指發榜之期，曰：「但得至此日，吾無憂矣。」已，榜發不中，舉家啼哭，卧不能起，鄉先生方中丞公聞之，餽米一石，始朝炊焉。自是，予不復事帖括，益肆志於詩酒山水。武塘同宗仲馭罷吏部艱居，約與共學於其家園，春往冬返，資其館穀以給白下寄孥。

甲申四月，在武水聞都門三月十九日之變，急回顧家，妻已先挈子女返里矣，過舊居停，言：「去甚早，諸族戚堅留不住，謂此地將大亂，當急歸，吾夫早晚來，亦勸其速回可耳。」會南渡有君，羣小競進，皖髯阮大鋮方得氣，予歎曰：「禍將作矣！不可以歸。」仍買舟東下回武塘。未幾，大鋮出，黨禍起，予奉旨被逮，變姓名亡命。妻在里中東西藏徙，自謂非計，慨然曰：「曷往尋吾夫乎？死則同死耳。」因蹤迹至武塘，歲且盡矣，維舟相見，彼此憔悴，幾不可識。妻泣曰：「吾望子成名，非以榮身，吾母苦節，將待子表章耳。今遭此，吾無望矣！」因大哭，舟婦爲之墮淚。仲馭推南園居焉。明春，獄急，捕益嚴，移居城外孫氏宅，閉門對坐者浹月，惟仲馭日暮挐小艇叩扉，相視流涕而已。三月，左兵下，黨禁少寬，予甫能出。

未幾，南京、杭州次第失守。六月，三吳兵起，所在揭竿，仲馭亦聚衆蓎衢[一]，予家隨焉。已，兵潰，仲馭將入新安，取道震澤，同志諸子有家者多從之行，以八月十六抵震澤。其夜，月甚明，橋上人吹簫度曲如故。次早，予偕諸子挐舟往問新安訊，未及里許，聞河中炮聲，急回，遇吳鑑在，赤脚流血，揮予速轉，曰：「死矣！」問誰死，曰：「仲馭死矣。子舟已焚，妻女已赴水矣。」予猶前行，望見燒船，煙焰不可近，乃返，同諸子投宿八都沈聖符宅。初夜，有人自市來，言賊驅所掠舟穿市西去，市中兒夾岸邀截，登屋擲瓦礫擊賊，賊殲焉，掠去男婦皆奪回，今某所有大家婦，要人往識。予聞之，復至市尋問，所謂大家婦者非予妻也。頃之，有老人送一兒至倪氏宅，予長子也，云避兵於稻田中遇之。問兒，兒懵然不省，久之乃曰：「初聞兵至，母爲吾兄弟更敝衣，命遙拜關帝求佑，併佑父無及難，出橐中裝，屬舟子認爲己子。兵上船，母抱小妹趨柁後，不知所往，兵執予兩人上岸，牽弟手，予中道逸去，不暇顧弟，匿稻田中，遇此翁送來。」因宿倪氏樓。兒夢中啼呼，曰：「頃見母，抱妹，手挽弟，促我速去，曰大難至矣。」予哭曰：「是必汝母弟妹皆已死矣！事已至此，又有何大難耶？」是夜，星月皎然，忽晦，大雨如注，天微明，雨益甚。予率兒冒雨往尋其屍，河水平岸，屍骸撐拄，皆浮起，無女屍。回顧岸上，所立處有蘆席覆一屍，髮委數尺，雨昏，不能識面。兒齊視之，哭曰：「母也。」母在舟中，内外衣皆密紉，謂予曰：「一旦遇兵即赴水死，毋令人剥衣露體耳。」予視其衣，内外果一一紉，真吾妻也。已，得仲馭屍及次子屍，唯小女屍不獲，市人哀之，有沈大行助予二金。予復遇小婢市上，鬻之。八都沈君佐家託土人潘小江爲槀殮，殯諸岸上之普濟寺。

殯訖，賊大至，予攜兒踉蹌奔去。一僕病不能從，命之守柩，僕竟被殺。而予父子飢寒艱阻，瀕死者數度，無可往，唯入閩耳。每遇險，妻夢中即報兒知。既抵三衢，予忽夢見之，手持一槐枝示予，有笑顔，槐子滿枝。予覺而喜曰：「槐者回也，是示我以得回乎？」自此兒亦不復夢見矣。入閩，閩中當事列上三吳諸死事狀，獲邀恤典。予在閩，寄家訊回，家人始知其死，依予訊，移櫬普濟寺，歸里改殮，面色如生，衣紉宛然也。迄辛卯予回，始以甲午冬附葬先塋之右。

妻生於萬曆壬子年十月廿八日卯時，殁於弘光乙酉年八月十七日申時，享年三十有四。有子二，女一，次子及女俱從妻死。予在閩粤前後七年，妻以予故贈孺人，再贈安人，予官不足存，故妻贈號不稱也。

妻有志量，明於大義。嫁時有奩田，田上山言是吉穴，即推以葬先母，未嘗齒及有德色。初年，田租聽先府君收，妻祖泰峰公微有後言，妻艴然曰：「爲物幾何？供父母用，慎勿語，貽我羞也。」嘗見其臂有刀瘡瘢，問之，終不言，乳媼言是十歲母病篤時所割臂瘡也。其至性如此。白門與同鄉友比屋居，其家有兄嫂不能給，每減餐以濟其饑，有急即周之，此人至今言及，輒流涕云。當予黨禍亡命時，流離狼狽，曾無幾微怨恨之色，遇極危困時，輒引古人高節爲解，退而撫兩子，雪涕縱横，傷予失志，又痛其母節之終不彰也。自兵興以來，惟誓一死，嘗有里中婦歸自賊者，輒正色叱其何以不死？答曰：「求死不得耳。」妻笑曰：「若不早辨死耳，亂離之世，何日非死日？何地非死所？豈有終日辨死，而不得死者乎？」此語里人至今傳之，固知震澤之一死，辨之早矣。未抵震澤時，泊舟汾湖，妻憂甚，知勢難保全，亟勸予遠行，剃兩兒頭，舍爲僧，己抱女沉諸湖，予不可。既遇難後，於兒弊衣中得絶句一首，有云：「女子生身薄命多，隨夫飄蕩欲如何？移舟到處驚兵火，死作吴江一段波。」問之，曰：「母作也，藏兒襦中，泣曰：『異時使汝父知我志耳。』至是，果踐其言。詩傳衢信間，和者成帙，朱君議滋序而梓之，予在延平時，鉛山徐君貞定示一册，閩變失其稿，頃遇天都人士，尚有能記憶者。予哭妻有詩云：「震澤屍浮通市泣，汾湖詩出萬人傳。」蓋謂此也。妻既葬，兒瀍祖以戊申年十月死於盜，郡邑諱盜，予頻年冤訟，幾罹不測，大仇未報，予無以爲人。

嗚呼！世豈有賢孝節烈如吾妻者？二子一女及其身，俱不獲死於衽席之上，天道謂何？予亦何以爲情哉？每欲序其死事本末，以乞言于大君子，握筆輒痛絶，不盈數行而止。今老矣，不紀其實，後世何傳焉？眼眊燈灺，拭淚而爲之狀。

亡兒灋祖生卒紀略

兒以崇禎辛未年歲除前一日生，予方在來園看梅蕊初綻，先府君至，語予曰：「汝婦已產，得雄矣！」因乳名蕊。生而孱弱，出痘甚危。既就塾，讀書稍有資性，遭賊亂，奔竄失學，不爲母所憐，獨憐少子瑀祺。先府君每置膝上哀之，歎曰：「星命合子平凶格，將不良死。」已，又曰：「五行與時推移，豈往格可定哉？」舅氏穀祥翁亦以爲言。府君棄世時，兒已九歲，指曰：「愼過三十六歲。」

已，從予流寓白門，弘光時遭黨禍，隨母東來，匿家吏部仲馭家。予初亦憐少子，及出見客，皆曰：「長者勝，雙眸炯炯也。」已，讀左傳數十行輒背誦，塞庵相公驚曰：「吾家默孫號神童，視此子何以過之？」已，三吳兵起，合門遇難於震澤，兒逸回，與同收母弟屍，相從入閩，事詳予妻行狀中。其冬，授司李，出閩赴吉安，不得至，回過長汀，留兒吳鑑在署中，獨往閩，補延平。其秋，延平破，奔汀州，汀州亦破，兒不知所往。

予困閩山者三年，戊子秋，間道入粤，贛州村中遇一友人金生，云於丙戌冬在韶州劉遠生舟中見兒，始知兒隨遠生去粤也。既抵端州，急遣往尋。頃刻間，見所遣從一偉男子來拜予膝下，即兒也。兒相失時，年纔十五，至是，居然作健兒裝，蓋兒從遠生兄弟新自湖南來，舍館甫定，而予適至，父子重聚，喜可知也。久之，念其舊聘方氏女存亡未審，歸期莫定，因更聘儀真王氏。卜娶有日，值粤敗，王氏散失，予與兒匿村中得免。

明年，出嶺，再入閩關，寄居邵武寶蓮庵，忽自歎其命薄，亟思出家，予不可。習兩堂功課，數日即能隨衆，皈依問西師受戒羯摩，時聽其發誓，予大驚曰：「若此，則人事絶矣，何以歸爲？」力阻之，不聽，私受戒牒，繫胸腹間，不令予知也。歲盡歸里，舟至江口，望見故山松楸，予指令獨回，語之曰：「我從此東去震澤，載汝母櫬返葬耳。」兒抵家，家人見其身形語音已變，皆不識，兒乃自稱其乳名，合門驚喜。問予所在，告以故，仲兄湘之曰：「汝母櫬予移回矣。汝方氏婦守志以待汝歸，每年我家給其衣食，今早送冬衣，汝婦翁有僕在此。」問其僕，已聞信，急奔報其家矣。因迓予速返，即日爲兒完婚。予自是以僧服匿影江村矣。家素貧，兒作客久，不諳生計，其婦復少中饋才，數年益窘，菽水皆出自稱貸。予知之，仍事遠遊，求以自給。而其子女益衆，費益煩。丁未冬，予自建寧回，則産益挫，貸負益積，予大恨，詈罵之，惟涕泣而已。

明年冬，予在石埭客舍，方飯，家人卒至，報兒死，驚問故，曰：「殞於盜。」痛心幾絶。兒貧至此，盜胡以來而致殞耶？予自閩娶徐氏婦歸，居無屋，暫寄書室，所爲田間者。門隅一小室，窗臨野，爲課孫處，兒宿焉。吾門内有不肖子，疑徐氏厚積，與盜謀，從門隅室毁窗而進，縛兒，入内宅，以劫徐氏，備極刑炙，無所得。兒被縛在地，頭已劈破，緊閉目，無一語。徐氏盡室中有哀求兒生，竟殺之，傷哉！予往石埭時，謂兒曰：「入冬當移徐氏母入大宅，以防暮夜。」兒曰：「室無有，何防焉？」又嘗告以昔某遇盜，識之，斥其名駡，遂被殺。盜固不可識也。兒死不開目，疑被執時識其人，失言，故砍，後憶予言，而始閉目，已無救矣。門内人爲之主者，今其家已滅絶殆盡矣。兒死後，邑令胡必選密遣人賂予勿上訕，當爲獲盜，予不可，因與予仇，剖棺驗屍，謂予誣盜以殺也，慘哉！既獲盜獲贓，皆不問，坐以仇殺，加兒不美之名。臬司佟知之，脅其賄七千金，卒如縣讞，傷哉！予老矣，不能叫冤，唯祈冥報耳，追念兒之慘死，當是夙孽，今生寧有過耶？死後，見所受戒牒掛於内室幔鈎上，豈褻瀆戒神，得此報耶？抑命合凶格，果如先府君所言耶？死時纔過三十六歲一年也。訕兒之死，合邑墮淚，而予平生老友有氣力者，未嘗出一語助予稱冤。予在石埭訕變，石埭令素識兒，始終無一字慰問，尤可痛也！

兒在楚粤間，與關中健兒伍，躍馬墜傷於刀，又從舟墮水浮出，皆得不死。端州日，令學書，指傴不能搦管，屬方曼公爲仿本日習課之，未數月書成。又教以五韵，令習詩，詩亦成篇。抵家，家兄輩教以舉子業，亦不半年居然帖括，但氣少弱耳。所撰易學示兒，初不解，久之，告我曰：「向不解者，今忽能解，亦不苦費思索。」可怪也。今存有問易堂私解數十條，皆出予解外，豈夙慧耶？將歿數年前，與同堂弟光夔跪佛前讀楞嚴經，時時説生死事，大若急於求了明者。家本好客，客至，竭力供給。嘗有失路無歸者，留之，暑解帳，寒脱絮，已即無帳禦蚊，單複以過冬矣。于門内弟兄，有緩急未嘗不周，往往爲人所愚，終亦不悔。予初至家，語曰：「田要少，屋要小，書要讀，不要考。」已，見諸子脱穎而出，爲心動，予責之曰：「不念我，獨不念汝母之死乎？」遂止。母歿時，兒懵然如癡，未嘗哭。甲午冬，母葬，抱棺而哭，淚盡繼以血。又予在建寧，病危作遺囑，歸以示之，哭爲目腫。始知其有至性也。

爲人仁弱，少氣概，過於謹慎。所作詩文頗有可觀，終不自信，不以示人；示人者，必假手於人。嘗有贈石埭令一詩，使事大謬，予見而嗔責之，默無以應，亦終不言所假之人。死後，其同學友人盡録其稿寄予，予然後始信向詩之果非出其手也。從予歷患難久，多憂畏，故慎失於葸，讓失於懦。初，頗好修邊幅，後益弛，至露肘決踵。凡作文作書，皆始嚴整而後散漫。吾以是每憂其不壽，不謂其慘死也。予出門，預搜篋中，文有一語犯時諱者，即藏弆。與客語，必諫戒再三勿多言。予叱曰：「我固不會，動須汝誨耶？」嗚呼！孰知予以狂躁尚存，汝以謙默竟如此死耶！予在粤西遇亂時，遣人覓王氏舟，不得，晝夜泣。既歸娶，曾不齒及，若諱言其事。予頃於嘉禾遇王氏戚卞君，言王氏一門俱死，女名寶繡，與其母薛氏因婿失，終日號泣，相繼以死。則寶繡固吾家婦也，兒知之乎？

兒名灃祖，字孝則。生於崇禎辛未十二月申時，死於戊申年十月二十四日亥時。有三子：長杲，次晟，次冠。冠以兒死一月前始生，出爲孝章後。三女：長適方，次適王，幼者字左。孫五人：曰于施、于旋、于敷、于旃，杲出；曰于坊，晟出。孫女三人。皆兒歿後，予爲孫完婚生者。殯十五年，葬未有期。予老矣，拉淚紀其大略，付諸孫知之。

校記

［一］蘼衢　震澤周圍有蘼墟地，今屬江蘇。「蘼衢」或當作「蘼墟」。

重印錢田間先生文集序

姚永概

吾邑田間先生，明季爲諸生，負氣抗慷，中遭黨禍，避難吳中，妻子被禍。已而從亡閩粵，思立功名，以濟世難。故其詩多激昂之音，文則指陳利害，深切事理，不第以著述自見也。天眷既定，聖聖相承，向之負嵎抗阻冀延祚命者，均已冰解而雲消，先生亦知事不可爲，遯迹髡緇，竄歸故里，荒江之上，閉門課耕。乃都集生平之所著，整理編次，蔚爲巨帙。

先生之書，爲詩學、易學、莊屈合詁若干卷，又復自訂所爲詩文，名之曰藏山閣集。顧詩、易、莊、屈四書，生前刊行，今其家祠尚存原板，歲一印之，且四庫著錄，流傳海内久矣。而藏山閣集，則先生與余佺廬書云：「將分爲兩種，可行世者爲『存稿』，餘爲『藏稿』。」康熙中，昆山徐氏助資雕板爲三十卷，實只「存稿」。詩則吾家開化同知文燮爲序而刊之曰田間集者，十卷，乃先生歸里後之作。光緒戊申，上海排印先生藏山閣文存六卷、詩存十四卷、尺牘四卷，云出自蕭先生穆所藏。其文都非徐刻所有，似即「藏稿」也。詩分爲過江、生還、行朝、失路諸集，皆姚刻以前之詩。故欲讀先生集者，必合此數本，而後生平乃全見。

今夏校假歸舍，先生族裔品三以書介方君守敦，謂將出其家藏文集付印，且引先大父曾序其家白渠先生七經概行事相敦勉。余既歎徐姚兩本世頗難得，而上海新印亦缺而不完，今苟能合而行之，則晦之二百餘年者，將一朝而顯，此固海内願讀先生全書者所欣幸，況鄉里之末學哉？

先生之文，才氣俊發，不可控抑，一掃明季之習。詩尤傑出，劉海峰歷朝詩選於吾縣之詩，登先生一人。

顧余竊有感焉：先生遯迹江濱，名聲在一世，曾三至京師，所游皆豪傑，既不如顧亭林之遭仇係，復不如李二曲、傅青主之被徵求，翛然物外，以大年終，回視少壯，殆如隔世。是固幸逢寬大之時，抑亦先生之善於自處也。王夫之永曆實錄爲先生傳，較先正事略爲詳，今當取冠集首，俾讀集者有所證焉。

宣統二年七月，後學姚永概謹序。

跋

錢品三

吾族由浙遷桐，卜居邑東灊漕里，山川輝媚，孕育人文，詩禮冠蓋相望。越十三傳，而至田間公，明季卓有聲，愠于羣小，鉤連黨禍。南都既潰，又復從亡閩粵，意謂喪君有君，猥欲得一當以自效，待其未濟，而笠遯焉，其志事亦良苦矣。用是壹意著書，耄不倦勤。

迹其生平所撰，除箋注外，詩文可數十百卷，皆並時鉅公助貲授梓，流傳海內。詩學、易學、莊屈合詁板至今庋於祠。藏山閣詩存、文存以及尺牘，蕭氏曾出其鈔本，印諸滬上。惟文集三十卷，亂後原板無存，藏本頗尠。今夏，同里方君常季進品三而謀焉，堅屬付印，且爲徵序於姚君叔節，旋脱稿下逮之。二君者，要皆抗心希古，聲聞於外者也，目睹鄉前輩遺書，猶慨焉敬慕，思永其傳，余小子敢不勉？乃就原書排印，自夏徂秋，校讎務審，四閱月而功蕆。凡人之情，必有所寄，每於其親者加隆，先世有一善言善行，里黨道揚，其子姓咸感奮而興起，矧我公手澤之所留貽，昭昭在人耳目，以迄於今哉？

外有田間詩集廿八卷，分江上、客隱兩編，板亦無存，相應同時並舉，而材力竭蹶，顧安所得貲，踵此以刊行乎？人之欲善，誰不如我？願與有道志士協力圖之。

宣統二年九月，族裔錢品三謹識。

（皖）新登字 05 號

責任編輯・諸偉奇
裝幀設計・古　衆　王國亮
責任校對・南　畝

安徽古籍叢書（第三輯）

錢澄之全集・田間文集

［清］錢澄之 撰　彭君華 校點　何慶善 審訂
安徽省古籍整理出版規劃委員會
安徽古籍叢書編審委員會 編
黄山書社出版（合肥市金寨路381號）　新華書店經銷
合工大精密激光照排中心照排
合肥杏花印務股份有限公司印刷
開本：850×1168 1/32　印張：19　插頁：2　字數：350,000
1998 年 8 月第 1 版　1998 年 8 月第 1 次印刷
印數：0001—2000

ISBN7—80630—009—0/Z・39　定價：（精）30.00 圓　（軟精）26.50 圓

《安徽古籍叢書萃編》書目

定本莊子故
康輶紀行　東槎紀略
北山樓集
疑庵詩
方望溪遺集
識小録　寸陰叢録
東萊詩詞集
明太祖集
王侍郎奏議
朱楓林集
敬孚類稿
施愚山集（全四册）
吴敬梓吴烺詩文合集
張孝祥詞箋校
竇山公家議校注
翠微南征録北征録合集
阮大鋮戲曲四種
老子注三種

杜詩説
朱書集
論語解注合編
郭祥正集
皖人詩話八種
績學堂詩文鈔
唐詩評三種（上下）
鈍齋詩選
老子注譯
莊子詮詁
説文假借義證（全五册）
劉銘傳文集
包世臣全集（全三册）
田間易學
莊屈合詁
田間詩集
田間文集
古事比（上下）
安徽出土金文訂補

道聽途説
蘭茗館外史
青泥蓮花記
秋崖詩詞校注
舌華録
明語林
夜雨秋燈録（上下）
包拯集校注
毛詩後箋（上中下）
壹齋集（上下）
孟子講義
楊仁山全集
不得已（附二種）
歙事閒譚（上下）
惜抱軒詩集訓纂
張孝祥詩文集
吴汝綸全集（全六册）
青溪集
藏山閣集

田間詩學（上下）
俞正燮全集（全三册）
皖人戲曲選刊　鄭之珍卷
詠懷堂詩集
所知録
文選箋證（上下）
七頌堂集
程瑶田全集（全四册）